MARCEL MONTECINO

Riskantes Spiel

Buch

Salvatore D'Amore steckt wieder einmal in Schwierigkeiten. Beim Pferderennen hat der erfolglose Songwriter und glücklose Spieler eine Menge Geld verloren. Leider nicht nur sein eigenes, sondern auch das einiger finsterer Mafiosi, die von diesem Bravourstück gar nichts ahnen. Zu Recht vermutet Salvatore, daß die Sippe der Venezias nicht gut auf ihn zu sprechen sein wird. Grund genug, New Orleans den Rücken zu kehren und unterzutauchen. Erst als er im Exil die hinreißende Isabel Gemelli kennenlernt, schöpft er wieder Hoffnung. Denn Isabel sieht nicht nur atemberaubend aus, sie hat auch eine phantastische Stimme. Mit dieser Stimme und Salvatores Liedern könnten es die beiden ganz nach oben schaffen – falls es Salvatore gelingt, am Leben zu bleiben. Und falls er sich mit der einzigen Frau, die er je geliebt hat, nicht mehr Ärger eingehandelt hat als mit allen Mafiasippen von New Orleans …

Autor

Marcel Montecino, Jazz-Pianist, geboren 1945 in New Orleans, lebt heute in Los Angeles. Sein Debüt *Kalt wie Gold*, mit dem er sich auf Anhieb als Meister des Großstadtthrillers etablierte, wurde von der internationalen Presse enthusiastisch gefeiert. »Wäre der *American Way of Life* ein Wald, *Kalt wie Gold* wäre seine Brandrodung«, schrieb ein Kritiker.

Außerdem bei Goldmann

Kalt wie Gold. Roman (41224)

MARCEL MONTECINO

Riskantes Spiel

Roman

Aus dem Amerikanischen
von Wulf Bergner

GOLDMANN

Die Originalausgabe erschien 1990 unter dem Titel
»Big Time«
bei William Morrow and Company, Inc., New York

Umwelthinweis:
Alle bedruckten Materialien dieses Taschenbuches
sind chlorfrei und umweltschonend.
Das Papier enthält Recycling-Anteile.

Der Goldmann Verlag
ist ein Unternehmen der Verlagsgruppe Bertelsmann

Deutsche Erstausgabe 5/97

Umschlaggestaltung: Design Team München
Umschlagfoto: TIB, München / Al Hamdan
Satz: Uhl + Massopust, Aalen
Druck: Elsnerdruck, Berlin
Verlagsnummer: 43248
AB · Redaktion: AB / Andreas Helweg
Herstellung: Sebastian Strohmaier
Made in Germany
ISBN 3-442-43248-0

1 3 5 7 9 10 8 6 4 2

Für Rohena,
die ich niemals kennengelernt habe

Für Eula,
die ich niemals vergessen werde

Danksagung

Mein Dank gilt:

Dana Berns und BAR Weapons Consultants für die Überprüfung der Schußwaffen- und Gewaltszenen.

Tex Liuzza, der die Noo-Awlins-Sachen durchgegangen ist.

Joycene Deel und Lyn Arnold-Tuttle bei Freighter World Cruises für ihre Hilfe.

Stela Barsanti für das Portugiesisch, im Bett und anderswo.

Dem stolzen Fahrer in Rio, dessen Name mir entfallen ist, der sich jedoch wunderte, wieso jemand um die halbe Welt fährt, um die Slums seiner Heimatstadt zu besichtigen.

Paolo Salvador und Anna Romano, die mir den Rest von Rio gezeigt haben.

Dr. Tim Huston für die medizinischen Hinweise.

Dem Keyboard-Zauberer Michael Boddicker für die Informationen über das neueste Studioequipment.

Vicki Peterson von den *Bangles*, für den süßen Geschmack frischen Ruhmes.

Tonik Mizell, die wahrlich außergewöhnliche Rechtsanwältin, weil sie mir in letzter Minute die Rechte für die Lyrics besorgt hat.

Joan Marlow für das umfassende Lektorat.

Liz Dawson für ihre Unterstützung und Brillanz als Lektorin.

Und meinem guten Freund Peter Livingstone, Quelle und Ursprung alles Guten.

PROLOG

Februar – Gulfstream Park – Hallandale, Florida

Angel hielt die Zügel krampfhaft fest und beugte sich so weit nach vorn, daß er fast die Mähne des großen Hengstes berührte. Er merkte, wie das Tier unter ihm seine Muskeln anspannte und an der Trense zerrte. *Du bist also auch nervös,* dachte Angel. *Aber dich bringen sie nicht um. Aus mir machen sie Hundefutter.* Comida de perro. *Wie sagt man gleich wieder? Hackfleisch.*

Diese wenigen Sekunden in den Startboxen, während die anderen Pferde in ihre Stände geführt oder bugsiert wurden, kamen Angel stets endlos vor, als laufe die Zeit langsamer. Die Besucher auf der Tribüne schienen sich in Zeitlupe zu bewegen, die Seidenblousons der anderen Jockeys schienen unter der starken Sonne Floridas kräftigere Farben anzunehmen, die Stimmen der Menge wurden schwächer, verstummten.

Der Braune auf der Innenbahn machte den Starthelfern Schwierigkeiten. Sein Jockey hatte mit ihm zu kämpfen.

Angels Pferde gehörten immer zu den ersten im Stand, weil Angel ein guter Reiter war. Er beherrschte seine Pferde. Das wußten auch die Besitzer, die sich vielsagend in die Augen sahen, wenn sie davon sprachen.

»Dieser Angel Valdez, Mann, der hat sein Pferd unter *Kontrolle!*«

»Der bricht 'nem Scheißgaul den *Kiefer,* wenn's sein muß!«

Deshalb saß er jetzt auf Transformer, dem großen Hengst. Von ihm wurde erwartet, daß er dieses Pferd beherrschte. Deshalb saß er in diesem Sattel.

Oh, und seine Frau, La Belle, hatte auch viel damit zu tun, überlegte er sich grimmig.

Der Hengst bewegte sich unter Angel, und er dachte, nicht zum ersten Mal, wie ähnlich das Gefühl, ein Pferd zwischen den Beinen zu haben, dem Reiz war, La Belle zu ficken, das große, blasse, blonde Farmgirl aus Alabama. Der feuchte Traum eines Spaghetti – so hatte einer der amerikanischen Jockeys sie einmal genannt, und Angel hatte dem Kerl nicht mal böse sein können. Und ihren üppig-weichen Körper zu besteigen, *hatte* Ähnlichkeit damit, sich in einen Sattel zu schwingen, und wenn er sie fickte, schien seine kurze, dunkle, knochige Gestalt in ein wundervoll nachgiebiges Kissen zu stoßen.

Sie machte sich kaum noch die Mühe, sich anzuziehen, sondern lag nur im Bett und war den ganzen Tag auf Speed – wobei gleichzeitig Randy Travis aus der Stereoanlage und Oprah Winfrey aus dem Fernseher dröhnten. Anfangs hatte es ihn erregt, daß sie immer nackt und high und für ihn bereit war, wenn er die Apartmenttür aufsperrte. Manchmal ließ Angel seine Hose schon im Wohnzimmer herunter, schlurfte ins Schlafzimmer hinüber, wo sie auf der rosa Tagesdecke lag wie ein Stück Marzipan auf einer Zunge, und schwenkte wortlos sein Glied vor ihrem Gesicht, und dann kicherte sie nur und nahm es in den Mund.

Und dann hatten die beiden Kolumbianer Angel aufgesucht und ihn drüben in Hallandale zum Mittagessen eingeladen und ihm alles erklärt. Daß La Belle hinter seinem Rücken auf Pump Kokain gekauft habe, daß bis jetzt 25000 Dollar aufgelaufen seien – *großer Gott, La Belle!* – und daß sie das Geld gar nicht haben wollten, er könne es glatt vergessen, wenn er ihnen gelegentlich einen kleinen Gefallen tue. Dann seien diese Schulden ausradiert, vergessen.

Diese gottverdammte La Belle! hatte er gedacht. *Das dumme Luder bringt mich noch unter die Erde!*

Er war mit finsterer, stummer Wut im Bauch heimgefahren, und als La Belle ihn hereinkommen sah, wußte sie, daß er alles wußte, und lief vor ihm weg und versteckte sich im geräumigen begehbaren Kleiderschrank – im *Kleiderschrank!* –, und er riß die Tür auf und stand über ihr und bearbeitete sie mit den Fäusten. Sie lag in einem Gewirr aus Schuhen und Gürteln und Handtaschen vor ihm, und er prügelte auf ihr weißes, nachgiebiges Fleisch ein, während sie sich wie ein Baby zusammenkrümmte und schrie. Dann ließ er sich in einen Sessel fallen, trank Tequila, starrte blicklos vor sich hin und hörte sie im Kleiderschrank herumwühlen; und dann erschien ihr verheultes Gesicht mit ängstlich bittenden Augen unten an der Tür.

Er wollte sie nicht ansehen.

Sie kroch über den Teppich auf ihn zu, winselte, bettelte. »La Belle tut's so leid, Angel, schlag sie nicht mehr, Baby, schlag sie nicht mehr.«

Unter ihrer blassen, weichen Haut wurden bereits blaue Flecken sichtbar.

Sie umschlang seine Beine und blickte zu ihm auf und sagte: »La Belle tut's so leid, Baby. Schick La Belle nicht von ihrem Daddy fort, schick La Belle nicht weg.«

Diesmal sah er sie an, blickte in ihre tränennassen, verschwommenen blauen Augen und das weiche Gesicht, und sein Herz schmolz dahin, und er zog sie hoch, nahm ihren Kopf in seinen Schoß und streichelte ihre Schultern.

»La Belle tut's so leid, Angel Daddy. La Belle tut alles so leid.«

Drüben auf der Innenbahn hatten die Starthelfer weiter Probleme mit dem störrischen Braunen, der sich weigerte, in seinen Stand zu gehen. Das Feld bestand aus sieben Pferden: lauter Klepper bis auf Angels Hengst Transformer, der mit 6:5 als Favorit gewettet wurde, und Wilma's Boy, ein mit 12:1 gewetteter Außenseiter, der seine drei letzten Rennen als Dritter, Zweiter und unter ferner liefen beendet hatte. Transformer, der seine drei diesjährigen Rennen gewonnen hatte, war klarer Favorit, und am Paddock wurde gemunkelt, die Besitzerin des Hengstes wolle ihn durch einen weiteren leichten Sieg für größere Rennen aufbauen.

Aber Angel wußte, daß es dazu nicht kommen würde.

Den Starthelfern war es endlich gelungen, auch den Braunen in seinen Stand zu locken. Alle Gitter waren geschlossen, und das Warnlicht flammte auf. Jedesmal erschienen diese wenigen Augenblicke Angel noch langsamer, als ob die ganze Rennbahn, die Tribüne und der Sattelplatz tief einatmeten und die Luft anhielten.

Angel umklammerte die Zügel und beugte sich noch weiter nach vorn, bis seine Nase fast das Nackenfell des Hengstes berührte, und atmete den starken animalischen Schweißgeruch ein. Das Stimmengewirr der Menge war zu einem zornigen Brummen angeschwollen, wie das einer Hummel, die sich in eine Flasche verirrt hatte. Die Sonne brannte heiß auf seinen Rücken.

Welches Pferd das Rennen gewann, war unwichtig, überlegte Angel sich. *Er* jedenfalls würde der Verlierer sein.

Oh, er würde gute Arbeit leisten, das stand fest. Weniger wäre undenkbar. Tödlich. Aber die Art, wie sie sich über La Belle an ihn rangemacht hatten, war schmutzig, machte ihn verwundbar. Eines Tages würden die Kolumbianer wieder aufkreuzen, davon war er überzeugt. Sie oder die Sizilianer. Jemand würde kommen. Bei solchen Geschichten wurde man niemals schuldenfrei. Sie hatten einen an den *Cojones*, und es gab keine Möglichkeit, von den Schulden runterzukommen.

Transformers Besitzerin, die Golden Oaks Farm, rechnete damit, daß ihr Hengst siegen würde, davon war Angel überzeugt. Und wenn die Plazierung der Pferde dann nicht dem Rennprogramm entsprach, würde Transformers Trainer seiner millionenschweren Besitzerin erklären, er habe ja schon immer *gehört*, daß Angel Valdez seine Tiere *kontrollieren* könne, nicht wahr. Aber noch nie etwas darüber, daß der Jockey *auf eigene Rechnung* arbeite, ja, womöglich für *jemand anderen* als den Besitzer, aber man wisse eben nie, wann jemand damit anfange.

Und danach würde der Trainer seinen eigenen Arsch retten und einen Grund finden, um seine besseren Pferde anderen Jockeys anzuvertrauen. Vielleicht *alle* seine Gäule. Und in Fachkreisen würde es heißen, Angel Valdez könne man nicht trauen, weil er käuflich sei. Und seine Karriere wäre zu Ende, bevor sie richtig begonnen hatte.

Die Startboxen klappten auf, und der große Hengst stürmte los. Angel fühlte die ungeheure animalische Kraft unter sich. Ein verdammt gutes Pferd! *Mucho caballo.*

Unmittelbar nach dem Start lag das Feld noch dicht beisammen, aber dann übernahm Transformer mühelos die Führung und ging auf die Innenbahn, während die anderen Pferde in unterschiedlichen Abständen ihm folgten. Vor ihm lag nur die leere Kurve. Für die Kameras der Rennrichter machte Angel eine große Show daraus, wie er seine Peitsche einsetzte, obwohl er den Hengst kaum damit berührte. Und der Hundesohn reagierte sogar darauf! So ein

Pferd hatte Angel noch nie zwischen den Beinen gehabt. Er kam sich wie ein Champion vor.

Als Transformer mit zwei Längen Vorsprung führte, was die Besucher mit anerkennendem Gebrüll quittierten, begann Angel, langsam die Zügel anzuziehen. Das mußte allmählich, meisterhaft, perfekt geschehen, damit das Tier begriff, das Publikum aber ahnungslos blieb. Auf keinen Fall durfte der Hengst durchgehen, sich gegen den Zug im Maul wehren oder gar ins Stolpern kommen. Nach dem Rennen würden die Rennrichter die Rennfilme genau auswerten. Langsam verstärkte Angel den fordernden, befehlenden Zug im empfindlichen Maul des Hengstes. Durch die Zügel, die Botschaften wie Telegraphendrähte übertrugen, spürte er den Widerstand des Pferdes. Das Tier war keineswegs bereit, kampflos nachzugeben. Es wollte laufen. Es wollte *siegen*.

Diesmal nicht, dachte Angel grimmig. *No este tiempo.*

Unmittelbar nachdem sie die zweite Kurve hinter sich gelassen hatten, erhob sich auf der Tribüne Gebrüll. Ein Konkurrent hatte sich aus dem Feld gelöst, um den Spitzenreiter anzugreifen. Transformer schien das zu ihnen aufschließende Pferd zu wittern, und Angel spürte das verstärkte Vorwärtsdrängen seines galoppierenden Hengstes. Die Muskeln und Sehnen seiner Arme begannen von dem unerbittlichen *Willen* zu schmerzen, den das Pferd seinem Reiter aufzwang. Ein 48 Kilogramm schwerer Jockey kann ein Pferd, das eine halbe Tonne wiegt, nur beherrschen, wenn das Tier sich dieser Beherrschung unterwirft. Angel beugte sich in den Steigbügeln stehend über den Widerrist des Pferdes nach vorn, bearbeitete die Luft mit seiner Peitsche und spielte für alle Welt den gnadenlosen Antreiber, während er in Wirklichkeit die Zügel anzog, um Transformer zu bremsen.

Aus dem Augenwinkel heraus sah er einen dunklen Schatten, der sich rechts von ihm heranschob. Er riskierte einen Blick über die Schulter. Es war Wilma's Boy. *Tempo, Wilma's Boy!*

Plötzlich machte sich in Angel die Angst breit, er würde diesen Zweikampf nicht verlieren, und damit auch das Rennen nicht.

»Nein!« schrie Angel laut, und der heftige Wind riß ihm die Worte von den Lippen. *»Nein!«* schrie er und zog noch krampfhafter an den Zügeln und der Trense im empfindlichen Maul des Heng-

stes. Wilma's Boy hatte zu ihm aufgeschlossen und bedrängte ihn, und der Jockey aus Panama bearbeitete sein Tier unbarmherzig mit der Peitsche und feuerte ihn brüllend an. Jetzt galoppierten sie Kopf an Kopf: Transformer und Wilma's Boy, Wilma's Boy und Transformer, und die Besucher auf der Tribüne waren aufgesprungen und schrien ihnen zu, und die beiden Männer und ihre Pferde rasten – ganz knarrendes Leder, donnernde Hufe, keuchende Lungen und angespannte Muskeln – Kopf an Kopf, Nacken an Nacken die Zielgerade hinunter.

BUCH 1

Februar – New Orleans

»Nein! Nein! Neiiiiiiin!«

Draußen schlug der graue, dichte Regen mit Wucht auf die St. Charles Avenue, die bereits von knöcheltiefem Wasser bedeckt war. In der Sporting Life Bar & Lounge war es trocken und warm, auf dem Bildschirm des tonlos laufenden Fernsehers versenkte Larry Bird den Ball mit einer Hand von der Dreipunktelinie über drei Verteidiger hinweg im Korb, und im Radio kommentierte der Reporter mit affektiert-englischem Akzent und aufreizend gleichgültig und faul ein fünfhundert Meilen entferntes Pferderennen.

»Wilma's Boy führt mit einer Nasenlänge Vorsprung...«

»Nein! Neiiiiin!«

»...Transformer ist in zweiter Position auf der Innenbahn...«

»Los, Transformer, du Scheißgaul!«

Außerhalb der Sporting Life Bar & Lounge zuckten mit Donnerschlägen vermengte Blitze, und der prasselnde Regen schien noch zuzunehmen und wuchs zu einer bewegten eisigen Wassermauer, vor der die paar Fußgänger auf der St. Charles Avenue hastig in Deckung flüchteten. Das Wasser trommelte aufs Dach der Bar und floß in Sturzbächen über das große Fenster herunter zur Straße, und Larry Bird schnappte sich einen Rebound und dribbelte den Ball in die gegnerische Hälfte.

»Wilma's Boy führt mit eineinhalb Längen...«

»Du Scheißgaul! Du...«

»...auf der Zielgeraden führt Wilma's Boy...«

»Nein!«

»...Wilma's Boy mit sicherem Vorsprung...«

»Transformer!«

»...Wilma's Boy...«

»Scheiße, wo ist Transformer?«

»...Wilma's...«

»*Scheiße, wo...*«

»... und Sieger ist Wilma's Boy mit drei Längen, Transformer auf Platz zwei, Axiomatic als Dritter...«

Sal achtete nicht mehr auf die Radiostimme. Er konnte sich selbst keuchen hören: wie ein Mann in einem dunklen Schrank, wie ein Tier in einer Falle. Er blickte zu der goldenen Dixie-Beer-Uhr hinter der Theke auf. Es war 14.37 Uhr. Sal sah sich in der leeren Bar um, als sei er gerade vom Scheißmond kommend hier reingestolpert. Alles erschien ihm fremd, befremdlich. Die Zugpferde auf der Budweiser-Leuchtreklame sahen aus wie Dinosaurier. Die Neonlichter über der Theke schienen vor Hitze zu flimmern. Die roten Kunstlederpolster waren wie blutende Fleischbrocken.

Draußen auf der St. Charles Avenue zuckte wieder ein Blitz herab und tauchte die regennasse Straße einen Augenblick lang in gleißend helles Licht. Dann war es Nachmittag und trotzdem tiefe Nacht. Und der Regen prasselte weiter.

Sal wußte, daß sein Leben von dieser Sekunde an anders sein würde.

Er stand hinter der Bar und starrte benommen zu dem stummen Fernseher hinauf, während die Stimme aus dem Radio weiter sein Verderben verkündete...

»... und Wilma's Boy zahlt sechsundzwanzigsiebzig für Sieg...«

... und er wußte, daß dies der wichtigste Augenblick seines Lebens war. Er schien die Welt mit dem Blick eines Fremden zu sehen. Er fühlte sich wie neugeboren. Als ob sein ganzes bisheriges Leben nur eine Reise zu diesem Moment, dieser Bar, diesem verregneten Sonntag nachmittag gewesen wäre. Gefühle – Zorn, Ungläubigkeit, Angst, Erleichterung, Zweifel, Befriedigung – durchfluteten ihn wie Wassermassen einen gebrochenen Deich.

Er griff nach der Flasche Jack Daniels hinter der Theke, schenkte sich einen Doppelten ein und kippte ihn. Seine Augen tränten, und seine Speiseröhre brannte. Er wollte sich gerade einen weiteren Drink einschenken, als das Telefon auf der Theke klingelte. Er zuckte zusammen und verschüttete seinen JD auf der Theke.

»Yeah?« sagte er in die Sprechmuschel und hatte Mühe, seine eigene Scheißstimme zu erkennen.

»Hier ist Tony Z. Dreihundert auf Comeback – auf Sieg im Fünften in Gulfstream.«

Larry Bird hatte zwei Freiwürfe zugesprochen bekommen. Ein Kinderspiel. Sal beobachtete, wie der erste Ball von der Scheibe abprallte und ins Netz fiel.

»Hey, haben Sie das? Tony Z., und ich will dreihundert auf Comeback auf Sieg im Fünften in Gulfstream.«

»Ja, ich hab's.« Sal legte den Hörer auf, schrieb den Betrag und die Uhrzeit auf einen Notizblock am Telefon, riß den Zettel ab und trug ihn in das winzig enge Büro gleich hinter der Bar. Er steckte den Zettel in eines der Fächer des übervollen altmodischen Rolladen-Schreibtisches, über dem sich das Foto einer verführerischen Blondine auf einem Werbekalender für Black Label Whiskey wellte. Regen trommelte gegen ein hohes, schmutziges Fenster.

Sal stand da, sah sich ratlos in dem unordentlichen kleinen Büro um, unfähig zu entscheiden, was er als nächstes tun sollte.

Das Telefon in der Bar klingelte erneut, und Sal ging automatisch zu ihm zurück.

»Hier ist Miz Rachel« – Rachel Silverstein, aber am Telefon wurden keine Familiennamen genannt – »fünfzehnhundert auf O'Reilly-at-the-Bar im Dritten in Santa Anita – auf Sieg.«

»Verstanden.«

Sal legte auf, nahm dann rasch den Hörer von der Gabel und legte ihn auf die Theke. Er starrte ihn an, als sei er eine Schlange. Ein Hörer neben dem Telefon bei einem illegalen Buchmacher – ein Sakrileg! Hätte Little Johnny das gesehen, er hätte ihn umgebracht.

Ein Gedanke durchzuckte Sal... *Little Johnny bringt dich auf jeden Fall um.*

Dieser Gedanke ließ ansatzweise die Benommenheit verschwinden, die seinen Verstand umnebelt hatte. Sal erinnerte sich an etwas, das sein Alter einmal zu ihm gesagt hatte, nachdem Joe das Geld für die Miete verwettet und sich danach gemeinsam mit anderen Taxifahrern in der Bude vor den Fair Grounds mit Billigwhiskey besoffen hatte. Als Sal ihn in seiner Absteige in der St. Claude Avenue in die Falle bringen wollte, hatte der drahtige kleine Säufer gesagt: »Darfst nicht sauer auf deinen Alten sein, Sally. Heruntergekommene Spieler wie wir müssen *Spaß* am Verlieren haben.«

Sal ging ins Büro zurück und setzte sich an den unaufgeräumten Schreibtisch. Aus der Brusttasche seines Hemdes zog er ein kleines rotes Notizbuch mit Spiralbindung, schlug es sorgfältig auf und legte es vor sich auf die staubige Schreibunterlage. Er starrte die pedantisch ordentlich eingetragenen Kolonnen aus Namen und Zahlen an, blätterte einige Seiten um und las die doppelt unterstrichene letzte Eintragung: 79 542.

Das war sein Kontostand an diesem Morgen – noch vor wenigen Stunden – gewesen. Fast achtzigtausend Dollar im Plus. Er hätte in diesem Augenblick aufhören können, er hätte aufhören *sollen*, dann hätte er mehr Geld gehabt als jemals zuvor in seinem Leben. Geld genug, um die sieben Tausender zu zahlen, die er Little Johnny noch schuldete, dazu die achtzehnhundert Dollar Steuerschulden; endlich genug Kies, um ein Demo-Album mit seinen Songs aufnehmen zu lassen und genug Kohle, um es in New York oder L. A. richtig zu vermarkten.

Er hatte die ganze letzte Nacht schlaflos im Bett gelegen und über die Musiker nachgedacht, die er sich holen würde. Natürlich lauter Jungs aus New Orleans. Sie waren noch immer die Besten im ganzen verdammten Land. Und er wollte das neue 48-Spur-Gerät drüben in Gentilly benutzen. Zwei 24-Spur-Geräte gekoppelt! Phantastisch!

Sals Plan hatte in allen Einzelheiten festgestanden. Seit zwei Wochen hatte er die Gewinnsträhne seines Lebens, und gestern abend war er um 80 000 Dollar reicher heimgegangen. Oh, er hatte noch keine einzige Wette kassiert, aber morgen hätte er für zehn, vielleicht auch 15 Prozent Umsatzprovision einen Deal mit Two Jacks gemacht. Two Jacks war ein verdammt schweigsames Arschloch. Two Jacks konnte sich in einer New Yorker Minute ausrechnen, daß Sal mit Teilen der Einsätze von Wettkunden eigene Wetten abgeschlossen hatte, aber Little Johnny würde mindestens jemand losschicken müssen, der Two Jacks Eier mit 'ner Lötlampe behandelte, bevor der riesige Spieler aus Indiana Sal verriet. Vielleicht nicht mal dann. Two Jacks *haßte* diesen Little Johnny.

Two Jacks hätte also für ihn kassiert, und er wäre cool geblieben und hätte sich ein paar Monate lang zurückgehalten – und danach wäre Sal D'Amore um so größer rausgekommen!

Er streckte eine Hand aus und schaltete den kleinen Tischrechner ein. Es klickte und surrte, und im Anzeigefeld erschien eine blaugrün leuchtende Computer-Null. Nachdem Sal die aktuellen Zahlen eingetippt hatte, drückte er auf die Ergebnistaste. Im Anzeigefeld erschien eine Reihe von Leuchtziffern: *eins-sieben-neun-zwei-zwei-zwei.* Hundertneunundsiebzigtausendzweihundertzweiundzwanzig. Dollar. Im Minus. *Schulden.* Hundertneunundsiebzigtausendzweihundertzweiundzwanzig.

Heruntergekommene Spieler wie wir müssen Spaß *am Verlieren haben.*

Hundertneunundsiebzigtausendzweihundertzweiundzwanzig Dollar. Minus. Im Arsch.

Praktisch ein Todesurteil.

Diesmal sitz' ich bis zum Hals in der Scheiße!

Sals Magen verkrampfte sich, und er hatte einen so galligen Geschmack im Mund, daß er fürchtete, er würde gleich kotzen müssen.

Er stand auf, ging an die Theke zurück und schenkte sich ein Glas Ginger Ale aus dem Zapfhahn ein. Er leerte es langsam und starrte auf den stummen Fernseher. Larry Bird war verschwunden. Ein Trickfilmhund redete auf imaginierte Zuschauer ein. Der Regen hatte nicht nachgelassen.

Sal setzte sich wieder an den Schreibtisch. Im Anzeigefeld des Tischrechners leuchteten immer noch die acht Ziffern: *179 2 2 2 ,00.*

Benommen gegen die Realität dieser Zahl ankämpfend, rechnete Sal alles mit Papier und Bleistift nach. Als Pianist in King Louis' Piano Bar verdiente er etwa 300 Dollar die Woche. Was er nachmittags hier im Sporting Life hinter der Bar und als Wettannehmer verdiente, kassierte Little Johnny als Kreditzinsen. Vielleicht konnte er hundert Dollar die Woche dazuverdienen, wenn er gelegentlich auf Hochzeiten oder nach der Arbeit in einem Rund-um-die-Uhr-Lokal spielte. Okay, bestenfalls vierhundertfünfzig die Woche. Er konnte sich bei seinem Alten einquartieren, viermal pro Woche rote Bohnen essen... *oh, yeah, das Finanzamt.* Scheiß aufs Finanzamt. Das Finanzamt bricht einem nicht die Kniescheiben.

Wenn er mit hundert, hundertfünfundzwanzig die Woche auskam, konnte er Little Johnny vielleicht dreihundertfünfzig zurückzahlen – ungefähr achtzehn Tausender im Jahr. Großer Gott, mindestens zehn beschissene Jahre lang wie ein totaler Verlierer leben: aus Büchsen essen, mit dem Bus fahren, wenn es nicht zu Fuß ging, sich niemals einen neuen Anzug kaufen oder einen Dime für ein Demoband ausgeben... Halt! Scheiße, wie hatte er sich das vorgestellt? Allein die Zinsen für hundertachtzigtausend Dollar würden weit mehr als kümmerliche dreieinhalb Hunderter pro Woche ausmachen. Er würde für den Rest seines Lebens schuften müssen, nur um die Zinsen zahlen zu können, und da das sowieso nicht zu schaffen war, würde er von Woche zu Woche tiefer in Schulden geraten. Für den Rest seines beschissenen Lebens.

Und das war die *gute* Nachricht.

Die schlechte Nachricht war, daß ihm möglicherweise gar kein beschissenes Leben mehr blieb.

Sal griff nach einer Packung Zigaretten. Er bemühte sich seit einiger Zeit, weniger zu rauchen – seine Stimme war in den letzten Jahren dunkler geworden, und bei hohen Tönen mußte er Abstriche machen –, aber dies war nicht der Tag, um sich wegen solchem Scheiß Sorgen zu machen.

Sorgen mußte er sich wegen vieler anderer Dinge machen.

Wegen hundertachtzigtausend Dingen.

Schon als er vor einem Monat hier im Sporting Life angefangen hatte, war ihm klar gewesen, daß er verdammt tief in die Scheiße geraten würde. Hier wurde der Bock zum Gärtner gemacht. Aber er hatte ein paar Wochen lang eine verrückte Pechsträhne gehabt, in der er nicht mal 'ne Wette auf das Spitzenpferd eines Karussells gewonnen hätte. Um seine Verluste wettzumachen, hatte er doppelt auf ein paar andere Ereignisse gesetzt – Basketballspiele, die NFL-Playoffs, die Super Bowl –, aber nichts als Nieten erwischt. Als die Wolken sich dann verzogen, schuldete er mehreren Buchmachern insgesamt siebentausend Dollar.

Siebentausend hatte Sal nicht. Deshalb war sein Alter zu Little Johnny, Little Johnny Venezia, gegangen, weil Joe und Little Johnny in vorgeschichtlicher Zeit Schulkameraden in St. Mary's Italian gewesen waren. Danach hatte Little Johnny seinen Weg gemacht, seine Steuern gezahlt, seine Leichen beseitigt, seine Zeit in Angola abgesessen – und es als Big Mans rechte Hand zur Nummer zwei in der Stadt und den umliegenden Bezirken gebracht. Ihm gehörten nicht nur zwei Kneipen in der Bourbon Street – Little Johnny's und das Orleans House –, ein weiteres Lokal draußen bei Bayou St. John und drei Bars im Jefferson Parish –, sondern er war auch der größte Buchmacher im Südosten Louisianas.

Little Johnny hatte Sal umgeschuldet (genau wie die Hibernia Bank) und die anderen Buchmacher ausgezahlt, wobei sich gezeigt hatte, daß Sal die Hälfte der siebentausend Dollar ohnehin ihm schuldete. Und seit Sal zugegeben hatte, daß es ihm schwerfallen würde, die zweihundertzehn Dollar Zinsen pro Woche aufzubringen, ließ der Little Guy ihn sechs Nachmittage in der Woche hier im Sporting Life arbeiten, bis sich eine Möglichkeit ergab, Sal in einem seiner Lokale singen und spielen zu lassen. Er sollte nachmittags hinter der Bar stehen, falls Gäste kamen, von denen es wenige gab, und telefonisch Wetten annehmen, von denen es viele gab, und Little Johnny würde dafür einen Hunderter pro Woche von den Zinsen abziehen. Und da der bisherige Barkeeper ihn pro Nachmittag fünfzig Dollar gekostet hatte, war Little Johnny mit dieser Lösung sehr zufrieden. Der Darlehensbetrag von siebentausend Dollar blieb stehen, unverändert.

Little Johnny hatte ihn wie eine Kobra angelächelt. »Die siebentausend kannst du mir zurückzahlen, wenn du im Showgeschäft 'ne große Nummer geworden bist.«

Dann hatte der kleine Grauhaarige, fast so klein wie Sal, sein berühmtes kaltes Kichern von sich gegeben.

Bis dahin war Sal sein Sklave, der den ganzen Nachmittag umsonst arbeitete und Little Johnny ein Drittel dessen ablieferte, was er nachts in der Piano-Bar verdiente.

Ein beschissenes Leben.

Während Sal jetzt die blaugrünen Ziffern im Anzeigefeld des Rechners anstarrte, wurde ihm klar, wie gut er's gehabt hatte.

Die Sporting Life Bar & Lounge war das Zentrum von Little Johnnys Geschäft mit den besseren Kreisen. Geschäftsleute aus dem International Trade Center und Anwälte aus dem Gerichtsgebäude kamen auf dem Heimweg rein, um ein paar Kurze zu kippen und ein paar Zwanziger auf die Rennen des nächsten Tages zu setzen. Auch die reichen Juden aus dem Garden District kamen gern her, um bei Little Johnny zu wetten, weil sie den kleinen zusätzlichen

Reiz genossen, daß sie – wenn auch nur sehr entfernt – in Verbindung mit Little Johnny Venezia traten: Mörder, berüchtigter Mafioso und Stellvertreter von The Man. Nicht viel anders dachten die Professoren der Tulane University und die Geistlichen der Loyola University.

Darüber hinaus konnte Little Johnny weiterhin auf die ungebrochene Loyalität seiner alten italienischen und französischen Wettkunden vom Canal Boulevard und unterhalb des French Quarters zählen – zumindest derer, die noch nicht aus der City geflüchtet waren, um von den Niggern wegzukommen. Little Johnny war ein Junge aus dem städtischen Ninth Ward, der es zu was gebracht hatte.

Sorgfältig, fast automatisch übertrug Sal die sechsstellige Zahl in sein kleines rotes Notizbuch mit Spiralbindung: 179222. Er sah sie ungläubig an.

Alles hatte ganz langsam angefangen. Als Mrs. Romano an Sals drittem Bar-Montag aus dem Büro ihres Fleischmarkts angerufen hatte, um wie jeden Tag hundert Dollar auf einen sicheren Verlierer zu setzen – sie wählte die Pferde nur nach ihren farbigen Namen aus –, hatte Sal begriffen, daß Button-and-Bows, ein Pferd, das dafür *gezüchtet* war, Maria Romanos Einsatz auf sich zu ziehen, todsicher nicht als Sieger in Frage kam. Anstatt diese Wette mit Mrs. Romanos Kennziffer zu notieren, damit Pete-the-Pencil sie abends in den Computer eingeben konnte, hatte Sal den Hunderter unter der Kennziffer eines anderen regelmäßigen Wetters auf eine Stute gesetzt, die in sechs der letzten neun Rennen zweite oder dritte Plätze belegt hatte. Das Scheißpferd war einfach *fällig!* Die Stute siegte überlegen, und damit war Sals Schicksal besiegelt.

Zwei Wochen lang hatte Sal die größte Glückssträhne seines Lebens. Oh, er gewann nicht jedesmal – davon träumten bloß Anfänger –, aber wenn er abends bei Geschäftsschluß die Zahlen des jeweiligen Nachmittags addierte, hatte das Auf und Ab von Siegern und Verlierern, Zweiten und Dritten ihn wieder ein gutes Stück reicher gemacht. Manche Nacht blieb er nach seiner Arbeit im King Louis bis lange nach Tagesanbruch wach, rechnete und träumte, addierte und subtrahierte. Mit jedem Tag, an dem Sal mit den Einsätzen anderer jonglierte, wurde das Geflecht aus Namen und Zahlen komplexer, verwirrender. Welche Einsätze sollte er unterschlagen? Welche Einsätze sollte er plazieren? Wer hatte heute gewonnen? Wer würde morgen verlieren? Aber er hatte alles im Griff, und sein Herz jubelte dabei, bis er gestern abend, als er das Ergebnis dieser zwei Wochen zusammengezählt hatte, auf ein Guthaben von fast achtzigtausend Dollar gekommen war.

Und jetzt hatte er *einhundertachtzigtausend* Dollar Schulden.

Alles wegen eines Einsatzes, wegen eines einzigen Anrufs.

Großartig. Du sitzt ganz tief in der Scheiße.

»Ich hab' 'ne große Sache für dich«, hatte Albert Castinglia mit seiner hohen, klangvollen Stimme gesagt. »Wilma's Boy im Dritten in Gulfstream.« Dann machte er eine kurze Pause. »Für zwanzig Riesen.«

Sals Gehirn lief auf Hochtouren. *Wilma's Boy? Wilma's Boy? Scheiße, wer ist Wilma's Boy?*

»Okay?« fragte Albert Castiglia.

Das Dritte in Gulfstream? Wer war noch bei diesem Scheißrennen? Sal griff bereits nach seinem Rennprogramm.

»Gilt die Wette?« erkundigte Castiglia sich.

»Äh ...«, stotterte Sal, »wenn ich in fünf Minuten nicht zurückrufe, geht die Sache in Ordnung.«

»Fünf Minuten?«

»Yeah.«

»Okay.«

Sal blätterte hastig im Rennprogramm, bis er das Feld des dritten Rennens in Gulfstream gefunden hatte. Er studierte es.

Wilma's Boy? Im Leben nicht! dachte er. Ausgeschlossen, daß dieser lahme Klepper das Rennen gewann. Der Sieger würde Transformer heißen, das war klar, und wenn nicht, würde Wilma's Boy auf keinen Fall als erster durchs Ziel gehen. Die anderen sechs Gäule hatten ebenso gute Chancen wie Wilma's Boy.

Sal *spürte*, wie sein Puls sich beschleunigte.

Moment! Moment! Er glaubte, das Palermo-Geflüster seiner sizilianischen Großmutter zu hören, die sich vor dem bösen Blick gefürchtet hatte. »Salvatore. Denk daran. Unwichtig, was du weißt. Unwichtig, wen du kennst. Wichtig ist nur, *was* du über *wen* weißt. Vergiß das nie!«

Albert Castiglia war sonst kein großer Wetter. Weshalb gerade jetzt? Weshalb in diesem Rennen? Auf dieses Pferd?

Sal vergaß es nicht – er hatte gehört, daß Albert Castiglia vergangenes Jahr im Auftrag bestimmter Leute in Miami gewesen war. Von dort war er mit einer kolumbianischen Freundin zurückgekommen. Dann war die Freundin schwanger geworden, und soviel Sal wußte, hatte Albert Castiglia sie geheiratet.

Konnte das etwas bedeuten? Und was?

Wußte Albert Castiglia irgend etwas über dieses Rennen?

Scheiße, sagte sich Sal. *Laß die Finger davon!*

Er nahm den Telefonhörer ab und wählte die Nummer von Pete-the-Pencil.

»Yeah?« meldete Pete-the-Pencil sich.

»Sal. Ich hab' eine für zwanzig Riesen. Im Dritten in Gulfstream.«

»Yeah? Auf wen?«

Sal brachte es nicht heraus.

»Auf welches Pferd?« fragte Pete-the-Pencil noch einmal.

Was ist los mit dir? Was ist los mit...

»Sal?«

»Transformer«, hörte Sal sich sagen. »Zwanzigtausend auf Transformer im Dritten in Gulfstream.«

Ich hab's gewagt! Zugeschlagen!

»Auf Sieg?«

»Yeah«, antwortete Sal. »Auf Sieg.« *Auf den großen, den totalen Sieg!*

Am anderen Ende blätterte Pete-the-Pencil laut raschelnd in seinen Unterlagen.

»Okay«, sagte er schließlich. »Die Wette gilt.«

Draußen zuckten weiter Blitze herab, und dumpfer Donner rollte polternd über die regennasse Stadt hinweg.

Und Sal saß in der Scheiße.

Mist, was sollte er bloß tun?

Sein geistesabwesender Blick fiel auf das mit Kreisen und Unterstreichungen markierte Rennprogramm auf der Theke neben ihm. Er registrierte automatisch das Feld fürs nächste Rennen und las die

Pferdenamen. Vielleicht fand er einen Favoriten, einen todsicheren Tip, nur einen einzigen weiteren Sieger. Vielleicht konnte er Pete-the-Pencil soweit bringen, daß er eine Wette über zweihunderttausend Dollar annahm...

Er sah zur Wanduhr: 15.32 Uhr. In Florida eine Stunde später. Scheiße, wann war Annahmeschluß? Augenblick! Sal kam wieder zur Besinnung und hörte, wie der angebliche Engländer im Radio das vierte Rennen in Gulfstream ankündigte. Zu spät.

Sal wandte sich dem fünften Rennen zu und spürte, wie sein Blut auf altvertraute Weise in Wallung geriet. Notsomuchasapeep lief im Fünften – auf der *Innenbahn.* Sal liebte dieses Pferd, mit dem er vor knapp zwei Wochen ein paar Tausender gewonnen hatte. Notasmuchasapeep hatte in seinen letzten sieben Rennen dreimal gesiegt und zwei zweite und einen dritten Platz belegt. Was für ein Gaul! Wer war der Jockey? Angel Valdez, dieses Arschloch! Verdammt guter Reiter. Der Schwanzlutscher war ihm sowieso noch was schuldig. Wie hatte er Transformer verlieren lassen können? *Wie?*

Aber das war vorbei; jetzt zählte das nächste Rennen. Sal fühlte sich von einer warmen, sinnlichen Spannung erfaßt. Das war eine Chance, eine echte Chance! *Wie haben die Wetten auf diesen Arsch heute morgen gestanden?* Er sah rasch in der Rennzeitung nach – fünf zu zwei. Bis Annahmeschluß würde die Quote vermutlich auf zwei zu eins zurückgehen, aber Scheiße, er brauchte seinen Einsatz nur zu verdoppeln. Er wollte nichts *riskieren,* bei Gott nicht, er brauchte bloß einen sicheren Sieger, und mit Valdez im Sattel war das Pferd so gut wie Geld auf der Bank. Ein todsicherer Tip. Er mußte nur noch eine Möglichkeit finden, auf den Gaul zu setzen. *Jesus,* rief eine Stimme in seinem Kopf, *zweihundert Riesen zu setzen ist unmöglich!*

Sal stand auf und ging wieder in die Bar hinaus. Der Zeichentrickhund war durch einen alten Schwarzweißfilm abgelöst worden. Bogart und Robinson knurrten sich aus breitgeschnittenen Zweireihern an.

Als Sal den Hörer abnahm, flog die Eingangstür des Sporting Life auf, und sieben Leute kamen aus dem Regen hereingehastet.

Sal vergaß die Wette.

Erstmals traf ihn die Tragweite seiner Tat mit ganzer Wucht, wie ein Schlag ins Gesicht. Und die Angst griff wie eine Hand zwischen seine Beine, packte ihn an den Eiern und *drückte zu.*

Die sieben Leute, von denen kaltes Regenwasser auf den Boden tropfte, schälten sich lachend und fluchend aus ihren Mänteln. Selbst in einer Bar rochen sie nach Alkohol. Die drei Frauen waren Nutten. Müde aussehende Frauen Ende Zwanzig mit guten Figuren, traurigen Augen und der allen Nutten gemeinsamen Aura von Menschen, denen ein wesentlicher Bestandteil ihrer Persönlichkeit fehlt.

Die vier Männer waren Little Johnnys Leute. Jimmy Van, ein Einbrecher und Zuhälter aus der Stadt, der mit Little Johnnys vier Söhnen aufgewachsen war. Junior Venezia, Little Johnnys zweitjüngster Sohn, ein brutaler und cholerischer Halbtrottel, der angeblich immer einen Kugelkopfhammer in der Tasche hatte, um ihn bei passenden Gelegenheiten zu benützen. Dago Red La Rocca, mit vierundsechzig Jahren der Älteste der Gruppe, ein Altersgenosse Little Johnnys, der vor vielen Jahren einmal den Buckel hingehalten hatte, als der Little Guy Scheiße gebaut hatte, was selten genug vorkam. Er hatte einen *Nickel am Fluß* – fünf Jahre Staatsgefängnis in Angola – kassiert und sich dadurch einen ständigen Platz in Little Johnnys Organisation gesichert. Dago Red betrachtete sich als unabhängig, obwohl er meistens mit den nur halb so alten Venezia Boys zusammen war. Geld verdiente er sich mit Einbrüchen, dem Verkauf von Kokain an die Italiener und Heroin an die Schwarzen, illegalem Glücksspiel, Hehlerei und nebenbei noch ein bißchen Zuhälterei – was seine jüngeren Gefährten königlich amüsierte. Außerdem wußte jeder auf der Straße, daß Dago Red La Rocca der Lieblingskiller von Little Johnny Venezia war.

Nicky Venezia war angeblich Little Johnnys *Neffe,* der Sohn seiner jüngeren Schwester Rose, aber die ganze Stadt wußte, daß er Little Johnnys unehelicher Sohn war. Jeder wußte es, aber *niemand* verlor ein Wort darüber. Kein Sterbenswörtchen. Nickys Mutter war eine junge, üppige kleine Stripperin mexikanisch-hawaiianischer Herkunft gewesen, die in den frühen fünfziger Jahren irgendwie nach New Orleans und in einen von Little Johnnys Stripclubs in der Bourbon Street geraten war.

Auf der Straße hieß es – allerdings nie in Gegenwart von Venezias –, Nicky sei Little Johnnys Lieblingsneffe *und* sein Lieblingssohn. Selbst die vier »legitimen« Söhne Little Johnnys liebten den wilden Kleinen, und Nicky wuchs mit dem beruhigenden Wissen auf, daß es nicht viel gab, aus dem seine Familie ihn nicht rausholen konnte. Aus diesem Grund machten die meisten Leute einen weiten Bogen um Nicky Venezia.

»Dieser Scheißregen!« sagte Dago Red La Rocca mit seiner rauhen Whiskeystimme, zog seinen Mantel aus und schüttelte Regenwasser auf den schwarz-weiß gefliesten Boden. »Dieser Scheißregen! Da werden sie heut abend den Festzug absagen müssen.«

»Nein, Red!« protestierte eine der Nutten. Sie war eine üppige, leicht zerzauste Wasserstoffblondine mit der schleppenden Sprechweise einer Texanerin. »Ich hab' noch nie keine Mardi-Gras-Parade gesehen. Glaubst du echt, daß sie abgesagt wird?«

»Wenn's so weitergießt.« Dago Reds Stimme war das akustische Gegenstück zu grobkörnigem Schleifpapier. Seine Stimmbänder hatten gelitten, als jemand vor vielen Jahren versucht hatte, ihn mit einem mit Drano versetzten Drink zu vergiften. Das arme Arschloch, das es gewagt hatte, tat allen leid, die davon hörten. So was konnte man bei 'nem Kerl wie Red La Rocca nur riskieren, wenn man garantiert Erfolg hatte.

»Sal!« grüßte Jimmy Van und warf seinen Trenchcoat auf einen Barhocker. »Wie geht's immer?«

»Jimmy«, sagte Sal mit schwacher Stimme.

»Pretty Boy Sally.« Dago Red konzentrierte sich wieder auf Sal. »Hübscher kleiner Sally. Gib uns 'nen Kuß, Sally Baby.« Sein Lachen klang wie das Krachen eines Autogetriebes.

Die sieben saßen jetzt alle in einer langen Reihe vor der Theke. Boy, Girl, Boy, Girl.

»Na, Sal«, sagte Nicky Venezia mit seiner kalten, sanften Stimme, »paßt du gut auf Little Johnnys Geld auf?«

Sal wußte nicht, ob das eine rhetorische Frage war oder ob Nicky eine Antwort erwartete. Er zog es vor, sein Vergehen nicht durch Lügen zu verschlimmern. Er zog es vor, nichts zu sagen.

»Hast du die Wette angenommen?« fragte Nicky.

»Was?«

Nicky betrachtete ihn genauer. Seiner gemischten Abstammung verdankte er leicht mandelförmige Augen, etwas dunklere Haut und den überwältigenden Drang, sizilianischer als seine vollblütigen Verwandten zu sein. Wie seine Stimme waren seine braunen Augen irgendwie kalt und sanft zugleich.

»Hast du die Wette angenommen?« wiederholte er und deutete auf den Hörer, den Sal noch immer in der Hand hielt.

»Yeah«, sagte Sal und legte rasch auf.

»Dann paßt du also gut auf Little Johnnys Geld auf?« Seine Lippen lächelten, aber sein Blick blieb eisig wie Flußwasser im Februar.

Sal zwang sich dazu, das Lächeln zu erwidern. »Das muß ich wohl.«

»Yeah«, warf Dago Red lachend ein. »Scheiße, das mußt du allerdings, Sally Boy. Sonst schneid' ich dir die Eier ab und mach' dich zu meiner Alten. Ha! Ha! Ha!« Sein Lachen klang wie scheppernde Kieselsteine in einer Büchse.

Nicky stimmte ins Lachen seines Mentors ein. »Wir brauchen ein paar Drinks«, erklärte er Sal dann. »Wir haben Lust auf 'ne Party, aber in der Scheißkälte mag ja keiner feiern.«

»*Baby, it's cold outside*«, krächzte Dago Red.

»Drinks für alle«, bestellte Nicky.

»Yeah, Wein für meine Männer und Heu für die Pferdchen«, witzelte Jimmy Van, und die anderen lachten schallend.

Sal holte rasch die Flasche Crown Royal hervor. Den tranken alle, die in New Orleans dazugehörten.

»Bourbon für alle?« fragte Sal, als er bereits einschenkte.

»Igitt, nein!« sagte eine der Nutten, eine hübsche Dunkelhaarige mit blauen Augen und Sommersprossen quer über dem Nasenrücken. »Dieses Scheißzeug mag ich nicht. Kannst du mir 'n Rum-Coke machen?«

»Sofort«, sagte Sal, und dann klingelte das Telefon.

»Hey, paß lieber gut aufs Geld von mei'm Daddy auf!« sagte der stumpfsinnige Junior Venezia, der damit zum ersten Mal den Mund aufmachte, und die anderen sechs lachten. Junior Venezia war klein und untersetzt und wie ein Kleiderschrank gebaut. Seine Tieraugen bewegten sich unter dichten Brauen hin und her.

Das Telefon klingelte wieder.

»Willst du nicht abnehmen?« fragte Nicky.

»Sofort«, sagte Sal und griff nach dem Hörer.

»Mein Pferd hat gewonnen«, hörte er Albert Castiglia sagen.

»Augenblick, ich stell' ins Büro durch«, antwortete Sal halblaut und drückte auf die Wartetaste. Um Zeit zum Nachdenken zu gewinnen, beschäftigte er sich wieder mit den Drinks.

»Red, glaubst du, daß sie den Festzug echt absagen?« quengelte die blondgefärbte Nutte.

»Bei Regen kann's keine Parade geben, Mädchen.«

»Och, Scheiße.«

Jimmy Van, der am anderen Ende der Theke saß, beugte sich vor, um mit den beiden zu sprechen.

»Die Parade ist schon zweimal verschoben worden. Wenn der Regen auch nur bißchen nachläßt, steigt sie.«

»Glaubst du wirklich, Jimmy?« wollte die Blondine aus Texas wissen.

»Der Regen muß allerdings bißchen nachlassen.«

Sal servierte den letzten Drink und ging ins Büro hinaus, wobei er sich die Hände an einem Barhandtuch abtrocknete.

»Ich würd' nicht mal über die Straße gehen, um mir so 'ne Scheißparade anzusehen«, sagte Nicky. »'n Haufen reicher Arschlöcher in Weiberklamotten.«

Junior Venezia kippte seinen Bourbon in einem Satz, wie immer, und zerbiß dann die Eiswürfel, wie immer. »Im Fernsehen hab' ich gesehen« – *knirsch* – »daß die Navy« – *knirsch* – »'ne Methode hat, um Regen aufhören zu lassen, wann immer sie will.«

»Ohne Scheiß?« fragte die hübsche Nutte mit den Sommersprossen.

»Aber ich hab' noch *nie* keine Mardi-Gras-Parade gesehen«, jammerte die Blondine.

»Yeah«, fuhr Junior fort. »Sie hat 'ne Bombe« – *krach!* –, »die sie genau ins Zentrum eines Hurrikans wirft – und schon ist das Scheißding erledigt!«

»Ist das ein Hurrikan?« fragte die Blonde mit einem Blick auf den Regen, der hinter ihr an dem großen Fenster hinabströmte. »Ich hab' noch nie kein' Hurrikan gesehen.«

Sal, der in dem winzigen Büro stand, nahm den Hörer ab.

»Mein Pferd hat gewonnen«, sagte Albert Castiglia sofort.

»Yeah, ich weiß.«

»Wann kann ich mein Geld abholen?«

»Komm heute abend nach zehn vorbei.«

»Okay, ich komme. Aber nicht allein.« Er legte auf.

Im Anzeigefeld des Tischrechners leuchteten noch immer die winzigen blaugrünen Ziffern. Sal stellte den Rechner ab und steckte das kleine rote Notizbuch mit Spiralbindung ein. *Bis zum Hals in der Scheiße.* Er ging in die Bar zurück.

»Sal, wo spielst du jetzt?« fragte Jimmy Van. Er war ein hagerer, durchtrainierter Mann von fünfunddreißig mit hoher Stirn und Hornbrille. Er sah wie ein Buchhalter aus, war aber ein Virtuose, der jedes Schloß knacken konnte. Und geriet dabei nicht mal ins Schwitzen. »Vielleicht kommen wir heute abend vorbei, um ein bißchen zu tanzen. Wo spielst du?«

»In der Piano Bar im King Louis.«

»Habt ihr sonntags offen?«

»Montag ist Ruhetag. Aber ich hab' keine Band mehr, Jimmy.«

»Du hast keine Band mehr?«

Die Blondine, die zur Jukebox hinübergestöckelt war, flehte Dago Red quer durch den Raum an.

»Red, mach, daß der Regen aufhört, Honey! Ich will die Mardi-Gras-Parade sehen!«

»Ich sag' dir doch, Sandra, vergiß diesen Festzug. Diese Pißschau müssen sie absagen. Außerdem haben Nutten keine Zeit für Scheißparaden, verdammt. Nutten müssen *anschaffen.* Die Scheißhotels sind *überfüllt.*«

»Ach, Red, das sind doch bloß Familien mit massenhaft Kids, die zum Mardi Gras gekommen sind, sonst nichts.« Sie fütterte die Jukebox mit Quarter-Münzen.

»Red kein Scheiß«, knurrte Dago Red. »In den Hotels muß es ein paar Kerle mit Steifen geben. Deswegen *kommen* die Ärsche doch nach Noo Awlins.«

Sie drückte die Tasten der Songs, die sie ausgewählt hatte.

Aus der Jukebox drang das klirrende Scheppern eines Honky-Tonk-Pianos, das in einen langsamen Hillbilly Waltz überging.

»Verdammt, Sandra«, knurrte Dago Red, »mußt du wieder diesen Indiana-Scheiß spielen?« Dago Red La Roccas Oberkörper war so muskelbepackt, daß er stets affenartig nach vorn gebeugt ging – fast wie ein Buckliger. Als er jünger gewesen war und von einem Gefängniswärter seinen Spitznamen bekommen hatte, war sein Haar karottenrot gewesen, aber jetzt leuchtete es schlohweiß über seinem käsig blassen Gesicht. »Ich hab' diesen abgewichsten Scheiß echt satt!«

Kenny Rogers sang: *»In a bar in Toledo, across from the depot, on a barstool she took off her ring...«*

»Siehst du, Red, Honey. Nicky sagt, daß der ganze verdammte Mardi Gras wahrscheinlich wegen dem Regen abgesagt wird.«

»Die Navy, die hat 'ne Methode, um den Regen zu stoppen«, grunzte Junior Venezia. »Auf der Stelle zu stoppen.«

»Noch 'ne Runde, Sally«, sagte Jimmy Van zu Sal und legte einen Hunderter auf die polierte Theke. »Und kannst dir auch einen genehmigen.«

Sal begann die Drinks zu mixen. »Danke, Jimmy, ich kann einen brauchen.«

»Du hast also deine Band nicht mehr, Sally?«

»Schon lange nicht mehr, Jimmy.«

»I'm hungry for laughter, and here ever after, I'm after whatever the other life brings...«

»Die beste beschissene Band, die ich je gehört hab', als ihr im Casablanca in der Iberville Street gespielt habt. Die beste beschissene Noo Awlins Band, die ich je gehört hab'.«

»*Daher* kenn' ich dich also, du gutaussehender Hundesohn!« Sie sprach ein hartes, nasales Brooklynesisch aus dem Ninth Ward, aber ihr Gesicht war schmal und blaß und engelsgleich unter kastanienbraunem Haar, das, zu einem dicken Zopf zusammengeflochten, über ihren Rücken herabhing. Sie war Nicky Venezias neue Nutte und schmiegte sich bei ihm an. »Du bist Sal D'Amore. Meine Schwester ist an der Nicholls High-School in deiner Abschlußklasse gewesen.«

»Nicholls!« schnaubte Junior Venezia wie ein Gorilla, der an einer Banane schnüffelt. »Bloß noch Nigger dort. Cus Almericos Kleinen haben sie an den Füßen aus dem Fenster gehängt. Der hat sich von oben bis unten vollgepißt.«

»Erinnerst du dich an Mildred O'Rourke?«

Mit der Flasche in der Hand hielt Sal kurz inne, starrte die kastanienbraune Nutte an und bemühte sich verzweifelt, natürlich zu wirken.

»*She was a beauty, but when she came to me, she must've thought I'd lost my mind...*«

»Die gleiche Nase, aber 'n bißchen kleiner als du? Und etwas dunkleres Haar?«

Die Nutte lächelte. »Genau! Ich bin ihre kleine Schwester.« Sie löste sich von Nickys Arm, setzte sich auf und streckte die Hand aus. »Ich bin Hadey O'Rourke.«

»So 'n Scheiß«, sagte Nicky Venezia verächtlich, »'ne Hure, die Hände schüttelte. Dafür, daß du jemand seine beschissene Hand schüttelst, kriegst du kein Geld.«

»*You picked a fine time to leave me. Lucille...*«

Junior kippte seinen Bourbon und zerbiß seine Eiswürfel. »Der Scheißkerl hatte seit 'nem Jahr kein Mittagessen mehr gekriegt. Die Scheißnigger hatten ihm jeden Morgen sein Essensgeld abgenommen.«

»*I've had some bad times, lived through some sad times...*«

Hadey, die kastanienbraune Nutte, hatte sich von Nicky gelöst und beugte sich jetzt über die Theke zu Sal hinüber, der auf seinem Posten war und weitere Drinks mixte. Um irgendwie beschäftigt zu sein.

»Ich hab' 1979 in der Holy Angels High-School meinen Abschluß gemacht. Bei unserem Abschlußball hat deine Band gespielt. Auf der *President*.«

Sal zuckte mit den Schultern. »Ich hab' bei einigen Abschlußbällen auf der *President* gespielt.«

»Yeah, aber du erinnerst dich sicher, wie die beiden Macker von St. Roch vom Oberdeck aus in den Fluß gesprungen sind?«

Sal rang sich ein Lächeln ab. »Yeah, das weiß ich noch.«

»Ist 'ne tolle Nacht gewesen!« lachte Hadey, die Nutte. »Die vergeß ich nie! Ich hab' bis drei oder vier Uhr morgens nach eurer Musik getanzt.«

»Yeah, damals haben wir doppelte Überstunden gemacht.«

»Diese Nacht vergeß ich nie!« Hadey lächelte ihn an. »Auf dich war ich so scharf, Mann. Du warst der hübscheste Kerl, den ich je gesehen hatte. Ich hab' die ganze Nacht vor dem Musikpodium getanzt. Am liebsten hätt' ich dich gleich gefickt.«

»Noch 'ne Runde, Sal.« Jimmy Van deutete die Bar entlang. Jimmy, der als großzügig bekannt war, wurde noch spendierfreudiger, wenn er angetrunken war, und betrunken waren sie alle. »Und kannst dir auch einen genehmigen, Sally.«

Hey, warum nicht, verdammt? dachte Sal. *Ich* muß *mir einen antrinken. Vielleicht spüre ich dann nichts, wenn sie mir die Kniescheiben zertrümmern.*

Sei kein Arschloch! mahnte seine innere Stimme. *Die Kniescheiben zertrümmern sie dir für zwanzigtausend. Für den Haufen, den du unterschlagen hast, schneiden sie dir deine beschissene Kehle durch.*

»Sal«, sagte Jimmy Van und deutete auf ein Foto hinter der Bar, das einen Angler mit einem aufgehakten Schwertfisch zeigte. »Gib mal das Bild her.« Jimmy legte einen halbgefüllten Plastikbeutel Kokain auf die Theke. »Scheiße, jetzt steigt die *Party*!«

»Genau!« sagte die hübsche sommersprossige Nutte.

Draußen vor dem großen Schaufenster zuckten wieder Blitze. Dago Red kämmte sich sein weißes Haar und betrachtete sich in der Spiegelwand hinter der Theke.

»Red«, beschwerte sich die texanische Nutte laut, »hast du die Blitze gerade gesehen? So verpaß ich den Festzug garantiert!« Die Jukebox plärrte wieder los.

»*Take this Job and shove, I ain't working here no more...*«

»Verdammt, Sandra«, rief Dago Red aus, während er sich von Nicky abwandte, »nicht noch einen dieser Scheißetreter!« Er verdrehte komisch die Augen. »Du weißt, wie ich diesen Mist hasse!«

»Red!« lachte sie neckisch, und dann schwang Nicky Venezia seine Beine vom Barhocker, marschierte zur Jukebox hinüber, packte den blauen Plastikaufsatz mit beiden Händen, kippte das Gerät nach vorn und knallte es gegen die Wand. Die Nadel hüpfte kratzend über die 45er, bis die Schallplatte ausgeworfen wurde. Während die anderen von der Theke aus seinen Rücken beobachteten, wartete er mit nervös hochgezogenen Schultern. Als die Nadel sich auf die nächste 45er – ebenfalls eine Country-and-Western –

herabsenkte, wiederholte Nicky seinen Kraftakt. Und dann bei der nächsten und der nächsten und der nächsten, bis die Jukebox endlich schwieg.

Nicky drehte sich um und starrte die anderen an. Sein Gesicht glühte finster. Irgendwie war sein Blick gleichzeitig durchdringend und verschwommen, eiskalt und glutheiß. Er kam mit wenigen raschen Schritten ans Ende der Theke und nickte Sal zu.

»Gib mir 'n paar Quarter.«

Sal öffnete hastig die Registrierkasse und schaufelte eine Handvoll mit rotem Nagellack gekennzeichneter Quarter heraus, die für Musik auf Kosten des Hauses eingeworfen wurden. Er reichte sie Nicky, ohne ihm ins Gesicht zu sehen. Nicky trat wieder an die Jukebox und warf die Münzen langsam eine nach der anderen ein. Dann wählte er ein Dutzend Titel aus. Die Musik rockte und rollte bereits, ehe Nicky auf die letzte Taste gedrückt hatte. Lee Dorseys R&B-Hit aus dem New Orleans der fünfziger Jahre.

»*Sitting' in la-la waitin' for my ya-ya, yeah. Sittin' in la-la waitin' for my ya-ya ...*«

Nicky Venezia drehte sich wieder zu ihnen um. Jetzt lächelte er, und seine Augen funkelten schelmisch wie die eines entwaffnend reizenden Kindes. Cool und halblaut klatschte er den Takt mit.

»Schon besser, was?« Er grinste breit und tanzte, schlecht, aber begeistert, über die schwarz-weißen Fliesen.

»Komm, Texas«, forderte Nicky die blondgefärbte Nutte auf, »tanz mit mir!«

Die Nutte, die sich an die Theke zurückgezogen hatte, lächelte nervös. Deutlich verwirrt und ängstlich blickte sie zu Dago Red hinüber.

»Los, Sandra, tanz mit dem Mann«, krächzte Dago und gab der Nutte einen leichten Klaps auf den Hintern.

Sandra zuckte mit den Schultern, lächelte spröde, warf ihre blondgefärbte Mähne in den Nacken und tanzte dann hüftwiegend auf Nicky zu.

»Okay, Country«, lachte Nicky Venezia, »zeig uns, was du hast!« Die beiden umkreisten sich im Rhythmus der Musik.

Die Erleichterung der Beobachter an der Theke war unverkennbar; sie wandten sich wieder ihren Drinks zu.

Jesus, dachte Sal, *sogar diese Macker haben Angst vor Nicky.*

Draußen zuckte aus schwarzem Himmel ein Blitz herab, und Sekunden später grollte schwerer Donner übers Dach.

Junior Venezia zerbiß einen Eiswürfel und starrte die Decke an. »Die beschissene Navy könnte das stoppen, wenn sie nur wollte.«

Bei ihrer ersten Begegnung waren Sal D'Amore und Nicky Venezia zwölf Jahre alt gewesen. Sal und seine Mutter waren vor kurzem von der St. Claude Avenue herunter in ein Apartment über einer chemischen Reinigung in Elysian Fields gezogen. Ein paar Häuser weiter lebte ein alter Italiener, der lebende Hühner verkaufte, deren Käfige vor seinem Geschäft aufgestapelt waren. Die Hühner wurden von den unbarmherzigen Fingern der schwarzen, französischen und italienischen Hausfrauen der Nachbarschaft geprüft und abgetastet, ob sie auch fett genug waren, dann laut gackernd in den hinteren Raum getragen, wo sie geköpft, ausgenommen, in kochendes Wasser getaucht, gewaschen und gerupft wurden.

Sals Mutter drückte ihm zwei feuchte, zerknitterte Dollarscheine in die Hand und schickte ihn los, ein Brathühnchen zu kaufen. Sal, der es haßte, die dummen, atmenden Federbündel anzufassen, deutete einfach auf das nächstbeste Huhn, statt die Tiere zu begutachten, wie seine Mutter es getan hätte. Einige Minuten später war er mit dem noch warmen, in Wachspapier gewickelten Kadaver auf dem Heimweg und summte dabei »Hit the Road, Jack« von Ray Charles, als die schwere Glastür von Vicari's Barber Shop vor ihm aufflog und ein kleiner, drahtiger Junge, der nur etwa eine Handbreit größer als Sal war, auf den bevölkerten Gehsteig herausgestelzt kam. Er trug lose mit einem Gürtel zusammengezogene Navy Jeans, ein in die Hose gestopftes weißes T-Shirt und auf Hochglanz polierte spitze italienische Lederschuhe.

»Du *Scheißkerl*!« kreischte der Junge, und Sal dachte zuerst, er sei gemeint, aber inzwischen hatte der andere sich nach der offenen Tür des Friseurladens umgedreht. »Du blöder Scheißkerl! Sieh dir bloß an, was du mit mei'n Haaren gemacht hast! Ich sollte dir dei'n Scheißkopf abreißen und in dei'n Hals scheißen! Sieh dir an, wie du mich zugerichtet hast, du *blöder* Scheißkerl!«

Sal stand wie angewurzelt da und betrachtete den Haarschnitt des Jungen. Er war kurz, aber gerade.

»Du *Scheißkerl*!« wiederholte der Junge kreischend, wobei seine Stimme vor Wut immer schriller wurde. Seine Augen traten aus den Höhlen hervor, und seine Hände bebten. »Dafür sollt' ich dich *umbring'n*, Arschloch!« Der Junge bückte sich, hob den Betonklotz an, der Mr. Vicari bei gutem Wetter als Türstopper diente, und stemmte ihn drohend hoch. Der Brocken war zu schwer für ihn, und seine Arme zitterten.

»Mit dem sollt' ich dir dein Scheißfenster einschmeißen!« drohte der Junge. »Wie würd' dir das gefall'n, du blöder alter Scheißkerl?«

Sal konnte sehen, wie Mr. Vicari, ein kleiner, aber keineswegs schüchterner Mann Anfang Fünfzig, sich ängstlich hinter einen der Friseurstühle duckte. Auch die drei anderen Männer – zwei Friseure und ein Kunde, der einen weißen Umhang umgebunden hatte – waren in den hinteren Teil des Ladens geflüchtet.

»Du Scheißkerl! *Schau mich an! Schau dir bloß an, wie du mich zugerichtet hast!*«

Sal hatte das Gefühl, seine Füße seien am Gehsteig festgenagelt. Sein Mund stand offen. Der Kadaver des bis vor kurzem lebendigen Hühnchens hing schlaff in seiner Hand. Sal hatte noch nie ein Kind gehört, das es wagte, so mit Erwachsenen zu sprechen. Für ihn war das ein Schlüsselerlebnis. Sein Herz pochte wild in seiner Brust.

»Du *Scheißkerl*!« schrie der Junge den Friseur an, und das eingewickelte Hühnchen glitt Sal aus den Fingern und klatschte laut auf den Gehsteig. Der wütende Junge drehte sich um und nahm Sal erstmals wahr. Seine dunklen Augen bohrten sich in Sals, und Sal bekam weiche Knie.

»Verflucht, was gibt's da zu glotz'n, Arschloch?« fragte der Junge, und Sal fürchtete einen Augenblick, Nicky werde mit dem Betonbrocken nach ihm werfen. »Willst du wart'n, bis du *Zeuge* spielen kannst? Hau ab, Arschloch!«

Sal zögerte nur eine Sekunde. Dann hob er das auf den Gehsteig gefallene Hühnchen auf und hastete die Elysian Fields hinunter nach Hause. Hinter sich hörte er noch immer die Stimme des Jungen, der Mr. Vicari anschrie.

»Du *Scheißkerl*! Wie würd's dir gefallen, den ins Schaufenster zu krieg'n, du blöder Scheißkerl? *Sieh dir bloß an, wie du mich zugerichtet hast!*«

So hatte Sal D'Amore damals Nicky Venezia kennengelernt.

Nur wenige Tage später spielte Sal auf dem Sportplatz von St. Roch in einem bunt zusammengewürfelten Baseballteam den Vorstopper. Die Mädchen aus der näheren Umgebung waren bereits auf ihn aufmerksam geworden und saßen mit schmachtenden Blicken auf der Tribüne. Und als Sal sich einmal umdrehte und seine Hand als Sonnenschutz über die Augen hielt, sah er sie übers Außenfeld auf sich zukommen: Nicky Venezia und zwei weitere Kids, seine »Cousins« Junior und Rocky, wie er später erfuhr.

Oh, Scheiße! dachte Sal, aber er überlegte nicht einmal, ob er weglaufen sollte. Was hätte das genützt? Der verarmte Innenstadtbezirk Ninth Ward glich einem Dorf. Jeder kannte jeden. Er hätte vielleicht abhauen können, wenn er ein Flugticket nach Alaska gehabt hätte. Vielleicht.

»Hey, du Arschloch! Kleiner Pisser!« Schon als Zwölfjähriger redete Nicky wie ein Zuchthäusler. »Neugieriges Arschgesicht!«

Sal zog seinen Baseballhandschuh aus und stopfte ihn in die hintere Hosentasche, während die drei Venezias näher kamen und sich um ihn herum aufbauten.

»Du bist neugierig, was, Arschloch?«

Sal hielt den Mund. Vielleicht gab es einen Ausweg. Vielleicht.

»Hör zu, Pussy«, sagte Nicky, wobei er sich dicht vor ihm aufbaute und seinen Zeigefinger in Sals schmale Brust bohrte, »wir kümmern uns hier um unser'n eigenen Dreck, kapiert? Wir geh'n einfach weiter, wenn wir was seh'n. Verstehst du?«

Sal nickte. »Ich bin kein Petzer.«

»*Ooooh!*« jaulte Nicky auf, und die anderen lachten. »Hört euch diesen harten Burschen an!«

Sal hielt den Mund und versuchte, gleichzeitig groß dazustehen und unsichtbar zu sein.

»„Wie heißt du, Fischgesicht?«

»Sal. Sal D'Amore.«

»Italiener?«

»Yeah«, antwortete Sal, der plötzlich hoffte, daß es *doch* einen Ausweg geben würde.

»Yeah, was is' mit deiner Mama, Arschloch?« knurrte Nicky Venezia, und Sals letzte Hoffnung zerschellte. »Wie ich hör', soll deine Mama 'ne beschissene Okie sein. Stimmt das?«

Sal ballte die Hände zu Fäusten und wartete. Er wußte jetzt, daß er Prügel beziehen würde, gleichgültig, was er tat oder sagte.

»Laß ihn in Ruhe, Nicky!« rief eines der Mädchen auf der Tribüne. »Er hat dir nichts getan!«

Das machte alles noch schlimmer. Denn jetzt wußte Nicky, daß er ein Publikum hatte. Er grinste breit.

»Hab' gehört, Okies ficken mit Niggern«, sagte er herausfordernd. »Stimmt das, Pussy?«

Sal wußte, daß er jetzt hätte zuschlagen müssen, aber seine Arme waren wie gelähmt. Er fühlte, wie seine Beine zitterten, und sein Puls pochte in den Schläfen.

»Stimmt's, daß deine Mama mit Niggern fickt?« wiederholte Nicky provozierend.

Sal wußte, daß er auf diese Herausforderung irgendwie antworten mußte und fürchtete sich vor der unvermeidlichen Prügelei. Zögernd sagte er: »Nein, aber wie ich höre, ist deine Mama 'ne…«

Nickys Faust krachte gegen seinen Backenknochen. Kein allzu kräftiger, aber ein bösartig gemeinter Schlag, dem ein Hagel von Boxhieben folgte. Sal riß die Arme hoch, um sein Gesicht zu schützen, und Nicky stieß ihn um, so daß er im Gras der Infields landete, und dann lag Sal auf dem Rücken, und Nicky hockte auf seiner Brust und bearbeitete sein Gesicht mit wilden Schwingern. Die Mädchen auf der Tribüne kreischten, Nickys Cousins feuerten ihn lautstark an, und Sals Kopf bebte und summte. Sal wußte, daß er Prügel bezog, und hoffte bloß, daß er nicht weinen würde – und daß Nicky ihn nicht umbringen würde. Wobei er sich lieber hätte umbringen lassen, als vor aller Augen zu flennen.

Nach einer Weile war es vorbei. Nickys Arme schienen vor Anstrengung erlahmt zu sein, und plötzlich war die drückende Last von Sals Brust verschwunden, und Nicky und seine Cousins stelzten übers Centerfield davon. Sie hatten ihr Revier verteidigt. Das Recht geborener Prinzen bestätigt.

Dann kamen die Mädchen, die Sal anzog, wie Wärme Katzen anlockt, und bemühten sich weinend um ihn. »Iiih!« sagte eine von ihnen, als Sal sich im Gras auf den Bauch wälzte und sich übergeben mußte. Sal fuhr sich mit einer Hand über das Gesicht, das brannte und sich taub anfühlte, und sah Blut an seinen Fingern. Er rappelte sich auf und stieß die Mädchen beiseite. Er hatte das Spielfeld schon fast überquert, als ihm die Tränen übers Gesicht zu strömen begannen und sich mit Blut und Rotz vermischten.

»Hey, Sally. Kannst auch was abkriegen«, bot Jimmy Van ihm an.

Sal starrte den Koks an. *Scheiße, warum nicht?* Das letzte High eines zum Tode Verurteilten.

Er beugte sich über die Theke und setzte das Ende eines halbierten Trinkhalms an den Anfang eines der kleinen weißen Streifen, die Jimmy Van wie eine indianische Sandmalerei auf dem Glas angeordnet hatte. Er hielt sich ein Nasenloch zu und atmete tief ein. Die Koks-Line verschwand. *Zauberei.*

Als Sal sich schließlich blind die Treppe zur Wohnung über der chemischen Reinigung hinaufgetastet hatte, starrte seine Mutter ihn an, nahm wortlos seine Hand und zog ihn ins Bad. Sie machte seine Wunden sauber, ohne eine Frage zu stellen, und bepinselte sie mit einem Antiseptikum. Bevor sie den jungen Gefreiten D'Amore, der vor Ausbruch des Koreakriegs bei Tulsa stationiert gewesen war, kennengelernt und geheiratet hatte, war sie als einziges weißes Mädchen in unmittelbarer Nähe einer Cherokee-Reservation im hintersten Oklahoma aufgewachsen, deshalb verstand sie die subtilen Zwänge stammesbedingter Pubertätsrituale.

Nach diesem ersten Zwischenfall ließ Nicky Sal weitgehend in Ruhe. Seine Herrschaft war bekräftigt, und Sal stellte sie nicht in Frage. Bei zufälligen Begegnungen auf Schulkorridoren oder auf den Sportplatz ignorierte Nicky ihn einfach. Als Sal ein Jahr später an die Colton Junior High-School überwechselte, war Nicky nach einer Serie nächtlicher Einbrüche im French Quarter bereits in die Erziehungsanstalt Milne Boys' Home eingewiesen worden. Unter Dago Red La Roccas Führung hatten Little Johnnys Leute Wohnungen ausgeräumt, deren Türen Nicky den Erwachsenen von innen geöffnet hatte, nachdem er über Mauern und Dächer geklettert, sich durch Lüftungsschächte gezwängt hatte oder sogar durch enge

Kamine hinabgerutscht war, die in New Orleans ohnehin nur kosmetischen Zwecken dienten.

Als Nicky zuletzt geschnappt worden war, als er in den schmiedeeisernen Ornamenten eines Balkons im zweiten Stock eines Hauses festsaß, und in die First District Station in der Rampart Street gebracht wurde, schuf er sich sofort einen Ruf, indem er den Cops auf die Frage nach seinen Komplizen ins Gesicht spuckte. Sie brachen ihm das Nasenbein, aber er lachte sie bloß aus und verfluchte ihre Mütter, bis sie endlich aufgaben und ihn dem Jugendgericht überstellten. (Wäre Nicky schon volljährig gewesen, wäre seine Entlassung gegen Kaution nur eine Formalität gewesen.)

Lee Dorseys Schallplatte wurde ausgeworfen, und einen Augenblick später landete mit leisem Klacken die nächste Single auf dem Plattenteller.

»I found my threeeeellll on Blueberry Heeellll, on Blueberry Heeeeellll, where I found you …«

»Yeah!« rief Nicky, während er um Sandra, die texanische Nutte, herumtanzte. »Gib's ihnen, Fat Man!« Dabei klatschte er in die Hände und wiegte sich in den Hüften.

Jimmy Van legte ein knappes Dutzend paralleler Linien auf die Glasscheibe und schob das Anglerfoto über die Theke auf Junior Venezia zu.

Junior schüttelte den Kopf. »Ich bin erkältet.«

»Na, und?«

Junior zuckte mit den Schultern. »Ihr könntet euch anstecken.«

Jimmy Van dachte kurz nach und sah dann über Juniors Kopf hinweg zu Dago Red hinüber, der sein Grinsen erwiderte.

»Junior«, fragte Jimmy, »wie sollen wir wohl deine beschissene Erkältung kriegen?«

Junior zuckte erneut mit den Schultern. »Weiß nicht.«

Dago Red beugte sich über die sommersprossige Nutte hinweg und klopfte Junior auf den Rücken. »Hey, weißt du nicht, daß Koks alle Bakterien killt?«

Junior starrte ihn an. »Ohne Scheiß, Red?«

»Ohne Scheiß. Macht alle kleinen Keime mausetot.«

»Ach, Scheiße«, sagte Junior und beugte sich über das Foto des

Mannes mit dem Fisch. »Wißt ihr«, fragte er, während er die erste Line hochzog, »daß die Scheißbullen jeden Augenblick durch diese Tür reinspaziert kommen könnten?«

»*Nein!*« Nicky spielte den Entsetzten, während er, die Hände auf Sandras Hüften, weitertanzte. »Doch nicht etwa die *Polizei*?«

»Mach dir keine Sorgen, Junior«, sagte Jimmy Van. »Wir erschießen sie und vergraben sie im Hinterhof.«

Junior leckte eine Fingerspitze an, fuhr den Bilderrahmen entlang und massierte dann damit sein Zahnfleisch. »Diese Bar hat kein' Hinterhof.«

Dago Red La Rocca schob langsam sein leeres Glas über die Theke und machte Sal ein Zeichen, er solle nachschenken. »Ich hab' noch keinen Freier gesehen, der bei so 'nem Scheißwetter unterwegs ist.«

»Yeah«, antwortete Nicky von der Tanzfläche aus, »wir müßten selbst unterwegs sein. Ein Regentag wie heute ist so gut wie Geld auf der Bank.«

»Mensch, Nick, heut ist Sonntag. Da hocken sie alle mit der Familie daheim vor der Glotze.« Während Dago Red das sagte, drehte er sich nach dem stummen Fernseher in der Bar um. »Hey, das ist Edward G.!«

»Sal!« lachte Jimmy Van, während er das Foto mit der Kokainfracht der dunkelhaarigen, sommersprossigen hübschen Nutte über die Theke zuschob. »Wie fühlst du dich, Mann?«

Sal bedachte Jimmy mit dem besten Lächeln, das er sich abringen konnte. »Scheiße, wie Dynamit, Mann!«

Die hübsche sommersprossige Nutte hielt den abgeschnittenen rosa-weiß gestreiften Trinkhalm in der Hand und betrachtete ihn mißtrauisch. »Ist Koks echt so 'n Keimtöter?« fragte sie, und Jimmy Van und Dago Red brüllten vor Lachen.

Sal begegnete Nicky nicht mehr oft, bis er als Neunzehnjähriger in Bourbon-Street-Clubs zu spielen begann. Nicky hatte damals überall seine Hände drin: Er arbeitete als Türsteher in Little Johnnys Striplokalen, vermittelte Huren an Kongreßteilnehmer, verkaufte Musikern Amphetamine und Marihuana und brach nachts in Gebäude an der Bourbon Street ein, die nicht unter dem Schutz der Venezias standen. Sal spielte im selben Block im Casablanca an der

Kreuzung von Bourbon und Iberville und begann, sich dort eine Fan-Gemeinde aufzubauen. Er hatte seine erste gute Band zusammengestellt, die jeden Abend von neun bis drei »blauäugigen Soul« im New-Orleans-Stil spielte. Sie spielten funky und mitreißend, und an den Wochenenden reichte die Gästeschlange bis auf die Straße, wobei es häufig zu Schlägereien zwischen den Wartenden kam.

Und erst die Mädchen! Sie drängten sich um das Musikpodium, versperrten alle Durchgänge und pfiffen und kreischten, wenn Sal eine seiner Spezialnummern sang: »What'd I Say«, Otis Reddings »Too Hot to Handle« und vor allem George Harrisons »Something«. Und wenn er in den Pausen vom Podium stieg, spendierten sie ihm Drinks, tupften ihm mit Cocktailservietten die Schweißperlen von der Stirn, streichelten sein dichtes Haar und flüsterten ihm ins Ohr. In der langen Pause bumste er jede Nacht ein anderes Mädchen im Lagerraum des Clubs, manchmal auch zwei.

Das alles blieb Nicky Venezia nicht verborgen. Er kam in den Club geschlendert, lehnte sich im schwachen orangeroten Lichtschein der rückwärtigen Bar an die Wand und beobachtete mit halbgeschlossenen, hungrigen Zuhälteraugen, wie die Mädchen Sal umjubelten. Begegneten ihre Blicke sich dann, spielte Sal, der hinter seiner großen Hammond B 3 sang, bewußt eine seelenvolle kleine Variation, um sein Publikum *absichtlich* zum Kreischen zu bringen. *Mach es mal nach, Arschloch,* dachte Sal dabei und starrte über sein Keyboard hinweg Nicky Venezia an, der seinen Blick finster erwiderte.

»Edward G., dieser Scheißer«, sagte Dago Red, während er sich Kokain von seinen Nasenlöchern wischte und dann die Finger ableckte. »Ich liebe diesen Kerl!«

Das Telefon klingelte laufend, und so verschwand Sal laufend im Büro, um die Wetten anzunehmen.

»Wen?« fragte die hübsche sommersprossige Nutte.

Hadey O'Rourke, die kastanienbraune Nutte, rief Sal im Büro zu: »Meine Schwester Mildred ist früher oft ins Casablanca gegangen, um dich zu hören. Wie lange hast du dort gearbeitet?«

Sal kam aus dem winzigen Büro. »Was?«

»Wie lange du im Casablanca gearbeitet hast«, Hadey hielt demonstrativ eine unangezündete Zigarette zwischen den Fingern. Genau vor ihr auf der Theke lag ein goldenes Feuerzeug.

»Der in dem Zweireiher mit Nadelstreifen«, krächzte Dago Red. »Kennst du Edward G. etwa nicht?«

»Der häßliche kleine Macker?« wollte die hübsche sommersprossige Nutte wissen. »Scheiße, wer ist das?«

»Jesus!« Dago Red schüttelte den Kopf. »Wohl gerade erst vom Auswandererschiff gekommen?«

»Fast sechs Jahre«, antwortete Sal. Er knipste das Feuerzeug an und hielt ihr die Flamme hin. Sie lächelte und senkte die Spitze ihrer Zigarette ins Feuer.

»Meine Schwester Millie hat mich manchmal reingeschmuggelt. Jesus, ich war bestimmt nicht älter als fünfzehn! Millie und ich haben immer ganz vorn am Podium gestanden, und Scheiße, ich schwör's dir, unsere verdammten Höschen sind jedesmal tropfnaß geworden.« Sie lächelte ihm erneut zu. »Du hättest uns beide haben können, wenn du gewollt hättest.« Sie zog an ihrer Zigarette.

Das brauch' ich nicht, dachte Sal. *Wer braucht das schon?*

»Edward G. ist der *Beste* gewesen! Scheiße, der *Allerbeste*! Neben Edward G. hat Humphrey Bogart wie 'n beschissenes *Würstchen* ausgesehen!«

»*The wind in the willows played, such sweet melodies...*«

Die hübsche sommersprossige Nutte sog eine Linie Koks in sich hinein, bevor sie wieder zum Fernsehschirm aufblickte. »Sieht komisch aus, find' ich.«

»Komisch?«

»Yeah, häßlich. Irgendwie dumm.« Sie senkte den Kopf und sog die zweite Line ein.

»Du spinnst wohl? Edward G. ist der Beste gewesen! Der beste beschissene Schauspieler überhaupt!« Er drehte sich auf seinem Barhocker um. »Wie lange ist Edward G. schon tot, Junior?«

Junior war verblüfft. »Edward G. Robinson ist tot?«

Dago Red starrte ihn an. »Jesus, Junior, Edward G. ist seit zehn oder fünfzehn Jahren tot.«

Junior kniff die Augen zusammen. »Da bin ich aber anderer Meinung, Red.«

Dago Red war verärgert. »Red keinen Scheiß, Junior.« Er deutete auf den Fernseher, wo Edward G. in körnigem Schwarzweiß den Bildschirm füllte. »Der Mann ist vielleicht schon zwanzig Jahre tot.«

Junior zuckte mit den Schultern. »Hat mir keiner gesagt.«

Während draußen die Blitze des nachlassenden Gewitters herabzuckten, blies Hadey O'Rourke eine Rauchfahne in Richtung Decke.

»Du hast 'ne Platte gemacht. Hast du nicht 'ne Platte gemacht?«

»Sogar mehrere. Singles.«

»Ich hab' sie mal gehabt.« Sie tippte mit einem Finger auf die Bar. »Wie hat sie gleich wieder geheißen?«

Sal füllte die Gläser nach. »Meine beste Single? ›She's the Only One I Want.‹«

»Richtig!« Sie schlug mit der flachen Hand auf die Theke. »Diesen Song hab' ich *geliebt*. Hast du den nicht selbst geschrieben? Millie hat gesagt, du hättest ihn geschrieben.«

Sal nickte wortlos.

»Und? Was ist aus dem Song geworden?«

Sal zuckte mit den Schultern. »Nichts.«

»Oh«, sagte sie. Nach einer Pause fügte sie hinzu: »Aber du schreibst noch, stimmt's? Du schreibst noch Songs?«

»War in letzter Zeit zu beschäftigt. Arbeite hier und nachts im King Louis. Hab' seit ein paar Monaten nichts mehr geschrieben.«

»Solltest du aber. Du bist großartig!«

Er lächelte sie an. Sogar heute, in atemloser Panik, fiel er auf jeden herein, der seine Musik lobte. »Danke.«

Sie erwiderte sein Lächeln.

Als Fats Domino verstummte, kamen Nicky Venezia und Sandra lachend an die Bar zurück. Nicky standen Schweißperlen auf der Stirn.

»Große Klasse, Tex«, sagte er, als Sandra ihren sehenswerten Hintern auf einen Barhocker hievte. Sandra lachte.

Dago Red beugte sich zu ihr hinüber. »Du hast dort draußen echt gut ausgesehen, Sandra«, sagte er freundlich, um so seine Eigentumsrechte geltend zu machen. Red La Rocca war zu alt für einen guten Zuhälter.

Sie fächelte sich mit einem Stapel Cocktailservietten Kühlung zu.

»Scheiße, Red, sieh dir diesen Regen an! Den Festzug müssen sie garantiert absagen!«

»Vergiß den Festzug, Baby. Vergiß ihn.«

Nicky zog sich die Jacke aus und hängte sie über die Rückenlehne eines Barhockers. Die drei anderen Männer kleideten sich teuer, aber phantasielos und trugen spießige dunkle Schurwolle und massiven Goldschmuck. Nicky hingegen war einmal der Zuhälter einer High-Society-Nutte gewesen, die ihm modischen Geschmack beigebracht hatte. Seither sah er in seinen eleganten Giorgio-Armani-Importen aus wie ein Dressman in GQ-Anzeigen.

Die nächste Single klatschte auf den Plattenteller der Jukebox: Irma Thomas' fetziger Song »I Did My Part«.

»*Klasse!*« rief Nicky und klatschte fröhlich in die Hände. »Scheiße, ganz große Klasse!« Die anderen in der Bar lächelten mit ihm. Nicky Venezia war bei allen beliebt.

»Na, wie geht's, Hadey?« fragte er, legte der kastanienbraunen Nutte einen Arm um die Schultern und zog sie an seine schmale Brust. »Na, wie geht's denn immer?«

»Nicky.« Sie drehte sich nach ihm um. »Hast du Sals Platte schon mal gehört?«

Nicky starrte Sal an, als habe er ihn eben erst bemerkt. »Sal D'Amore, du mieser Musikwichser. Paßt du gut auf Onkel Johnnys Geld auf?« Sein Lächeln war freundlich, aber aus seinem Blick sprach kalte Grausamkeit.

»Ich tu' mein Bestes, Nicky«, sagte Sal und griff nach einem Glas, um nachzuschenken, damit seine Hände beschäftigt waren.

»Yeah, du verfickter Schönling.« Nicky lachte. »Hey, Red, glaubst du, daß Pretty Boy Sally droben im Gola Schwierigkeiten hätte?«

La Rocca lachte vor sich hin. Dieses Thema gefiel ihm. »Mann, die würden dir 'n neues Arschloch verpassen. Ein brandneues Arschloch. Könnte natürlich sein...« Er blinzelte Sal zu. »...daß du Spaß daran findest.« Die anderen Männer prusteten nervös los. Die meisten Jungs saßen ihre Zeit nur mit ihrer Hand und einer Tube KY-Jelly als Gesellschaft ab, aber alle wußten, daß Dago Red La Rocca sich immer einen jungen Häftling fürs Bett suchte, wenn er wieder mal einsitzen mußte. Das gehörte zu seinen Schrullen, die hingenommen wurden, weil er so zuverlässig und tüchtig war.

»Sieh dir Edward G. an, Nicky«, knurrte Dago Red und deutete auf den Fernsehschirm. »So sehen Leute aus, die oben im Gola Erfolg haben! Böse und häßlich. Dieser Edward G. war wirklich 'ne große Nummer.«

»Er war 'n Scheißjude«, sagte Nicky halblaut und böse und beobachtete seine Nutte, die immer noch Sal anstarrrte.

Das kann ich nicht brauchen, dachte Sal. *Ich muß hier weg.*

»*Nein!*« Dago Red zog seine weißen Augenbrauen hoch. »Edward G. Robinson soll 'n *Jude* gewesen sein?«

Nicky Venezia nickte. »Genau! 'ne Judensau aus Kansas City.«

La Rocca war ehrlich entsetzt. »'n Scheißjude. Ich kann's nich' glauben.«

Junior Venezia, der seine Ellbogen auf die Theke stützte, schüttelte den Kopf. »Und ich hab' erst vor 'ner Minute erfahren, daß er tot ist.«

Nicky ließ seine Hand langsam über Hadeys Hintern gleiten. Sie drehte sich zu ihm um, lächelte und schmiegte sich bei ihm an.

Nicky erwiderte ihr Lächeln. Er holte ein Zündholzbriefchen aus der Tasche, klappte es auf, beugte sich über die Bar und nahm mit der Ecke eine Prise Kokain auf. Nachdem er sie geschnupft hatte, wiederholte er den Vorgang mit dem anderen Nasenloch.

»*But I won't cry, I won't shed a tear. I did my part-art-art-art. Baby, you were were ...*«

»Ich muß aufs Klo«, verkündete Nicky. »Von dem verdammten Koks muß ich immer scheißen. Jimmy, mach' 'nen Spaziergang mit mir.« Nicky Venezia war so oft im Knast gewesen, daß er nicht mehr gern allein aufs Klo ging.

»Hey, laß mich mal aussetzen, Nicky. Ich hab' keine Lust, mit dir zu quatschen, während ich deine Scheiße rieche.«

Nicky grinste. »Ich hab' immer geglaubt, du hättest Spaß daran.«

Die Anwesenden lachten wieder. Nicky verschwand grinsend auf der Herrentoilette.

Draußen zuckte der Widerschein eines Blitzes über die Scheibe.

Junior zerbiß einen neuen Eiswürfel. »Oben im Gola hat's einen gegeben, als ich dort war, der hat manchmal seine Zelle mit seiner eigenen Scheiße ausgemalt.«

»Puh!« Sandra verzog das Gesicht. »Echt widerlich!«

Junior kaute weiter. »Meistens hat er Landschaften gemalt. Bäume und so 'n Scheiß.«

»Junior, hör auf!«

»Manchmal richtig hübsch.«

»Junior!«

Jimmy Van kippte einen weiteren Gebirgszug aus Kokain auf das Anglerfoto. Dann begann er, Vorgebirge und Hügelketten zu gestalten.

Hadey beugte sich lächelnd über die Theke.

»Du hast also keine Band mehr, Sal?«

Nervös polierte Sal blitzblanke Gläser, trocknete andere ab, die gar nicht naß waren, und beschäftigte so seine Hände.

»Paar Jahre schon nicht mehr. Fünf oder sechs.«

Sie schüttelte den Kopf. »Verdammt schade, Sal. Deine Musik war echt Dynamit.«

Sal zuckte mit den Schultern und blickte über Hadeys Kopf hinweg auf die Dixie-Beer-Wanduhr: 15.27 Uhr. Also mußte er noch drei Stunden durchhalten, bevor die nächste Schicht ihn ablöste. Das schaffte er nie!

»Aber du schreibst noch, hast du gesagt?«

»Was?«

»Du hast gesagt, daß du vor zwei Monaten was geschrieben hast.«

»Oh, yeah.«

»Wie geht der Song?«

»Wie soll was gehen?« Trotz seiner unterdrückten Hysterie grinste er verlegen.

Sie lachte rauchig, tief. Die unausgesprochene Einladung einer Nutte. »Komm schon, Sal! Wie geht er?«

»Ach, komm, laß, Süße!«

Hadey lachte wieder. »Bitte, Sal. Sing ihn für mich.« Sie streckte ihre Hand über die Theke und ließ einen langen Fingernagel sanft über seinen Arm gleiten. »Bitte.«

Sal winkte hilflos ab. »Ich hab' hier kein Klavier. Ohne Begleitung kann ich nicht singen.«

»Klar kannst du! Bloß ein bißchen. Ich möcht's hören.«

»Hey, ich kann nicht singen, solange die Musik spielt.« Er nickte zur Jukebox hinüber.

»Die hört gleich auf.« Der Song ging zu Ende. Die Platte wurde ausgeworfen. »Schnell, bevor's weitergeht! Sing ihn für mich, Sal. *Bitte.*«

Am liebsten hätte er zu ihr gesagt: *Nein, laß mich in Ruhe. Einen toten Mann läßt man in Ruhe, noch nie was davon gehört?* Aber er wagte nicht, Nicky Venezias neue Nutte gegen sich aufzubringen.

»Komm schon, Sal. Nur für Hadey.«

Er sah zu den anderen an der Theke hinüber. Alle beobachteten ihn jetzt. Neugierig. Ausdruckslos. Draußen goß es weiter.

Sal räusperte sich.

»Wie heißt er?« fragte Hadey rasch.

»Wie?«

»Wie heißt der Song?«

Sal starrte sie kurz an, und sie erschien ihm wie ein Wesen von einem anderen Stern, aus einer anderen Galaxie, einer anderen Realität. Er studierte die sanften Linien ihres Gesichts, den pfirsichweichen Flaum auf ihren Wangen und ihre dunklen Augen. Sie machte ihm angst.

»›You Mean the World to Me‹.«

»Oooh, das ist toll! Echt toll. Sing ihn für mich.«

Sal, der schon in Angst und Panik war, kam sich klein und dumm vor – wie das von Tigern umzingelte Äffchen eines Leierkastenmanns. Er begann zu singen.

»*You – you mean the world to me. The moon, the stars, the sea. And everything in between. You mean the world to me ...*«

Er sang mit bluesgefärbter Tenorstimme. Der Einfluß des frühen Stevie Wonder war unüberhörbar.

»Oooh, das ist schön, Sal. Wunderschön!« rief sie, so daß er aus dem Takt kam und sich nicht an die nächste Zeile erinnern konnte.

Die nächste Platte fiel auf den Plattenteller, ein Klavier setzte im Stil Jelly-Roll Mortons ein, ein Baß gab sein schwerfälliges Umpah dazu, und im nächsten Augenblick winselte Dr. John los: »*Such a night, it was such a night. Sweet confusion... under the moonlight...*«

»Sal!« quietschte Hadey. »Der ist großartig! Ganz großartig! Verdammt, dein Song wird 'n Hit, das steht fest!«

Sal zuckte mit den Schultern. »Wer weiß.«

»Nein, wirklich, Sal. Scheiße, das is' 'n *großartiger* Song! Sing mir den Rest auch noch vor.«

»Mehr hab' ich bisher nicht.«

»*Sal!*«

»Die Bridge fehlt noch.«

»Okay, dann sing mir den ersten Teil noch mal vor.«

Nicky kam aus dem langen Flur, der nach hinten zu den Toiletten führte. Seine Miene hellte sich auf, als er die donnernde Jukebox hörte.

»*You came in... with my best friend Jim... and here I am... tryin' steal you away from him...*«

»Doctor John, du Arschloch! Mein Mann!« Nicky stemmte seine linke Hand in die Hüfte und marschierte wie ein Bannerträger beim Karnevalszug über die Tanzfläche zur Bar zurück. »Red, hast du dem Doctor jemals Heroin verkauft?«

Dago Red schnaubte in seinen Drink. »Mann, ich hab' allen Musiker-Junkies zwischen hier und Houston mal Stoff verkauft. Drei Generationen dieser traurigen Brüder.«

»*Let's steal away... the time is right...*«

»Komm schon, Sal«, drängte Hadey. »Noch mal. Sing ihn noch mal.«

Sal winkte ab, und seine Stimme klang leicht gereizt. »Geht nicht. Gegen 'ne Platte komm' ich nicht an.«

»*Cuz if I don't do it, somebody else will...*«

»*Sal!*«

Nicky tanzte die wenigen Schritte zu Hadey der Nutte hinüber und legte eine Hand auf ihren Arm. »Los, Weib, tanz mit mir!« forderte er sie grinsend auf.

Sie schüttelte seine Hand ab und sah sich kurz zu ihm um. »*Pssst!*« zischte sie. »Sal singt seinen Song noch mal.« Sie wandte sich wieder Sal zu.

Die anderen erstarrten, hielten den Atem an.

Sal beobachtete Nicky, der Hadeys Hinterkopf ansah, und bekam mit, wie seine Augen ihren zufriedenen Glanz verloren und zu harten, kalten Steinen wurden.

Diesen Scheiß kann ich nicht brauchen, dachte Sal. *Diesen Scheiß kann ich* wirklich *nicht brauchen.*

Hadey bemühte sich, ihm aufmunternd zuzulächeln.

»Komm schon, Sal, sing den ersten Teil noch mal!«

Sal, der an Hadey vorbeiblickte, sah jetzt, wie Nicky sie mit einer Hand am Zopfansatz packte. Sie schien es nicht einmal zu merken.

»Sal, bitte, bloß noch…«

Nicky riß heftig an ihrem Kopf, und Sal sah das fast komische Entsetzen auf Hadeys Gesicht, als sie spürte, daß sie ihr Gleichgewicht verlor und rückwärts vom Barhocker fiel. Sie versuchte noch, sich an der Theke festzuklammern, warf dabei ihr Glas herunter und landete dann mit erschreckend lautem Krach auf dem Rücken. *»Nicky!«* jammerte sie, während ihre Augen sich vor Angst und Schmerz mit Tränen füllten. Er stand über ihr, wickelte sich ihren Zopf zweimal um die Hand, schleifte sie auf ihrem Hintern – *»Nicky, Nicky, bitte nicht!«* – zu der kleinen Tanzfläche und riß sie am Haar hoch wie eine Marionette an ihren Drähten.

»Komm, wir tanzen«, forderte Nicky sie mit der Ruhe eines Wahnsinnigen auf und begann, sich im Beat zu bewegen.

Hadeys Make-up war verschmiert; Tränen liefen ihr über die Wangen.

»Nicky, warum…«

Sein Handrücken traf ihren Mund, so daß ihr Kopf nach hinten flog. Sie bekam weiche Knie.

»Halt's Maul!« schrie Nicky ihr ins Gesicht. »Kein einziges Scheißwort mehr! Du bleibst stehen und tanzt, Hure, bis ich dir sag', daß du aufhören kannst!«

Hadey hatte Blut im Mundwinkel. Ihre Lippen zitterten. Sie hielt den Blick gesenkt.

»Such a night, it was such a night…«

Nicky schnalzte mit den Fingern, während er sie mit langsamen Boogieschritten umkreiste.

»Tanz, Hure!« zischte er ihr giftig ins Ohr.

Hadey, die zwischen Schluchzern keuchend Atem holte, begann, sich jammervoll im Takt der Musik zu bewegen.

»Sweet confusion… under the moonlight…«

»Schon besser, Hure«, drängte Nicky. »Du stehst auf Musik, stimmt's?« Er blickte zu Sal hinüber. »Das stimmt doch?«

Aus ihrer Nase lief Rotz und vermischte sich mit Blut und Tränen.

»Das stimmt doch?« wiederholte Nicky hörbar schärfer.

Sie nickte hastig, schluchzte laut und bewegte ihre Füße mechanisch übers Parkett der Tanzfläche.

»Das hab' ich mir gedacht.« Nicky grinste. Er drehte sich leicht zur Seite und warf seine Hüfte rhythmisch gegen ihre. Sie zuckte bei jeder Berührung zusammen.

»If I don't do it, somebody else will...«

Nicky lachte und klatschte den Takt mit.

Hadey stolperte mit hängendem Kopf blind in der Mitte der Tanzfläche umher.

»'Cuz if I don't do it, somebody else wheeeeel...«

»Gib's ihnen, Doctor!« forderte Nicky ihn auf.

»If I don't do it, somebody else wheeeeel...«

Langsam, unendlich langsam, ging der Song zu Ende. Nicky applaudierte begeistert und schlenderte zur Theke zurück. Sal schenkte ihm rasch nach. Er schob das Glas beiseite.

»Her mit dem Koks«, verlangte er, und Dago Red schob das Anglerfoto zu ihm hinüber. Hadey stand schluchzend auf der Tanzfläche.

»Wann ist die Platte ein Hit gewesen, Sal?« fragte Nicky, während er sich über das Kokain beugte und eine lange weiße Line aufsog.

Sal räusperte sich. »Äh... einundsiebzig, glaub' ich... einundsiebzig oder zweiundsiebzig.«

Nicky sog ein weiteres Miniaturgebirge auf, legte den Kopf zurück und atmete tief durch die Nase ein. Dann sah er wieder zu Sal hinüber. »Magst du Doctor John?«

Hadey, die noch immer auf der Tanzfläche war, brachte ein Flüstern zustande: »Nicky...«

»Hey«, antwortete Sal mit gezwungenem Lächeln, »Scheiße, Mann, wer steht nicht auf Mac Rebennack? Er ist der Größte.«

»Der Allergrößte!« sagte Nicky und nahm einen Schluck von seinem Drink.

»Nicky... Nicky, darf ich aufs Klo gehen?«

Nickys Zeigefinger deutete auf Sals Brust. Wie ein Revolverlauf. »Glaubst du, daß du jemals so gut wirst wie der Doctor?«

»Nicky...«

Sal hielt seinem Blick kurz stand und sah dann zur Seite. »Irgendwann. Hoff' ich jedenfalls.«

Nicky lachte. »Das *hoffst* du? Yeah, das hoff' ich auch. Vielleicht kannst du Little Johnny dann das Geld zurückzahlen, das du ihm schuldest.«

Alle Männer in der Bar lachten.

Nicht sehr wahrscheinlich, dachte Sal.

»Nicky... *Bitte!*« wimmerte Hadey von der Tanzfläche.

Ohne Sal aus den Augen zu lassen, knurrte Nicky Venezia: »Geh raus und wasch dir's Gesicht, Hure. Niemand kauft 'ne Nutte, der Rotz am Kinn hängt.«

Hadey schlug die Hände vors Gesicht und rannte auf ihren hochhackigen Stiefeln stelzend den langen Flur hinunter. Die beiden anderen Frauen wagten nicht, ihr nachzusehen.

Danach herrschte einen Augenblick Schweigen. Der Regen donnerte in Wellen gegen Fenster und Türen, wie ein unsichtbarer Riese, der Einlaß fordert. Dann dröhnte plötzlich der alte Instrumentalhit »Sissy Strut« der Meters aus den Lautsprechern der Jukebox.

Die Musik schien den Bann zu brechen.

»Je-sus!« sagte Dago Red. »Kann der verdammte Kasten bloß Arschgeigen oder Niggermusik spielen? Keinen Sinatra oder Tony Bennett?«

»Tony *wer?*« fragte Sandra.

Dago Red schüttelte stirnrunzelnd den Kopf.

Ich muß hier raus, dachte Sal.

»Sal!« rief Jimmy Van hörbar betrunken. »Noch 'ne Runde!« Er zündete sich eine Zigarre an.

»Hey!« rief Red La Rocca aus. »Seht euch das an!« Er beobachtete wieder den Bildschirm. »Jetzt kommt die Stelle, wo Edward G. 'ne alte Dame im Rollstuhl die Treppe runterstößt.«

Junior drehte sich nach ihm um. »Das war nicht Edward G. Robinson. Richard Widmark hat die Alte im Rollstuhl die Treppe runtergeschmissen. In 'nem anderen Film.«

Dago Red zog die Schultern hoch und breitete seine Hände aus. »Was soll der Scheiß? Vor 'ner Minute hast du nicht mal gewußt, daß der Mann tot ist, und jetzt bist du plötzlich der große Experte für seine Filme?«

Junior Venezia machte ein beleidigtes Gesicht. »Ich weiß aber, daß Richard Widmark die Alte die Treppe runtergeschmissen hat. Weil ihr Kid 'n mieser Verräter war.«

Nicky lachte kurz und häßlich. »Ist der alten Hexe recht geschehen!«

Sal faltete sein Geschirrtuch zusammen und hängte es über den Rand des Spülbeckens. Dann holte er tief Luft und beugte sich über die Theke.

»Nicky, kann ich dich mal kurz sprechen? Hinten im Büro?«

Nicky starrte ihn durchdringend an, suchte eine Herausforderung und konnte keine entdecken. Sein Blick wurde etwas weniger unfreundlich.

»Klar. Warum nicht?« Er griff nach seinem Glas und rutschte vom Barhocker. Sal klappte die Barschranke hoch, und Nicky schlenderte an ihm vorbei ins Büro.

»Was gibt's?« fragte Nicky eisig und drehte sich um. Das winzige Büro wirkte noch enger und voller.

»Nicky, tu mir 'nen Gefallen.«

Nicky starrte ihn nur schweigend an.

Ich muß hier raus! kreischte es in Sal.

Die Worte sprudelten aus ihm hervor. »Georgie hat ab halb sieben Dienst, aber ich hätte noch was zu erledigen. Und da ihr anscheinend bleiben wollt, jedenfalls hab' ich den Eindruck, wollte ich fragen, ob Junior und du mich vertreten könntet. Bei dem Regen ist praktisch nichts los, und irgendwie kommen auch kaum Wetten rein, und...«

»Geht's um 'ne Frau?«

»*Was?*«

»Du willst dich mit 'ner Frau treffen?« Nicky grinste hämisch. »Du vögelst das geile Frauchen von irgend 'nem armen Arschloch?«

Sal rang sich ein Lächeln ab. »Erwischt, Nicky!«

Nicky setzte sich auf den alten Bürostuhl, ließ einen Arm über die Rückenlehne baumeln und lehnte sich zurück, bis die lange nicht geschmierten Federn quietschten. Unter schweren, hängenden Lidern betrachtete er Sal.

»Weißt du, Sal, du warst mir schon immer 'n Rätsel.« Er lehnte sich noch weiter zurück und legte die Füße auf den Schreibtisch.

Nicky trug handschuhweiche importierte Slipper mit kleinen unauffälligen Quasten. Nichts an seiner Kleidung verriet, daß er aus dem Ninth Ward stammte. »Wie die Weiber dir ständig nachlaufen, dein ganzes beschissenes Leben lang, seit ich dich kenne, und du trotzdem keine zwei Nickel in der Tasche hast, sondern ständig rackern mußt und immer nur Schulden hast.«

Wenn du wüßtest, wie beschissen hoch sie sind! dachte Sal. *Aber das erfährst du früh genug.*

»Scheiße, Mann, weißt du nicht, daß du 'ne Goldmine bist? Zumindest bist du eine gewesen. Hättest eine sein können. Die kleinen Mädchen haben gekreischt, wenn du gesungen hast, Mann, diese Weiber hätten *alles* für dich getan. *Alles!* Du hättest hundert dieser kleinen Luder auf die Straße schicken und 'ne Million damit verdienen können. Ich hab' nie verstanden, warum du daraus kein Kapital geschlagen hast.«

Sal zuckte mit den Schultern. Er wußte nicht, was er sagen oder wie er's ausdrücken sollte, ohne Nicky zu beleidigen.

»Das liegt mir eben nicht, Nicky«, antwortete er schließlich. »Ich wüßte nicht mal, wie man's macht.«

Er hob sein importiertes Schuhwerk Marke Gemelli de Janeiro vom Schreibtisch und stellte es auf den Fußboden.

»Das ist wohl der Grund, warum manche von uns Gewinner sind...« Das kalte Lächeln wurde noch eisiger. »... und manche Verlierer.«

Sal rang sich ein Lachen ab. »Das dürfte stimmen.« *Genau, Boß! Yeah, ganz richtig!*

Nicky legte seine Hände auf die Knie und stand auf.

»Trotzdem ist's schade wegen dieser anderen Sache. Wegen der Mädchen. Du wirst's nicht erleben, aber es ist so ziemlich das beste Gefühl der Welt, wenn sich eine Frau für dich verkauft.«

Er starrte Sal an. »Ungefähr so gut, wie wenn du irgend 'nen Wichser vor der Kanone hast und die Angst in seinen Augen siehst, während du ihm sein Scheißgeld abnimmst.«

Sal sagte nichts.

»Zwei meiner liebsten Gefühle«, prahlte Nicky weiter. Er ging langsam hinaus, und Sal wollte ihm folgen; dann blieb Nicky stehen und legte Sal die Hand auf die Schulter. »Aber das beste Gefühl der

Welt, echt das allerbeste hast du, wenn du 'nen Wichser erschießt, den du nicht leiden kannst.« Er trat dichter heran, und seine Hand umklammerte Sals Schulter. »Das kann man mit nichts vergleichen. Mit nichts!« Er drückte noch fester zu. »Gar nichts!«

Dann überzog ein breites, bösartiges Grinsen sein dunkles Gesicht. »Jemand umzubringen, den du *magst*, fühlt sich nicht halb so gut an.«

Irgendwie war Nickys Lachen gleichzeitig ansteckend und zutiefst abschreckend.

Er ist der Teufel, dachte Sal. *Dieser Bastard ist der Teufel.*

»Hey, Nicky!« rief Dago Red von der Theke herüber. »Sag mal, ist das nicht der Film, in dem Edward G. die Mama eines Verräters die Treppe runterschmeißt?«

Nicky trat vor Sal in die Bar.

»Hau ab, Klavierspieler«, knurrte er über seine Schulter hinweg. »Du bist sowieso nur 'n Scheiß wert.«

Sal hatte bereits seinen Mantel in der Hand.

»Danke, Nicky. Georgie weiß, wie er die Wetten abrechnen muß, wenn er reinkommt.«

»Hoffentlich!« Nicky blieb am Durchgang stehen. »Irgendwelche großen Gewinner? Irgendwas, das Little Johnny im voraus wissen sollte?«

Sal spürte, wie sein Kopf sich von links nach rechts und wieder zurück bewegte. »Nichts Außergewöhnliches, Nicky.«

»Das macht der Regen«, sagte Nicky und setzte sich wieder auf seinen Barhocker. »An Regentagen mag keiner wetten.«

Sal kam im Mantel und mit hochgeschlagenem Kragen aus dem Büro. Hadey, die Nutte, war auf ihren Platz zurückgekehrt und hielt mit beiden Händen entschlossen einen frischen Drink umklammert. Sie wagte nicht, ihn anzusehen.

»Hey, Sal!« rief Jimmy Van. »Wohin gehst du, Mann?«

»Er hat 'ne wichtige Verabredung«, feixte Nicky. »Mr. Entertainment.«

»Scheiße, und wer steht dann hinter der Bar?« blaffte Junior.

»*Du!*« antwortete Nicky lachend. Jimmy und Dago Red stimmten in sein Lachen ein.

Sal kam hinter der Theke hervor und klappte die Barschranke

leise herunter. Der Ausgang schien hundert Meter entfernt zu sein.

»Noch mal vielen Dank, Nicky«, sagte Sal mit munterer Stimme, während er seinen Mantel zuknöpfte und zur Tür ging.

Nicky machte eine wegwerfende Handbewegung. »Hau ab, Musiker!«

»Hey! Paß auf!« Dago Red zeigte auf den Fernseher. »Jetzt macht er's gleich!«

»Scheiße, das ist in 'nem ganz anderen Film«, behauptete Junior.

»Paß auf!«

Das Telefon auf der Theke klingelte. Sal erstarrte, drehte sich um und beobachtete, wie Nicky den Hörer abnahm. Dann wandte er sich um und öffnete die Tür. Ein kalter, nasser Windstoß riß sie ihm fast aus der Hand.

Sal trat ins Freie und schloß die Tür hinter sich. Der schneidend kalte Wind trieb ihm Regentropfen wie Schrotkörner ins Gesicht. Sal lehnte sich mit hochgezogenen Schultern gegen den eisigen Sturm und hastete die St. Charles Avenue entlang.

Die Nässe drang unter seinen Kragen und lief ihm das Genick hinunter. Er winkte einem vorbeifahrenden Taxi zu, aber der Fahrer, der bereits eine Fuhre hatte, würdigte ihn keines Blicks. Einen Block weiter fuhr gerade eine Straßenbahn, deren Glocke traurig im Regen bimmelte, die Avenue entlang davon. Bis er die breite Straße überquert hatte, war er klatschnaß. In seinen Schuhen quatschte Regenwasser, und seine Zehen waren bereits gefühllos vor Kälte.

Sal blieb unter dem Vordach eines ausgebrannten Filmtheaters stehen und versuchte, sich eine Zigarette anzuzünden. Das Streichholz in seiner Hand zitterte. Er zog an der Zigarette, die nach nichts schmeckte, vergrub beide Fäuste in den Manteltaschen und blickte die regennasse Straße hinauf und hinunter.

Er fühlte sich schwindlig und benommen, empfand eine gewisse Erleichterung wie ein aus seinem Käfig befreites wildes Tier. Er war lebend aus dem Sporting Life herausgekommen. Aber was sollte er jetzt anfangen, verdammt? Welche Möglichkeiten blieben ihm? Was für eine Chance hatte er noch? Er hatte bis zwanzig oder einundzwanzig Uhr Zeit, um einhundertachtzigtausend Dollar aufzutreiben. *Nichts dabei, was? 'ne verdammte Kleinigkeit. Yeah, genau.*

Scheiße, nicht mal 'ne Bank kannst du ausrauben! dachte er grimmig. *Nicht an 'nem verdammten Sonntag.*

So ist's recht! sagte er sich. *Nicht den Humor verlieren. Du findest bestimmt 'nen Ausweg, wenn du nur nicht den Humor verlierst.*

Sal zog an der Kippe, die nach nichts schmeckte, und sah zu, wie der Regen die St. Charles Avenue zu ersäufen versuchte, und hatte nicht die geringste Vorstellung davon, was er als nächstes tun sollte. Zu wem geht ein lebenslänglicher Verlierer, um einhundertachtzig Riesen aufzutreiben? Und was ist das Leben eines Verlierers überhaupt wert? Beschissen wenig. Bloß etwas, das er auch noch verliert. Ein weiterer verspielter Einsatz.

Ein Blitz zuckte über den wolkenverhangenen schiefergrauen Himmel. Sal fuhr zusammen und hörte, wie er einen Laut der Angst ausstieß. Er genierte sich vor sich selbst. Donner rollte über die kalte, nasse Stadt. Sal starrte auf das im Rinnstein gurgelnde schmutzige Wasser und wußte tief drin, daß er schlicht nicht die Nerven hatte, sich aus dieser Falle zu befreien, die er sich selbst gestellt hatte. Er war ein Liebhaber, kein Kämpfer, und in den nächsten Stunden würde er verdammt gut kämpfen müssen, wenn er noch einmal die Sonne über dem Mississippi sehen wollte.

In der Ferne tauchte die nächste Straßenbahn gespenstisch aus dem Regen auf. Sie schaukelte die Gleise entlang wie in einem Stummfilm.

Mit einer raschen Bewegung schnippte Sal die Kippe weg. Sie war durchnäßt, bevor sie auf den Asphalt klatschte. Er schloß den obersten Mantelknopf, klappte seinen Kragen wieder hoch, riß sich mit einem resignierten Seufzer zusammen und lief im Regen über die Straße zur Haltestelle.

Als es klingelte, war Vanda Maxwell mit ihrem Make-up beschäftigt. »*Scheiße!*« sagte sie laut und fuhr fort in der sorgfältigen Umrandung ihrer Augen mit einem weichen violetten Stift. Sehr zum Mißfallen ihrer Mutter, einer eifrigen Kirchgängerin, hatte Vanda Maxwell als Dreizehnjährige begonnen, Make-up zu benützen. Seitdem verbrachte sie mindestens eineinhalb Stunden täglich mit Zurechtmachen, Auszupfen, Schminken, Umranden, Hervorheben,

Anmalen, Lackieren, Abdecken, Pudern, Schattieren, Bürsten, Polieren und allem sonstigen, was die Schönheiten hervorhob, mit denen sie zur Welt gekommen war.

Hätte sich jemand dafür interessiert, Vanda zu fragen, was sie eigentlich aus ihrem Leben *gemacht* habe – außer so clever zu sein, Charlie Maxwell zu heiraten und sich von ihm scheiden zu lassen, bevor der Markt für Luxuswagen in Chicago zusammengebrochen war –, hätte je jemand wissen wollen, was sie vom Leben gelernt habe, hätte sie antworten müssen, sie habe gelernt, sich zu schminken. Das war das einzige, was sie wirklich beherrschte. Und je älter sie wurde, desto mehr Übung bekam sie darin, denn sie brauchte von Jahr zu Jahr länger, um sich herzurichten.

An der Tür klingelte es wieder.

»Scheiße! Scheiße! *Scheiße!*« Sie warf ihren Eyeliner wütend auf den Toilettentisch. Für die zehntausend Dollar Verwaltungsgebühr, die eine Eigentumswohnung in den Pontchartrain Towers im Jahr kostete, gab es hier einen Portier, der Besucher telefonisch anzumelden hatte: So kamen sie nicht einfach mit dem Scheißlift rauf und schlugen einem praktisch die Scheißtür ein!

Sie wollte aufstehen, sah dann aber im Spiegel etwas, das ihr nicht gefiel, griff nach einem zusammengeknüllten Kleenex und betupfte sorgfältig eine Stelle dicht unter dem linken Auge.

Wieder die Klingel.

»*Scheiße!*« Jetzt war sie wütend. Hätte Picasso solche Unterbrechungen hingenommen? Oder Joyce Carol Oates?

»Schon gut, schon gut. Ich *komme*!« Es kamen die Carvers, die Steiners und die Duplesses, die diesen entzückenden jungen Mann mitbrachten, der ihr Wochenendhaus auf dem anderen Seeufer in Covington umgestaltete. Jeannine hatte beobachtet, wie Vanda ihn letzte Woche beim Sonntagsbrunch bei den Le Blancs mit den Augen verschlungen hatte. Was das betraf, waren die Leute in New Orleans in Ordnung. In vieler Beziehung schrecklich rückständig, aber auf sexuellem Gebiet und jeder Art von Lasterhaftigkeit gegenüber äußerst tolerant.

Jetzt wurde auch noch *geklopft,* verdammt! Jemand *hämmerte* gegen ihre Tür. Dafür würde jemand büßen müssen.

Aber dann erstarrte sie. Vielleicht waren das schon die Duplesses.

Vielleicht hatte Jeannine sich mit der Zeit vertan. Vielleicht stand der schöne junge Architekt schon draußen vor der Tür – *und sie war noch nicht mal mit ihrem Make-up fertig!*

Großer Gott, wie spät war es schon? Kurz nach fünf. Hatte sie Jeannine nicht für sechs, Viertel nach sechs eingeladen? Bestimmt...

»Vanda?« sagte eine Stimme von draußen. »Vanda?«

Sie brauchte einen Augenblick, dann hatte sie die Stimme erkannt, seufzte und antwortete: »Salvatore? Bist du's, Salvatore?«

Als Vanda noch mit Charlie verheiratet gewesen war, hatte sie einmal einen Sommer allein in Rom verbracht und *alle Hände voll* junger italienischer Liebhaber gehabt, wie sie gern scherzend behauptete. Daß sie etwas selbstgefällig Sal mit vermeintlich italienischem Akzent *Salvatore* nannte, war der Versuch, jenen Sommer vor fünfzehn Jahren, als sie fünfzehn Jahre jünger gewesen war, noch einmal zu erleben. Und Sal wirkte dadurch romantischer, exotischer, schien mehr zu sein als nur ein drittklassiger Musiker aus der Bourbon Street.

Sie machte noch immer keine Anstalten, die Tür zu öffnen, obwohl ihre Hand leicht auf dem Knopf ruhte.

»Salvatore?«

»Mein Gott, Vanda, mach die Scheißtür auf, ja? Ich muß mit dir reden.«

»Das paßt gerade schlecht, Lover.«

»Viel schlechter kann's kaum noch werden«, kam Sals Stimme durch das Holz.

»Ich erwarte Gäste, Honey.«

»Vanda, ich *muß* mit dir reden. Laß mich rein!«

»Salvatore.«

»Vanda.«

Sie brachte ein Auge an den Spion und sah hinaus.

»Jesus, Lover!« flüsterte sie dann, drehte den Kopf nach links und riß die Tür auf. Er stand klatschnaß vor ihr und tropfte auf den Teppichboden im Flur. Dort zeichnete sich bereits ein Wasserfleck ab.

»Mein Gott, Lover. Du siehst aus, als hätten sie dich aus dem Fluß gezogen.«

Er starrte sie finster an. »Seit wann bist du 'ne Hellseherin?«

Dann drängte er sich an ihr vorbei in die Wohnung. Sie folgte ihm entsetzt.

»Salvatore, du kannst jetzt nicht reinkommen. Scheiße, du hinterläßt *Pfützen* auf dem Flokati! Lover, bist du verrückt, bei diesem verdammten Regen geht doch keiner vors Haus?«

Sal drehte sich nach ihr um. Sein dunkles Haar klebte an seinem Schädel. »Vanda, ich hab' Schwierigkeiten.«

Sie starrte ihn einen Augenblick an und brach dann in nervöses Kichern aus. »Sag bloß, daß du schwanger bist, Honey?«

»Vanda ...«

»Komm ins Schlafzimmer, Lover.« Sie entfernte sich bereits von ihm. »Ich glaube, daß vom letzten Mal noch ein paar Sachen von dir da sind. Und ich muß mein Make-up fertig machen. Aber nur ganz kurz.« Sal folgte ihr, während er seinen tropfnassen Mantel abstreifte.

Im Schlafzimmer sah sie zu, wie Sal sich ganz auszog, wobei sie aus dem Augenwinkel heraus ihr Gesicht im Spiegel prüfte. »Lover, für einen unangemeldeten Besuch hast du dir wirklich eine schlechte Zeit ausgesucht. Ein paar meiner Freunde kommen in knapp einer Stunde vorbei.«

Sal stieg aus seiner Unterhose. Sie war schwer vor Nässe. Er las seine Sachen auf, hielt sie an sich gedrückt und sah sich hilflos um.

»Her damit!« verlangte sie in leicht irritiertem Tonfall. »Jesus, Salvatore, du bist *klatschnaß*!«

Sie nahm ihm die Sachen ab und trug sie in das kleine Bad gleich hinter dem Kopfende ihres Betts. Das nasse Zeug machte *plop*!, als sie es in die Badewanne fallen ließ. Als Vanda ins Schlafzimmer zurückkam, hatte Sal sich eine Zigarette angezündet – *eine von ihren!* – und saß nackt auf der Bettkante. Sie starrte ihn mißbilligend an, verschwand in ihrem begehbaren Kleiderschrank und kam dann mit einem Badetuch, einer Jeans und einem schweren Flanellhemd zurück – lauter Sachen, die er bei früheren Besuchen dagelassen hatte. Sie warf sie neben ihn auf die Tagesdecke.

»Du *mußt* dich schnellstens anziehen und verschwinden, Lover«, sagte sie, indem sie sich auf dem Hocker vor dem Toilettentisch niederließ, um ihr Lebenswerk fortzuführen.

Er nahm einen tiefen Zug von der Zigarette und starrte ins

Leere, ohne Anstalten zu machen, sich anzuziehen und zu verschwinden.

Sie beobachtete ihn mit dem Eyeliner in der erhobenen Hand im Spiegel.

»Salvatore ...«

»Vanda, du mußt mir helfen. Ich sitze tief in der Scheiße.«

Sie seufzte schwer und setzte ihr Make-up fort.

»Hör zu, Lover, können wir darüber nicht ein andermal reden ...«

»Nein ...«

»*Lover!* Sei jetzt vernünftig. Ich erwarte Gäste.«

Vanda starrte ihn im Spiegel an, und während sie ihn beobachtete, begann er zu weinen. Er saß nackt auf ihrer Bettkante und begann leise zu schluchzen.

Jesus! dachte sie. *Männer sind solche kleinen Jungen.*

Für so was hab' ich wirklich keine Zeit. Ich muß zusehen, daß er verschwindet.

Vanda stand vom Toilettentisch auf und trat ans Bett. Sie legte ihre Hände hinter Sals Kopf und zog ihn sanft an sich. Er öffnete ihren Seidenkimono, drückte sein Gesicht an ihren weichen, großen Busen und weinte.

»Lover«, sagte Vanda beruhigend. »Was ist denn los?«

Er vergrub sein Gesicht in ihrem Fleisch, schüttelte den Kopf und schluchzte leise weiter. Vanda streichelte sein dunkles, feuchtes Haar und sah dabei auf ihren Wecker.

»Lover. So schlimm kann's doch nicht sein. Erzähl's Vanda.« *Und beeil dich!*

Sal blickte zu ihr auf. Tränen glitzerten in seinen Augen und liefen durch den starken Fünfuhrschatten auf seinen Wangen.

»Vanda, ich sitz' echt in der Scheiße.«

Sie nahm das flauschige blaue Badetuch von der Tagesdecke und frottierte damit liebevoll seine Schultern. Ihre Hand glitt über seine Brust nach unten. Sals Körper hatte sie stets entzückt. Aber sein *Verstand* hatte ihren Ansprüchen nie genügt.

»So schlimm kann's nicht sein, Lover.«

Sal nahm ihr das Badetuch weg und hielt ihre Hände fest.

»Doch, Vanda.«

Jetzt reicht's, dachte sie. *Ich erwarte Gäste.*

»Erzähl's mir, Salvatore.«

Er starrte ihr tief in die Augen. »Vanda, ich brauche etwas Geld.«

Sie behielt die Fassung; sie blinzelte nicht einmal. Aus ihrem Gesicht sprachen Besorgnis und Mitgefühl, aber in ihrem Inneren starb langsam etwas ab und begann, wie eine Leiche steif zu werden.

»Ich brauch' 'ne Menge Geld, Vanda.«

Sie zeichnete sein Gesicht mit den Fingerspitzen nach und lächelte dabei auf ihn herab. Dann ließ sie die Hände sinken, trat an den Vorhang, zog ihn auf und blickte aus dem wandhohen Fenster über die Stadt. Von hier oben, aus dem sechsundzwanzigsten Stock, war New Orleans eine Stadt aus der Alten Welt – säuberlich in Bezirke und Viertel unterteilt. Schwarz und weiß. Alt und neu, reich und arm. Canal Street, das Vieux Carré, der Garden District. Der Regen hatte für einen Augenblick fast aufgehört, und der sinkende Tag tauchte die Stadt in jenes kalte Deltagrau, wie es in New Orleans den größten Teil des Winters herrscht.

»Vanda …«

Sie wandte sich vom Fenster ab und wieder Sal zu. Ihr Lächeln war herzlich und warm.

»Ich hab' keines, Lover.«

Sal starrrte sie lange an, bevor er sagte: »Vanda, es ist verdammt ernst.«

»Lover, ich kann dir nicht geben, was ich nicht habe.«

»Hör zu, hier geht's um Leben und Tod!«

»Salvatore, ich hab' dir *erzählt*, daß ich letztes Jahr an der Börse eingebrochen bin. Ich bin so gut wie pleite. Das weißt du doch.«

Sal seufzte schwer, und seine Hände verkrampften sich in die Tagesdecke. »Vanda, ich hab' dir noch nicht mal gesagt, wieviel ich brauche.«

Als Vanda jetzt Sal anstarrte, der nackt auf ihrer Decke hockte und die Asche einer *ihrer* Zigaretten auf dem Teppich verstreute, fiel ihr zum ersten Mal auf, wie klein er war. Oder vielleicht nicht zum allerersten Mal. Ihr Blick glitt über seinen dunklen, behaarten Körper, und sie fühlte leichten Widerwillen in sich aufsteigen. Er war außer Form, ein kleines, ungebildetes, machtloses kleines Nichts von einem Mann, und er ging sie um Geld an, weil er mit ihr geschlafen hatte.

Vanda war unzufrieden mit Sal und von sich selbst angewidert. Bisher war es ihr gelungen, solche billigen, pathetischen Szenen zu vermeiden. Allein die *Vorstellung*, derlei erleben zu müssen, war ihr widerwärtig gewesen. Sie hatte geglaubt, frühestens als Mittfünfzigerin mit einer solchen Situation umgehen zu müssen – und jetzt stand sie einem erbärmlichen, schluchzenden kleinen Gigolo gegenüber, obwohl sie nicht mal Mitte Vierzig war. Nun ja, wieder eine mädchenhafte Illusion, die den Bach runterging.

Vanda zog rasch den Gürtel ihres Seidenkimonos fester und verknotete ihn. Sie schüttelte den Kopf, ohne Sal anzusehen.

»Lover, ich hab's einfach nicht.« Sie schritt aufrecht zu ihrem Toilettentisch zurück, nahm davor Platz und griff nach dem Eyeliner. »Du *mußt* jetzt gehen, Salvatore. Ich erwarte wirklich Gäste.«

»Hundertachtzigtausend«, sagte Sal rasch, wobei seine Augen sich im Spiegel in ihre bohrten.

Was soll das? fragte Wanda sich. *Was geht hier vor? Wird das eine Art schäbiger Erpressungsversuch?*

»Sonst«, fuhr Sal fort, »bringen mich 'n paar Leute um.«

Ihre Besorgnis wuchs weiter und weiter. Mit was für einem dämlichen kleinen Trick versuchte Sal sie reinzulegen? Hundertachtzigtausend Dollar? Eigentlich staunte sie darüber, daß der kleine Schimpanse sich diesen Betrag überhaupt *vorstellen* konnte. Was ging sonst noch in seinem nicht sonderlich hellen Kopf vor? War Sal etwa imstande, Gewalt anzuwenden? O Gott, alles war so billig, so gewöhnlich, so... so... so *typisch New Orleans.*

»Das ist mein Ernst, Vanda. Wenn ich das Scheißgeld nicht auftreibe, *ermorden* sie mich.«

Vanda weigerte sich, ihn anzusehen. Sie zog eine neue Linie nach der anderen um ihr linkes Auge. Sie konnte den Wecker auf ihrem Nachttisch ticken hören.

»Vanda, *bitte.*«

»Ich sehe absolut keine Möglichkeit«, sagte sie fast geistesabwesend, während sie konzentriert weitermalte, »dir so viel Geld zu geben.«

Er war mit einem Satz auf den Beinen. »Gut, wieviel *kannst* du mir geben?« fragte er hoffnungsvoll.

Vanda seufzte. Sie legte den Eyeliner sorgfältig auf die übervolle

Glasplatte ihres Toilettentischs. Dann drehte sie sich mit dem Hocker um und starrte ihn eisig an.

»Ich meine ...« Sal stotterte fast vor Aufregung. »Vielleicht kann ich sie erst mal zufriedenstellen, bis ...«

»Ich habe nicht die Absicht, dir auch nur einen Cent ...«

»Vanda, begreifst du nicht ...«

»... oder einen einzigen Dollar zu geben.«

»*... die Scheißkerle bringen mich um!*« kreischte Sal.

Das muß ich richtig anfangen, dachte sie.

Würde bewahren! ermahnte sie sich. *Er soll nicht glauben, dir ebenbürtig zu sein.* Selbst wenn's ihm bei zahlreichen Gelegenheiten in deinem Mund gekommen ist.

Er stand plötzlich dicht vor ihr und beugte sich vor, so daß ihre Gesichter nur eine Handbreit voneinander entfernt waren.

»Bloß ein Darlehen, Vanda. Nur genug Geld, um sie mir vom Hals zu halten, und ich weiß, daß ich dir in ein paar Monaten alles zurückzahlen könnte. Vielleicht schon in ein paar Wochen.«

Sie schüttelte den Kopf. *Mitleiderregend!* Der Mann verdiente keine fünfzehntausend Dollar im Jahr. Selbst nach den in New Orleans herrschenden sehr niedrigen Maßstäben war er ein armer Schlucker.

»Ausgeschlossen.«

Er starrte sie einen Augenblick an. *Sieh ihn dir bloß an,* dachte sie. *Man kann richtig* sehen, *wie sein Gehirn arbeitet. Er hat den Verstand eines Kindes. Was hat mich jemals an diesem kleinen Mann gereizt? Sein hübsches Gesicht? Sein harter Schwanz?*

»Salvatore, bitte ...«

»Hör zu, Vanda«, sagte Sal aufgeregt, als habe er gerade eine ungeheuer wichtige Entscheidung getroffen, »ich gebe dir die Hälfte von allem, was ich mein Leben lang mit meiner Musik verdiene.«

Sie starrte ihn bloß an, weil sie nicht recht wußte, was sie dazu sagen sollte. Sal hielt ihr Schweigen fälschlicherweise für Interesse.

»Yeah, hör zu, die Sache läuft folgendermaßen.« Er begann seine Jeans anzuziehen. »Ich hab' irgendwo gelesen, daß viele Liedtexter das gemacht haben. Als sie erst angefangen haben, bevor sie groß rausgekommen sind. Ich tu's nicht gern, weil ... ich meine, meine Musik ist ... na ja, du weißt, wie wichtig mir meine Songs sind, aber ich sitze in der Scheiße, Vanda, und wenn du mir die hundertachtzigtausend gibst, trete ich dir die Hälfte von allem ab, was ich in meiner weiteren Karriere je verdiene.«

Er verstummte abrupt und ein wenig außer Atem, und seine Augen leuchteten erwartungsvoll.

Sie mußte sich beherrschen, um nicht zu kichern. Die ganze Situation war so *lächerlich*. Ein kümmerlicher kleiner Mann mittleren Alters, der nicht mal die High-School abgeschlossen hatte, stand halb ersäuft und halbnackt in ihrem Schlafzimmer und versuchte, ihr die Hälfte einer nur in seiner Phantasie existierenden Brooklyn Bridge zu verkaufen.

»Sal«, sagte sie zuletzt, weil ihr jetzt der italienische Kosename geschmacklos vorkam, »du *hast* keine Karriere.«

»Vanda...«

»Du bist ein Barpianist...«

»...hör zu...«

»...und nicht mal ein sehr guter.«

»Hey, was ist mit meinen Songs, mit meinem Gesang? Wir haben nächtelang dort draußen gesessen...« Er deutete auf die offene Tür zum Wohnzimmer mit dem Steinway. »...und ich hab' meinen Scheiß für dich gespielt – und du hast ihn großartig gefunden; du hast gesagt, mein Zeug sei wunderbar; du wolltest mir helfen, 'ne Chance zu kriegen, in mich investieren, meine Managerin sein und mich nach New York...«

»Sal...«

»...oder L. A. mitnehmen. War das vielleicht alles gelogen?« Seine Stimme war jetzt lauter; sie klang sogar empört. »Hast du nicht gesagt, daß dir meine Songs gefallen? Du hast behauptet, daß du sie liebst! Oder hast du mich damit *reinlegen* wollen?«

Wie kannst du's nur wagen, *mich anzuschreien?* Vanda kochte.

»Du hast gesagt, du würdest etwas investieren und ein Album mit meiner Musik rausbringen.«

»Ich habe gesagt, daß du Talent hast, sonst nichts«, widersprach sie mit mühsam beherrschter Stimme. »Ich habe gesagt, wir *könnten* irgendwann was miteinander machen.«

Sal starrte sie wie ein kleiner Junge an, dem der Nachtisch verweigert wird. »Und?«

Jetzt hatte Vanda endgültig genug. »Das ist *Bettgeflüster* gewesen, verdammt noch mal! Wir haben *gefickt*, und danach haben wir ein bißchen Wein getrunken und ein bißchen Gras geraucht, und du hast bei Mondschein ein paar deiner dämlichen Songs gespielt, und ich hab' gesagt, sie seien wundervoll, einfach großartig.«

Sie war aufgesprungen und überragte ihn auf ihren hochhackigen Pumps. Sie hatte diese ganze Farce gründlich satt. Die Frau, die Charlie Maxwell um Dreiviertel seines Scheißvermögens erleichtert hatte, brauchte sich weiß Gott nicht von einem schäbigen kleinen *Barpianisten* aus New Orleans rumschubsen lassen!

»Soviel ich mich erinnere, hab' ich dich auch als wundervollen Liebhaber gepriesen!« Sie kreischte jetzt. »Hast du das etwa auch geglaubt? Dabei warst du bestenfalls mittelmäßig. Wie deine Singerei.«

»Du Biest«, sagte er halblaut.

»Allerdings! Hast du wirklich geglaubt, du könntest hier aufkreuzen und mir auch nur einen einzigen Cent abschwatzen? Hast du dir das eingebildet? Worum geht's denn – wieder um Wettschulden? Als du mir vor ein paar Monaten vorgewinselt hast, du bräuchtest dringend siebentausend Dollar, habe ich dir erklärt, daß ich dir nicht helfen kann. Ich habe dich davor gewarnt, mich jemals wieder um Geld zu bitten, nicht wahr? Wie kommst du jetzt auf die Idee, ich könnte dir hundertachtzigtausend geben?«

»Ich verlange nicht, daß du mir das Geld *gibst*!« brüllte Sal zurück. »Wir können auf der Stelle einen Vertrag aufsetzen – hier in deinem Zimmer, auf 'nem Stück Papier –, in dem ich dir die Hälfte von allem abtrete, was ich in Zukunft als Komponist und Sänger verdienen werde.«

Sie lächelte traurig und schüttelte den Kopf. »Sal«, sagte sie zuletzt, »du bist so *verdammt* blöd.«

»Vanda...« Aus seiner Stimme sprach jetzt Panik. »Vanda, ich brauche wirklich deine Hilfe. Ich weiß nicht, wohin ich sonst gehen soll.«

»Dann brauchst du nirgends hinzugehen. Bloß hier raus!« Sie zeigte in Richtung Wohnungstür. »Meine Gäste müssen jeden Augenblick kommen, und ich...«

Wie auf ein Stichwort hin ertönte die Klingel.

»Scheiße!« Ihre Augen blitzten zornig. *»Ich bin noch nicht mit dem Make-up fertig!«* Ihr Tonfall ließ keinen Zweifel daran, daß sie dafür Sal verantwortlich machte. Sie raffte sein Hemd und die Schuhe zusammen und warf sie ihm vor die Füße. »Um Himmels willen, Sal, verschwinde endlich!« Sie schob ihn vor sich her aus dem Schlafzimmer, über den Flur und in die Küche. Die Klingel ertönte nochmals. *»Scheiße! Scheiße! Scheiße!«* fauchte Vanda, um dann zuckersüß zu rufen: »Bin gleich da-ha!« Sie stieß Sal in die Küche mit dem teuren italienischen Mosaikfußboden, auf dem er sie einmal von hinten genommen hatte, während eine Pizza in der Mikrowelle zu Asche verglüht war.

Sal klammerte sich am Hackklotz fest und drehte sich nach ihr um. Vanda stieß ihn wütend an.

»Sal! *Sal!*« zischte sie aufgebracht. »Verschwinde aus meinem Apartment!«

Er packte sie an beiden Schultern und zog sie an sich, so daß ihre Gesichter sich fast berührten.

»Vanda«, erklärte er ihr leise, »ich schwöre dir bei Jesus Christus: Wenn du mir nicht *irgendwas* gibst, das sie erst mal zufriedenstellt, bringen sie mich um.«

»Sal«, fauchte sie, und ihre Blicke waren wie Dolche, »das ist nicht mein Problem.«

»Vanda!« rief eine Frauenstimme vor der Wohnungstür.

»Ich weiß nicht, an wen ich mich sonst wenden soll. Außer dir kenne ich niemand mit soviel Geld.«

»Vanda!« rief die Stimme heiter. »Rate mal, wer hier ist, und rate mal, wen ich mitgebracht habe!«

Vanda lächelte sogar, als sie ihren Kopf zur Seite drehte und zwitscherte: »Augenblick, Jeannine. Ich komme sofort.« Aber als sie sich wieder Sal zuwandte, war ihr Gesicht wütend und häßlich. »Hau ab!« Sie betonte jedes Wort einzeln. »Verlaß... meine... Wohnung.«

»Mein Gott, Vanda, ich bin doch nicht irgendein verdammter Fremder von der Straße. Wir haben einander etwas *bedeutet.*« Er starrte sie seelenvoll an. »Vanda, ich liebe dich.«

Innerlich kochte sie. *Du Schwein. Du Schwein! Glaubst du wirklich, mich so rumkriegen zu können? Hältst du mich wirklich schon für so alt und verzweifelt, daß du mich mit diesen drei Worten dazu bringen kannst, dir jeden Wunsch zu erfüllen?*

»Hey, ihr dort drinnen! Wie lange wollt ihr uns noch warten lassen?«

Vanda lächelte Sal an. Sie fuhr ihm mit der Hand durch sein dichtes, feuchtes Haar. »Ich liebe dich auch, Salvatore«, flüsterte sie. Dann küßte sie ihn mit offenem Mund, und ihre Zunge glitt über seine Zähne, unter seine Lippen, übers Zahnfleisch. Sie brach den Kuß abrupt ab und schob ihn sanft vor sich her zur hinteren Küchentür, die zur Feuertreppe hinausführte.

»Hier, Lover«, sagte sie, während sie nach ihrer Handtasche auf der Ablagefläche neben dem Kühlschrank griff. Sie wühlte kurz darin herum, öffnete dann die Tür mit der linken Hand und drückte Sal mit der rechten ein Bündel Geldscheine in die Faust. Die Feuertreppe war kalt und stand voller Mülltonnen. Vanda schob Sal hinaus, küßte ihn flüchtig auf die Backe und trat in die Küche zurück. »Paß auf dich auf, Lover«, sagte sie und knallte ihm die Tür vor der Nase zu.

Sal stand auf dem kalten Korridor und starrte das Bündel Geldscheine in seiner Hand an. Er faltete es langsam auseinander und begann, die Scheine zu zählen. Hundertzweiunddreißig Dollar. Ohne bestimmten Grund zählte er das Geld noch einmal. Drei Zwanziger, fünf Zehner, vier Fünfer und zwei Eindollarscheine.

Sal stopfte die Geldscheine in eine Tasche seiner Jeans, packte eine der an der Wald stehenden verbeulten Mülltonnen, stemmte die leere Tonne hoch und knallte sie gegen Vandas Küchentür. Die Blechtonne schepperte laut und hohl und hinterließ eine Delle im Holz. Er knallte sie wieder und wieder und wieder und noch mal gegen die Küchentür.

Absolute entsetzte Stille. Sal hörte sich keuchend atmen. Dann schrie er: »*Schlampe! Geizige alte Schlampe!* Dich zu ficken war, wie meine *Großmutter* vögeln! Am liebsten hätt' ich *gekotzt*!« Er schwieg einen Augenblick und lauschte der Totenstille hinter der demolierten Küchentür.

Was tust du? fragte er sich. *Wozu soll das gut sein?*

Sie werden mich umbringen, sagte er sich. *Sie werden mich umbringen – und sie hätte mir helfen können. Sie hätte mir helfen können, aber sie hat's nicht getan, und jetzt bin ich so gut wie tot.*

»*Leckt mich am Arsch!*« brüllte Sal, so laut er konnte. Er warf die Tonne gegen die demolierte Küchentür, machte kehrt, hetzte den kurzen, vollgestellten Korridor entlang, riß die schwere Stahltür zur Feuertreppe auf und hastete die Betonstufen hinunter.

Er war fast zehn Stockwerke weit hinuntergelaufen, bevor er sich zum Stehenbleiben zwingen konnte. Laufen, weglaufen, irgendwohin laufen – das schien die einzige Möglichkeit zu sein, die er noch hatte. Dieser Instinkt prägte zunehmend sein Verhalten.

Als er seine Stirn jetzt an die feuchtkühle Betonwand des Treppenhauses legte, spürte er seinen Puls in den Schläfen.

Komisch, sagte er sich, *ich wußte gar nicht, daß Tote einen Puls haben.*

Gut. Sehr gut! Bewahr dir deinen Sinn für Humor. Du wirst ihn noch brauchen.

Wie der billige Komiker in der Sho-Bar immer gesagt hatte: »Du kommst weiter mit einem freundlichen Wort ... und 'ner Kanone.« Nun, in Zukunft würd' er viel Sinn für Humor brauchen – und einhundertachtzigtausend Dollar.

Er setzte sich auf die Treppe und bedeckte das Gesicht mit den Händen. Die heftig zitterten, wie er bei dieser Gelegenheit merkte. Und dabei war es im Treppenhaus nicht mal kalt.

Heiliger Jesus, was sollte er bloß *tun*? Konnte in seinem ganzen Scheißleben nie was klappen? Wie viele schlechte Karten konnte ein einzelner auf die Hand kriegen? Warum fielen manche Kerle in die Scheiße und kamen nach Rosen duftend raus, während Pechvögel wie er sich ihr Leben lang abrackerten, ohne mal wirklich Erfolg zu haben und ohne jemals an Kohle zu kommen?

Großer Gott, heute morgen, erst vor ein paar Stunden, war er noch der King gewesen. Fast achtzigtausend wert. Er hatte in Montalbano's in der Bourbon Street groß gefrühstückt und Teresha hundert Dollar Trinkgeld gegeben. Den Hunderter, den er immer für Notfälle in der Tasche hatte. »Scheiße, heut ist Sonntag, T.«, hatte er ihr erklärt. »Du und ich, wir sollten an 'nem verfluchten Sonntag nicht arbeiten müssen.« Auf ihrem breiten schwarzen Gesicht war ein breites weißes Grinsen erschienen, und sie hatte gefragt: »Da hat wohl einer auf 'n paar Sieger gesetzt, was, Sal?« Er hatte lächelnd zu ihr aufgeblickt. »Bloß 'n paar? Versuch's mal mit 'ner ganzen Herde dieser Arschgeigen, T.!« Und sie hatten zufrieden miteinander gelacht.

Und wie steh' ich jetzt da? dachte Sal bitter. *Eine verlorene Wette, ein gottverdammter Verlierer, und ich bettle frigide, häßliche alte Yankeeschlampen um Geld an. Einmal aufs falsche Pferd gesetzt, und ich hocke auf 'ner Feuertreppe und versuche ...*

Ein Stockwerk tiefer öffnete jemand eine Tür und trat ins Treppenhaus hinaus. Sal stand rasch auf und preßte sich an die Treppenhauswand. Das mußte der hausinterne Sicherheitsdienst sein. Vanda mußte ihn verständigt haben. Wahrscheinlich hatte sie sich darüber beschwert, daß ein unbekannter Verrückter an ihre Küchentür hämmere. Sal drückte sich an die feuchte Wand und hielt den Atem an. Schwere Schritte schlurften zögernd über den Beton und kamen ein paar Stufen weit herauf.

Vielleicht war das gar nicht der Sicherheitsdienst? dachte Sal plötzlich. Vielleicht waren das die Venezias. Vielleicht hatten sie ihn vom Sporting Life bis hierher verfolgt. Sals Atem schien ihm in der Lunge zu gefrieren, und sein Puls jagte jetzt *wirklich.* Irgend jemand machte einen weiteren langsamen, vorsichtigen Schritt die Treppe herauf – *er spürt mir nach!* – und trat dabei vor die Lichtquelle, so daß sein langer, schmaler Schatten auf die untere Wand projiziert wurde.

Entsetzt starrte Sal ihn an. Dieser Schatten erinnerte ihn an ein Monster in einem Horrorfilm aus den Dreißigern. Dann stand der Schatten still, und Sal spürte, daß jemand in das halbdunkle, von Echos erfüllte Treppenhaus hineinhorchte. Er bewegte sich nicht, wagte kaum zu atmen. Der Augenblick schien endlos lange zu dauern. Dann machte der Schatten endlich kehrt und stapfte die Treppe hinab. Die schwere Brandschutztür fiel langsam ins Schloß, und Sal wartete noch zehn Sekunden, bevor er laut keuchend ausatmete.

»Jesus *Christus*«, flüsterte er halblaut und dachte dann: *Scheiße, was ist das gewesen? Verdammte Scheiße,* was *ist das gewesen?*

Ich kann nicht mehr. Verdammt noch mal, ich dreh' durch! Ich schaff's nicht mehr.

Mach dir deswegen keine Sorgen, sagte er sich. *Wenn du's nicht schaffst, erledigen die Venezias den Rest für dich.*

Recht so, Arschloch. Nur den Humor nicht verlieren. Den wirst du noch brauchen. Echt brauchen.

Er stieß sich von der Wand ab, ging die Treppe hinunter und knöpfte sich dabei sein Hemd zu.

Draußen auf der Canal Street hatte der Regen aufgehört. Inzwischen war es völlig dunkel geworden, der Wind war bloß noch ein Flüstern, aber die Luft war naßkalt. Die Straßenbeleuchtung brannte, und die Mardi-Gras-Dekorationen glitzerten und leuchteten rot und golden. Städtische Arbeiter mit Mützen und langen Daunenjacken errichteten Absperrungen entlang der Gehsteige. Sal knöpfte sein Pendleton-Hemd bis oben zu und zog frierend die Schultern hoch. Sein Atem bildete eine weiße Fahne. Er stand auf dem Gehsteig und sah den Arbeitern zu. Der Festzug würde also doch noch stattfinden.

Das wird Sandra freuen! dachte Sal verbittert.

Der Gedanke an die blondierte Nutte schien ihn zur Besinnung zu bringen. Mann, wohin sollte er sich jetzt wenden? Er mußte irgendwas *tun*. Er konnte nicht hier rumstehen und sich den Arsch abfrieren, während das bißchen Zeit, das ihm noch blieb, ungenutzt verstrich.

Scheiße, wie spät war's eigentlich? 18.27 Uhr. In ungefähr dreieinhalb Stunden würde Albert Castiglia mit seinen Begleitern im Sporting Life aufkreuzen und kassieren wollen. Über eine Viertelmillion. *Das wird 'ne schöne Überraschung,* dachte Sal. Für alle.

Der Gedanke daran brachte Sal in Bewegung. Er überquerte die Canal Street in Richtung Innenstadt und hielt Ausschau nach einem Taxi. Noch dreieinhalb Stunden, um einhundertachtzigtausend Dollar aufzutreiben. Bestimmt kein zu großes Problem für 'nen Kerl, der in seinem ganzen beschissenen Leben nie mehr als zwei Paar Schuhe gleichzeitig besessen hatte. *Hundertachtzigtausend!* wiederholte er immer wieder in Gedanken, wie die leicht verrückte kalifornische Sängerin, mit der er eine Zeitlang geschlafen hatte, ständig ihr Mantra aufgesagt hatte: *Namm jo ring hi ko. Hundertachtzigtausend. Namm jo ring hi ko. Hundertachtzigtausend.*

In diesem Augenblick pfiff eine einzelne Bö durch den langen Schlauch der Dauphine Street. Sal bebte vor Kälte, seine Zähne klapperten, und er beschleunigte seine Schritte. Er war jetzt im French Quarter, mitten im Gebiet der Venezias. Eine gefährliche Gegend für Salvatore Christopher D'Amore. Vielleicht sogar lebensgefährlich.

Sal schlug den Kragen seines karierten Flanellhemds hoch, hastete bibbernd weiter und beobachtete dabei die ein- und zweistöckigen Gebäude auf beiden Seiten der dunklen Straße. Er war hier in der Gegend aufgewachsen und hatte als Kind auf diesen Straßen gespielt, in einer dieser Seitengassen seine Unschuld verloren und auf einer dieser schmiedeeisernen Balkone seinen ersten Joint geraucht. Achtunddreißig Lebensjahre lang waren diese düsteren Einbahnstraßen seine Heimat gewesen; und die wenigen Male, die er über die Stadtgrenzen von Orleans Parish hinausgekommen war, konnte er an den Fingern einer Hand abzählen – auch dann war er nie weiter als fünfzig oder hundert Meilen gereist, wenn er für einen Abend einen Auftritt gehabt hatte.

Und doch: An diesem Abend fühlte Sal sich wie ein Wesen von einem anderen Stern. Das erinnerte ihn ein wenig an das Gefühl, das er heute nachmittag gehabt hatte, nachdem Transformer das unverlierbare Rennen verloren hatte. Als plötzlich alles anders ausgesehen hatte: fremd und bedrohlich.

Was ihm die Straße jetzt sagte – Sal spürte beinahe, wie die Botschaft durch seine Schuhsohlen drang, während er weiterhastete –, war einfach, daß er ein Fremder, ein Außenseiter, ein Ausgestoßener war. Dieses Viertel war nicht mehr seine Heimat. Das fühlte Sal so deutlich wie nie zuvor etwas in seinem Leben. Dies war nicht mehr seine Heimat, und das hieß, daß er jetzt heimatlos war, weil er nichts anderes kannte, niemals woanders gewesen war.

Ein vorbeifahrendes Taxi spritzte Regenwasser auf den Gehsteig, und Sal wich zurück, bevor er merkte, daß der Wagen leer war und der Taxifahrer ihn hoffnungsvoll ansah. Sals Hand schoß hoch, und der Fahrer bremste scharf und hielt am Randstein. Er beugte sich über die Lehne seines Sitzes zurück und machte die hintere Tür von innen auf. Sal stieg ein und knallte sie hinter sich zu.

»Scheißkalt heute«, sagte der Taxifahrer mit karibischem Akzent.

Sal rieb sich die Hände und genoß die Wärme in dem überheizten Wagen. »Yeah.«

»Sie holen sich 'ne Lungenentzündung, wenn Sie nur im Hemd rumlaufen, Mann«, warnte ihn der Fahrer.

Sal erwiderte seinen Blick und nickte. *Wo bin ich?* dachte er. *Wo bin ich?*

»Wenigstens hat der Regen aufgehört«, sagte der Taxifahrer. Er drehte sich wieder nach vorn und legte den ersten Gang ein. Das Taxi rollte langsam die Dauphine Street entlang.

»Wohin, Mann?« Der Fahrer sah kurz in den Rückspiegel.

Wohin? Wohin will ich? Wohin kann ich noch?

Die dunklen Augen des Taxifahrers begegneten seinem Blick im Rückspiegel.

»Haben Sie kein Ziel, Bruder?«

Wohin? dachte Sal. *Wer kann mir jetzt helfen?*

Der Fahrer griff nach rechts und stellte das Taxameter an. Er musterte Sal noch immer im Rückspiegel.

»Soll ich Sie einfach bloß...«

»Esplanade und Decatur«, stieß Sal endlich hervor. »Setzen Sie mich an der Ecke Esplanade und Decatur ab.«

Der Taxifahrer lächelte dankbar. Ordnung muß sein. »Sehr gut, Bruder. Sehr gut.«

»Sal!« rief Cathy Pecoraro aus, als sie die Haustür öffnete. »Warum hast du nicht angerufen?« Sie trat von der Tür zurück, drehte sich halb um und rief: »Santo! Kids! Sally ist hier!« Sie wandte sich wieder Sal zu. »Du hättest anrufen sollen, Sal. Und du solltest nicht ohne Mantel rumlaufen.« Sie nahm seinen Arm und führte ihn ins Haus. In die Erdgeschoßwohnung einer der aufgeteilten großen alten Villen, die sich auf der Esplanade Avenue zwischen Fluß und City Park aneinanderreihten. In der winzigen Diele blieben sie stehen.

»Du hättest Bescheid sagen sollen, daß du kommst, aber ist schon in Ordnung. Willst du was essen?« Sie drehte sich nach den Fernsehgeräuschen im nächsten Zimmer um. »Hey, Jungs! Habt ihr nicht gehört? Sal ist hier!« Im nächsten Augenblick tobten Kinder übers Parkett, und Sal wurde von drei Jungen unter zehn Jahren umringt, die sich an ihn klammerten und an seinen Ärmeln zogen.

»Onkel Sal, wie geht's?«

»Wie isses?«

»Wie geht's, Onkel Sal?«

Normalerweise folgte darauf eine Runde spielerischer Boxkampf, aber heute fehlte ihm die Kraft dazu. »Hey, was ist mit euch los, Kids? Ihr seid jedesmal größer, wenn ich euch sehe.«

»Das kommt, weil du uns nicht sehr oft siehst«, quiekte Dominic, der Älteste, und Cathy bedachte Sal mit einem kalten Blick, als wolle sie sagen: Hey, ich war's nicht. Hör dir den Jungen an.

Sal verdrehte die Augen. Bitte jetzt nicht, Cat.

Cathy und die Jungen führten ihn durchs Eßzimmer. Auf dem großen alten schwarzen Tisch standen leere Gläser und Teller mit Resten von Tomatensauce, und die ganze Wohnung roch behaglich vertraut nach amerikanisch-sizilianischer Küche mit viel Knoblauch.

Die Kids liefen voraus und kreischten: »Daddy, Onkel Sal ist hier!«

Cathy lächelte ihn kokett an. »Du hast nichts über meine neue *Frisur* gesagt. Gefällt's dir nicht?« Sie fuhr sich mit einer mädchenhaften Geste durch das halblange platinblonde Haar.

»Tut mir leid, Cathy. Ich wollte eben was sagen. Sieht toll aus, ganz toll.«

Sie schüttelte den Kopf und lächelte ihr trauriges kleines Lächeln. »Du sagst nichts, also magst du's nicht.«

Als er Cathy Becker Pecoraro vor fast siebzehn Jahren kennengelernt hatte, war sie im Fools Rush Inn in der Bourbon Street als Stripperin aufgetreten. Ursprünglich hatte sie als Steptänzerin begonnen, aber das Publikumsinteresse an dieser speziellen Kunstform hatte die vierziger Jahre nicht überlebt und war in den Siebzigern gänzlich verschwunden. Daher hatte Cathy ihren nackten jungen Körper im großen Schneiderspiegel ihrer Mutter kritisch begutachtet, ihre Eignung für »exotischen Tanz« festgestellt, sich für dreihundert Dollar ein gebrauchtes Paillettenkostüm gekauft, war losgezogen und hatte sich ein Engagement besorgt. Und zu ihrer großen Verblüffung hatte sie entdeckt, daß es ihr sogar Spaß machte, sich auf der Bühne vor einem Publikum aus Männern auszuziehen.

Cathy war der Alptraum jeder Feministin; sie *genoß* es tatsächlich , ein Sexualobjekt zu sein. Aber nur auf der Bühne, nur während ihres Auftritts. Privat blieb sie weiterhin, was die anderen Mädchen als eine Jungfrau Maria bezeichneten: Sie weigerte sich, Nachtclubbesitzern einen zu blasen, trank nicht an der Bar, um den Getränkeumsatz zu fördern, und lehnte die Angebote aufgegeilter Touristen ab, die Kellner mit Fünfzigdollarscheinen und draufgekritzelten Zimmernummern hinter die Bühne schickten. Und sie ging nicht mit Frauen ins Bett. Jahrelang war sie die einzige Stripperin in der Street, die nicht lesbisch oder wenigstens bisexuell war. Sie blieb unbeirrbar normal.

Damals hatte sie Santo Pecoraro kennengelernt. Santo war damals noch Schlagzeuger der letzten Band einer Girlie-Show und betrieb nachmittags von seiner Wohnung aus eine Künstleragentur. Zu jenem Zeitpunkt war er noch mit seiner ersten Frau Gloria verheiratet, aber die ganze Stadt wußte, daß das Weibsbild verrückt war. Selbst Glorias *Mutter* forderte Santo auf, sie zu verlassen. Mehr wollte Santo gar nicht hören, denn er hatte sich auf den ersten Blick in Cat Ballou – ihr Künstlername – verknallt.

Santo umwarb sie drei Jahre lang hartnäckig – er lieh ihr seine Lieblingsplatten, strampelte sich ab, um ihr einträgliche Engagements zu verschaffen, für die er dann keine Provision verlangte, und nahm sie mit nach Hause, damit sie seine Familie kennenlernte –, bis sie zuletzt nachgab und über den Altersunterschied zwischen ihnen hinwegsah. Santos erste Frau Gloria war inzwischen in Mandeville im Irrenhaus gelandet. An manchen Sonntagen bereitete Cathy ein Lunchpaket vor, und sie fuhren alle los, um sie zu besuchen. Noch immer bemühten sie sich um eine Annullierung der ersten Ehe durch die Erzdiözese, um auch kirchlich heiraten zu können.

»Santo, sieh mal, was die Katze angeschleppt hat.«

Sie standen an der Tür und blickten in einen etwas tiefer liegenden Fernsehraum hinunter, der durch den Widerschein der Bildröhre geisterhaft erhellt wurde. Die drei Jungen lagen wie zuvor auf dem Boden vor dem Fernseher. Auf einem abgewetzten alten Sofa an der Rückwand thronte ein großer Mann in Bademantel und abgetretenen Hausschuhen. Er musterte Sal mit dem gleichen skeptischen Blick wie kurz zuvor seine Frau.

»Das Abendessen hast du gerade verpaßt.« Er sprach mit schnörkellosem Baß. »Du hättest anrufen sollen.«

Cathy nickte selbstgerecht. »Das hab' ich ihm auch schon gesagt. Genau das hab' ich auch gesagt.«

»Hey, Leute, ich bin nicht hungrig.«

Cathy sah ihren Mann an. »Ich mach' ihm 'ne Kleinigkeit«, kündigte sie an, als habe Sal überhaupt nichts gesagt.

Santo nickte. Er war ein schwerer Mann mit breitem fleischigen Gesicht, zu dem sein sorgfältig gestutztes, dünnes graues Ziegenbärtchen nicht recht paßte.

»Setz dich«, forderte er Sal auf und deutete mit dem bärtigen Kinn auf den Fernseher. »Ich hab' mir *Top Gun* ausgeliehen. Kennst du ihn?«

»Er haßt ihn«, sagte Cathy, die jetzt mit vor der Brust verschränkten Armen am Türrahmen lehnte. »Er kann den Scheiß echt nicht ausstehen.« Sie sagte es mit einem gewissen Stolz.

»Nicht genug Sex drin«, befand Santo.

Cathy schüttelte lächelnd den Kopf. »Ist das nicht echter Scheiß?«

Santo schlug die nackten Beine übereinander und sagte: »Ich leih' mir Filme mit gutem normalen Sex aus. Mit Männern, die's mit hübschen Frauen treiben. Diese kleinen Scheißkerle hier...« Eine weitere Kinnbewegung galt seinen Söhnen. »...die sollen wissen, wo ihre Pimmel hingehören, wenn sie mal groß sind.«

Cathy kicherte amüsiert und sah Sal an. »Sal. Ist das zu fassen?«

»Hey«, sagte Santo, »gleich vor unserer Haustür liegt das beschissene French Quarter. Mehr Schwule pro Quadratmeter als sonstwo in Amerika, von San Francisco mal abgesehen. Ich will nicht, daß diese kleinen Dreckskerle mal mit Scheiße am Pimmel oder 'nem Arschloch wie Blumenkohl heimkommen, bloß weil ihr Alter ihnen nie den Unterschied zwischen richtig und falsch erklärt hat.«

Die drei kleinen Jungen warfen ihre Füße hoch und blickten grinsend zu Sal auf, als wollten sie fragen: Ist dieser Scheiß zu fassen?

Cathy schnaubte mißbilligend, aber ihre Augen leuchteten hell und fröhlich. »Ich hab' keine Zeit, mir diesen Scheiß noch länger anzuhören. Ich muß Sal 'ne Kleinigkeit kochen.«

»Bring mir auch 'nen Teller, Baby«, verlangte Santo.

Sie starrte ihn vorwurfsvoll an. »Mann, du hast eben erst Abendbrot gegessen!«

»Ich weiß. Ich weiß. Hab' trotzdem noch Hunger.«

»Cat, ich hab' wirklich keinen…«, begann Sal zu protestieren, aber sie war bereits unterwegs in die Küche.

»Nimm Platz, Sal!« Santo klopfte mit der flachen Hand auf das Polster neben sich.

»Santo…«

»Das sag' ich dir, wegen diesem beschissenen Aids und allem hab' ich mir vorgenommen, es bei den kleinen Scheißkerlen genau wie die Juden zu machen und ihnen 'ne Bar-Mizwa auszurichten, wenn sie dreizehn werden. Am Abend ihres Geburtstags kauf' ich ihnen 'ne Nutte, damit sie sehen, wie die Sache abläuft.«

»Yeah«, sagte Dominic, der Älteste, vom Boden aus, »aber bei Nutten kann man sich auch Aids holen.«

Santo blickte kopfschüttelnd zu Sal hinüber. »Hör dir die kleinen Scheißer an! Noch feucht hinter den Ohren, aber bilden sich ein, schon alles zu wissen.«

»Santo, ich muß mit dir reden.«

»*Setz dich*, verdammt noch mal! Warte erst mal, bis der Film vorbei ist.«

Sal trat neben Santo, beugte sich über ihn. »So lange kann ich nicht warten. Ich muß mit dir reden.«

Santo sah zu ihm auf und musterte seinen Gesichtsausdruck. Nach einer langen Pause sagte er halblaut: »Du Scheißkerl. Du hast wieder gewettet.«

»Santo…«

»Und *nicht* gewonnen.«

»Santo, ich muß mit dir reden.«

Santo starrte auf den Bildschirm und seufzte tief. »Sally, Sally, Sally.« Er schüttelte den Kopf. Dann stützte er sich mit beiden Fäusten vom weichen Sofapolster ab und stemmte sich schwerfällig hoch. Santo verknotete den Bademantelgürtel über seinem Wanst und legte Sal einen dicken Arm um die Schultern. Er überragte den Jüngeren um Haupteslänge. »Komm, wir gehen ins Büro rüber. Da sind wir ungestört.« Er deutete auf seine Söhne. »Ihr sagt eurer Mama, wo wir sind, wenn sie zurückkommt.«

Santos Büro war eine zweckentfremdete Einzimmerwohnung auf der anderen Seite der kalten, schmalen, hohen Eingangshalle. In dem Raum standen ein mit Papieren überladener Tisch, den Santo als Schreibtisch benutzte, und davor ein paar durchgesessene Stühle. Auf der anderen Seite war eine Kochnische. Unmittelbar hinter Santo, der sich in seinen großen weichen Sessel lümmelte, hing eine grobkörnige, fast lebensgroße Aufnahme, die einen jungen weißen Boxer in Angriffshaltung zeigte. Die schwarzen Stiefel und seine weite Hose wiesen darauf hin, daß das Foto Ende der dreißiger, Anfang der vierziger Jahre entstanden sein mußte. Es zeigte Santos verstorbenen Vater Carlo, der aus irgendeinem Grund, den Sal nie erfahren hatte, als Billy O'Bannion gekämpft hatte.

Im Jahre 1929 hatte Carlo Pecoraro nach Punkten gegen einen Gegner verloren, der einmal von Max Baer ausgeknockt worden war. In dem nach Sportereignissen dürstenden New Orleans hatte das ausgereicht, um Carlo Pecoraro in den Rang eines Lokalhelden zu erheben. Als er 1957 gestorben war, waren Beileidstelegramme von Rocky Marciano, Joe Lewis und Jack Dempsey gekommen.

Die Wand gegenüber wurde von einem weiteren, wenn auch kleineren Schwarzweißfoto beherrscht. Es zeigte einen erheblich jüngeren Santo in weißer Smokingjacke hinter einem glitzernden Slingerland-Schlagzeug. Santo lächelte wie ein Star und hielt die Stöcke vor seiner Rüschenbrust gekreuzt. Auf der Baßdrum stand in Schrägschrift sein Name.

Alle restlichen Wandflächen verschwanden hinter Postkarten von Künstlern, die Santo im Laufe der Jahre betreut hatte. Es schienen Hunderte zu sein. Sänger, Magier, Akrobaten, Clowns, Komiker, Stripperinnen – eine Aufnahme zeigte Cathy, die sich neckisch hinter einem Wasserball versteckte –, Dixielandbands, Rock-'n'-Roll-Bands, Tanzkapellen und vor allem viele Soulsänger und -sängerinnen aus den frühen Sechzigern, als Santos kleine Plattenfirma binnen vier Jahren mehrere große Hits rausgebracht hatte. Sal fiel auf, daß Santos die Künstlergalerie seit seinem letzten Besuch sogar noch um Autogrammkarten von Discjockeys vermehrt hatte, um dadurch einem Trend auf dem Hochzeitsmarkt Rechnung zu tragen.

Und wie bei jedem Betreten dieses Raums suchte und fand Sal eine Postkarte von sich selbst, die ihn als Siebzehnjährigen in Nehrujacke zeigte und gleich links neben Carlo an die Wand geheftet war.

Santo lehnte sich in seinen knarrenden Sessel zurück, zündete sich eine große braune De Nobili an und beobachtete Sal über die Streichholzflamme hinweg.

»Was treibst du so im Moment?« knurrte er schließlich.

Sal stand wie angewurzelt da. Aus irgendeinem Grund hatte er das Gefühl, sich nicht setzen zu dürfen. Als habe er nicht das Recht dazu. Wie spät war es schon?

Santo betrachtete ihn stirnrunzelnd. »Was ist, soll ich *raten*?«

Pecoraro war Sals erster Manager gewesen, als er noch auf die High-School gegangen war. Santo hatte ihn bei einem Tanzabend in Sacred Heart singen gehört, war ans Musikpodium gekommen und hatte Sal seine Karte gegeben. Später in jener Nacht hatte Sal die Karte zwischen den Rücksitzpolstern seines 1951er Chevys verloren, als er Pup Bartolas kleine Schwester vögelte. Ihren richtigen Namen erfuhr er nie – sie war immer nur »Pup Bartolas kleine Schwester«. Sal verlor die Karte und hätte nie wieder an sie gedacht, aber drei Wochen später spielte seine Band – The Gangsters – in De La Salle, und als die gesamte Band in der zweiten Pause im alten Kastenwagen des Drummers hockte und eine Flasche Rotwein und einen Joint aus einem teuflischen panamaischen Kraut kreisen ließ, klopfte Santo an die Hecktür.

»Keine Angst, ich bin kein Cop. Ich will mit dem Sänger reden. Mit dem kleinen Kerl.«

Als Sal, von einer süßlichen Rauchwolke umgeben, den Kopf aus dem Wagen streckte, lehnte Santo am Kotflügel.

»Du hast mich nicht angerufen.«

Sal kletterte aus dem Fahrzeug. Er starrte Santo an und zuckte jungenhaft mit den Schultern. »Ich hab's vergessen.«

»Hast du meine Karte noch? Meine Telefonnummer?«

Sal kratzte sich geistesabwesend am Arm. »Weiß ich nicht. Vielleicht hab' ich sie verloren.«

Santo legte den Kopf schief und musterte den Jungen. »Bekiffst du dich in jeder Pause?«

Sal erwiderte seinen Blick mit aufkeimendem Trotz. »Manchmal. Was dagegen?«

Santo lachte gutmütig. »Eigentlich nicht. Oder vielleicht doch. Dein Vater ist Joe the Hack, der kleine Taxifahrer, stimmt's?«

Obwohl Sal dagegen ankämpfte, zeigte sein Gesicht seine Verlegenheit. Er gab keine Antwort.

»Hör zu, Kid«, fuhr Santo fort, »ich heiße Santo Pecoraro. Ich buche Talente für die Bourbon Street. Und ich hab' 'ne Plattenfirma. Vielleicht hast du schon mal von mir gehört.« Santo machte eine kurze Pause, aber Sal hatte nichts zu sagen. »Jedenfalls gefällt mir deine Stimme. Du hast 'ne ziemlich gute Stimme. Wen hörst du am meisten – Sam Cooke?«

Sal zuckte erneut mit den Schultern. »Klar, den mag jeder.«

»Schreibst du Songs?«

Sal zögerte. »Yeah, so was Ähnliches.«

»Ähnlich? Wie kannst du *so was Ähnliches wie* Songs schreiben?«

»Na ja, ich hab' gerade erst damit angefangen.«

»Du hast also 'n paar Songs fertig?«

»Yeah.«

»Die du mir vorspielen kannst?«

Sal nickte kaum wahrnehmbar.

»Die möchte ich hören.« Santo zog einen Packen Geschäftskarten aus seiner Hemdtasche. »Hier.« Er drückte sie Sal mit einem schwachen Lächeln in die Hand. »Steck dir in jede Tasche eine, damit du vielleicht nicht alle verlierst und vielleicht daran denkst, mich morgen anzurufen. Okay?«

Der Junge starrte die kleinen weißen Rechtecke an. »Glauben Sie ... glauben Sie wirklich, daß ich gut genug für 'ne Platte bin?«

Santo lächelte den Jungen in der grünschillernden Smokingjacke von oben herab an. »Ruf mich morgen an, Kid ... hey, wie heißt du überhaupt?«

»Sal.«

Santo runzelte die Stirn und kratzte sich sein dünnes Ziegenbärtchen. »Das werden wir ändern müssen. Zu billig. Dein Nachname ist D'Amore, stimmt's?«

Sal nickte wortlos. Santo kraulte weiter nachdenklich seinen kümmerlichen Bart. Dann grinste er plötzlich breit. »Ich hab' 'ne Idee! Hör zu, vergiß nicht, mich gleich morgen anzurufen, ja?«

Santo brachte Sal dazu, sich von The Gangsters zu trennen – keine Kleinigkeit für einen Teenager, der das seinen besten Freunden antun mußte; er hörte sich alle seine Songs an und machte Vorschläge, wie sich die besten verbessern ließen; er ließ Sal eine Beatlesfrisur verpassen, kaufte ihm ein Paar hochhackige Stiefel und modische Klamotten – auch die Nehrujacke, die Sal auf dem Foto trug – und änderte seinen Namen in Dee Amore. Sal konnte diesen Namen nicht ausstehen, aber Santo beharrte unerbittlich darauf. Und Sal gab bald nach, denn er war nur ein Siebzehnjähriger, der in Ehrfurcht vor seinem neu gefundenen Manager erstarrte.

Und dazu hatte er auch allen Grund: Vor weniger als einem Jahrzehnt hatte Santo Pecoraro sechs Top Twenty Songs – von denen einer wochenlang auf Platz zwei gewesen war – entdeckt, finanziert, produziert und vermarktet – und den »New Orleans Sound« mitgeschaffen, der die R & B Charts in den fünfziger Jahren beherrscht hatte. Seine Erfolge lagen jedoch schon Jahre zurück; seine verrückte erste Frau hatte sein Geld durch ihren luxuriösen Lebensstil verschleudert, und jetzt versuchte Santo, seine Plattenfirma Bayou Records wiederzubeleben, indem er sich der »Paisley Revolution« anschloß, den Horden junger amerikanischer Clubmusiker, die sich Ende der sechziger Jahre den mit Erfolg hereinbrechenden Engländern entgegenstellten, welche ihnen ihre Musik und die Schau gestohlen hatten.

Mit Sal D'Amore wollte Santo Pecoraro den ersten Schritt auf dem Weg tun, der ihn an die Spitze der Plattenindustrie zurückführen sollte. Sal würde sein Superstar in einem ganzen Stall großer Talente aus New Orleans sein. Aber ohne daß einer der beiden es ahnte, würde dieser erste Schritt der letzte sein. Es würde keinen zweiten geben.

Mit Santo als Manager nahm Sal sieben Singles mit je zwei Originalsongs auf. Einer davon – »She's the Only One I Want«, der Song, an den Hadey, die Nutte, sich nachmittags im Sporting Life erinnert hatte – gelangte in New Orleans und Umgebung in die Top Ten. Und das war's dann. Sonst passierte nichts. Keiner der übrigen

Songs tauchte auch nur in den Charts auf. Der Erfolg wollte sich nicht einstellen. Er blieb einfach aus. Dabei ließ Santo nichts unversucht, schuftete unermüdlich und warb im ganzen Süden Louisianas für Dee Amore. Er verschaffte Sal Engagements als Anheizer für alle bekannten Gruppen, die nach New Orleans kamen: Vanilla Fudge, Sly und The Family Stone, die Young Rascals... Sal hatte jedes Wochenende Auftritte in Shows, Tanz- und Nachtclubs, zu denen Santo ihn persönlich in seinem großen weißen Eldorado fuhr, um dann irgendwo im Hintergrund zu stehen, im Takt mit dem Kopf zu nicken und Sals Leistung zu begutachten.

Wenig später ergab sich eine Chance für ein Open-end-Engagement im Casablanca an der Ecke Bourbon und Iberville Street, als der Leadsinger der dortigen Band als Heroindealer verhaftet wurde, und Santo riet Sal, ein paar Musiker zusammenzutrommeln und das Engagement zu übernehmen. Sal, der stets auf seinen Manager hörte, rief seine alten Freunde von The Gangsters zusammen und probte eine Woche mit ihnen – und innerhalb eines Monats bildeten sich vor dem Casablanca solche Menschenschlangen, daß sie den Verkehr auf der Bourbon Street behinderten.

Sal war jetzt eine Lokalgröße und hatte so viel Spaß und so viele Frauen, daß er gar nicht wahrnahm und sich erst recht keine Sorgen darüber machte, daß seine Plattenkarriere stagnierte wie der Schlamm eines Entwässerungsgrabens irgendwo in Louisiana. Santo wußte es natürlich, aber er sprach Sal nicht darauf an, öffnete ihm nicht die Augen dafür, daß Nachtclubarbeit kein Teil der Musikbranche war, sondern zum Gastronomiegeschäft zählte. Und daß man dabei bloß älter wurde, sonst nichts.

Gewiß, bei einigen nur verschwommen wahrgenommenen Treffen nach dem Auftritt im King's Room oder bei einem sehr frühen Frühstück im Busy Bee schlug Santo Sal vor, vielleicht einmal zu reisen, um zu sehen, was in New York lief – oder in L. A., das sich zur Musikhauptstadt der Nation entwickelte. Santo drängte ihn, ein paar neue Songs zu schreiben und aufzunehmen und zu versuchen, mit ihnen an der Westküste sein Glück zu machen.

Etwa zu diesem Zeitpunkt sah Santo Cat Ballou erstmals im Fools Rush Inn tanzen, wodurch seine Interessenlage sich drastisch veränderte. Sein Interesse an Sals Karriere – oder den Überresten von

Sals Karriere – nahm erheblich ab. Santo mußte sich jetzt um sein eigenes Leben kümmern, seine eigene Zukunft sichern. Santo Pecoraro riet Sal jetzt nicht mehr, mit seiner Show auf Tournee zu gehen. Obwohl er weiterhin, allerdings sehr eingeschränkt, als Sals Agent und persönlicher Manager fungierte, riet er Sal jetzt überhaupt nichts mehr. Gewiß, er verschaffte ihm gelegentlich noch einen Auftritt in einem Club oder bei einer Ausstellungseröffnung, aber er war nicht mehr der visionäre Mentor von einst.

Und nachdem er dann Cat für sich gewonnen und geheiratet hatte, gab Santo Pecoraro sich freiwillig mit den recht begrenzten Möglichkeiten eines Künstlervermittlers in New Orleans zufrieden. Er begrub seinen Traum, der weiße Berry Gordy zu werden, und beschloß pragmatisch, sich damit zufriedenzugeben, drittklassige Komiker, Stripperinnen mit Schwangerschaftsstreifen und mittelmäßige Bands zu vermitteln. Und damit, die Söhne zu zeugen, die Cathy nun in regelmäßigen Abständen bekam.

Unterdessen war der flüchtige, undefinierbare Zauber, der Nachtclubs, Restaurants, Fernsehkomödien und zweitklassige Sänger auf unerklärliche Weise populär macht, allmählich verflogen, und der Andrang im Casablanca nahm ab, weil die Leute anderswo hingingen. Von Montag bis Donnerstag konnte überhaupt nicht mehr von Andrang die Rede sein, und die Wochenendgäste waren hauptsächlich Touristen: Spießer aus Provinznestern wie Des Moines, Salt Lake City und Kyoto. Die Grayline-Busse setzten sie vor dem Eingang ab, und die Fahrer trieben sie wie Vieh herein. Sie hatten eine der berüchtigten Stripshows der Bourbon Street vorgeführt bekommen, einige Transvestiten singen und tanzen gesehen und ein paar 70jährige Schwarze müden, auf Touristengeschmack abgestellten Dixieland spielen gehört. Nun sollten sie noch guten alten weißen New Orleans Funk zu hören bekommen. Das hielt aber die Mutigeren unter den kleinen Arschlöchern nicht ab, sich »When the Saints« oder »Way Down Yonder« zu wünschen. Schon bald sang Sal an manchen Abenden vier- bis fünfmal »Didn't He Ramble?« und merkte dann, daß nicht mehr alles nach Wunsch lief. Aber da war's natürlich schon *viel* zu spät.

Etwa damals begann Sal, sich gleichzeitig für reiche ältere Frauen und riskante Wetten zu interessieren. Das Wetten lag ihm im Blut.

Sein Alter war ein unverbesserlicher Spieler gewesen, auch wenn er jedesmal höchstens zwei Dollar riskiert hatte. Die reichen Frauen waren allein Sals Idee. Die Logik ging so: Frauen mochten ihn. *Sogar sehr.* Frauen hatten manchmal Geld. Manchmal *sehr viel.* Ältere Frauen hatten allgemein mehr Geld. Oft *viel* mehr. Deshalb waren ältere Frauen lohnender.

Großer Gott, du mußt irgendwas *tun*! hatte er sich selbst getadelt. Inzwischen war er 26 – im Showgeschäft längst kein Jüngling mehr – und arbeitete schon seit vier Jahren im selben Club. Santo war seit fast einem Jahrzehnt sein Manager, und Sals beste Zeit schien bereits hinter ihm zu liegen. Mit 26 Jahren! Das erklärte er Ruth Wallachinsky, der ersten älteren Frau, die er aktiv umwarb. Sie war klein und fett und 46 und bumste am liebsten vor großen Spiegeln – warum, konnte Sal nie ergründen.

Ruth riet Sal, sich einen anderen Manager zu suchen. Mit dieser Diagnose konnte er sich nicht leicht abfinden. Er wußte, daß Frau Doktor recht hatte; er wußte auch, daß die Krankheit lebensgefährlich war, aber er konnte sich nicht überwinden, die bittere Pille zu schlucken. Was sollte er ohne Santo anfangen? Santo war ihm ein besserer Vater gewesen als sein eigener Alter. *Joe the Hack, Joe the Hack,* hatte Sal früher lautlos vor sich hin gesungen. *Always drunk or at the track.*

»Hör zu«, hatte Ruth Wallachinsky vorgeschlagen, und Sal hatte so getan, als sei diese Idee eine völlige Überraschung für ihn, »*ich* werde deine Managerin sein. Du weißt ja schon, wie gut ich mit dir umgehen kann.« Darüber hatten sie wie Kinder gelacht. Ganz im Ernst, hatte sie beteuert, sie kenne in New York alle möglichen Leute aus dem Showgeschäft. Theaterleute. Plattenleute. Fernsehleute. Lauter einflußreiche Juden aus Manhattan, die bekanntlich im Showgeschäft den Ton angaben.

Natürlich würde sie erst etwas Kapital in Sal – ins *Produkt,* wie sie sagte – investieren müssen, um seine Kanten ein bißchen abzuschleifen. Um ihn den New Yorkern präsentieren zu können. Ganz neue Klamotten, neue Fotos und ein paar auf ihn zugeschnittene Arrangements. Jedenfalls war der Broadway nicht die Bourbon Street. Ganz und gar nicht!

Dort oben verspeisen sie Amateure zum Frühstück, *Sweetie. Das klingt nicht nett. Aber ich räume dir alle Hindernisse aus dem Weg. Achtung, New York, hier kommen Sal D'Amore und seine Managerin Ruth Wallachinsky. Was für ein Duo! Was für ein Paar! Die beiden stellen diese müde Stadt auf den Kopf. Ein bißchen tiefer mit dem Kopf. Hier, Liebster, mach's hier mit der Zunge, Baby. Hier, Sal, hier lecken. Hier, Liebster.* Hier. *Oh, Liebster! Deinen Kopf ein bißchen zur Seite, Baby, ich kann nichts sehen. Ich will zusehen!*

Und Sal hatte etwa eineinhalb Minuten lang getan, als würde er sich sträuben, um ihren Plan dann ohne Vorbehalt zu akzeptieren. Ruth kündigte an, sie kehre nach New York zurück, um mit ihren Anwälten zu sprechen und den Managervertrag aufsetzen zu lassen: *Alles juristisch abgesichert, Sweetie – schließlich bin ich nicht umsonst Jüdin.* Und während sie fort war, nahm Sal seinen Mut zusammen und ging in Santos Büro, in genau diesen Raum, und tat, was getan werden mußte.

Sal erklärte dem sehr geduldig zuhörenden Santo, ihr gemeinsamer Weg sei wohl allmählich zu Ende, die Zeiten änderten sich, die Musikbranche verändere sich, er brauche jemand mit neuer Perspektive, mit Kapital zur Investition ins *Produkt, blablabla.* Am Ende von Sals nervöser, verschwitzter Vorstellung antwortete Santo natürlich, er habe volles Verständnis für Sals Standpunkt – das Leben geht weiter. Innerlich war Santo Pecoraro mit dieser Entwicklung keineswegs unzufrieden. In Zukunft war er nicht mehr für Sals Karriere verantwortlich. Sals Mißerfolg würde nicht auf ihn zurückfallen.

Als Sal danach aus Santos Büro trat, *summte* er tatsächlich irgendeine Melodie vor sich hin, während er leichten Herzens die schwülheiße Esplanade Avenue hinunterschlenderte. Die Welt schien vor ihm zu liegen wie eine auf einem Wasserbett ausgestreckte nackte Blondine. Er kam sich vor wie ein Galopper, der den 15fachen Einsatz bringen würde und auf der Zielgeraden mit zehn Längen führte. New York, New York. Greenwich Village. Broadway. Fifty-second Street, in der ein 19jähriger Miles sich abgerackert hatte, Birds Höhenflügen zu folgen. Die Record Plant. Die Peppermint Lounge, die Geburtsstätte des Twists. Central Park. Der Village Vanguard ...

Und zum ersten Mal in seinem Leben würde alles Stil haben.

Keine miese Absteige am Times Square. Keine Übernachtung auf dem Busbahnhof, wie er sie aus den Erzählungen von Kollegen aus New Orleans kannte. Mmmh-hmmm. Ruth gehörte ein Apartment am Central Park East – über dem Ententeich, was immer das sein mochte. Die ganze gottverdammte Stadt würde ihm buchstäblich zu Füßen liegen, und sobald diese reichen jüdischen Ärsche aus dem Showgeschäft seine Songs hörten, sobald sie ihn singen sahen, würden sie mit Plattenverträgen in der Hand Schlange stehen; sie würden ihn anbetteln, Säcke voll Geld zu nehmen, mit ihren Luxuslimousinen zu fahren, ihre Frauen zu vögeln.

Oh, yeah, auch das würde er übernehmen. Ruth würde einfach verstehen müssen, daß sie jetzt durch geschäftliche Beziehungen verbunden waren. Sal war überzeugt, sie würde die Dinge wie er sehen. Großer Gott, die Frauen würden sich ihm geradezu an den Hals werfen. Ruth war reif genug zu wissen, daß sich ein Rockstar ein gewisses Image aufbauen mußte – und die Rolle des Liebhabers seiner dicklichen Managerin paßte nicht zu diesem Bild. Und was waren außerdem ein Fick oder zwei unter Freunden? Vor allem dann, wenn diese Freunde die Geschichte der Musikbranche neu schreiben würden?

Sal summte halblaut Bruchstücke seines neuesten Songs vor sich hin, während er die Esplanade Avenue hinabschlenderte, den Frauen zulächelte und den Brüdern mit zurückhaltender Selbstsicherheit zunickte. Das Leben *war* klasse.

Natürlich ließ Ruth Wallachinsky nie wieder von sich hören. Nach ungefähr einer Woche rief er Manhattan Information an, um sich ihre Nummer geben zu lassen. Dort gab es gut hundert Wallachinskys, darunter auch etliche R. Wallachinskys – aber keine Ruth.

Sal wartete eine weitere Woche. Inzwischen geriet er langsam in Panik. Dann rief er noch mal Manhattan Information an und überredete die Telefonistin mit süßen Worten, ihm alle *R.s* zu geben. Entschieden ein Verstoß gegen die Dienstvorschrift, aber in diesem Fall wolle sie eine Ausnahme machen, sagte sie mit nasalem Brooklynakzent. Doch alle Nummern erwiesen sich als falsch.

Zu Beginn der dritten Woche war Sal verzweifelt. Manhattan Information hatte es satt, ihm Auskünfte zu erteilen. Gehen Sie in

Ihre Stadtbibliothek, riet ihm die Aufsicht. Dort finden Sie das Telefonbuch von Manhattan. Es liegt in jeder größeren amerikanischen Bibliothek auf.

Als es dann nach fast einem Monat vorbei war, nachdem er sämtliche Wallachinskys in den fünf New Yorker Boroughs angerufen oder anzurufen versucht hatte, als Sal schließlich aufgab und sich eingestand, daß er irgendwie reingelegt worden war, betrug die unbezahlte Telefonrechnung seines Vaters über zwölfhundert Dollar, so daß die Southern Bell den Anschluß stillegte und Joe D'Amore in Zukunft gezwungen war, sein Telefon auf den Namen einer seiner Schwestern anzumelden.

Nachdem ein Monat ohne ein Wort oder Lebenszeichen von ihr verstrichen war, gestand Sal sich ein, daß er verarscht worden war, daß es keine Ruth Wallachinsky gab – zumindest nicht in New York City. Daß alle Gespräche, die er mit der Frau, die sich Ruth Wallachinsky genannt hatte, über Ruhm und Reichtum, Sex und Starleben, Geld und Musik geführt hatte, nichts als leeres Geschwätz gewesen waren.

Sal war am Boden zerstört. Enttäuschung umgab ihn wie ein Moskitoschwarm. Die Verwirklichung all seiner Träume würde warten müssen. Eine Weile zumindest. Aber was hatte er außer etwas Naivität wirklich eingebüßt? Okay, er hatte Santo Pecoraro nicht mehr als Manager. Doch Santo hatte eigentlich seit Jahren nichts mehr für seine Karriere getan. Und sie würden weiterhin Freunde bleiben. Davon war Sal überzeugt.

Genauso war es dann auch. Santo war ein so guter Freund, daß er Ruth Wallachinsky nie mehr erwähnte. Oder Sandy Turner oder Billie Worthington oder Alexis Constantine oder Vanda Maxwell oder irgendeine der zwei Dutzend älteren Frauen, auf die sich Sal spezialisiert hatte. Die eleganten Frauen mittleren Alters mit Falten um die Augen und verkniffenen Lippen, die ihm alle helfen wollten, sein gewaltiges Potential zu verwirklichen. Sal stellte sie jeweils stolz Santo vor, der ausdruckslos lächelte und durch sie hindurchsah, als seien sie nicht da, als seien sie Gespenster.

Und tatsächlich, schon bald schienen sie alle sich in Luft aufzulösen.

»Okay, Sal, was möchtest du trinken?« Cat kam mit zwei Suppentellern herein, auf denen sich Cavatoni mit Tomatensauce türmten, von dampfenden Fleischklößchen umgeben. Auf einem der Teller balancierte sie ein Riesenstück Romano mit einer altmodischen, flachen Reibe. Die würzigen Düfte von frischem Käse und feiner Sauce erfüllten den Raum. Den Teller mit dem Käse stellte sie vor ihrem Mann auf den Schreibtisch. Danach wandte sie sich an Sal.

»Hey, willst du vielleicht im Stehen essen? Setz dich, um Himmels willen.« Sie deutete mit dem Kopf auf einen der abgenutzten Ledersessel. »Ich hol' dir was zu trinken. Was willst du trinken?«

»Cat, tut mir leid, aber ich hab' keinen Hunger.«

»Spar dir den Scheiß, D'Amore.« Sie schubste ihn mit der freien Hand in den Sessel. »Oder schmeckt dir etwa nicht, was ich koche? Liegt's daran?« fragte sie mit blitzenden Augen, weil Sal wußte, daß sie wußte, daß das nicht stimmen konnte. Wie es in solchen Ehen oft vorkam, hatte Cat sich zur besten italienischen Köchin der Familie entwickelt. Das mußten alle weiblichen Pecoraros widerstrebend zugeben.

»Hier, D'Amore.« Sie schob ihm den Cavatoniteller hin und hätte ihm die Nudeln in den Schoß gekippt, wenn er nicht zugegriffen hätte. Davon war er überzeugt. »Also. Was willst du trinken?«

Sal blickte zu ihr auf. »Hast du Gift da? Das wäre mir am liebsten.«

Cat starrte ihn verblüfft an und sah dann hinüber zu Santo hinter seinem Schreibtisch. Er zuckte mit den Schultern. Sie wandte sich wieder an Sal. »Schwierigkeiten, D'Amore?« fragte sie mit sanfterer Stimme. »Wie wär's mit 'nem schönen Whiskey?« Sie fuhr ihm mit den Fingern zärtlich durchs noch immer feuchte Haar. Genau wie Vanda.

Sal und Cat hatten in der guten alten Zeit, bevor sie Santo kennengelernt hatte, als sie noch »rumgestreunt« war, wie sie es später nannte, einige Male miteinander geschlafen. Es hatte ihnen damals nichts bedeutet, aber im Laufe der Jahre hatte die schwindende Erinnerung daran eine fast geschwisterliche Zuneigung hinterlassen. Natürlich hatte keiner von beiden die Sache Santo gegenüber je erwähnt.

»J. D.?«

Sal nickte. »Das wäre riesig, Cat. Danke.«

Beide Männer sahen ihr nach, als sie das Büro verließ. Im Gegensatz zu vielen ehemaligen Stripperinnen, die fett und schwammig wurden, war Cat Ballou sehr graziös gealtert. Trotz der Schwangerschaften hatte sie ihre natürliche Geschmeidigkeit, ihre straffen Tänzerinnenbeine und ihre festen, hohen Brüste nicht verloren.

Als sie verschwunden war, legte Santo seine De Nobili auf den Rand eines großen Glasaschenbechers und machte sich daran, Käse über seinen Teller zu reiben. »Ich weiß, daß man in solchen Situationen nicht ›Ich hab' dich gewarnt‹ sagen soll, aber wann zum Teufel soll man's sagen, wenn nicht in solchen Situationen?« Sein Blick war väterlich streng. »Scheiße, ich hab' dich gewarnt!«

»Santo, hör mir zu.«

Santo schüttelte den Kopf. »Wozu? Wozu sollte ich, verdammt noch mal? Du hörst mir auch nie zu. Niemals! Hier.« Er hielt Sal den Käse und die Reibe hin. Sal schüttelte wortlos den Kopf und stellte seinen Teller auf den Schreibtisch.

»Hey«, sagte Santo mit der Gabel in der Hand, »essen mußt du wenigstens. Egal, wie schlimm alles ist.«

Jesus Christus, dachte Sal, *wie spät ist's schon?* Auf seiner Armbanduhr war es 19.08 Uhr.

»Was ist, mußt du 'n Flugzeug erwischen?« fragte Santo mit einem Blick auf Sals Armbanduhr.

Vielleicht, überlegte Sal sich. *Vielleicht sollte ich genau das tun. Vielleicht sollte ich rausmarschieren, mit 'nem Taxi zum Flughafen fahren, ins nächste Flugzeug steigen und irgendwohin fliegen. Bloß weg von hier!*

Aber wohin? Und mit welchem Geld? Mit Vandas hundertzweiunddreißig Dollar? Großer Gott!

Santo war bereits damit beschäftigt, zufrieden seine Cavatoni zu zerkauen. Dann schien ihm plötzlich aufzufallen, daß er allein aß. »Los, iß schon, Mann!«

»Santo...«

»Hör zu«, sagte Santo mit bekümmerter Miene. Er ließ sich nicht gern seinen Appetit durch ungelöste Probleme verderben. »Hör zu, mach dir keine Sorgen. Wir finden einen Ausweg. Wir werden deinen Arsch retten.«

»Santo. Du hast keine Ahnung, worum es geht!«

Santo kaute zufrieden, aber seine Miene war finster. »Du hast Scheiß gebaut. Wieder mal.« Er deutete mit der Gabel auf Sal. »Ich hab' dich oft genug gewarnt.«

In diesem Augenblick kam Cathy mit einem Glas Whiskey in einer und einer Pepsi light in der anderen Hand zurück. Nach einem Blick auf den unberührten Teller drückte sie Sal den Jack Daniels in die leere Hand. Dann stellte sie die Pepsi auf den Schreibtisch und warf ihrem Mann einen fragenden Blick zu.

»Danke, Baby«, sagte Santo, und sein Tonfall verriet, daß er sie wegschicken wollte, was Santo normalerweise nicht tat. Cathy starrte ihn kurz an, machte auf dem Absatz kehrt und stakste hinaus.

Sal setzte das Glas an die Lippen und kippte den Whiskey. Die Eiswürfel klunkerten gegen das Glas, als er es absetzte. Santo machte eine Pause und beobachtete ihn. Dann seufzte er und fuhr sich mit dem Handrücken über die Lippen.

»Okay. Wieviel?«

Sal starrte ihn wortlos an. Er konnte es nicht sagen. Santo würde es nicht glauben. Er konnte es *selbst* nicht glauben.

»Was soll der Scheiß, willst du als Bauchredner auftreten? Wo hast du deine verdammte Puppe?«

Sal saß einfach nur da. Er konnte sich nicht bewegen, er konnte nicht sprechen. Das Irreale an der Situation lähmte ihn. Heute morgen hatte er noch fast achtzigtausend Dollar gutgehabt; jetzt war er ein Zombie. Ein wandelnder Toter.

»Scheiße, Mann!« knurrte Santo, der wie ein Hund vor seinem Teller hockte. »Sag schon, wieviel du schuldig bist!«

Sal starrte sein leeres Whiskeyglas an. Er wünschte sich, er hätte noch einen.

»Sal...«

»Santo«, unterbrach Sal ihn rasch, »bevor ich dir sage, wieviel ich brauche, möchte ich dich was fragen.«

Santo schob ein Fleischklößchen zwischen seine Zähne. »Du willst mich was fragen? Frag mich was.«

Sal beugte sich nach vorn über den Schreibtisch und schob den Teller mit der kälter werdenden Pasta beiseite. Santo betrachtete sie hungrig, obwohl er noch an einem Fleischklößchen kaute.

»Santo«, begann Sal ernsthaft, »glaubst du an mich?«

Santos Unterkiefer hörte zu kauen auf und hing herunter. Das Essen in seinem Mund war sichtbar. »Was für 'ne Scheißfrage ist das wieder?«

»Du sollst einfach nur antworten.«

»Yeah, ich glaube an dich. Ich glaube, daß du auf keine Fünfdollarwette verzichten könntest, und wenn dein Scheißleben davon abhinge.«

Wenn mein Scheißleben davon abhinge – dieser Gedanke ging Sal durch den Kopf.

»Das hab' ich nicht gemeint, Santo. Ich meine, glaubst du an *mich*? Glaubst du an mein *Talent*?«

Santo starrte ihn verblüfft an. »Was soll der Scheiß?«

»Hey, das ist mein Ernst! Glaubst du an mein Talent? An meine Stimme?An meine Musik?«

»Was für 'ne Scheißfrage. Du weißt, daß ich dich immer für den besten weißen Sänger gehalten hab', den ich jemals gehört hab'. Das weißt du. Das hab' ich dir schon vor Jahren gesagt. Scheiße, warum hätt' ich sonst soviel Zeit und Geld in dich investiert? Warum sonst? Erinnerst du dich an mich? Ich bin derjenige, der nie mit dir hat schlafen wollen.«

Das war eine lange Rede, und Santo wirkte erleichtert, als er sich wieder seinen Cavatoni zuwenden konnte.

Sal beugte sich noch etwas weiter über den Schreibtisch. »Hör zu, Santo. Genau darauf will ich hinaus.«

Santo betrachtete ihn mißtrauisch, während er weiterfutterte. »Was? Du willst mit mir schlafen?«

»Nein, Santo, *hör mir zu*!«

»Tu' ich doch.« Er versuchte jetzt, nicht auf Sals unberührten Teller zu sehen. Ein aussichtsloser Kampf.

»Santo, wieviel ist meine Karriere wert?«

Santo hörte einen Augenblick zu kauen auf und starrte ihn an. Er hatte den Kopf eines Bluthundes: nichts als Stoppeln und Hängebacken und sizilianisches Mißtrauen. »Wie meinst du das, Sally?«

»Hör zu, wieviel könntest du für, sagen wir mal die Hälfte meiner Einnahmen als Sänger und Komponist kriegen? Für den Rest meines Lebens.«

Bevor Santo antwortete, schob er seinen leeren Teller beiseite. Dann blickte er mit hochgezogenen Augenbrauen auf Sals unberührten Teller, als wolle er fragen: »Ißt du das noch?« und als Sal den Kopf schüttelte, streckte er die Hand aus und zog den Teller zu sich heran. Santo sprach, während er den krümeligen Hartkäse rieb.

»Von wieviel Geld reden wir überhaupt, Sal?«

»Das frage ich *dich*.«

Santo schüttelte den Kopf, vergrub seine Gabel in der neuen Pasta und schaufelte sie um. Aus den Tiefen des Suppentellers stieg Dampf auf. Santo spießte mehrere der fetten, hohlen Nudeln auf, tauchte sie in die dicke blutrote Sauce und führte sie zum Mund. Dann erstarrte seine Hand mit der Gabel vor seinen Lippen. »Sal, ich weiß nicht, wie man so 'n Geschäft abwickelt. Dazu braucht man 'nen Anwalt, dazu braucht man …«

»Klar kannst du's! Du brauchst dich bloß ans Telefon zu hängen und ein paar deiner einflußreichen Bekannten anzurufen. Zum Beispiel den Arsch, den du bei Electra kennst.«

»Sal, der Kerl ist seit zehn Jahren tot.«

»Dann eben ein anderer. Ruf einfach jemand an, den das interessieren könnte.«

»Ich *kenn'* niemand, den das interessieren könnte.«

»Verdammt, Santo!«

»Was soll ich machen, Sal, solche Kerle *scheißen*? Glaubst du, daß mir Kontakte aus'm Arschloch rauskommen? Ich buche gottverdammte *Hochzeiten, Mann.* Geburtstagsparties. Ich bin seit fünfundzwanzig Jahren weg von der Spitze. Alle, die ich früher gekannt hab', sind entweder tot oder im Krankenhaus. Und auch, daß ich sie damals gekannt hab', hat mir nichts gebracht. Scheiße, ich hab' nie was für dich erreichen können – oder hast du das vergessen?«

»Santo, ich sitze in der *Scheiße* …«

»Glaubst du, das merk' ich nicht?«

»… und bitte dich um Hilfe.«

»Was erwartest du von mir, verdammt noch mal?«

»Das sag' ich doch gerade! Scheiße, hör doch endlich zu, Mann! Ich brauch' von einem dieser reichen Spekulantenärsche, die du kennst, 'ne Menge Geld als 'ne Art Vorschuß. Dafür trete ich ihm die Hälfte meiner zukünftigen Tantiemen ab. Schallplatten, Kassetten, Konzerte, Songbooks, alles. Für 'nen großen Vorschuß *sofort*, auf der Stelle kriegt er die Hälfte meiner Lebenseinnahmen.«

Santo aß jetzt langsamer. Dann hörte er ganz auf und ließ seine Gabel auf dem Tellerrand liegen. Er legte die Fingerspitzen über dem Essen zusammen und starrte Sal mit sanft forschendem Blick an. Santo kaute langsam und schluckte dann. Nach langer Pause begann er schließlich: »Sal...«

»Santo, Mann...«

»Sal, du mußt den Tatsachen ins Auge sehen.«

»Verschon mich mit dem Scheiß, Mann.«

»Du hast nichts zu verkaufen, Sal.«

»Scheiße, ich bin *gut*, Santo!« brüllte Sal und sprang aus seinem Sessel hoch. »Das weißt du, verdammt noch mal! Ich hab' mehr *Talent* als die meisten anderen Musikerärsche, Mann!« Seine Stimme klang leidenschaftlich heiser.

Santo machte eine abwehrende Handbewegung. »Sal, Sal...«

»Ich hätt's schaffen müssen!« stieß Sal hervor. Seine Augen glitzerten feucht. *»Ich hätt's schaffen müssen!* Das hast du mir tausendmal erzählt. Ich bin was Besonderes! Ich hab' Talent. Meine Songs sind verdammt *gut*, Mann!«

Santo wählte seine Worte sehr sorgfältig und sprach mit kräftiger, nüchterner Stimme. »Du hast recht, Mann, du hättest's schaffen müssen. Aber es hat nicht so geklappt, wie's hätte klappen sollen. Vielleicht war's meine Schuld, vielleicht war's deine Schuld, vielleicht war's niemands Schuld, aber... Scheiße, Mann, du mußt den beschissenen Tatsachen ins Gesicht sehen. Wie alt bist du inzwischen? Achtunddreißig? Neununddreißig? Glaubst du, daß es dort draußen 'nen brandheißen Markt für vierzigjährige Rocker gibt?«

»Santo«, sagte Sal leiser und ruhiger, »du mußt mir helfen. Du mußt 'ne Möglichkeit finden, wie ich zu Geld kommen kann. Und außer meinen Songs und meiner Stimme hab' ich nichts zu verkaufen.« Er ließ sich langsam in seinen Sessel zurücksinken und starrte Santo an. »Du *mußt* mir helfen.«

Santo aß wieder, und seine großen Gesichtsmuskeln bewegten sich unter der dunklen Haut. Seine Augen nagelten Sal fest, während er kaute. »Du kleines Arschgesicht«, knurrte er väterlich,

»du hast Nerven, hier reinzuplatzen und mich anzuschreien! Wie oft hab' ich dir gesagt, daß noch keiner Karriere gemacht hat, der in Noo Awlins geblieben ist? Wie oft hab' ich dir's gesagt? Wie oft hab' ich dir geraten, nach L. A. zu gehen? Diese Scheißstadt ist 'ne Sackgasse – das hab' ich dir gesagt, stimmt's?« Er schaufelte aufgebracht eine Ladung Cavastoni in seinen offenen Mund. »Diese Scheißstadt ist 'n Scheißfriedhof für Leute aus dem Showgeschäft. Die Ehemaligen kommen hierher, um zu sterben. Hab' ich's dir nicht gesagt? Noo Awlins ist 'n Musikerfriedhof. Aber du hast's besser gewußt, stimmt's? Du hast meinen beschissenen Rat nicht gebraucht. Du hast genau gewußt, wo's langgeht. Eine dieser reichen, ausgetrockneten alten Schlampen sollte 'nen Star aus dir machen. Weiber und Pferde waren dir wichtiger als das, was ein altes Arschloch wie Santo Pecoraro zu sagen hatte, nicht wahr? Sag mir, daß ich unrecht hab'! Nenn mich 'nen Lügner, wenn du kannst!«

Sal gab keine Antwort. Er beschränkte sich darauf, Santos forschenden Blick mit unstet flackernden Augen zu erwidern.

Santo brach das entstandene Schweigen. »Nein, *du* hast natürlich wichtigen Scheiß im Kopf! Du hast keine *Zeit* mehr, an deiner Karriere zu arbeiten. Nein, du mußt als Barkeeper arbeiten, um deine Scheißwetten abzustottern. Du mußt auf Scheißhochzeiten spielen. Und auf der Rennbahn verwetten, was du am Abend vorher verdient hast. Scheiße, du hast wohl geglaubt, der Erfolg würd' eines Tages vorbeikommen und dich zum Tanz auffordern? Oder du würdest ihn mit 'nem Wettschein für zwei Dollar *gewinnen*? Oder du könntest mit Fotzenlecken in die Charts kommen?«

Sal sagte nichts.

Er ließ sich resigniert in den Sessel zurücksinken, während er einen raschen Blick auf seine Armbanduhr warf. 19.22 Uhr. *Wie Sand in einem Stundenglas…*

»Yeah, du hast recht, Mann«, fuhr Santo fort, »du hättest's schaffen müssen. Du hast mehr Talent als jeder andere weiße Sänger oder Komponist, den ich je gemanagt hab'. Je gekannt hab'. Du hättest echt *groß* rauskommen müssen. Aber du bist scheißfaul, Mann. Du schreibst morgens 'nen Song – das kostet dich vielleicht 'ne Stunde – und das war's dann. Du arbeitest nie mehr dran. Ich schlag' dir kleine Änderungen vor, Verbesserungen, und du starrst mich bloß an, als wär' ich 'n altes Arschloch, das keine Ahnung von nichts hat. Aber *du*! Du bist 'n gottverdammtes *Genie*! Du bist Duke Ellington. Du bist Paul McCartney, Ray Charles, Cole Porter – alle in einer Person!«

»Santo, ich hab' keine Zeit für …«

»Halt's Maul, du kleiner Wichser! Laß mich ausreden!« Santo nahm aufgebracht einen Schluck Pepsi. »Hör zu, ich glaub', du könntest es noch immer schaffen – aber da wir von Wetten reden: Ich würd' keinen Cent darauf wetten. Weißt du, warum? Ich werd's dir sagen. Nicht weil deine Musik nicht mehr gefragt wär'. Wär' sie schon. Okay, heutzutage gibt's bloß noch Synthesizer. Maschinenmusik. Okay, in den Top Ten von heute kannst du keine Scheiß*melodie* mehr finden – und wenn dein Leben davon abhinge! Okay heutzutage sind die meisten Spitzensänger schwule Kokser … Trotz allem glaub' ich, daß du's noch heute schaffen könntest. Aber du wirst's nicht schaffen. Weißt du, warum? Weil Menschen sich nicht ändern, Sal. Du warst dein Leben lang 'n beschissener Verlierer, und das bleibst du auch. Du hast dein Talent mit Whiskey, Weibern, Gras, Koks, Nikotin, Poker und Wetten weggeschmissen und es auf die bequeme Tour versucht, ohne den Finger aus dem Arsch zu nehmen. Ohne dich jemals abzustrampeln. Ein Scheißkerl, der sein Heil auf Rennbahnen und bei reichen alten Weibern sucht, ist doch kein richtiger Mann. Ein Mann, der … hey, wohin willst du?«

Sal, der zur Tür unterwegs war, machte wütend auf dem Absatz kehrt. Seine Augen waren feucht. »Was?« knurrte er. »Ich soll hierbleiben, während du mich wie 'nen Straßenköter niedermachst? Einfach sitzen bleiben und den Buckel hinhalten?«

Santo reagierte aufrichtig überrascht und verstört auf Sals Ausbruch. »Sally. Tut mir leid.« Er deutete auf den Sessel. »Setz dich, Mann, ich wollt' dich nicht …«

»Du verstehst einen Scheiß, Mann!« rief Sal aus, während er sich über Santos Schreibtisch beugte. »Mir steht das Wasser bis zum Hals. Bis zum *Hals*, Mann! Und ich hab' keine Zeit, mir von dir erzählen zu lassen, was für 'n wertloses Stück Hundescheiße ich bin!«

»Schon gut. Schon *gut*.« Santo hob abwehrend die Hände. »Okay, ich versuch' bloß, dir zu helfen. Damit du merkst, wieviel Scheiß du gebaut hast.«

»Glaub mir, Santo, das weiß ich selbst. Das muß mir niemand sagen.«

»Okay, hör zu.« Seine Stimme klang jetzt beruhigend, beschwichtigend. Die obligatorische Strafpredigt war zu Ende; jetzt wurde es Zeit für den väterlichen Rettungsakt. Santo spießte einige Cavatoni mit der Gabel auf, hielt sie hoch und musterte sie prüfend. »Hör zu, ich hab' ein Bankkonto, von dem Cat nichts weiß. Ich hab' das Geld für 'n Boot gespart – aber für was brauch' ich 'n Scheißboot?« Er schob die Gabel in den Mund. »Auf dem Konto liegen dreitausend. Wir finden 'ne Möglichkeit, wie du mir das Geld zurückzahlen kannst.« Er kaute nachdenklich. »Wieviel brauchst du?«

»Hundertachtzigtausend«, sagte Sal rasch und spürte, wie sein Puls bei dieser Zahl zu jagen begann.

Santo hörte zu kauen auf und starrte ihn an. Im nächsten Augenblick grinste er erleichtert. »Yeah, klar, natürlich.« Er wurde wieder ernst. »Jetzt mal ohne Scheiß, Sal. Wieviel brauchst du?«

»Ohne Scheiß? Hundertachtzigtausend.«

Das Lächeln auf Santos Lippen verblaßte langsam zu einer grimmigen, schmalen Linie. Er schob den Teller Cavatoni von sich. Sal erlebte zum ersten Mal, daß Santo Pecoraro seinen Teller nicht leer aß.

»Hundertachtzig*tausend*?« fragte Santo langsam.

Sal nickte.

»*Dollar?*«

Sal nickte nochmals.

Santo saß da und starrte Sal an, und Zweifel überzog sein Gesicht wie eine Karnevalsmaske. Sein Kopf bewegte sich wie von selbst von einer Seite auf die andere. »Das darf nicht wahr sein, Sally!« sagte er kaum hörbar.

»Ich wollte, es wär' nicht wahr.«

Santo glotzte ihn weiterhin mit hervorquellenden Augen an. Als er endlich sprach, war seine Stimme kaum mehr als ein Flüstern. *Der Ton, in dem man am offenen Sarg spricht,* dachte Sal.

»Verdammt noch mal, Sal, wie hast du hundertachtzigtausend Dollar verwettet?«

Sal zuckte mit den Schultern. »War nicht einfach.«

Santo nickte. »Kann ich mir denken.« Die beiden Männer saßen da und starrten einander an. »Erzähl's mir. Ich möcht's wissen.«

Sal holte sich eine Zigarette aus der Tasche. Er zündete sie mit Santos Streichhölzern an.

»Ich hab' mit Little Johnnys Wettgeldern jongliert«, sagte er, und Santo holte tief Luft. »Mit 'nem Teil der Einnahmen hab' ich eigene Wetten abgeschlossen. Das hat auch funktioniert, bis ...«

»Augenblick!« unterbrach Santo ihn mit erhobener rechter Hand. »Hab' ich richtig gehört? Du hast Little Johnny Venezia um hundertachtzigtausend Dollar beschissen?«

»Genau!«

»Jesus.« Santos Stimme klang ehrfürchtig. »Mann, diesmal hast du *echt* Scheiß gebaut!«

»Das kannst du laut sagen! Ich steck' bis zum Hals drin.«

Santo griff nach seiner erloschenen De Nobili und steckte sie in den rechten Mundwinkel. »Und wann ist das passiert?«

»Vor 'n paar Stunden.«

»Wissen's die Venezias schon?«

»Sie erfahren's heut abend um zehn, wenn Albert Castiglia ins Sporting Life kommt, um sich seinen Viertelmilliongewinn abzuholen.«

Santo hockte unbeweglich in seinem Sessel, kaute auf seiner Zigarre und betrachtete Sal. Und Sal wußte, daß er nachdachte, Pläne schmiedete und versuchte, einen Ausweg für »seinen Jungen« zu finden. Zum ersten Mal seit diesem Nachmittag fühlte Sal sich nicht völlig verlassen. Falls ihm überhaupt jemand aus der Scheiße raushelfen konnte, war es Santo Pecoraro.

Santo kaute noch einige Minuten länger auf seiner De Nobili und durchbohrte Sal mit Blicken, während er mit den Fingern auf die Armlehne trommelte. Schließlich stützte er sich mit den Ellbogen auf die Tischplatte und beugte sich vor.

»Eines würd' mich interessieren«, sagte er halblaut. »Du verdienst keine dreihundert Dollar pro Woche. Hast du dir jemals überlegt: *Wenn ich diese Wette verliere, kann ich das Geld unmöglich zurückzahlen?*«

Sal zeigte ihm seine Handflächen. »Santo. War unmöglich zu verlieren.«

Irgendwie brachte es der große Mann gleichzeitig fertig, verständnisvoll zu nicken und angewidert den Kopf zu schütteln. Dann stemmte er sich hoch und trat an einen der großen Karteischränke hinter dem Schreibtisch. Er zog eines der vollgestopften Schubfächer auf, steckte den Arm hinein und wühlte darin herum.

»Mann, als Arschloch bist du einmalig«, sagte Santo mit väterlicher Abscheu. Er kam mit einer alten Geldkassette an seinen Schreibtisch zurück. Sal wußte, daß sie seinem Alten, Carlo dem Boxer, gehört hatte. Santo ließ sich in seinen Sessel plumpsen, wühlte in der Tasche seines Bademantels herum, wobei ihn sein Wanst behinderte, und brachte einen Schlüsselbund zum Vorschein. »Scheiße, du bist einfach einmalig! Nachdem sie dich erschaffen haben, haben sie die Gußform weggeschmissen.« Er steckte einen kleinen schwarzen Schlüssel ins Schloß und öffnete die Kassette. »Gib 'nem Vogel dein beschissenes Hirn, und der kleine Wichser fliegt rückwärts!«

Aus der Kassette holte er eine weiche Ledertasche mit Reißverschluß. Er zog ihn auf und nahm ein Bündel Geldscheine heraus. Er zählte sie rasch und blätterte sie vor Sal auf den Schreibtisch.

»Sechzehnhundert Dollar«, erklärte er Sal dabei. »Das ist alles, was ich heut abend auftreiben kann.«

Sal starrte das Geld an, bevor er wieder zu Santo aufsah. »Santo, was kann mir das nützen?«

Santo Pecoraro schüttelte erneut in väterlicher Verzweiflung den Kopf. »Du kleines Arschloch. Ich will dir sagen, was es dir nützen kann. Du nimmst dieses Geld, du steckst es in die Tasche, du verläßt mein Haus, du hältst ein Taxi an, du fährst damit zum Flughafen, du nimmst ein Flugzeug zu 'ner möglichst weit von Noo Awlins entfernten Stadt, die ohne Reisepaß erreichbar ist – am besten Anchorage, Alaska, vielleicht auch Fairbanks –, du nimmst 'nen anderen Namen an, du läßt dein Gesicht operieren, du heiratest 'ne Eskimofrau – und du kommst *niemals* wieder hierher zurück, Sal.« Er klemmte sich seine Zigarre wieder zwischen die Zähne.

Sal starrte ihn einen Augenblick an; dann runzelte er besorgt die Stirn. »Santo«, fragte er zögernd, »das ist ein Scherz, stimmt's?«

Santo paffte seine De Nobili. »Nur teilweise. Vielleicht. Das mit der Eskimofrau. Der Rest ist todernst.«

»Santo, ich kann nicht einfach weglaufen«, sagte Sal und dachte: *Obwohl ich seit drei Stunden an nichts anderes denke.*

»Das *mußt* du tun, wenn du noch ein bißchen frische Luft genießen willst. Du hast keine Wahl.«

Sal beugte sich in seinem Sessel nach vorn. »Ich hab' gehofft, du könntest vielleicht mit den Venezias reden. Vielleicht lassen sie sich auf 'nen Deal ein.«

»Paß auf«, unterbrach Santo ihn unfreundlich, »ich will's dir genau erklären!« Er nahm die Zigarre aus dem Mund und spuckte ein nasses Stück Deckblatt aus. »Du hast hundertachtzigtausend Dollar Schulden. Du wirst dein ganzes beschissenes *Leben* lang keine hundertachtzigtausend Dollar verdienen. Womit willst du also die Venezias bezahlen?«

Sal nickte kaum merklich.

»Sie müssen Albert Castiglia seinen Gewinn auszahlen. Hundertachtzigtausend Dollar sind 'n Haufen Geld, Sal. Verdammt viel Geld. Little Johnny Venezia steckt 'nen Verlust von hundertachtzig Riesen nicht einfach grinsend weg.« Santo zeigte mit dem feuchten Ende seiner Zigarre auf Sals knochige Brust. »Wenn sie dich schnappen, legen sie dich um. Ohne Frage. Ohne Fragen zu stellen. Wenn sie rauskriegen, daß ich dir das Geld für deine Flucht gegeben hab'...« Er deutete auf die Scheine. »... wenn sie das rauskriegen, legen sie mich auch um. Hundertachtzig Riesen sind für jeden Scheißkerl scheißviel Geld.«

Santo steckte sich die Zigarre wieder zwischen die Zähne. »Du nimmst die Knete, du setzt dich ins nächste Flugzeug, du findest 'nen Unterschlupf irgendwo weit weg, und vielleicht rufst du mich in ein, zwei Jahren mal an, damit wir uns was überlegen können. Aber im Augenblick mußt du verschwinden.«

Santo stand rasch auf und kam um den Schreibtisch herum. Unter seinem Bademantel trug er ein verwaschenes rotes T-Shirt mit dem Aufdruck BREAUX BRIDGE, LOUISIANA – CRAWFISH CAPITAL OF THE WORLD. Er klaubte die Geldscheine zusammen und hielt sie Sal hin. »Nimm das Geld und hau ab, Mann! Du hast keine Zeit, hier noch länger rumzuhängen!«

Sal sah zu ihm auf. Sein Blick war trüb und unstet. »Santo, ich kann nicht aus Noo Awlins weg. Ich war noch nie weg.« Eine Träne lief ihm über die Backe. »Wohin soll ich bloß? Wohin? Ich kenn' doch niemand...«

Santo schlug ihm mit der flachen Hand kräftig ins Gesicht. *Klatsch!* Sals Kopf flog nach hinten, und instinktiv riß er den Arm hoch, um sich zu schützen. »Nein!« rief er in plötzlicher Angst, als biete diese kleine Gewalttätigkeit den Vorgeschmack auf Dinge, die noch kommen würden.

»Du hörst mir jetzt zu, du kleiner Scheißer«, knurrte Santo, der ihn überragte. »Du hörst mir jetzt zu, weil ich versuch', dein Scheißleben zu retten. Du sitzt echt in der Scheiße, kapierst du das nicht? Du benimmst dich wie 'n kleiner Junge, der weiß, daß seine Mama hinter ihm saubermacht. Aber diesmal sitzt du so tief in der Scheiße, daß dir keiner mehr helfen kann. Jetzt wird's Zeit, daß du dich wie 'n Mann benimmst. Jetzt mußt du die Verantwortung für das übernehmen, was du angestellt hast. Nimm das Scheißgeld und hau ab, verdammt! Sonst haben die Venezias dir morgen früh das Herz aus dem Leib geschnitten und an ihren Bullterrier verfüttert, das schwör' ich dir!« Er packte Sal am Oberarm und begann ihn aus seinem Sessel hochzuziehen. »Du nimmst das Geld und verschwindest! Sofort!«

Sal umklammerte Santos Hand und versuchte, seine dicken, kräftigen Finger aufzubiegen. »Santo, laß mich hier bei dir bleiben«, bettelte er. »Laß mich 'n paar Tage bei dir unterschlüpfen, bis uns was eingefallen ist. *Bitte*, Mann! Irgendwas fällt uns schon ein.«

Santos Hand packte noch fester zu, und er zog Sal zu sich heran. Sein Atem roch nach Knoblauch; sein Blick war dunkel und hart.

»Sal, das sind schlimme Leute, die du dir zum Bescheißen ausgesucht hast. Du hast's gewußt, und du hast's trotzdem getan. Das ist *dein* Problem. Versuch jetzt nicht, es mir aufzubürden. Oder meiner Familie.«

»Santo...«

»Die Venezias sind verrückt. Sie bringen Leute um, wie die Mafia. Für sie ist das 'ne Kleinigkeit. Weißt du noch, was sie gemacht haben, als Joey Zito der Polizei Tips gegeben hat? Sie haben den armen Wichser in seinem eigenen Haus mitten beim Frühstück abgeknallt. Sie haben ihm sein verdammtes Gesicht weggeschossen, und als seine Mutter aus der Küche kam, haben sie die Alte auch umgelegt. Siebenundsechzig Jahre alt und praktisch blind! So arbeiten die Venezias. Wenn sie ein Haus stürmen, knallen sie sämtliche Bewohner ab. Ich muß an Cat und die Kinder denken.«

»Santo...«

»Wenn du dein Leben wegschmeißen willst, ist das deine Sache.« Santo drückte Sal die Geldscheine in die kraftlose Hand und schob ihn zur Tür. »Aber verlang nicht von mir, daß ich meine Familie wegen deiner Blödheit in Gefahr bringe!«

In diesem Augenblick wurde Santos Wohnungstür abrupt aufgerissen, und als die beiden herumfuhren, stand Cat Ballou auf der Schwelle. Sie erfaßte die Situation mit einem Blick, begriff sofort, daß irgend etwas ganz und gar nicht in Ordnung war, und versuchte, auf die einzige ihr mögliche Weise zu helfen.

»Geht Sal etwa schon?« fragte sie mit hochgezogenen Augenbrauen.

»Yeah, ich muß leider, Cat...«, begann Sal mit nicht gerade fester Stimme.

»Er muß noch wo hin, Baby«, erklärte ihr Santo.

Cat musterte beide Männer mißtrauisch. »Mmh-hmm, natürlich.« Sie schüttelte den Kopf. »Jedenfalls kann er ohne Jacke nirgends hin. Wenn er so rumläuft, holt er sich 'ne Lungenentzündung. Ich hab' 'ne Jacke für dich, die dir genau passen müßte.«

»Cat...«, wollte Sal protestieren, aber sie war schon wieder verschwunden. Die Männer starrten sich schweigend an, bis sie zurückkam und eine Motorradjacke aus glänzend schwarzem Leder hochhielt.

»Hier«, sagte sie beruhigend, während sie hinter Sal trat und ihm in die Jacke half. Sie saß wie angegossen.

»Baby«, beschwerte sich Santo, »diese Jacke ist brandneu.«

»Na, und?« Sie machte eine wegwerfende Handbewegung. »Er kann sie zurückbringen, wenn er wieder vorbeikommt.«

Sal und Santo wechselten einen Blick. »Du hast recht, Baby«, bestätigte Santo ruhig. »Das kann er.«

Sal wollte die Jacke ausziehen, aber Santo schob ihn zur Haustür. »Behalt sie an«, murmelte er dabei halblaut.

»Ich will nicht, daß...«

»Laß sie *an,* verdammt noch mal!« Santo riß die Tür auf und starrte ängstlich auf die nächtliche Straße hinaus.

»Sal!« rief Cat aus dem Hausflur.

Beide Männer drehten sich nach ihr um.

»Krieg' ich keinen Abschiedskuß?«

Sal schüttelte hilflos den Kopf. »Ich muß weiter, Cat.«

»Och«, schmollte sie, »Und das, obwohl ich dir meine Jacke geliehen hab'. Und nicht mal weiß, wann ich dich oder sie wiederseh'.« Sie streckte in klassischer Tänzerinnenpose die Arme aus. Sal ließ sich von Santo in die Eingangshalle zurückschieben.

»Gib ihr 'nen Kuß«, knurrte er.

Sal trat auf sie zu und nahm sie leicht in die Arme. Sogar mit flachen Absätzen war sie fast eine Handbreit größer als er. Sie drängte sich gegen ihn, schlang ihm die Arme um den Hals und biß ihn zart in die Wange. »Sehen wir uns bald wieder, D'Amore?«

Sal nickte. »Sobald ich kann, Cat.«

Und dann zog Santo ihn weg und schob ihn zurück zur Haustür, zurück auf die Straße, wohin Sal nicht wollte.

»Bye-bye, D'Amore!« rief Cat ihnen nach, als Santo ihn die Stufen zum Gehsteig hinunterdrängte. Inzwischen nieselte es wieder.

Sie standen nebeneinander auf dem Gehsteig. Santo prüfte die Straße in beide Richtungen. Aus einer Seitenstraße kam ein Wagen mit aufgeblendeten Scheinwerfern auf sie zu. Santos Hand packte Sals Arm fester. Der Wagen raste an ihnen vorbei und verschwand. Sal überkam es wieder: *Wo bin ich? Wo bin ich?*

»Hast du das Geld?« erkundigte sich Santo.

»Was?« antwortete Sal benommen.

»Die sechzehnhundert, die ich dir gegeben hab'. Hast du die noch?«

»Äh... ich glaub' schon.«

»Okay, wo sind sie?«

Sal tastete blindlings seine Taschen ab. Dann hielt er die Hand hoch. Die Scheine steckten noch immer in seiner Faust.

»Steck's in deine Scheißtasche. Hast du noch mehr Geld?« wollte Santo wissen.

»Ungefähr hundertzweiunddreißig Dollar.« Genau einhundertzweiunddreißig Dollar. Abzüglich einmal Taxi.

»Das reicht, damit du aus der Stadt verschwinden kannst, und laß dir Zeit, irgendwo neu anzufangen.« Er trat dichter an Sal heran und sprach flüsternd weiter, obwohl die Straßen menschenleer war. »Ich würd' dich auffordern, mich in ein paar Wochen anzurufen, damit ich dir Geld schicken kann, aber diese Leute...« Santo schüttelte den Kopf. »... diese Leute können sich alles verschaffen – auch 'ne Liste aller Anrufe, die ich kriege.« Santo legte seine Pranke auf Sals Nacken, zog ihn zu sich heran und knetete seine Muskeln. »Sally, ich liebe dich. Das weißt du.«

Sal merkte, daß er zu weinen begann. »Das weiß ich, Mann«, stieß er hervor.

»Ich muß an meine Söhne denken, Sally. Wenn's die Familie De Marcos wär' – oder die Monteleons, sogar die Scalises... aber die *Venezias.* Jesus, Sal, das sind Bestien!«

»Ich weiß, Santo«, keuchte Sal unter Tränen. »Ich weiß.«

Santo zog ihn rauh zu sich und küßte ihn auf den Mund. »Tut mir leid, Sal.«

»Schon gut. Ich werd's schon schaffen.« *Nichts ist gut,* dachte Sal. *Und ich schaff's nicht.*

Santo ließ ihn los und schob ihn sanft die Straße hinunter. »Geh! Nimm dir 'n Taxi. Hau ab! Und halte nicht, bevor du Schnee unter den Füßen hast.« Er wandte sich ab und ging ins Haus zurück. Sal sah noch, wie er hinter der großen weißen viktorianischen Tür verschwand. Danach blickte er wieder auf die nasse, menschenleere Straße. Langsam trieb kalter Nebel an den Straßenlampen vorbei und erinnerte Sal an Algen, die er im Lake Pontchartrain gesehen hatte. Er hatte die flüchtige Illusion, sich unter Wasser zu befinden. *Was nun?* fragte er sich. *Scheiße, was tu' ich jetzt?*

»Sal!« Santo stand wieder neben ihm auf dem Gehsteig. Er hielt einen Schirm in der Hand. »Hör zu, ruf mich am letzten Samstag jeden Monats im... im... in der Sazerac Bar in der Fairmont Avenue an.«

»Am letzten Samstag jeden Monats?« wiederholte Sal langsam. Sein Verstand arbeitete heute nicht sonderlich gut. Die Realität war ein Märchen, das er vor langer Zeit einmal gehört hatte. Zum Beispiel an diesem Morgen.

»Warte!« Santo runzelte die Stirn, während er überlegte. »Um zehn Uhr abends. Du rufst um zehn Uhr abends nach hiesiger Zeit an. Ich bin am letzten Samstag jeden Monats in der Sazerac Bar. Um zehn Uhr abends. Wenn du Geld brauchst, schick' ich dir welches.«

»Danke«, sagte Sal und rang sich ein Lächeln ab. »Vielen Dank für alles, Santo.« Er streckte die Hand aus. Santo betrachtete sie einen Augenblick lang; dann drückte er Sal den Schirm hinein.

»Hier, nimm den.«

»Danke, Santo«, wiederholte Sal unter dem schützenden Regenschirm, setzte sich aber immer noch nicht in Bewegung.

»Du mußt abhauen!« drängte Santo.

»Ja, ich weiß. Mein Gehirn arbeitet heut abend ein bißchen langsam, glaub' ich.«

Santo grinste beruhigend. »Scheiße, wann war das schon mal schneller?«

Sal grinste ebenfalls, obwohl er dachte: *Wahrscheinlich haben sie uns jetzt schon im Fadenkreuz ihrer Zielfernrohre. Dann sterben wir mit diesem dämlichen Grinsen im Gesicht.*

»Hey, du mußt jetzt los!«

»Ich weiß.« Er zog die Schultern hoch und hüllte sich enger in die Lederjacke. »Bis dann, Mann.« Sal wandte sich um und ging langsam in den Regen.

»Sal.«

Er drehte sich um. Santo deutete auf die Hausecke hinter sich.

»Hör zu, ich hol' den Cadillac. Er steht in Vincent Ferraras Einfahrt.«

Sal starrte ihn verständnislos an. »Wozu?«

»*Wozu?* Um dich zum Flughafen zu fahren – *dazu!*«

Sal schüttelte den Kopf. »Nein, das solltest du nicht. Du mußt an Cat und die Kids denken.«

»Spiel nicht den gottverdammten Helden, D'Amore«, knurrte der andere. »Das steht dir nicht.« Santo rannte den Gehsteig hinunter, in die andere Richtung, seine nassen, nackten Beine leuchteten über den klatschenden Pantoffeln.

»Du kannst mich nicht zum Flughafen fahren!« rief Sal ihm nach. »Nicht im *Bademantel*!«

»Welchen Scheißunterschied macht *das* schon?« Er blieb vor dem hohen, schmalen Holztor stehen, das die Einfahrt zwischen seinem Haus und dem Nachbarhaus sicherte. Er drehte sich nach Sal um. »Geh aus dem Licht! Ich fahr' den Caddy raus. Ferrara soll dich nicht mit mir sehen.«

»Okay«, sagte Sal und trat einen Schritt zurück, wobei er darauf achtete, in keine Pfütze zu treten. Als er wieder aufsah, war Santo fort. Sal starrte in die Einfahrt, in der er verschwunden war. Gott sei Dank, daß Santo ihn zum Flughafen fahren würde. Vielleicht fiel ihnen unterwegs doch etwas ein, damit er nicht fortmußte. Es mußte *irgendeine* Möglichkeit geben. Und selbst wenn er ein Flugzeug besteigen und für immer abhauen mußte, wollte er noch mal mit seinem Manager sprechen. Er war nicht in der Lage, auf eigenen Füßen zu stehen. Er brauchte weitere Tips, weitere Ratschläge.

Namenlose Angst, vor der ihm fast schlecht wurde, erfaßte Sal, und in seiner Kehle stieg ein lautloser Schrei auf, als er den Kopf zur Seite drehte und aus der anderen Richtung zwei Männer in langen Regenmänteln auf sich zu marschieren sah. Sie näherten sich sehr schnell, und ihre Schultern berührten sich fast. Sal preßte den Rücken an die Haustür und beobachtete entsetzt, wie sie unaufhaltsam näher kamen. Er hatte weiche Knie, sein Herz schlug rasend, und er kämpfte gegen den Drang seiner Blase, sich zu entleeren.

Jetzt waren die beiden Männer fast auf gleicher Höhe mit ihm. Im Lichtschein der Straßenlampen glänzten ihre glitschigen Regenmäntel, deren Plastik bei jedem Schritt knarrte. Sie gingen vorbei, ohne Sal auch nur zu bemerken, und er hörte einen der Männer tuntig jammern: »Diese *Schlampe!* Und das nach allem, was ich für ihn getan habe, als er hergezogen ist. Ich sage dir, von mir kriegt er keinen Cent mehr, meinetwegen kann er *verhungern*!« Dann waren sie vorbei.

Sal atmete die feuchtkalte Luft tief ein und bemühte sich, wieder ruhig zu werden. Bloß zwei Schwuchteln! Ihn hatte fast der Schlag getroffen, bloß weil zwei Tunten an ihm vorbeigegangen waren. Würde das jetzt immer so sein? Nun, dann brauchten die Venezias sich nicht die Mühe zu machen, ihn umzulegen; dann würde er sich binnen eines Monats selbst vernichten. Ach was, binnen einer *Woche*. Sein Scheißherz würde explodieren, wenn jemand nur seinen Namen aussprach.

»Sal!« rief jemand von der Straße her, und es war nicht Santo Pecoraros Stimme. *»Sal!«* Vor Entsetzen prickelten die Nerven unter seiner Kopfhaut. Seine Füße waren bleischwer, seine Finger starr. Während er die beiden vorbeimarschierenden Kerle beobachtet hatte, war ein Auto lautlos an den Gehsteig herangerollt. Der Fahrer kurbelte sein Fenster herunter. Gebannt hielt Sal mit verzweifeltem Blick Ausschau nach der Waffe, die auf ihn zielen würde. Hatten die Venezias sich jetzt auf Uzis verlegt – oder bevorzugten sie immer noch die abgesägte 12er Schrotflinte? Aber Sal konnte die Waffe nicht sehen, weil das lächelnde Gesicht seines Alten ihm den Blick verstellte. Scheiße, was hatte Joe the Hack in Johnny Venezias Continental zu suchen?

Und dann begriff Sal, daß das nicht Little Johnny Venezias langer weißer Mark IV war. Es war Joe D'Amores klappriges gelbes Taxi.

»Sal? Scheiße, was stehst du da im Regen rum?« polterte Joe D'Amore. »Du siehst aus, als hättest du 'n Gespenst gesehen!«

Sal schluckte trocken und dachte: *Nein, ich hab' bloß geglaubt, ich würd' mich in eins verwandeln.*

»Mußt du heut abend nicht im King Louis spielen? Komm, ich nehm' dich mit.«

Sal blickte nach links und nach rechts. Santo Pecoraro und sein schwarzer Cadillac waren nirgends zu sehen.

»Was ist, wartest du auf wen?« schrie Joe D'Amore. »Scheiße, komm hier rüber, damit ich nicht so brüllen muß.«

Widerstrebend verließ Sal den Schutz des Apartmentgebäudes und trat auf den verbeulten kanariengelben Ford zu. »Hey, Papa Joe«, sagte er, beugte sich unter dem Schirm nach vorn und schaute durchs Fahrerfenster.

Joe D'Amore lehnte sich aus dem Taxi in den Regen hinaus und faßte seinen Sohn am Arm. »Du siehst aus wie Scheiße, Sally. Ich wette, du hast nicht genug Schlaf gekriegt, hab' ich recht?« Er drehte sich um und öffnete von innen die hintere Tür. »Komm, ich setz' dich vorm King Louis ab.«

Vielleicht war's am besten, jetzt mit Joe zu verschwinden, bevor Santo mit dem Cadillac zurückkam. Möglicherweise tat er Santo damit den größten Gefallen. Santo fürchtete sich davor, mit ihm gesehen zu werden, und Santo war kein ängstlicher Typ. Vielleicht war es *männlich* gehandelt, wenn er jetzt ohne ihn wegfuhr. Vielleicht...

»Los, mach schon, Sal!« knurrte Joe seinen einzigen Sohn gutmütig an. »Sieh zu, daß du in die Scheißkiste kommst! Meine Polster werden naß.«

Sal klappte rasch den Schirm zu, stieg ein und schloß die Tür hinter sich.

»Was ist los mit dir heut abend?« wollte Joe D'Amore wissen, während er den ersten Gang einlegte und ruckartig anfuhr. »Wann mußt du im King Louis sein?«

Sal warf gerade noch rechtzeitig einen Blick über die linke Schulter zurück, um Santos Cadillac zu erkennen, der einen Block weiter hinten langsam um die Ecke bog. Er sah den großen Wagen kleiner und kleiner werden, und er wußte, daß er richtig gehandelt hatte.

»Sally.«

»Ha?« Er wandte sich wieder um und begegnete dem fragenden Blick seines Vaters in dem breiten Panoramaspiegel, den Joe the Hack seit Jahren benützte. Daran baumelte unglaublicherweise das Skapulier, das Joe zur Erstkommunion bekommen hatte. Es mußte ein halbes Jahrhundert alt sein, aber Joe hatte es irgendwie geschafft, es zu erhalten. Auf der Armatur war hinter einer Madonna mit Magnetfuß ein mit Folie überzogenes Foto angebracht, ein Schnappschuß von Sals Mutter, einer knochigen, verbrauchten Farmersfrau aus Oklahoma, die vor nunmehr zweindzwanzig Jahren an Krebs gestorben war; umwickelt war das Foto mit dem billigen, aber als Andenken verehrten Perlmuttrosenkranz, den Joe D'Amores Großmutter noch aus Palermo mitgebracht hatte. Es war damals ihr einziger kostbarer Besitz, ihre gesamte Aussteuer gewesen. Das Armaturenbrett von Joe the Hack war ein Altar, ein fahrbarer Schrein. Die Kirche zu den Vier Rosen.

»Wann mußt du dort anfangen?« wiederholte Joe.

»Äh...« Sal bemühte sich rauszukriegen, wovon dieser alte Mann überhaupt redete. »Wie?«

»Mein Gott, Sohn«, lachte Joe, »hast du wieder Gras geraucht, bist du zugeknallt oder was, stehst du deswegen allein im Regen rum?«

Im Panoramaspiegel sah Sal die Lachfalten in Joe D'Amores Augenwinkeln, und auf den Augen selbst lag jener vertraute alkoholische Glanz.

»Wann fängt dein Auftritt an – um acht? Das ist in zehn Minuten. Ich fahr' über die Decatur Street und liefer' dich rechtzeitig ab.« Er drehte das Lenkrad mit einer Hand und wendete mit quietschenden Reifen, mit der anderen Hand stellte er die Scheibenwischer an. Was machst du eigentlich da draußen ganz allein im Regen?« Bevor Sal antworten konnte, brabbelte Joe schon weiter. »Ach, Sohn, du hätt'st uns neulich sehen sollen! Ich und Pete Lejeune und Tubby Gulotta – du kennst doch Tubby Gulotta? –, nun, ich und Pete und Tubby Gulotta fahren zu den Fair Grounds raus, und dort läuft diese hübsche kleine Stute, ich hab' ihren Namen vergessen, Scheiße, wie hat sie gleich wieder geheißen? Na ja, spielt keine Rolle, sie läuft im sechsten Rennen, und sie wird mit sechzehn zu eins oder siebzehn zu eins gewettet, 'ne *hübsche* kleine Stute, und Tubby Gulotta und Pete, du erinnerst dich doch an Tubby Gulotta? – der mit Danny O'Briens Schwester Maxine verheiratet war? – also, ihm und Pete gefällt dieses andere Pferd, Front and Center hat's geheißen. Komisch, daß ich seinen Namen noch weiß, aber nicht den Namen der Stute, die *mir* gefallen hat? Ich glaub', ich werd' langsam alt.«

Sie fuhren an der St. Louis Cathedral vorbei, und Joe D'Amore bekreuzigte sich geistesabwesend, als sie am Hauptportal vorbeirollten.

»Jedenfalls *lieben* Pete Lejeune und Tubby Gulotta dieses Scheißpferd Front and Center, sie *lieben* dieses Scheißpferd, aber ich, ich hab' 'n Gefühl bei dieser Stute, den Namen hab' ich vergessen, ich hab' 'n richtig gutes *Gefühl* bei ihr, und ich und Pete und Tubby Gulotta also hin und her, sie wollen auf Front and Center setzen, und mir gefällt die kleine Stute, und hin und her...

Na ja, um's kurz zu machen, die beiden reden so lange auf mich ein, bis ich meine Wette ändere und bei Front and Center mitgeh', und die Stute gewinnt und bringt *zweiundvierzig* Dollar, und ich schwör', mit Pete Lejeune und Tubby Gullotta geh' ich nie mehr auf die Scheißrennbahn. Deine Tante Lillian sagt, daß sie dich seit über vier Wochen nicht mehr gesehen hat...« Joes Blick begegnete dem seines Sohnes im Panoramaspiegel. »... vielleicht solltest du mal bei ihr vorbeischaun, sie kocht dir bestimmt was Anständiges.«

Er hielt in der rechten Hand eine Halbliterflasche in einer Papiertüte, drehte die Verschlußkappe mit dem Daumen ab und setzte die Flasche an den Mund. Sal konnte die Schluckgeräusche seines Alten hören, der den Whiskey in sich hineingluckern ließ. Danach schnitt er im Spiegel eine Grimasse, rülpste und hielt seine Tüte hoch. »Was ist, willst 'n Schluck, Sohn?«

Er war ein kleiner, silberhaariger, unbedeutender Mann mit billigen Kaufhausklamotten und einer speckigen Mütze. Dazu *bestimmt,* mit einer Whiskeyfahne am Steuer eines Taxis zu sitzen. Als Vater keine gute Wahl.

Joe the Hack, Joe the Hack. Always drunk or at the track.

»Yeah«, sagte Sal mit heiserer, belegter Stimme, »gib her.« Er beugte sich vor, um seinem Vater die Flasche aus der Hand zu nehmen. Dann lehnte er sich in den Sitz zurück und seufzte schwer.

»Trink nur, Sohn«, sagte Joe D'Amore fast eifrig, »trink nur! Ich schwör's dir, der vertreibt die Kälte!«

Du Bastard, dachte Sal. *Du bist genauso ein Verlierer wie ich.*

Sal legte seinen Kopf in den Nacken und schüttete den scharfen, billigen Bourbon in sich hinein. Das Zeug brannte wie Feuer und ließ seine Augen tränen. Es raste durch seine Nervenenden und traf sein Gehirn wie ein Hammerschlag. Vor seinem inneren Auge sah sich Sal, wie er sich in seinem engen, lausigen Apartment in der Governor Nicholls Street mit einem Elektrokabel erhängte. Das war eine Möglichkeit. Das war immer eine Möglichkeit. So hatte man die Sache wenigstens etwas unter Kontrolle. *»Suicide is painless«*, hießt es in einem Song, *»it brings on many changes. And I can take or leave it as I please.«*

»Deine Tante Lillian macht sich Sorgen um dich«, sagte Joe gerade, »du solltest mal bei ihr vorbeischau'n. Du weißt ja, wie Lilly sich immer wegen irgendwas Sorgen macht.« Er griff nach hinten, nahm die Flasche aus Sals ausgestreckter Hand, genehmigte sich einen kurzen Schluck und stellte dann die Flasche aufrecht in den abgewetzten Spalt zwischen Fahrersitz und Mittelkonsole.

»Diese Lillian!« sagte Joe, während er sich mit dem Handrücken über die Lippen fuhr. »Sie versucht, mich mit Frances Dupree zu verkuppeln, weißt du, mit der Witwe, die bei ihr um die Ecke in der Musik Street wohnt. Geht mit ihr in Saint Anthony's zur Messe. Du erinnerst dich, ihren Mann hat der Schlag getroffen, wie er auf der Fahrt zur Arbeit war, und der hat 'nen Haufen Leute umgefahren, die an dieser Bushaltestelle vor dem Friedhof Sacred Heart gewartet haben.«

Sal gab keine Antwort; er hockte da wie hypnotisiert von dem geistlosen Gebrabbel seines Vaters. An diesem Abend fiel Sal der Kontakt mit seiner Umgebung schwer.

»Sie ist ein hübsches Ding, Sohn. Sie hat große blaue Augen, pflegt sich und achtet darauf, in Form zu bleiben, wenn du weißt, was ich mein'. Schätzungsweise bin ich der einzige lebende Itaker, der 'ne Schwäche für schlanke Frauen hat.« Während Joe das sagte, holte er das Foto seiner Frau hinter der Plastikmadonna hervor, hob es an die Lippen und küßte es hörbar. Danach stellte er es feierlich auf seinen Platz zurück.

Sal duckte sich und warf über die Schulter seines Vaters hinweg einen Blick durch die Windschutzscheibe. Draußen herrschte noch immer diese neblige Nässe, kein richtiger Nieselregen, sondern sehr feuchter Dunst, wie flüssiger Nebel. Das Taxi folgte der Canal Street. Sie hatten das French Quarter umfahren, und der Fluß blieb hinter ihnen zurück.

»Na, was meinst du, Sohn?« brabbelte Joe weiter. »Ich hab's Lillian klargemacht, ich hab' gesagt: ›Lillian, für diesen Scheiß bin ich zu alt.‹ Und weißt du, was deine Tante Lillian gesagt hat?« Im Panoramaspiegel suchte er Sals Blick. »Deine Tante Lillian hat gesagt: ›Joe, du bist der jüngste Mann, den ich kenn'.‹« Er lächelte stolz. »Kommenden Sonntag macht Lillian also ihr großes Spaghettidinner, und sie und Georgie und ich und Frances lassen's uns schmecken, dann fahren wir nach Chalmette rüber und gehen ins Kino. Ich bin seit fünfzehn Jahren nicht mehr im Kino gewesen. Und 'ne Verabredung hab' ich seit hundertfünfzehn Jahren nicht mehr gehabt. Und was für 'ne Verabredung! Na, was sagst du?«

Sein Spiegelbild grinste Sal an.

»Hör mal, Sohn, ich dachte, ob ...«, fuhr Joe verlegen grinsend rasch fort. »Ich dachte so, ob du vielleicht 'n paar Dollar übrig hast, die du mir für 'n paar Wochen pumpen könntest. Wo jetzt die Verabredung mit Frances bevorsteht und Mrs. Cuccia mir wegen meiner Miete die Hölle heiß macht und alles. Na ja, ich hab' das Geld für die Miete bei dieser Wette auf Front and Center verloren, schätz' ich, und die hübsche kleine Stute ist das Rennen ihres Lebens gelaufen, du hätt'st sie sehen sollen, Sohn. Nur für 'n paar Wochen.«

Joe lenkte das Taxi schräg über zwei Fahrspuren hinweg und hielt vor der großen Drehtür des Hotels King Louis. Der Türsteher unter seinem grellbunten Riesenschirm machte eine Bewegung, um die Autotür zu öffnen, erkannte Sal dann als Hotelangestellten und ging stirnrunzelnd an seinen Platz zurück.

Joe drehte sich auf dem Fahrersitz um und sah seinem Sohn ins Gesicht. »Bloß für 'n paar Wochen, Sohn. Nur bis ich wieder auf den Beinen bin. Diese blöde kleine Stute hat mir's Herz gebrochen.«

Ich bin genau wie du, dachte Sal. *Ein Verlierer wie du.*

»Ich hab' hier was, das ich entbehren kann, glaub' ich«, sagte Sal und nahm fünf Hunderter aus dem Packen Geldscheine, den Santo ihm gegeben hatte. Er faltete sie zusammen und drückte sie seinem Vater heimlich in die Hand, obwohl niemand sie dabei beobachten konnte.

»*Hey*«, rief Joe aus und fächerte die Hunderter wie Spielkarten auseinander, »seht euch das an! Du hast wohl 'n Volltreffer gelandet, Sohn?«

»So ähnlich, Papa.«

Der alte Mann bekam glänzende Augen, als Joe »Papa« sagte, wie er es seit der Kindheit nicht mehr getan hatte. Er griff über die Rückenlehne nach hinten und umfaßte Sals Arm. »Du bist 'n guter Junge, Salvatore. Das hat deine Mama immer gesagt, und bei Gott, das ist wahr! Du bist 'n guter Junge.« Der alte Trinker weinte jetzt fast. »Ich zahl's dir zurück, Sohn. In ein paar Wochen bin ich wieder auf den Beinen, und dann kriegst du's mit Zinsen zurück.«

Klar, dachte Sal. *Genau wie ich Johnny Venezia das Geld zahlen werde, das ich ihm schulde.*

»Du bist so 'n guter Junge, Salvatore, genau wie deine Mama immer gesagt hat.«

Ich muß hier weg, sagte Sal sich. Er starrte auf den strahlend hell beleuchteten Eingang des King Louis. In der Hotelhalle hinter den riesigen Glastüren fluteten Menschenhorden durcheinander. *Ich hab' hier fast ein Vierteljahr lang sechs Abende pro Woche gespielt,* dachte Sal, *und nun kommt's mir vor, als hätt' ich den Laden noch nie gesehen. Als wär' ich in dieser Sekunde aus 'nem Raumschiff geklettert.*

»Bloß bis ich wieder auf die ...«

Ich muß hier weg!

»Hör zu, Papa«, unterbrach Sal ihn, während er seine Tür öffnete, »ich muß jetzt spielen, ich komm' ohnehin schon zu spät.«

Joe warf einen Blick auf die Digitaluhr, die er an seine Sonnenblende geklebt hatte. »*Huiii!* Du hast schon Verspätung. Beeil dich, Junge.«

Sal betrat den mit einem roten Läufer bedeckten Gehsteig und knallte die Autotür zu. Nachdem er einen Herzschlag lang gezögert hatte, ging er neben der Fahrertür in die Hocke und sah seinem Vater ins Gesicht. »Hör zu, Papa. Ich möchte, daß du gut auf dich aufpaßt. Ich meine, falls ich überraschend verreisen muß oder so. Ich möchte, daß du gut auf dich aufpaßt, verstehst du?«

Joe D'Amores Augen glitzerten aufgeregt. »Hey, du sollst wohl nach Vegas oder so?«

Sal rang sich ein Lächeln ab. »Man kann nie wissen, Papa. Man kann nie wissen.«

Joe D'Amore strahlte vor Stolz. »Ah, Salvatore, ich hab' gewußt, daß du eines Tages deine Chance kriegen würd'st. Was hab' ich dir immer gesagt? Du hast zuviel Talent, als daß sie dich hierlassen würden.«

»Ich will jedenfalls, daß du gut auf dich aufpaßt, Papa. Okay?«

Joe D'Amore streckte die linke Hand durchs offene Fenster und kraulte zärtlich den Nacken seines Sohnes. »Du bist ein guter Junge, Sal. Ich liebe dich, Sohn. Ich liebe dich wirklich.« Er schaute sein einziges Kind erwartungsvoll an.

Sag's schon! dachte Sal. *Scheiße, sag's einfach! Mach ihm die Freude, das kostet schließlich nichts. Sag einfach, was er hören ...*

»Ich muß gehen, Papa.« Er richtete sich plötzlich auf. »Du paßt auf dich auf, ja?«

»Ich liebe dich, Salvatore«, wiederholte Joe D'Amore trübselig lächelnd.

Jesus. Sal wandte sich ab und starrte den Hoteleingang an. *Ich will da nicht rein.* Er sah sich nach seinem Vater um. Der kleine Mann reckte aufmunternd seinen Daumen hoch. »Wiedersehn, Joe«, murmelte Sal halblaut, »ich muß weiter.« Er trabte die wenigen teppichbedeckten Stufen hinauf, trat rasch an die schwere Drehtür und ging hindurch.

In der Halle des King Louis herrschte Hochbetrieb, Mardi-Gras-Saison. Und das naßkalte Wetter trieb die Partygänger zwar unter ein Dach; die Festivitäten hatte es keinen Augenblick aufgehalten. Angeheiterte Touristen drängelten sich schiebend und stoßend durch die überfüllte Hotelhalle, um aus einer lärmenden Bar in die nächste zu gelangen, von denen es im King Louis allein im Parterre vier gab. In einer der Bars spielte eine Dixielandband »Way Down Yonder«, und die herausquellende Musik schien das ganze Gebäude in Schwingungen zu versetzen.

Unmittelbar vor Sal stritten sich ein Mann und eine Frau lautstark und mit üblen Beschimpfungen, aber kein Mensch beobachtete sie. Auf einem weichen Ledersofa in einer Nische war ein anderes Paar so tief in Leidenschaft verstrickt, wie man's angezogen überhaupt sein konnte, und auch darauf achtete kein Mensch. *Mardi Gras,* dachte Sal. *Verrückter, beschissener Mardi Gras.*

Obwohl der Portier hinter seiner festungsartigen Theke von drängelnden, lautstark fordernden Hotelgästen belagert war, fand er genug Zeit, Sals Aufmachung in Jeans, Flanellhemd und Lederjacke mißbilligend zu mustern.

Scheiße, was tu' ich eigentlich hier? fragte Sal sich. *Ich muß ein Flugzeug erwischen. Ich muß aus Dodge City verschwinden.* Er sah sich um, und zwischen den Köpfen und Schultern der feiernden, lärmenden Menge konnte er seinen Alten erkennen, der noch immer wartete, weiter dieses jämmerliche Grinsen grinste und dabei seinen blöden Daumen hochreckte, als wollte er ihn dem lieben Gott in den Hintern stecken.

Jesus Christus. Was tu' ich hier? Wie spät ist es jetzt?

Warum bin ich aus dem Taxi meines Alten ausgestiegen? Hier kann ich nicht bleiben. Warum hab' ich mich nicht gleich von ihm zum Flughafen fahren lassen? Verdammt, ich muß schleunigst verschwinden. Scheiße! dachte er. *Es ist noch nicht zu spät. Doch, viel zu spät. Ich könnte rauslaufen, in Joes Taxi springen und in 'ner*

Viertelstunde am Flughafen sein. Nein, ermahnte er sich, *tu's nicht. Sieh zu, daß du den Alten aus der Sache raushältst. Wenigstens so weit wie möglich.*

Ich geh' rauf und hol' meinen Smoking, überlegte er sich. *Mit meinem Smoking und 'nem Klavier kann ich überall auf dieser Scheißwelt meinen Lebensunterhalt verdienen. Yeah? Unter welchem Namen willst du dann auftreten? Darüber kannst du dir später Sorgen machen. Geh einfach rauf und hol deinen Smoking; bis du wieder runterkommst, ist Joe weg, und du kannst endlich abhauen.*

Sal drängte sich durch die Feiernden, ignorierte die bösen Blicke von Leuten, auf deren Füße er trat, und stieß andere beiseite, die nicht freiwillig Platz machten. Zum Zwischengeschoß eilend, wo man erfahrungsgemäß viel schneller einen Aufzug erwischte, nahm er je zwei Stufen auf einmal. Indem er sich ganz vorn in eine kleine Gruppe betrunkener Gäste quetschte, die laut durcheinanderredend auf den Fahrstuhl warteten, konnte er als erster reinschlüpfen, als die Türen sich öffneten. Sal drückte auf *P* und sah angestrengt geradeaus, während die guten alten Jungs aus Dallas sich hinter ihm bestens amüsierten, einander aufzogen und sich mit den großen Punschgläsern zuprosteten, die sie alle in der Hand hielten.

Heilige Mutter Gottes, so ohne Sorgen zu sein, dachte Sal. *Keine Angst vor der Zukunft zu haben. Eine Zukunft* zu haben.

Die Texaner, die sich mit Weibergeschichten und Erzählungen von Prügeleien zu überbieten versuchten, stiegen im 14. Stock aus, und Sal fuhr allein ins Penthouse hinauf. *Irgendwie übersteh' ich diesen Tag,* versprach er sich. *Und wenn ich ihn überstanden hab', betrink' ich mich 'ne Woche lang.*

Die Aufzugtüren öffneten sich, und vor Sal lag das Penthouse des King Louis: ein elegantes Restaurant, das seinen Gästen einen Panoramablick über New Orleans bot. Durch das Rauchglas glitzerte die Mississippibrücke wie ein Kinderspielzeug. Die Atmosphäre war dezent und luxuriös, voller bedeutsamer Gespräche, schwerem weißen Damast, blankgeputztem Silber, blitzenden Kristallgläsern und Porzellan mit Goldrand. Das einzige, was dem Restaurant deutlich fehlte, war Pianogeklimper.

Sal trat aus dem Aufzug – und Albert Celestine, der hier oben als

Maître d'hôtel fungierte, empfing ihn mit wütenden Blicken wie Laserstrahlen.

»Du bist spät dran, Junge.«

Albert Celestine war ein hagerer, pedantischer Mann mit milchkaffeebraunem Teint, der ein Split-Level-Haus in Pontchartrain Park besaß, eine Tochter, die in Boston Medizin studierte, eine zweite Tochter, die in Kalifornien mit einem weißen Arzt verheiratet war, und nichts als Verachtung für alle Weißen hatte, die es im Leben weniger weit als Albert Celestine gebracht hatten.

»Du bist spät dran, und du siehst wie 'n Stadtstreicher aus. Los, zieh dich um, Junge.«

»Albert...«

»Ich will's nicht hören, Junge, verstanden? Hau ab und zieh dich um und beweg deinen Arsch ans Klavier!«

»Laß mich doch ausreden, Albert, ich kann heut nicht arbeiten. Ich bin bloß hergekommen, um meine Sachen zu holen.«

Albert Celestines harte bernsteingelbe Augen bohrten sich in die Sals. »Was redest du, Junge? Behalt den Scheiß für dich!«

»Albert...«

»Du hast 'nen Musicians-Union-Vertrag mit diesem Hotel geschlossen«, zischte Albert. »Du kannst nur mit zwei Wochen Frist kündigen. Brichst du diesen Vertrag, sorge ich dafür, daß du in dieser Stadt nie wieder Arbeit kriegst!«

Du wirst nie wieder in dieser Stadt arbeiten. In einem Winkel seines Inneren lachte Sal mit dem letzten Rest Humor. *Er droht mir tatsächlich damit, daß ich nie mehr in dieser Stadt arbeiten werde.*

»Heut abend kannst du nicht kündigen«, sagte Albert eben. »Dort drinnen sitzt Mr. Ross.« Das war der Hotelbesitzer, der den Winter normalerweise in seinem zweiten Hotel in Honolulu verbrachte. Sicher war er zum Mardi Gras angereist. Hinter einer glitzernden Glassäule hervor erspähte Sal den fetten Mr. Ross in einem der Séparées mit zwei aufgedonnerten kleinen Blondinen rechts und links neben sich. Albert beugte sich etwas vor und flüsterte Sal ins Ohr: »Heut abend kannst du nicht einfach kündigen, Junge. Dafür schmeißt dieser fette Jude mich glatt raus.«

»Hör zu, Albert...«

»Nein, jetzt hörst *du* mir zu, Junge!« fauchte Albert wutentbrannt. »Wie oft hab' ich deinen traurigen Arsch gerettet, wenn du zu spät und beschickert hier reingewankt gekommen bist?« Er musterte Sals blasses, nervöses Gesicht. »Was ist los mit dir? Bist du krank oder was?«

»Albert, ich muß weg. Ich kann nicht...«

»Du bist mir was schuldig, du kleiner Wichser! Wie oft hab' ich dir deinen Job gerettet? Wie viele gottverdammte Male? Wie oft hab' ich dir 'nen Vorschuß gegeben, damit die italienischen Jungs dir nicht deine verdammten Kniescheiben zerschlagen? Und jetzt, wo Mr. Ross dort drüben sitzt und wissen will, wo der Scheißklavierspieler bleibt, meinst du, du kannst plötzlich alles vergessen, was ich für dich getan hab'?«

»Das ist's nicht. Ich kann nicht.«

»Bloß für 'ne halbe Stunde...«

»Ich *kann* nicht!«

»...dann hat sich dieses fette Schwein in seine Suite zurückgezogen und läßt die beiden kleinen Nutten auf seinem Gesicht sitzen. Bloß diese eine halbe Stunde.«

»Albert, bitte tu mir das nicht...«

»Hör zu, Junge, was verlange ich eigentlich – dein beschissenes *Leben*?«

Sal starrte den großen hellbraunen Mann einen Augenblick lang hilflos an. Dann erfaßte ihn heißer, irrationaler Zorn. *Mein Leben ist sowieso im Arsch. Welchen Unterschied macht 'ne halbe Stunde? Welchen gottverdammten Unterschied?* »Ja!« knurrte er wütend. »Ja, genau das tust du!« Er drängte sich an Albert vorbei, um in die Umkleideräume hinter der Küche zu gelangen.

»Beeil dich, Junge!« zischte Celestine hinter ihm her.

In seiner engen, schlampigen Garderobe zog Sal sich in wilder Hast aus und riß seinen Smoking von dem Haken, an dem er immer hing, wenn er nicht gerade getragen wurde oder in der Reinigung war. *Das ist Wahnsinn,* schäumte er. *Eindeutig totaler Wahnsinn. Selbstmord!* Er riß sein Hemd vom Kleiderbügel und schlüpfte hinein. Es war frisch und sauber und kühl auf seiner Haut. *Wie 'n Leichentuch,* sagte er sich.

Angezogen betrachtete er sich prüfend in dem großen Wandspiegel. Seine Augen lagen tief in ihren Höhlen und auf seinen eingefallenen Wangen wuchs ein stacheliger Zweitagebart. *Ein Leichnam. Ich seh' wie 'ne beschissene Leiche aus. Die Leiche eines Strolchs, eines Erledigten, eines Verlierers. Eines großen Verlierers.*

»*Put a twenty-dollar watch-chain in my choffin.*« Er fuhr sich mit einer Bürste durchs feuchte Haar und trat einen Schritt zurück, um sich im Spiegel zu begutachten.

»Scheiße, was soll das?« fragte Sal sein Spiegelbild laut. »Du mußt hier raus!«

Er schnappte sich Cats Lederjacke, verließ eilig die Garderobe, hetzte durch die neonbeleuchtete Küche, in der Hochbetrieb herrschte, und blieb ängstlich und verkrampft am Personalaufzug stehen und drückte den Rufknopf.

»Komm schon! *Los, komm schon!*« beschwor er den Aufzug, der nicht kommen wollte.

»Wohin willst du, Junge?« Albert Celestines sehniger Arm lag plötzlich um die Schultern des kleineren Mannes. »Du willst doch jetzt nicht abhauen, wo du dich gerade umgezogen hast?«

Sal blickte mit einem Anflug von irrationaler Panik zu dem untadelig gekleideten Schwarzen auf. »Albert«, flehte er, »um Himmels willen, Mann, du verstehst mich nicht, ich muß weg!«

Der Maître d'hôtel drehte seinen Pianisten um und schob ihn in Richtung Speisesaal, in Richtung Klavier. Nach dreißig Jahren Berufstätigkeit in Nachtclubs, Restaurants und Hotels hatte Albert Celestine reichlich Erfahrung mit trinkenden und fixenden Musikern. Sein Mitgefühl, insofern er so etwas mal besessen hatte, war längst verflogen, und er bemühte sich heute nur noch, den Jungs bei der Bewältigung ihrer Krisen zu helfen – zumindest bis zum Ende seiner Schicht. Danach konnte man nur hoffen, daß sie am nächsten Abend wieder aufkreuzen würden.

»Hör mal gut zu ...« Alberts knochige Hand umklammerte Sals Schulter, während er ihn ins Restaurant bugsierte. »... dort draußen wartet dein *Job*, Junge.«

»Ich kann nicht ...«

»Natürlich kannst du.« Er führte Sal an die Bar und blieb an der Getränkeausgabe für Serviererinnen stehen.

»Hi, Sal«, sagte eine Servierin lächelnd, während sie flink mit einem vollen Tablett vorbeilief.

»Earl«, wies Albert den Barkeeper an, indem er mit Daumen und Zeigefinger der erhobenen rechten Hand den Pegel anzeigte, »schenk meinem Boy hier 'nen Steifen ein.« Er warf seinem Pianisten einen fragenden Blick zu. »Was trinkst du, Boy, Jack Daniels? J. D., Earl.«

»Albert, ein Drink ist nicht das, was ich jetzt brauche«, beklagte sich Sal.

»Nun, ich kann dir kein Heroin geben, zumindest nicht so kurzfristig, deshalb schlage ich vor, daß du den hier kippst und dann ans Piano dort drüben gehst und ein paar von den Songs bringst, die Mr. Ross so gern hört.« Er drückte Sal den Drink in die Hand... drückte ihm das Glas buchstäblich in die Hand und legte seine Finger darum.

»Albert, ich muß aus der Stadt verschwinden«, beteuerte Sal, während Albert ihm half, das Glas an seine Lippen zu heben. »Du verstehst mich nicht.«

»Nein, Junge«, fuhr Albert unerbittlich fort, »*du* verstehst mich nicht. Mr. Ross dort drüben hat seine Rechnung schon abgezeichnet, die Nutte rechts neben ihm spielt seit zehn Minuten unter dem Tisch mit ihm rum, und alle drei haben schon fast ausgetrunken. Jetzt gehst du da rüber und singst ein paar Nummern, die er so gern von dir hört. Mr. Ross sieht, daß sein Pianist sich ein bißchen verspätet hat, aber am Ball ist, und schießt mit diesen beiden Nutten schneller hier raus, als er seine Ladung abschießt, wenn sie dann auf seinem Zimmer sind. Ich brauch' dich bloß ein paar Minuten für ein paar Songs.«

»Albert«, flehte Sal ihn an, »ich glaub' nicht, daß ich's kann. Ich bin *wirklich...*«

»Nun, ich *weiß,* daß du's kannst, Junge. Ich habe *hundertprozentig* Vertrauen zu dir.« Mit der Hand am Boden des Glases *kippte* er Sal den Whiskey praktisch in den Mund. »So, das hätten wir. Das hilft gegen alles, was weh tut.« Sal stand blinzelnd und zitternd da, während der dreifache Jack Daniels wie ein Virus in seinem Körper wütete. Ein bernsteingelber Flüssigkeitsfaden zog sich über sein Stoppelkinn.

Albert packte ihn am Arm und führte ihn von der Bar weg und drängte ihn über die Tanzfläche auf den Flügel zu. »Jetzt bitte herzlichen Applaus!« rief der Maître d'hôtel mit dröhnender Stimme ins voll besetzte Restaurant. »Ein warmes, herzliches Willkommen für den Pianoprinzen im King Louis, Noo Awlins' berühmten ... Sal D'Amore!« Er drückte seinen Pianisten auf den Klavierhocker vor dem kleinen Barflügel und applaudierte übertrieben laut. »Er hat Beifall verdient, Leute! Er hat sich durch Regen und Sturm herkämpfen müssen, aber jetzt ist er da! Wir wollen ihm zeigen, wie sehr wir dies zu schätzen wissen!« Dann zog sich Albert Celestine noch immer applaudierend zurück, überquerte die Tanzfläche und war verschwunden.

Sal saß vor den Klaviertasten und starrte über die endlos weite Spiegelglasfläche der Pianobar hinweg. *Unmöglich. Das schaff' ich nicht.* Da die halbkreisförmig aufgestellten niedrigen Barhocker um diese Zeit noch unbesetzt waren, konnte Sal alle Dinnergäste im Restaurant sehen.

Und sie konnten *ihn* sehen.

Das schaff' ich nicht. Unmöglich schaff' ich das.

Earl hinter der Bar schaltete das Spotlight ein, und Sal fuhr sichtbar zusammen, als der weiße Scheinwerferstrahl von der Decke herabzuckte und ihn in grelles Licht tauchte.

Im Publikum kicherte jemand nervös. Ein Mann wollte etwas sagen, aber seine Frau machte energisch »Pst!«

Sal starrte mit zusammengekniffenen Augen durchs Scheinwerferlicht. Das einzige Gesicht, das er erkennen konnte, gehörte Albert Celestine, der ihn aus dem schwarzen Nichts heraus anfunkelte.

Das ist Wahnsinn. Völliger Wahnsinn. Ich schaff's nicht.

Sal zwang sich dazu, das Publikum anzulächeln. Da bin ich, Leute. Alles in bester Ordnung. Die Show muß weitergehen. Er stellte sich das Beyer-Mikrofon etwas tiefer ein und starrte mit einem jämmerlichen gefrorenen Lächeln ins Dunkel hinaus. Als er sich vor dem Mikrofon räusperte, kam dieses Geräusch aus allen Lautsprechern. Das Arschloch von vorhin lachte erneut halblaut. Sal starrte die Klaviertasten an. Ebenholz und Elfenbein. Ein kaltes Zittern überkam ihn, als er merkte, daß ihm die Klaviatur gänzlich fremd war. Als ob er noch nie eine gesehen hätte. Er konnte nicht Klavier spielen. Wer war bloß auf diese Idee gekommen?

Ich muß hier raus. Heiliger Jesus, ich muß hier raus.

Sal grinste immer noch mit dem schrecklichen, ekelerregenden falschen Lächeln ins Publikum und legte seine Hände sanft auf die glänzende Klaviatur des Yamaha-Flügels, griff mit den Fingern versuchsweise einen G-Moll-Nonen-Akkord. – *Ich schaff's nicht!* – und schlug die Tasten an, ohne die geringste Hoffnung, daß die Töne eine Harmonie ergeben würden.

Der Akkord schwebte zart und süß und erwartungsvoll durch den Raum, und die Gäste wirkten spürbar erleichtert: Sie befanden sich nicht in Gesellschaft eines Verrückten.

Sals Finger glitten über die Tasten und schlugen wie von selbst einen C-Dur-Nonen-Akkord als logische Folge des vorangegangenen Akkords an. Sal ergänzte diesen Wechsel durch einige Bluesläufe der rechten Hand. Im Restaurant kehrte wieder der Normalzustand ein: Kristallgläser klirrten teuer, Silberbesteck klang leise auf feinem Porzellan. *Seht weg,* bat Sal im stillen, *seht weg, Dixieland.*

Sal spielte einen F-Dur-Septim-Akkord, das die Raubtiere noch mehr zu besänftigen schien. Das leise Murmeln zufriedener Unterhaltung kam jetzt wieder auf.

Aber schon im nächsten Augenblick übertönte eine befehlsgewohnte, schneidende Stimme alle anderen – schnitt ihnen das Wort ab, wie ein unbeliebter Lehrer seine halbwüchsigen Schüler im Klassenzimmer zum Schweigen bringt. »Spiel den Song, den ich mag!« blaffte die Stimme, und Sal spürte *sofort,* daß die Gäste ihre Aufmerksamkeit erneut auf ihn richteten – wie eine Hundemeute auf die Fährte des Fuchses. Sein linkes Bein begann heftig zu zittern. Das hatte es sein Leben lang noch nie getan, und Sal starrte es entsetzt an.

»Spiel'n Sie den Song, den ich mag«, wiederholte die nervenzerreißend scharfe Stimme kreischend. »Sie wissen schon, welchen. Den ich mag.«

Sal kannte diese Stimme und wußte, daß sie seinem Boß Eddie Ross gehörte; trotzdem ließ er den letzten Akkord mit getretenem Pedal ausklingen, hielt sich die rechte Hand schützend über die Augen und erkannte nun tatsächlich Mr. Ross, der ihm aus seinem leicht erhöhten Séparée zunickte und so den aufgedonnerten kleinen Nutten demonstrierte, wie seine Angestellten parierten, wenn er Befehle gab. Auch Macht konnte Menschen antörnen.

Sal ging ein weiterer irrelevanter Gedanke durch den Kopf. *Diese beiden Nutten könnten aus Nicky Venezias Stall kommen. Sie könnten Nicky gehören.* Daraufhin zitterte sein Bein noch stärker.

»Yeah, spielen Sie den!« verlangte eine zweite Stimme. Albert Celestine, der seinem Boß öffentlich in den Arsch kroch. »Der ist Ihre beste Nummer.«

Sals Hände legten los. Wie erfahrene Fließbandarbeiter verstanden sie ihre Sache, selbst wenn das Management durch interne Machtkämpfe lahmgelegt war. Sie spielten eine sanfte absteigende Akkordfolge und modulierten kaum merklich nach Es, Sals Tonart für Eddie Ross' Lieblingssong. Sie konspirierten miteinander, um eine langsame I-IV-I-V-Blueskadenz vorzugeben, eine in New Orleans altbewährte Folge. Einige Touristen wippten bereits mit den Füßen und nickten mit den Köpfen, so erpicht waren sie auf diesen berühmten New-Orleans-Soul.

Sals Hände wiederholten die Akkordfolge mehrmals, schufen die Stimmung, gaben den Rhythmus vor, erzeugten die Spannung und warteten darauf, daß der Kopf von Sal übernahm. Mit den Lippen berührte Sal sanft das Drahtgeflecht des Mikrofons wie die Klitoris einer Geliebten, schloß die Augen und versuchte, sich von der Musik entführen zu lassen, aber sein Verstand kam nicht zur Ruhe.

Das schaff' ich nicht. Wozu würde irgend jemand das je tun? Wozu würde irgend jemand das je tun wollen? *Mein Gott, ich muß hier raus!*

»*Do you know what it means*«, sang Sal unvermittelt ins aufmerksame Publikum, »*to miss New Orleans, to miss it each night and day?*« Sofort nickten die Touristen einander wissend zu. Hey, der Junge kann wirklich singen! Auch wenn er wie 'ne ersäufte Ratte oder irgendwas aussieht, das die Katze von draußen reingeschleppt hat. »*I know I'm not wrong, the feeling's gettin' stronger – the longer I stay away.*« Einige der Fremden drehten sich auf ihren Stühlen um und reckten die Hälse vor, um den Mann, dem diese schöne, seelenvolle Tenorstimme gehörte, besser sehen zu können.

»*Miss the moss-covered vines, the tall sugar pines ...*«, schmachtete Sal, während ihm seine Gedanken vorauseilten wie ein Rudel verängstigter Hunde. *Scheiße, was tu' ich hier? Ich darf keine Zeit mehr verlieren. Ich muß hier raus, muß weg!* »*The moonlight on the bayou ... a Creole tune that fills the air ...*« Im Halbdunkel des Restaurants sah er das breite, zufriedene Grinsen auf Mr. Ross' verfettetem Gesicht, das im Lichtschein der Kerze auf dem Tisch wie der Mond glänzte. Unter dem Tisch rieb die im Dunkel blaß schimmernde Hand einer der blonden Nutten auf seinem Hosenschlitz hin und her, hin und her.

Ich sterbe heute nacht. Ich sterbe heut nacht, weil ich so verdammt schwach bin, daß ich nicht mal den Mut hab', aufzustehen und rauszugehen. Dafür hab' ich den Tod verdient. Vielleicht bin ich schon tot und kann mich bloß nicht daran erinnern, wie sie mich umgebracht haben. Vielleicht ist dies die Hölle. Es kommt mir jedenfalls verdammt wie die Hölle vor. Mein Gott, wie spät ist's schon? Während Sal weitersang, warf er einen Blick auf seine Hände, als konzentriere er sich auf einen besonders schwierigen Akkord. Seine billige Digitaluhr zeigte in roten Ziffern *8.28* an.

Ich bin ein toter Mann. Ich hab' noch eineinhalb Stunden zu leben. Beeilt euch, meinen Auftritt mitzukriegen, Leute, die Show geht heut abend zu Ende. Keine Verlängerung, keine Wiederholungen. »*Do you know, what it means, to miss New Orleans*«, fragte Sal, »*when that's where you left your heart?*« Ein strahlendes, elegant angezogenes Paar in den Siebzigern bewegte sich – von der Musik begeistert – über die Tanzfläche. »*And there's something more ... I miss the one I care for ... more than I miss New Orleans.*«

Als Füller spielte Sal automatisch ein paar Takte Bordellgeklimper à la Ray Charles, das ihn zum Anfang zurückbrachte. Und nun begannen die Ober, die Pikkolos, die Servierinnen – sogar Earl hinter der Bar – die schmalzige, melancholische Melodie leise mitzusummen. Das war eine kleine Nummer, die er mit dem Haus eingeübt hatte, an der alle beteiligt waren ... *aber nicht heut abend, lieber Gott, nicht heut abend!*

»Ein Kerl kommt in 'ne Bar in Cleveland«, begann Sal und hörte, wie seine Stimme aus dem Lautsprecher sein lässiges Klaviergeklimper und das wehmütige Summen übertönte. »Ein Kerl kommt in 'ne Bar in Cleveland und verlangt vom Ober 'nen Tisch für eine

Person ganz vorn in der Nähe der Musik.« Die Touristen waren jetzt völlig auf ihn fixiert. Selbst die beiden tanzenden Alten bewegten sich geistesabwesend im Kreis, während sie Sal beobachteten,

»Die Band kommt von ihrer Pause zurück und fängt zu spielen an. Sie spielt diesen Song ›Do You Know What It Means, to Miss New Orleans?‹, den ich gerade spiele, und das Solo übernimmt ihr Trompeter.« An dieser Stelle machte Sal wie immer eine Pause, und das mitsummende Personal ließ seine Stimmen wie immer an dieser Stelle zu einem kurzen komischen Crescendo anschwellen, dann summte es im Flüsterton weiter. Ein Gast lachte halblaut. Sal hatte das Gefühl, das alles müsse eine Farce sein. Er war zu einer tragikomischen Figur in einer drittklassigen Provinzposse herabgesunken. Er war der erbärmliche Clown in einem schäbigen kleinen Wanderzirkus.

»An diesem Abend ist der Trompeter echt gut drauf. Er legt sich bei dieser Nummer ins Zeug, Mann, er hängt sich wirklich rein! *›Do you* know *what it means, to miss New Orleans?‹* Mann, er fährt echt drauf ab! Und plötzlich fällt ihm ein Kerl auf, der in der ersten Reihe sitzt: Dieser Kerl *flennt*! Die Tränen laufen ihm übers Gesicht! Und je länger der Trompeter spielt, desto schlimmer weint der Kerl. Er schluchzt laut. Er kann sich nicht mehr beherrschen. Er legt seinen Kopf auf den Tisch und jault los. Ich meine, es ist richtig *herzzerreißend!*«

Sal machte eine Pause und blinzelte ins Scheinwerferlicht. Er haßte es, wenn er sein Publikum nicht sehen konnte. Das war ihm schon immer zuwider gewesen. Dort draußen lauerte etwas, irgendeine riesige heißhungrige Bestie, die von Dunkelheit und klimatisierter Luft lebte und den Zigarettenqualm von anderen atmete. Sie lag dort draußen jenseits der Lautsprecher und Scheinwerfer auf der Lauer; sie beobachtete ihn gierig, wartete insgeheim auf einen Augenblick der Unsicherheit, ein Zeichen der Schwäche.

»Nachdem der Song zu Ende ist, geht der Trompeter zu dem Kerl rüber und sagt: ›Hey, Mann, es haut mich um, daß die Musik Sie so bewegt hat. Sind Sie aus New Orleans?‹ Der Kerl sieht zu ihm auf und sagt: ›Nein ...‹«

Pause. Die Bestie mußte bei Laune gehalten werden.

»›... ich bin Trompeter.‹«

Einen Herzschlag lang herrschte noch totale Stille, völliges Schweigen. Und dann begriff eine drüben rechts sitzende Frau als erste und prustete los, und dann verstanden alle den Witz, und das vollbesetzte Haus brüllte vor Lachen. Die Gäste stießen einander an und klatschten begeistert und lachten.

Das war die stärkste Reaktion, die Sal jemals erlebt hatte, und obwohl er wußte, wann und wie sein Publikum reagierte, war er nicht darauf gefaßt. Es war, als *überraschte* ihn die Anerkennung der Leute. Ihr Lachen verblüffte Sal. Eigentlich hätte er wieder einsetzen müssen, bevor das Gelächter verklang, und die letzten acht Takte singen müssen, so war die Nummer angelegt, aber er merkte, daß er's nicht konnte. Dafür fehlte ihm einfach die Kraft. Er war ein Mann, der an den Fingerspitzen über einer Schlucht gehangen hatte. Durch das Lachen des Publikums verlor er die Orientierung, ließ los und stürzte trudelnd in die Tiefe.

Sal begann zu weinen. Er nahm seine Finger von den Tasten, schlug die Hände vors Gesicht und heulte los. Mit lauten, aus tiefster Seele kommenden, tränennassen Schluchzern.

Sein Publikum tobte vor Begeisterung. Wundervoll, großartig! Unglaublich, dieser Kerl! Wir dachten, er sei bloß ein singender Pianist, aber in Wirklichkeit ist er auch ein toller Komiker! Wie heißt er gleich wieder?

Die Gäste lachten und klatschten, aber das Personal beobachtete ihn entsetzt. Das Haus wußte, daß das *nicht* zu dieser Nummer gehörte. Eddie Ross stieß die Hand der Nutte von seinem Ständer weg. Albert Celestine kochte vor Wut. Weshalb in seiner Schicht? Weshalb mußte das in *seiner* Schicht passieren?

Am Klavier kämpfte Sal verzweifelt um Selbstbeherrschung, aber sein Herz flatterte in seiner Brust wie ein ängstlicher Vogel im Käfig. Mit den Händen konnte er die Nässe auf seinem Gesicht fühlen.

Das Gelächter verhallte wie ferner Donner. Die Gäste nahmen die Spannung der Hotelangestellten wahr, die wie gelähmt dastanden. Gina, die Serviererin, die Sal erst vor wenigen Minuten fröhlich gegrüßt hatte, tupfte sich ihre Augen schnüffelnd mit einer Cocktailserviette ab. Etwas stimmte hier ganz und gar nicht, und das Publikum wurde sich dieser Tatsache sehr rasch bewußt.

Sal schluchzte plötzlich laut ins Mikrofon und stieß mit tränenerstickter Stimme hervor: »Tut mir so leid, Leute. Das hab' ich nicht gewollt. Diesen Scheiß sollten Sie nicht sehen müssen!« schluchzte er. »Dies ist die Stadt, die von der Fürsorge vergessen worden ist. Sie sind nach Noo Awlins gekommen, um sich zu amüsieren, stimmt's?«

Aus dem Publikum kam ein wütendes Brummen wie aus einem in Aufruhr versetzten Wespennest. Das ging zu weit! Erst dieses gräßliche Wetter in New Orleans – und nun *das*! Die Okrasuppe gelierte, und das Langustensoufflé blieb einem glatt im Hals stecken. *Und das bei diesen Preisen!*

»Schafft den Kerl hier raus!« rief eine näselnde Stimme aus dem Mittleren Westen verärgert. »Los, *raus* mit ihm!«

»Dem Jungen ist nicht gut!« blaffte ein Riese aus Alabama mit in den Kragen gesteckter Serviette. »Als Mann sollte er nicht in der Öffentlichkeit flennen.«

»Die Show muß weitergehen!« rief Sal unter Tränen ins Mikrofon, während ein kleiner japanischer Tourist auf der Tanzfläche neben dem schockiert-erstarrten Arthur-Murray-Paar niederkniete und rasch ein Foto von dem verrückten Amerikaner machte. *»Domo«*, sagte der kleine Mann und verbeugte sich leicht, bevor er an seinen Tisch zurücklief.

Nichts wie weg von hier! dachte Sal unter Tränen, und in seiner Blindheit stieß er den Mikrofonarm beiseite. Er schwenkte herum und schlug gegen eine Lautsprechersäule, die durch Rückkoppelung sofort ohrenbetäubend laut zu pfeifen anfing. Die Gäste hielten sich die Ohren zu und riefen, jemand solle *diesen Lärm abstellen! Diesen gottverdammten Lärm abstellen!*

Eddie Ross, dem das King Louis gehörte, bemühte sich verzweifelt, hinter dem festgeschraubten Tisch des Séparées herauszukommen, und stieß dabei eine der niedlichen kleinen Nutten von der Bank, so daß sie auf ihrem entzückenden kleinen Hintern landete. »Albert!« kreischte Mr. Ross. »*Albeeerrrt!*«

Sal, der hinter dem Flügel hervorkam, wobei er Drinks verschüttete, Cocktailtische umstieß und Buchattrappen durch die Gegend segeln ließ, schluchzte: *»Ich schaff's nicht, Leute! Ich schaff's nicht!«* Dabei gellte den Leuten der Pfeifton der Rückkopplung in den Ohren, und die Gäste protestierten empört. Und dann war Albert Celestine neben ihm, hielt ihn am Arm gepackt, zerrte ihn durchs Restaurant und zischte ihm dabei wie eine Giftschlange ins Ohr: »Du Idiot! Was soll der Scheiß?«

»Albert!« brüllte Eddie Ross quer durch den Raum, ohne zu merken, daß er auf der Hand der kleinen Nutte stand. »Schmeiß ihn raus, Al-*beeerrrt!*«

»Hör dir Mr. Ross an!« fauchte Albert, während er Sal hinter den Topfpalmen ins Foyer zog, damit seine empörten Gäste ihn nicht länger sehen mußten. »Hör dir diesen Mann an, Junge! Du hast echt Scheiße gebaut! Was du heut abend gemacht hast, vergißt dir dieser kleine Jude nie!« Er brachte Sal kurz vor den Lifttüren zum Stehen und starrte ihn mit bernsteingelben Augen wütend an. »Und ich auch nicht.«

»Tut mir leid, Albert«, stammelte Sal, »aber ich hab' dir gesagt, daß ich nicht...«

»*Nein!*« knurrte Albert, während er den Rufknopf gedrückt hielt. »Ich hab's *dir* gesagt! Ich hab' dir gesagt, du sollst reingehn und nur zwanzig lausige Minuten lang auf dem lausigen Flügel spielen, dann wär' alles in Ordnung. Aber nein, das konntest du nicht! Konntest du nicht, nachdem ich so viel für dich getan hab'. Weißt du, was mit dir nicht stimmt, Junge?« Er nahm seinen Zeigefinger von Aufzugknopf und bohrte ihn in Sals Brust. »Du verwechselt Freundlichkeit immer mit Schwäche.« Albert funkelte Sal mit gerechter Empörung an. »Aber diesmal kommst du mir damit nicht durch. Damit hast du dir die Türen zugeschlagen. Ich sorg' dafür, daß du in *dieser* Stadt kein Engagement mehr kriegst, *das* kannst du mir glauben, Junge! Mmh-hmm! Nicht in *dieser* Stadt.«

Aber das ist's ja gerade! kreischte Sal innerlich. *Ich muß hier weg!*

Die Aufzugtüren öffneten sich leise, und Albert stieß den kleineren Pianisten in die Kabine. Dann deutete er anklagend mit dem Zeigefinger auf Sal und sagte, was Albert Celestine am liebsten so gut wie jedem Weißen an den Kopf geworfen hätte: »Als Farbiger müßtest du glatt *verhungern*«, knurrte er. »Hau ab und laß dich nie mehr im King Louis blicken!«

Die Türen begannen sich zu schließen. Albert stand da und beschimpfte ihn weiter – »Laß dich *niemals* wieder hier blicken, Junge!« –, bis die blanken Metalltüren sich endlich zwischen ihnen schlossen und Sal jetzt Gott sei Dank allein war. Er sank gegen die leicht vibrierende Rückwand des Aufzugs und fuhr sich wie ein kleiner Junge mit dem Handrücken über die Augen. Sein Kontakt zur Realität riß ab, und er wußte das. Alles war chaotisch. Nichts war normal. Nichts war vertraut.

Sal fühlte sich völlig erschöpft, sogar wie betäubt. Als hätte er Quads geschluckt. Oder Heroin gefixt. Seine Gliedmaßen waren bleischwer. Einen Tag wie diesen hatte er noch nie erlebt. Vielleicht würde er ihn nicht einmal überleben. *Scheiße!* Er hatte Cats Lederjacke vergessen! Vielleicht konnte er sie von unterwegs anrufen und ihr sagen, wo sie sie abholen konnte. Er mußte nach Hause, ein paar Sachen packen und schnellstens verschwinden. *Wie spät ist*'s *schon? Fast neun Uhr!*

Der Aufzug hielt im siebten Stock, eine angetrunkene Horde großer, lärmender Cowboys in Anzügen im Westernstil stieg zu, begleitet von ihren blassen, wasserstoffsuperoxydblonden Frauen, Typ »Dallas«. Sie drängten sich fröhlich lachend und schimpfend herein, würdigten Sal keines Blicks, kehrten ihm den Rücken zu und quetschten ihn gegen die hintere Kabinenwand. Ein breitschultriger Zweimetermann mit sonnenverbranntem Gesicht unter dem breitkrempigen Hut hielt sein sanduhrförmiges rosa Punschglas hoch über seinen Kopf, damit es nicht zerbrochen wurde.

»Eines könnt ihr mir glauben«, setzte er die Unterhaltung mit einer Stimme fort, die an knarrendes Sattelleder erinnerte, »als Junge hab' ich jeden Winter in South Dakota damit verbracht, die Rinder meines Großvaters aus mannshohen Schneewehen zu befreien, aber dabei hab' ich *nie* so gefroren wie heut auf der verdammten Fähre. *Jesus Howdy,* der verfluchte Wind von diesem Scheißfluß her ist wie 'n gottverdammtes Rasiermesser durch mich hindurchgegangen. Und dieser beschissene Regen, ich schwör's, ist kälter gewesen als jeder Hagel, den ich je erlebt hab'.«

»Hey, Tom«, neckte ihn einer der anderen Cowboys, »du hattest bloß noch nicht genug von diesem Punsch aus der Bourbon Street in dir. Ich wette, daß du *jetzt* in dem verdammten Fluß schwimmen könntest ohne das leiseste Frösteln!«

Die ganze Gesellschaft brüllte vor Lachen, und irgend jemand streckte seinen Arm an Sals Gesicht vorbei aus, um Ol' Tom herzhaft auf den Rücken zu klopfen.

»*Scheiße!*« Ol' Tom schüttelte grinsend den Kopf. »In dem Fluß würd' ich nicht mal schwimmen, wenn du mir 'ne Million bietest. Ich und Claudette haben übers Eisengeländer geguckt, als wir auf die Fähre rauf sind, und ich schwör's, zwischen den Felsen am Ufer haben Wasserratten gesessen, die war'n so groß, denen hätt'st du ein Brandzeichen ins Fell jagen können.«

Die Kabine bebte vor Lachen.

Dann öffneten sich die Aufzugtüren und gaben den Blick auf die Feiernden in der Hotelhalle frei – und auf Little Johnny Venezia und Dago Red La Rocca, die mit mürrischen Gesichtern vor dem Lift standen. Sal fühlte einen Aufruhr in den Eingeweiden und ein Prickeln unter der Kopfhaut. *Ihr seid zu früh dran! Ihr seid viel zu früh dran! Ich hab' noch 'ne Stunde Zeit!*

»Erdgeschoß. Alles raus«, hörte Sal eine halblaute, verächtliche Großstadtstimme ungeduldig sagen. Er wußte, daß es Little Johnnys Stimme war. Sie klang so drohend und zornig, daß Sal das Gefühl hatte, seine Eier schrumpften nach oben weg in seinen Bauch. Und dann war auch Dago Reds Reibeisenstimme zu hören: »Yeah, alles raus!«

Einen Augenblick lang war es in der Kabine still. In der überfüllten Hotelhalle hinter Little Johnny und Dago Red herrschte ausgelassene Stimmung. Angetrunkene stießen in kleine Plastiktrompeten, eine Polonaise verwickelte sich in engen Kreisen. Irgendwo lachte eine Frau hysterisch.

Dann sprach Ol' Tom in einem Tonfall, der Gary Cooper in seinen alten Filmen alle Ehre gemacht hätte. »Wir *wollen* nicht hier raus, Freund. Wir fahren alle in die Tiefgarage runter.« Ol' Tom lächelte Little Johnny an. »Wenn Sie nichts dagegen haben.«

Sal ging leicht in die Knie und konnte so unter dem Hängebusen der Frau vor ihm hindurch einen heimlichen Blick auf Little Johnny werfen, der haßerfüllt zu dem Riesen Ol' Tom aufsah. Johnny Venezia war es nicht gewöhnt, daß Leute nicht parierten, wenn er Befehle gab. Außerdem war allgemein bekannt, daß Little Johnny Venezia ungehobelte Farmer aus dem Westen haßte. Das hing mit einem äußerst unangenehmen Erlebnis in einem äußerst unangenehmen texanischen Gefängnis zusammen.

Als die Lifttüren sich automatisch zu schließen begannen, grinste Ol' Tom auf den fast einen halben Meter kleineren Johnny hinab und sagte: »Schätze, mußt auf den nächsten warten, Kurzer.«

Dann schlossen sich die Türen mit leichtem Stoß und ließen Little Johnny mit vor Wut rot angelaufenem Gesicht zurück, während die Besucher aus dem Westen durcheinanderlachten und Ol' Tom gratulierten.

Die Aufzugtüren öffneten sich erneut, diesmal zu der kalten, höhlenartigen Tiefgarage, und die Cowboys und ihre Frauen schlurften davon. Ihre Stimmen hallten von den feuchten Betonmauern wider, als sie sich unterwegs die ältesten Negerwitze erzählten und schallend darüber lachten. Falls sie Sal überhaupt wahrgenommen hatten, so war ihnen nichts davon anzumerken.

Sal trat nach vorn an die Tür des leeren Aufzugs und drückte die Stopptaste. Die nasalen Cowboystimmen verhallten wie eine geisterhafte Tonspur. Im nächsten Augenblick sprang irgendwo der kalte Motor eines nicht sichtbaren Autos an; danach waren das Krachen eines Getriebes und das leise Quietschen von Diagonalreifen zu hören. Darauf folgte eine Art quälender Stille.

Jetzt wagte Sal sich sehr zögernd aus dem Aufzug, wie ein Kaninchen seinen Bau verläßt: erst der Kopf, dann die Schultern, dann der Oberkörper. Die Cowboys und ihre Frauen waren verschwunden. Die Tiefgarage war menschenleer. Von der Straße her kam der gedämpfte Rhythmus einer marschierenden Blaskapelle – dumpfe Herzschläge einer großen Trommel, militaristische Wirbeltrommeln, schrille, vogelähnliche Pikkoloflöten. Die Mardi-Gras-Parade fand also doch statt.

Ein Summer in der Kabine ertönte, und Sal zuckte zusammen. Über ihm rief jemand den Aufzug. *Das könnte Little Johnny sein,* dachte Sal ängstlich. *Little Johnny Venezia könnte den Knopf gedrückt haben.* Als Sal die Stopptaste losließ, begannen die Türen sofort sich zu schließen. Sal trat rasch aus der Kabine, und die Türen gingen hinter ihm zu. Er konnte das Surren des Elektromotors hören, als die Kabine nach oben glitt. Sal studierte die langen Reihen geparkter Wagen. Fast alle kamen aus anderen Bundesstaaten.

Ich hab' zu lange gewartet, sagte er sich. *Ich hab' rumgetrödelt und zu lange gewartet, und deshalb muß ich jetzt sterben.*

Halt 's Maul! dachte er erbittert. *Halt 's Maul und sieh zu, daß du endlich abhaust. Setz deinen Arsch in Bewegung!*

Sal vergrub die Fäuste in den Taschen seiner Smokinghose und marschierte entschlossen die Autoreihen entlang. Dramatisch hallten seine Schritte durch die Tiefgarage. In der Hosentasche umklammerten seine zitternden Finger den Packen Hunderter, den Santo ihm gegeben hatte. *Nicht in Panik geraten. Bloß nicht in Panik geraten!*

Vor ihm lag die Betonrampe, die zu der fast ein Stockwerk höher gelegenen Ausfahrt auf die Canal Street führte. Als Sal leicht vorgebeugt die Rampe in Richtung Ausfahrt hinaufstapfte, wurden der Lärm des oben vorbeirollenden Festzugs lauter und lauter. Der Spielmannszug schmetterte ein blechernes, schmissiges Arrangement von »Funkytown«. Gedämpfte Freudenschreie drangen die Rampe herab und waren kaum von Wutschreien zu unterscheiden.

Dort draußen könnten Little Johnnys Leute lauern, dachte Sal, während der Festzugslärm näher und näher rückte. *Er ist bestimmt nicht allein hergekommen. Little Johnny geht nirgends allein hin. Al Castiglia ist wegen seines Gewinns nervös geworden und ein paar Stunden früher im Sporting Life aufgekreuzt; irgend jemand hat Little Johnny angerufen, der rausgekriegt hat, was gelaufen ist, und jetzt ist das Hotel vermutlich von zwanzig Kerlen umstellt, derweil er mit Dago Red auf dem Weg ins Penthouse ist.*

Sal zögerte auf halber Höhe der Rampe. Aus diesem Blickwinkel sah er über sich einen Teil der Karnevalswagen vor dem nebelverhangenen dunklen Himmel vorbeiziehen. Männer in feuchten Goldlamékostümen und mit wasserfestem Make-up warfen wertlosen Tand in die Menge. Sal war starr vor Entsetzen. Die Angst nagte an seinen Eingeweiden wie Ratten an einem Toten. Am liebsten wäre er umgekehrt – aber wohin? In der Hotelhalle warteten Dago Red und Little Johnny auf ihn. Jesus, wenn er nur umkehren und die Zeit bis heute morgen, gestern, letzte Woche zurückdrehen könnte! Wenn er nur zu wetten aufgehört hätte, solange er...

»D'Amore!« brüllte eine Stimme hinter ihm. »Hey, du Arschloch!«

Sal spürte, wie sein Schließmuskel sich verkrampfte und sein Puls zu jagen begann. Er drehte sich um und sah Nicky und Junior Venezia unter sich in der Tiefgarage. Nicky griff unter seine Giorgio-Armani-Jacke und zog eine Pistole.

Sal fuhr herum und hetzte die letzten Meter der ansteigenden Rampe hinauf.

»Hey, Arschloch!« hörte er Nicky brüllen. Und als er eben die Straße erreichte, hörte er zwei Schüsse fallen und spürte, wie ein Betonsplitter sein Bein traf. Dann war er draußen in der kalten Luft und hastete den Gehsteig entlang durch die Zuschauermassen des Umzugs. Sal drängte sich in verzweifelter Hast drückend und schiebend und stoßend durch die Menge, und ein großgewachsener Teenager, der sein Mädchen auf die Schultern genommen hatte, verlor dabei das Gleichgewicht und ging mitsamt seinem kreischenden Mädchen zu Boden, und die Menschenmenge wogte vor Sal zurück, und als er sich umsah, erkannte er einen halben Block hinter sich Nicky Venezia, der eben aus der Tiefgarage des King Louis auftauchte.

Nicky sah Sal, und Sal sah Nicky, und selbst aus dieser Entfernung war die kalte Wut im Blick von Little Johnnys Sohn unverkennbar, und Sal befreite sich in verzweifelter Hast aus der Menge und lief gegen den Festzug am Hotel entlang; die vorbeimarschierende Kapelle war eine dieser schwarzen Elitebands von irgendeiner High-School in der Innenstadt, und die Musiker warfen die Beine hoch, legten Tanzschritte ein und führten mit ihren Trompeten und Posaunen komplizierte Rap-Figuren vor; die Cheerleader warfen ihre Stäbe hoch in den wolkenverhangenen Himmel und machten sechs oder sieben Club-MTV-Tanzschritte, bevor sie lässig die Hand ausstreckten und die herabfallenden Stäbe wieder auffingen; und Sal hörte Nicky hinter sich brüllen: »Ich krieg' dich, Arschloch! Ich krieg' dich!«, und Sal drehte sich um und sah, wie Nicky sich rücksichtslos seinen Weg durch die Menge bahnte.

Der bringt dich um! Der bringt dich um! dachte Sal hysterisch und tauchte in der dichtgedrängten Menge unter. »Hey, paß auf, Idiot!« beschwerte sich irgend jemand, und andere Stimmen riefen: »Nicht vordrängeln!« und »Was soll der Scheiß?« während er sich durch die Zuschauerreihen schob, und dann hatte er das Absperrseil erreicht, an dem zwei Cops in gelben Regenmänteln mit dem Rücken zum Karnevalszug standen, besorgt die Menge beobachteten und den Grund für die Störung zu erkennen versuchten, die sich am Rande des Mobs wellenförmig fortpflanzte. Sal schlüpfte unter dem Seil durch, und als er sich auf der anderen Seite aufrichtete, klatschte die Pranke eines der Polizeibeamten auf seine Schulter herab.

»Wohin so eilig?« Der stämmige Bursche mußte schreien, um die Trommelwirbel der Band dicht neben ihnen zu übertönen, die mitsamt dem Rest der Mardi-Gras-Parade zu einem der unerklärlichen Stillstände gekommen war, unter denen Festzüge in aller Welt zu leiden haben. Kids in *Music-Man*-Jacken traten auf der Stelle. Die Hand des Cops umklammerte Sals Schulter wie ein Schraubstock. Mißtrauisch beäugte er den zerzausten kleinen Mann im Smoking.

»Ich... ich muß zur Arbeit, Mann!« antwortete Sal ebenso laut. Im allgemeinen drückte die Polizei bei Leuten aus der Tourismusindustrie eher ein Auge zu.

»Wo arbeiten Sie?« fragte der andere Cop. Er war ein tiefschwarzer Mann mit breitem Gesicht und Hängebacken.

Sal blickte sich sorgenvoll um. Nicky Venezia war nicht zu sehen, aber durch die dichten Reihen der Zuschauer lief eine Welle wie das Kielwasser einer Haifischflosse. »Äh... im King Louis.« Sal wandte sich wieder den beiden Cops zu. »Ich weiß, daß die Straße wegen des Festzugs gesperrt sind...« Die Lüge kam wie von selbst über seine Lippen. »... aber ich bin meinen Job los, wenn ich wieder zu spät komme.«

Der weiße Cop starrte ihn kurz an; dann zeigte er auf das Gebäude hinter Sal. »*Das* ist das King Louis«, blaffte er ihn an. »Wissen Sie wirklich, wo Sie hinwollen?« Sein Griff wurde noch fester. Sal verrenkte erneut den Hals, um die Menge hinter sich zu beobachten.

»Ist was, Sir?« brüllte der schwarze Cop, und genau in diesem Augenblick kam die marschierende Band mit einem letzten Aufstampfen zum Stehen und verstummte, so daß die Stimme des Polizeibeamten in der plötzlichen Stille hallte.

»Hören Sie«, sagte Sal rasch, »ich bin wohl ein bißchen durcheinander geraten. Ich muß in die andere Richtung zurück. Vielen Dank auch, Mann.« Er versuchte, wieder unter dem Seil hindurchzuschlüpfen, aber der weiße Cop hielt ihn fest und riß ihn zurück.

»Ihr Name, Mister?« erkundigte er sich und zog Sal näher zu sich heran.

Das war nicht gut. Das war überhaupt nicht gut. Nicky oder Junior oder Little Johnny oder irgend jemand aus der Familie Venezia brauchte zu diesen Kerlen nur *Spring!* zu sagen, und sie würden bloß fragen *Wie hoch?* So fest hatte Little Johnny die hiesige Polizei im Griff. Scheiße, diese Cops würden ihn glatt vor Little Johnnys Haustür *abliefern*.

»Hey, kommen Sie schon.« Sal rang sich ein Lachen ab, während er ängstlich das Gedränge hinter sich absuchte. *Verdammt noch mal, wo steckt Nicky Venezia?* Sal blickte wieder zu dem Cop auf. »Das kostet mich meinen Job, Mann.«

Der große Cop beäugte ihn mißtrauisch. »Keine Ausflüchte!« Sein Griff fühlte sich wie Handschellen an. »Ich hab' Sie nach Ihrem Namen gefragt.«

Jesus Christus! Sal konnte nicht mehr klar denken. *Jesus Christus! Wo ist Nicky Venezia?* Der Hysterie nahe blickte er sich um und entdeckte Nicky Venezia, der sich keine zehn Meter von ihm entfernt durch die Menge drängte. Nicky durchbohrte ihn mit einem kalten Killerblick aus seinen mandelförmigen Augen und stieß dann einen Mann und seine kleine Tochter brutal aus dem Weg. *Jesus Christus!* Sal drehte sich wieder nach dem großen Cop im Regenmantel um, starrte ihn einen Herzschlag lang an und versuchte im nächsten Augenblick, sich mit aller Kraft aus seinem Klammergriff loszureißen. Aber der Polizeibeamte reagierte lediglich damit, daß er seinen Gefangenen noch fester packte.

»Hey, Arschloch!« knurrte der Cop und griff nach dem an seinem Gürtel baumelnden Gummiknüppel.

Jetzt ist's aus. Einfach so. Es ist vorbei, und ich bin ein toter Mann.

Sal stand als hilfloser Gefangener da, und während Nicky Venezia durch die Menge auf ihn zuwatete und der Cop den Gummiknüppel aus der Halterung an seinem Gürtel zog, dachte er plötzlich: *Wie sie mich wohl umbringen werden mein Gott hoffentlich tut's nicht allzu weh heilige Muttergottes ich will nicht sterben o mein Gott o mein Gott o mein Gott…*

Und dann passierten drei Dinge sehr rasch nacheinander.

Erstens: Der Tambourmajor der noch immer wartenden Band, ein sehr großer, magerer Junge unter einer lächerlich prunkvollen Kosakenmütze, der sich nach den Musikern umgedreht und seinen Taktstock hochgehalten hatte, damit die gesamte Band sich darauf konzentrieren konnte, riß seinen langen Stab mit choreographiertem Elan nach unten, und die genau hinter den beiden Cops aufgereihten sieben Trommler schlugen mit ihrer ganzen jugendlichen Kraft den abrupt knallenden ersten Ton des nächsten Marsches an, in den schmetternde Trompeten und Posaunen, Becken und große Trommeln einfielen.

Der große Cop in dem gelben Regenmantel fuhr bei dem unerwarteten Knall zusammen, duckte sich und ließ Sals Schulter los, während seine Hand instinktiv nach seinem Revolverhalfter griff.

Zweitens und fast gleichzeitig sah der aufgebrachte Vater des erschrocken heulenden kleinen Mädchens, das Sekunden zuvor von Nicky Venezia beiseite gestoßen worden war, wie Junior Venezia sich im Kielwasser seines Cousins hastig seinen Weg durch die Menge bahnte. Er fuhr herum und schlug Junior mit aller Kraft ins Gesicht. Junior, den durch die wilde Menschenjagd eine blutrünstige Erregung befallen hatte und der außerdem ein Mann war, der schon einmal einen Gegner, welcher ihn zunächst niedergeschlagen hatte, in blinder Wut angefallen und totgetrampelt hatte, machte halt, schüttelte sich und stürzte sich wie ein Kampfstier auf den Angreifer. Der Mann schrie auf, als Junior ihm ein Knie in den Unterleib rammte, und seine Tochter, die jetzt mit einem komplizierten Beinbruch unter ihrem Vater lag, schrie mit ihm. Die Menge schwappte wie Treibgut vom Tatort zurück. Die Menschen flüchteten kreischend vor Junior Venezia, der in berserkerhafter Wut versuchte, sein Opfer auf möglichst schmerzhafte Weise umzubringen.

Die Cops, die Sal auf der Straße festhielten und noch immer nicht ganz erfaßt hatten, was unmittelbar hinter ihnen geschehen war, nachdem die Band wieder zu spielen angefangen hatte, merkten jetzt, daß sich in dem ihnen zugewiesenen Bereich etwas sehr Unerfreuliches abspielte. Ihr Interesse an Sal verflog, während ihre Hände die Schnappverschlüsse ihrer Revolverhalfter aufrissen und ihre Augen die wogenden Massen absuchten.

Sal nutzte diese Gelegenheit, um sich rasch und unauffällig

außerhalb der Absperrung zu entfernen. Als er sich noch einmal umdrehte, sah er Nicky Venezia etwa auf gleicher Höhe hinter dem Absperrseil, wo er sich mit Brachialgewalt seine Bahn durch die erschrockenen Feiernden brach. Er rief Sal etwas zu, was im Lärm der marschierenden Band unterging, streckte eine Hand aus und berührte mit den Fingern bereits den Ärmel von Sals Smokingjacke. Sal schrie entsetzt auf – und nun passierte das dritte Ereignis.

Der Nachthimmel öffnete sich wie ein aufgeschlitzter Menschenbauch, und sintflutartig prasselte Regen herab.

Der Wolkenbruch kam so unerwartet, daß die vielen tausend Zuschauer, die sich in diesem Block der Canal Street drängten, bis auf die Haut durchnäßt waren, bevor sie recht wußten, was geschehen war.

Die Musiker des Spielmannszuges begriffen sofort, daß keine Hoffnung bestand weiterzuspielen. Ihre Musik brach mißtönend ab, und sie liefen nach allen Richtungen auseinander, wobei sie versuchten, die Instrumente unter ihren Uniformjacken zu schützen.

Der Wolkenbruch prasselte mit solcher Gewalt auf die Karnevalswagen herunter, daß ein Transvestit aus der Besatzung des nächsten Wagens vom Rücken eines riesigen Pappmaché-Schwans gespült wurde und kreischend in den flüchtenden Strom der Feiernden stürzte. In diesem Augenblick brach der fünfzehn Meter hohe, graziös gebogene Schwanenhals, der sich in diesen wenigen Sekunden bereits voll Wasser gesogen hatte, unter seinem eigenen Gewicht zusammen und riß einen Fackelträger um, worauf brennendes Benzin über die Fahrbahn floß. Sofort begannen die Leute zu schreien und rücksichtslos auseinanderzulaufen.

Die von der menschlichen Flutwelle davongeschwemmten beiden Cops in den gelben Regenmänteln drehten durch und begannen, mit ihren Gummiknüppeln um sich zu schlagen. Jemand, der noch eine alte Rechnung zu begleichen hatte, nutzte die Gelegenheit, um dem großen weißen Cop ein Taschenmesser mit drei Zoll langer Klinge durch den Regenmantel in den Rücken zu stoßen. Als der Verletzte »Partner! Partner!« rief, zog der schwarze Cop seine 38er Special, die ihm jedoch sofort von einem herabfallenden Teil des auseinanderbrechenden Schwans aus der Hand geschlagen wurde. Beim Aufprall auf die Straße ging der Revolver los, und die

Kugel zerschmetterte das Schienbein eines 18jährigen Studenten der Tulane University, der an diesem Abend hatte daheimbleiben wollen, um für die Zoologieprüfung für Erstsemester zu lernen.

Der Schuß steigerte die Panik der Menge zur Massenhysterie, und auf der Straße herrschte ein chaotisches Durcheinander von Wahnsinnigen, die um ihr Leben liefen.

Und dann begann es, noch stärker zu regnen.

Sal fand sich von einem wogenden Menschenmeer fortgetragen. Seine Füße verloren den Kontakt zur Straße, und seine Rippen bekamen von Püffen und Stößen blaue Flecken.

Sal wurde hierhin geschoben und dorthin gedrängt, bis er Brust an Brust gegen einen Mann gepreßt wurde, dem das regennasse Haar tief ins Gesicht hing und dessen mit Wasser vollgesogenes Seidenjackett Sal nur allzu vertraut erschien. Nicky Venezia, dessen Arme vom hin und her wogenden Mob fest an seinen Körper gepreßt wurden, starrte in Sals zum Greifen nahes Gesicht hinab und schrie ihn wütend und frustriert an: »Du verdammtes kleines Arsch ...« In der nächsten Sekunde wurde Nicky vom Schwung der Menge fortgerissen und drehte und wand sich verzweifelt, um Sal nicht aus den Augen zu verlieren.

Und dann rutschte der bereits demolierte Schwan aus Pappmaché wie ein waidwundes prähistorisches Ungeheuer vollends vom Wagen, stürzte in die Menge, schüttelte seine entsetzten Reiter wie Glitzerpuppen ab und begrub mehrere Menschen unter seinem mit Wasser vollgesogenen Leib. Der Mob wich von dem zusammenbrechenden Festwagen zurück, und der Teil der Menschenflut, von der Sal mitgerissen wurde, sprengte das Absperrseil und ergoß sich wie durch einen Trichter in die Seitenstraßen. Der Druck von Menschenleibern ließ plötzlich nach, und Sal fand sich in einer Horde von Menschen wieder, die wie flüchtende Diebe die regennasse Royal Street entlanghetzten, um dem Gedränge zu entkommen.

Aus der Gegenrichtung rasten Streifenwagen mit eingeschalteten Blinklichtern und heulenden Sirenen an den Ort der Katastrophe. Im nächsten Augenblick tauchte ein Dutzend berittener Polizisten wie eine gespenstische Kavallerie aus dem Regen auf und galoppierte durch das Rudel von flüchtenden Menschen. Sal patschte Block für Block durch die Sintflut. Die anderen Flüchtenden blieben allmählich zurück, klammerten sich an Laternenpfähle und drängten sich unter Markisen zusammen, von denen Regenwasser in Sturzbächen strömte. Aber für Sal gab es keinen Gedanken an eine Atempause, bevor er sich nicht in Sicherheit befand, wo immer das sein mochte.

Instinktiv und atemlos hetzte er weiter. Unglaublicherweise war er noch am Leben. Seine Kleidung war längst völlig durchnäßt; er hätte genausogut nackt sein können, so wenig schützte sie ihn noch. Seine Schuhe quatschten vor Regenwasser, und als unerwartet ein Blitz über die Dächer zuckte und die vom Himmel stürzenden Wassermassen erhellte, stolperte er, verlor im knöcheltiefen Wasser des Rinnsteins das Gleichgewicht und landete schmerzhaft auf dem Rücken.

Für einen kurzen Augenblick gab er sich einer Art Bewußtlosigkeit hin, und als er wieder zu sich kam, lag er im Regen auf dem Rücken, während Donnerschläge wie von einer Riesentrommel über das French Quarter hinwegpolterten. Der eiskalte Regen brannte auf seiner Haut und floß ihm in Mund und Nasenlöcher, als versuche er ebenfalls, ihn umzubringen. Er wälzte sich unter Schmerzen langsam zur Seite und kam mühsam auf die Beine. Er lehnte sich an eine Hauswand und sah sich um. Völlig desorientiert, wußte er nicht mehr, wo er war, hatte keine Ahnung, wie er hergekommen war. Die Sintflut hatte die Royal Street in eine fremde Welt verwandelt.

Sal stolperte in die Straßenmitte, blickte mit zusammengekniffenen Augen durch den Regen, drehte sich dann um und versuchte, in der Gegenrichtung etwas auszumachen. Als er wieder in die ursprüngliche Richtung sah, erhellte ein weiterer Blitzstrahl die Regennacht und zeigte ihm einen Mann, der einen Block entfernt auf der Straße stand. Und durch die bläulichweiß angestrahlten Regenschleier hindurch erkannte er Nicky Venezia, der mit seiner Waffe auf ihn zielte, und im nächsten Augenblick zersplitterte irgendwo hinter ihm eine Glasscheibe, und *dann* folgte das metallische Krachen der halbautomatischen 45er, und Sal rannte wieder los und rutschte mit herzzerreißender Komik auf dem nassen Gehsteig aus, als er um die nächste Ecke bog und die Straßenlaterne neben sich zersplittern hörte.

Wie ein gehetztes Tier keuchend, riß er sich die rutschigen Schuhe herunter, und seine vor Kälte starren Füße ließen das Regenwasser hüfthoch aufspritzen, als er die Straße entlang weiterpatschte. Hinter sich glaubte er einen Schrei zu hören, dem rasch zwei weitere Schüsse folgten. Der brausende Regen dämpfte das Kreischen einer Frau, und danach hörte er, wie ein Fenster zugeschlagen wurde. Er watete um eine weitere Ecke und begann in seiner Verzweiflung, nacheinander an allen schmiedeeisernen Toren und hölzernen Haustüren zu rütteln, die die Straße säumten. Wieder grollte tiefer Donner durch den Nachthimmel, und Sal rüttelte an versperrten Türen und Toren, indem er »Aufmachen! Aufmachen!« schrie.

Dann trat er einen Schritt zurück, duckte sich und versuchte, einen hohen schmiedeeisernen Zaun zu erklimmen. Seine Hände rutschten an dem nassen Eisen ab, und er krachte auf den Gehsteig. Aber sofort war er wieder auf den Beinen und nahm erneut Anlauf. Diesmal fand er Halt, und zog sich mit gequältem Stöhnen zu den scharfen Eisenspitzen hoch.

Er schwang ein Bein über die Eisenspitzen, die sich wie Messer in sein Fleisch gruben. Er umfaßte eine der Spitzen mit beiden Händen und wollte sich vorsichtig darüber stemmen, als ein weiterer Schuß krachte und als Querschläger vom Zaun abprallte. Sal versuchte, sich über die Spitzen zu werfen, aber sein linkes Bein wurde aufgespießt, und als er sich über den Zaun wälzte, hörte er das widerliche Geräusch, mit dem Stoff und Haut rissen.

Sal fiel mit dem Kopf voraus in den Durchgang hinter dem schmiedeeisernen Ziergitter und konnte die Wucht des Sturzes nur teilweise mit den Armen abfangen. Er kam schwankend auf die Beine und taumelte augenblicklich weiter. Er wußte, er war schwer verletzt, aber Sal D'Amore empfand jetzt keinen Schmerz mehr.

Der Durchgang führte nach hinten in einen regennassen, für New Orleans typischen Innenhof, der durch den Vorsprung eines benachbarten Wohnhauses halb überdacht war. Der Vorsprung bot Schutz vor dem Regen, der von den Giebeln und Traufen in Kaskaden herabstürzte. Sobald Sal außer Sichtweite war, lehnte er sich mit dem Rücken an die Hauswand und atmete keuchend die feuchtkalte Luft ein. Er begann sofort, vor Nässe und Eiseskälte und herzzerreißendem Entsetzen zu zittern.

Dann war plötzlich ein Scheppern zu hören, als jemand das schmiedeeiserne Zauntor mit Fußtritten bearbeitete, und Nicky Venezias tierisches Gebrüll hallte von der Straße bis in den Innenhof. »*Ich bring' dich um,* Sal, du Arschloch!« Im nächsten Augenblick krachten rasch hintereinander mehrere Schüsse.

Sal stieß sich von der Mauer ab und zog sich eine schmale Treppe hinauf. Sein Bein fing bereits an zu pochen. Während er sich in den zweiten Stock hinaufschleppte, konnte er hören, wie alle Bewohner der am Innenhof gelegenen Wohnungen ihre Sperrketten vorlegten und ihre Fensterläden zuknallten. Nicky bearbeitete das Zauntor weiter mit den Füßen und kreischte dabei: »Sal, du Arschloch!«

Auf dem Treppenabsatz im zweiten Stock erkletterte Sal mühsam die Brüstung und blickte durch den Regen auf das Dach des benachbarten Hauses. Er kannte diese Innenhöfe im French Quarter. In vielen solcher Wohnungen hatte er Dope geraucht und Frauen gebumst. Aber auch Nicky Venezia kannte diese Häuser. Er hatte dort geraubt und gemordet.

Sal stand im Regen schwankend auf der Mauerbrüstung, bevor er mit einem Satz über den schmalen Spalt auf das Flachdach des nächsten Gebäudes sprang. Er taumelte übers Dach, watete durch riesige Pfützen und rutschte dann die hintere Dachrinne des Gebäudes hinunter auf das schräge Ziegeldach des verwunschenen alten Hauses direkt dahinter. Er konnte Nicky nicht mehr brüllen hören. Das war das Schöne an diesem Labyrinth aus alten Gassen und Höfen im French Quarter.

Sal krabbelte das schräge Dach hinunter, schlang den linken Arm um ein weiteres schmiedeeisernes Ziergitter – diesmal das Balkongitter des alten Nachbarhauses – und schwang sich wie ein Affe auf den schmalen, langgestreckten Balkon im ersten Stock. Diesen Balkon teilten sich zwei oder drei Luxuswohnungen, die meistens leerstanden, weil Mieter immer behaupteten, dort spuke es nachts. Vor Gespenstern fürchtete Sal sich am *allerwenigsten,* als er jetzt an den Griffen der Balkontüren rüttelte.

Die Türen wollten sich nicht öffnen lassen. Auf dem Balkon standen große Korbstühle zu beiden Seiten eines niedrigen Metalltischchens. Vom Rauschen des Regens gedeckt, zertrümmerte Sal so leise und vorsichtig wie möglich die Glasscheibe einer Balkontür und griff hinter die Satinvorhänge, um die Tür von innen zu öffnen. Als er den dunklen Raum betrat, erwartete er halb, von einer erschrockenen, mit einem Revolver bewaffneten alten Dame erschossen zu werden, aber dann nahm er in der eiskalten Dunkelheit wahr, daß es hier keine Möbel gab, Gott sei's gedankt. Die Gespenster hatten wieder einmal die Mieter vertrieben.

Einige Sekunden später, als sich seine Augen an die Dunkelheit gewöhnt hatten und er seine Umgebung in Umrissen erkannte, durchquerte Sal unter Schmerzen den finsteren Raum, humpelte in die Diele hinaus und polterte die breite Haupttreppe hinunter. Er lehnte sich an die Wand und untersuchte sein verletztes Bein im Licht der Straßenlaterne, das durch das bunte Glasfenster über der Haustür hereinfiel. Die Eisenspitze hatte seine Haut wie ein Messer aufgeschlitzt. Sein Fuß war dunkel vor Blut. Sal zitterte heftig, während er von seinem klatschnassen Smokinghemd einen Stoffstreifen abriß und sein Bein damit notdürftig verband.

Er drehte den Messingknauf nach links und öffnete langsam die massive Haustür. Ein Windstoß trieb ihm eisigen Regen ins Gesicht. Der Regen hatte nicht im geringsten nachgelassen. Eher war er noch heftiger geworden. *Wo ist Nicky?* Und dann hörte Sal ganz in seiner Nähe eine Stimme.

»Wenn sie immer so säuft wie heute…«

»Aubrey, verdammt noch mal!«

Sal beugte sich hinaus. Auf dem schmalen trockenen Streifen unter dem vorspringenden Balkon des Nachbarhauses parkte eine schwarze Mercedes-Limousine auf dem Gehsteig. In dem aus der offenen Haustür fallenden Lichtkegel stützte eine junge Blondine, die einen Brokatumhang über ihrem tiefdekolletierten Ballkleid aus der Zeit vor dem Bürgerkrieg trug, eine als Cancantänzerin kostümierte andere Frau. Die Tänzerin war stockbesoffen.

»Verdammt noch mal, laß sie einfach stehen!« verlangte der Südstaatengeneral, der an der Beifahrertür des Mercedes eben noch im Trockenen stand.

»Sie ist meine Schwester!« rief die Blondine aufgebracht. Die Cancantänzerin hickste, als müsse sie sich gleich übergeben, bekam weiche Knie und sackte kraftlos zusammen. Die Südstaatenschöne hatte alle Mühe, ihre Schwester auf den Beinen zu halten.

»Hilf mir bloß, sie nach oben zu schaffen. Danach kannst du dich meinetwegen zum Teufel scheren!«

Der General packte den anderen Arm der Cancantänzerin und legte ihn sich über die Schulter. »Du brauchst *mir* nicht böse zu sein, Marjorie. Ich bin nicht derjenige, der ...«

»Sie ist meine verdammte Schwester!« hörte Sal die Schöne fauchen, während das Trio in dem Lichtschein verschwand, der aus der Eingangshalle des nächsten Gebäudes fiel. Danach war nur noch das Rauschen des wolkenbruchartigen Regens zu hören. Wieder zuckten Blitze herab, und Sal sah aus dem Auspuff des Mercedes leichte Abgasschwaden wie Atemwolken aufsteigen.

Sal rutschte übers weiche Leder des rechten Schalensitzes und setzte sich ans Steuer. Das Wageninnere roch nach Parfüm und Whiskey. Er merkte, daß er die Beifahrertür nicht hinter sich zugemacht hatte. Als er sich hinüberbeugte, um den Türgriff zu erreichen, sah er die grauen Beine des Generals die beleuchtete Treppe herunterkommen.

Er knallte die Tür zu, richtete sich am Steuer auf, stellte das Automatikgetriebe auf D und trat das Gaspedal durch. Die große Limousine schoß mit aufheulendem Motor unter dem Balkon hervor über den Gehsteig, und dann ergossen sich Sturzbäche über die Windschutzscheibe und trommelten aufs Wagendach. Sal, der in verzweifelter Hast nach dem Wischerschalter suchte, glaubte hinter sich einen Schrei zu hören, der aber im Rauschen des Regens unterging. Schließlich drehte er an irgend etwas, das die Scheibenwischer in Gang setzte, und konnte jetzt die regennasse Straße vorbeiflitzen sehen.

Sal stieg aufs Bremspedal, und die Limousine schien sanft gleitend zum Stehen zu kommen, und dann rannte Nicky Venezia, den ein weiterer Blitz schlagartig beleuchtete, mit schußbereiter Pistole vor dem Wagen her und hielt nach allen Richtungen Ausschau, ohne jedoch den Mercedesfahrer zu beachten; Sal fuhr bei Grün an, ließ den Wagen langsam über die Kreuzung rollen, schickte ein Stoßgebet gen Himmel, daß der Motor in dem bis über die Radkappen reichenden Wasser nicht absoff, und steuerte die nach Norden führende Interstate an.

BUCH II

Neapel – 1919

Giovanni Gemelli wurde an einem schwülen Augustnachmittag im Jahre des Herrn 1919 in dem hügeligen neapolitanischen Vorort Posilipo geboren. Er war der erste Sohn eines kleinen Schuhfabrikanten und dessen kränkelnder Frau. Außer Giovanni gab es zwei ältere Schwestern, und zwei jüngere Brüder folgten rasch. Als erster Sohn und ältester Bruder war Giovanni der Liebling seiner Eltern und seiner Geschwister. Ein lebhafter, aufgeweckter, hübscher kleiner Junge mit schwarzen Locken und großen dunklen Augen.

In den zwanziger Jahren florierte der Betrieb der Familie Gemelli wie nie zuvor. Signore Gemelli unterhielt einen eleganten Laden in der Via Toledo, in dem reiche Kunden aus der Via Orazio und der Via Caracciolo einkauften. Außer den glänzenden Stiefeln und geschmeidigen Schuhen, mit denen sein Schaufenster kunstvoll dekoriert war, verkaufte Signore Gemelli auch Gürtel, Handschuhe, Brieftaschen, Geldbörsen und Handtaschen aus eigener Herstellung. In ganz Neapel fand man keine besseren Lederwaren als die Artikel mit einem ornamentalen G, dem Warenzeichen Gemellis.

Im Laden war ständig Betrieb, und Signore Gemelli wurde immer reicher. Sogar als die Weltwirtschaftskrise von Amerika ausgehend im Jahre 1931 auch Europa erfaßte, machte Gemelli weiterhin gute Geschäfte. Von den *Fascisti,* denen er sich frühzeitig angeschlossen hatte, forderte er Gefälligkeiten ein: Militäraufträge über Satteltaschen, Reitstiefel und Patronengürtel. Das Haus Gemelli behauptete sich auch in diesen schwierigen Zeiten.

An einem schönen Septembersonntag des Jahres 1932 kletterte der junge Giovanni Gemelli, der den Nachbarstöchtern imponieren wollte, aufs Fensterbrett seines Zimmers und sprang mit einem großen Satz in die schwankenden Äste eines in der Nähe stehenden

Olivenbaums. Er quittierte das Klatschen der Mädchen triumphierend lachend mit einer Verbeugung, verlor das Gleichgewicht und stürzte kopfüber in den gepflasterten Hof. Bei diesem Sturz brach er sich das Rückgrat, die Hüften und beide Knöchel.

Signore Gemelli scheute keine Ausgaben bei seinen Bemühungen, den zerschmetterten Körper seines Lieblingssohns wiederherstellen zu lassen. Der Junge wurde von den besten Ärzten der Stadt behandelt. Knochenspezialisten reisten selbst aus Rom und Wien an. Giovanni lag über ein Jahr lang in einem Gipsbett. Erst nach einem weiteren halben Jahr konnte der Junge wieder ohne Krücke herumhumpeln. Aber er wuchs keinen Zentimeter mehr und behielt diesen unbeholfen torkelnden Gang. Sein Körper wurde auf grobschlächtige Weise stämmig; sogar seine Gesichtszüge schienen breit und ausdruckslos zu werden.

Der Unfall und seine Folgen dämpften das Lachen, das früher das geräumige Haus der Gemellis erfüllt hatte. Die deutlichste Wirkung zeigte sich bei Signore Gemelli. Der Unfall seines hübschen Sohnes brach ihm das Herz. Während Giovannis langwieriger Genesung wachte sein Vater jede Nacht an seinem Bett, und als Giovanni dann wieder laufen – eher hinken – konnte, schickte Signore Gemelli ihn nicht mehr in die Schule, wo er den grausamen Hänseleien seiner Mitschüler ausgesetzt gewesen wäre, sondern nahm den Invaliden mit in den Betrieb. Jeden Morgen, wenn seine Schwestern kichernd in die Klosterschule aufbrachen und seine Brüder – die beide über 1,80 groß werden würden – in die Kadettenanstalt fuhren, begleitete der zwergenwüchsige, invalide Gio seinen Vater in die Firma.

Im nun folgenden Jahrzehnt arbeitete Giovanni an der Seite seines Vaters, der ihn in alle Finessen des Ledergeschäfts einweihte; mit den Augen lernte er, wie man aus einem ganzen Stapel die besten, die geschmeidigsten Häute aussuchte; mit dem Kopf lernte er, wie man den Gerber auf den allerniedrigsten Preis herunterhandelte; mit den Händen lernte er, diese Häute einzuteilen und zuzuschneiden, zu formen, zu gestalten und zu verarbeiten, bis die weichsten Handschuhe, die elegantesten Jacken entstanden; wieder mit dem Kopf, aber ebenso mit dem Herzen, lernte er, wie man der Kundschaft des Hauses Gemelli das Gefühl vermittelte, nicht nur einen Mantel oder ein Paar Stiefel, sondern ein edles Stück zeitgenössischer neapolitanischer Handwerkskunst erworben zu haben.

Zehn Jahre lang beugte Giovanni seinen krummen Rücken über die Werkbänke, Ladentische und Bücher der väterlichen Firma. Und in diesen Jahren mußte das Haus Gemelli ungewöhnlich viele Schicksalsschläge hinnehmen. Im Jahre 1935 erlag die wenig robuste Signora Gemelli einer Lungenentzündung, die sie sich bei einem Familienausflug ans Meer zugezogen hatte. Caterina, die älteste Tochter, tat ihr Bestes, um den Platz ihrer Mutter einzunehmen, aber sie konnte ihren Vater nicht trösten, als ihre kleine Schwester Angelina zwei Jahre später mit Bruno Serio, einem jungen Mann aus der Nachbarschaft, nach Brasilien durchbrannte. Signore Gemelli fand den hastig hingekritzelten Abschiedsbrief, als er aus dem Geschäft heimkam, und raste zum Hafen, wo er ihr Schiff gerade noch aus der Bucht auslaufen sah. Er stand da und schluchzte hemmungslos, während der verkrüppelte Giovanni ihm die Schulter tätschelte und Worte des Trostes flüsterte.

Nun war das Haus der Gemellis trist und unwohnlich wie ein Kindersarg, und Cagliori und Antonio, die beiden jüngeren Söhne, meldeten sich rasch freiwillig zum Militär und kamen in Äthiopien an die Front. Caterina, der das Schreckgespenst vor Augen stand, den Rest ihres Lebens für einen alten Mann und einen Krüppel putzen und kochen zu müssen, heiratete den ersten Mann, den sie im Bett dazu bringen konnte, ihr einen Antrag zu machen: einen 30 Jahre älteren, fetten, kleinen Bäcker. Sie zogen in die Nachbarstadt Portici, aber Caterina war das längst nicht weit genug weg. Sie setzte ihrem armen Mann so lange zu, bis er schließlich die Bäckerei verkaufte und mit ihr nach Nordamerika auswanderte, wo sich ihre Spur verlor.

Seither bewohnten das Haus nur noch Giovanni, sein Vater und eine lange Reihe wechselnder Haushälterinnen. Giovanni führte den Laden jetzt allein, und der Alte kam nur gelegentlich herunter, um so zu tun, als ob er die Bücher kontrolliere, bevor er sich rasch wieder in die vertraute Kälte seines leeren Hauses flüchtete.

Der Krieg brachte Giovanni noch mehr Arbeit. Speziell angefertigte Militärmäntel, punzierte Pistolenhalfter, glänzende Fernglasköcher für die schneidigen deutschen Offiziere, die jetzt durch die verwinkelten Gassen Neapels promenierten. Giovanni hinkte hastig umher, bediente von früh bis spät Kunden und humpelte dann heim zu seinem Vater, der am Fenster saß – übrigens an dem Fenster, aus dem Giovanni damals gesprungen war – und Stunde um Stunde blicklos auf die Stadt hinausstarrte. Jeden Abend bereitete Giovanni auf dem großen verzierten Kohleherd das Essen zu und trug dann die Pasta im Speisezimmer auf. Sein Vater und er saßen bei flackerndem Kerzenschein an dem langen, leeren Tisch, während aus dem Radio Opernübertragungen aus Rom, feurige Reden des *Duce* oder manchmal sogar Kriegsberichte aus London kamen.

Kriegsberichte.

Im Herbst 1943 schickte ihnen das Heer einen Leutnant ins Haus, der Signore Gemelli die traurige Nachricht zu überbringen hatte, daß seine beiden Söhne in Nordafrika gefallen waren. Der Alte starrte ihn nur an. Der Leutnant wiederholte seine Mitteilung, sah im Blick des Alten keine Andeutung von Verständnis, zuckte mit den Schultern und ging. Der Alte kehrte an seinen Platz am Fenster zurück.

Im Jahre 1943 erlebte Neapel vereinzelte Bombenangriffe. Der alte Mann und der Krüppel aßen weiterhin jeden Abend in dem großen dunklen Speisezimmer, und das Radio brachte weitere Kriegsberichte. Die Amerikaner waren in Sizilien gelandet. Die italienischen Truppen befanden sich überall auf dem Rückzug. Der *Duce* war ermordet worden.

Auf den Straßen von Neapel ließen Kommunisten, Sozialisten und Republikaner ihren lange aufgestauten Zorn aus und rächten sich an den Faschisten und ihren Anhängern. Läden wurden geplündert, deren Inhaber mißhandelt. Die Firma Gemelli wurde ausgeraubt und in Brand gesteckt. Als eine Meute grölender Menschen sich vor ihrem Haus versammelte, führte Giovanni den wimmernden Alten in den Keller hinunter, verbarrikadierte die Tür mit einem langen Balken und hielt die Luger, die er einem deutschen Soldaten abgekauft hatte, schußbereit. Durch die Kellerdecke war zu hören, wie im Haus über ihnen Glas zersplitterte und Möbel zertrümmert wurden, wobei Gelächter und Wutschreie sich mischten. Einige Stunden später verließ der Mob das Haus. Giovanni hielt seinen Vater fest an sich gedrückt, und die beiden fanden endlich Schlaf.

Die beiden lebten fast drei Jahre im Keller. Auch dann noch, als ein Oberst der amerikanischen Besatzungstruppen ihr altes Haus für sich beschlagnahmte. Giovanni ging jeden Tag los und organisierte Brot, Käse und vielleicht eine Flasche Wein für seinen Vater. Etwas Geld verdiente er sich, indem er für die Nachbarn Ledersachen reparierte und Schuhe flickte. Amerikanische Soldaten, die ihn für viel jünger hielten und wegen seiner Behinderung Mitleid mit ihm hatten, schenkten ihm Schokolade und Zigaretten.

Ende September 1946 erreichte sie ein Brief aus Brasilien, von Angelina und ihrem Mann. Giovanni weinte, während er dem Alten vorlas, daß seine Tochter ihren Vater und ihren Bruder zu sich in ihr bescheidenes Heim in Rio de Janeiro einlud. Die Einreiseerlaubnis lag vor, die Überfahrt war bezahlt, die Visa waren erteilt. Giovanni führte lachend einen unbeholfenen kleinen Freudentanz auf. Sein Vater kratzte sich zwischen den Beinen.

An einem trüben, kalten Novembertag verließen sie den Golf von Neapel im rostfleckigen Rumpf eines Frachters, der in den engen, schlecht belüfteten Räumen des Zwischendecks Passagiere wie lebende Frachtstücke beförderte. Als der Schiffsdiesel stampfend zu arbeiten begann, wimmerte der Alte angstvoll und klammerte sich an seinen Sohn. Ihre ganze Habe trugen sie in einer verknoteten, zerschlissenen amerikanischen Militärdecke: zwei Hemden, zwei Hosen, ein ausgefranster Pullover, ein schwerer Eisenkessel und eine emaillierte Teekanne. Und Giovanni trug um die Taille ein Stück Qualitätsarbeit aus dem Haus Gemelli: einen weichen, glänzenden, hochwertigen Geldgürtel mit fast drei Pfund Barrengold. Giovanni hatte die Gewinne des Lederwarengeschäfts jahrelang heimlich in Hundertgrammbarren angelegt und diesen Schatz im Keller seines Vaters vergraben. Der Geldgürtel aus Kalbsleder, den er jetzt trug, war das letzte Stück aus eigener Herstellung, das die beiden noch besaßen. Selbst ihre Hosen wurden nur von Stricken im Bund zusammengehalten.

Nach ihrer Flucht in den Keller hatte Giovanni ihre niedrige Bettstatt über der unscheinbaren Erhebung aufgeschlagen, unter der sich der sorgfältig in Wachstuch eingeschlagene Geldgürtel mit dem Gold verbarg. Während sie im Krieg und in der Nachkriegszeit jahrelang erbärmlich wie Ratten in ihrem Keller gehaust hatten, hatte er nie gewagt, diesen versteckten Schatz anzugreifen, weil er fürchtete, jemand könnte auf den hilflosen kleinen Krüppel aufmerksam werden, ihm nach Hause folgen und ihn berauben.

Mit Zwischenstopps in Palermo, Algier und Monrovia dauerte die Überfahrt nach Rio de Janeiro fast sechs Wochen. Am Neujahrstag 1947 ging der Frachter endlich in der Guanabara-Bucht vor Anker. Die Großstadt litt unter einer sommerlichen Hitzewelle, die typisch war für die Südhalbkugel, und als Giovanni seinen ins Licht blinzelnden Vater an Deck führte, klebte die stickige, schwülheiße Luft an ihren Körpern. Die smaragdgrünen Hügel Rios lagen vor ihnen ausgebreitet wie die Beine einer lässig hingestreckten Hure. Und sie rochen ganz ähnlich: nach Schweiß und Leidenschaft und Sekreten.

Am Fuß der Gangway wurden sie von Angelina und ihrem Mann erwartet, gemeinsam mit einem Geistlichen, der ihre Ankunft segnen sollte. Angelina weinte schluchzend, umarmte ihren Vater und ihren einzigen noch lebenden Bruder, bekreuzigte sich und weinte abermals. Ihr Ehemann Bruno Serio, ein stiller, dicklicher Mann mit furchtsamem Blick, hielt den Kopf gesenkt und wischte sich mit einem verknitterten Taschentuch den Schweiß von der Stirn. Der Geistliche segnete alle und lächelte gütig.

Dann fuhren sie in Bruno Serios breitem, klapprigem Chevrolet durch die schwülen, farbenprächtigen Straßen. Nach dem Karneval war Silvester das wichtigste Fest in Rio, und selbst an diesem Nachmittag torkelten noch einzelne Übernächtigte durch die Straßen. Angelina Serio zeigte ihnen angewidert die primitiven kleinen *Macumba*-Altäre, die Cariocas in der vergangenen Nacht errichtet hatten, damit sie ihnen im neuen Jahr Glück bringen sollten.

Die meisten italienischen Einwanderer in Brasilien ließen sich in der nicht allzuweit entfernten Großstadt São Paulo nieder, aber die Serios waren geblieben, wo sie an Land gegangen waren, und lebten in dem mittelständischen Viertel Botafogo. Bruno Serio besaß eine Metzgerei in der Rua Dona Marina und bewohnte mit seiner Familie drei kleine Stockwerke über dem Laden. In dem kühlen, halbdunklen Salon gleich oben an der Treppe begrüßten die drei rundlichen, gesunden, dunkeläugigen Kinder des Hauses höflich ihren Onkel und ihren Großvater.

Abends gab es ein Festmahl, für das Angelina all die neapolitanischen Spezialitäten kochte, die früher bei den Gemellis so beliebt gewesen waren: Pizza, Fusilli, gebratene *Calamari* und als Dessert einen süßen Schokoladepudding, der *Sanguinaccio* hieß. Giovanni aß und trank, bis ihm fast übel war, und selbst der alte Gemelli schien sich von der fröhlichen Stimmung dieses Abends anstecken zu lassen. Nach dem Essen spielte Angelina Klavier und sang mit Tränen in den Augen die alten Lieder, und Giovannis kleine Neffen beobachteten heimlich ihren seltsamen, entstellten Onkel, der kaum größer als sie selbst war.

Lange nach Mitternacht führte Angelina Giovanni in seine heiße Dachkammer. Er wartete, bis es im Haus ruhig geworden war; dann humpelte er leise die Treppe hinunter und den Flur entlang, bis er hinter einer der Türen seinen Vater wimmern hörte. Giovanni hielt die Hand des Alten, bis er eingeschlafen war.

Bruno Serio bot seinem verkrüppelten Schwager an, er könne bei ihm in der Metzgerei arbeiten, die frisch geschlachteten Tiere mit Wasser abspritzen und ihr Blut auf die Straße spülen. Giovanni lehnte mit aller gebotenen Höflichkeit ab, und Bruno Serio lächelte, ohne ihn dabei richtig anzusehen – genauso wie seine Kinder.

In einem geliehenen sauberen Hemd wagte Giovanni sich auf die Straßen Rios hinaus. Die Stadt verblüffte ihn, aber irgendwie fühlte er sich hier sofort heimisch. Auf ihren Straßen drängten sich Menschen aller Hautfarben: Neger – bestimmt mehr Schwarze als in ganz Afrika –, Inder, Mulatten, Italiener, Sizilianer, Chinesen, Griechen, blonde Deutsche, hakennasige Levantiner. Wie die meisten aus ihrer Heimat vertriebenen Europäer jener Tage staunte Giovanni Gemelli vor allem über die ethnische Vielfalt der Neuen Welt. Er sah einen fast zwei Meter langen Schwarzen, eine winzige braunhäutige Frau, die ein riesiges Bündel auf dem Kopf trug, und einen stämmigen Rothaarigen, der einen blau-grünen Papagei auf der Schulter trug und eilends durch die Straßen marschierte.

In einer Ankaufstelle für Edelmetalle im Zentrum feilschte Giovanni mit einem marokkanischen Juden und erhielt dann für einen kleinen Teil des Goldes aus seinem Gürtel einen dicken Packen Cruzeiroscheine. Damit ging er zu einem Herrenausstatter und kaufte sich einen weißen Leinenanzug mit Weste, einen breitkrempigen Strohhut und eine schlichte *Cocobola* – einen Spazierstock aus Rosenholz. Der Verkäufer wollte ihm unbedingt auch neue Schuhe als Ersatz für seine durchlöcherten, mit Zeitungspapier ausgestopften Stiefel verkaufen, die er aus Neapel mitgebracht hatte, aber Giovanni lehnte standhaft ab. Statt dessen wanderte er durch die Straßen und sah sich ein Dutzend Schuhmacherläden an, bis er ganz in der Nähe der durch die Avenida Rio Branco führenden Trambahnlinie genau die Werkstatt gefunden hatte, die er suchte.

Die Schusterwerkstatt war eine ehemalige Garage: lang und dunkel und kühl, mit einem Boden aus festgestampfter Erde und einem kleinen Raum hinter einer an die Decke genagelten Wolldecke, in dem gerade ein Feldbett und ein winziger Schreibtisch Platz hatten. Von den Dachbalken hingen gegerbte Häute herab, und ein knorriger, weißhaariger Portugiese saß über einen fleckigen, mit Werkzeug überhäuften niedrigen Arbeitstisch gebeugt und hämmerte neue Absätze auf ein Paar Schuhe. Zu Füßen des Schuhmachers schlief ein fauler gelber Kater.

Giovanni kam bald mit dem alten Portugiesen, der überraschend viel Italienisch konnte, ins Gespräch, sie unterhielten sich zwei Stunden lang in einer Mischung aus Italienisch, Portugiesisch und Spanisch – und viel mit den Händen –, und danach hatte Giovanni dem alten Portugiesen nicht nur ein Paar neue Schuhe, sondern auch seine Werkstatt abgekauft. Und er hatte mit dem Alten vereinbart, daß dieser noch ein paar Monate im Geschäft bleiben, ihm berufsbezogenen Portugiesischunterricht geben und ihn mit seinen Lederlieferanten, die aus dem Hinterland nach Rio kamen, den Silberschmieden, die ihm Knöpfe und Schnallen lieferten, und den Vertretern, die Eisen und Nägel, Farben und Polituren, Hämmer und Messer anboten, bekannt machen würde.

Als der Handel perfekt war, stützte Giovanni sich auf seinen neuen Spazierstock, zog seinen krummen Körper daran hoch und schüttelte dem alten Portugiesen, der kein Lächeln zeigte, feierlich die Hand. Auf dem Weg zur Tür sah er in einer Nische einen rotgrünen Papagei sitzen, dessen leuchtendes Gefieder er bewunderte, fragte den Alten nach dem Vogel und erfuhr, daß dieser ihn einem Fallensteller aus dem Amazonasgebiet abgekauft hatte – und daß der Papagei wie der Kater zum Inventar zählte. Beide gehörten zur Werkstatt, sagte der alte Portugiese, nicht dem Schuster.

Giovanni Gemelli hielt dem Papagei die Krücke seines Spazierstocks hin, und der Vogel nahm sofort, flügelschlagend und heiser krächzend, darauf Platz. Er war so schwer, daß Giovanni den Stock mit beiden Händen halten mußte. Über die Schulter hinweg sagte er lachend zu dem alten Portugiesen: »*Credo che Rio mi piacerà.* Rio wird mir gefallen, glaub' ich.«

Giovanni brauchte nur einen Monat, um sich in der neuen Werkstatt einzugewöhnen. Sprachen waren ihm stets zugeflogen, und Portugiesisch klang nicht nur hübscher als Deutsch und Englisch, die er während des Krieges hatte lernen müssen, sondern war seiner Meinung nach dem Italienischen ähnlicher als Spanisch. Und die Handwerker und Lieferanten, mit denen der Alte ihn bekannt machte, bezauberte Giovanni mit großer Liebenswürdigkeit wie alte Stammkunden des Hauses Gemelli.

Nach vier Wochen packte der alte Portugiese seinen neuen Schweinslederkoffer und verabschiedete sich. Er wollte nach Norden in den Küstenstaat Bahia, wo er sich ein kleines Haus am Strand kaufen und eine junge Negerin anstellen würde, damit sie für ihn kochte – und ihm nachts Gesellschaft leistete. Mit seiner Leibrente, zu deren Zahlung Giovanni im zweiten Teil des Vertrags verpflichtet war, hatte er dort bis ans Ende seiner Tage ausgesorgt. Die beiden schüttelten sich auf der Straße die Hand, und der Alte verschwand im Menschengewühl.

Giovanni Gemelli zweifelte niemals daran, daß er mit seinem neuen Unternehmen Erfolg haben würde. Er war ein junger Mann Ende Zwanzig und – von seiner Behinderung abgesehen – kerngesund. Er beherrschte nicht nur ein sehr notwendiges Handwerk, sondern war darüber hinaus ein hervorragender Verkäufer und ein guter Buchhalter. Er besaß ausreichend Kapital, war unermüdlich fleißig, hatte keine Laster und interessierte sich nur fürs Geschäft und für die Pflege seines invaliden Vaters.

Schon am Ende des ersten Betriebsjahrs beschäftigte Giovanni zwei Schuhmacher, die ihm halfen, die stetig wachsende Nachfrage nach Maßschuhen der Marke Gemelli zu befriedigen. Nach dem zweiten Jahr zog er in eine wesentlich größere Werkstatt in der Avenida Rio Branco um. Zur selben Zeit verkaufte Bruno Serio seinen Fleischerladen und trat in das Geschäft seines Schwagers sein. Nach weiteren fünf Jahren bezeichneten der Name Gemelli de Janeiro und das Markenzeichen mit dem charakteristischen stilisierten roten Papagei auf einem Krückstock die besten Schuhe, Stiefel, Jacken und Mäntel in ganz Brasilien. Giovanni eröffnete ein Geschäft in Ipanema, drei im Großraum São Paulo und vier weitere in Städten entlang der Küste.

In diesem Jahr – 1953 – kaufte Giovanni in dem hügeligen Vorort Gavea zwei nebeneinanderliegende Villen – eine für die Familie Serio, die andere für seinen Vater und sich. Obwohl es in seinem neuen Haus sieben Schlafzimmer gab, schliefen Giovanni und sein Vater weiter im gleichen Zimmer.

Im Jahre 1957 wurde Gemelli de Janeiro eine internationale Marke, als Giovanni neue Läden in Montevideo und Buenos Aires eröffnete. Ab 1960 verstärkte die Firma ihre Auslandsaktivitäten und verkaufte auch in New York, London, Mailand, Rom und Toronto ihr elegantes, hochmodisches Schuhwerk in eigenen Filialen. Im Jahre 1962 eröffnete Gemelli de Janeiro Filialen auf den Pariser Champs Elysées und in Beverly Hills am Rodeo Drive – nur einen Block südlich von Giovannis größtem Konkurrenten Gucci.

Im Jahre 1965 wurde als sentimentale Geste ein Gemelli de Janeiro in Neapel eröffnet: an der Stelle, wo einst der vor über zwei Jahrzehnten verwüstete und abgebrochene väterliche Betrieb gestanden hatte. Giovannis Hand zitterte, als er am Tag der Eröffnung das vor die Ladentür gespannte Band durchschnitt. Der Kreis hatte sich geschlossen.

Im Jahre 1971 begann der über achtzigjährige Körper des alten Signore Gemelli zu versagen, wie sein Verstand zuvor im Krieg versagt hatte. Sein Herz schlug unregelmäßig, Leber und Niere arbeiteten nicht mehr richtig, die Darmfunktionen waren eingeschränkt. Er verfiel zusehends. Giovanni, der seine Abende ohnehin zu Hause verbrachte, zögerte jetzt jeden Morgen länger am Bett seines Vaters, bevor er ins neue Verwaltungshochhaus der Firma Gemelli de Janeiro in Flamengo mit Blick auf den Zuckerhut fuhr. Im Büro erledigte er den wichtigsten Papierkram, um dann mittags heimzurasen und dem schwerkranken, fast tauben Alten aufmunternde Worte zuzuflüstern.

Schließlich verschlechterte der Zustand des alten Mannes sich so sehr, daß er nur noch dahinvegetierte. Er konnte nicht mehr aufstehen; er konnte nicht mehr selbst essen; er erkannte weder Gesichter noch Stimmen; er machte ins Bett und lag in seinen Exkrementen. Giovanni untersagte dem Personal, ihr Schlafzimmer zu betreten. Er würde seinen Vater jetzt Tag und Nacht selbst pflegen. Er wechselte die Bettwäsche und wusch den Kranken. Er löffelte Fleischbrühe in den schlaffen Mund. Er saß neben dem Bett und las dem alten Mann aus italienischen Zeitungen und Zeitschriften, oft sogar aus Kinderbüchern vor. Manchmal rollte Giovanni einen Fernseher in ihr Schlafzimmer und schilderte dem Kranken temperamentvoll ein ganzes Fußballspiel, als sei der Alte nur blind , nicht auch gefühllos, gebrechlich und altersgeistesschwach.

Nachts hatte der alte Mann Alpträume – er fürchtete, Kommunisten und Amerikaner kämen durch die Zimmerdecke, um ihn zu ermorden – und rief laut nach seinen gefallenen Offizierssöhnen, damit sie kämen und ihn beschützten. Giovanni hielt ihn in seinen Armen und flüsterte ihm beruhigende Worte ins Ohr.

Die Beisetzung war ein pompöses gesellschaftliches Ereignis. Militärs, Geschäftsleute, Künstler und Politiker strömten aus ganz Brasilien zusammen, um dem Vater von Giovanni Gemelli de Janeiro die letzte Ehre zu erweisen – einem Mann, den keiner von ihnen gekannt hatte. Die Oberbürgermeister von Rio de Janeiro und São Paulo waren anwesend. Präsident Vargas entstandte einen persönlichen Vertreter. Die Kolonne aus schwarzen Limousinen war mehrere Blocks lang – alles für einen Mann, der seit zwei Jahrzehnten nicht mehr aus seinem Schlafzimmer herausgekommen war.

Die Lücke, die der Tod seines Vaters in Giovannis Leben gerissen hatte, schien ihn verschlingen zu wollen. Seit damals, als Giovanni vor fast vier Jahrzehnten vom Olivenbaum gefallen war, waren die beiden unzertrennlich gewesen. Giovanni kam sich wie ein Witwer vor, der nach langer glücklicher Ehe seine Frau verloren hat. Er konnte kaum noch schlafen. Ohne das Ächzen und Stöhnen des alten Mannes war es nachts jetzt im Schlafzimmer zu still.

Giovanni hinkte barfuß durch die dunkle, leere Villa und zog dichten Zigarrenqualm hinter sich her. Er stand im Bademantel an irgendeinem Fenster des Hauses und betrachtete die im Mondschein daliegende menschenleere Allee wie ein impressionistischer Maler, der den Wechsel des Lichts über einem Teich verfolgt.

Seine Arbeit, seine Firma interessierten ihn nicht mehr. Er überließ die Geschäftsführung Bruno Serio und dessen Söhnen, die jetzt schon Ende Dreißig waren. Den ganzen Tag über war er jetzt in Bussen, mit Taxis und zu Fuß auf den Straßen von Rio unterwegs. Er verließ sein Haus am Spätvormittag in einem weißen Leinenanzug und verbrachte den ganzen Tag damit, die belebten Geschäftsstraßen der Innenstadt zu durchstreifen, sich an elenden *Favelas* wie Canto Galo, Borel und Esqueleto vorbeifahren zu lassen und mit dem Bus durch bessere Viertel wie Le Blon, Copacabana und Ipanema zu fahren.

Wie auf der Suche. Als ob er etwas suche.

Als Giovanni sie schließlich sah, stand sie am Dienstboteneingang einer Villa, die nur wenige Blocks von seiner eigenen entfernt war. Tatsächlich *hörte* er sie, bevor er sie erstmals zu Gesicht bekam: ein kehliges, üppiges, triebhaftes Lachen, das seine Nackenhaare wie elektrisiert knistern ließ; ein tiefer, sinnlicher Laut, der das Wissen um ein elementares, herrliches Geheimnis verriet, ein wundervoll geiles Lachen, in dem das Versprechen mitternächtlicher Ekstasen mitschwang. Giovanni stützte sich auf seinen Krückstock und drehte sich nach diesem Lachen um.

Sie war so jung – siebzehn? Vielleicht erst sechzehn. Sie stand an der Küchentür einer rosafarben gestrichenen Villa in Gavea und scherzte mit einigen Arbeitern, die den Gehsteig hinter dem Haus pflasterten. Einer der schwitzenden, hemdlosen jungen Männer sagte etwas zu ihr, und sie lachte erneut. Sie warf ihren Kopf in den

Nacken und lachte abermals, und ihr Lachen schien sich in den Nervenbahnen von Giovannis Körper fortzusetzen.

Sie war dunkelhäutig und hatte glattes dunkelbraunes Haar, das ihr fast bis zur Taille reichte. Ihr Körper war bis auf die ausladenden Hüften sehr schlank, und ihr dünner weißer Dienstmädchenkittel spannte sich über ihrem Hintern. Ihre Gesichtszüge waren scharf geschnitten, und über ihrem blitzenden weißen Lachen ragte eine gebogene Nase auf. Giovanni erschien sie wie ein Mikrokosmos aller Rassen Brasiliens – die menschliche Verkörperung der Erbanlagen Südeuropas, des Mittelmeerraums, der Neuen Welt und sogar Afrikas.

Sie war wunderschön.

Eine Hand ruhte lässig, ja provokativ auf ihrer Hüfte, und sie hielt sich mit angeborener, müheloser Grazie. Wie sie so im Türrahmen stand, erschien sie Giovanni wie eine Königin auf ihrem Thron, die den schwitzenden, fröhlichen Bauarbeitern eine Audienz gewährte.

Dann rief jemand im Inneren des Hauses ihren Namen – *Isabel* –, und das Mädchen fuhr zusammen und verschwand, wobei es die Fliegengittertür hinter sich zuknallte. Die Männer lachten und machten sich wieder an die Arbeit. Giovanni starrte die Küchentür lange an, bevor er weiterhinkte.

Giovanni, der nun nicht mehr ziellos umherirrte, ging am nächsten Tag erneut an der Villa vorbei, ohne das Mädchen jedoch zu sehen.

Auch am übernächsten Tag nicht. Auch am dritten Tag nicht.

Der nächste Tag war ein Sonntag, und er war sicher, daß sie nicht da sein würde.

Am Montag hörte er auf dem Gehsteig vor der großen rosa Villa wieder ihr Lachen. Es kam irgendwo aus dem ersten Stock des Hauses. Er ging bis zum Ende des Blocks, kehrte dort um und kam ganz langsam zurück.

Am Dienstag morgen war er schon um acht Uhr zurück. Gegenüber der rosafarbenen Villa stand das Wartehäuschen einer Bushaltestelle, und er setzte sich auf die kühle Steinbank und begann die mitgebrachte Zeitung zu lesen. Kurz nach 11 Uhr öffnete sich die Haustür der Villa, und sie kam mit zwei kleinen, gut gekleideten

Kindern im Schlepp aus dem Haus. Die drei spielten auf dem Rasen. Giovanni sog ihr Lachen begierig in sich auf. Nach etwa einer Stunde verschwanden die drei wieder im Haus.

Giovanni hinkte am Krückstock zu einer einige Straßen entfernten winzigen *Bodega* und kaufte sich dort ein *Misto-Quente*-Sandwich, einen Liter Orangensaft und eine Zeitschrift. Das Schinken-Käse-Sandwich verzehrte er, während er sich auf der Bank der Bushaltestelle ausruhte und dabei die Fenster der Villa im Auge behielt, um vielleicht einen Blick auf ihren weißen Kittel zu erhaschen. Nachdem er die Zeitschrift dreimal gelesen hatte, kam das Mädchen gegen sechs Uhr mit einer großen Strohtasche über der Schulter aus dem Dienstbotenausgang der Villa.

Als sie den Gehsteig erreichte, blieb sie kurz stehen und starrte Giovanni über die Straße hinweg an. Dies war das erste Mal, daß ihre Blicke sich begegneten, und Giovanni hatte das Gefühl, ihm bliebe das Herz stehen. Danach wandte sie sich ab und ging in Richtung Rua Marques de São Vicente davon. Sobald sie einen halben Block Vorsprung hatte, klemmte Giovanni sich die Zeitschrift unter den Arm und folgte ihr. An einer belebten Bushaltestelle vor einem Einkaufszentrum drehte sie sich erneut nach ihm um.

Erstmals in seinem Erwachsenenleben genierte Giovanni sich wegen seiner Behinderung und versuchte, möglichst wenig zu hinken. Dann hielt ein Bus am Randstein, und Isabel stieg ein. Weitere Fahrgäste drängten sich hinter ihr in den Bus. Giovanni beeilte sich, noch mitzukommen, aber der Bus fuhr bereits wieder an, und während er ihm schweratmend mit erhobenem Stock nachsetzte, glaubte er, ihr kehliges, aufwühlendes Lachen durch die feuchtheiße Nachmittgsluft zu hören.

Am nächsten Tag folgte er Isabel mit geringerem Abstand und quetschte sich in den überfüllten Bus, bevor die Türen sich schlossen. Die anderen Fahrgäste, die ihn an seinem teuren Anzug und dem Stock mit goldgefaßtem Elfenbeingriff als wichtigen Mann erkannten, bemühten sich, ihm Platz zu machen. Als er, auf den Zehenspitzen balancierend, versuchte, einen Blick auf sie zu erhaschen, teilte sich die Menschenmenge zwischen ihnen für kurze Zeit, und da war sie, Isabel, keine zwei Meter von ihm entfernt. Sie lächelte ihm zu, und er fühlte eine beginnende Erektion. Dann schloß die Menge sich wieder, und Giovanni hörte Isabel laut lachen, als ob … als ob … als ob sie *wüßte*.

Sie wohnte jenseits des Hügels in einer elenden, übervölkerten *Favela*, die von ihren Bewohnern, die sich dort wild niedergelassen hatten, Rocinha genannt wurde. Ein Gewirr aus kreuz und quer durcheinanderstehenden staubigen Betonhäusern bedeckte den Hang wie abgekippter Müll. In den unbefestigten schmalen Gassen drängten sich schmutzige Kinder, kleine, wachsame Hunde und hemdenlose Männer, die den Blick des Fremden mit herausfordernder Verachtung erwiderten. In der schwülen Luft mischten sich die Gerüche von Fäkalien, Schweiß und fettigem Essen.

Am Fuß einer der langen, den Hügel hinaufführenden Gassen blieb Isabel stehen, zog ihre weißen Dienstmädchenschuhe aus, ließ sie von ihren Fingerspitzen baumeln und machte sich daran, den Hügel zu ersteigen. Giovanni, der fünfzig Meter Abstand hielt, beobachtete, wie die muskulösen Rundungen ihres Hinterns unter dem dünnen weißen Baumwollkittel auf und ab glitten. Sie sah sich nach ihm um und kicherte. Er bemühte sich verzweifelt, mit ihr Schritt zu halten, aber nachdem er auf der steilen Treppe beinahe zum dritten Mal gestürzt wäre, sah er ein, daß dieser Hügel seine Kräfte überstieg, blieb nach Atem ringend stehen und lehnte sich an eine abblätternde Wand. Ohne auf das Gelächter der *Favelados* zu achten, sah er zu, wie sie weiter den Hügel hinaufstieg. Erst ganz oben blieb sie stehen, sah zu ihm herunter und verschwand in einer der größeren Hütten.

Am Nachmittag des nächsten Tages, einem Mittwoch, holperte gegen fünf Uhr ein langer schwarzer Ford LTD durch die verwinkelten, überfüllten Straßen von Rocinha und hielt am Fuß einer den Hügel hinaufführenden Treppe. Eine Horde von Kindern und Jugendlichen versammelte sich um die Luxuslimousine, der gleichen, in der auch Präsident Vargas gefahren wurde, und versuchte, durch die getönten Scheiben einen Blick ins Wageninnere zu erhaschen. Ein riesiger Schwarzer in Chauffeursuniform stieg aus dem LTD und bemühte sich, die Jungen zu verscheuchen. Aber die ärmlichen, neugierigen Kinder, die in ihrer *Favela* noch nie einen Wagen dieser Art gesehen hatten, wichen nur wenige Schritte zurück, johlten und quittierten die Bemühungen des Fahrers mit obszönen Gesten. Zuletzt kam es zu einem Waffenstillstand, als der schwarze Riese an den Wagen gelehnt stehen blieb und die Straßenkinder drohend anstarrte.

Kurz nach sechs Uhr begann Isabel, ihre Schuhe in der Hand, den steilen Hügel hinaufzusteigen. Sie ging einen Augenblick langsamer, als sie die Straßenkinder sah, die die dicke schwarze Limousine umlagerten, und ein Lächeln spielte über ihre Lippen. Als sie an dem Wagen vorbeikam, glitt eine der getönten Scheiben nach unten, und ihr Blick begegnete dem Giovanni Gemellis. Dann hastete sie den Hügel hinauf.

Auf ein Zeichen Giovannis riß sein Chauffeur ihm die Tür auf, und der kleine Mann kletterte mühsam aus der Limousine. Hinter ihm stieg ein Anwalt aus der Rechtsabteilung seiner Firma aus dem Wagen, ein dicklicher Mann in einem grauen Anzug. Aus dem Blick des Anwalts sprach deutliches Entsetzen. Obwohl er in Rio geboren und aufgewachsen war, hatte er noch nie eine *Favela* betreten. Und er nahm sich vor, es bei diesem Besuch zu belassen.

Die beiden brauchten fast eine halbe Stunde, um den Hügel zu bewältigen, und als sie oben ankamen, mußte Giovanni sich auf einen Stapel Ziegelsteine setzen und einige Minuten lang keuchend Luft holen. Unmittelbar vor sich hatte er den hellblauen windschiefen Anbau, in dem Isabel verschwunden war. Schließlich fand er die Kraft, auf die Beine zu kommen und zur Tür des Schuppens zu hinken.

Sein Klopfen blieb unbeantwortet.

Nur das Lachen der Straßenkinder, die ihm hügelaufwärts gefolgt waren, war zu hören.

Giovanni klopfte erneut. Diesmal öffnete sich die verzogene Holztür knarrend. Eine fette schlampige Frau mit schlecht gefärbtem roten Haar und aufgedunsenem Körper, den sie in ein fleckiges schwarzes Kleid gezwängt hatte, stand vor ihm auf der Schwelle.

Er räusperte sich. »Ich heiße Giovan…«

»Ich weiß, wer Sie sind, *Senhor* Gemelli«, unterbrach sie ihn schlau grinsend, wobei sie die Lücken zwischen ihren gelben Zähnen sehen ließ. »Und ich weiß, was Sie wollen. Kommen Sie herein!«

»Sie ist eine *Puttana*!« kreischte Angelina Serio in ordinärstem neapolitanischem Dialekt. »Sie ist eine kleine Hure!«

Giovanni weigerte sich, seine Schwester anzusehen.

»Die Kleine ist eine Hure! 'ne richtige Schlampe! Noch keine achtzehn, aber sie hat schon drei, *drei*...« Sie fuchtelte mit drei beringten Fingern vor seinem Gesicht herum, ohne daß er darauf reagierte. »... *drei Abtreibungen* hinter sich! Sie ist eine Hure und eine Mörderin!«

Angelina Gemelli Serio war rot vor Wut. Durch Gottes Gnade hatte sie das Glück, einen kinderlosen, asexuellen, verkrüppelten Zwerg als Bruder zu haben, dem ihr ziemlich dummer Mann und ihre kaum intelligenteren Söhne ein riesiges Vermögen verdankten und dem ein Weltunternehmen gehörte, das ihr ziemlich dummer Mann und ihre kaum intelligenteren Söhne nach dem Tode des kleinen Krüppels erben sollten... und nun *dies*! Dieser Affront!

Das war zuviel!

»*Gesù Cristo! Gesù Cristo!*« jammerte sie mit klagend erhobenem Blick. »Warum tust du mir das an?« Dann beugte sie sich über den polierten Eßtisch, der unter ihren Fettmassen ächzte, und flüsterte ihrem Bruder mit lüsternem Versprechen in der Stimme zu: »Wir sind hier in Rio. Wir können dir *alles* beschaffen. Willst du eine Hure, ein junges Mädchen, das dir die ausgefallensten Wünsche erfüllt? Das kann ich verstehen. Ein Mann soll haben, was er braucht, klar. Aber ich bitte dich flehentlich«, bat sie ihn flehentlich, »*heirate* dieses kleine Straßenmädchen nicht!«

Giovanni funkelte seine Schwester ärgerlich an. »Sie wird meine Frau.«

»*Neiiiiiiiiin!*« jammerte Angelina, und ihr Gesicht verzog sich finster und häßlich. »Was bildest du dir überhaupt ein? Daß sie dich *liebt*? Die kleine Hexe! Warum hat sie dir wohl diese Falle gestellt? Glaubst du, daß sie dich begehrt? Wie all die jungen Hengste, die ihr nachstellen und...«

»*Halt's Maul!*« Giovanni schlug mit seinem Stock aufs polierte Holz der Tischplatte. *Krach!*

»Sie ist wie 'ne Hündin auf der Straße! Wie 'ne läufige Hündin! Was weißt du schon von Frauen? Dieses Mädchen ist minderwertig, sie taugt nichts.«

»Angelina«, sagte Giovanni ruhig, »dieses Mädchen wird meine Frau.«

Seine Schwester stotterte fast vor Empörung. »Dieses Mädchen wird dir alles rauben, was du besitzt! Dein Geld, deinen Namen, deine Würde. Die ganze Welt wird dich auslachen – und uns dazu –, wenn sie erfährt, daß Giovanni Gemelli eine Nutte geheiratet hat, ein Straßenmädchen...«

»Angelina!«

»Diese... dieses *Tier* schläft mit Schwarzen!«

»Sie wird meine Frau!«

Alle Cariocas, denen Giovanni seinen unfreundlichen Spitznamen »Zwerg« verdankte, sprachen unbarmherzig noch jahrelang vom »Gemelli-Zirkus«, wenn sie seine Hochzeit meinten. Politiker, Geschäftsleute und Stützen der Gesellschaft, die vor sechs Monaten pflichtbewußt zur Beisetzung von Giovannis Vater gekommen waren, riefen sich jetzt an und gratulierten einander hämisch kichernd zu ihrem klugen Entschluß, dieser Farce von einer Hochzeit fernzubleiben.

Die Hochzeitsfeier sollte im Park von Giovannis Villa in Gavea stattfinden. Die weißen Tische und Stühle für 400 Gäste auf dem üppiggrünen Rasen wirkten wie Zuckerwerk auf einer Torte. Alles war mit rosa Schleifen und Ballons geschmückt. Weiße Tauben gurrten in Bambuskäfigen. Ein künstlich angelegter Goldfischteich spiegelte im Schatten einer Tamarinde das Blau des Himmels.

Da die weitaus meisten der vom Bräutigam Eingeladenen sich entschuldigt hatten, füllte Maria Mendes die Reihen der Gäste mit ihren Liebhabern und Saufkumpanen aus der *Favela* auf. Diese zwängten sich auf klapprige Lastwagen und in Busse ohne Dach, tranken laut grölend billigen Wein und hupten während der gesamten Fahrt über den Berg. Unter Verzicht auf die kirchliche Zeremonie fuhren sie direkt zu Gemellis Villa und fielen in ihren Zuckergußpark ein wie Ameisen in ein umgekipptes Honigglas.

Binnen einer Stunde waren sie alle von dem Dom Perignon, den die Ober in weißen Jacken ungefragt nachschenkten, stockbesoffen. Sie wankten ans Buffet, schlugen sich die Bäuche voll, bis ihnen fast schlecht war, und stopften sich dann noch die Reste in die Taschen.

Als das Buffet kahlgefressen war, schoben sie sich die Silbertabletts vorn in ihre Hosen. Die Ober versuchten, die Weiber aus der *Favela* daran zu hindern, das Silber zu klauen, aber die grellbunt gekleideten Frauen schnappten es sich wieder und behaupteten, sie wollten nur ein Souvenir an diesen Tag mitnehmen. Ein langmähniger Kerl mit dichten Augenbrauen, der einen irisierenden purpurroten Anzug trug, verpaßte einem Ober einen Kinnhaken, als dieser versuchte, den Kerl davon abzubringen, den gurrenden weißen Tauben die Hälse umzudrehen und ihre schlaffen Kadaver in einen eigens zu diesem Zweck mitgebrachten Reissack zu stecken.

Nach der Kirche betrat Angelina Serio den Park gerade, als ein heftig schwankender Besoffener triumphierend in den Goldfischteich pißte. Der Betrunkene zwinkerte ihr zu und schüttelte sein Glied ab, und Angelina führte ihren Mann, ihre Söhne und die Familien ihrer Söhne über den Rasen in ihre benachbarte eigene Villa. Tränen der Scham und des Zorns verschmierten ihre Wimperntusche, und ihre fetten Arme schwabbelten indigniert. Sie schloß die Haustür doppelt ab, als müsse sie ihre Brut vor dem draußen grölenden Gesindel schützen, und warf sich schluchzend in Brunos Arme.

Drüben beim Bacchanal in Gemellis Park tanzte Maria Mendes auf der Tanzfläche vor dem Musikpodium eine geile Lambada mit einem muskelbepackten Schwarzen, der kaum halb so alt wie sie war. Sie rammte ihren Bauch gegen die harten Oberschenkel des Jungen, ließ ihre großen Brüste fast aus dem tief ausgeschnittenen rosa Fummel hüpfen, streichelte seinen strammen Hintern mit beiden Händen und rollte verliebt mit den Augen. Die besoffenen Gäste am Rande der Tanzfläche lachten und trampelten. Isabel, bezaubernd schön in einem sündhaft teuren, schweren naturweißen Givenchy-Original lachte am lautesten, und ihr Lachen durchzuckte und erregte Giovanni, der neben ihr stand.

Giovanni nahm nichts und niemand wahr; er hatte nur Augen für seine schöne junge Frau. So war es schon den ganzen Tag gewesen. In den Jahren danach würde er sich bemühen, sich an jeden Augenblick, jede Sekunde dieses Tages zu erinnern – an den ersten Anblick Isabels in ihrem mit Spitzen besetzten Satinbrautkleid; die kühle, hochgewölbte Kirche; die eintönig leiernde Stimme des alten Geistlichen mit Whiskey-Fahne; die lärmende Hochzeitsfeier in seinem Park. Aber während die Bilder aus der Kirche, von der Feier, von den anderen verblaßten, blieb eine Erinnerung an diesen unglaublichen Tag stets ungetrübt stark: die an Isabel – seine dunkelhäutige, dunkelhaarige Isabel.

Und er würde sich bis ans Ende seiner Tage an ihren Geruch erinnern, den er dort vor dem Altar zum ersten Mal wahrgenommen hatte. Darin mischten sich das hurenhafte Parfüm ihrer Mutter, ein Hauch Gesichtspuder und eine unterschwellige … *Ahnung*… von Moschus, von feuchten Labien und heißem Samen, und während der alte Säufer die Messe zelebrierte, war Giovanni eisenhart geworden. Und Isabel, die ihn beobachtete, warf ihren Kopf in den Nacken, öffnete den Mund mit den ebenmäßigen weißen Zähnen und lachte ein rauhes, heiseres Lachen.

Als die feurige brasilianische Sonne unterging und der Boden abkühlte, ging die Party erst richtig los. Ein Paar wurde beim Bumsen unter einem Tisch entdeckt, und der Mob kippte den Tisch um, begoß sie mit kaltem Wasser und brüllte dabei vor Lachen. Ein Betrunkener versuchte, einem Musiker die Trompete vom Mund zu reißen, und der Trompeter trat dem Mann gegen den Kopf, und dann wälzten sie sich prügelnd über den Rasen, bis sie getrennt wurden. Maria Mendes schrie laut, nun sei es Zeit für eine *Batacuda.*

Die Rhythmusgruppe spielte eine sinnliche, mitreißende Samba, und die Feiernden begannen zu tanzen: erst allein, dann in Zweier- oder Dreiergruppen. Als die Congas in einem fordernden, hocherotischen Rhythmus drängten, bildeten die Gäste eine Schlange und tanzten so zwischen den Tischen hindurch und durch den Park. Isabel, deren Augen vor Erregung glitzerten, ergriff die kleine Hand ihres Mannes und zog Giovanni mit sich auf den ihnen beiden zustehenden Platz am Kopf der Schlange. Aber als die junge Braut einige Kumpane ihrer Mutter über Giovannis unbeholfene Tanzschritte lachen sah, wurde ihr dunkles Gesicht finster vor Zorn. Isabel zog den Saum ihres Brautkleids hoch und sprang aufs überdachte Podium.

»*Aufhören! Aufhören!* Sofort aufhören, sonst sorge ich dafür, daß ihr keinen einzigen Cruzeiro kriegt!« Und widerstrebend ließen die Musiker ihre hektische Samba ausklingen. Als die Tanzenden protestierend murrten, drehte Isabel sich mit funkelnd grünen Augen um und kreischte: »*Verschwindet!* Haut ab, ihr Gesindel! Verlaßt sofort mein Haus!« Und dann kam Maria Mendes nach vorn, um sich zu beschweren: »Das sind meine Freunde. So darfst du nicht mit ihnen sprechen.« Und Isabel schrie: »*Du* verschwindest auch!« Und Maria Mendes protestierte: »Wie kannst du's wagen, das zu deiner Mutter zu sagen, du kleine Hure?«

»Wenn ich 'ne Hure bin, liegt's daran, daß *du* mir's beigebracht hast, du Sau! Du bist die größere Hure von uns beiden!«

»*Schlampe!*« keifte Maria Mendes, und ihre Hengste mußten sie zurückhalten. »*Undankbare Schlampe!* Ist das dein Dank an deine arme Mutter?«

»*Mutter?* Du bist nie meine Mutter, du bist bloß meine Puffmutter gewesen! Und jetzt verlaß mein Haus!«

»Du setzt deine eigene Mutter so auf die Straße?«

»Verschwindet! Haut ab, ihr alle!« Isabel griff sich eine Flasche Champagner vom nächsten Tisch, packte ihren Mann am Handgelenk und zog ihn hinter sich her zur Haustür der Villa Gemelli. Maria Mendes folgte ihnen keifend: »Alle haben mir gesagt, daß du dich eines Tages gegen mich stellen würdest, aber ich hab' ihnen nie geglaubt! Ich hab' ihnen gesagt, daß du mein kleines Mädchen bist! Ich hab' dich immer geliebt!«

Isabel drehte sich an der Haustür um. »Du hast nie jemand geliebt, der keinen steifen *pau duro* zwischen den Beinen hatte!«

»Du gemeine kleine Schlampe!« fauchte Maria Mendes und bekreuzigte sich rasch. »Der Teufel soll dich holen!«

»*Raus!*« schrie Isabel ihrer Mutter ins Gesicht. Sie wandte sich an die Gäste, die ihnen bis vor die Haustür gefolgt waren. »Das gilt für euch alle – *raus!*«

Maria Mendes versuchte es nun anders, sank auf die Knie, raufte sich die Haare und rief klagend gen Himmel: »Mein kleines Baby, tu das deiner armen Mutter nicht an! *Minha filha!* Du bist doch alles, was ich auf dieser Welt besitze.« Ihr Fleisch zitterte. »Nimm mich bei dir und deinem großzügigen Ehemann auf. Bitte, schick mich nicht fort!«

Isabel drehte sich nach Giovanni um und griff in die Tasche seiner Smokinghose. Sie angelte eine Handvoll Geldscheine heraus und warf sie ihrer bettelnden Mutter vor die Füße. Fett schwabbelte, als Maria Mendes sich darauf stürzte. »Du *bist* ein Schwein!« grinste Isabel höhnisch auf sie hinunter. Sie öffnete die Haustür, zog Giovanni hinter sich her, knallte die Tür zu und lehnte sich dagegen.

Isabel begann zu kichern. Dann begann sie leise zu lachen, das Lachen steigerte sich, und zuletzte lachte sie schallend. Giovanni, der ganz in ihrer Nähe stand, stimmte zögernd ein, und Isabel musterte ihn, als sehe sie ihn zum ersten Mal, und lachte noch mehr. Sie hielt sich den Bauch, rutschte am Türrahmen hinab auf den Fußboden, daß ihr Brautkleid sich unter ihr bauschte, und lachte immer lauter. Sie trommelte mit ihren Absätzen auf den Boden und hatte Tränen in den Augen. Giovanni lachte nervös mit, ohne recht zu wissen, worüber.

Isabel warf ihren Kopf in den Nacken, setzte die Flasche Dom Perignon an die Lippen und trank durstig. Sie kicherte, spuckte ein paar Tropfen Champagner auf den Marmorboden und begann wieder zu lachen. Dann entdeckten ihre zusammengekniffenen Augen die Dienstboten, die sich auf dem obersten Absatz der geschwungenen Treppe zusammendrängten und auf sie hinabstarrten.

»Was gibt's da zu gaffen!« rief sie zu ihnen hinauf. »Verschwindet aus meinem Haus!« Sie kam auf die Beine, rutschte auf ihren hochhackigen Schuhen aus, streifte sie ab und lief zur Treppe. Die Dienstboten starrten zu Giovanni hinunter, merkten sofort, daß von ihm nichts zu erwarten war, und wichen vor der aufgebrachten Isabel zurück.

»Verschwindet! In meiner Hochzeitsnacht will ich niemand im Haus haben!«

Die Dienstboten stoben auseinander, und Augenblicke später fielen Türen ins Schloß, als sie die Villa hastig verließen. Isabel nahm Giovanni an der Hand und führte ihn ins kleinste der Schlafzimmer im zweiten Stock hinauf. Dort stellte sie ihre Champagnerflasche auf den Boden, trat vor ihn hin und kehrte ihm den Rücken zu. »Mach mir die Knöpfe auf!« verlangte sie. Giovannis Kehle war trocken; seine Finger zitterten, als er die winzigen stoffbezogenen Knöpfe durch die Knopflöcher schob. Es schienen tausend Knöpfe zu sein – alle in einer schrecklichen, endlos langen Reihe. Und als der seidige Stoff eine Öffnung freigab, konnte er ihre dunkle, glatte Haut sehen. Seine Fingerspitzen streiften ihr Fleisch, dessen Hitze ihn zu *versengen* schien.

Isabel trat einen Schritt zurück und ließ ihr Brautkleid zu Boden gleiten. Sie öffnete den Büstenhalter. Ihre Brüste waren klein, hatten dunkle Warzen, und sie trug keinen Slip, nur einen weißen Strapsgürtel und dazu zarte weiße Spitzenstrümpfe. Unter dem blendend weißen Stoff leuchtete ihre Haut in einem warmen, dunklen Honigton. Das Haar zwischen ihren Beinen hätte einem Engel gehören können. Giovanni fühlte sein Herz jagen und bekam kaum noch Luft. Er fürchtete, er könnte sterben. So war ihm noch nie zumute gewesen.

Sie setzte sich auf die Bettkante und streckte ihre Hand nach ihm aus. Er stand wie angewurzelt da. Isabel zog ihn zu sich. Sie öffnete seinen Gürtel, zog den Reißverschluß seiner Hose auf und ließ sie nach unten rutschen. Seine gewaltige Erektion spannte den weißen Baumwollstoff seiner Unterhose. Sie kicherte und zog ihm das Kleidungsstück herunter. Sein Glied schnellte in die kühle Nachtluft hinaus. Überrascht hielt sie den Atem an. Sie blickte zu Giovanni hoch und dann wieder auf seine riesige Erektion. Sie nahm sein Ding in die Hand, und Giovanni keuchte. Sie schob behutsam seine Vorhaut zurück. Sein weißer Schwanz war stramm aufgerichtet, mindestens fünfundzwanzig Zentimeter lang, mit schön gewölbter herzförmiger Eichel. Ein vollkommener Schwanz.

Isabel, die über diese Ironie des Schicksals – der häßliche kleine Mann mit seinem verkrüppelten Körper und dem riesigen, perfekten Schwanz – staunte, sich darüber *amüsierte*, warf ihren Kopf in den Nacken und lachte ihr tiefes, freies, sinnliches Lachen, und Giovanni ejakulierte in ihre Hand. Er kam und kam in Wellen und Wellen von heißem, zähem Sperma. Es floß über ihren Arm, spritzte auf ihren Bauch, lief über ihre Finger. Sie lachte und lachte, und er kam und kam.

Als der Strom dann endlich versiegt war, streichelte Isabel ihn sanft, bis er wieder steinhart war. Sie ließ sich auf die blaue Tagesdecke zurücksinken, zog ihn zu sich herab und schlang ihre Beine um seine Oberschenkel. Sie drückte seine Schwanzspitze zwischen ihre feuchten Schamlippen, umklammerte seine Arme, drängte ihm heißhungrig die Hüften entgegen, spießte sich an ihm auf.

Und Giovanni Massimo Gemelli verlor im Alter von dreiundfünfzig Jahren überglücklich seine Unschuld.

Wäre er auf diesem Gebiet erfahren gewesen, hätte er erkannt, daß er eine außergewöhnliche junge Frau geheiratet hatte – ein einzigartiges sexuelles Ereignis, eine unglaubliche, unter einer Million Frauen nur einmal vorkommende erstklassige Fickerin. So erfaßte er in seiner grenzenlosen Freude lediglich intuitiv, daß Isabel keine gewöhnliche Liebhaberin war. Sie glich einem Vulkan unter ihm, der brodelte, ausbrach und seine Beine mit heißer Lava übergoß. Er war hilflos. Er hatte nicht einmal Zeit, sich zu fragen, was als nächstes kommen würde. Sie fickte *ihn*. Sie war wie ein wildes Tier unter ihm, das sich wand, ihn umklammerte, sich gegen ihn drängte, explodierte – wieder und wieder. Sie keuchte und schrie und biß ihn durch seine Smokingjacke in den Arm. Und als ihre Leidenschaft sich dann endlich wie ein abklingender Hurrikan oder eine zurückweichende Flut erschöpfte, lag sie unter ihm und lachte und lachte und lachte, und er spürte ihr Lachen durch den engen Ring aus Fleisch um seinen Schwanz.

Später – Isabel nackt, Giovanni nur in seinem gerüschten Smokinghemd – saßen sie auf dem polierten Marmorboden der großen Eingangshalle ihrer Villa und öffneten Hunderte von Hochzeitsgeschenken aus aller Welt. Auch die Spitzen der Gesellschaft, die es abgelehnt hatten, dem Trauerspiel beizuwohnen, konnten es sich nicht leisten, einen mächtigen Mann wie Giovanni Gemelli zu brüskieren, indem sie seine Hochzeit ignorierten oder ein billiges Geschenk schickten, und Isabel quiekte vor Entzücken, während sie Bänder und Geschenkpapier jedes einzelnen teuren, geschmackvollen, einzigartigen silbernen, geprägten, handgeschnitzten, glasierten, zueinanderpassenden Hochzeitsgeschenks aufriß. Sie trank Champagner aus der Flasche, aß übriggebliebene Hors d'oeuvres mit Kaviar von einer riesigen Silberplatte, die sie aus der Küche geholt hatte, kauerte nackt vor dem Berg von Geschenken und öffnete alle Päckchen. Giovanni beobachtete die Champagnertropfen an ihrer Kehle hinunter und über ihre Brust rinnen. Wie sie sich da so in der Hocke wiegte, sah er das weiche, dunkle Haarbüschel zwischen ihren muskulösen Beinen.

Sie ging durchs Haus und löschte alle Lichter. Dann nahm sie ihn an der Hand, führte ihn in ein anderes Schlafzimmer und öffnete die Fensterläden. Ihre Haut glänzte im Mondschein wie geöltes Holz. Sie drückte ihn sanft aufs Bett und begann sein Hemd aufzuknöpfen. Er wollte sie daran hindern, aber sie schob seine Hand zur Seite. Sie riß die letzten Knöpfe einfach ab und zerfetzte das weiche Leinen.

Dann kniete sie über ihm und blickte auf seinen nackt im Mondschein vor ihr liegenden Körper herab. Er wünschte sich, er wäre tot, er wäre unsichtbar. Seine Kehle war ausgetrocknet, und er spürte seinen Puls in seinem aufgerichteten Glied pochen. Sie senkte den Kopf und leckte spielerisch an seinem Schwanz, und Giovanni fühlte, wie die Welt kippte und wieder ins Lot kam.

Isabel drückte ihr Gesicht in das grobe graue Haar an der Schwanzwurzel und nahm einen seiner Hoden in den Mund. Giovanni stöhnte. Mit der Zunge drückte sie seinen Hoden sanft gegen ihren Gaumen, und wieder stöhnte Giovanni und seine Finger krampften sich ins Bettuch. Mit seinem Fleisch im Mund lachte sie, und der Laut vibrierte durch Giovannis Körper bis in sein Innerstes, und ihm wurde bewußt, daß noch kein Mann eine Frau so geliebt hatte, wie er Isabel liebte.

Sie leckte alle Teile seines Körpers. Jeden verkrümmten, ungeraden, asymmetrischen Teil. Sie saugte an seinen Zehen und knabberte an seinem Nacken und steckte ihre Zungenspitze zwischen seine Gesäßbacken. Giovanni rang nach Atem. Tränen liefen ihm übers Gesicht, und er hämmerte mit der Faust auf die Matratze.

Sie hockte über seinem Gesicht, so daß ihr weiches Haar seine Nase kitzelte, und er roch ihren Duft. Er leckte sie noch zögernd, und sie umfaßte seinen Kopf und leitete ihn. Seine Nase glitt in sie, und er glaubte, in ihrem nassen, glitschigen Duft zu ertrinken. Sie war wie der Ozean – bodenlos, grenzenlos, immerwährend. Sie rieb ihre

Möse an seinem Gesicht, bis es von ihr getränkt war. Danach rieb sie ihre warme, nasse Spalte über seine Brust, durch sein Haar, seine gebeugten Arme und verkrümmten Beine hinab. Sie markierte ihn mit ihrem Duft wie eine Wölfin, die ihr Revier abgrenzt.

Dann setzte sie sich zurück auf seinen Stalagmitenschwanz, nahm ihn ganz in sich auf und schaukelte auf ihm vor und zurück, bis das gelbliche brasilianische Morgenlicht durch die Fenster fiel.

Nach zwei Monaten war sie schwanger.

Giovanni ließ augenblicklich eines der vielen Schlafzimmer der Villa in ein glitzerndes Kinderzimmer umgestalten – mit Mickeymaustapeten, Plüschtieren aus Winnie the Pooh und kleinen Möbeln mit Bildern der Cartoonfigur Emilia, der brasilianischen Betty Boop.

Isabels ohnehin schon breite Hüften wurden noch ausladender. Im sechsten Monat watschelte sie wie ein Stehaufmännchen durch die Flure.

Während Giovanni ihr zusah, zog sie sich nackt aus und betrachtete sich in einem hohen Spiegel. Sie streichelte stolz ihre groß gewordenen Brüste und bot sie seinen gierigen Lippen dar. Er saugte an den geschwollenen Brustwarzen, und sie lachte vor Vergnügen.

Im achten Monat war ihr Bauch so straff gespannt wie das Fell einer Congatrommel. Sie blieb den ganzen Tag im Bett, und die Dienstmädchen, die sie liebgewonnen hatten, brachten ihr heimlich Dom Perignon, für den sie inzwischen eine Vorliebe hatte, und grünes samenloses *Maconha,* das sie in einer langen Tonpfeife rauchte, wenn Giovanni einmal ins Büro fuhr. Und sie aß ständig.

Zwei Wochen vor dem voraussichtlichen Entbindungstag belegte Giovanni zwei nebeneinanderliegende Zimmer im Krankenhaus Das Clinicas, dessen Ärzte als die besten Brasiliens galten. Isabel protestierte, weil sie wußte, daß die Krankenschwestern ihr keinen Champagner und kein Marihuana bringen würden und das Essen schauderhaft sein würde. Aber Giovanni bestand darauf. Er war zu nervös. Er fühlte sich der Situation, wann immer sie eintreten würde, nicht gewachsen. Hier im Krankenhaus würde er trotz seiner Behinderung Herr der Lage bleiben.

Er hatte vorgehabt, im Zimmer nebenan zu schlafen, aber am ersten Abend schlief Isabel ein, als sie gemeinsam fernsahen – *I Spy* –, und Giovanni, der sich nicht zu bewegen wagte, um sie nicht zu wecken, verbrachte die Nacht in seinem Sessel. Am nächsten Abend ließ er ein Feldbett in Isabels Zimmer aufstellen und schlief von nun an so dicht neben ihr, daß er sie berühren konnte.

Die beiden spielten gerade Karten, wobei Isabel über jedes Spiel, das sie gewann, schallend lachte, als die Wehen einsetzten. Anfangs kamen sie jede halbe Stunde, dann jede Viertelstunde und zuletzt fast ständig. Isabel, der Schweißbäche übers Gesicht strömten, umklammerte die Seiten der Matratze und verfluchte alle Männer und ihre häßlichen kleinen Schwänze und alle ihre Väter und Mütter, die es seit undenklichen Zeiten miteinander getrieben hatten. Ließen die Schmerzen zwischendurch für kurze Zeit nach, riß sie schmutzige Witze mit den Krankenschwestern, die das legendäre *Favela*-Mädchen, das den unvorstellbar reichen Giovanni Gemelli geheiratet hatte, wie einen Filmstar verehrten.

Als die Wehen erneut einsetzten und Isabel aufheulen ließen, war Giovanni vor Frustration und Besorgnis außer sich. Aufgeregt lief er zwischen dem Bett seiner Frau und dem Arzt hin und her – beschwörend, fordernd, tröstend, drohend –, bis der Gynäkologe ihn aus dem Kreißsaal wies. Danach hinkte er zwei Stunden lang in erbärmlicher Verfassung betend und weinend im Flur auf und ab, bis eine schwarze Krankenschwester ihm lächelnd in den Weg trat.

»Sie haben eine Tochter«, sagte sie leise.

Als Giovanni zurück in den Kreißsaal geführt wurde, nahm er undeutlich ein quäkendes, verfärbtes, scheinbar noch unfertiges *Etwas* auf dem Arm des Arztes wahr.

»Sie ist gesund«, versicherte ihm die Krankenschwester, die nicht wußte, daß seine Behinderung nicht vererbt war.

Aber Giovanni hatte nur Augen für Isabel, die blaß und erschöpft auf dem verschwitzten Laken lag.

»Gio!« rief sie und streckte ihre Arme nach ihm aus. »Du hast mich allein gelassen!«

Er hastete zu ihr und schloß sie in die Arme. »Bellà! Bellà!«

»Gio«, sagte sie weinend. »Tut mir leid, aber es ist ein Mädchen. Ich…«

»Pssst!« unterbrach er sie. »Red keinen Unsinn! Das ist nur das erste. Wir kriegen noch viele dazu. Ich kann's kaum erwarten, damit anzufangen!«

Sie mußte unter Tränen lächeln, und aus dem Lächeln wurde ein Kichern, und sie warf ihren Kopf in den Nacken und lachte laut, und Giovanni stimmte etwas verlegen ein. Sie lachten und hielten einander fest umarmt, aber dann verstummte sie plötzlich, und er hörte sie keuchend Luft holen. »Gio…«

Er hielt sie auf Armeslänge von sich entfernt und starrte sie an.

»Gio, ich krieg' keine Luft. Hier tut's so weh!« Sie drückte eine geballte Faust unter ihre Brust. In ihren Augen stand Angst.

»Doktor!« brüllte er.

»Gio«, sagte sie mit schwacher Stimme, und er spürte, wie sie sich von ihm entfernte.

»Doktor! Doktor! Doktor!«

»Gio…«

Dann herrschte plötzlich große Aufregung um ihn herum.

»Ihre Lippen werden blau«, stellte eine der Krankenschwestern fest.

»Zyanose«, kommentierte eine andere knapp.

»Ihr Puls beschleunigt sich.« Aus dem Tonfall der Schwester sprach unterdrückte Anspannung.

»Sauerstoff, schnell!« verlangte der Gynäkologe.

»Was ist los mit ihr? Was ist passiert?« fragte Giovanni, der beiseite geschoben wurde.

»Rhythmusstörung«, meldete die erste Schwester, die den Herzmonitor beobachtete.

»Sauerstoff! Injektion vorbereiten!«

»Was ist los mit ihr?« wollte Giovanni wissen.

»Blutdruck fällt!«

»Was ist los mit ihr?«

»Mehr Sauerstoff!«

»Meu Deus«, rief eine Schwester entsetzt, »sie stirbt!«

»Maul halten! Dr. Salvador soll raufkommen. Sofort!«

»Was ist los mit ihr?« brüllte Giovanni. *»Was ist los mit ihr? Was ist los mit ihr?«*Und dann schob ihn ein sehr großer Krankenpfleger mit sehr starken Armen aus dem Kreißsaal.

»Was ist mit meiner Isabel?« flehte Giovanni den Riesen an.

»Sie bleiben besser hier draußen«, sagte der Krankenpfleger.

Ärzte kamen und gingen hastig; dann schoben zwei Männer im Laufschritt eine Maschine in den Kreißsaal.

Daraufhin betete Giovanni. Er hielt seinen Stock umklammert, ließ den Kopf auf die Hände sinken, schloß die Augen und betete. Er versprach Gott seinen gesamten Reichtum, wenn er dafür seiner Isabel half, diese Krise zu überstehen. Er schwor, den Rest seines Lebens mit barmherzigen Werken zuzubringen.

Er bekannte seine Sünden. Dann noch einmal. Dann zehn weitere Male. Dann zehn »Gebenedeit seist du, Maria«. Dann hundert. Dann hundert Vaterunser. Giovanni wünschte sich, er hätte einen Rosenkranz. Beim dritten Satz Vaterunser merkte er, daß sich jemand neben ihn auf die Bank setzte. Das erfüllte ihn mit unbestimmter Angst. Er weigerte sich, die Augen zu öffnen. Dann legte sich eine Hand auf seine, die den Stock umklammerte.

»*Senhor* Gemelli«, hörte er jemand sagen.

Er öffnete widerstrebend die Augen. Neben ihm saß Dr. Salvador, der Chefarzt. Seine Miene war traurig, beinahe ängstlich.

»Mein Beileid, *Senhor* Gemelli. Sie ist tot.«

Giovanni weigerte sich, das zu akzeptieren. »Gott vergebe mir«, sagte er rasch, indem er sich bekreuzigte, »die Kleine ist mir nicht wichtig – solange meine Isabel gesund ist.«

Der Arzt legte die andere Hand behutsam auf Giovannis verkrümmten Rücken.

»Die Kleine ist gesund«, sagte er leise. »Es geht um Ihre Frau, *Senhor*.«

»Meine … meine Frau?« stammelte Giovanni.

»Wir haben verzweifelt gekämpft, *Senhor* Gemelli. Wir haben alles versucht. Auch noch, als schon nichts mehr zu retten war.«

»Wie konnte das passieren?« fragte Giovanni – den Himmel ebenso wie den Chefarzt. Doch nur der Arzt antwortete.

»Was soll ich dazu sagen? Solche tragischen Fälle erleben wir manchmal. Natürlich muß eine Autopsie vorgenommen werden. Eine so junge Frau …« Er wußte nicht weiter.

Giovanni bedeckte sein Gesicht mit den Händen und begann zu schluchzen. Der Arzt beobachtete ihn und machte sich große Sorgen um seine weitere Karriere. *Senhor* Gemelli war ein sehr mächtiger Mann. Deshalb versuchte Dr. Salvador, etwaige Schuldzuweisungen des trauernden Witwers schon jetzt abzuwehren.

»Ein Unglücksfall, wie er nur einmal in einer Million Fällen vorkommt, *Senhor.* Ein Gehirnschlag oder eine Thrombose. Etwas Unvorhersehbares, ein Akt Gottes.«

Giovanni hob ruckartig den Kopf, und seine nassen Augen blitzten vor Zorn.

»Lassen Sie Gott aus dem Spiel!« fauchte er. »Das ist das Werk des Teufels!«

Er schlug wieder weinend die Hände vors Gesicht. Nach einiger Zeit stand Dr. Salvador auf und ging davon.

Es war, als sei die ganze Welt jetzt ein einziger Affront gegen ihn. Auf der Straße vor seinem Schlafzimmerfenster – vor *ihrem* Schlafzimmerfenster – fuhr ein Auto vorbei, dessen Radio brüllend laut eine Samba spielte, und er dachte im stillen: *Wie kann es überhaupt noch Musik auf der Welt geben? Wie kann überhaupt noch jemand singen?* In den schlaflosen Nächten saß er allein am Küchentisch, trank Tee und Whiskey und sah den beiden weißen kleinen Katzen der Köchin zu, die sich vor seinen Füßen balgten. In der ersten Woche lachte irgendwo im Erdgeschoß eines der Dienstmädchen über einen Scherz, und Giovanni beugte sich übers Treppengeländer und kreischte: *»Maul halten! Maul halten! Maul halten!«* Und seither herrschte im Haus Grabesstille.

Dr. Salvador kam mit dem Autopsiebericht. Bei *Senhora* Gemelli habe ein Reitender Embolus vorgelegen: ein Blutgerinnsel, das sich durch den Druck der schweren Gebärmutter auf die *inferior vena cava,* ein Blutgefäß, gebildet habe. Ein tragischer Unfall, der bei hunderttausend Geburten einmal vorkam. Nicht zu verhindern, nicht vorherzusagen. Dieses Blutgerinnsel war in ihr Herz gelangt und hatte die Lungenarterie blockiert. Sie war an Sauerstoffmangel gestorben, als ob sie ...

Giovanni stemmte sich aus seinem Sessel und hinkte eilig aus dem Raum, aus dem Haus und stand dann in seinem weitläufigen Park und blickte zum Himmel auf. Wie konnte die Sonne unverändert mild und warm am blauen Himmel im Wendekreis des Steinbocks stehen? Wie konnte sie allmorgendlich über der Guanabara-Bucht aufgehen und allabendlich hinter den ausgebreiteten Armen des *Cristo Redentor* versinken? Wie konnte die Zeit weiterlaufen, obwohl er schon tot war? Warum kamen sie nicht, um ihn abzuholen und zu begraben?

Er hörte auf, sich zu rasieren. Er vergaß, sich zu waschen. Er pißte in Pflanzkübel. Neben seinem Bett stand immer eine Flasche Whiskey, und er trank von der Sekunde an, in der seine Augen sich dem schmerzhaft hellen Sonnenschein öffneten, den er als Sakrileg empfand.

Er ging nicht mehr aus dem Haus. Er hinkte mit einer Wolldecke um die Schultern in seinem schmuddeligen, übelriechenden Schlafanzug durch die Korridore. Die Dienstboten machten einen Bogen um ihn, als sei er *enfeiticado* – ein Zombie, ein Besessener. Auf dem hinteren Teil eines Toilettensitzes errichtete er mit einer Madonna, einem Kruzifix und geweihten Kerzen, die Isabel im Haus gehabt hatte, einen behelfsmäßigen Altar, kniete auf den Fliesen davor nieder, stützte die Ellbogen auf den Klodeckel und betete stundenlang im weißen Kerzenschein, während ihm die Tränen übers stoppelbärtige Gesicht liefen.

Da er nicht imstande war, sich selbst das Leben zu nehmen, betete er zu seinem Erlöser und flehte ihn an, ihn zu sich zu rufen, seinen Schmerz zu lindern und diesem Wahnsinn ein Ende zu bereiten.

Eines Tages teilte sich der schmerzerfüllte Nebel, in dem Giovanni dahinvegetierte, soweit, daß er seine Schwester Angelina Serio erkannte, die in einem lackierten Rohrsessel an seinem Bett saß. Der Sessel knarrte unter ihrer schwabbeligen Fülle.

»... und damit«, stellte sie abschließend fest, »wäre der Fall erledigt. Die alte Hexe ist mit allem einverstanden.«

Trotz seines Schmerzes blieb Giovanni seiner Schwester gegenüber mißtrauisch. Ihre Selbstgefälligkeit wirkte verdächtig zufrieden.

»Alles ist schon ausgehandelt. Sie kriegt eine großzügige Entschädigung und verzichtet dafür auf sämtliche Rechte.« Angelina hielt ein Schriftstück hoch. Giovanni überlegte angestrengt, versuchte zu begreifen, wovon sie sprach.

Er ließ sich das Papier und den Kugelschreiber in die Hand drücken. »Was ist das?«

»Giovanni! Wozu willst du dir den Kopf zerbrechen? Unterschreib einfach. Hier.« Der dicke Zeigefinger ihrer beringten Hand deutete auf die gestrichelte Linie.

Er sah zu ihr auf. In seinem in Whiskey ertränkten Kummer hatte er intuitiv das Bedürfnis, genau zu verstehen, was Angelina von ihm wollte. Irgend etwas stimmte hier nicht. Als er sich in seinem unaufgeräumten Schlafzimmer umsah, erkannte er in einer Ecke seinen Schwager Bruno, der seinen Blick verlegen lächelnd erwiderte.

»Was ist das?« wiederholte er.

»Ahhh! Afanculo!« keifte Angelina und schlug sich mit der flachen Hand gegen die Stirn. »Das ist nur 'ne Vereinbarung, die ich habe aufsetzen lassen. Um dir 'nen Gefallen zu tun. Du bist nicht in der Lage, dich um deine Angelegenheiten zu kümmern.«

»Was für eine Vereinbarung?«

»Ein Vertrag zwischen dir und dieser Schlampe Maria Mendes.«

»Mit wem?«

»Mit deiner ehemaligen Schwiegermutter!« rief sie aus und mußte dann über diese absurde Konstellation kichern.

In Giovannis benommenem Kopf schrillte eine Alarmglocke.

»Ein Vertrag?«

»Bruder«, sagte sie sanft, »ich habe in dieser traurigen Zeit deine Interessen wahrgenommen. Ich habe Maria Mendes davon überzeugt, daß es für alle Beteiligten die beste Lösung wäre, wenn sie für hunderttausend Cruzeiros auf sämtliche Ansprüche auf das Vermögen der Gemellis verzichten würde. Und auf alle Rechte des Säuglings.«

»Des *was*?«

Angelina runzelte irritiert die Stirn.

»Des *Babys*, Giovanni!« Sie sprach langsam und deutlich, als habe sie ein Kind vor sich. »Des kleinen Mädchens. Die Mendes ist bereit, es aufzuziehen. Wahrscheinlich müssen wir ihr dafür ein Gehalt aussetzen, weil die alte Hure bestimmt ...«

»Welches kleine Mädchen?«

Sie starrte ihn an. »Hast du das vergessen, Giovanni? Du hast eine Tochter.«

Jetzt erinnerte er sich plötzlich wieder – an den Kreißsaal, die schwarze Krankenschwester, das verfärbte neugeborene Etwas und Isabel, die sich an die Brust griff, als sie sagte: »Hier tut's so weh!« Die Erinnerungen trafen sein Herz wie ein Keulenschlag, so daß er stöhnte und zu schluchzen begann.

»Wo ist sie?« stieß er hervor.

Sie betrachtete ihren Bruder und ließ sich lange Zeit mit ihrer Antwort. »Wir haben sie auf dem Friedhof Santa Teresa beigesetzt, Giovanni. Du warst doch dabei.«

Er schüttelte den Kopf und wischte sich mit dem Handrücken die Tränen aus den Augen.

»Nein«, krächzte er. »Meine Tochter.«

Mit dem Geld, das ihre Tochter ihr während ihrer elfmonatigen Ehe mit Giovanni Gemelli zugesteckt hatte, hatte Maria Mendes sich ein weitläufiges, protziges Haus am Rande der *Favela* Rocinha bauen lassen. Aber was nützte neugewonnener Reichtum, wenn man damit nicht vor seinen alten Freunden angeben konnte?

Noch auf der Straße vor dem Haus mit der knallgelben Fassade hörte Giovanni bereits den Säugling schreien und Maria Mendes keifen: »*Meu Deus*! Sei still! Sei still! Bloß *fünf Minuten* lang!«

Auf sein Klopfen kam sie mit einer Bierflasche in der Hand an die Fliegengittertür. Ihr Morgenrock stand vorn offen und gab den Blick auf schlaffes Fleisch in schmuddeliger Unterwäsche frei.

»*Sie!*« sagte sie, als sie Giovanni sah. »Sie sind übergeschnappt, hat's geheißen. *Luoco*.«

Giovanni öffnete die Tür und trat ein. Er war frisch rasiert, duftete nach Rasierwasser und trug einen frisch gebügelten Anzug.

»Wo ist das Baby?«

Sie kehrte ihm den Rücken zu und schwankte sichtlich betrunken ins Hausinnere.

»Was geht Sie das jetzt noch an? Ich hab' den Vertrag unterschrieben.«

Das Haus war unaufgeräumt und ungelüftet. Irgendwo in einem Nebenraum schrie das Baby.

»*Halt's Maul!*« kreischte Maria Mendes. »Scheiße, gib doch mal *eine* Minute lang Ruhe!«

Giovanni war ihr gefolgt. Sie drehte sich nach ihm um.

»Hier«, sagte er und gab ihr den bereits zerrissenen Vertrag. Ihr Blick wurde kalt und lauernd.

»Was soll das? Wir haben eine Vereinbarung getroffen. Sie versuchen, mich um mein Geld zu bringen!« Maria Mendes blickte auf ihn herab, musterte ihn prüfend. »Was wollen Sie?« fragte sie.

»Ich will das Baby. Ich will meine Tochter.«

»*Ihre* Tochter!« schnaubte sie. »Auf einmal lassen Sie sich hier blicken. Auf einmal wollen Sie das arme mutterlose Kind sehen. Nach fünf Monaten ...«

»Fünf Monate!« ächzte Giovanni.

»... kreuzen Sie auf und wollen mir meine Enkelin wegnehmen. Das einzige, was mir von meiner schönen Isabel geblieben ist, die ich so geliebt hab'!« jammerte sie mit gespielter Rührung.

In diesem Augenblick trat ein großer Schwarzer, der lediglich eine seidene Unterhose trug, aus dem Schlafzimmer.

»Hör auf zu kreischen, Weib! Und sorg dafür, daß das Baby die Klappe hält! Das reinste Irrenhaus ist das hier! Kein Wunder, wenn man hier verrückt wird!«

»*Du* hältst die Klappe, du dämlicher schwarzer Hundesohn!« Sie fuhr wütend herum. »Dies ist mein Haus, und ich schreie, wann ich will!«

»Und ich schlag' dich windelweich!«

»Versuch's doch! Ich stech' dich ab!« fauchte Maria Mendes und schnappte sich ein großes Messer von dem unaufgeräumten Tisch.

Giovanni drängte sich an ihr vorbei und folgte dem kurzen Gang, um in das Zimmer zu gelangen, in dem das Baby schrie. Der letzte Raum war eine stickig heiße, gelb gestrichene Kammer, in der nur ein unbezogenes Doppelbett stand. Mitten auf der nackten Matratze lag ein mageres Baby in Windeln und schrie die Zimmerdecke an. Der Blick der Kleinen streifte Giovanni; dann brüllte sie noch lauter.

Maria Mendes stand plötzlich neben ihm. Ihre Schulter berührte seine, und Giovanni roch ihre Bierfahne.

»Sie weint ständig«, flüsterte sie in verzweifeltem, fast großmütterlichem Ton. »Sie schläft immer bloß ein paar Stunden und brüllt dann wieder. Das tut sie, seitdem ich sie aus dem Krankenhaus geholt hab'. Sie macht mich ganz verrückt!«

»Hat sie Hunger?«

»Ich füttere sie natürlich«, stellte Maria Mendes empört fest. »Sie denken wohl, darauf wär' ich nicht gekommen? Ich füttere sie, und dabei kreischt sie und spuckt ihr Essen aus. Sie ist verrückt«, vertraute sie Giovanni flüsternd an, »genau wie ihre Mutter.«

»Sie ist vollkommen gesund«, sagte Giovanni, der sich erinnerte, das irgendwo gehört zu haben.

Maria Mendes schüttelte langsam den Kopf. »Sie hat 'ne Macke.«

Giovanni wollte nichts mehr hören. Er nahm die Kleine von der Matratze. In seinen Armen kreischte sie noch lauter. Als er sich abwandte und gehen wollte, vertrat Maria Mendes ihm den Weg.

»Wo wollen Sie mit ihr hin?«

»Ich nehme sie mit.«

»Sie können nicht einfach herkommen – und mir mein kleines Baby wegnehmen. Die Kleine ist mein ein und alles!«

Giovanni starrte sie durchdringend an.

»Wieviel?«

»Siebentausend Cruzeiros«, antwortete sie wie aus der Pistole geschossen.

»Einverstanden.«

»Im Monat!«

»Ja, ja!« knurrte er aufgebracht. »Sie kriegen das Geld!«

Draußen in der heißen Sonne hielt Giovannis Chauffeur ihm die Tür der Limousine auf, und er stieg mit seiner schreienden Tochter in den Armen ein.

»Vergiß mein Geld nicht, Gemelli!« rief ihm Maria Mendes von der Haustür aus hinterher, wo sie in die Sonne blinzelte und sich nicht einmal die Mühe machte, ihren Morgenrock zu schließen.

Der LTD fuhr an, hielt aber gleich wieder. Giovannis Fenster glitt herab, und er steckte seinen Kopf aus dem Wagen.

»Wie heißt sie?«

Maria Mendes lachte wieder. »Ich nenn' sie Isabel. Aus alter Gewohnheit, schätz' ich.«

Der Ford rollte erneut an. Maria Mendes stand auf der Straße und schrie ihm hinterher: »Gemelli! Vergiß mein Geld nicht!«

Die Kleine hörte nicht zu schreien auf. Wie Maria Mendes gesagt hatte, schlief sie immer nur kurz und unruhig und brüllte nach dem Aufwachen wieder die mit Engeln ausgemalte Zimmerdecke an. Giovanni rief alle im Haus beschäftigten Frauen ins Kinderzimmer und ließ sie den Säugling auf den Arm nehmen, aber die erhoffte positive Reaktion blieb aus.

Dann engagierte er eine Amme, eine ebenholzschwarze Riesin von der Dschungelküste im Norden, die einen goldenen Stecker in der Nase trug und das kleine Mädchen in ihrem Singsangdialekt angurrte. Isabel schien sich kurz zu beruhigen, aber danach schrie sie um so lauter. Sogar wenn sie an den großen schwarzen Brustwarzen saugte, waren ihre gedämpften Schreie noch zu hören – wie ferner Donner jenseits einer Bergkette.

Die besten Ärzte Lateinamerikas untersuchten Isabel Gemelli. Ein weltberühmter Kinderarzt, der sie eine Stunde lang beobachtet hatte, nannte ihren Zustand »untröstlich reizbar«. Er ordnete die Entnahme von Rückenmarksflüssigkeit an, und als die Flüssigkeit klar war, zog er einen Spezialisten für Infektionskrankheiten hinzu. Dieser Spezialist injizierte dem kreischenden Baby Antibiotika. Auch nach einer Woche war keine Besserung zu erkennen. *Untröstlich reizbar.*

Dann kamen ein Neurologe, der zur Überprüfung der Gehirnströme ein EEG vorschlug, und ein Radiologe, der eine Computertomographie vornahm. Beide Fachärzte stellten fest, Isabel sei ihre bisher jüngste Patientin, und keiner von ihnen konnte einen medizinischen Grund für die wütende Traurigkeit der Kleinen finden.

Sie empfahlen Giovanni einen weiteren Kinderarzt, der einen Kinderpsychologen hinzuzog, welcher Isabels motorische Reaktionen gründlich testete und dann sagte, das Problem des Babys liege nicht im mentalen Bereich, sondern müsse durch eine körperlich bedingte Fehlfunktion des Gehirns ausgelöst werden, die von den anderen Spezialisten übersehen worden sei. Der Kinderarzt widersprach heftig, und die beiden Spezialisten gerieten sich vor Giovannis Augen in die Haare.

Das Baby schrie weiter. Untröstlich reizbar.

Eines Tages erschien Angelina Serio im Kinderzimmer, musterte die brüllende Kleine mißmutig und sagte sofort: »Sie ist besessen. Ich lasse einen Priester kommen.«

Der Geistliche war ein Sizilianer mit fettigem schwarzen Haar und Warzen an den Händen. Er sprengte das Kinderzimmer mit Weihwasser aus und leierte unverständliche Gebete herunter. Danach – die Kleine brüllte weiter – wandte er sich an Giovanni.

»Haben Sie's schon mit einem Arzt versucht?«

»Zu Ärzten habe ich kein Vertrauen mehr«, sagte Giovanni ruhig.

Giovanni wurde von Tag zu Tag verzweifelter. Die Kleine war in allen Räumen des großen Hauses zu hören – zu jeder Tages- und Nachtzeit. Sie verlor an Gewicht; sie wuchs nicht. Sie weinte sich zu Tode.

Die schwarze Amme, die Zumira hieß, kam demütig zu Giovanni und bot ihm die Dienste ihres Cousins an, der ein *Macumbeiro* war – ein sehr mächtiger Zauberer aus ihrem Heimatdorf, der erst vor kurzem nach Rio gekommen war. Dieser Mann, behauptete Zumira, hatte schon viele von den Ärzten aufgegebene Kranke geheilt.

Giovanni zögerte, denn das roch nach Hexerei und Teufelsanbetung. Für fast ganz Brasilien mochte *Macumba* eine zweite Religion sein, aber Giovanni hatte nur einen Gott, auch wenn dieser ihn verlassen zu haben schien. Andererseits hatte er keine andere Wahl, als auch dieses vielleicht gotteslästerliche Mittel auszuprobieren.

Beim nächsten Vollmond um Mitternacht brachten Giovanni und Zumira die schreiende Kleine zu einem *Centro:* einer *Macumba*-»Kirche« auf einer kleinen Waldlichtung hoch über Tijuca. Außer durch einen Bach – ein unentbehrliches *Macumba*-Requisit – war das *Centro* durch ein Viereck aus flankierenden weißen Kerzen markiert. Inmitten der Lichter saß ein spindeldürrer, schneeweiß gekleideter Schwarzer. Er sah mit gerunzelter Stirn zu Giovanni auf und streckte beide Hände aus.

»Gib mir das Kind.«

Giovanni überließ seine Tochter widerstrebend dem Gespenst mit den feurigen Augen. Die Kleine schrie wie am Spieß.

»Auf die Knie!« befahl der *Macumbeiro,* und Giovanni sank auf die Knie.

Der *Macumbeiro* schloß die Augen und fuhr mit seiner Hand über das Gesicht des weinenden Babys. Ein Zittern durchlief seinen Körper, und er starrte Isabel an. »Auf diesem Kind liegt ein *Maldição.*« Sein Blick bohrte sich in Giovannis Augen. »Einer deiner Feinde hat dein Kind verflucht. Weißt du, wer's gewesen ist?«

Giovanni war verwirrt. »Ich... ich habe keine Feinde.«

Der hagere Schwarze legte das weinende Baby auf ein vorbereitetes Lager aus Blättern. Giovanni hätte es ihm am liebsten wieder entrissen, aber er zwang sich, zu ertragen, wie seine Tochter vor Angst und Wut schrie.

»Hast du die Bonbons mitgebracht?«

Zumira, die hinter Giovanni kniete, hielt ihm eine kleine Bonbontüte hin, die er seinerseits an den *Macumbeiro* weitergab, der sie neben sich auf den Boden stellte. Übers Gesicht des Schwarzen huschte ein leichtes Lächeln.

»Bonbons mögen sie«, sagte er. Dann begann er halblaut in die Hände zu klatschen. Dah-dah-*dah.* Dah-dah-*dah.* »Sie sind faul«, flüsterte er. »Wir müssen sie rufen. Macht es wie ich.«

Giovanni beobachtete seine langen schwarzen Hände und begann mitzuklatschen. Er hörte, wie Zumira ebenfalls einfiel. Dann wiegte der *Macumbeiro* sich mit hypnotisch nach oben verdrehten Augäpfeln auf den Knien, und Giovanni spürte etwas Flatterndes neben seiner Hand.

»Das Huhn!« flüsterte Zumira. »Geben Sie's ihm!«

Giovanni sah auf den kleinen schwarzen Hahn hinab, der mit zusammengebundenen Beinen auf ihrem breiten Schoß flatterte.

»Geben Sie's ihm!«

Die Flügel des Hahns schlugen gegen Giovannis Hände, als er den Vogel vor den *Macumbeiro* legte. Die knochigen schwarzen Finger der Linken des Mannes umklammerten den langen Hahnenhals, und dann blitzte Stahl in der Rechten des *Macumbeiros* auf, und im nächsten Augenblick schoß ein dicker, heißer Blutstrahl über die schneeweißen Gewänder des Schwarzen, während er das im Todeskampf zappelnde Tier über das kreischende Baby hielt.

»Nein!« brüllte Giovanni, während er mühsam auf die Beine kam. »Nein!«

Der *Macumbeiro* fuhr herum und deutete mit seiner blutverschmierten Hand anklagend auf ihn. »Wie kannst du's wagen, mich...«

Giovannis Stock traf den dünnen Arm, so daß der Schwarze vor Schmerz aufheulte.

Giovanni riß seine Tochter an sich, wischte ihr das Blut aus dem schreckverzerrten Gesicht und drückte sie an seine Brust, während er hinkend die Lichtung verließ.

»Pssst...«, versuchte er sie zu beruhigen. »Nicht weinen, *minha filha! Nicht weinen!*«

Als nächstes versuchte er es mit äußeren Reizen.

Er zog die Vorhänge im Kinderzimmer zu. Er drehte den Dimmer ganz nach links.

Keine Veränderung.

Er schaltete das Licht aus.

Nichts als Schreie.

Er bellte wie ein Wauwau.

Null.

Er rollte einen Fernseher ins Kinderzimmer und stellte ihn an. Über den Bildschirm flimmerten Zeichentrickfilme.

Die Kleine verstummte für einen Moment, und auf ihrem Gesicht erschien ein fragender Ausdruck, während sie die übergroßen, chaotischen, menschenähnlichen Bilder zu verstehen versuchte.

Dann begann sie wieder zu weinen.

Aber Giovanni war ermutigt. Er hatte eine *Reaktion* hervorgerufen! Eine *positive* Reaktion! Er würde zu ihr vordringen; dessen war er sich jetzt sicher.

Er ließ sich einen 16-mm-Projektor mit Leinwand, Lautsprechern und Dutzenden von Filmen – hauptsächlich Zeichentrickfilme – kommen, baute ihn auf, zog die Vorhänge zu und begann mit der Vorführung. Über die Leinwand flimmerte ein chaotisches, verrücktes Tableau aus tanzenden Schweinen, cholerischen Enten, furchtsamen Mäusen und frustrierten Kojoten. Sie weinte noch immer – aber von Zeit zu Zeit verstummte sie einen Herzschlag lang, als hole sie Luft, als habe sie für diesen Augenblick ihren Zorn, ihren Kummer vergessen. Danach schrie sie weiter.

Giovanni versuchte, die kurzen friedlichen Pausen zu analysieren. Sie schienen aufzutreten, wenn eine der Comicfiguren besonders hoch sprang oder sich anschlich oder... oder... die *Musik* war's! Isabel reagierte auf die *Musik*.

Giovanni war hellauf begeistert. Er ließ den Filmprojektor abbauen und durch eine hochmoderne Stereoanlage ersetzen. Vor Hoffnung zitternd, während die Kleine brüllte, begann er sein Experiment. Und weil er aus Neapel stammte, spielte er als erstes »O sole mio«.

Isabel kreischte.

Als nächstes legte er Verdi auf.

Sie *haßte* Opern.

Er versuchte es mit anderen klassischen Stücken.

Mozarts Streichquartette.

Sie schien etwas ruhiger zu werden.

Debussys Klavieretüden.

Das Kind hörte tatsächlich mindestens eine Minute lang zu weinen auf. Dann schien es die Aufnahme langweilig zu finden und brüllte noch lauter als zuvor.

Isabel hatte eine Vorliebe für englischen und amerikanischen Rock gehabt. Er fand das letzte Album der Beatles und spielte »Let It Be«.

Strikte Ablehnung.

Er legte eine Platte von einem gewissen Steely Dan auf.

Nachdrücklicher Protest.

James Brown.

Unzufriedenes Kreischen.

Zwischen den auf dem Boden verstreuten Alben entdeckte er einige brasilianische Titel.

Er senkte die Nadel auf eine Scheibe mit Jobim-Nossa Novas herab. Was hätte beruhigender sein können?

Die Kleine reagierte mit einem Wutausbruch.

Giovanni geriet in Panik. Er hatte geglaubt, zufällig den Schlüssel zur gestörten Psyche seiner Tochter gefunden zu haben, und spürte nun, daß das Geheimnis ihm wie die flüchtige Euphorie eines Betrunkenen entglitt.

In seiner Verzweiflung stapelte er schließlich zehn Platten auf dem Plattenwechsler und sank erschöpft in einen der kleinen rosa Sessel im Kinderzimmer. Er schlug die Hände vors Gesicht und weinte leise. Einige Minuten später, während das Baby noch immer kreischte, begann er zu beten. Er betete zur Muttergottes; er betete zum heiligen Judas, dem Schutzpatron der Hoffnungslosen; ein spezielles Gelöbnis galt San Gennaro, dem Schutzheiligen Neapels.

Er hatte geschlafen. Wie lange, wußte er nicht. Er schrak auf und fand sich in einem niedrigen, kleinen Sessel wieder. Die Sonne mußte untergegangen sein, denn der Raum war dunkler und kühler. Die Stereoanlage spielte noch immer. Irgendein amerikanisches Jazzstück: eine langsame, bluesartige Ballade aus den vierziger Jahren mit einer Sängerin. Giovanni war unwohl. Irgendwas stimmte hier nicht. Irgendwas war...

Die Kleine weinte nicht.

Giovannis Herz schlug einen Augenblick höher, bis er erkannte: *Sie ist eingeschlafen.*

Na ja, man muß für alles dankbar sein.

Er kam schwankend auf die Beine, hinkte leise ans Gitterbettchen und sah hinein.

Isabels große braune Augen strahlten ihm entgegen. Sie lächelte!

Giovanni starrte sie blinzelnd an. Er hatte seine Tochter noch nie lächeln gesehen.

Auf der Platte machte die Sängerin ein paar Takte Pause, und Saxophone spielten lauter, und über Isabels Gesicht zog Unbehagen wie ein Wolkenschatten; dann sang die Frau weiter, und das Baby lachte glucksend.

Es *war* die Musik – und diese war die *richtige* Musik!

Giovanni hinkte an den Plattenspieler und versuchte, das sich ständig drehende Label zu lesen. Dann stellte er die Musik lauter.

Das Kinderzimmer vibrierte von der fremdartigen, klagenden Stimme der Sängerin. Eine durch Schmerz und Erfahrung gereifte

Stimme. Eine Stimme, in der alle scharfen Kanten abgeschliffen waren, so daß ihr Klang zugleich beruhigend und erregend, trauernd und trotzig, sexy und zornig war.

Die Kleine lachte. *Lachte!*

Giovanni beugte sich über sie, und sie streckte die Hände nach ihm aus, als wolle sie auf den Arm genommen werden. Er hielt ihr einen Finger hin. Sie packte ihn und versuchte lachend, daran zu saugen.

Dann hielt sie den Finger fest und lächelte zu ihm auf.

Die Schallplatte lief weiter. Nach einigen Minuten schlief die Kleine friedlich ein, ohne den linken Zeigefinger ihres Vaters loszulassen. Und sie lächelte noch immer.

Giovanni sah zur Zimmerdecke auf, bekreuzigte sich unbeholfen mit der rechten Hand und dankte der Muttergottes, dem heiligen Judas, San Gennaro und Billie Holiday.

BUCH III

Waukegan, Illinois – Juni

»Sag die Wahrheit, Babe. Haben Rothaarige nicht die hübschesten Mösen?«

Ihr Kitzler unter seiner Zunge glich einer Geschwulst. Dick, breit, pochend und scheinbar mit eigenem Willen ausgestattet. Manchmal wich die Klitoris ihm aus und flüchtete vor seiner Zungenspitze wie eine ängstliche Jungfrau; dann wieder drängte sie sich seinem Mund entgegen wie eine lasterhafte Hure.

»Als ob man Zuckerwatte ißt, stimmt's, Babe?«

Tatsächlich war es mehr so, als schlürfe man eine leicht medizinisch schmeckende Auster. Kim hatte eine Vorliebe für aromatisierte Vaginalsprays, die nach einigen Stunden in ihre chemischen Bestandteile zu zerfallen schienen.

»Weiter so, Babe! Nur ran! Oooh, das ist gut! So ist's richtig«, schnurrte sie, während ihre Finger mit den langen Nägeln durch sein dichtes dunkles Haar fuhren. Dann kicherte sie und sagte: »Los, iß dein Fischsandwich!«

Kim war eine dürre, kantige Frau von siebenundvierzig Jahren mit hellorangerotem Haar und blasser Haut, die mit unzähligen Sommersprossen übersät war. Auf dem schmalen rechten Oberschenkel trug sie einen überraschend professionell eintätowierten rosaroten Panther, der blinzelnd ein Auge zukniff. Sie lehnte sich in das Dutzend Kissen, die sich in ihrem breiten, zerwühlten Bett türmten – Kim Baxter *liebte* Kissen –, machte mahlende Hüftbewegungen und sah zu, wie Sal ihre Möse bearbeitete. Kim hätte nicht sagen können, was ihr lieber war: Cunnilingus zu erleben oder dabei zuzusehen. Sie warf den Kopf zurück, schob ihren schmalen Hintern etwas tiefer und spreizte ihre schon weit gespreizten Beine noch mehr.

»Oh, du weißt, wie's gemacht wird, stimmt's, Babe?«

Sal saugte Kims geschwollenen Kitzler zwischen seine Zähne und biß zart darauf. Sie schloß stöhnend die Augen. *Bringen wir's hinter uns,* dachte Sal, während er sein Gesicht in ihrem glitschigen rosa Fleisch vergrub. Er lag auf dem Bett ausgestreckt, seine Beine hingen über die Kante, und sein schlaffes Glied wurde unter ihm an die Matratze gedrückt. Aber das spielte hier keine Rolle. Kim Baxter wollte ihre Möse geleckt haben, Punktum. Obwohl Kim nie davon sprach und die Unterstellung, eine Feministin zu sein, empört zurückgewiesen hätte, waren steife Schwänze für sie Symbole der männlichen Herrschaft über Frauen. Einen Mann zu beobachten, der vor ihr auf den Knien lag und ihre Möse leckte, war Ausdruck einer ganz anderen Macht – ihrer über ihn.

»O Jesus, Babe!« ächzte sie. »O Jesus!« Und sie grapschte nach ihrem echt silbernen Riechfläschchen mit Amylnitrit, das sie wie ein Amulett an einer langen Kette um den Hals trug. Kim Baxter verzichtete auf alle anderen Drogen – verachtete sie sogar –, aber im Augenblick der Wahrheit konnte sie nicht auf die Ekstase verzichten, die dieses Herzstimulans bewirkte. Kim war ein Orgasmus-Junkie.

Sie riß die Verschlußkappe ab, hielt die Öffnung mit dem Zeigefinger zu und drückte das Amylnitrit wie eine Reliquie an ihre Brust.

»Oh, yeah, Baby, nicht aufhören! Nicht aufhören!«

Nun knabberte Sal an ihr herum wie an einem Maiskolben. Wie er aus Erfahrung wußte, hätte sie in diesem Zustand nur etwas gespürt, wenn er aufgehört hätte. Das Wasser kochte bereits. Jetzt kam es aufs Weitermachen an.

»Oh, Scheiße!« rief Kim, und Sal wußte, daß sie den Punkt erreicht hatte, an dem es kein Zurück mehr gab. »Oh, Scheiße!« Sie schob sich das Riechfläschchen in die Nase und atmete tief ein. Sal saugte wie wild an ihr, und ihr glitschiges Fleisch in seinem Mund fühlte sich wie ein zusammengefallener Ballon an. Dann erreichten ihr Orgasmus und das Amylnitrit gleichzeitig ihren Höhepunkt, und Kim begann Unverständliches zu brabbeln und sich im Bett herumzuwerfen, als habe sie einen epileptischen Anfall.

Aus ihrer Scheide quoll Flüssigkeit in Sals Mund, und ihre Oberschenkel umschlossen seinen Kopf wie ein Schraubstock. Sie reckte die Hüften vom Bettlaken in die Höhe und rieb sich an Sals Gesicht. Sal umklammerte ihre Beine und bemühte sich durchzuhalten. Ein paar Augenblicke lang waren sie wie Tiere in wilder Brunst. Und dann flachte Kims Orgasmus ab. Ihr angespannter Körper wurde schlaff; gleichzeitig spürte Sal, daß er stechende Nackenschmerzen hatte. Er kroch zwischen ihren Beinen heraus, und Kim hob ihren Kopf aus dem Kissenberg und leckte ihren eigenen Saft von seinem dunklen Gesicht.

»Ich hab's noch nie mit 'ner Frau getrieben...« Sie grinste. »... aber ich find's geil, meine Fotze an 'nem Mann zu schmecken.« Sal streckte sich neben ihr auf den feuchten Laken aus und begann, seinen Nacken zu massieren.

Kim zündete sich eine Zigarette an und blickte versonnen zur Zimmerdecke auf. Nach einer Weile sagte sie: »Ich überleg' gerade, ob du der Beste bist, den ich jemals gehabt hab'. Ich mein', sei jetzt nicht beleidigt, du bist verdammt gut, Hübscher. Einer der zwei oder drei Besten. Aber ich bin gerade am Überlegen, ob du *der* Beste bist.«

Sie griff nach dem immer auf ihrem Nachttischchen stehenden Glas Wild Turkey. In der Bar hatte Sal mal einen Tag lang mitgezählt. Ihre Tagesration lag bei ziemlich genau einer Flasche Whiskey. Tagtäglich.

»Ich hab' mal 'nen großen Nigger gehabt, der Junge hatte 'ne Zunge wie 'n gottverdammter Ameisenbär. Lang und dünn, du weißt, was ich mein'. Ist 'n Gefühl wie 'n gottverdammter Feuerwehrschlauch gewesen, wenn er mich mit dieser Schlange ausgeleckt hat.« Sal griff über sie hinweg, um sich eine von Kims Zigaretten zu nehmen. Als sein Arm ihre Brust streifte, schienen ihre Körper voneinander zurückzuweichen. »Und dann war da noch Spiros großer Bruder Gus...«

Spiro, soviel wußte Sal inzwischen, war Kims verstorbener Ehemann: ein Grieche, der beim Wechseln eines Fünfzigers einem Herzschlag erlegen war und ihr The Tall Cold One hinterlassen hatte – die Bar mit Grillroom, schräg gegenüber von diesem verstaubten kleinen Apartment auf der anderen Straßenseite.

»Gus hat keine Zähne gehabt. Kalziummangel oder so was, drüben in Griechenland. Der alte Bock hat immer sein Gebiß rausgenommen, und ich schwör's dir, Sal, er hat an mir rumgemümmelt, bis ich gedacht hab', ich müßt' mich anpissen.« Sie lachte, mußte dabei furzen und lachte noch lauter. »Ich glaub', *du* bist der Allerbeste, Süßer.«

Kim Baxter war die ordinärste und vulgärste Frau, die Sal je kennengelernt hatte. Selbst die Nutten und Stripperinnen aus der Bourbon Street, mit denen er aufgewachsen war, konnten dieser Nymphomanin aus Kentucky nicht das Wasser reichen. Sie lebte für schmutzige Witze, Wild Turkey und dem hungrigen Mund eines Mannes auf ihrem Körper. In den sechs Wochen, in denen Sal jetzt in ihrer Bar Drinks mixte und Hamburger grillte, hatte er immer wieder über ihre Offenheit, ihre Direktheit, ihre Einfachheit gestaunt.

Als Sal die heruntergekommene, hauptsächlich von Arbeitern besuchte Bar betreten hatte, nachdem er gerade aus dem Greyhound aus Chicago gestiegen war, hatte Kim hinter der Theke gestanden und Gläser poliert. Am frühen Nachmittag hockten nur ein paar alte Stammgäste an der Bar und sahen zu, wie die Cubs gegen die Dodgers verloren. Sal hielt das Schild BARKEEPER GESUCHT in der Hand, das draußen an der Tür geklebt hatte.

»Glaubst du, daß du meine anspruchsvolle Klientel bedienen kannst?« fragte sie, und die alten Säufer schnaubten.

»Ich kann eine Bierflasche aufmachen, wenn du das meinst.«

Sie legte den Kopf schief und begutachtete ihn. »Kannst du 'nen Burger grillen? Tiefgekühlte Fritten machen?«

»Hab' ich alles schon gemacht.«

Daraufhin lächelte sie ihn an. »Weißt du, wie man's 'ner Frau mit dem Mund besorgt?« fragte sie, worauf die alten Säcke vor Lachen fast von ihren Hockern gekippt wären.

Sal bemühte sich, nicht zu lächeln. »Hab' ich auch schon gemacht.«

»Darauf möcht' ich wetten, Süßer! Darauf möcht' ich wetten!« Sie warf einen Schlüsselbund auf die Theke. »Du kriegst vierzig Dollar pro Abend, cash. Du kriegst einen Tag in der Woche frei. Du kriegst Burger und Fritten, soviel du willst. Du kriegst 'n Zimmer im ersten Stock, wenn du 'ne Bude brauchst und die Schnapskartons dich nicht stören. Und du kriegst mich – zumindest einmal.«

»Was passiert nach diesem einen Mal?«

»Kommt drauf an. Falls dein hübscher Mund was taugt, kriegst du mich vielleicht als ständige Zulage.«

Sal überlegte kurz. »Kommt mir eher so vor, als wär' *ich* die Zulage.«

Kim lächelte ihn an und ging zu den Zapfhähnen. »Ich mag Männer mit Selbstbewußtsein, Süßer. Komm, ich geb' einen aus.«

Sal hatte wieder Durst auf ein Bier. Er sah zu Kim hinüber. Sie schlief fest, wie ein Kätzchen zusammengerollt, und reckte ihr Hinterteil mit dem blinzelnden rosaroten Panther in die Luft. Sal griff über sie hinweg und knipste die trüb brennende Nachttischlampe aus. Kim bewegte sich, ließ einen fahren und schlief weiter. Sal stand auf und ging nackt und barfuß durchs dunkle Schlafzimmer ans Fenster. Einen Schritt davon entfernt blieb er stehen und starrte auf die Straße hinunter.

Er war jetzt vorsichtig. In den ersten Wochen nach seiner Flucht aus New Orleans war er unvorsichtig gewesen und hatte viele Fehler gemacht. Oh, sie hatten ihm nicht geschadet, da bis jetzt offensichtlich noch niemand hinter ihm her war. Aber Sal hatte sich einen sechsten Sinn zugelegt, der eindeutig paranoide Züge aufwies. In den vergangenen fünf Monaten hatten die Alarmglocken in seinem Kopf dreimal geschrillt. Dreimal hatte ihn das Gefühl befallen, in Lebensgefahr zu sein, *um jeden Preis abhauen zu müssen!* Und jedesmal hatte Sal alles liegen- und stehenlassen, seinen einzigen Koffer gepackt und war abgehauen. Auf der Stelle.

Sal starrte auf die menschenleere Straße hinab. Der Vollmond leuchtete so hell, daß eine Art Zwielicht herrschte. Am Ende des nächsten Blocks erkannte er die Kugellagerfabrik, in der die meisten Stammgäste von Kims Bar arbeiteten. Im Norden gab es jede Menge Fabriken, die herstellten, was den Japanern nicht lukrativ genug erschien.

Die Tall-Cold-One-Bar befand sich gegenüber. Im Fenster leuchteten die schlichte Neonskulptur eines hohen, schlanken Bierglases, von dem etwas Schaum herabfloß, und der Name in blauer Schrift: THE TALL COLD ONE. Neben der Bar war eine Schnelldruckerei, dann folgten eine chemische Reinigung und ein Sanitärgroßhandel, ein religiöser Buchladen, ein Secondhandshop und so weiter und so weiter bis zum Ende des Blocks. Ein unauffälliges, schäbiges Arbeiterviertel in einem alten Industriegebiet des Mittleren Westens. Ein ideales Versteck.

Sal ließ seinen Blick über die Fensterreihe im Obergeschoß über der Bar wandern. Dort lag der kleine Lagerraum mit Bad, in dem er hauste. Er hatte die an der Wand aufgestapelten Schnapskartons mit Handtüchern aus der Bar abgedeckt und benützte sie als Möbel. Außerdem hatte er ein Eisenbett mit klumpiger Matratze, einen Schwarzweißfernseher, einen Ghettoblaster, einen Stapel Westernromane von Louis L'Amour und eine nackte Glühbirne, die von der Decke herabhing.

Sal starrte einen Augenblick lang die Fenster seines Zimmers an. Er dachte, er hätte das Licht brennen lassen. Ließ man es nämlich nicht an, konnte man sich auf der steilen alten Treppe den Hals brechen. Sal war der Überzeugung, es angelassen zu haben, nachdem er oben gewesen war, um einen Karton Smirnoff zu holen. Er hätte es schwören können.

Während Sal die Fensterreihe anstarrte, kam ein Wagen mit brüllend laut angestelltem Radio die Grand Avenue herunter. Aus den Lautsprechern dröhnte der neueste Hit dieses hübschen Engländers mit der großartigen »schwarzen« Stimme. Kim spielte ihn dauernd in der Jukebox, und Sal konnte nie genug davon kriegen. *Mann, dieser verdammte Kerl kann singen!*

Sal verließ seinen Platz am Fenster und gelangte im Dunkel durch die schmale Tür in die Küche. Im Licht des Kühlschranks fand er eine kalte Flasche Old Style mit langem Hals, im Aschenbecher entdeckte er eine halbgerauchte Marlboro. Damit setzte er sich an den wackeligen Tisch, rauchte und trank und schwitzte in der Hitze des Apartments.

Dieser verdammte Limey konnte singen, das stand fest, aber Sal ließ sich davon nicht einschüchtern. Unter so perfekten Produktionsbedingungen, mit den besten Songs der Welt und lauter erstklassigen Musikern hätte er bestimmt genauso gut geklungen. Wenn nicht besser.

Sal nahm einen Schluck eiskaltes Bier und lehnte sich auf seinem Stuhl zurück. Die Singerei war das, was er am meisten vermißte. Im

Grunde war sie das einzige, das er vermißte. *Das ist nicht wahr,* dachte er. Er vermißte die gestärkten Rüschenhemden und die frischgebügelten Smokings. Er vermißte die Spannung, wenn die Aufmerksamkeit des Publikums sich auf ihn konzentrierte, und die Erleichterung, wenn seine Zuhörer applaudierten. Er vermißte das Gefühl des Mikrofons an den Lippen, und den noch schlafenden Zauber einer Klaviatur unter seinen Fingern. Aber am meisten vermißte er den Sound seiner Stimme aus den Lautsprechern.

Er warf einen Blick auf die Leuchtziffern der Uhr über dem Herd. 3.57 Uhr. Schon fast Tagesanbruch. Wurde allmählich Zeit, daß er in sein Loch auf der anderen Straßenseite zurückkehrte und sich aufs Ohr legte. Er hätte hier bei Kim schlafen können, aber sie war trotz ihres Whiskeykonsums eine Frühaufsteherin, und Sal schlief bis Mittag. Außerdem wachte das Luder immer in gräßlicher Laune auf.

Das Singen fehlte ihm. Viel mehr, als er sich jemals hätte träumen lassen. Und deshalb hatte er vor zwei Wochen erstmals seit langer Zeit wieder einen Fehler gemacht. Oh, in den ersten Wochen nach seiner Flucht im Gewitterregen aus New Orleans hatte er massenhaft Fehler gemacht, aber dieser eine vor zwei Wochen war seit langem wieder der erste gewesen. Es war einer dieser seltsamen Abende gewesen, ein Samstagabend, an denen die Mondkräfte stärker wirken oder Stadtmenschen aus irgendeinem Grunde zwanghaft handeln oder so was; jedenfalls war es einer dieser Abende gewesen, an dem The Tall Cold One schon um acht Uhr rappelvoll war und jeder, der zur Tür reinkam, durchgedreht zu sein schien.

Arschlöcher, die sonst kaum einen Nickel Trinkgeld gaben, schmissen eine Lokalrunde. Sozialrentner warfen mit Zwanzigern um sich, als wär's Spielgeld. Auf der Theke standen die Drinks zwei, vier Reihen tief. Schon um zehn Uhr waren sämtliche Anwesenden – auch Kim und Sal – sinnlos betrunken. Aber friedlich betrunken, denn unglaublicherweise kam es den ganzen Abend lang nicht zur Schlägerei.

Gegen elf Uhr verkündete Teddy, ein bulliger Dreher in einem karierten Hemd, schallend laut, daß seine geliebte Gattin – eine Walküre mit deutlichem Schnurrbart und Schenkeln wie Baumstämmen – heute Geburtstag habe. Teddy schlug nachdrücklich vor, alle Gäste sollten »Happy Birthday« für sie singen, und wollte eben ihren Chor anführen, als Sal, dem im Rausch jegliche Vernunft abhandengekommen war, lautstark Ruhe forderte, hinter der Theke hervorgetorkelt kam und an das uralte Klavier wankte, das in einer Ecke des Lokals unter Telefonbüchern und Kartons mit Cocktailservietten sein kümmerliches Dasein fristete.

Sal wischte den ganzen Krempel mit einer betrunkenen Handbewegung beiseite, bis er den Deckel aufklappen konnte, und starrte dann auf die gelblichen, von Brandflecken entstellten Tasten. Er ließ seine Finger über die Klaviatur gleiten und merkte, wie staubig sie war. Jemand schob ihm einen Stuhl in die Kniekehlen, und er ließ sich abrupt darauffallen. Ein anderer Gast drückte ihm ein Glas Whiskey in die Hand, und er warf seinen Kopf in den Nacken und leerte es mit einem Zug.

Dann hielt Sal seine Hände über die Klaviatur und grinste dümmlich. Als seine Finger die Tasten berührten, schlugen sie einen D-Dur-Septim-Akkord an und arpeggierten ihn durch die Umkehrungen, bevor er »Happy Birthday« zu singen und zu spielen begann. Die Menge hinter ihm fiel sofort ein, und bis sie »Happy Birthday, dear Margaret« – so hieß Teddys Angetraute – gekrächzt hatte, gab es in der Bar kein einziges Gesicht mehr, auf dem kein breites Grinsen gestanden hätte. Alle klatschten. Teddy umarmte liebevoll seine elefantenförmige Frau. Sal schlug ein paar melancholische Akkorde an. In der Bar herrschte augenblicklich Ruhe, und er begann zu singen:

»She may be weary, women do get weary, wearing the same shabby dress. So when she's weary, try a little tenderness.«

Als Sal die Bridge spielte, gab es in der ganzen betrunkenen Bar kein trockenes Auge mehr, und als er sang *»but a word that's soft and gentle – makes it easier to bear«*, begannen Margaret und Teddy, die sich in den Armen lagen, laut zu schluchzen. Sal beendete seinen Song mit einem herzzerreißenden Südstaatentremolo: *»Just try-eh-a a littil-a. Ten-Dah-Nehhhhhsssss.«* Nach einem Augenblick verblüfften Schweigens brach lärmender Beifall los, und Sal wurde regelrecht an die Bar zurückgetragen, wo drei Dutzend Gäste versuchten, ihn zu einem Drink einzuladen. »Warum hast du mir nicht erzählt, daß du so was kannst, Süßer?« schnurrte Kim, die mit leuchtenden Augen an der Registrierkasse lehnte. »Ich bin bloß vom Zuhören naß geworden.« Und Sal dachte: *Spitze, jetzt muß ich in Zukunft auch für ihre Möse singen.*

An den Rest der Nacht konnte er sich nur noch verschwommen erinnern. Später hörte er, man habe ihn die Treppe raufgeschleppt und in sein Bett gekippt. Zwei Tage später stützte dann einer der Kerle, die ein- bis zweimal wöchentlich in die Bar kamen, ein schwarzhaariger kleiner *Paesano*, die Ellbogen auf die Theke und sagte: »Hey, du bist neulich am Klavier echt großartig gewesen. Wie heißt du noch?«

»Sal Mullins.« Die Mutter seiner Mutter hatte Mullins geheißen.

»Klingt komisch.«

»Was soll ich dir anderes sagen?« Sal hütete sich davor, mit mehr rauszurücken.

»Wo kommst du her?«

»Überall. Ich bin viel unterwegs gewesen.«

»Yeah, aber woher hauptsächlich?«

Das gefiel Sal nicht. »Hauptsächlich aus San Francisco.«

Der Kerl musterte ihn prüfend. »Du hast so 'n Dialekteinschlag. Ich komm' nicht drauf, aber den hab' ich schon mal gehört.«

Sal zuckte mit den Schultern und ging ans andere Ende der Theke. Er verbrachte zehn Minuten damit, Gläser zu polieren, nachzuschenken und Geld für Zigaretten zu wechseln, und wenn er zwischendurch mal aufsah, beobachtete der *Paesano* ihn. Zuletzt kam Sal zu seinem Ende der Theke zurück.

»Was tust du mit so 'ner Stimme in dieser Bruchbude?« erkundigte sich der Kerl.

Sal starrte ihn herausfordernd an. »Schreibst du 'n Buch?«

Der Kerl hob abwehrend die Hände. »Hey, du interessierst mich einfach, sonst nichts. Mein Schwager ist bei der hiesigen Musikergewerkschaft. Er könnte dir 'n Engagement als Pianist und Sänger vermitteln.«

Finger weg von Gewerkschaften! Little Johnny hat gute Beziehungen zu den Gewerkschaften.

»Mein Schwager könnte ...«

»Versuch nicht, mir 'nen Gefallen zu tun, Kumpel, okay? Mir *gefällt's* hier.«

»Hey, schon gut. Tut mir leid. Komm, ich geb' dir einen aus.« Der *Paesano* schob einen Fünfer über die nasse Theke.

»Nö, *ich* lad' dich ein«, sagte Sal und schenkte ihm nach. Dann stellte er ein weiteres Glas auf die Theke und füllte es für sich selbst. Er hob es hoch, und der Kerl stieß mit ihm an.

»*A tua salute.*«

»*A tua salute.*«

Danach ging Sal ans andere Ende der Bar und gab vor, das Tennismatch in ESPN zu verfolgen. Er sah sich um und ertappte den Kerl dabei, daß er ihn beobachtete. Der Kerl sah rasch weg. Als Sal einige Minuten später wieder hinsah, war er verschwunden.

Seither hatte Sal nicht mehr Klavier gespielt und keinen Ton mehr gesungen, obwohl er fast jeden Abend dazu aufgefordert wurde. Er überlegte sich sogar, daß er durch seine *Weigerung*, wieder zu singen, erst recht auffiel. Aber was sollte er tun, verdammt noch mal?

Das war der Fehler vor zwei Wochen gewesen. Nachträglich gesehen mußte er in dem halben Jahr zuvor Dutzende gemacht haben.

In jener ersten Nacht, in der er Hals über Kopf vor Entsetzen geflüchtet war, das ihn in New Orleans befallen hatte, war er die ganze Nacht durchgefahren. Am frühen Montag nachmittag hatte Sal unter schiefergrauem Himmel die Außenbezirke von Memphis erreicht. In einem K Mart kaufte er sich ein paar Sachen zum Anziehen – Jeans, Nike-Schuhe, eine Steppjacke – und etwas Verbandsmaterial für sein verletztes Bein, bevor er schräg über die Straße zu einem Gebrauchtwagenhändler fuhr. Der Besitzer war ein Good Ol' Boy mit Elvis-Presley-Frisur und gewaltigem Wanst, der ihm zunächst zweitausend Dollar bot.

»Der Wagen ist sechzigtausend wert!« protestierte Sal.

Der Händler kaute auf seiner kalten Zigarre herum. »Nicht ohne Papiere. Ohne Papiere ist das Ding bloß 'n Haufen Ersatzteile.« Er musterte Sal. »Ich geb' dir zwotausendfünfhundert, cash.«

Sal dachte darüber nach. Der Good Ol' Boy stützte die Ellbogen auf den Schreibtisch und beugte sich vor. »Sohn, nimm lieber, was ich dir biete. Nicht jeder Gebrauchtwagenhändler in Memphis ist so... äh... aufgeschlossen wie ich. Wenn du weiter rumfährst und den Wagen loszuwerden versuchst, kriegst du 'ne kostenlose Rückfahrt nach Louisiana, bevor die Sonne über deinem Arsch untergeht.«

Sal nahm das Geld, ein Taxi zum Memphis International Airport und dann ein Flugzeug nach St. Louis. Es war der erste Flug seines Lebens. In St. Louis verkroch er sich drei Wochen lang in einem Hyatt House in Flughafennähe. Beim Einchecken schrieb er dummerweise seinen richtigen Namen auf die Meldekarte und war zu nervös, die Dame an der Rezeption um eine neue zu bitten.

Er zahlte eine Woche im voraus und blieb die ganze Zeit in seinem Zimmer. Er ließ sich alle Mahlzeiten vom Zimmerservice bringen und gab Pagen Geld, damit sie ihm stangenweise Zigaretten und kistenweise Whiskey holten. Er lag den ganzen Tag auf dem Bett, ohne den ständig laufenden Fernseher zu beachten, rauchte eine Zigarette nach der anderen, trank Unmengen Whiskey und versuchte rauszukriegen, was zum Teufel er mit dem Rest seines Lebens anfangen sollte.

Nach drei Wochen hatte er etwas über zweitausend Dollar ausgegeben und erkannte, daß er's sich nicht leisten konnte, bis ans Ende seiner Tage in diesem Zimmer zu bleiben. Am letzten Tag seiner dritten Woche in St. Louis verließ Sal das Hyatt, ohne vom Portier gesehen zu werden, erreichte den Highway und begann zu marschieren. Drei Stunden trabte er an der verlassenen Straße entlang, bis er einen Bus anhalten konnte.

Mit diesem Bus fuhr Sal zwölf Stunden lang, wobei er in jeder Stadt eine neue Fahrkarte bis zur nächsten kaufte, bis er sich im kalten Bloomington, Indiana, wiederfand. Das war eine kleine Collegestadt, deren malerisches Stadtzentrum etwa vier Blocks im Quadrat maß. Sal traute sich aus dem Busbahnhof hinaus, machte einen Spaziergang über die Hauptstraße und starrte in die kleinen Kerzenboutiquen und Naturkostläden der Nachhippiezeit. Sal konnte sich keine Stadt vorstellen, die New Orleans unähnlicher gewesen wäre. Schon bevor er zum Bleiben entschlossen war, hatte er einen Job als Barkeeper in einer Studentenkneipe mit Sägemehl auf dem Fußboden. Obwohl er wußte, daß das ein Fehler war, gab er dem Besitzer seinen richtigen Namen und seine Sozialversicherungsnummer.

Als Sal sich in St. Louis im Hyatt House versteckt hatte, war er zu keinem Entschluß in bezug auf seine zukünftige Lebensgestaltung gekommen, aber er hatte sich Gedanken darüber gemacht, was zum Überleben erforderlich sein würde.

Er brauchte eine neue Identität, das stand fest. Einen neuen Namen, eine komplette Lebensgeschichte. Die würde Geld kosten – aber das ließ sich beschaffen. Schwieriger war das Problem, an wen er sich wenden sollte. Auch so weit von New Orleans entfernt würden die entsprechenden Spezialisten wissen, daß Johnny Venezia hinter einem Mann her war, der versuchen würde, sich eine neue Identität zu kaufen.

Sal war klar, daß die Mafia nicht der allwissende Unterweltmonolith war, als den die Regierung sie hinzustellen versuchte. Das organisierte Verbrechen war ziemlich desorganisiert. Der Mythos monatlicher Gipfelkonferenzen war eine Erfindung von Hollywood-Drehbuchautoren. Die Mafia war kein Musterbeispiel für den unpersönlichen amerikanischen Großkonzern, sondern ein lockerer Zusammenschluß unabhängiger Einzelunternehmer. Eine Perversion des freien Unternehmertums auf Familienbasis.

Aber das System unterhielt ein informelles Kommunikationsnetz. Wie in jeder anderen Branche wurden persönliche Kontakte gepflegt. Irgendwer kannte irgendwen, der wieder irgendwen kannte, der den Namen eines Dritten kannte. Ein Dieb in Miami konnte die Telefonnummer eines Hehlers in Seattle erfahren. Wollte jemand in Detroit einen Zeugen beseitigen lassen, konnte er in New York anrufen und sich einen Spezialisten kommen lassen. Leute kannten Leute, die andere Leute kannten. Gute Leute. So funktionierte das Spiel. Sal wußte auch, daß er früher oder später in dieses Netz geraten würde, wenn es ihm nicht gelang, eine andere Identität anzunehmen.

Er hatte das System betrogen. Er hatte die Machthabenden beraubt. Er hatte Little Johnny Venezia unehrenhafterweise nicht die nötige Achtung erwiesen, und das konnte nicht hingenommen werden. Daß er die Venezias um einhundertachtzigtausend Dollar betrogen hatte, durfte nicht ungesühnt bleiben. *Ein Klavierspieler!* Das wäre ein gefährlicher Präzedenzfall gewesen: ein Signal für sehr wichtige Männer, die ständig nach genau solchen Schwächen

Ausschau hielten. Sal D'Amore mußte aufgespürt und exemplarisch bestraft werden.

Sal wußte auch, daß nicht etwa im ganzen Land aktiv nach ihm gefahndet wurde. So funktionierte das Spiel nicht. Aber im Verlauf geschäftlicher Ferngespräche würde sein Name fallen. Geschäftsfreunde würden gebeten werden, nach einem schwarzhaarigen, italienisch aussehenden Sänger und Pianisten Ausschau zu halten, der etwas zu verbergen zu haben schien. Und diese Leute würden ihrerseits Telefongespräche führen – alle informell, alle todbringend –, bis die Fahndung nach Sal D'Amore sich zu einem organischen, stetig wachsenden Prozeß entwickelt hatte. Nie äußerst dringend, aber auch nie vergessen.

Sobald sie ihn irgendwo aufgespürt hatten, würden sie jemanden auf ihn ansetzen. Sal fragte sich, wie viele Männer sie schicken würden. Oder vielleicht nur Nicky Venezia?

Natürlich würden sie ihn dort suchen, wo er irgendwann auftauchen mußte. Er war schließlich kein Gehirnchirurg, verdammt noch mal! Auch kein Versicherungsvertreter oder Lehrer oder Jetpilot. Er war ein gottverdammter Pianist, der irgendwann in einer Bar oder einen Nachtklub oder einem Hotelfoyer aufkreuzen und nach einem Engagement fragen mußte. Aber da Sal wußte, daß das Selbstmord bedeutet hätte, war er entschlossen, genau das niemals zu tun.

Hatten sie ihn nach ein paar Monaten noch immer nicht gefunden, würden sie zu dem Schluß kommen, daß er sich einen anderen Job gesucht hatte; gleichzeitig würden sie sich ausrechnen, daß ein Mann, der sein Leben lang in Kneipen gearbeitet hatte, sich nicht allzuweit aus diesem Milieu entfernen würde. Da sie wußten, daß er schon als Barkeeper ausgeholfen hatte, würden sie auf diesem Sektor nach ihm fahnden.

Dagegen war Sal machtlos. Er mußte sich irgendwie seinen Lebensunterhalt verdienen. Er mußte überleben, bis er imstande war, klare langfristige Vorstellungen zu entwickeln. Darüber hinaus würden sie damit rechnen, daß er sich sein Geld als Grillkoch, Hausmeister oder Flugblattverteiler verdiente – lauter Jobs, die keine besondere Vorbildung erforderten. An sich gab es so viele Jobs für ungelernte Kräfte, daß die Suche nach Sal aussichtslos war, aber sie würden trotzdem nicht lockerlassen.

Und sie würden sich nicht wundern, wenn sich herausstellen sollte, daß Sal von einer älteren Frau lebte.

Er beschloß, in Kleinstädten zu bleiben und Großstädte zu meiden. Eine Millionenstadt wie Chicago oder Detroit, in der es von Juden und Sizilianern wimmelte, könnte zu einer tödlichen Falle für ihn werden. Er brauchte Orte, die zu ländlich waren, um in der Gewinnplanung der Organisation eine Rolle zu spielen – aber trotzdem nicht so winzig, daß er dort auffallen würde. Bloomington, eine Kleinstadt mit ständig wechselnder Studentenschaft war nahezu ideal.

In den zwei Monaten, die Sal in Bloomington blieb, sah er den ersten Schnee seines Lebens – einen Flockenwirbel Ende März –, sparte tausend Dollar und vögelte alle fünf Kellnerinnen, die in der Bar arbeiteten. Als er eines Tages in der Happy Hour eine Piña colada für eine eifrige kleine Studentin mit feuchtem Höschen mixte, spürte er einen Schatten über seine Seele fallen und fuhr zusammen, als sei jemand mit einem Eiszapfen sein Rückgrat entlanggefahren. Er drehte sich um, starrte zum Eingang der Bar und wußte instinktiv, daß jemand aus der Familie Venezia in Bloomington war.

Sal ließ den Mixer und die kleine Studentin auf Hochtouren weiterlaufen, kam hinter der Theke hervor, überquerte den abgetretenen Holzboden und verschwand durch den Hinterausgang. Er joggte die sechs Blocks bis zu dem Wohnheim, in dem er mit siebzehn Studenten lebte, warf seine paar Habseligkeiten in eine Reisetasche und holte die tausend Dollar, die unter seiner Matratze lagen. Zehn Minuten später marschierte er mit hochgerecktem Daumen eine Zufahrt zum Highway 37 entlang. Wieder eine Stunde danach stand er im Indianapolis International Airport in der Schlange vor einem Ticketschalter.

Er studierte die großen Reiseplakate, mit denen die Wände des Terminals bepflastert waren. SAN FRANCISCO THIS SUMMER. BOSTON, BEAUTIFUL. MIAMI IS BEACHIN'. Er hatte tausend Dollar. Er konnte sich ein Ticket nach irgendwohin kaufen. Zu jedem Ort, für den Amerikaner keinen Reisepaß brauchten. Hawaii. Puerto Rico. American Samoa. British Columbia.

Sal trat von einem Bein aufs andere und rauchte und beobachtete die Eingänge zum Terminal. Als er dann endlich an der Reihe war, verlangte er ein Economy-Class-Ticket nach Omaha. Er konnte es einfach nicht über sich bringen, die Central Time Zone zu verlassen. Irgendwie hatte er das Gefühl, solange er nicht allzuweit weglief, bestehe noch die Aussicht auf eine Lösung, die ihm gestatten würde zurückzukehren.

Er flog nach Omaha und fuhr mit dem Bus nach der fünfundsiebzig Kilometer südwestlich liegenden Hauptstadt Lincoln weiter. Dort nahm er sich ein Zimmer mit Kochnische in einem heruntergekommenen Hotel, das von Mr. und Mrs. Anderson, einem uralten Rentnerpaar, geführt wurde. In Omaha hießen alle Leute Johnson, Smith, Miles oder Hill. In New Orleans hatten bloß Schwarze solche WASP-Namen.

In einem Grillrestaurant, das Big Sid gehörte, einem ebenholzschwarzen Riesen mit ewig finsterem Gesicht, bekam Sal einen Job als Küchenhelfer, der die Spare Ribs umwenden mußte. Die Bezahlung war Scheiße, aber Sal beobachtete Big Sid aufmerksam und arbeitete binnen weniger Wochen Seite an Seite mit ihm in der Küche – rührte, schmeckte ab, würzte. Sal mußte einen neuen Beruf erlernen, und wer zum Teufel brachte bessere Voraussetzungen für einen Job als Koch mit als ein Italiener aus New Orleans?

Sal arbeitete sieben Wochen lang bei Big Sid, bis er eines Nachts, in kalten Schweiß gebadet, aufschrak. Eine von Big Sids dunkelhäutigen Kellnerinnen lag leicht schnarchend neben ihm. Er holte keuchend Luft, blinzelte in die Dunkelheit und horchte angestrengt. Autoscheinwerfer huschten über die Fenster seines Motelzimmers hinweg, und Sal beschloß, es sei wieder mal an der Zeit weiterzuziehen.

Er packte im Dunkeln – das dauerte nicht lange, weil er nicht viel besaß – und schlüpfte dann aus dem Raum, in dem die Kellnerin weiterschlief. Sal mied die großen Durchgangsstraßen und durchquerte die Stadt auf ruhigen, mit Bäumen bestandenen Wohnstraßen, bis er kurz nach Tagesanbruch von einem Trucker in dessen riesigem Sattelschlepper mitgenommen wurde. Dieser Trucker, der unterwegs nonstop über die Nigger und die Demokraten schimpfte, nahm ihn bis nach Osceola – südlich von Des Moines – mit. Von dort aus fuhr Sal mit einem Amtrak-Zug nach Chicago und mit der RTA, einer Schnellbahn, in nördlicher Richtung weiter nach Waukegan.

In Waukegan war er jetzt.

Sal schluckte den letzten Bissen Slim Jim und trank sein Bier aus. Er rülpste halblaut und rieb sich unter dem Handtuch seinen Nacken, der noch immer schmerzte, nachdem er Kim fast zwei Stunden lang bedient hatte. Er brauchte eine Zigarette. Er schlich ins Schlafzimmer, schüttelte eine Marlboro aus Kims Packung und zündete sie sich mit ihrem Feuerzeug an. Kim seufzte im Schlaf, drehte sich auf die andere Seite und zog die Decke über ihr tätowiertes Hinterteil.

Er blieb einen Schritt vom Fenster entfernt stehen, rauchte die Zigarette und starrte auf die Straße hinunter. Drüben im Osten, wo der Lake Michigan liegen sollte, wurde der Himmel bereits grau. Er hatte den See noch nicht zu Gesicht bekommen, obwohl er keine Meile von hier entfernt lag. Er stand nackt in dem dunklen Apartment und sah zu, wie das Grau des beginnenden Tages über die Straße kroch. Es wurde Zeit heimzugehen. Er hatte keine Lust, beim Aufwachen mit Kims übler Laune konfrontiert zu werden.

Er trug seine Klamotten in die Küche und zog seine Jeans an. Dann schlüpfte er in seine schwarzen Barkeeperschuhe mit den dicken Sohlen, verließ auf Zehenspitzen mit seinem Hemd über dem Arm das Apartment und zog die Tür leise hinter sich ins Schloß. Er ging die breite Holztreppe hinunter und trat durch die zweiflüglige Glastür auf die Straße hinaus.

Sal überquerte die Straße und angelte dabei die Schlüssel zum Tall Cold One aus seiner Jeans. Er warf die Kippe in den Rinnstein und sperrte die Tür auf. In der Bar hatte er 30 Sekunden Zeit, die Alarmanlage abzustellen, was er im geisterhaften Schein der nach draußen leuchtenden Bierreklame mit geübten, mechanischen Bewegungen tat. Er trat hinter die Theke und holte sich seine Zigaretten von ihrem Platz neben der Registrierkasse, wo er sie zuvor vergessen hatte; dann öffnete er das Bierkühlfach und holte zwei Dosen Budweiser heraus. Er riß eine auf, nahm einen langen Zug und wischte sich die Hand an dem Handtuch ab, das er noch immer um den Hals hängen hatte.

Dann stieß er die zerschrammte Schwingtür auf, die zu den Toiletten und der Treppe zu seinem Lager-Boudoir führte. Er stieg die steilen, schmalen, schiefen Stufen hinauf und schlug sich sofort das linke Knie an der Wand an. »Scheiße!« fluchte Sal auf der stockfinsteren Treppe und ärgerte sich darüber, daß er vergessen hatte, das Licht in seinem Zimmer brennen zu lassen. Er stampfte die restlichen Stufen hinauf und stolperte oben durch den als Türersatz dienenden zerschlissenen Vorhang. Der Raum war warm und ungelüftet, und die einsetzende Morgendämmerung tauchte alles in ein trübes dunkelgraues Licht.

Sal stellte die Bierdosen und seine Zigaretten auf einen Stapel Whiskeykartons ab, als ihn eisige Angst und Entsetzen überfielen. Er wußte plötzlich, daß es Zeit war, aus Waukegan zu verschwinden. Dann blitzte etwas vor seinen Augen und schlang sich um das Handtuch, das er um den Hals hängen hatte, und Dago Red La Roccas rostig-heisere Stimme flüsterte ihm ins Ohr: »Du hätt'st kein' Scheiß mit Little Johnnys Geld machen dürfen!« Gleichzeitig kam der scharfe, beißende Schmerz, mit dem die Klaviersaite sich durch den rauhen Handtuchstoff hindurch in die weiche Haut seines Halses schnitt.

Dago Red verdrehte die Garotte – eine dünne E-Saite, deren Enden durch zwei Holzgriffe von Anlaßleinen geführt waren, die von einem alten Außenbordmotor stammten – und zog Sals Körper rückwärts an seinen fetten Bauch. Als er den Zug verstärkte, drang der Draht durch das Handtuch, grub sich in Sals Hals und zerschnitt die Haut, so daß entlang der Saite Blut austrat und das Handtuch rot färbte. Sal strampelte und schlug um sich und versuchte, den Würgegriff der Garotte zu lockern.

»Wehr dich nicht, Pussy!« krächzte Red, und Sal spürte, wie Reds wachsende Erektion gegen die Rückseite seiner Jeans drängte. »Kannst doch nichts dagegen machen.«

»Nein!« wollte Sal schreien, aber er brachte nur ein ersticktes Ächzen heraus. »Uhhh!«

Dago Red verdrehte die Griffe, um die Schlinge noch enger anzuziehen, und Sal fühlte einen brennenden Schmerz am Hals. Seine Lungen gierten nach Sauerstoff, der nicht zu kriegen war. Er spürte, daß er zu ersticken begann.

»Uhhhhh!« kreischte er, während er nach seinem Hals krallte. »*Uhhhhh!*« Er trat verzweifelt um sich. Ein ganzer Stapel Whiskeykartons stürzte um, so daß die Flaschen auf den Fußboden klirrten.

»Jetzt bist du dran, Pretty Boy«, gurrte Red ihm ins Ohr und riß Sals Körper wie ein gewalttätiger Liebhaber rückwärts gegen seinen. »Jetzt kommt's!« Sal griff nach hinten, nach Reds Gesicht, nach seinem weißen Haar, und Red zog die Garotte stetig fester. Sal fühlte, wie sein Herz jagte und seine Lungen nach Luft rangen, stemmte sich mit den Beinen gegen ein Aluminiumbierfaß und stieß sich mit der Kraft der Verzweiflung davon ab. Dago Red verlor das Gleichgewicht, stolperte rückwärts über einen herabgestürzten Whiskeykarton und riß Sal mit sich zu Boden. Sals Kehle brannte wie Feuer, Blut tränkte das Handtuch und lief ihm über den Oberkörper, und er keuchte vor Schmerz und Todespein und Trotz: »Uhhhhh! Uhhhhhhhh!« *Nein!*

»Arschficker!« schrie Dago Red und kämpfte darum, daß der Mann, den er liquidieren sollte, sich ihm nicht entwand. Sal trat und schlug um sich, griff mit beiden Händen nach seinem Hals und kämpfte verzweifelt um sein Leben, aber der alte Mörder grunzte nur und zog die Drahtschlinge noch fester zu.

»Du *stirbst* jetzt, Arschficker!« knurrte Red, während er selbst keuchend Atem holte. Sal hatte sich inzwischen auf den Älteren gewälzt und trat und schlug weiter um sich. Dago Red lag schweratmend unter ihm auf dem Rücken, so daß sein Mund beinahe Sals Ohr küßte. Red klammerte sich mit mörderischer Entschlossenheit an sein Opfer, verdrehte bei jeder Gelegenheit die Holzgriffe und schnürte ihm weiter die Luft ab.

Sal würgte jetzt: ein trockenes, gräßliches Todesröcheln, als ob tief in seiner Brust Knochen aneinanderschlügen.

Ich sterbe! kreischte eine Stimme in seinem Inneren, und seine Verzweiflung verlieh ihm neue Kräfte. Er schlug mit den Armen um sich, und seine Beine begannen krampfhaft zu zucken. Ein Fuß traf den kleinen Fernseher, der zu Boden krachte. *Er bringt mich um!* Seine Finger krallten sich in das blutige Fleisch seines Halses, in das blutrot gefärbte Handtuch, und versuchten, den würgenden Draht zu fassen. *Ich sterbe!*

Er schlug in alle Richtungen um sich, ein Ertrinkender auf der Suche nach einem Strohhalm –, und seine Hand berührte das klapprige Feldbett. Er umklammerte eines der kalten Metallbeine und zog sich in Richtung Bett. Mit der Kraft eines Wahnsinnigen zerrte er sich und Dago Red auf das Bett zu, so daß beide über die schmutzigen Dielen holperten. Stechende, würgende Schmerzen loderten in seiner Brust. Sein Herz flatterte, und seine Lungen drohten zu platzen. Seine Hand griff nach oben und bekam die klumpige Matratze zu fassen. Gleichzeitig verengte sein Gesichtsfeld sich wieder, und dann wurde es völlig dunkel.

Ich sterbe! Ich sterbe! Ich...

Plötzlich überflutete ihn eine große Welle der Trauer, eine warme Flut tiefen, unauslöschlichen Schmerzes. Sal hörte sich schluchzen, erkannte seine eigenen Tränen in einer Woge aus anderen Klagelauten. Er schluchzte, als leide er noch immer unter unerträglichen Schmerzen. So hatte er nicht einmal beim Tode seiner Mutter geweint.

Die tiefe Trauer, die ihn wie ein Leichentuch einhüllte, schien ozeanische Tiefen zu erreichen, und Sal schwamm mitten in einem dickflüssigen, vielfarbigen Strom aus Kummer, Reue und Traurigkeit und kämpfte sich zur Oberfläche hinauf, rang keuchend nach Luft, nach Leben, und kreischte *»Neiiiiiiin!«* – und fühlte dann, wie er durch Blut und Schmerzen gleitend in seinen Körper zurückkehrte.

Sein Gesichtsfeld wurde heller, als flamme hinter Bleiglas ein Licht auf, und Sal fand sich in einer Lache aus seinem eigenen Blut kniend, das über den Fußboden des staubigen kleinen Lagers über The Tall Cold One kroch. Er würgte und keuchte und versuchte, sich von der in seinen Hals eingebetteten Klaviersaite zu befreien; endlich gelang es ihm, eine Fingerspitze unter das bluttriefende Handtuch mit dem Draht zu schieben und die Schlinge zu lösen. Als er sich das Handtuch abriß, liefen Rinnsale von Blut aus der offenen Schnittwunde, die sich von der Kehle nach hinten bis fast zum Genick zog.

Er sackte auf dem blutverschmierten Boden zusammen, schloß die Augen und rang, wie ein Hund hechelnd, nach Atem. Die Luft rauschte wie ein kühler, klarer Bergbach in seine Lungen, und er wälzte sich auf den Rücken und ließ Sauerstoff durch seine Adern, in sein Herz und sein Gehirn strömen.

Wo ist Dago Red?

Sal richtete sich auf den Ellbogen auf und öffnete die Augen.

Graues Morgenlicht fiel in den Raum. Dago Red La Rocca lag keine zwei Meter von ihm entfernt auf dem Fußboden. Er starrte Sal an. Angst stieg in Sal hoch, bis er bemerkte, daß mit Red irgendwas nicht in Ordnung war. Sein blasser Teint war noch grauer als sonst, und sein linker Arm lag unbeweglich unter seinem Körper. Er starrte Sal mit blicklosen Augen an, krallte dann mit seiner freien rechten Hand um sich und mühte sich, seinen Körper über den Fußboden zu ziehen.

Red war ungefähr einen halben Meter weit gekommen, als er innehielt, Sal erneut anstarrte, schmerzlich stöhnte und sich mit der Rechten an die Brust griff. Sein Körper schien sich in der gequälten Haltung eines Ungeborenen zu krümmen. Er zog die Knie bis zur Brust hoch, kreuzte in zangenartiger Bewegung die Arme, und sein Gesicht nahm den Ausdruck einer gespenstischen Totenmaske an. Jetzt begriff Sal, daß er noch lebte, weil sein Mörder einen Herzanfall gehabt hatte.

Ein gräßliches Stöhnen wie von eisigem Wind in abgestorbenen Bäumen entrang sich Dago Red La Roccas verzerrten Lippen, als der alte Mörder seinen letzten Atemzug tat und zur Hölle fuhr. Der Körper wurde sofort schlaff, und seine Knie sackten leise auf den Fußboden. Mausetot.

Es dauerte fast eine halbe Stunde, bevor Sal schwankend auf die Beine kam und in das winzige Bad taumelte. Er sank auf den WC-Sitz, warf einen Waschlappen ins schmutzige Waschbecken und ließ kaltes Wasser darüberlaufen. Dann hielt er sich den Waschlappen an die Kehle und ließ das eiskalte Wasser über seine Brust rinnen. Es fühlte sich an, als habe er Feuer geschluckt. Sal erschrak, als er sein Bild in dem gesprungenen Spiegel sah.

Ein tiefer blutender Schnitt zog sich quer über seine Kehle und um den ganzen Hals. Die Wunde sah aus, als hätte ihm jemand mit einem Messer den Hals aufgeschlitzt. Er berührte die Wundränder vorsichtig mit den Fingerspitzen und fuhr stöhnend zusammen. Von seinem Platz auf dem Klodeckel aus sah er die Sonne scheinen und versuchte zu begreifen, was passiert war.

Sie haben mich gefunden, dachte er. *Sie haben mich gefunden. Sie haben Dago Red losgeschickt, damit er mich umbringt. Und das hat er getan. Er hat mich umgebracht. Ich bin gestorben. Dago Red hat mich erwürgt. Aber ich bin hier, ich hocke auf diesem verschissenen Klo, und Dago Red liegt dort drüben. Tot. Und das hab' ich dem Handtuch zu verdanken. Wenn ich das Scheißhandtuch nicht um den Hals hängen gehabt hätt', läg'* ich *jetzt drüben. Mausetot, wie Dago jetzt.*

Das alles überstieg sein Fassungsvermögen. Sal wußte, daß er für den Rest seines Lebens zu begreifen versuchen würde, was in diesem staubigen Lagerraum passiert war.

Sal brauchte nur wenige Minuten, um sein bißchen Zeug in einen Koffer zu werfen. Er war bereits die Treppe hinunter und überlegte, ob er die 300 Dollar klauen sollte, die Kim stets in der Registrierkasse hatte, als der Gedanke, Dago Reds Taschen zu durchsuchen, in ihm aufblitzte. Er ging wieder nach oben und näherte sich zögernd dem Toten. Vielleicht war der alte Hundesohn nicht wirklich tot.

Dago Red La Rocca lag mit dem Gesicht nach unten auf dem staubigen Fußboden. Seine Gliedmaßen waren unter dem Körper verdreht. Diese Haltung wirkte unbequem. Sal schob ihm seine Schuhspitze unter die Achsel, wälzte ihn auf den Rücken und trat einen Schritt zurück.

Dago Red sah nicht gut aus. Obwohl sein Gesicht jetzt entspannt und friedlich wirkte, hatte die ungesund blasse Haut sich schmutziggrau verfärbt. Seine Lider standen halb offen, doch die Augen konnte man nicht sehen. Seine Muskeln waren erschlafft, und er hatte sich naßgemacht. Sal kniete neben ihm nieder – jeden Augenblick darauf gefaßt, daß der alte Killer ihn packen würde – und versuchte, seinen Puls zu ertasten. Noch bevor Sal feststellte, daß keiner zu fühlen war, wußte er, daß Dago Red hinüber war.

Sal ließ das Handgelenk los und durchsuchte hastig La Roccas Hosentaschen. In der linken hinteren Tasche steckte eine fleckige, abgewetzte Geldbörse aus Kalbsleder. Das Scheinfach enthielt kein Geld. Die Klarsichtfächer enthielten sieben Kreditkarten – alle auf andere Namen lautend –, das Foto einer Fünfzehnjährigen in der Uniform einer katholischen Schule mit der rückseitigen Widmung *To Uncle Red, Love, Denise* und eine oxidierte Christophorusmedaille. In Dago Reds linker vorderer Hosentasche fand Sal einen von Gummibändern zusammengehaltenen Packen Banknoten: 1720 Dollar in Fünfern, Zehnern, Zwanzigern, Fünfzigern und sechs Hundertern.

Sal streifte die Gummibänder wieder über die Banknoten und schob den Packen in seine Hosentasche. Er zögerte, weil er am liebsten gleich abgehauen wäre, beschloß dann aber, gründliche Arbeit zu leisten. Nachdem er den Toten auf die andere Seite gewälzt hatte, zeigte sich, daß in Reds hinterer rechter Hosentasche nur ein fettiger Taschenkamm mit einigen feinen Silberhaaren steckte. Die rechte vordere Tasche war von der Pisse des Toten durchnäßt, und Sal fischte schnell drei Schlüsselbunde heraus. An einem hingen offenbar Dago Reds Hausschlüssel. An einem weiteren Ring mit dem Plastikanhänger eines Autoverleihs auf dem O'Hare International Airport hingen die Tür- und Zündschlüssel eines GM-Fahrzeugs. Der letzte Schlüsselring gehörte zu Zimmer 206 im Skyport Motel in Chicago.

Bevor Sal den alten Vorhang hochhob, um den Lagerraum zu verlassen, drehte er sich ein letztes Mal um. Seine Bude war ein Trümmerfeld. Aus umgestürzten Kartons, in denen Flaschen zerbrochen waren, sickerten Gin, Wodka und Whiskey. Die Wände waren mit seinem Blut bespritzt, und mitten auf dem Fußboden lag ein Toter.

Das würde Kim nicht gefallen.

Draußen war die Sonne bereits hell und heiß. Kinder aus der Nachbarschaft spielten auf den Eingangstreppen ihrer Häuser. Sal fand den Beretta mit dem Aufkleber eines Autoverleihs drei Blocks von The Tall Cold One entfernt. Aus irgendeinem unbestimmbaren Grund sperrte er den Kofferraum auf. Er war leer.

Die Fahrt nach Chicago dauerte ungefähr eine Stunde, aber dort verfuhr Sal sich mehrmals, während er am Flughafen das Skyport Motel suchte. Schließlich entdeckte er es in einer Seitenstraße gleich am Kennedy Expressway. Es war ein unauffälliger, keineswegs luxuriöser dreigeschossiger Bau mit zwei langen Flügeln, die von einer kleinen Rezeption ausgingen. Die Türen aller Zimmer führten auf umlaufende Balkone hinaus. Draußen auf dem Expressway dröhnte der Verkehr.

Sal parkte rückwärts ein und starrte zu Zimmer 206 hinauf. Auf der Fahrt von Waukegan hierher war ihm eingefallen, daß Dago Red möglicherweise nicht allein hergekommen war. Nicht daß für seine Ermordung zwei Männer *notwendig* gewesen wären, aber manchmal brachten Kerle andere Kerle mit. Zum Schmierestehen – oder einfach nur, um Gesellschaft zu haben. Bei einem Unternehmen, das so einfach und vergnüglich war wie Sals Erwürgung mochte Dago Red einen Folgeauftrag in Chi gehabt haben, den er gemeinsam mit einheimischen Kräften durchführen wollte. Vielleicht hatte er sogar einen kleinen Anschlußurlaub geplant. *Scheiße, er könnte 'ne gottverdammte Mieze mitgebracht haben.*

Sal behielt die Tür von Zimmer 206 über eine Stunde lang im Auge. Während unter seinem provisorischen Halsverband Blut hervorsickerte, saß er in seinem heißen Wagen und beobachtete die zerstreuten Geschäftsleute, die mit ihren Fönfrisuren und ihren abgewetzten, vollgestopften Aktenkoffern ihre Unterkunft in dem preiswerten Motel gleich am Flughafen verließen. Und Sal wäre am liebsten aus dem Auto gesprungen, hätte sich einen von ihnen geschnappt und ihm alles erzählt:

Ich bin heute früh gestorben, aber ich lebe noch. Ich bin heute früh gestorben, aber ich lebe noch, und das Rot in Ihrer Krawatte ist so schrill, daß mir die Augen davon tränen, und der Rhythmus des Songs aus Ihrem Autoradio ist das Fetzigste, was ich je gehört hab', und ich würd' am liebsten gleich hier auf dem Parkplatz 'ne Runde mit Ihnen tanzen.

Und Sal hockte in dem stickig-heißen Wagen und weinte und blutete und schwitzte den ganzen Vormittag lang und bis zum frühen Nachmittag.

Um halb eins begannen die Zimmermädchen – zwei unförmig dicke Negerinnen –, sich die zweite Etage vorzunehmen. Sal beobachtete, wie sie lachend und schwatzend 201, 202 und 203 putzten, bevor die Größere dann ohne ersichtlichen Grund zu 206 weiterging, die Tür aufsperrte und das Zimmer betrat. Wenig später kam sie wieder heraus, um ihr Putzzeug zu holen. Nach weiteren sieben Minuten erschien das Zimmermädchen mit einem Arm voll schmutziger Bettwäsche, die es auf die Betonterrasse warf, und nahm einen Stapel frischer Handtücher und Bettwäsche mit hinein. Zehn Minuten später verließ die Negerin das Zimmer, sperrte ab und schob ihren

Wagen zur nächsten Tür weiter. Die andere Dicke putzte inzwischen schon 205.

Sal wartete, bis die größere Schwarze 207 aufgesperrt und betreten hatte; dann stieg er aus seinem Beretta, überquerte rasch den heißen Parkplatz und stieg die lange Treppe hinauf. Oben marschierte er zielbewußt die Terrasse entlang und bemühte sich, gleichmütig und nonchalant zu wirken. Als er an 205 vorbeikam, warf er unwillkürlich einen Blick hinein und sah, wie die kleinere Dicke ein Kopfkissen in seinen Bezug schüttelte, während sie im Fernsehen eine Seifenoper verfolgte. Er ging weiter, ohne bemerkt worden zu sein, steckte den Schlüssel ins Türschloß von 206, sperrte auf, betrat das Zimmer und schloß die Tür hinter sich.

Das Motelzimmer mit dem großen französischen Bett war sauber und eisig klimatisiert. In dem nicht ganz geschlossenen Einbauschrank hingen ein leichtes Sportsakko und ein Nylonkleidersack für zwei Anzüge. Auf einem Aluminiumgestell lag ein kleiner Lederkoffer, und neben dem Bett standen hellbraune Wildlederschuhe. Sal wußte sofort, daß Dago Red dieses Zimmer allein bewohnt hatte – aber er wußte noch immer nicht, warum *er* jetzt hier war.

Als erstes nahm Sal sich das Bad vor. Auf der Spiegelablage über dem Waschbecken stand uraltes Rasierzeug in einem Beutel mit rostigem Reißverschluß. Der Beutel enthielt ein Deo, einen schweren Rasierapparat mit Doppelklinge, einen Nagelklipper, einen altmodischen Rasierpinsel und eine runde Stange Rasierseife. Neben der Ledertasche lagen eine Zahnbürste und eine Tube Zahncreme.

Dann durchsuchte Sal den Kleidersack im Schrank. Sein Inhalt bestand aus zwei Hosen, die noch in den Plastikhüllen einer chemischen Reinigung in New Orleans steckten. Ganz unten im Kleiderschrank fand er ein weiteres Paar Schuhe.

Der kleine Lederkoffer war abgeschlossen. Sal erinnerte sich an den kleinen silbernen Schlüssel an dem Schlüsselbund, den er neben Dago Red zurückgelassen hatte. Nachdem er den Koffer einen Augenblick angestarrt hatte, nahm er ihn ins Bad mit und legte ihn auf den WC-Sitz. Mit Dago Reds Nagelfeile bearbeitete er das Schloß fast zehn Minuten lang, bis der Mechanismus endlich aufsprang.

Obenauf lagen einige der dunklen Polohemden, wie Dago Red sie gewöhnlich trug. Sal legte sie vorsichtig auf den Rand der Duschwanne. Darunter kamen zwei pastellfarbene Oberhemden und mehrere Krawatten zum Vorschein. Die nächste Schicht bildete eine flachgedrückte Plastiktüte. Sal nahm sie heraus und stellte fest, daß sie etwas Großes und Festes enthielt.

Sal öffnete die Plastiktüte und zog ein Hochglanzmagazin heraus. Das Titelfoto zeigte einen in schwarze Satinkissen zurückgelehnten Jungen, dessen Hand seinen riesigen Steifen umschloß. Sal starrte das Magazin verständnislos an. Er blätterte in den Hochglanzseiten. Männer bliesen anderen Männern einen, fickten andere Männer, wichsten andere Männer – alles vor den Augen anderer Männer. Dies war eine Seite Dago Red La Roccas, von der die Venezias vermutlich nichts geahnt hatten.

Aber die Plastiktüte enthielt noch etwas anderes. Sal zog es heraus. Das Etwas war eine lange weiße Röhre, aus der an einem Ende ein Elektrokabel hing. Die Röhre trug seitlich einen eingeprägten Markennamen: *Rectifier – Ihr Weg zu autoanaler Ekstase.* Das war ganz entschieden etwas, mit dem Dago Red seinen sizilianischen Saufkumpanen gegenüber nie geprahlt hatte. La Rocca mußte einmal zuviel in Angola gesessen haben.

Sal steckte den *Rectifier* in die Plastiktüte zurück, drehte sich zum Waschbecken und wusch sich die Hände mit heißem Wasser.

Unter der Plastiktüte kam als nächstes ein zusammengelegter Wollschal. Sal schlug die oberste Lage zurück und starrte auf eine tödlich aussehende blauschwarze Pistole hinab. Er nahm die Waffe in die Hand, fand sie überraschend schwer. Auf dem Lauf stand der Firmennamen *Walther* zwischen feinen Ziselierungen.

Warum hat Dago Red seine Kanone nicht mitgebracht, als er gekommen ist, um mich zu ermorden? fragte Sal sich. *Weil er nicht damit gerechnet hat, daß er sie brauchen würde.*

Er legte die Pistole vorsichtig auf den WC-Sitz und wandte sich wieder dem Koffer zu. Ganz unten lag ein zugeklebter, dicker Umschlag aus festem, braunem Papier. Sal griff danach und hielt ihn vors Licht, ohne den Inhalt erkennen zu können. Als er ihn dann aufriß, quollen Dutzende von Hundertern über seine Hände und flatterten auf den gefliesten Boden.

Und Sal wußte, daß er gefunden hatte, wonach er unwissentlich gesucht hatte.

Windsor, Ontario – Juli

Der Schwarze in dem eleganten italienischen Anzug legte sorgfältig drei blaue kanadische Reisepässe nebeneinander auf den Couchtisch. Als gebe er Spielkarten, legte er dann auf jeden methodisch eine Sozialversicherungskarte, einen Krankenversicherungsnachweis der Provinz Ontario, eine kleine Geburtsurkunde auf Karton und zuletzt einen in Ontario ausgestellten Führerschein. Die Innenseiten seiner Hände waren rosa, und er trug einen Ring mit mehreren Brillanten am kleinen Finger der linken Hand. Als er fertig war, wandte er sich an Sal.

»Haben Sie was zu trinken da?«

Sal nickte zur Minibar seines Hotelzimmers hinüber. Der Schwarze in dem italienischen Anzug schlenderte darauf zu und öffnete sie. Er machte alles sehr langsam, als sei er sich seines Körpers sehr bewußt. Nachdem er sich einen Drink gemixt hatte, blieb er vor dem großen Fenster stehen, aus dem man einen guten Blick auf den Detroit River und die Industrieanlagen von Motown auf dem jenseitigen Flußufer hatte.

»Nur zu, Mann! Sehen Sie sich das Zeug an.«

Sal blätterte den ersten Stapel Papiere durch. Der in Ontario ausgestellte Führerschein trug den Namen Andrew McIntyre. Er schlug den Reisepaß auf und sah sich mit seinem eigenen Bild konfrontiert. Andrew McIntyre. 1952 in Halifax, Neu-Schottland, geboren.

»Absolute Spitze, Mann«, sagte der Schwarze und nahm einen kleinen Schluck Gin. »Ich hab' die besten Leute. Qualitätsarbeit, Mann.«

Sal schlug den zweiten Reisepaß auf. Das Bild zeigte wieder ihn, aber diesmal war er Marco Toledano, 1949 in Toronto geboren. Er warf einen Blick auf die im Führerschein angegebene Anschrift.

»Was ist das für 'ne Adresse – 451 Elm Street in Hamilton, Ontario?« Seine eigene Stimme entsetzte ihn immer noch, wenn er sie hörte, und seine Hand tastete in einer Reflexbewegung nach seinem Hals, wo die immer noch schmerzende Narbe unter einem Rollkragenpullover und einem Sechswochenbart verborgen war. Dago Red hatte seine Stimme ruiniert; Sal würde sich nie mehr um ein Engagement als Sänger bemühen müssen.

»Das ist 'n billiges Hotel in Hamilton. Sollten Sie danach gefragt werden, sind Sie auf der Suche nach Arbeit durch Hamilton gekommen und haben dort den Führerschein gemacht. Okay. Meine Leute haben an alles gedacht. Ich hab' Ihnen ja gesagt, daß ich erstklassige Arbeit liefere.«

Sal hatte keinen Grund, auch den dritten Stapel Papiere zu prüfen, aber ihn interessierte der Name. Julio Puglia, 1954 in Toronto geboren.

»Nachdem Sie so 'n dunkler Typ sind, hab' ich mir gedacht, daß italienische Namen am besten wären.«

Sal blätterte den Reispaß durch und legte ihn weg.

»Okay, was bin ich noch schuldig?« Seine Stimme klang wie ein verrostetes Räderwerk. *Red, ich weiß, daß du in der Hölle schmorst, und hoffe, daß du nie mehr rauskommst!*

»Die Hälfte von sechs ist drei«, antwortete der Schwarze schulterzuckend. »Noch dreitausend Dollar.«

Sal griff in seine linke Hosentasche, in der er den Packen Hunderter hatte. In der rechten steckte die Walther. Er zählte dreißig Hunderter ab und legte sie auf den Couchtisch neben die Papiere. Dann trat er zurück und nickte dem Schwarzen zu.

Der Schwarze, der unter seiner eleganten Jacke sehnig und muskulös war, glitt durch den Raum und raffte das Geld zusammen. Er faltete die Geldscheine zusammen und steckte sie in die Innentasche seiner Jacke. »Wissen Sie, ich hab' noch nie erlebt, daß ein Klient gleich drei verschiedene Papiere bestellt.« Er betrachtete Sal. »Das hat mich 'n bißchen neugierig gemacht.«

Sal starrte den Schwarzen in dem italienischen Anzug durchdringend an und dachte dabei an die Walther, die schwer in seiner rechten Hosentasche lag. Er stellte sich vor, wie er die Pistole aus der Tasche zog, rasch durchs Hotelzimmer ging und den Schwarzen mitten in die Stirn schoß. Zu seiner großen Überraschung war das keine unangenehme Vorstellung.

»Sie wissen, was man über Neugier sagt«, krächzte Sal.

Der Schwarze verzog sein Gesicht langsam zu einem breiten Grinsen. »Yeah, daran sind schon *viele* gestorben.« Er bewegte sich in Richtung Tür. »Wie ich gesagt hab' – ich liefere gute Arbeit.« Er öffnete die Tür und drehte sich noch einmal zu Sal um. »Alles Gute, Mann. Hoffentlich kriegen die Leute, die hinter Ihnen her sind, Sie nicht.« Damit ging er hinaus und schloß die Tür hinter sich.

Sal warf sein neues Gepäck aufs Bett und begann hastig zu packen.

BUCH IV

Oktober – an Bord der »Antonea« im Nordatlantik

Sie war ein zehn Jahre altes, 174 Meter langes und 14000 BRT großes kombiniertes Fracht- und Fahrgastschiff, das vor zwei Tagen aus Antwerpen nach Rio de Janeiro, Porto Alegre, Montevideo und Buenos Aires ausgelaufen war. Sie war auf den Bahamas registriert und hatte eine überwiegend chilenische Besatzung, obwohl der Kapitän und die Offiziere Kanadier waren und viele der Stewards aus der Karibik stammten. Ihre fast ausschließlich in Containern verladene Fracht bestand aus französischen Weinen für Uruguay, deutschen Maschinenteilen für Brasilien und italienischen Stoffen für Argentinien.

Wie alle Frachter war die *Antonea* nicht gerade als schön zu bezeichnen, aber ihre moderne Konstruktion war schlicht und funktional. An Bord gab es zudem vierundzwanzig Luxuskabinen mit je zwei Räumen, die achtundvierzig Fahrgästen der Ersten Klasse Platz boten. Die Überfahrten waren sehr teuer, und alle Reisetermine konnten nur als voraussichtliche verstanden werden, aber für die reichen, meist schon im Ruhestand befindlichen Fahrgäste der *Antonea* spielte das keine Rolle. Sie genossen das gemächliche Tempo und das unreglementierte Leben an Bord des Frachters; sie hatten kein bestimmtes Ziel – aber reichlich Zeit und Geld, um dorthin zu gelangen.

Der Menschenschlag, der Passagen auf Frachtern buchte, gehörte nicht zu der Sorte, die nur auf Partys aus sind und die Sexdampfer-Kreuzfahrten zu »siebentägigen Karibik-Traumreisen mit Hin- und Rückflug« buchten. Auf der *Antoneo* gab es weder rund um die Uhr geöffnete Buffets noch Drinks auf jedem Deck noch eine Disco mit flackernden Lichtern oder eine Show mit spritzigen jungen Entertainern. Zu ihrem Zeitvertreib spazierten die Passagiere bei Sonnenuntergang übers Vorschiff, lasen dicke Taschenbuchromane oder lagen in Deckstühlen und blickten aufs Meer hinaus, während sie im Geiste ihr Testament aufsetzten.

Vor allem wollten sie in Ruhe gelassen werden, worauf die Besatzung der *Antonea* sich sehr gut verstand. An Bord gab es weder Shuffleboard, Tontaubenschießen noch Decktennis, keinen Swimmingpool, keine Tanzstunden und keine Aerobickurse. Statt dessen hatte die *Antonea* einen brauchbaren Küchenchef, einen großen Fahrgastsalon mit einer guten Taschenbuchbibliothek und einen Kapitän, der Spaß daran hatte, neue Bekanntschaften zu schließen.

Und die *Antonea* hatte einen Klavierspieler.

Maggie Behan Pulaskey beobachtete, wie der aufgerichtete Schwanz ihres Mannes sich mit jedem stockenden Schnarcher hob und senkte, hob und senkte.

Wovon kann *der alte Bock träumen*? dachte sie, während sie ihn beobachtete. Er lag splitternackt mitten auf dem frisch gemachten Bett auf dem Rücken, und sein steifes Glied ragte aus dem grauen Schamhaar, das in dem Hohlraum zwischen seinen schlaffen Oberschenkeln und seinem gewaltigen Schmerbauch wucherte.

Auf und ab, rauf und runter, mit jedem dröhnenden Atemzug auf und ab. *Träumt er vom Ficken? Träumt er davon,* mich zu ficken?

Maggie Behan Pulaskey legte den neuesten Jackie-Collins-Roman auf den kleinen Schreibtisch und griff nach ihren Shermans.

An wen denkt er? An wen? Und kümmert's mich?

Sie zündete sich eine ihrer dünnen braunen Zigaretten an.

Er muß von Sex träumen, aber von Sex mit wem? Gruppensex? Mit kleinen Mädchen? Mit kleinen Jungen?

Seht ihn euch an! dachte sie. *So schläft er nachts nie – nicht auf dem Rücken ausgestreckt. Nur wenn er sein Mittagsschläfchen macht. Mein Gott, hört euch diesen Krach an, hört euch an, wie dieser Mann schnarcht! Wie 'n gottverdammter Rasenmäher!*

»Milt! Du schnarchst!« sagte sie scharf. »Dreh dich um!«

Milt Pulaskey grunzte im Schlaf, öffnete kurz die Augen, schloß sie wieder und schnarchte sofort weiter – allerdings nicht so laut wie zuvor. Es würde ungefähr zehn Minuten dauern, bis er abermals seine maximale Lautstärke erreicht hätte.

Maggie Behan Pulaskey stand von dem kleinen Schreibtisch auf und trat ans Bett. Sie zog erneut an ihrer Sherman, sah auf den pulsierenden Schwanz ihres Mannes hinunter und dachte dabei nur: *Verdammt noch mal, Milt, wann stirbst du endlich?*

Sieh ihn dir bloß an! forderte sie sich selbst auf. *Er ist einundsiebzig. Er hat zwei Herzanfälle und eine Operation am offenen Herzen hinter sich; er hat zu hohen Blutdruck, geradezu* tödliche *Cholesterinwerte und den Schwanz eines Teenagers.* Sie schüttelte den Kopf. *Wenn er schläft.*

Als sie Milt Pulaskey vor acht Jahren geheiratet hatte, war sie zu ahnungslos gewesen, um auf einem Ehevertrag zu bestehen; sie hatte nur gewußt, daß ein Dreiundsechzigjähriger mit frischer Bypass-Operation, der sich weigerte, seinen Zigarettenkonsum von drei Packungen am Tag auch nur etwas *einzuschränken*, der niemals Fisch aß, wenn er ein Steak mit Unmengen Ketchup kriegen konnte, und der sich einbildete, schon Herzgymnastik zu machen, wenn er sich einen blasen ließ... nun, daß dies ein Mann war, der's nicht mehr lange machen würde, stimmt's? *Irrtum.*

Er wirkte von Jahr zu Jahr jünger, während sie... nein, darauf wollte sie jetzt nicht eingehen. Sie war 39 gewesen, als Milt Pulaskey, Inhaber einer Firma für Luxusbäder, sich in Jerry's Place in der Woodside Avenue draußen in Queens vor sie an die Theke gesetzt und ein Rührei mit Salami und 'nen Bagel mit Sahnekäse bestellt hatte. Gewiß, eine gutaussende, guterhaltene Enddreißigerin, aber 39 war trotzdem nicht mehr 29... Mein Gott, *damals* mit 39 war sie in Panik gewesen, und jetzt war sie 47. *Siebenundvierzig!* Sie hatte gar nicht geahnt, wie gut sie's gehabt hatte.

Sie beobachtete Milts nackten, schnarchenden Körper und staunte einmal mehr darüber, wie ein *Mensch* so behaart sein konnte. Sein stämmiger, ziemlich dunkler Körper war dicht mit gekräuseltem Silberhaar überwuchert. Während sie ihn so betrachtete, verspürte sie leichte Übelkeit und wandte sich von ihrem schlafenden Mann ab. Sie zog wieder an ihrer Zigarette, um ihren Magen zu beruhigen, aber die Übelkeit blieb. Vielleicht wurde sie seekrank.

Eine Kreuzfahrt! hatte Milt ihr versprochen. *Wir fliegen nach Europa, fahren ein paar Wochen herum und nehmen dann ein*

Schiff nach Südamerika. Ein Schiff? Ein verfluchter *Frachter*! Manchmal war Milt wirklich geizig wie ein Jude, verdammt noch mal! Sie zwang sich dazu, ihn erneut anzusehen. Sein Steifer ragte senkrecht in die Höhe. Ein kleiner Soldat in Habachtstellung. *Herrgott noch mal, Milt, willst du ewig leben?* fragte sie seinen Schwanz.

Leise, um ihn nicht zu wecken, packte sie ihre Schmucktasche von Gemelli de Janeiro aus. Ihre lackierten Fingernägel glitten über die glitzernden Diamanten hinweg – farbige Steine kamen Maggie so *niggerhaft* vor –, und sie wählte ein Paar eineinhalbkarätiger Ohrringe und eine schlichte goldene Halskette mit einem lupenreinen Einkaräter aus. An die rechte Hand kam ein feuersprühender Ring – eine künstlerische Goldschmiedearbeit mit Kaskaden von funkelnden Achtel- und Viertelkarätern, die zusammen zweieinhalb Karat ergaben.

An Maggies linker Hand steckte wie immer ihr breiter, mit lupenreinen kleinen Brillanten besetzter Ehering, und daneben trug sie ihr bestes Stück, das den Neid aller Frauen erweckte, die es an ihr sahen. Ihr sensationeller Dreieinhalb-Karat-Verlobungsring. Diesen Solitär nahm sie nur ab, wenn sie ihn reinigte. Maggie Behan Pulaskey fühlte sich nackt ohne ihr *Baby*, wie sie ihren großen Ring nannte. Er verlieh ihr Selbstbewußtsein. Er gab ihr das Gefühl, etwas Besonderes zu sein. Er beruhigte sie.

Sie musterte sich im Spiegel über dem Toilettentisch. Sie glitzerte wie ein Stern. Maggie Turnbull war in der schlimmsten Gegend Brooklyns als Tochter armer irischer Eltern zur Welt gekommen – aber hier und heute, in diesem Augenblick, war ihr Fleisch mit Juwelen für eine Viertelmillion geschmückt.

Yeah, kein Zweifel, ich bin fast fünfzig. Sie versuchte nicht einmal, ihr Alter zu tarnen, es unter dickem Make-up zu verbergen. Das wäre nicht Maggies Stil gewesen. Sie bemühte sich nicht, ihre Liebhaber zu täuschen, sie zu becircen. Sie walzte über sie hinweg, schüchterte sie ein, überwältigte sie mit Milts Reichtum. Sie verstand es intuitiv, sich die Hungrigen, die Ehrgeizigen, die Aufsteiger herauszupicken, und sie führte ihnen Milts Geld in Form einer von ihr getragenen Juwelensammlung vor.

Maggie nahm ihren langen schwarzen Zobel aus dem winzigen Kleiderschrank der Kabine und warf ihn über eine Sessellehne. Sie hatte gehofft, sich nach einer vierwöchigen Europareise auf junge, geschmeidige Körper am Swimmingpool eines Kreuzfahrtschiffs freuen zu können. Nach einem Monat, in dem Milt versucht hatte, mit einem handgeschalteten Auto zurechtzukommen... *warum hatte er nicht wie jeder andere scheißreiche Amerikaner einen Wagen mit Fahrer gemietet?* Nach vier Wochen, in denen sie unhöfliche französische Kellner und humorlose deutsche Gastwirte hatte ertragen müssen – die Maggies Überzeugung nach alle Englisch miteinander sprachen, sobald man den Raum verließ. Nach vier Wochen, in denen es in dem sargartigen kleinen Peugeot nach feuchter Wolle und Milts Blähungen gerochen hatte, während Milt sich auf Nebenstraßen verfuhr, die nicht mal die einheimischen Bauernlümmel kannten...

Nach all den Strapazen hatte Milt sie auf diesen... diesen... schwimmenden Güterwaggon gebracht. Keine Disco. Kein Bordkino. Keine Tanzlehrer. Keine jungen Bademeister. Und sie hatte sich so große Hoffnungen gemacht! Milt hatte ihr noch nie eine Kreuzfahrt spendiert, aber sie hatte wirklich *köstliche* Geschichten über das junge Personal auf solchen Kreuzfahrtschiffen gehört. *Alles im Preis inbegriffen,* hatte eine Freundin ihr versichert. *Du wirst dich herrlich amüsieren!*

Am ersten Abend auf *diesem gottverdammten Müllkahn* war Maggie in ihrer Kabine geblieben. Sie war zu deprimiert, zu enttäuscht, zu angewidert gewesen, um sich mit den uralten Mitreisenden abzugeben, die sie die Gangway hatte raufwanken sehen. Ein kleiner alter Kerl, der übers Deck hinkte, hatte sogar einen *Buckel,* verdammt noch mal! Und erst seine Begleiterinnen! Den einen Arm hatte er um die bösartigste alte italienische *Mamma mia* gelegt, die man sich vorstellen konnte, und an seinem anderen hing ein so verdammt hübsches junges Ding, daß es einem den letzten Rest Selbstvertrauen rauben konnte.

Am zweiten Abend auf See hatte Milt sie mit dem Versprechen, ihr im ersten südamerikanischen Hafen einen neuen Brillanten zu kaufen, aus ihrer Luxuskabine gelockt. Ihre Gruppe würde abends am Kapitänstisch speisen, und solchem Mist konnte Milt nie widerstehen. Sie trug das tief dekolletierte Schwarze, das sie in Mailand gekauft hatte, und fühlte Milt vor Stolz *strahlen,* als sie an seinem Arm den schäbigen kleinen Speisesaal durchquerte. *So verdiene ich mir meine Steine,* dachte sie immer, wenn er sie so vorführte. Nun, das besagte nicht viel – aber sie *war* die bestaussehende Frau an Bord. Natürlich abgesehen von dem hübschen Itaker-Flittchen.

Maggies schlimmste Befürchtungen bewahrheiteten sich, als sie zum Abendessen Platz nahmen. Als erstes stellte sich heraus, daß der bucklige Alte und seine Begleiterinnen zu ihrer Gruppe am Kapitänstisch gehörten. *Glück gehabt!* dachte Maggie. Als sie über den Tisch sah, tunkte die alte Hexe ein Stück Weißbrot in ein Glas Milch. Für Maggies empfindlichen Magen war das fast zuviel. Dann sah sie die Brillantringe an den verkrümmten Fingern der Alten – und haßte sie noch mehr. Maggie haßte nun mal jegliche Konkurrenz.

Und wie die Stewards dem kleinen Buckligen in den Arsch krochen, als ob er eine verdammt wichtige Persönlichkeit wäre! *Du lieber Gott,* wie sie rannten, um ihm Feuer für seine stinkende alte Zigarre zu geben und ihm ständig Wein nachzuschenken, während sie Maggie und Milt praktisch ignorierten. Und das, obwohl Milt dreifacher Dollarmillionär war! *Schön, diese Einstellung wird sich auf ihr Trinkgeld auswirken.* Und dann dieses Flittchen! *Welche Frau, die noch bei klarem Verstand ist, will schon mit einem jungen Mädchen, das so aussieht, an einem Tisch sitzen?*

Es kam noch schlimmer. Mit am Tisch saßen ein altes deutsches Ehepaar, das sich ausschließlich miteinander unterhielt, zwei ältliche Jungfern aus Irland und ein gebrechlicher, ungewaschen riechender Argentinier, der zwischen den Gängen einnickte. *Ein schwimmendes Altersheim, verdammt noch mal!* Und dann betrank der Kapitän sich und sprach den ganzen Abend lang mit ihren Titten, was Maggie sonst köstlich amüsiert hätte, während es diesmal den Abend nur noch trübseliger machte. Der betrunkene Kapitän beugte sich immer über Milt hinweg, der sich ausgerechnet mit dem verdammten *Zwerg* zu unterhalten versuchte. Und dann fragte der Kapitän Maggies Titten, wie ihnen die Musik gefiel.

»Die Musik?« fragte Maggie die Stirn des Kapitäns.

»Mein Klavierspieler«, erklärte er ihren Titten. »Er ist großartig, was?«

»Er ist wundervoll«, hauchte das Flittchen über den Tisch, und Maggie funkelte sie wütend an. Obwohl Maggie keinen besonderen Wert auf die Aufmerksamkeit des Kapitäns legte, wollte sie auch nicht, daß jemand anders sie auf sich zog.

Der Kapitän schüttete noch etwas Wein in sich hinein und rülpste halblaut. »Bei mir an Bord gibt's keinen Hardrock«, sagte er schmatzend. Er war klein und stämmig, hatte das gerötete Gesicht eines Alkoholikers, und er war eindeutig auf Titten fixiert. »Ich kann diesen Punk-Rock-Mist nicht ausstehen. Was gibt's Besseres als einen guten Pianisten, der im Hintergrund die schönen alten Sachen spielt?« Er schob seinen Stuhl zurück, stand auf und grinste Maggies Busen an. »Wenn Sie mich bitte entschuldigen wollen ...« Dann marschierte er durch den Speisesaal auf die Ecke zu, in der das Klavier stand.

Was hat diese Clown jetzt wieder vor? Maggie drehte sich auf ihrem Stuhl nach ihm um und bekam große Augen, als sie den Pianisten sah. *Lecker, lecker, lecker! Seht euch den an!* Während des ganzen Dinners hatte sie sich im Speisesaal nach geeigneten Opfern umgesehen, aber niemanden entdeckt, der ihr Interesse geweckt hätte. Aber der Pianist war ein Prachtexemplar. *Seht euch den an! Langes dunkles Haar, sexy Bart, schwarze Schlafzimmeraugen. Meine Freundinnen werden gelb vor Neid, wenn ich von dem erzähle!*

»Meine Damen und Herren, Gäste und Besatzungsmitglieder«, leierte der Kapitän seine eingeübte Begrüßungsformel herunter. Er sprach in das neben dem Klavier aufgebaute Mikrofon. »Ich hoffe, Sie amüsieren sich!«

Die Fahrgästen klatschten so heftig, wie fünfzig Menschen von durchschnittlich einundsiebzig Jahren applaudieren können.

»Und wie wär's mit ein bißchen Beifall für unser Orchester? Applaus für Marco! Marco Toledano!«

Marco, flüsterte Maggie im stillen. *Das gefällt mir. Marco.*

Sie hörte, wie Marco, der Pianist, eine halblaute Softrockeinleitung klimperte, währen der Kapitän fortfuhr: »Nun etwas, das nicht im Reiseprospekt gestanden hat. Marco und ich hoffen, daß es Ihnen gefallen wird.« Dann starrte er quer durch den Raum auf Maggies Titten und begann zu singen: *Spaneeessshhhhh ... IIIIIIIs ...«*

Sie schottete sich gegen die lahme Serenade des Kapitäns ab und konzentrierte sich auf den Pianisten. *Vielleicht wird diese Kahnfahrt doch noch interessant.*

Das war gestern abend gewesen. Jetzt begutachtete Maggie Behan Pulaskey sich im Wandspiegel ihrer Kabine und stellte sich vor, Marco den Pianisten zu ficken. Sie träumte davon, Marco liege unter ihr auf schwarzer Seidenbettwäsche, und Maggie reite in schweißnasser Wollust auf seinem Schwanz. In ihrer Phantasie war sie wieder 25, und ihr sehr junges Fleisch war nackt bis auf die glitzernden Diamanten.

Sal stand so weit vorn im Schiff wie möglich, preßte sich an die Reling und beobachtete, wie der Bug die kalte, schwere See zerschnitt. Der Tag war so verhangen, daß der Horizont aller Himmelsrichtungen im grauen Dunst verschwand. Hätte er nicht gewußt, daß es früher Nachmittag war, hätte er keine Ahnung gehabt, wo die Sonne stehen sollte. Sal versuchte, sich eine Zigarette anzuzünden *– um deine Stimme brauchst du dir nie mehr Sorgen zu machen –*, aber der scharfe Wind blies ein Streichholz nach dem anderen aus.

Sal schnippte die Zigarette über Bord und zog den Kragen seiner Daunenjacke enger zusammen. Dabei berührte sein Daumen versehentlich die verhärtete ringförmige Narbe unter seinem dichten Bart, und er spürte, wie jedesmal, einen eiskalten Schauder. *But there is always something there to remind me,* dachte er. Der alte Hit von Dionne Warwick. In Sals Kopf hatte sein Leben sich auf Songtexte reduziert. Rock-and-Roll-Rhythmen und Brill-Building-Klischeewörter.

In seinem Kopf spukten jetzt seit Monaten Textschnipsel und Melodienfetzen herum – seit er die Begegnung mit Dago Red überlebt und durch den Osten Kanadas geflüchtet war. Jahrelang hatte ihn Musik nicht mehr so ausgefüllt, und früher hatte das stets eine heiße Periode guter eigener Songs angekündigt. Sal hatte das Interesse am Komponieren verloren, als er groß ins Wettgeschäft eingestiegen war, aber jetzt lebte er wieder – *lebte wieder!* – voller Fragmente von Songs und Erinnerungen aus einem Leben als Pianist, der die Musik immer geliebt hatte.

Er starrte in ein Glas Whiskey und glaubte Sinatra klagen zu hören: »*That's Life, that's what all the people say, riding high in April...*« Nachts lag Sal in seiner engen, dunklen Kabine, horchte auf das Brummen des 20000-Pferdestärken-Motors und hörte, wie Stevie Wonder sang: »*My Cherie Amour...*« Zur nachmittäglichen Cocktailparty spielte er Sammy Cahns und Julie Stynes »*The Things We Did Last Summer*« und glaubte dabei zu hören, wie Aretha »*Rock steady, rock steady, baby...*« sang – nur für ihn allein.

Das hatte Sal in der Vergangenheit schon oft erlebt. Dieser Zustand hielt einige Zeit an, bis er auf einmal nicht mehr die Musik anderer Leute, sondern seine eigene im Kopf hatte. Dann sang er ein paar Takte eines Songs, der ihm neu vorkam, summte eine Melodie, die er noch nie gehört hatte, und begriff, daß das *sein* Song war.

Er steckte voller Musik, seit er mit Dago Reds gemietetem Beretta vom Skyport Motel weggefahren war. Voller Musik und wachsendem Zielbewußtsein, das täglich stärker und drängender wurde. Auf der Interstate 294 nach Detroit und zur kanadischen Grenze – Dago Reds Zimmer 206 schon weit hinter sich, die blutende Schnittwunde an seinem Hals mit feuchten Handtüchern notdürftig versorgt. Dago Reds zehntausend Dollar in einer Tüte unter dem Beifahrersitz –, hatte er sich dabei ertappt, wie er U2s »*And I Still Haven't Found What I'm Looking For*« summte.

Wie Sal jetzt wußte, war das keine Verrücktheit gewesen, sondern seine Reaktion auf Tod und Wiedergeburt. Er war gestorben, Dago Red hatte ihn mit einem Stück Klaviersaite erwürgt, und dann war er wiederauferstanden, und jetzt war er voller Musik wie ein Motown Songbook, wie die St. Louis Basilica zur Sonntagsmesse, wie die Bourbon Street am Samstagabend. Er war gestorben, aber Dago Reds Herzanfall und das Frotteehandtuch hatten ihn gerettet, und jetzt war er eine wandelnde Jukebox. *Reine Notwehr,* sagte Sal sich. *Das ist meine Art, damit umzugehen. Ich bin gestorben und wie Jesus Christus wiederauferstanden...*

Sal hatte jetzt Alpträume. *Wer an meiner Stelle hätte keine gehabt?* Er schrak schreiend und in kalten Schweiß gebadet hoch und saß dann für den Rest der Nacht auf dem Rand seiner schmalen Koje, rauchte französische Zigaretten und starrte ins Dunkel seiner engen Kabine. Er träumte nicht davon, daß Dago Red von den Toten auferstand, um ihn zu erwürgen. In seinen Alpträumen ging es nicht einmal um das gräßliche Gefühl, sterben zu müssen. Nein, was ihn jede zweite Nacht mit hämmerndem Herzen und schweißgebadet hochschrecken ließ, war die Erinnerung an jene schwindelerregende Woge der Reue, die über ihn hinweggeflutet war, als er auf dem Boden des Lagerraums von The Tall Cold One gestorben war.

Sal konnte den überwältigenden Schmerz nicht vergessen, dieses Gefühl eines unersetzlichen Verlusts und die traurige Erkenntnis, daß er sein Leben vergeudet hatte. Einfach weggepißt, wie das Bier von gestern abend. Er hatte von Erfolgen geträumt, aber nichts dafür getan. Während seine Jugendfreunde aus dem Ninth Ward sich ihre Welten aus Frauen, Kindern und Hypothekenschulden konstruiert hatten, hatte Sal in der Illusion gelebt, einem Traum nachzustreben, während er in Wirklichkeit nur mit Wetten und Weibern die Zeit totgeschlagen hatte.

Und als er in dem Lagerraum über The Tall Cold One in einer Lache aus Blut und Erbrochenem gekniet hatte, war ihm eine weitere bittere Erkenntnis gekommen. Er hatte die Klaviersaite aus seinem Fleisch gerissen, sich selbst wie ein waidwundes Tier keuchen gehört und in diesem Augenblick gewußt, daß sein Leben ein schlechter Scherz war, weil ihm niemand auch nur eine Träne nachweinen würde, wenn er draufging. Oh, Joe the Hack würde sich besaufen, und Cathy und Santo würden etwa eine Woche lang traurig sein, aber keine *Frau* würde weinen, weil er nicht mehr da war. Kein Mensch liebte ihn wirklich. Er hatte in seinem Leben mit mindestens tausend Frauen geschlafen, aber keine einzige würde nach seinem Tod um ihn trauern.

Sal starrte auf den winterlich kalten Nordatlantik hinaus und, ohne sich dessen bewußt zu sein, sang er mit seiner heiseren Flüsterstimme: »*Killing me softly with her song, with her song, with her…*«

All diese Frauen. Sal beobachtete das am Bug vorbeischäumende Wasser und sah sie wie bei einer perversen Schönheitskonkurrenz durch seine Vergangenheit paradieren. Eine fließende, fleischige Montage nackter Brüste, bis zu den Schultern hochgezogener Beine, unter ihm weit geöffneter, üppiger, dunkler Mösen. Sal hörte

»*Never Too Much*« von Luther Vandross. So viele, so verschiedene Frauen. *Dicke Mädchen blasen am besten,* hatten die Jungs auf der Straße gesagt. *Magere Mädchen haben mehr Orgasmen; schöne Mädchen liegen nur da.* Manche Frauen wimmerten, während man sie fickte. Manche wollten schmutzige Ausdrücke hören, andere gebrauchten sie selbst gern. Für manche war es wichtig, daß man ihnen Schmerzen zufügte, als müßten sie eine tiefsitzende Schuld abbüßen. Wenn es ihnen kam, baten sie einen darum, an ihren Brustwarzen zu drehen, wollten geschlagen werden, sogar ins Gesicht. Wieder andere hatten eigentlich keinen Spaß an der Sache; sie fickten, weil moderne Mädchen es taten, wie sie sich modisch kleideten; sie fickten Sal nur, weil andere Mädchen ihn ficken wollten.

Er hatte sie in den Damentoiletten von Nachtclubs auf dem WC sitzend gebumst – und auf den Rücksitzen unzähliger Fahrzeuge: *Don't come knockin' if this van is rockin'.* Er hatte sie in Betten gevögelt, auf Stühlen gefickt, auf Sofalehnen vernascht. Mit einer hatte er es sogar in einer Telefonzelle getrieben. Sal hatte sie gefickt, während ihre Mütter nebenan telefonierten, während ihre Ehemänner oben schliefen, während ihre Säuglinge neben ihnen im Bett lagen. Hunderte und Hunderte von feuchten, behaarten Spalten, Jahre und Jahre voller wogender, schweißnasser Brüste, Jahrzehnte wunderbarer Hände und zauberhafter Münder.

Miezen, Tussis, Puppen, Weiber, Fischsandwiches – wie man sie auch nennen wollte, sie waren in all diesen Jahren zu ihm und für ihn gekommen, und jetzt spürte er, daß das nichts bedeutet hatte. Es war gewesen, als wichse man vor Publikum. Es war lachhaft und mitleiderregend. Und zutiefst deprimierend. Er hatte sein Leben damit vergeudet, möglichst viele Frauen aufzureißen. Er hatte sein einziges Erbe – sein Talent – in dem jämmerlichen Versuch verschwendet, sich zum Erfolg zu bumsen. Er war eine größere Hure gewesen als jedes der Pferdchen in Nicky Venezias Stall. Und wie jede Hure hatte er zuletzt nur ein leeres Herz und einen von Narben gezeichneten Körper zurückbehalten.

Eine Hand legte sich auf seine Schulter, und er fuhr zusammen, weil er Angst in sich auflodern fühlte. Dann drehte Sal sich um und starrte in Kapitän McLeishs breites, freundliches Gesicht.

»Na, wie geht's, Marco?« McLeish war erst zehn gewesen, als

seine Familie in die kanadischen Atlantikprovinzen ausgewandert war, und manchmal schwang in seiner Sprechweise noch der singende schottische Dialekt seiner Vorfahren mit.

»Alles bestens, Cap.« *Das gequälte Krächzen, als lebe Dago Reds Geist in ihm weiter.*

McLeish stützte seine Ellbogen auf die Reling und starrte in die weißschäumende See vor dem Bug. Dann lächelte er.

»Wissen Sie, in meiner Jugend in Neuschottland sind wir zum Hummerfang rausgefahren, und ich hab' immer am liebsten im Bug gesessen und das schäumende Wasser wie hier beobachtet. Darum bin ich überhaupt Seemann geworden, glaub' ich – um ins Meer starren zu können, wann ich wollte.«

Kapitän McLeish vergrub beide Hände in den Taschen seines gutsitzenden Uniformmantels und blickte zu dem schiefergrauen Himmel auf. »Einige der Fahrgäste haben sich übers Wetter beschwert. Ich hab' sie gefragt, was zum Teufel sie im Oktober auf dem Nordatlantik anderes erwartet haben.«

Sal fand den Kapitän nett. Er glaubte, diesen Mann zu verstehen. McLeish war ein freundlicher Pedant, der seine Arbeit als Schiffsführer liebte und den Umstand genoß, daß sie ihm Gelegenheit gab, seinen beiden großen Leidenschaften zu frönen: vor Zuhörern zu singen und weibliche Passagiere zu ficken. Er war nicht der erste vom Showbiz faszinierte Amateur, den Sal am Klavier begleitete. Interessanterweise war McLeish die erste Autoritätsperson in Sals Nähe, die weder Mörder noch Politiker war.

McLeish musterte weiter das Grau über ihnen. »Stürmisches Wetter macht mir nichts aus. Ich find's sogar schön. Und Sie, Marco?«

Sal versuchte erneut, sich trotz des Windes eine Zigarette anzuzünden. »Mich stört's auch nicht, Cap. In meiner Jugend hat's die halbe Zeit geregnet.«

McLeish warf ihm einen forschenden Blick zu. »Vancouver, haben Sie nicht von Vancouver gesprochen? Sie sind doch in Vancouver aufgewachsen?«

Sal nahm die unangezündete Zigarette aus dem Mund. »Vancouver, Seattle, Buffalo – mein Alter ist weit rumgekommen.«

McLeish lächelte. »Ah, schon als kleiner Junge ein unstetes Zigeunerleben.« Er kostete die Rolle des freundlichen Kapitäns ganz aus. So hätte er in *How Green Was My Valley* mitspielen können. »Und was ist Ihr Vater gewesen?«

Jack the Hack, Jack the … »Er ist Vertreter gewesen. Deshalb sind wir viel herumgekommen.«

Als der Kapitän jetzt näher kam und ihm wieder die Hand auf die Schulter legte, wußte Sal, jetzt würden sie über Musik fachsimpeln. Diese scheinbare Intimität stellte McLeish immer dann her, wenn er über seine Singerei reden wollte – als sei nur sie allein ihm wirklich wichtig. Vielleicht stimmte das sogar.

»Hören Sie, was halten Sie von der neuen Tonart bei ›Yellow Bird‹? Oder finden Sie sie zu hoch?«

Von dem Engagement auf der *Antonea* hatte Sal in Montreal bei der Seemannsgewerkschaft gehört, wo er sich in der Hoffnung rumgetrieben hatte, als Barkeeper auf einem Kreuzfahrtschiff anheuern zu können. Er brauchte irgendeinen Kahn, der Nordamerika verließ, aber er wollte nicht in einer Band spielen, die aus neugierigen, schwatzhaften Mitgliedern der Musicians' Union bestand. Obwohl er einen neuen Namen angenommen hatte, befürchtete Sal, andere Musiker könnten ihn allein an seiner Spielweise als Kollegen aus New Orleans erkennen. Deshalb hatte er einen Gewerkschaftssekretär bestochen, ihm eine Arbeitskarte für Dienstpersonal auszustellen, und überlegte sich gerade, ob er versuchen sollte, als Steward anzuheuern, als er hörte, wie ein Seemann einem anderen lachend erzählte, daß »McLeighs Pianist mit 'ner reichen Witwe aus Edmonton durchgebrannt« sei.

Sal spendierte den beiden eine Runde und erfuhr, daß der Einzeljob als Pianist an Bord des Kombischiffs *Antonea* freigeworden war, weil der alte Säufer, der bisher am Klavier gesessen hatte, eine mitreisende Millionärin geheiratet hatte und jetzt ein Luxusleben im Westen führte. *Ein Einzeljob wäre ideal,* dachte Sal. *Keine Probleme mit Kollegen.* »Der Kapitän heuert dich als Barkeeper oder so was an«, sagte einer der Seeleute. »Die Reederei hat keine Lust, 'nen Klavierspieler zu zahlen, bloß damit der Kapitän für die Ladies singen kann, verstehst du?« *Also kein Vertrag der Musicians' Union. Perfekt!*

Als Sal an Bord kam, um McLeish vorzuspielen, ließ der Kapitän alles liegen und führte ihn hastig ans Klavier im Speisesaal. Das Instrument war überraschend gut, und wie ein Profi hatte McLeish eine Musikmappe voller vergilbter handgeschriebener, eselsohriger Noten. Seit »After the Loving« hatte der Kapitän keinen neuen Song mehr gelernt, so daß Sal sich nicht bemühen mußte, auf dem laufenden zu bleiben. Dies war kein Engagement, bei dem es darauf ankam, die Top 40 zu kennen.

Nach der Hälfte der ersten Nummer – Bobby Darins »*Beyond the Sea*«– hörte McLeish zu singen auf und drehte sich zu ihm um.

»Sie sind sehr gut, Marco«, erklärte er Sal. »Wir werden bestimmt viel Spaß miteinander haben.«

Der Wochenlohn entsprach dem eines Barkeepers – nur 250 Dollar –, aber Sal lernte sehr rasch, wie man die Fahrgäste für sich einnahm, so daß die einmonatige Reise über den Atlantik nach England, Frankreich, Spanien und Portugal ihm tausend Dollar an Trinkgeldern einbrachte. Nicht genug, um reich zu werden, aber mehr als genug für seinen Lebensunterhalt, da Unterkunft und Verpflegung an Bord kostenlos waren. Im Gegensatz zum übrigen Personal hatte er als Begleiter des Kapitäns eine kleine Einzelkabine. In der Besatzung schien es Ressentiments gegen ihn zu geben, doch machte er sich nichts daraus. Er wollte ohnehin in Ruhe gelassen werde. Er hatte über vieles nachzudenken.

Auf dem windigen Vorschiff lag die Hand des Kapitäns noch immer auf seiner Schulter. »Sie glauben also nicht, daß die Tonart zu hoch gewesen ist?« fragte er besorgt.

Wie jeder unsichere Künstler brauchte McLeish Streicheleinheiten. »Hat prima geklungen, Cap. Ganz erstklassig!«

McLeish strahlte. Dann setzte er ein zweideutiges Grinsen auf. »Marco, mein Junge, haben Sie gestern abend den Vorbau dieser einen gesehen? Von der in dem engen schwarzen Kleid?«

Der Kapitän liebte es, mit Sal über Frauen zu sprechen und sich als großen Liebhaber hinzustellen. Anscheinend glaubte er, das gehöre alles zu den Mysterien des Showbiz.

»War nicht zu übersehen, Cap.« Das Weib hatte ein Vermögen an Brillanten getragen, und ihr Mann hatte wie ein Vollidiot gewirkt. Sie war genau der Typ, an den Sal sich früher in New Orleans sofort rangemacht hätte.

»Wär's nicht toll, das Gesicht zwischen diesen Hügeln zu vergraben?« McLeish verdrehte die Augen. Sal hatte den Verdacht, daß er nur mit seinen Pianisten so redete. Das gehörte alles zu seinem Job.

»Hört sich verdammt großartig an, Cap.«

McLeish nahm seine Hand von Sals Schulter und drohte ihm scherzhaft mit dem Zeigefinger.

»Und glauben Sie bloß nicht, Marco, mein Junge, ich hätte nicht gemerkt, wie dieses süße junge Ding Sie gestern abend mit den Augen verschlungen hat!«

Sal war verblüfft. »Welche, Cap?«

»Welche?« McLeish lachte. »Welche? Hey, bloß die reichste kleine Prinzessin südlich des Äquators!«

»Cap, ich schwöre bei allen Heiligen, ich weiß nicht, wen Sie meinen.«

Der Kapitän grinste vertraulich. »Die kleine Gemelli. Ein verzogener Balg, soviel ich weiß.«

»Gemelli?«

McLeish schüttelte amüsiert den Kopf. »Gemelli de Janeiro, Marco, mein Junge. Die kleine Braune ist das einzige Kind des Alten.«

Tatsächlich hatte gestern beim Dinner eine hübsche kleine Südamerikanerin am Kapitänstisch gesessen, aber Sal hatte sie nicht weiter beachtet. Die Kleine war bestimmt erst sechzehn oder siebzehn, aber dem Kapitän schien sie aufgefallen zu sein. *Anscheinend werde ich alt,* dachte Sal.

Und in dieser Sekunde, als er über die Schulter des Kapitäns hinweg auf die kalte graue See hinunterstarrte, hörte Sal in seinem Kopf eine halbfertige Melodie: »*I never thought it would be this way, I never thought, la, la, la …*« und merkte leicht überrascht, daß er sie nicht kannte. Sie gehörte ihm. Er komponierte wieder. Jetzt mußte er ans Klavier.

»Eines kann ich Ihnen sagen«, kicherte McLeish, »sie hat wie 'n verdammt heißes Ding ausgesehen.«

»Äh … Cap, ob ich jetzt wohl in den Speisesaal könnte? Ich möchte ein bißchen spielen.«

McLeish holte seine Pfeife aus der Tasche und klopfte sie an der

Reling aus. *Eine Pfeife!* Der einzige Mensch mit Pfeife, den Sal in New Orleans gekannt hatte, war eine alte Negerin gewesen, die billigen Modeschmuck auf der Straße verhökert hatte.

»Nachmittags um diese Zeit ist der Speisesaal immer leer. Gehen Sie ruhig rein.« Er sah mit zusammengekniffenen Augen über den Pfeifenkopf, während er den Tabak in Brand setzte. »Glauben Sie, wir sollten ›Yellow Bird‹ in der neuen Tonart noch mal proben, Marco?«

Okay, jetzt reicht's. »Die Tonart ist goldrichtig, Cap. Sie singen großartig.« *Oder so gut, wie Sie's jemals lernen werden.*

McLeish blühte unter Sals Lob auf. Er war noch nie so gut begleitet worden – das wußten beide.

»Wenn ich heute abend aufstehe, um zu singen«, schlug er grinsend vor, »fangen wir mit ›The Lady Is a Tramp‹ an. Wie finden Sie das?«

Sal grinste ebenfalls. Er wußte genau, was McLeish damit erreichen wollte. »Das gefällt ihr bestimmt, Cap.«

McLeish grinste um seinen Pfeifenstiel herum. »Eben. Eben.«

Der Speisesaal war kühl und dämmerig. Menschenleer. Sal hatte Bars und Nachtclubs schon immer geliebt, wenn sie untertags wie dieser Raum gewesen waren – dunkel, still und leer. Von allen Lokalen, in denen er in seinem beschissenen Leben gespielt hatte, konnte er sich an keines erinnern, in dem er sich nicht wohler gefühlt hatte, wenn es geschlossen war und er sich allein darin aufhielt. *Vielleicht bin ich in der falschen Branche,* dachte er. *Ich hätte Hausmeister werden sollen. Kann ja noch kommen.*

Er holte sich einen Aschenbecher und ein Streichholzbriefchen und setzte sich damit ans Klavier. Er rauchte eine Zeitlang und genoß die Einsamkeit, die an Bord eines Schiffs so selten war. Dann ließ er seine Hände auf die Tasten sinken, spielte einen D-Dur-Septim-Akkord und sang halblaut das Bruchstück eines Songs, das ihm oben an Deck eingefallen war. Das Klavier und die Stimme paßten in der Tonlage genau zusammen.

Er legte die Zigarette in den Aschenbecher und begann an dem Song zu arbeiten, indem er ihn wieder und wieder spielte und die entstehende Melodie leise mit seiner rauhen Whiskeystimme summte.

Maggie Behan Pulaskey schlug den Kragen ihres Zobels hoch und trat aufs Achterdeck hinaus. *Jesus, dieses Scheißwetter ist wirklich deprimierend! Warum sind wir nicht einfach auf die Bahamas geflogen?* Sie stelzte zielbewußt über die lackierten Deckplanken und genoß die gierigen Blicke der Besatzungsmitglieder, denen sie begegnete. *Das* war ein Vorteil dieser Reise in einem schwimmenden Altenheim. Maggie war die bei weitem hübscheste Frau an Bord. *Yeah – mit Ausnahme des jungen Flittchens.*

Sie genoß diese angenehme Vorstellung, bis sie um eine Ecke bog und sich plötzlich mit dem widerlichen kleinen Buckligen und seiner Begleiterin, der häßlichen Alten mit dem bösen Blick, konfrontiert sah. *Eigentlich müßten sie unter Deck oder in ihrer Kabine gehalten werden, damit sie uns andere nicht belästigen. Die beiden sind so verdammt deprimierend!*

Maggie machte einen weiten Bogen um Giovanni Gemelli und seine jetzt durch Magenkrebs zum Skelett abgemagerte Schwester Angelina und war stolz auf sich, weil sie die Ringe der alten Hexe keines Blickes würdigte. Sie lächelte in sich hinein, während sie sich fragte, wo sie wohl Marco, den Pianisten, finden würde. *Soll ich ein anderes Besatzungsmitglied fragen? Oder gibt es einen exklusiv für geile weibliche Passagiere zusammengestellten Wegweiser durchs Schiff?* Dann hob sie gerade noch rechtzeitig den Kopf, um dieses Arschloch von Kapitän McLeish das Deck entlangschlendern zu sehen. Er sah genau wie der spießige, aufgeblasene, lächerliche alte Arsch aus, der er in Wirklichkeit war.

Der hat mir gerade noch gefehlt! dachte sie und verdrückte sich durch eine Stahltür, hinter der eine Stiege zum nächsten Deck hinabführte. Auf halber Höhe der Treppe hörte sie leises Klavierspiel. *Ah, da ist mein Baby,* dachte sie lächelnd. Sie folgte den Klängen bis zur geschlossenen Tür des Speisesaals und blieb dort einen Augenblick lauschend stehen. *Ein Song, den ich gar nicht kenne. Und singt er dort drinnen?*

Maggie versuchte, die Tür lautlos zu öffnen, aber sie war abgesperrt. Sie hatte bereits die Hand erhoben, um an die polierte Tür zu klopfen, als sie aus dem Augenwinkel heraus auf eine Bewegung aufmerksam wurde. Als Maggie sich umdrehte, sah sie das kleine Biest *auf einem Stuhl stehen, verdammt noch mal!* Es starrte wie gebannt durch eines der hohen Bullaugen des Speisesaals und beobachtete offenbar den Mann, der Maggie gehörte! Maggie war wütend. *Das lass' ich mir nicht gefallen,* dachte sie. *Dem muß sofort ein Riegel vorgeschoben werden.*

Sie stelzte auf die Kleine zu, die nur mit Mühe auf einer Liegestuhllehne das Gleichgewicht hielt, und tippte ihr ans Bein. Das Mädchen zuckte erschrocken zusammen und hielt den Atem an. *Die Kleine wäre beinahe auf den Arsch gefallen,* freute sich Maggie. Dann sprang das Mädchen mit einem geschmeidigen Satz von seinem Aussichtspunkt, und Maggie wurde aus nächster Nähe mit seiner atemberaubenden Schönheit konfrontiert.

»Was verloren?« fragte Maggie mit hochgezogenen Augenbrauen.

»Was gibt's?« fragte die Kleine scharf und mit dem geilsten kleinen Latino-Akzent, den Maggie je gehört hatte. *Die ist gefährlich! Die muß sofort abserviert werden!*

»Ein bißchen Höflichkeit könnte nicht schaden, wenn du mit Erwachsenen sprichst, Kind!« fauchte Maggie mit so viel elitärer Hochnäsigkeit, wie sie aufbringen konnte. »Hat dir niemand beigebracht, daß man anderen Leuten nicht nachspioniert?«

»Und hat *Ihnen* niemand beigebracht, sich um Ihren eigenen Dreck zu kümmern?« Die dunklen Augen der Kleinen blitzten vor Zorn, und Maggie gestand sich ein: *Sie ist das schönste Mädchen, das ich je gesehen habe!*

»Hör zu, Carmen Miranda, beeil dich, wieder zu deinem alten Knacker zu kommen, bevor er dich sucht. Was würde er sagen, wenn er merkt, daß sein Häschen nach 'nem *Musiker* lechzt?«

»Er ist mein *Vater*!« sagte das Mädchen aufgebracht. »Und vielleicht würd's Ihren Mann interessieren, was *Sie* hier zu suchen haben?«

Du kleine Schlampe! Du impertinente kleine braune Nutte! Aber dann hatte Maggie eine Idee. Sie lächelte unbekümmert und sagte fast im Verschwörerton: »Marco und ich sind zum Tee verabredet«, und dabei nickte sie in die Richtung, aus der die Klaviermusik kam. »Sei jetzt ein braves kleines Mädchen und geh in deine Kabine zurück, ja?«

Maggie genoß den Ausdruck niedergeschlagener Unsicherheit,

der dieses exquisite Gesicht überschattete. Dann setzte sie sich in Bewegung und ging wieder auf die Tür des Speisesaals zu. »Im Ernst, Chiquita Banana, es wird höchste Zeit, daß du verschwindest!«

Die Kleine wandte sich ab und ging traurig davon. Sie sah sich noch einmal um, als Maggie die Tür erreichte, und Maggie hob eine Hand, um anzuklopfen, und erklärte ihr dabei: »Drei sind zuviel, Carmen.« Und um ihren Triumph über das Mädchen zu vervollständigen, klopfte Maggie leicht an und flötete: »Marco, ich bin's – Maggie!«

Das Klavier verstummte sofort, und die Kleine wandte sich ab und hastete verlegen davon. Maggie lachte in sich hinein. Sie liebte es, ihre Überlegenheit unter Beweis zu stellen.

Drinnen im Speisesaal hörte Sal das leise Klopfen, bevor eine Frauenstimme etwas sagte, das er durch die massive Tür nicht verstehen konnte. Er hatte gerade eine Idee für den Text der zweiten Strophe und ließ sich nur sehr ungern stören – *manchmal war schlagartig alles weg* –, aber das war vermutlich eine der Putzfrauen, die im Speisesaal staubsaugen wollte, und Sal hatte schon immer ein weiches Herz für die Leute vom Putzdienst gehabt, weil sie sich für so wenig Geld abrackern mußten. Er ging rasch zur Tür, wobei er die zweite Strophe summte, sperrte auf und kehrte ans Klavier zurück, ohne sich umzusehen. Hinter ihm wurde die Tür geöffnet, so daß für kurze Zeit graues Licht in den Speisesaal fiel, und dann wieder geschlossen. Er saß bereits wieder am Klavier, als er merkte, daß eine Passagierin hereingekommen war.

Er blickte auf und sah Maggie Behan Pulaskey an der Speisesaaltür stehen. Sie hatte den langen schwarzen Zobelmantel aufgeknöpft, damit ihr Körper und ihre Brillanten gut zur Geltung kamen, und um ihre stark geschminkten Lippen spielte ein besitzergreifend erwartungsvolles Lächeln.

Er wußte instinktiv, was sie sagen, in welcher Reihenfolge und wie sie's sagen würde; er wußte natürlich auch, was sie wollte, und kannte das Spiel, das er mitspielen sollte, bis sie am Ziel ihrer Wünsche war. Sal wußte sogar, wie es sein würde, sie zu ficken. Sie würde aggressiv und dominant sein und außerstande, einen Orgasmus zu erreichen.

»Das war wunderhübsch, Marco«, sagte sie ein kleines bißchen atemlos, was sie für sexy hielt, wie Sal wußte. »Spielen Sie's noch mal.«

Wie kommen sie bloß darauf, daß man immer scharf darauf ist, für sie zu spielen?

»An dem Stück arbeite ich gerade«, antwortete Sal so verbindlich und geschäftsmäßig wie möglich. »Es ist noch nicht fertig.«

»Ohhh«, sagte Maggie, während sie quer durch den Speisesaal stöckelte, »das haben *Sie* geschrieben. Es klingt wundervoll!«

»Ich *schreibe* es gerade. Es ist noch nicht fertig.«

»Oh, bitte, spielen Sie's noch mal!«

Sal lächelte gezwungen. »Es ist noch nicht fertig.«

Maggie bedachte ihn mit ihrem verheißungsvollsten Schmollen. »Oh, Marco, *bitte.*«

Sie redet genau wie eine von Nicky Venezias Nutten, dachte er. *Sie hat ihren Beruf verfehlt. Oder vielleicht auch nicht.*

Sal verschränkte seine Arme und starrte Maggie vom Klavier aus an. Nach kurzer Pause begriff sie, daß dies eine Zurückweisung war, und Sal glaubte zu sehen, wie sie einen Augenblick aus dem Tritt kam, bevor sie entschlossen weitermachte. *Dieses Weib ist es gewöhnt, sich durchzusetzen.*

»Wissen Sie, Sie sind wirklich sehr begabt«, sagte Maggie rasch. »Sie sind sehr gut. Warum verstecken Sie sich auf diesem beschissenen Frachter?«

Gewonnen! Die Lady kriegt 'n Plüschtier.

»Tatsächlich bin ich auf der Flucht vor der Mafia«, antwortete Sal.

Maggie riß die Augen auf und brach in Lachen aus. »Genau! Richtig! Oh, Marco...« Ihr Lächeln wurde sanfter und intimer, und sie beugte sich so übers Klavier, daß er ihren üppigen Busen bewundern konnte. »Sie sind echt was Besonderes. Und Ihre Stimme – sie ist so *sexy*!«

»Finden Sie?«

»Wie nennt man so was – eine Whiskeystimme?«

Ein Klaviersaitenflüstern.

»Tut mir leid, das weiß ich nicht.«

»Nun, sie ist jedenfalls sehr sexy.« Maggie streckte eine Hand aus, griff nach Sals Zigarette und nahm einen langen Zug davon. *Das hat sie in einem alten Film gesehen,* dachte Sal. *Sie bildet sich ein, Lauren Bacall zu sein.* »Ich kenne Ihren Namen. Interessiert Sie meiner nicht?«

Nicht im geringsten. »Sie sind Mrs.... Mrs.... Wie heißt Ihr Mann gleich wieder?«

Sein Verhalten beunruhigte sie. Diese Sache lief nicht nach Plan.

»Ich bin Maggie«, fuhr sie tapfer fort und streckte die Hand aus. »Freut mich, Sie kennenzulernen, Marco.«

Sal ließ ihre Rechte einen Augenblick in der Luft hängen, bevor er nach ihr griff und sie schüttelte. »Freut mich, Sie kennenzulernen, Maggie.«

Sie hielt seine Hand fest und bedeckte sie mit beiden Händen. »Diese Hände«, sagte sie und blickte auf sie hinunter, »diese Hände... sie haben magische Kräfte.« Sie sah ihm wieder in die Augen. »Diese Hände machen die wundervollste Musik.«

Erspar mir diesen Scheiß, ja?

»Diese Hände können so sanft sein«, gurrte sie, »so süß, so fingerfertig...«

»Und wo ist Ihr Mann, Maggie?«

»Er schläft«, kicherte sie, als sei Sal bereits ihr Mitverschwörer. »Er schläft jeden Tag vierzehn, fünfzehn Stunden.« Sie warf ihm einen vielsagenden Blick zu. »Er ist viel älter als ich.«

Yeah, ich weiß, was du meinst, Schlampe. Er ist älter als du, sagst du, aber in Wirklichkeit meinst du, er vögelt dich nicht genug und vernachlässigt dich. Du bist die weltberühmte frustrierte amerikanische Ehefrau. Und reich dazu.

»Er braucht's bestimmt«, murmelte Sal. Er hatte Maggie damit kein Stichwort geben wollen, aber sie ließ sich diese Gelegenheit natürlich nicht entgehen.

»Wir brauchen's alle, Marco. Oder...?«

»Maggie, ich will keinen...«

Sie streckte plötzlich die Hand aus und strich sein ziemlich langes Haar über die Wange zurück. Sal trug es jetzt fast schulterlang, um die Narbe zu verdecken.

»Wir könnten auf der Überfahrt viel Spaß miteinander haben – Sie und ich. Sehr viel Spaß.«

»Maggie...«

»Sogar sehr, sehr viel.«

Sal schob ihre Hand sanft beiseite. »Maggie, ich muß Ihnen was sagen.«

Sie grinste lüstern. »Mir können Sie *alles* erzählen.«

Sal klappte den Klavierdeckel zu und stützte beide Ellbogen darauf. »Ich habe doch gerade gesagt, ich wäre vor der Mafia auf dieses Schiff geflüchtet.«

Sie nickte lachend. »Yeah, richtig!«

Er machte eine lange Pause. »Das stimmt nicht.«

»Was Sie nicht sagen!« Aber sie war verwirrt. Irgend etwas stimmte hier nicht.

»Maggie, ich bin zur See, bin abgehauen, weil... weil...« Er sah zu ihr. »... weil ich eine tödliche Krankheit habe.«

Maggie starrte ihn sprachlos an. »Das versteh' ich nicht, Marco«, brachte sie schließlich heraus.

Er schluckte schwer und sagte: »Der Test hat ergeben, daß ich HIV-positiv bin.«

Sie war verwirrt. »HIV-positiv?«

Nach langer Pause betonte Sal jede einzelne Silbe mit Grabesstimme: »*Acquired Immune Deficency Syndrome.*«

Maggie riß ihre Hand an sich und schüttelte verständnislos den Kopf.

Sal nickte. »Ja. AIDS.«

»Großer Gott!« keuchte sie und war bereits auf dem Rückweg zur Tür.

»Sie verstehen also, Maggie...« *Nicht lachen! Auf keinen Fall lachen!* »... obwohl ich Sie sehr attraktiv finde...«

Sie war schon halb an der Tür.

»... und mir *sehnlichst* wünsche, mit Ihnen zu schlafen...«

»Jesus!« rief Maggie aus, während sie zur Tür hinausstolperte und sie hinter sich zuknallte.

Sal brach in schallendes Gelächter aus. So herzhaft hatte er seit einem Dreivierteljahr nicht mehr gelacht. Und als er dann aufhörte, hätte er schwören können, jemand mitlachen gehört zu haben.

Nachdem Sal zur Cocktailstunde, zum Dinner – zu dem Maggies Ehemann allein erschien – und zur abendlichen Captain-McLeish-Show gespielt hatte, lag er nachts in seiner stockfinsteren Kabine und horchte auf das Brummen des Schiffsdiesels fünfzehn Meter unter ihm. Er lag in der Dunkelheit und versuchte wie jede Nacht, das Mysterium zu begreifen.

Er lebte, und Dago Red war tot. Dago Red war bei dem Versuch gestorben, ihn zu ermorden, und weil Dago Red gestorben war, lebte *er.* In seiner seligen Schlichtheit war das beinahe katholisch. Sal glaubte Schwester Hildegards Stimme zu hören: »*Warum ist Jesus gestorben? Er ist gestorben, damit wir leben.*«

Sal setzte sich auf die Bettkante, tastete in der Dunkelheit um sich und fand eine Zigarette und Streichhölzer. Dann saß er da und rauchte.

Dago Red ist gestorben und hat mir seine Stimme vermacht. Er ist in mir auferstanden. *Er lebt in mir weiter.* Sal rauchte seine Gauloise, kratzte sich leicht die Narbe unter seinem Bart und dachte: *Red hat versucht, mich umzubringen, aber ihm ist's bloß gelungen, meine Stimme zu killen. Und dafür hat er mir seine hinterlassen. Was soll das alles bedeuten, verdammt noch mal?*

In jüngeren Jahren hatte Sal stets das Gefühl gehabt, in ferner Zukunft zu großen Dingen bestimmt zu sein, aber jetzt war sein Schicksal so nah und real wie die stählerne Kabinenwand. Und er wußte jetzt, daß es ebenso tödlich sein konnte wie ein Herzanfall. Wie Dago Reds Herzanfall. *Warum ist Red gestorben, und ich hab' überlebt? Was hat das zu bedeuten?*

Sein Leben lang hat Sal zum Club ungläubiger Katholiken gehört – dem größten Club der Welt –, aber jetzt fragte er sich, weshalb er gerettet worden war. Hat Gott seine Hand im Spiel gehabt?

Warum ich? Warum bin ich gerettet worden? Sein Leben war ein Witz, die vulgäre Lachnummer eines billigen Komikers. Als er auf dem Boden des Lagerraums, zwischen Wollmäusen und Rattenscheiße kniend, gestorben war, war seine Trauer überwältigend gewesen. Er war an dem Wissen um seine vertanen Chancen erstickt. Sein Leben war so belanglos wie das einer Stubenfliege gewesen. Er war als ein Nichts zur Welt gekommen, war als ein Nichts gestorben, und zwischendurch hatte er nichts gebracht.

Und jetzt spürte Sal in seinem Inneren ein Rumoren, eine unbestimmte Sehnsucht. Ähnlich wie er im Augenblick mit Songs schwanger ging, empfand er auch den starken Wunsch, etwas mit dem Rest seines Lebens *anzufangen.* Die Erfahrung, gestorben und wiederauferstanden zu sein, hatte in ihm das drängende Bestreben geweckt, irgendwas zu erreichen.

Er wußte jetzt, daß das Leben keine Reise ohne Ende war. Auch wenn er die voraussichtliche Ankunftszeit nicht kannte. Sein Schiff konnte jederzeit und ohne Vorwarnung in den letzten Hafen einlaufen. Sal war ein Leben lang ein unbedeutender, mitleiderregender kleiner Mann gewesen – genau wie sein Vater –, aber seit er dem Tod ins Auge geschaut hatte und ihm dann von der Schippe gesprungen war, wußte er, daß er nicht so sterben wollte. Er wollte etwas *bedeuten.*

Sal stand auf und machte Licht. Er blinzelte kurz, weil ihn die Deckenlampe blendete, zog dann seinen Koffer unter der Koje hervor und legte ihn auf die Matratze. Die Pistole – Dago Reds Waffe – lag, wie zuvor in Segeltuch eingewickelt, unter einem Wollschal. Sal schlug das Tuch auseinander und starrte die Pistole an. Wie er inzwischen wußte, handelte es sich um eine Walther P-88, eine Neunmillimeterpistole. Sie wurde in Düsseldorf hergestellt und enthielt fünfzehn Schuß im Magazin und einen in der Kammer. Er hob die Walther und zielte damit auf seine geschlossene Kabinentür. *Könnte ich tun, was ich tun müßte, wenn sie jetzt reingestürmt kämen, um mich zu erledigen? Könnte ich sie aufhalten?*

Sal stellte sich vor, wie Nicky Venezia mit einem Revolver in der Hand und einem höhnischen Grinsen auf den Lippen die Tür eintrat. Sal drückte ab, und aus Nickys Giorgio-Armani-Brust spritzte eine Blutfontäne. Nicky, auf dessen Gesicht blankes Entsetzen stand, torkelte vorwärts und versuchte, sich mit kraftlosen Händen an Sal zu klammern. Sal traf ihn wieder und wieder und wieder, bis Nicky vor ihm zusammenbrach und liegenblieb. *Mausetot.*

Yeah, richtig, dachte Sal, während er die Walther wieder in das Segeltuch wickelte. *Alles verflucht einfach. Du brauchst bloß den Killer zu killen. Und was ist* nach *Nicky Venezia? Und nach Junior? Und Rocco und Jimmy Van und Little Johnny? Mit allen wirst du unmöglich fertig.*

Aber sie können *sterben*, überlegte er sich. *Das hat sich bei Dago Red erwiesen.*

Sal klappte den Koffer zu und schob ihn in das Fach unter seiner Koje zurück. In den ersten Monaten nach seinem *Erlebnis* mit Red hatte Sal jede Nacht mit der gesicherten Walther in der Hand geschlafen. Das war gefährlich gewesen, aber anders hätte er keine Ruhe gefunden.

Ein Schiff wie dieses, so hatte er sich überlegt, war hingegen einer der sichersten Aufenthaltsorte für einen Verfolgten. Die Besatzung blieb immer gleich und bestand praktisch nur aus Ausländern. Neue Fahrgäste ließen sich leicht überprüfen. Hier konnte sich niemand an ihn anschleichen; es würde keine nächtlichen Überraschungen mehr geben; er brauchte nicht ständig angespannt wachsam zu bleiben.

Das waren die Vorteile des Lebens an Bord. Machte er andererseits einen Fehler, schätzte einen Fahrgast oder ein Besatzungsmitglied falsch ein oder meldete sich sein sechster Sinn eines Tages mitten auf dem Ozean... so gab es auf einem Schiff keine Fluchtmöglichkeit. Müßte er je glauben, daß jemand an Bord den Auftrag hatte, ihn zu liquidieren, würde er sich selbst helfen müssen. Die Walther holen und die Sache erledigen. Oder selbst erledigt werden.

Sal schlüpfte in Hose und Schuhe, zog die Daunenjacke an und steckte seine Zigaretten ein. Er verließ die Kabine und ging aufs Hauptdeck hinunter. Mitten in der Nacht wirkte die *Antonea* verlassen, unbemannt. Ein Geisterschiff. Sal zog den Reißverschluß seiner Jacke hoch und trat aufs Deck hinaus. Der Wind hatte sich gelegt, und der Himmel war sternenklar, aber die Luft war eisig wie in einer Tiefkühltruhe.

Er ging zum Bug und beugte sich über die Reling. Die See war viel ruhiger als nachmittags, und in der endlosen Nacht verschwamm der Horizont im Dunkel. Dort draußen war nirgends ein Schiff zu sehen, und Sal überlegte sich – nicht zum ersten Mal in diesen letzten Wochen –, daß es nichts Einsameres, nichts Isolierteres als ein Schiff auf hoher See geben konnte. Vielleicht eine Raumkapsel im All, aber wer zum Teufel...

Sal hörte ein Geräusch hinter sich und fühlte, wie seine Nackenhaare sich vor Angst sträubten. Als er sich ruckartig umdrehte, schlug ihm das Herz bereits bis zum Hals. »Wer ist da?« krächzte er. »Wer ist da?« *Nur keine Aufregung,* ermahnte er sich. *Denk daran: Auf See kann sich niemand an dich ranschleichen. Auf See kann sich niemand…*

In diesem Augenblick sah er eine Gestalt, die den aus einer zum Deck hin offenen Tür fallenden Lichtstreifen durchquerte, und dachte: *Sie sind hier! Sie haben mich aufgespürt, sie sind an Bord!* Er stand mit dem Rücken zur Reling und sah sich verzweifelt nach irgend etwas um, das ihm als Waffe dienen könnte, als das Mädchen aus dem Speisesaal aufs Deck trat.

Jesus! Sal atmete erleichtert auf. *Verdammt!*

»Entschuldigung«, sagte sie. »Habe ich Sie erschreckt?«

Nein, nein, durchaus nicht. Ich muß nur meine gottverdammte Hose wechseln.

»Ist's nicht schon ziemlich spät für 'nen Spaziergang an Deck?« fragte er sie.

»Ich kann nicht schlafen. Ich schlafe nie gut.«

Ah, richtig. Gemelli. Gemelli de Janeiro. Verzogene, reiche kleine Göre. Die sind auf der ganzen Welt gleich.

»Nachts um diese Zeit sollten Sie nicht allein hier draußen sein.«

Jetzt lächelte sie ihn an. »Ich bin nicht allein. Sie sind doch auch hier.«

Sal fiel ein, wie sie ihn seit ihrem Auslaufen aus Antwerpen angestarrt hatte. Selbst wenn sie weniger schön gewesen wäre, hätte er einen Teenager unter so vielen Silberhaarigen kaum übersehen können. Sie war etwa so groß wie er, als sie jetzt neben ihm stand. Ihr langes braunes Haar, das sie abends beim Dinner offen getragen hatte, hatte sie gerafft und unter eine Pariser Gaminmütze gestopft. Sie trug einen wadenlangen schwarzen Mantel, dessen Kragen sie wegen der Kälte hochgeschlagen hatte. Ihre Schönheit war so natürlich und grazil wie die Körperbeherrschung einer Tänzerin.

Sal wandte sich von ihr ab und stützte seine Ellbogen auf die Reling. Obwohl das Schiff erst zehn Jahre alt war, blätterte die Farbe schon überall ab. Trampfrachter. Sal angelte eine Gauloise aus seiner Jackentasche und steckte sie sich zwischen die Lippen.

»Kann ich eine haben?« fragte das Mädchen. Ihr Englisch war

nahezu perfekt, aber sie sprach mit leichtem unbestimmbaren Akzent. Sal nahm die hellblaue Packung aus seiner Jackentasche, schüttelte eine Zigarette zu einem Drittel heraus und hielt sie ihr hin. Sie nahm sie.

»Macht's Ihnen Spaß, hier an Bord Klavier zu spielen?« erkundigte sie sich, während Sal sich seine Zigarette anzündete.

Sal ließ sich mit der Antwort absichtlich viel Zeit, damit sie merkte, daß es sie nichts anging. Nachdem er sich die Zigarette angezündet hatte, warf er das erloschene Streichholz über Bord. Sie hatte erwartet, Sal würde ihr Feuer geben; als er's nicht tat, zog sie ein kleines goldenen Feuerzeug aus der Manteltasche und zündete sich ihre Zigarette selbst an.

»Die Arbeit ist okay«, antwortete Sal schließlich.

»Ich hasse Schiffe!« sagte sie rasch. »Und diesen Frachter erst recht!«

Sal musterte sie prüfend. *Verzogene Göre.* »Warum sind Sie dann an Bord?«

»Daran ist mein Vater schuld. Er will nicht fliegen.«

Sal zuckte mit den Schultern. »Davor haben viele Angst.«

Sie nickte. »Oh, er fliegt *manchmal.* Er ist nach Paris geflogen, um mich zu finden und heimzuholen. Er und meine Tante Angelina.«

Mit diesen bruchstückhaften Informationen wollte sie ihn nur ködern, aber er beschloß, trotzdem anzubeißen.

»Er ist nach Paris geflogen, um Sie zu *finden*? Waren Sie denn verlorengegangen?«

Darüber mußte sie lachen. »*Porquinho...* Ich bin aus der Schule weggelaufen und mit einem französischen Jungen durchgebrannt.« Sie beobachtete ihn, um zu sehen, ob er schockiert war. *So leicht nicht, Baby.*

Als er nichts sagte, erzählte sie hastig weiter. »Ich war in einem Schweizer Internat untergebracht. Klosterschule. Und dieser Junge ist auf einer Honda durchs Dorf gekommen. Er hatte eine Gitarre auf dem Rücken, und mir haben seine Jeans gefallen... und schon bin ich hinter ihm aufgestiegen, und wir sind losgebraust! Ich war drei Wochen lang verschwunden.«

Jetzt solltest du dich etwas beeindruckt zeigen. »Wie sind Sie zuletzt gefunden worden?«

»Mein Vater hat INTERPOL eingeschaltet!« erklärte sie ihm stolz. »Ist das nicht unglaublich? Die Polizei hat den französischen Jungen gefunden, aber von dem hatte ich mich schon wieder getrennt. Er konnte gar nicht wirklich Gitarre spielen. War bloß ein Hochstapler! Dann habe ich einen älteren Mann – einen afrikanischen Diplomaten – kennengelernt. Er hat mir eine Wohnung gemietet. Ich war seine Geliebte.«

Sal betrachtete sie mit schwachem Lächeln. *Mann, mit dir würde Nicky Venezia bestimmt gern mal reden!*

»Das hat Ihrem Vater bestimmt nicht allzu gut gefallen.«

»Er war sehr böse, aber meine Tante – *Mamma mia* –, die hätte mich am liebsten umgebracht!« Ihr exquisites Kindfraugesicht wurde kalt und hart, während sie aufs Meer hinausstarrte. »Ich hasse meine *Tia* Angelina.«

Er wußte nicht, was er antworten sollte. Das Mädchen legte es offenbar darauf an, ihn zu ködern, aber darauf wollte er sich nicht einlassen. Deshalb beließ er es bei einem gönnerhaften: »Eltern machen sich eben große Sorgen, wenn ...«

»Das war nicht das erste Mal, daß ich weggelaufen bin. Ich bin eine *Problemática,* wie man in Brasilien sagt – ein Problemkind. Ich gerate immer in Schwierigkeiten.«

Sal fand das Mädchen wider Willen interessant. »Wie kommt das?«

Sie zuckte mit den Schultern. »*Tia* Angelina sagt, daß ich von meiner Mutter schlechtes Blut geerbt habe. Meine Mutter war in Rio sehr berühmt«, fügte sie stolz hinzu, »und meine Tante haßt sie. Mich haßt sie auch, aber ich hasse sie noch mehr. Sie stirbt an Krebs – *Tia* Angelina –, und ich bin froh darüber!« Ihre Augen glühten in der Kälte. »Sie sagt, ich würde sie noch ins Grab bringen.«

»Dann ist die Frau, die mit Ihnen und Ihrem Vater am Tisch sitzt, also nicht Ihre Mutter?«

Sie schüttelte den Kopf. »Meine Mutter ist bei meiner Geburt gestorben. Die Menschen in Rocinha glauben, daß sie in mir weiterlebt.«

»Und Ihr Vater hat nie wieder geheiratet?« *Ein Krüppel mit verdammt viel Geld.*

Sie lächelte geheimnisvoll und starrte aufs Meer hinaus. »Meine

Mutter ist die große Liebe seines Lebens gewesen. Eine sehr traurige und schöne Geschichte.« Dann fuhr sie fort: »Mein Vater ist ein seelenguter, lieber Mann. Er weiß nicht, was er mit mir anfangen soll.« Sie wandte sich wieder an Sal und fragte munter: »Sie sind Amerikaner?«

»Kanadier.«

»Ich bin auf ein berühmtes Mädchenpensionat in Amerika gegangen. Sacred Heart in New York. Deshalb spreche ich so gutes Englisch.« Sie starrte ihn an, als erwarte sie eine Bestätigung dafür.

»Sie sprechen sehr gutes Englisch.«

»Und ich hab' mein Leben lang amerikanische Schallplatten gehört. Viel Jazz, vor allem Blues. Kennen Sie den Song ›Lover Man‹ von Billie Holiday?«

»Davis, Sherman und Ramirez.«

»Was?«

»Das sind die drei Kerle, die ›Lover Man‹ geschrieben haben.«

Sie wirkte leicht verblüfft. »Ja, natürlich, aber gesungen hat ihn Miss Holiday. Das ist mein absoluter Lieblingssong.« Ihr kleines Lächeln war ausgesprochen sexy.

Verschwinde, Mann! dachte Sal. *Noch mehr Schwierigkeiten kannst du nicht brauchen.*

Er schnippte seine Kippe über die Reling und vergrub beide Hände in den Taschen seiner Daunenjacke.

»Gute Nacht, Miss Gemelli«, sagte er so formell wie möglich. Er kehrte ihrem enttäuschten Blick den Rücken zu und marschierte über die Planken davon.

Als Sal vormittags aufwachte, hörte er im Kopf seinen neuen Song wie von einer Schallplatte. Er lag in seiner Koje, starrte zu den Rohren und Leitungen an der Kabinendecke hinauf und ging den Song immer wieder durch. Bis er aufgestanden und in die Mannschaftsmesse unterwegs war, wo er hoffte, so spät noch Frühstück zu bekommen, hatte er den Song drei- oder viermal umgeschrieben. Er fand den Refrain nicht stark genug, aber als erste Strophe war er hervorragend.

Als die neue erste Strophe ziemlich fertig war, machte sich Sal an den Refrain. *I can't get my fill.* Das Ganze würde eine nicht allzu schnelle Soul-Ballade à la Anita Baker werden – aber fetziger, rhythmischer. *I can't get my fill – my fill of your love.* Er summte die Melodie leise vor sich hin, während er in der Mannschaftsmesse vor einer Schüssel labberiger Corn-flakes saß und den bisherigen Text in seinen kleinen Spiralblock schrieb. Ein Block wie jener, in den er damals in New Orleans seine Wettgewinne eingetragen hatte. Aber das war lange her. *Ein Leben lang* her.

Dann starrte er ohne große Begeisterung auf die sich reimenden Zeilen hinab. Als Texter wußte Sal instinktiv, was Musikkritiker nie zu begreifen schienen: Liedertexte waren keine Gedichte – sie waren *Liedertexte.* Sie lebten nur, wenn Musik ihnen Leben einhauchte. Sie sollten gesungen, nicht gelesen werden. Was hier auf dem Papier stand, war wertlos, wenn es ihm nicht gelang, dazu die perfekte Musik zu schreiben. Er hatte eine Vorstellung davon, wie der fertige Song klingen würde, aber am Klavier gab es manchmal noch Überraschungen.

Sal war zu abgelenkt, um Appetit zu haben; er ging langsam übers Hauptdeck zum Speisesaal und steckte unterwegs die Nase in seinen Spiralblock. Der Speisesaal war leer, noch nicht geputzt, und Sal setzte sich sofort ans Klavier, um zu arbeiten. Während er schrieb, wünschte er sich, er hätte einen Drumcomputer, um den *Groove* des Songs einprogrammieren und danach komponieren zu können. Aber dann wünschte er sich auch einen KORG-Synthesizer M1 mit Sequenzer und Drumcomputer, einen TASCAM-Ministudiorecorder mit acht Spuren, einen Lexicon-Hallgenerator LXP1 für seine Stimme und noch einiges mehr an Effektgeräten.

Was hatte seine Tante Rosalie ihm oft erklärt? *Hoffen und harren hält manchen zum Narren.* Nun, diese Dinge hatte er eben nicht. Er hatte nur sich und dieses leicht verstimmte Klavier. Die restlichen Musiker würde er sich im Kopf dazu vorstellen müssen, wozu er imstande war, wie er aus Erfahrung wußte.

Ein guter Song ragt über den Durchschnitt hinaus. Ein guter Song überwindet existierende musikalische Einschränkungen. Ein guter Song ist ein guter Song, und Sal spürte jene brennende innere Erregung, die ihn stets befiel, wenn er wußte, daß er dabei war, einen Hit zu komponieren. *Die guten, die schreib'n sich von selbst, Soul,* hatte ein alter schwarzer Gitarrist ihm einmal erklärt.

Nach zweieinhalb Stunden hatte Sal zwei komplette Strophen und den besten Refrain, den er seiner Meinung nach jemals geschrieben hatte. Er gönnte seinen Ohren eine Erholungspause, machte einen Rundgang durch den leeren Speisesaal, rauchte eine Zigarette und setzte sich dann wieder ans Klavier. Nachdem er Kapitän McLeishs Mikrofonständer zwischen seine Beine gestellt hatte, schaltete er die beschissene Hundertwattanlage des Schiffs ein, eine alte Shure Vocal Master. Das verdammte Ding war ein Relikt aus der Steinzeit, aber er brauchte etwas Echo und Hall.

Bei meinem Krächzen hab' ich alle Unterstützung nötig, die ich kriegen kann, dachte Sal. Er brachte seine Lippen dicht ans verbogene Drahtgeflecht des Mikrofons – *Gott, wie mir das Singen fehlt!* – und hörte seine leisen Atemzüge in den klirrenden alten Lautsprechern. Sal gab mit dem rechten Absatz das Tempo an, schloß dann die Augen und stellte sich vor, Baß und Baßtrommel lieferten einen dezenten Rhythmus. Danach setzte die Gitarre ein, hohe Streicher aus dem Synthesizer und ein Wirbel über die Tomtoms des Schlagzeugers, der Sals Einsatz kennzeichnete.

Er spielte den ersten Akkord und begann zu singen. Seine Stimmung sank auf den Nullpunkt, als er hörte, wie seine beschädigte Stimme der Melodie zusetzte – *Dago, hoffentlich bratst du dafür bis in alle Ewigkeit im Fegefeuer!* –, aber er sang weiter, und nach dem zweiten Refrain begann er allmählich zu hören, wie der Song klingen *müßte*, klingen *würde* – wie er sich die fehlenden Instrumente vorstellte –, wenn ihn jemand mit guter Stimme sang. Nachdem Sal den Refrain wiederholt hatte – die Bridge würde er später schreiben –, begann er noch einmal von vorn.

Sal hatte die erste Strophe gesungen und war gerade beim Refrain, in den er alles hineinlegte, als in dem abgedunkelten Speisesaal eine Stimme zunächst noch zögernd eine Terz höher mitzusingen begann. Die unsichtbare Sängerin begleitete ihn auch bei der zweiten Strophe, und obwohl ihr scheuer mädchenhafter Sopran ohne Verstärkung quer durch den Speisesaal kaum zu hören war, erkannte Sal in ihrer Stimme etwas Besonderes, etwas Einzigartiges. Etwas ganz Neues und zugleich Altvertrautes.

Er wiederholte den Refrain noch zweimal, und beim dritten Mal beherrschte seine Mitsängerin ihren Part bereits einwandfrei. Beim vierten Mal ergänzte sie ihn durch eine typische Chaka-Khan-Variation, die so seelenvoll war, daß Sals Musikerherz höher schlug. Trotzdem hatte die Stimme aus dem Dunkel etwas Merkwürdiges an sich. Etwas... etwas Beunruhigendes. Er hörte zu singen auf, ging einige Takte weit zurück, schlug dann einen lauten Dur-Septim-Akkord mit verminderter Sexte an, der alles zum Stehen brachte, und endete auf der Tonika, die durch die kühle Luft des Speisesaals zu schweben schien.

Sal hielt das Pedal gedrückt, so daß der Akkord nachhallte, während er seine Hände von den Tasten nahm und nach einer Zigarette griff. Er zündete sie sich langsam und methodisch an, atmete dann den Rauch aus und starrte in die Dunkelheit am anderen Ende des Speisesaals.

»Okay, unbekannte Mitsängerin, Sie können rauskommen.«

Zunächst blieb alles still; dann wurde ein Stuhl zurückgeschoben, und Sal hörte einige zögernde Schritte. Im nächsten Augenblick trat die kleine Gemelli aus dem Dunkel ins sanfte Licht des Spotlights, das die kleine freie Fläche neben dem Klavier erhellte. Sie wirkte verlegen.

»Tut mir leid, wenn ich Sie gestört habe.«

Sal legte seine Zigarette in den Aschenbecher und bemühte sich, ein strenges Gesicht zu machen. »Nun, Sie scheinen eine Vorliebe dafür zu haben, sich aus dem Dunkel an mich anzuschleichen. Dagegen bin ich allergisch, das gebe ich zu.«

»Tut mir leid«, murmelte sie. »Ich wollte Sie nicht stören.« Sie wandte sich ab, um zu gehen.

»Augenblick! Augenblick!« Sal machte ihr ein Zeichen, sie solle bleiben. »Wo haben Sie so singen gelernt?«

Sie zuckte mit den Schultern, aber in ihrem Blick blitzte verhaltener Stolz auf. »Als kleines Mädchen hab' ich im Chor gesungen, und ich versuche immer, bei Schallplatten mitzusingen. Das hab' ich mein Leben lang getan.«

»Aber Sie haben nie mit einer Band gesungen? Auf der Bühne?«

»Nein«, sagte sie langsam. »Vielleicht ein bißchen mit dem französischen Jungen – aber nur im Schlafzimmer, nachdem wir miteinander geschlafen haben.«

Sal zog erneut an seiner Zigarette. Draußen vor dem Speisesaal diskutierten Besatzungsmitglieder in ihrem karibischen Patois. Sie beobachtete ihn gespannt.

»Haben Sie diesen Song geschrieben?« fragte sie.

»Ich *schreibe* ihn. Das ist ein großer Unterschied.«

»Er ist wundervoll.«

Sal war unwillkürlich stolz. »Oh, vielen Dank!«

Sie kam ans Klavier und beugte sich darüber – wie Maggie Behan Pulaskey am Tag zuvor.

Sal sah sie einen Augenblick an. »Hören Sie, haben Sie schon mal mit Begleitung gesungen? Nur mit einem Pianisten?«

Sie schüttelte mit sanftem Nachdruck den Kopf. »Das könnte ich nicht.«

»Warum nicht?«

Wieder ein Kopfschütteln. »Das könnte ich nicht. Außerdem bin ich nicht gut genug.« Sal war von ihrer Ehrlichkeit und Offenheit beeindruckt.

»Hören Sie, das ganze verdammte Schiff wäre Ihnen dankbar, wenn mal jemand außer Kapitän McLeish ein paar Songs vortragen würde.« Er lächelte aufmunternd, aber sie blieb schüchtern, zweifelnd. »Wie man aussieht, weiß man erst, wenn man beim Fotografen war, stimmt's?«

Sie starrte ihn verständnislos an. »*Como?*«

»Bloß 'ne Redensart aus Noo Awlins.«

»Ah, New Orleans… « Sie schien sich zu erinnern. »Louis Armstrong. Sidney Bechet. Wynton Marsalis.«

»Sie kennen sich mit Jazzgrößen aus New Orleans aus, was?« neckte er sie.

Sie kam um das Klavier herum, bis sie neben Sal stand, der auf seinem Klavierhocker sitzen blieb. Sie schüttelte sich eine Gauloise aus seiner Packung und griff nach dem Streichholzheftchen. »Sind Sie aus New Orleans?« Sie sagte New Orl*iee*ns – wie alle Welt außer den Einheimischen.

Sal schüttelte den Kopf. »Nun, ich bin in Toronto geboren, aber viel rumgekommen. Ich bin Kanadier.«

Sie wirkte leicht enttäuscht. »Ah, richtig, das hatte ich vergessen. Wie Sie Klavier spielen, erinnert mich manchmal an alte Aufnahmen aus New Orleans, die mein Vater mir früher gekauft hat.«

Sal lehnte sich auf seinem Hocker zurück und betrachtete sie. »Diese alten Sachen gefallen Ihnen, was?«

Sie zündete sich eine Gauloise an und bemühte sich, älter zu wirken. »Mir gefällt jede Musik«, antwortete sie, »aber am liebsten sind mir diese alten ... wie sagt man gleich wieder ... *Stand-ups*?«

»Standards. Okay, dann probieren wir's mit einem von denen.«

»Ich soll wirklich auftreten, meinen Sie?«

»Yeah, die Senioren auf diesem Kahn lechzen geradezu nach solchem Scheiß.« Er hatte sich etwas über sie geärgert, weil sie ihn beim Komponieren gestört hatte, aber jetzt erschien ihm der Gedanke, einmal nicht nur McLeish begleiten zu können, äußerst angenehm. Außerdem war das Mädchen so verdammt schön, daß es ein Vergnügen war, nur mit ihr zusammen zu sein. »Hören Sie«, sagte er. »*Wollen* Sie singen? Eine Sängerin werden?«

Ihr Gesichtsausdruck wurde ernst. »Mehr als alles andere auf der Welt.« Sie sprach, als wünsche sie sich etwas beim Anblick einer Sternschnuppe.

»Okay, dann fangen wir am besten gleich an. Nach welchem Song haben Sie mich letzte Nacht gefragt?«

Sie schien nachdenken zu müssen, aber Sal hatte den Eindruck, daß das gespielt war. »Oh«, sagte sie zuletzt, »›Lover Man‹?«

»Yeah, richtig, ›Lover Man‹. Wie ging die Melodie noch?« fragte er sich, während seine Hände wie im Zeitraffertempo über die Tasten glitten. Er wurde langsamer, stolperte, als er zur Bridge kam, murmelte: »Oh, yeah«, begann erneut, und dann war ihm die Melodie wieder geläufig.

»Als erstes müssen wir die Stimmlage finden. Wie hoch ist Ihre Stimme?«

»Ich ... ich weiß nicht, was ...«

»Was haben Sie im Kirchenchor gesungen – Sopran oder Mezzosopran?«

»Sopran.«

»Dann singen Sie's wahrscheinlich in ...« Er schlug halblaut ein paar Akkorde an. »... ungefähr in B. Können Sie den Text?«

»Das ist mein Lieblingssong«, antwortete sie.

»Hier«, sagte Sal, während er den Mikrofonständer vor ihr aufbaute. »Haben Sie schon mal in ein Mikrofon gesungen?«

Sie schüttelte den Kopf. »Noch nie.«

»Hey, das ist kein Grund für so 'n trauriges Gesicht! Irgendwann macht man alles zum ersten Mal.« *Und das erste Mal ist immer am schönsten. Reiß dich zusammen, Mister Marco Toledano!* ermahnte Sal sich, während er das Mikrofon auf die richtige Höhe einstellte. *Sie ist erst achtzehn.* Er mußte unwillkürlich lächeln. *Du wirst alt, Mann. Früher hast du sechzehn für das beste Alter gehalten.*

»Warum lächeln Sie?« fragte sie, ohne zu lächeln.

»Ach, nur so. Da Sie ein Mikrofon haben«, fuhr er belehrend fort, »brauchen Sie nicht so laut zu singen. Klar?«

Sie nickte. »Ja, ich verstehe.«

»Nicht zu dicht ran. Nicht zu weit weg. Yeah, dort ist's richtig.« Sal beobachtete, wie steif sie hinter dem Mikrofon stand. »Ganz locker! Es beißt nicht.«

Sie blieb hinter dem Mikrofon stehen, starrte ihn an und wartete auf weitere Anweisungen. Sal hatte wieder am Klavier Platz genommen. »Welche Tonart war's noch mal? Oh, yeah ...« Er begann, eine sanfte Einleitung im Bluesstil zu spielen. G-Moll-7, C-Dur-7. G-Moll-7, C-Dur-7. Er sah zu ihr auf. Das Mädchen *zitterte* hinter dem verbeulten Shure-Micro.

»Alles okay?« fragte Sal, während er die sanfte, bittersüße Einleitung wiederholte.

Sie schluckte trocken und nickte dann. Er spielte noch ein paar Takte, ohne daß sie zu singen begann.

»Sie können jederzeit anfangen«, sagte er behutsam drängend.

Sie starrte ihn noch immer zitternd an und flüsterte unsicher: »Ich ... ich weiß nicht, wo.«

Sal lächelte beruhigend. »Ich fange an, Sie brauchen bloß mitzusingen, okay?«

Sie schluckte nochmals. »Okay«, sagte sie leise.

Er brachte das Intro mit ein paar Takten zu Ende und begann mit seiner heiser krächzenden Stimme in einem leisen Sprechgesang: »*I don't know why, but I'm feelin' so sad ...*«

Und das Mädchen stimmte zögernd und noch etwas leiser ein: »*I long to try something I never had ...*«

Sals Kopfhaut kribbelte vor Aufregung, als er ihre Stimme aus den Lautsprechern kommen hörte. Die Haare auf seinen Armen stellten sich auf.

»*Huggin' and a-kissin'*«, sang sie. Während Sal allmählich verstummte, wurde ihre Stimme lauter und sicherer. »*Oh, what I been missin'*.« Sie brauchte keine Unterstützung mehr, und Sal beobachtete sie, derweil er spielte. Sein Mund stand vor Staunen offen, aber sie sah es nicht. Sie hielt die Augen geschlossen und wirkte wie entrückt, als sie sang: »*Lover Man, oh, where can you be?*«

Beim langgezogenen letzten Ton der ersten Strophe öffnete sie die Augen und warf ihm einen fragenden Blick zu, und Sal flüsterte: »Weiter!«

Sie berührte den verchromten Mikrofonständer mit den Fingerspitzen, als versuche sie, sich daran festzuhalten, schloß wieder die Augen und sang: »*The night is cold, and I'm so all alone, I'd give my soul just to call you my own …*« Während Sal sie beobachtete, war ihm ein bißchen zumute wie damals in der Sporting Life Bar & Lounge, als Transformer jenes Rennen verlor und er gewußt hatte, daß sein Leben nie mehr wie früher sein würde. Jetzt – in diesem kristallklaren Augenblick im abgedunkelten, leeren Speisesaal eines Schiffs, das sich knapp unterhalb 30° nördlicher Breite auf dem Atlantik befand – erkannte er, daß sein Leben von nun an erneut unabänderlich anders verlaufen würde.

Das müssen die Musiker in der Fifty-second-Street empfunden haben, als Bird zum ersten Mal mitgejazzt hat. Oder die Toningenieure im Studio, als Dion »Runaround Sue« aufgenommen hat. Oder der liebe Gott, als Aretha in der Kirche ihres Vaters in Detroit ihr erstes Solo gesungen hat …

Nein, sagte Sal sich, *genau das*, haargenau *das müssen die Jungs auf dem Podium empfunden haben, als Lady Day ihren ersten Auftritt gehabt hat.*

Er war in Gedanken so weit weg, daß er den Schlußteil der Bridge verpatzte und zu spielen aufhörte. Das Mädchen reagierte bestürzt.

»Oh, das tut mir leid!« rief sie aus. »War ich schrecklich? Hab' ich …«

Sal legte ihr seine Hand leicht auf den Arm. »Sie können nichts dafür«, sagte er halblaut. »Ich hab' mich verspielt.« Ihre Haut war warm und straff. Als Sal seine Hand zurückzog, merkte er, daß *er* jetzt zitterte. Er saß auf dem Klavierhocker, ließ die Hände leicht zu Fäusten geballt auf den Schenkeln liegen und bemühte sich, die Fassung zurückzugewinnen.

Ihre Schönheit strahlte wie ihre Begabung. Der einzelne Scheinwerfer beleuchtete sie von hinten, so daß der zarte Flaum auf ihren Wangen wie die Aura einer Madonna zu leuchten schien. *Lebendig,* dachte Sal. *Ich fühle mich so lebendig. Ich bin tot gewesen und neu geboren worden.*

»Wie heißt du?« hörte er sich fragen.

Sie starrte ihn einen Augenblick an und lächelte dann zögernd, fast schüchtern. Sie hatte irgendeine Wette mit sich selbst gewonnen, aber Sal wußte nicht, worum es dabei gegangen war.

»Isabel«, antwortete sie leise. »Und du bist Marco?«

Nein, der bin ich nicht. »Richtig, Marco. Marco Toledano.«

»Weißt du, daß du genau wie Billie Holiday singst?«

Sie war verblüfft. »Ehrlich?«

»Ach komm, das weißt du doch!« wehrte er ab.

»Nein, wirklich nicht«, sagte sie rasch, während sie ihm eine Hand auf die Schulter legte. Sal spürte das Gewicht ihrer Hand. »Singe ich wirklich wie Billie Holiday?« fragte sie zweifelnd.

Sal nickte eifrig. »Richtig unheimlich.«

»*Meu Deus!*« rief Isabel befriedigt lächelnd aus. »Das ist wunderbar!«

»Du hast selbst gesagt, daß du 'ne Vorliebe für die alten Songs hast, aber... Jesus, das ist *unglaublich!* Du hast bestimmt viel von Billie gehört? Natürlich, du *mußt* sie oft gehört haben!«

»Als ich noch klein gewesen bin«, erklärte sie ihm, »als ich ein Baby gewesen bin, hab' ich viel geschrien – und dann haben sie mir Billie Holiday vorgespielt, und ich hab' sofort zu weinen aufgehört. Und selbst heute, wenn ich bedrückt oder niedergeschlagen bin, lege ich eine ihrer Platten auf und bin dann traurig, aber auch glücklich, weißt du, eben ganz... oh, mir fällt das richtige Wort für *melancólica* nicht ein...«

»Melancholisch.« *Come to me, my...*

»Richtig!« bestätigte Isabel. »So ist mir zumute, wenn ich Billie Holidays Musik spiele. Schlecht und gut zugleich. Sexy.« Sie lächelte ihn an. »Wie wenn man sich liebt, während es draußen regnet.«

Thema wechseln! »Aber als du vorhin bei meinem Song mitgesungen hast, hab' ich einmal genau Chaka Khan rausgehört. Du hörst dir also auch andere Musik an.«

»Oh, mir gefällt jede Musik – vor allem Sängerinnen. Ich höre gern Chaka Khan, Whitney Houston, Annie Lennox. Und natürlich auch brasilianische Musik. Djavan. Ivan Lins.« Isabel machte eine Pause und starrte ihn forschend an. »Glaubst du, daß ich eine Sängerin werden könnte, Marco?«

Sal lehnte sich auf dem Klavierhocker zurück und überlegte, was er antworten sollte. »Du *bist* schon eine Sängerin – du hast bloß noch nicht *gesungen.*« Er sah sie an: »Verstehst du, was ich meine?«

Sie schüttelte wortlos den Kopf.

Er seufzte. »Hör zu, die Musik steckt *in* dir, du mußt nur noch daran arbeiten, sie *rauszubringen.*« Sal griff nach einer Gauloise. »Du bist wie ein genialer Musiker, der zum ersten Mal sein Instrument spielt – Klavier, Trompete, Gitarre, irgendwas. Man beginnt zu spielen und ist das Instrument nicht gewöhnt und macht Fehler und bleibt zuletzt stecken ...« Sal zündete sich die Zigarette an. »Aber man versteht sofort, wie dieses Instrument funktioniert, wie es Musik *macht.* Man hat die Musik in *sich,* und das Instrument dient nur dazu, ihr Gehör zu verschaffen. Solche Musiker sind Naturtalente.« Er blickte zu ihr auf. »Und genau das bist du!«

Sie runzelte die Stirn, während sie sich anstrengte, alles zu verstehen, was er sagte. »Du ... du glaubst also, ich könnte ... *gut* werden?«

»Du könntest unglaublich werden! *Unglaublich!*« Sal kratzte sich die Narbe unter seinem Bart und starrte zur Decke auf. »Aber ist die Welt auf 'nen Teenager vorbereitet, der genau wie Billie Holiday singt?«

»Marco ... findest du's schlecht, daß ich wie Billie Holiday singe?«

Er rieb sich geistesabwesend seine Narbe. »Könnte schlecht sein, könnte gut sein. Das weiß man nie.«

Sal betrachtete sie eine Zeitlang. Dann drückte er energisch die Zigarette aus und legte seine Hände wieder auf die Tasten. »Komm, wir versuchen's noch mal«, schlug er vor, während er bereits das Intro spielte.

G-Moll-7 nach C-Dur-7.

Sie verbrachten den Rest dieses Nachmittags im leeren Speisesaal und probierten alle Songs von Billie Holiday durch, die Isabel kannte. Und Isabel kannte alle. Nicht nur altbekannte, vertraute Nummern wie »Good Morning Heartache«, »God Bless the Child« und »All of Me«, die Diana Ross auf dem Soundtrack von *Lady Sings the Blues* gesungen hatte. Sondern auch obskure Titel wie »Miss Brown to You« und »Your Mother's Son-in-Law« aus frühen Plattenaufnahmen mit Taddy Wilson und Benny Goodman. Damals in den dreißiger Jahren, bevor Billie Holiday ihren typischen *Sound* entwickelt hatte. Ihren schneidenden, nasalen, von Schmerz und Drogen geprägten *Sound*.

Und Sal hockte den ganzen Nachmittag wie gebannt am Klavier und beobachtete starr vor Staunen, wie dieses verzogene Kind, diese bildschöne Millionärstochter, dieser Teenager aus der dritten Welt, dieses *Baby* den Mund aufmachte und diesen *Sound* erzeugte. Diesen unverkennbaren, herzzerreißenden *Sound*. Das war unheimlich. Das überstieg sein Fassungsvermögen. Das war unglaublich.

Sal saß am Klavier und staunte von Song zu Song mehr. Das Mädchen wurde mit jeder Nummer *stärker*. Gewiß, sie sang noch sehr amateurhaft, ihre Intonation war manchmal unsicher, und sie verschluckte gelegentlich einen halben Takt, aber es war offensichtlich, daß sie die Musik in sich hatte. Sie verfügte über diesen *Sound*, diese klagende, gedämpfte Trompete von einer Stimme, all diese charakteristischen Eigenheiten, die einzeln bei anderen Sängerinnen eher als Schwächen aufgefaßt worden wären, aber in der Kombination zu einer einzigen gequälten Soulstimme ein Ereignis waren. Billies unerwartete Improvisationen, ihr schnelles Jazzvibrato, das sich am Ende jedes Satzes fragend zu erheben schien, ihr etwas hinter dem Takt herhinkender, atemloser Wortschwall, als ob jede Zeile des Liedtextes ihr eine qualvolle Anstrengung abfordere... alle die Dinge, die Billie Holidays unnachahmlichen Stil ausgemacht hatten, waren auf wundersame Weise in diesem jungen Mädchen, dieser Isabel Gemelli, dieser reichen brasilianischen Göre wiederauferstanden.

Sal spielte mechanisch, beobachtete die Sängerin, hörte diese unglaubliche Stimme, merkte deutlich, wie Isabel mit jeder Strophe, mit jedem neuen Song sicherer wurde, und verlor sich in der Unwirklichkeit des Augenblicks. Sie spielten und sangen den ganzen Nachmittag. »Willow Weep for Me«, »When It's Sleepy Time Down South« und »Sophisticated Lady«. Dann »Ill Wind«, »Body and Soul« und »Please Don't Talk About Me«.

Reinigungspersonal kam in den Speisesaal, ohne sich sonderlich für die beiden zu interessieren, saugte und wischte Staub und ging wieder, und Sal spielte immer weiter, und Isabel sang. Am Spätnachmittag brach auf See ein Gewitter los. Blitze zuckten herab, und das Grollen des Donners drang bis in den Speisesaal, aber die beiden merkten nichts davon. Als dann jedoch das erste Paar zu einem Cocktail vor dem Dinner an der Tür erschien, hörte Isabel plötzlich zu singen auf. Aus seiner völligen Hingabe an ihre Stimme gerissen, hob Sal den Kopf und starrte sie an.

»Nicht aufhören«, krächzte er leise und wie benommen. Als spreche er seufzend zu einer Geliebten.

»Marco ...«, flüsterte sie verlegen und nickte zu den beiden neugierigen Senioren an der Tür des Speisesaals hinüber.

Sal starrte das silberhaarige Paar einen Augenblick verständnislos an; dann schien er aufzuwachen und stand hastig auf. »Scheiße! Ich muß mich umziehen.« Er nickte Isabel zu. »Paß auf, willst du heute abend singen?«

Sie konnte ihn nicht einmal ansehen, während sie den Kopf schüttelte. »Ich kann nicht, Marco. Ich kann einfach nicht.«

»Wenn du Sängerin werden willst, mußt du früher oder später doch vor Leuten singen.«

»Ich weiß«, sagte sie leise. »Aber nicht schon heute.«

Sal schaltete die Anlage aus und steckte seine Zigaretten ein. »Hey, du hast recht. Dies ist schließlich der erste Tag. Sollen wir uns morgen wieder treffen und weiterproben?«

Ihre Augen leuchteten. »Ja. Ja, das wäre schön.«

Er klappte das zerfledderte Songbook zu, aus dem er Isabel begleitet hatte, und legte es auf den Notenstapel auf dem alten Klavier zurück. Sal blickte zu dem erwartungsvoll an der Tür stehenden silberhaarigen Paar hinüber und wandte sich erneut an das Mädchen. »Isabel ...« Er lächelte. »Nennen deine Freunde dich so?«

Sie zuckte mit den Schultern und machte dabei ein fast komisch ernsthaftes Gesicht. »Ja, so heiße ich.«

Sal streckte eine Hand aus, um einen Fussel vom Ärmel ihres Pullovers zu schnippen. »Hör zu, ich werde ... ich werde dich Izzy nennen. Wie gefällt dir das?«

Sie lächelte schüchtern. »Wenn du mich so nennen willst, gefällt's mir.«

Er faßte sie leicht am Ellbogen und begann, sie durch den Speisesaal zum Ausgang zu führen. »Morgen nachmittag um zwei Uhr hier. Okay?«

»Ja.«

»Ihr seid bis Rio an Bord, stimmt's?«

»Ja.«

»Hör zu, ich möchte, daß du mir versprichst, vor dem Einlaufen in Rio ...« Sie hatten inzwischen die Tür erreicht und wurden von dem alten argentinischen Ehepaar beim Hinausgehen neugierig gemustert. Sal sprach in leisem Verschwörerton weiter. »... ich möchte, daß du mir versprichst, vor dem Einlaufen in Rio für die Passagiere zu singen.« Seine Kopfbewegung deutete an, in welchem Raum sie auftreten sollte.

Isabel nickte lächelnd. Weil ihr Gesichtsausdruck sonst immer so ernst war, schien sie ein ganz anderer Mensch zu werden, wenn sie lächelte.

»Ich versprech's dir, Marco«, antwortete sie ebenso leise, und Sal spürte, wie sein Glied sich wie ein aus dem Winterschlaf erwachendes Tier regte. *Laß das, Arschloch!* ermahnte er sich. *Hör auf! Fang nicht an, mit deinem Schwanz zu denken.*

»Abgemacht, Izzy.« Er erwiderte ihr Lächeln. »Und jetzt beeilst du dich lieber, damit du in die Kabine zurückkommst. Sonst glaubt dein Vater, daß du über Bord gefallen oder entführt worden bist.«

»Okay«, stimmte sie zu. Dann wurde ihr Lächeln schwächer, als sei ihr etwas eingefallen. »Aber wir sehen uns beim Dinner, nicht wahr, Marco? Du spielst doch heute abend?«

»Klar, Izzy. Aber was wir heute nachmittag gemacht haben, bleibt vorläufig unter uns, einverstanden?«

Sie nickte, verstand, was er nicht ausdrücklich gesagt hatte. »Okay, Marco.«

»Gut.« Er deutete mit gespielter Strenge den Korridor entlang. »Geh jetzt!«

Isabel setzte sich wortlos in Bewegung. Er sah ihr nach, bis sie die Treppe erreicht hatte und sich nach ihm umdrehte. »Marco …«

»Yeah?«

»Danke«, sagte sie, bevor sie hastig die Treppe hinunterlief.

Als Sal an diesem Abend zu den sanften Hintergrundgeräuschen von Kristall, Porzellan und Tafelsilber spielte, konnte er den Blick nicht von Isabel lassen. Er versuchte es. Er versuchte es mehrmals. Während er »Misty« spielte, konzentrierte er sich auf eine der Deckenleuchten – und starrte in der nächsten Sekunde wieder in Isabels Augen. Sie saß keine zehn Meter von ihm entfernt am Kapitänstisch. Er spielte das Thema aus »Terms of Endearment«, beobachtete dabei, wie ein Steward einer dicken Passagierin einen weißen Fisch vorlegte, und starrte dann erneut zu Izzy hinüber, die ihn ihrerseits ebenfalls nicht aus den Augen ließ.

Sal wandte sich rasch ab. Er schlug ein Notenheft auf und suchte irgendeinen Titel, den er nicht kannte, damit seine Augen beschäftigt waren. »Early Autumn« hatte er noch nie gespielt. Er konzentrierte sich ganz auf die Noten. Das Spielen vom Blatt war nie seine starke Seite gewesen. Sal konnte sich jedoch immer auf sein musikalisches Gehör verlassen und kannte den Song nach dem zweiten Refrain bereits so gut, daß sein Blick von den Noten abschweifte und wieder zu Isabel hinüberwanderte.

Sie blinzelte ihm lächelnd zu, und ihr lüsternes kleines Grinsen verblüffte Sal so sehr, daß er laut auflachte. Mehrere Passagiere drehten sich nach ihm um. Signore Gemelli starrte ihn an. Isabels Tante Angelina musterte ihn mit dem mißbilligenden Blick einer italienischen Matrone – eine Leibesvisitation, gründlicher als die eines Mafia-Leibwächters. Während er sich dazu zwang, rasch auf seine Hände hinabzusehen, spürte er deutlich, wie ihm das Blut ins Gesicht schoß. *Du lieber Himmel, ich werde rot!* dachte er, hörte dann fröhliches, unbekümmertes Lachen und wußte, daß Isabel über ihn lachte.

Während Sal später ordentlich loslegte und McLeish »Knock Three Times« quer durch den Saal in Richtung von Maggie Pulaskeys Titten hinüberplärrte – wobei all die alten Ärsche mit ihren leberfleckigen Händen den Takt mitklatschten und ihre glänzenden Augen hinter den Zweistärkenbrillen auf dem alkoholgeröteten Gesicht des Kapitäns ruhen ließen –, *krümmte* er sich buchstäblich, als McLeish bei *»means you ain't gonna shooooooow«* das hohe C zu erreichen versuchte und meilenweit verfehlte. Nachdem er den ganzen Nachmittag eine wirkliche Stimme begleitet hatte, erschien ihm McLeishs trauriges Gejaule noch unerträglicher. Sal fuhr zusammen, als McLeish bei voller Lautstärke um einen Viertelton danebenlag, und sah rasch zu den Gemellis hinüber. Während die Gäste am Kapitänstisch McLeishs Bemühungen mit fröhlichem Beifall quittierten, suchte Sal Isabels Blick. Sie schenkte ihm ein Lächeln: ein heimliches, sinnliches Liebesversprechen, das sich langsam über ihre vollen Lippen ausbreitete, ebenmäßige weiße Zähne sehen ließ und Sal sekundenlang glauben ließ, sie seien die einzigen Menschen im Saal. *Auf der ganzen Welt!*

Als er später in der Dunkelheit seiner Kabine auf der Koje lag, erinnerte er sich an ihr Lächeln. Er starrte ins Dunkel hinauf und sah ihr Lächeln und fragte sich: *Scheiße, was ist mit dir los?* Er setzte sich auf die Bettkante und tastete nach seinen Zigaretten. Als er ein Zündholz an der Wand anriß, erhellte die Flamme für wenige Augenblicke die kleine Kabine. *Scheiße, was ist in dich gefahren?* Er blies Rauch in die Dunkelheit. *Ein verdammter Teenager lächelt dich an – und du bist bereit, loszuziehen und beschissene Rosen zu kaufen, verdammt noch mal! Bist du durchgedreht oder was?* Sal schüttelte den Kopf.

Du hast's hier gut getroffen. Nirgends auf der Welt gibt's ein besseres Versteck. Oder hast du schon vergessen, wozu du auf diesem Scheißkahn bist? Man hat versucht, dich zu ermorden, und du kannst Gift darauf nehmen, daß Little Johnny die Sache noch nicht vergessen hat. Er denkt garantiert noch immer an dich. Vermutlich könntest du drei bis vier Jahre lang auf dem Schiff bleiben, und mit jedem Tag an Bord kühlt diese Sache weiter ab …

Noch dazu ist sie minderjährig. Eine neurotische, verwöhnte, sexbessene Millionärstochter. Mit der kann's bloß schiefgehen! Aber hast du sie singen gehört, verdammt noch mal? Ist sie nicht unglaublich? Woher hat sie dieses Talent? Was könnte man aus dieser Stimme machen?

Isabel *war* Billie Holiday. Man hätte glauben können, sie habe ihr ganzes Wesen so in sich aufgesogen, daß Lady Day in diesem kleinen brasilianischen Hitzköpfchen wiederauferstanden sei. *Wie ist das möglich?* Andererseits hatte er selbst gehört, wie Billie Holidays einzigartige, unverkennbare Stimme aus der Kehle dieses Teenagers erklungen war. Mit allem, was diese Stimme ausmachte: Schmerz und Erfahrung und Sarkasmus und Zynismus und Zorn und Leidenschaft und Schönheit und Häßlichkeit von einem Schulmädchen. *Wie kann das sein? Wie ist das möglich?*

Sal stand auf und begann sich anzuziehen. *Wie spät? Zehn vor drei.* Sie würde an Deck auf ihn warten. Das wußte er. Darauf würde er seinen Kopf verwetten. Sie wartete auf ihn. Sie würde behaupten, sie habe nicht schlafen können, und dann würde sie einen Grund finden, um ihn in ihre Kabine einzuladen. Dort würde er sie ficken. Das war Isabels Plan. So sollte die ganze Sache ablaufen.

Er schlüpfte in einen dicken Pullover, steckte seine Zigaretten in eine Tasche seiner Jeans und verließ die Kabine. Die Korridore waren hell und menschenleer. Draußen auf dem Oberdeck war der Himmel klar und kalt. Ein leuchtender Vollmond hing mandelfarben über der See wie eine Lichtreklame für Mutter Erde. ESSEN. TRINKEN. BUMSEN. STERBEN. ALLES HIER. Sal stützte beide Ellbogen auf die Reling, fischte eine Gaulouise aus der Packung, zündete sie sich an und schnippte das erloschene Streichholz ins Meer.

Ich fange zu zählen an, wettete Sal mit sich selbst, *und bevor ich bei zwanzig bin…* Er verlagerte sein Gewicht an der Reling. *Eins, zwei, drei, vier…* Eine Seemeile vom Schiff entfernt stieß ein Wal durch die Meeresoberfläche. Der Mondschein war hell wie Tageslicht. *Zwölf, dreizehn…* Über dem Ruderhaus drehte sich geräuschlos die Radarantenne des Schiffs, suchte das Meer ab und horchte in die Stille. *Sechzehn, siebzehn, achtzehn, neunzehn…*

»Hallo«, hörte er Isabel sagen und drehte sich um. Diesmal trug sie einen weiten schwarzen Mantel mit hochgeschlagener Kapuze. Sie war atemberaubend schön.

»Hey«, antwortete er. »Na, was läuft?«

Sie runzelte die Stirn. »Was?«

Er lächelte. »Nichts. Sagt man so in *New Orleans* für: ›Wie geht's?‹«

Sie trat näher an ihn heran und legte ihre behandschuhte Linke auf die Reling. *Feinste Arbeit von Gemelli de Janeiro.* »Ich hab' nicht schlafen können.« Sie blickte übers Meer hinaus, betrachtete den Vollmond. »Ich hab' dauernd nachdenken müssen.«

Jetzt kommt's! In ihrer Kabine hat sie etwas, das sie mir zeigen will.

Danach wandte sie sich direkt an ihn. Ihre braunen Augen schillerten dunkel und feucht. Er und sie waren genau gleich groß. *Jetzt kommt's!* »Marco«, begann sie ernsthaft, »hältst du Kapitän McLeish für einen guten Sänger?«

Sal hatte die Lungen voll Rauch. Er starrte Isabel einen Augenblick an, bevor er lachend losprustete. Der Rauch brannte ihm in der Kehle, so daß er einen Hustenanfall bekam.

»Marco! sagte Isabel – mit dem gekränkten Nachdruck eines kleinen Mädchens, das mit dem Fuß aufstampft. Sie glaubte offenbar, er mache sich über sie lustig, und das paßte ihr überhaupt nicht. »Hör auf, Marco!«

Er bemühte sich, seinen Lachanfall unter Kontrolle zu bekommen. Sein Hals brannte, und er hatte Tränen in den Augen. »Tut mir leid«, entschuldigte er sich geknickt. »Ich hab' nur...« Er wischte sich Tränen aus den Augen. »Ich weiß nicht...« Sal grinste sie an. »Izzy«, sagte er, »Charlie McLeish ist der schlechteste Sänger, den ich je begleitet habe. Und ich habe schon mit etlichen miserablen Sängern gearbeitet. Cap ist der allerschlimmste.«

Sie nickte nachdenklich. »Ich hab' ihn auch für nicht sehr gut gehalten. Sogar für ziemlich schlecht.«

Er lehnte sich mit auf die Reling gestützten Ellbogen zurück und betrachtete Isabel von oben bis unten. »Du dagegen wirst mal 'ne Bombe.«

Sie verstand wieder nicht gleich. »Ist das gut?«

Sal mußte lachen. »Ich wollte dir nur erklären, daß du außergewöhnlich begabt bist. So 'n Talent wie dich gibt's unter Millionen nur einmal.«

Obwohl Isabel sich nur ein schwaches Lächeln gestattete, wußte Sal, daß sie entzückt war. »Glaubst du wirklich, Marco? Echt?«

»Du bist sentimental.« Er nickte nachdrücklich. »Aber du mußt verstehen, daß Begabung nicht das einzige Kriterium ist. Ich bin seit über zwanzig Jahren in diesem Geschäft und hab' viele begabte Leute gesehen, die ihr ganzes verdammtes Leben in verrauchten Kneipen singen werden.« *Das hätte mir auch geblüht.* »Du willst Sängerin werden, sagst du.« Er sprach nachdrücklich, weil er den Drang fühlte, sie zu beschützen. »Was für 'ne Sängerin?«

Jetzt war sie wirklich verwirrt. »Was für eine …?«

»Willst du dein Leben lang in Kneipen singen? So 'ne Sängerin werden? 'ne Verliererin? 'ne Trinkerin?«

Isabel schluckte nur, als habe sie Angst, etwas zu sagen.

»Oder willst du 'ne Künstlerin werden?« fragte er weiter. »Das bist du nämlich, wenn du Schallplatten aufnimmst. Eine *Künstlerin.* Weißt du, wie sie dich nennen, wenn du in Kneipen singst?«

Sie schüttelte rasch den Kopf.

»Dann sagen alle bloß ›Hey du‹ zu dir. Verstehst du, was ich dir zu erklären versuche?«

Nein, sie verstand es nicht.

Sal lächelte und griff in die Hosentasche, um seine Zigaretten rauszuholen. Seit der Sache mit Dago Red war er zum Kettenraucher geworden. Er schüttelte eine Gauloise aus der Packung. »Ich will bloß nicht, daß du einen Fehler machst.« *Wie ich ihn gemacht habe.*

Sie griff nach einer Zigarette, bevor er die Packung einstecken konnte. »Ich find's sehr nett von dir, Marco, daß du dir solche Sorgen um mich machst.«

Sal riß ein Streichholz an und gab ihr zuerst Feuer. »Das ist übrigens schon der erste Fehler. Als Sängerin sollte man nicht rauchen. Nicht mal in deinem Alter.«

Isabel zögerte nur einen Augenblick. Sie nahm ihre Zigarette aus dem Mund, trat an die Reling, warf sie über Bord und drehte sich wieder nach ihm um, als wolle sie sagen: *Ich bin bereit, alles zu tun, was du mir sagst.*

»Hat das deine Stimme ruiniert?« fragte sie. »Das Rauchen?«

Nicht ganz. Selbst Krebs ist nicht so tödlich.

»Nein, eigentlich nicht.« Ein Windhauch strich wie ein Gespenst übers Deck. Sal begann zu zittern.

»Wenn ich, wie heute, nicht einschlafen kann«, sagte Isabel und sah ihm dabei in die Augen, »rauche ich manchmal ein bißchen

Maconha. Ich habe etwas davon in meiner Kabine. Willst mit mir kommen?«

Warum noch warten? Wozu Zeit vergeuden? Warum stell' ich dich nicht an die Wand und fick' dich gleich hier? Du knöpfst einfach den Mantel auf, ziehst den Rock hoch, schlingst deine Beine um mich und schiebst den Slip beiseite. Ich kann's dir gleich jetzt, gleich hier machen. Das willst du doch. Das wissen wir beide.

»Was ist mit deiner Tante Angelina? Ich glaube, deine Anstandsdame hält nicht allzuviel von mir.«

Sie lächelte: ein wundervoller Anblick. Ihr Lächeln war so selten und strahlend wie ein Edelstein. Jedes Lachen war ein Diamant. »Ich hab' ihr gesagt, daß sie in der Kabine meines Vaters schlafen muß. Ich hab' ihr gesagt, daß sie zu laut schnarcht.«

»Schnarcht sie denn?«

Sie kicherte: ein Laut, als ob eine Brise über ein gläsernes Glockenspiel strich. »Wie ein Pferd!« platzte sie heraus und lachte dann laut. Sal stimmte in ihr Lachen ein.

Nimm sie, sagte Sal sich. *Du brauchst es.* Seit jenem Morgen, an dem er über The Tall Cold One gestorben und wiederauferstanden war, hatte er keine Frau mehr geliebt. Seit er Kims medizinisch schmeckenden Kitzler geleckt hatte. *Nimm sie! Sieh dir ihr Gesicht an. Es ist ein offenes Buch. Sie will, daß du sie nimmst, von ihr Besitz ergreifst, sie unterweist. Sie will, daß du sie ins Leben, in deine Welt einführst. Sie will alles wissen, was es über dich zu wissen gibt.* The Night Life Ain't No Good Life, But It's My Life.

»Es ist sehr gutes *Maconha*«, sagte sie schließlich, und er wußte genau, daß sie nicht nur den Stoff meinte. Sal beugte sich zu ihr hinüber, und sie kam einen Schritt näher und hob ihm ihr Gesicht entgegen, um sich im kalten Mondschein küssen zu lassen. In diesem Augenblick sah er genau über ihrem Kopf einen Meteor seine feurige Bahn über den wolkenlosen Himmel ziehen. »Schau, eine Sternschnuppe!« sagte er, während er Isabel seine Hände auf die Schultern legte und sie umdrehte.

Sternschnuppen hatten Sal schon immer begeistert. Zu seinen wenigen guten Kindheitserinnerungen an seinen Vater gehörten die Nächte, in denen sie nachts mit einem lecken alten Boot auf den Lake Maurepas hinausgerudert waren, um bei Sonnenaufgang zu angeln. »Paß gut auf, ob du 'ne Sternschnuppe siehst, Sally«, hatte Joe the Hack ihn lachend aufgefordert, während er an seiner Angelrute rummachte und zwischendurch große Schlucke aus einer Flasche Red Port nahm. »Sternschnuppen bringen echt Glück, Sally, und wenn wir eine sehen, fahren wir gleich zum Fair Ground raus und gewinnen mal richtig. An 'nem Tag, an dem man 'ne Sternschnuppe gesehen hat, kann man keine Wette verlieren!«

Als Isabel sich wieder zu ihm umdrehte, war ihr Gesicht noch immer sanft und erwartungsvoll, aber die Gelegenheit war vertan, die Stimmung dahin. Der Anblick der Sternschnuppe und die Erinnerung an Joe the Hack daheim in New Orleans hatten Sal daran erinnert, daß sein Leben keineswegs in geordneten Bahnen verlief. Ganz und gar nicht. Wenn er jetzt Teenager fickte, die zu ihm aufsahen, würde er seine Probleme nur noch vergrößern.

»Sternschnuppen bringen angeblich echt Glück«, erklärte er ihr befangen.

Sie nickte, beobachtete ihn und wartete, bis sie erkannte, daß er nicht die Initiative ergreifen würde. Anstatt nun aufzugeben, nahm sie seine Hand. »Hier draußen ist's kalt, Marco«, sagte sie. »Komm mit in meine Kabine.«

Sal ging mit ihr das Deck entlang – aber von den Kabinen fort. »Du hast mich nicht richtig verstanden«, sagte er aufgekratzt. »Eine Sternschnuppe *in diesem Moment,* genau zu Beginn deiner Karriere«, krächzte er mit gespielter Begeisterung, »*zum Anfang* unserer musikalischen Beziehung. Wow, das ist heavy! Glücksmäßig ist das 'ne Bombe!«

Isabel verstand jetzt, in dieser Nacht würde nichts geschehen. Sie fand sich leichten Herzens damit ab. Schließlich würde ihre Reise noch zwei Wochen dauern. »Marco, wenn man dich so hört, könnte man dich für einen *Apostador*... einen Glücksspieler halten.«

Sal lächelte bitter. »Oh, ich hab' früher manchmal gewettet. Aber das liegt lange zurück.« Er verschränkte seine Finger mit ihren, und sie schlenderten Hand in Hand das Deck entlang. »Aber du wirst auch 'ne Art Spielerin werden, Izzy. Glaub mir, das Showbusineß ist das größte Glücksspiel der Welt.«

Er blieb stehen und wandte sich an Isabel. »Sag, glaubst du noch immer, du kannst nicht schlafen?«

Ihr Lächeln war beinahe nachsichtig. Ein glitzerndes Juwel. »Ich bin zu *excitada*... zu aufgeregt.«

»Was hältst du davon, wenn wir uns zu Sandwiches und Kaffee in den Frühstücksraum setzen? Wie klingt das?«

»Das klingt sehr gut«, antwortete sie und faßte seine Hand fester. »Das klingt wunderbar.«

»Magst du Mortadella und Schweizer Käse?« fragte er unterwegs zum Frühstücksraum.

Isabel wußte nicht, wie ein Sandwich mit Mortadella und Schweizer Käse schmeckte. Irgendwie hatte sie diese amerikanische Spezialität während ihres zweijährigen New-York-Aufenthalts verpaßt. Darüber lachten sie, als sie allein in dem schwach beleuchteten Frühstücksraum saßen, der nachts unverschlossen blieb, damit sich schlaflose Passagiere, die einen Imbiß wünschten, Sandwiches und Getränke holen konnten.

Sal und Isabel saßen dort stundenlang ungestört und sprachen über Gott und die Welt. Sie diskutierten über die Entwicklung des Blues, das Verhältnis zwischen Nord- und Südamerika, abstrakte Kunst und die Musik von Ray Charles. Sie knabberten an Sandwiches, schlürften abgestandenen Kaffee und redeten und redeten, bis der anbrechende Tag den Frühstücksraum mit fahlem Grau erfüllte. Dann traten sie an Deck und sahen zu, wie im Osten die Sonne aufging. Es würde ein klarer, heller Tag werden.

Er schenkte ihr nichts. In den folgenden zwei Wochen sperrten die beiden sich jeden Nachmittag von 14 Uhr bis kurz vor dem Abendessen im Speisesaal ein und arbeiteten. Sal bestach das Reinigungspersonal, damit es sie nicht länger als eine Viertelstunde störte und vor allem den Mund hielt. Irgendwie erfuhr Kapitän McLeish tatsächlich nichts von Isabels Übungsnachmittagen; zumindest erwähnte er sie mit keinem Wort. Sal war sich ziemlich sicher, daß der alte Lüstling eine Affäre mit Maggie Pulaskeys Titten hatte. So sahen sie sich immer nur abends, wenn sie vor den Passagieren auftraten.

Die beiden schlossen sich im Speisesaal ein; Sal am Klavier und Isabel hinter dem Mikrofon. Sal schlug einige bittersüße Akkorde an, Isabel machte die Augen zu und den Mund auf – und sie wurden zurückversetzt ins Harlem Ende der dreißiger Jahre, fanden sich in einer Barbecue-Bude nach der Sperrstunde, oder sie landeten in einem lärmenden Bebop-Club in der Fifty-second Street in den vierziger Jahren. Sie befreiten sich von den Zwängen dieser irdischen Welt, verließen dieses Schiff, diesen Ozean, dieses Jahrzehnt und flogen durch Zeit und Raum an einen anderen Ort, in eine andere Zeit zurück. Wenn sie ein bißchen von Isabels *Maconha* rauchten – wirklich ausgezeichneter Stoff – und sie high waren, wurde die ganze Sache erst richtig phantastisch. Solange irgendein Song andauerte, befanden Sal und Isabel sich in einer anderen Dimension, in einer akustischen Zeitkrümmung. Nachdem der letzte Ton verhallt war, brauchten sie mehrere Sekunden, um sich daran zu erinnern, wer und wo sie waren.

Izzy wurde mit jedem Tag, mit jeder Stunde besser. Eine solche Begabung hatte Sal noch nie gesehen oder gehört – oder auch nur *von* einer gehört. Sie *absorbierte* die Musik. Sie ging darin auf. Und wenn Sal ihr gelegentlich Tips gab – diesen Ton ein wenig länger halten, die Phrasierung etwas betonen, diese Textzeile hervorheben –, brauchte er es nie zweimal zu sagen. So gut war sie. *Ein Naturtalent,* dachte er. *Ein unverfälschtes Naturtalent.*

Ohne recht zu merken, was in ihm vorging, war Sal zufriedener, erfüllter, glücklicher, als je zuvor in seinem Leben. Jeder Tag glich einem freudvollen Abenteuer. Er sonnte sich im Glanz ihrer Begabung. Er verfolgte das Aufblühen ihres Talents mit fast väterlichem Stolz und der Befriedigung eines Lehrers.

Überall kamen Sal Ideen zu neuen Songs: unter der Dusche, auf der Toilette, während er hinter McLeishs Arschgewackel spielte oder seine Mahlzeiten einnahm. Er lag wach in seiner Koje, und in seinem Kopf summte es von bruchstückhaften Melodien und Songtexten.

War er nicht mit Isabel zusammen, wirkte er abweisend und geistesabwesend, in eine selbstgeschaffene Welt versunken. Waren sie jedoch zusammen, schienen seine Sinne empfänglicher zu werden, sich zu öffnen und sie in sich aufzunehmen. Er wurde konzentrierter, sensibler, irgendwie *wacher* als jemals zuvor in seinem trübseligen, vergeudeten bisherigen Leben.

Sal und Izzy trafen sich jetzt immer nach Mitternacht auf dem

Oberdeck, machten einen Spaziergang über die kalten, verlassenen Decks, rauchten manchmal ein bißchen von Isabels *Maconha* und bliesen den beißend riechenden Rauch übers Meer, bevor sie sich in den Frühstücksraum setzten und sich bei einer Tasse Kaffee unterhielten, bis Besatzung und Fahrgäste sich morgens zu regen begannen. Sie sprachen über alles und jedes. Sal mußte natürlich vorsichtig sein. Er mußte viele Stories aus seinem Leben abändern und spezielle Erinnerungen verschweigen, die ihn mit New Orleans verbanden und seine vorgetäuschte Identität preisgeben konnten.

Isabel dagegen erzählte ihm alles. So schilderte sie drastisch, wie sie mit dreizehn Jahren im Karneval von einem großen Schwarzen mit Goldlamé-Adlerkostüm entjungert worden war. Er hatte sie am Rande der tanzenden Menge stehen sehen, sie an der Hand genommen, in eine Gasse hinter einer überfüllten *Galeteria* mit Bar geführt, sie auf eine offenbar für solche Zwecke herangeschaffte schmuddelige Matratze gelegt, ihr das Höschen ihres Bauchtänzerinnenkostüms heruntergerissen und sich an ihr vergangen, während zwei Spüler sich lüstern grinsend aus dem Küchenfenster des Restaurants gebeugt und ihn lauthals angespornt hatten.

Isabel beschrieb Sal die riesige Villa, in der sie in den Hügeln über Rio in dem exklusiven Vorort Gavea aufgewachsen war – nur durch einen Hügel von der übervölkerten *Favela* Rocinha getrennt, in der ihre Mutter, wie sie eine Isabel, zur Welt gekommen und aufgewachsen war. Sie erzählte das Märchen von der Schönen aus den Slums, in die der unermeßlich reiche Giovanni Gemelli sich verliebt hatte; sie weinte – und Sal legte ihr tröstend seinen Arm um die Schultern –, als sie davon berichtete, wie ihre Mutter bei ihrer Geburt gestorben war – und wie sie sich noch heute schuldig fühlte, weil sie ihrem geliebten, herzensguten, verkrüppelten Vater die einzige Liebe, das einzige Glück seines Lebens geraubt hatte.

Isabel suchte stockend nach Worten, als sie Sal den tiefen Schmerz zu erklären versuchte, den sie manchmal empfand: rabenschwarze Depressionen, die sie ohne Vorwarnung überkamen, so daß sie sich in ihr Zimmer einsperrte und oft stundenlang schluchzte. Als *untröstlich reizbar* hatten die Ärzte sie bezeichnet, als sie noch klein gewesen war, und später hinzugezogene Fachärzte hatten abwechselnd von Jugendneurose, Depressionen und Melancholie gesprochen. Sie selbst nannte diesen Zustand nach einer Komposition von Lady Day einfach »Billie's Blues«. Merkwürdig unbeteiligt zeigte sie Sal die dünnen weißen Narben an ihren Handgelenken und erzählte ihm auch von zwei anderen Selbstmordversuchen – einmal mit dem Auto, einmal mit Barbituraten.

Und Isabel schilderte ihm einen wiederkehrenden Alptraum, der sie seit ihrer Kindheit verfolgte: Den Traum von ihrem Auftritt als Sängerin in einer ausverkauften riesigen Halle. Die Menschen jubeln ihr zu. Sie klatschen und kreischen und werfen Rosen auf die Bühne. Dann tritt eine Art Zirkusdirektor aus den Kulissen und führt sie von der Bühne. Hinter dem Vorhang wartet in den Kulissen eine junge Frau, die Isabel nur von Fotos kennt. *Deine Mutter, Isabel,* sagt der Zirkusdirektor. Isabel bricht in Tränen aus und stürzt mit ausgebreiteten Armen auf ihre Mutter zu, die aus den Falten ihres Rocks ein Stilett zieht und es ihr in die Brust stößt. Isabel bricht zusammen. Als sie aufblickt, sieht sie ihre Mutter lächelnd über sich stehen. An dieser Stelle des Alptraums wachte Isabel jedesmal schreiend auf, und ihr Bettlaken war naß von Schweiß und Urin.

Die beiden saßen bis zum Morgengrauen in dem schwach beleuchteten Frühstücksraum, und sie enthüllte ihm mit kalter Rationalität ihren Wahnsinn.

Zehn Tage nach dem Auslaufen aus Antwerpen überquerte die *Antonea* den Äquator. Die Sonne brannte senkrecht herab, und die Tage waren sengend heiß und feucht. Als sie an einem Nachmittag ihre Probe für eine Kaffeepause unterbrachen, spielte er geistesabwesend den Song »I Can't Get My Fill«, an dem er vorige Woche gearbeitet hatte. Während er diesmal die Melodie spielte, ohne recht darauf zu achten, was er tat, begann Isabel plötzlich halblaut zu singen – und Sal spürte einen kalten Schauder. Ihre Stimme überstrahlte sein Material und hob es über seine Gewöhnlichkeit, seine Mittelmäßigkeit hinaus auf eine höhere Ebene. Aus ihrem Mund klang der Song, wie er sich seine Musik im Traum vorgestellt hatte. Wie Sal sie sogar als junger Sänger nie hingekriegt hatte. Irgend etwas hatte ihm immer gefehlt…

Als er nun seinen Song von ihr gesungen hörte – mit Billies

Stimme, an manchen Stellen sogar besser, weil Isabels Stimme noch so frisch war, glaubte er eine jugendliche Lady Day zu hören, aber mit all der Erfahrung und Charakterstärke, die sie in der von Drogen verfinsterten Dämmerung ihrer Karriere ausgestrahlt hatte. Noch verblüffender war es, diese junge und doch vollentwickelte Billie Holiday Musik von heute singen zu hören. Es war, als sei Billie Anfang der siebziger Jahre wiedergeboren worden, habe sich alles angehört und alles in sich aufgenommen, was es zu hören gab, und stehe jetzt vor ihm und singe einen *seiner* Songs. Sal hatte nie einen Deut auf Wiedergeburt gegeben, aber als er jetzt am Klavier saß und Isabel anstarrte, die seinen Song mit Billie Holidays Stimme sang, war er so überwältigt, daß seine Gewißheit einen Knacks bekam. *Scheiße, schließlich bin* ich *auch umgebracht und wiedergeboren worden.*

Danach war dies hier nur ein weiteres Wunder in der langen Reihe, die er im vergangenen Jahr erlebt hatte. Aber was für ein bezauberndes, erstaunliches Wunder! *Hört euch diese Sängerin an! Hört euch diesen Song an!* Als Sal seinen Song hörte, fühlte er sich vor Stolz und Selbstbewußsein wachsen. Etwas Schicksalhaftes lag in der Luft, eine elektrisierende Kraft vorbestimmten Schicksals, als ob unsichtbare Mächte seine Zukunft beherrschten, und Sal schloß in dieser Sekunde einen Pakt mit dem Universum, diesen Mächten zu folgen, sich dieser Strömung anzuvertrauen, wohin sie auch führen mochte.

»Meine Damen und Herren! Meine Damen und Herren!« rief Kapitän McLeish den feiernden Passagieren im Speisesaal zu. »Amüsieren wir uns schon?« wieherte er ins Mikrofon, und die Fahrgäste antworteten im Chor: »Aber logo! Logo!« – ein an Bord häufig benützter Ausdruck, der die ältlichen Passagiere wie ein Virus erfaßt hatte und den sie aus irgendeinem Grund für äußerst komisch hielten. »Logo!«

Dies war die Captain's Farewell Party. Morgen nachmittag würde die *Antonea* in Rio de Janeiro anlegen. Die Passagiere waren seit dem Mittagessen betrunken, wohingegen die Besatzung erst nach Sonnenuntergang richtig zu trinken angefangen hatte. Die Schiffsoffiziere – nach zwei Wochen auf See geil und beschwipst – tanzten

»Slows« mit blauhaarigen amerikanischen Matronen und rundlichen brasilianischen Großmüttern, deren Ehemänner ein paar Runden mit Maggie Pulaskey drehten, welche sich zu Kapitän McLeishs Kummer königlich amüsierte. Der letzte Song war eben zu Ende, und zwei Siebziger stritten darüber, wer als nächstes mit ihr tanzen dürfe, während ein dritter sie auf der Tanzfläche in den Armen hielt und sich weigerte, sie freizugeben.

»Toast!« brüllte McLeish ins Mikrofon. »Einen Toast!« McLeish grapschte sich sein Whiskeyglas vom Klavier und sah Maggie bedeutungsvoll in die Augen. »Auf die wunderbaren Erinnerungen an die herrlichste Reise, die ich jemals als Kapitän betreut habe!«

Aus dem Publikum kam eine Runde *Hört! Hört!* und *Bravo!* Der Kapitän wandte sich den Passagieren zu und hob sein Glas. »Through the lips and over the gums – look out, liver, *here it comes!*« rief er, legte den Kopf nach hinten und kippte seinen Drink. »*Skøl!*« antwortete irgend jemand laut, und andere Stimmen fielen ein: »*Saúde!*« »*Banzai!*« »*Here's to ya, Mac!*«

McLeish fuhr sich mit der Zungenspitze über die Lippen und grinste die Passagiere lüstern an. »Und jetzt werden Marco und ich ...« Er schlug seinem Pianisten herzhaft auf den Rücken. »Wir haben einen kleinen Song einstudiert, um uns sozusagen von Ihnen allen zu verabschieden.«

Sal klimperte ein seichtes Arpeggio à la Liberace, und Kapitän McLeish wandte sich den Passagieren zu und blökte mit seinem schmalzigen Knödeltenor los: »*Weeeee'll meet agiiiiin – don't know wherrrrrre, dont't know whennnnnnnnn – but I know we'll meet again some sunny daaaaaayyy.*«

Bei der zweiten Strophe fielen alle ein, die diesen alten Song kannten – und dazu schienen auch die meisten Ausländer zu gehören.

»*Keep smilin' throouuuuuugh, just like youuuuu always doooooo ...*«

Sal hämmerte die Akkorde der sentimentalen alten Schnulze herunter und dachte: *Dafür bin ich gerettet worden? Für* solchen *Scheiß?* Seine Nachmittage waren herrlich. Ein musikalisches Nirwana. Und dann jeden Abend dieser Scheiß. Tonale Exkremente. Vokale Kotze.

Er sah zu Isabel hinüber, die am Tisch ihres Vaters saß und seinen Blick erwiderte. Ihr Gesicht war aschfahl, als sei sie krank, aber Sal wußte, daß sie gesund war. Sie war bloß starr vor Lampenfieber. Tia Angelina neben ihr sah mit selbstgerechter Mißbilligung in die Runde der lärmenden Betrunkenen, und Giovanni Gemelli, der klein und weißhaarig links neben Izzy saß, streichelte besorgt ihre Hand. Sein bekümmerter Blick ging zwischen Sal und seiner Tochter hin und her. Isabel hatte den ganzen Abend zitternd neben ihm gesessen und jedem alten Arsch, der mit ihr tanzen wollte, einen Korb gegeben. Ihr Vater machte sich Sorgen um sie.

Morgen ist's vorbei, dachte Sal, während er spielte. *Morgen laufen wir in Rio ein, und sie verschwindet für immer aus meinem Leben.*

»*Don't know wheerrrrrreee ... don't know wheeennnnnn ...*«

Sal ließ Izzy nicht mehr aus den Augen, während er den alten Reißer herunterhämmerte. Sie glich einer Insel der Jugend und Schönheit in einem Meer faltiger, verwelkter Haut.

»*... wheeellllll meet again some sunnnnnneeeee daaayyyyyy!*«

McLeish beendete den Song mit einem hohen, zittrigen Ton, kniff die Augen in trunkener Sentimentalität zusammen, streckte seinen Arm aus, als wäre er Jolson, und sein vergreistes Publikum brach in tränenreiche Anerkennung aus. In den donnernden herzlichen Beifall mischten sich das Knallen von Champagnerkorken an der Bar und die mädchenhaften kleinen Begeisterungsschreie siebzigjähriger Groupies. »Das war wunn-nner-schön, Mac!« röhrte Milt, Maggie Pulaskeys ahnungsloser gehörnter Ehemann, im unverkennbaren Brooklynisch. »Echt wunn-nner-schön!«

»Erstklassig, Kapitän!« bestätigte ein anderer.

»Bravo!«

»*Bellissimo!*«

Kapitän McLeishs rosige Bäckchen wölbten sich und glänzten wie glasierter Ton, während er die Bewunderung seiner Fans entgegennahm. *Der Schwanzlutscher ist im siebten Himmel,* dachte Sal, der recht gut wußte, wie es war, wenn einem der warme Beifall eines begeisterten Publikums entgegenbrauste.

Genau im richtigen Augenblick, keine Sekunde zu früh oder zu spät – *Das Arschloch ist ein Profi!* –, hob McLeish seine Hände, um das Publikum um Ruhe zu bitten. Mit gespielter Rührung flüsterte er ins Mikrofon: »Vielen Dank. Vielen herzlichen Dank.«

Komm schon, Arschloch, bleib nicht zu lange draußen! Tritt ab, solange sie noch mehr hören wollen!

Wie durch Sals Gedanken ausgelöst, wurden aufmunternde Zurufe laut: »Zugabe, Zugabe, Mac!« »Singen Sie noch mal ›Alley Cat‹!« »Nur noch einen Song, Kapitän!«

McLeish grinste seine Fans an, schüttelte aber den Kopf. »Hört zu, Leute, ihr wißt alle, daß wir noch die schönen von den Aqua Lines gestifteten Preise verlosen müssen. Ich glaube, ich hab' ein schönes Paar...« Er starrte wieder auf Maggie Pulaskeys Brüste. »...Koffer gesehen, das irgend jemand gewinnen soll, nicht wahr...?«

Sal beobachtete Isabel. Sie sah aus, als würde sie gleich ohnmächtig werden.

»...deshalb machen wir jetzt eine Pause für die Verlosung und unterhalten Sie vielleicht später mit ein paar weiteren Songs.«

»Oooooch!« seufzten die Senioren.

»Nochmals vielen Dank für den Beifall«, sagte McLeish und verließ seinen Platz hinter dem Mikrofon, um zum Kapitänstisch zurückzugehen. Er wollte gerade Platz nehmen, als er eine Stimme durch *sein Mikrofon* aus den Lautsprechern kommen hörte! McLeish hatte noch nie eine andere Stimme durch *sein Mikrofon* kommen gehört. Er fuhr herum, und auf seinem kleinen, keltischen Gesicht stand erstauntes Mißvergnügen.

»Meine Damen und Herren«, kam Sals leise, krächzende Stimme aus den Lautsprechern. »Hört mal 'nen Augenblick zu, Leute. *Un momento, por favor.*« Er stand dem Publikum zugewandt am Mikrofon. »Entschuldigung, meine Damen und Herren.«

Die Passagiere verstummten allmählich, wandten sich von Kapitän McLeish ab, der mit finsterer Miene hinter seinem Stuhl stand, und konzentrierten sich auf Sal, der sie vom Mikrofon aus anlächelte.

»Kapitän McLeish«, krächzte Sals Stimme einschmeichelnd, »wenn's Ihnen recht ist, hab' ich 'ne kleine Überraschung für Sie und unsere Gäste.«

»Nun, Marco...«, McLeish bemühte sich, sein Poltern mit unbekümmertem Lachen freundlich wirken zu lassen. »Wir *haben* natürlich die Verlosung und ...«

»Danke, Cap«, unterbrach Sal ihn lächelnd. *Setz dich, Arschloch. Jetzt bin ich am Mikrofon.* »Meine Damen und Herren, *Senhores e Senhoras,* meine Freunde. Heute abend halten wir etwas Einmaliges für Sie bereit.« Er nahm das Mikrofon vom Ständer und ging den Leuten ein paar Schritte entgegen, was McLeish nie tat. Sal wußte genau, wie weit er gehen durfte, bevor die Lautsprecher zu pfeifen begannen. »Heute abend werden Sie etwas Neues, etwas Wunderbares, etwas Großartiges erleben.«

Er machte eine kleine Pause, dachte an *Joel Gray* in Cabaret, drehte sich ruckartig um und beugte sich lüstern grinsend zu Frau Hauptmann hinunter – einer vollbusigen, lustigen bayrischen Wurst von einer Frau.

»Ich glaube, Sie wissen, was ich meine, Schätzchen«, flüsterte Sal durchs Mikrofon zu ihr hinunter, und die robuste, fröhliche Münchner Großmutter begann sofort schallend zu lachen, so daß ihr fülliger Busen wogte. Das restliche Publikum zögerte nur einen Augenblick; dann ging ein begeisterter Aufschrei durch die Menge. *Auf nichts stehen diese alten Säcke mehr als auf Zweideutigkeiten,* dachte Sal. Er hatte nur eine halbe Minute gebraucht, um die Spießer den vorigen Auftritt vergessen zu lassen. McLeish, auf dessen schweißnassem Gesicht ein finsterer Ausdruck stand, sank langsam auf seinen Stuhl.

»Heute abend«, fuhr Sal fort, wobei er den Leuten seinen Rücken zukehrte und die Mikrofonschnur locker vor sich herschnellen ließ, während er dorthin zurückging, wo die Bühnenmitte gewesen wäre. Sein Lächeln wich feierlichem Ernst. »Heute abend erleben wir das Debüt eines jungen ... frischen ... erstaunlichen ... begeisternden neuen Talents.« Er starrte ins Publikum, kostete die Spannung aus und kündigte schließlich mit sanfter Stimme an: »Meine Damen und Herren, ohne weitere Vorreden – Isabel.«

Sal klemmte das Mikrofon im Ständer fest und setzte sich ans Klavier. Nun folgte eine peinliche kurze Stille, in der die alten Leute einander nervöse Blicke zuwarfen, und dann begann Sal mit einer lockeren, swingenden, rhythmischen Baßeinleitung. Während die sanften, beruhigenden Akkorde über die Tische hinschwebten, glaubte er zu *fühlen,* wie die Blicke aller Anwesenden durch den Speisesaal schweiften und sich zuletzt auf Isabel konzentrierten.

Die Einleitung kehrte zum Anfang zurück und setzte erneut ein. Sal sah rasch zu Isabel hinüber. Sie saß noch immer an ihrem Tisch, zitterte am ganzen Leib und starrte ihn mit entsetzten Augen an. Ihr Vater und ihre Tante, die links und rechts von ihr saßen, musterten sie mit besorgter Neugier. Sal erwiderte ihren Blick eine Sekunde lang, bevor er auf seine Handrücken hinabsah und zum dritten Mal mit der Einleitung begann. *Komm schon, Kid. Du schaffst es. Ich weiß, daß du's schaffst.*

Isabel, die sich fürchtete, ihren Blick von Sal zu wenden und sehen zu müssen, wie alle sie anstarrten, schob langsam ihren Stuhl zurück und erhob sich mit steifen, roboterhaften Bewegungen. Sie durchquerte den Speisesaal und blieb mit dem Rücken zum Publikum am Klavier stehen.

»M-M-Marco«, flüsterte sie stockend, »ich kann nicht...«

Isabel starrte ihn mit großen, erschrockenen Augen an. »*Eu não tenho...*«, begann sie, ohne in ihrer Angst zu merken, daß sie Portugiesisch sprach. »*Eu não tenho coragem.*« Sie versuchte ihm zu erklären, daß ihr der Mut fehlte.

»Brauchst du die Anfangszeile?« unterbrach Sal sie, ohne den Blick von seinen Händen zu nehmen.

»*O que?* Was?« Sie war verwirrt.

Jetzt sah er sie an. »Hast du vergessen, wie der Song anfängt?«

Sie schüttelte ganz langsam, aber nicht sehr überzeugend den Kopf.

»Dann dreh dich um und sieh dein Publikum an.«

Isabel nickte genauso zögerlich, machte langsam kehrt, blieb hinter dem Shure-Mikrofon stehen und starrte in die sechzig Augenpaare, die wie die Gewehrmündungen eines Erschießungskommandos auf sie gerichtet waren. Er hörte sie mit leiser, verzweifelter Stimme »Oh...« sagen.

»*Izzy!*« zischte Sal, ohne die Lippen zu bewegen. »Du bist die beste Sängerin, die ich je gehört hab'. Du wirst mal 'n großer Star, verstehst du? Hast du *verstanden?*«

Ohne das wartende Publikum aus den Augen zu lassen, antwortete Isabel mit einem zitternden, kaum wahrnehmbaren Nicken.

»Okay«, fuhr er fort, als versuche er, einen Selbstmörder vom Sprung in die Tiefe abzuhalten, »dann fängst du mit dem Ende der Einleitung zu singen an – gleich ist's soweit, drei, sechs, zwo, fünf, *jetzt!*«

»*They're writing songs of love...*«, begann sie stockend, »*but not for me. A lucky star's above ... but not for me ...*«

Ein Murmeln lief durch die Versammlung alter Menschen wie eine frische Brise, die dürres Laub rascheln läßt.

»Hört euch das an!«

»Ist das nicht die kleine Gemelli?«

»*Ouça!* Hör nur!«

»*I was a fool to fall and get that way...*«, sang Isabel. Sie trat einen halben Schritt näher ans Mikrofon heran. Sal beobachtete sie zufrieden lächelnd. »*Hi ho, alas and all, so lackaday...*«

»Phantastische Ähnlichkeit!«

»Yeah, aber mit wem?«

»Ohhh, wie heißt sie gleich wieder, wie heißt sie gleich wieder?«

»'ne farbige Sängerin.«

»Yeah, genau die!«

»*And though I can't resist... the mem'ry of his kiss ... I know he's nottttt ... forrrrrrr ... me.*«

Eine elegante brasilianische Matrone beugte sich über ihren Mann hinweg und berührte Giovanni Gemellis Smokingärmel. »*Sua filha é uma cantora maravilhosa!* Ihre Tochter ist eine wunderbare Sängerin! Sie müssen sehr stolz auf sie sein!«

Gemelli nickte sprachlos erstaunt. Er brachte seinen Mund nicht mehr zu.

»Yeah, aber an wen erinnert sie, verdammt noch mal?« erkundigte Mrs. Leiberman sich mit nasalem New Yorker Wiehern.

»Billie Holiday«, krächzte McLeish mit einem Gesicht, als schlucke er Gift.

»Billie Holiday! Genau!«

»Ich hab's gewußt!«

»Der Name ist mir nicht eingefallen, aber das ist sie!«

Nach der ersten Hälfte des Songs spielte Sal ein kleines, dezentes Solo. Er blickte zu Isabel auf, die ihn beobachtete, um nicht ins Publikum sehen zu müssen. Sal lächelte ihr zu, blinzelte dabei, was er als Begleiter noch nie getan hatte. Danach sang Izzy weiter, wiederholte die zweite Hälfte »*I was a fool to fall*...« und ließ den Song zuletzt ausklingen, wie sie's einstudiert hatten. Damit war der erste öffentliche Auftritt ihres Lebens vorbei, und das Publikum klatschte wie wild. McLeish war bereits aufgestanden und zum Mikrofon unterwegs, wobei er die Handflächen gegeneinanderpatschte.

»Hey, wie wär's mit 'nem herzlichen Applaus für Mr. Gemellis kleines Mädchen? Ist sie nicht großartig?« Er legte seine Hand an ihre Taille, um sie vom Mikrofon wegzuschieben. »Ist das nicht großartig gewesen? Vielen Dank für Ihren...«

Sal leitete rasch zum nächsten Song über: ein langsamer, bluesartiger Standard. McLeish drehte sich um und funkelte ihn aufgebracht an. Sal spürte, wie ihm die Zornesröte ins Gesicht schoß. *Leg dich nicht mit mir an, Alter,* signalisierte sein Blick. *Komm mir bloß nicht in die Quere!*

»Wir wollen noch einen hören!« rief jemand aus dem Publikum. »Sie ist *gut*!«

McLeish drehte sich mit breitem, beflissenen Grinsen nach den Passagieren um. »Hey, was ist mit der Kofferverlosung?«

»Scheiß auf die Koffer, Mac. Koffer haben wir ja schon. Mr. Gemellis Tochter soll noch mal singen!«

»*Sim, mais um!* Ja, noch einen!«

McLeish lächelte so freundlich, daß seine Porzellanbäckchen Sprünge zu bekommen drohten. »Gut, Sie haben recht. Wie wär's mit noch einem, Missie?« fragte er Isabel, während er Sal mit Blicken durchbohrte.

Izzy sah Sal an, der mit dem Kopf aufs Mikrofon deutete. Während sie ihren Platz wieder einnahm, machte McLeish kehrt und marschierte an seinen Tisch zurück.

Sal wiederholte die bluesartige Einleitung. Isabel schloß die Augen, berührte den Mikrofonständer mit ihren Fingerspitzen und begann zu singen.

»*Good Morning, Heartache, you gloomy old sight. Good Morning, Heartache, thought we said goodbye last night*...«

Während Sal sie begleitete, beobachtete er das Publikum. Die Leute waren wie hypnotisiert. Isabel hatte sie in ihren Bann geschlagen. Sal, der ihre Gesichter im flackernden Kerzenschein musterte, begriff plötzlich, daß sie ihr *glaubten*. Sie glaubten, daß diese bildhübsche Kleine jeden Morgen mit gebrochenem Herzen aufwachte; sie *glaubten*, daß irgendein Schuft sie verletzt hatte; sie litten mit ihr, sie weinten in sich hinein. Isabel *wurde* eins mit dem Song. Wie alle ganz Großen. Die Sängerin ist der Song. Das Medium ist die Botschaft.

»*Wish I'd forget you, but you're here to stay...*«

Isabel besaß die Fähigkeit, erkannte Sal, während er das Publikum beobachtete, nicht nur der Song zu werden, sondern ihn dem Zuhörer als eigene Erfahrung zu vermitteln. Sie brachte diese klapprigen, schrulligen, kranken Alten, deren erster Liebeskummer bei manchen über siebzig Jahre zurückliegen mochte, durch ihren Gesang dazu, Liebe und Leid noch einmal zu durchleben.

Zauberhaft, dachte Sal, als Isabel den Song beendete und das Publikum in jubelnden Beifall ausbrach. *Einfach zauberhaft*.

»Herrlich!« rief ein glatzköpfiger, kleiner Mann, während er aufsprang. »Phantastisch!«

»Wunderbar!«

»Bravo! Bravo!«

Die Passagiere johlten und klatschten wie Teenager in einem Rockkonzert. *Die Alten hast du anscheinend in der Tasche*, dachte Sal, *aber die kaufen keine Platten. Keine Angst, die Kids kriegen wir auch*. Als ob Isabel seine Gedanken gelesen habe, drehte sie sich mit einem erstaunten Lächeln nach ihm um.

»Ich hab' dir gesagt, daß sie dich lieben werden!« rief Sal ihr über den Applaus hinweg zu. Dann spielte er die Einleitung zu »I Can't Get My Fill«, seiner neuen Komposition. Das war ein kalkuliertes Risiko. Sal hatte Isabels kleines Debüt sorgfältig geplant. Wegen der Zusammensetzung des Publikums hatten sie mit zwei Songs begonnen, die jeder kannte: ein lebhaftes Stück zur Eröffnung und dann die bekannte Ballade aus dem Billie-Holiday-Film. Jetzt ging Sal ein gewisses Risiko ein. *Mit unbekannten Originalen fällt man meistens auf die Schnauze – selbst bei jungen, begeisterungsfähigen Zuhörern. Weiß der Teufel, wie diese Fossile darauf reagieren!*

Als Isabel wieder zu singen begann, herrschte schlagartig Ruhe im Saal. *Sie fressen ihr aus der Hand!*

»*Midnight, and the heat is like fire*«, sang sie, und Sal sang seinen Text stumm mit. *»It's all right, it's only desire ...« Mein Gott, sie bringt's fertig, deinen Scheiß gut klingen zu lassen! Hör dir das an!* Und während Isabel die einfache Melodie seiner Ballade in Moll mit für moderne Musik typischer rhythmischer Singweise umsetzte, begann der lange Weg, an dessen Ende eine Künstlerin stehen würde, die mehr war als nur ein Mädchen, das wie Lady Day sang, mehr als bloß eine Imitation, eine Kopie aus zweiter Hand.

Während Sal sie begleitete, hörte er nicht nur, wie ihre Stimme jetzt klang, sondern auch, wie sie in Zukunft klingen würde. Er hörte die Anfänge von Isabels *Stil.* Er konnte sich die Künstlerin vorstellen, die sie werden würde, indem sie Billie Holidays Stimme nur als Sprungbrett benutzte, um diesen *Sound,* dieses *Feeling* in die Musik unserer Tage einzubringen.

»Das war herrlich!« kreischte der glatzköpfige, kleine Alte ihm ins Gesicht, und Sal merkte plötzlich, daß der Song bereits zu Ende war. Als er den Kopf hob, sah er, wie Isabel, die von gratulierenden Passagieren umringt war, ihm vom Mikrofon aus zulächelte. Sie drängten sich nicht nur um sie, sondern faßten sie auch an, wie es alte Menschen tun. Um ihre glatte, geschmeidige Haut zu berühren. Um ihre Wärme und Jugend zu spüren. Um vielleicht einen Hauch von ihrem Talent zu erhaschen.

»*Incredible!*«

»*Lindo!*«

»Wunderbar!«

»Rührend, wirklich rührend!«

»Lovely!«

»*Qué bonita!*«

»Ich kauf' mir Ihre Platte! Haben Sie 'ne Platte?«

»Besonders gefallen hat mir der letzte Song. Den hab' ich noch nie gehört.«

»Den hat Marco geschrieben«, hörte Sal Izzy sagen. »Ist er nicht schön?« Und er merkte, wie er vor Stolz ein Stück größer wurde.

»*Sie* haben diesen Song geschrieben?« kreischte der glatzköpfige, kleine Alte ihm ins Gesicht. *Hunter ... so heißt der kleine Scheißer. Hunter.*

»Ja, der ist von mir«, krächzte Sal halblaut und beobachtete die Passagiere, die sich um Izzy drängten. Sie sprach mit ihnen, ließ zu, daß sie ihre Arme berührten, ihr übers Haar strichen, wobei sie weiter ihr atemberaubendes Glückslächeln zur Schau trug. Der Anblick ihres Glücks erwärmte Sal von innen und bewirkte, daß er sich größer und wichtiger als seit vielen Jahren fühlte. Er konnte sich nicht erinnern, ein weibliches Wesen so sehr *gemocht* zu haben. »Ich hab' ihn hier auf der *Antonea* geschrieben.«

»Tatsächlich?« kreischte Hunter ihm ins Gesicht. »Scheiße, der ist *großartig!* Der wird garantiert ein Hit!«

»Hoffentlich haben Sie recht, Mr. Hunter. Ich hoffe sehr, daß Sie...«

In diesem Augenblick wich die Menge etwas zurück, und Giovanni Gemelli kam an seinem Stock herangehumpelt. Er musterte Sal mit durchdringend forschendem Blick und blieb vor der zitternden Isabel stehen. Die Passagiere verstummten rasch, und alle Blicke waren auf Vater und Tochter gerichtet. Zuletzt schüttelte Signore Gemelli verwundert den Kopf und bedachte sie mit einem Lächeln, aus dem absoluter Vaterstolz sprach. »*Minha filha tu sê um gênio!*« sagte er und breitete die Arme aus. »Du bist ein Genie!«

»Oh, Papai!« rief Isabel aus. »Hat's dir gefallen?«

Giovanni strahlte. »Ich habe sogar weinen müssen, siehst du? Du bist eine *Artista*!« Er breitete die Arme noch weiter aus. »Wenn du mal berühmt bist, schämst du dich deines armen kleinen Papais nicht, hab' ich recht?«

»Oh, Papai!« rief Isabel und schlang dem kleinen Mann ihre Arme um den Hals. »Oh, Papai!« Das wurde von den Umstehenden mit ohs und ahs quittiert.

Sal beobachtete die Szene mit dümmlichem Lächeln und sentimentalem Mitgefühl, als McLeish ihn mit einem wütenden Zischen aus seiner Verträumtheit riß.

»Ich erwarte Sie in meinem Büro, Mr. Toledano! *Sofort!*«

Der Kapitän kochte vor Wut. Sein Zorn und der Canadian Club, den er in sich hineinschüttete, ließen sein Gesicht rot anlaufen.

»Verdammt noch mal, für wen halten Sie sich, Mister? Verdammt noch mal, für wen halten Sie sich, ha?«

Ah, die Flitterwochen sind zu Ende, dachte Sal. Mit *Mister* sprach McLeish reguläre Besatzungsmitglieder an, auf die er sauer war.

»Dies ist *mein* Schiff, Mister, wissen Sie das nicht?«

»Natürlich, Cap. Ich hab' bloß gedacht...«

»Fürs *Denken* werden Sie nicht bezahlt, Mr. Toledano!« McLeish trat so dicht heran, daß Sal eine Mischung aus Whiskeydunst und dem Duft von Maggie Pulaskeys Möse roch. »Sie werden dafür bezahlt, daß Sie Klavier spielen. Und Sie haben für *mich, allein für mich* zu spielen! *Auf meinem Schiff singe nur ich!*« kreischte McLeish wie ein wütendes Kind, und Sal trat einen Schritt zurück. *Nicht provozieren lassen,* ermahnte er sich. *Du brauchst dieses Engagement, dieses Schiff.*

»Boß, warum sind Sie...«

»Wer ist auf die Idee gekommen, dieses Mädchen auf meinem Schiff singen zu lassen?« fragte McLeish scharf. »Wer?«

»Nun, wissen Sie, ich wollte nicht... ich hab' eigentlich bloß...«

»Und sie ist keineswegs nur so aus dem Publikum nach vorn gekommen«, jammerte McLeish vorwurfsvoll. »Diese kleine Schlampe *muß geprobt haben!*«

Paß auf, was du sagst, Arschloch. Sal spürte eine Hitzewelle durch seinen Körper fluten und ballte unwillkürlich die Fäuste.

»Und sie hat 'nen Song gesungen, den *Sie* geschrieben haben! Ich hab' nicht mal gewußt, daß Sie auch komponieren!« McLeishs Zorn schlug in weinerliche Gereiztheit um. Er fühlte sich in seiner Berufsehre gekränkt. Ein verschmähter Sänger. »*Mich* haben Sie nie aufgefordert, einen Ihrer Songs zu singen!« Er marschierte in dem beengten Büro auf und ab und trank dabei seinen CC, und bevor Sal sich eine Ausrede einfallen lassen konnte, baute McLeish sich wieder vor ihm auf und drohte ihm mit dem Zeigefinger. »Sie benutzen das Klavier nicht wieder ohne meine Erlaubnis, verstanden? Oder die Lautsprecheranlage. Die ist mein persönliches Eigentum, von dem Sie gefälligst die Finger lassen.«

»Klar, Cap...«

»Es ist mir egal, mit welcher kleinen Halbblutschlampe Sie sich eingelassen haben, bloß weil Ihnen ihr kleiner brauner Arsch gefällt!«

So darf keiner mit mir reden, dachte Sal aufgebracht. *Ich bin gestorben und wiederauferstanden. Solchen Scheiß vertrag' ich nicht mehr.*

Statt dessen sagte er jedoch beschwichtigend: »Okay, sie hat ein paar Lieder gesungen, Kapitän. Was macht das schon?«

»Was das macht? Was das macht?« Irgendwie brachte das McLeish erneut in Fahrt. Er trat dichter an Sal heran und deutete auf die geschlossene Kabinentür. Seine Stimme senkte sich zu einem mürrischen, schmerzlichen Flüstern. »Mister, Sie haben mich dort draußen lächerlich gemacht! Sie haben mich vor meinen eigenen Offizieren lächerlich gemacht!« Er sprach plötzlich lauter. *»Und vor Mr. und Mrs. Solomon Lindermann!«*

Sal zog die Augenbrauen hoch? »Solly Lindermann? Scheiße, was hat der...«

»Oh, Mr. Showbusineß weiß anscheinend doch nicht alles? Damit Sie's wissen: Sol Lindermann gehört eine große Künstleragentur in Miami, und er will *mich* vermitteln!«

Sals Stimme klang hart und energisch, als er jetzt antwortete. »Kapitän, Solly Lindermann ist am Abend nach dem Auslaufen aus Antwerpen, an seinem ersten Abend an Bord zu mir gekommen. Ich hab' mir seine abgefuckten Geschichten anhören müssen, wie er in den vierziger Jahren Big Bands vermittelt hat. *Big Bands. In den vierziger Jahren.* Verstehen Sie, was ich sage, Kapitän? Ich sage Ihnen, daß Solly Lindermann ein alter Knabe ist, der mit seiner reizenden kleinen alten Frau in einer hübschen Eigentumswohnung in Fort Lauderdale lebt und nicht mal 'ne Nutte für 'ne Polizistentagung vermitteln könnte. Verstehen Sie, was ich sage, Kapitän?«

McLeish wurde nur noch wütender. »Sie sind auch nicht allwissend, Mister! Zufällig hat Mr. Lindermann ausgezeichnete Beziehungen zur Unterhaltungsindustrie im Raum Miami, und er glaubt...«

Damit war für Sal der Bogen überspannt. Er konnte diesen unbegabten Möchtegern keine Sekunde länger ertragen.

»Jesus, Kapitän!« rief Sal aus. »Bilden Sie sich etwa ein, daß irgend jemand dafür *zahlen* wird, daß Sie singen?«

McLeish stand mit hervorquellenden Augen zitternd da und war zu wütend und zu getroffen, um sich bewegen oder auch nur sprechen zu können.

Sal faßte nach. »Ich meine, hier an Bord *müssen* die Leute Ihnen zuhören, ob sie wollen oder nicht. Aber glauben Sie mir, Jackson, auf der ganzen *Welt* gibt's kein Arschloch, das dafür zahlen würde, Ihren Müll zu hören!«

Jetzt hatte McLeish genug. Er warf sich über den Schreibtisch hinweg und bekam Sal am Revers seines Smokings zu fassen.

»Tun Sie die Scheißhände weg«, forderte Sal ihn mit einer Stimme auf, die kalt und tödlich wie das Zischen eines Reptils war, »sonst hol' ich meine Kanone und blas' Ihr Scheißgehirn durch diese ganze Scheißkabine.«

Und das Schockierende war, daß Sal wußte, wie todernst er diese Worte meinte. Er stellte sich vor, wie er die Mündung der Walther in McLeishs Bauch drückte und den Abzug betätigte. Blut spritzte über seine Hand, als das 9-mm-Geschoß die Eingeweide des Kapitäns zerriß, die Milz zerfetzte und dann das Rückgrat zertrümmerte. McLeish sackte zusammen und blieb stöhnend und bewegungslos liegen. Das alles stellte Sal sich vor, ohne sich auch nur aufzuregen. Im Gegenteil, der Gedanke bewirkte, daß er sich *sicher* fühlte.

In diesem Augenblick begriff Sal, daß er im Lagerraum über The Tall Cold One mehr als Blut verloren hatte.

McLeish funkelte ihn noch sekundenlang an, ließ dann das Revers los und trat zurück. »Wenn dieses Schiff morgen in Rio anlegt«, sagte er im kalten Tonfall einer Autoritätsperson, »gehen Sie als *erster* von Bord – vor allen Passagieren. Ich will Sie nie mehr sehen. Und jetzt verschwinden Sie!«

Sal brauchte ungefähr drei Minuten, um seine Koffer und den Seesack zu packen. Ein paar Hemden, noch weniger Hosen, der Smoking, die Schuhe. Nicht mal Rasierzeug, seitdem er einen Bart trug. Nur ein billiges Eau de Cologne, eine Zahncreme, ein Deostift. Sein Kassettenrecorder, ein paar Westernromane aus der Schiffsbibliothek und 7400 Dollar in Hunderten. Und natürlich die deutsche 9-mm-Pistole.

Er saß auf dem Rand seiner Koje, hielt die Walther in der Hand, fühlte ihr Gewicht, studierte ihre Konstruktion.

Verdammt noch mal, das hast du gut hingekriegt! warf Sal sich vor. *Echt großartig! Besser als hier hättest du's gar nicht haben können – und du hast dir alles verderben müssen. Das perfekte Ver-*

steck; der Kapitän hat dich gemocht, hat für dich als Begleiter geschwärmt; auf diesem Schiff hättest du für immer bleiben können.

Scheiße, was willst du jetzt anfangen? Verdammt noch mal, wie willst du in diesem beschissenen Brasilien ein Engagement kriegen? Du kannst keine zehn Worte Spanisch oder Portugiesisch oder welche Scheißsprache sie dort reden! Du hast alles für 'nen verrückten, geilen, depressiven Teenager mit der Stimme eines Junkie-Engels weggeworfen.

Jesus, hast du sie heute abend gehört? Hast du sie gehört? So was hab' ich mein Leben lang noch nie gehört. Wo hat sie das bloß her? Woher hat sie dieses tiefe Verständnis, diese Reinheit des Gefühls, dieses Feeling, diese Empathie, diesen Ton, soviel... soviel Seele? *Wer ist sie? Und was soll ich ohne sie anfangen?*

Ein leises Klopfen an der Tür ließ ihn aufschrecken. Das mußte Isabel sein, die sich fragen würde, weshalb Sal nicht zu ihrem nächtlichen Rendezvous an Deck gekommen war. Weshalb war er nicht heraufgekommen, um ihr zu gratulieren? Um sich von ihr zu verabschieden, bevor sie in Rio von Bord ging? Was sollte er ihr erzählen? *Am besten gar nichts. Dies ist dein Problem, nicht ihres.*

Ein weiteres leises Klopfen, dann rief eine halblaute Männerstimme: »Mr. Toledano?«

Vielleicht war das McLeish. Vielleicht hatte der Kapitän sich die Sache überlegt und war heruntergekommen, um ihn zu fragen, ob er seinen Job wiederhaben wolle. Sal versteckte die Walther rasch unter seiner Matratze und trat an die Kabinentür. *Hauptsache nicht arschkriechen!* ermahnte er sich. *Aber beleidige ihn auch nicht wieder.* Sal setzte ein zerknirschtes Gesicht auf und öffnete die Tür.

Vor ihm in dem hellen Korridor stand Giovanni Gemelli auf seinen Krückstock gelehnt. »Mr. Toledano, ich möchte mit Ihnen reden, wenn's recht ist.«

Sal war völlig verwirrt. Er hätte niemals erwartet, Signor Gemelli vor seiner Tür stehen zu sehen. Was wollte er hier? Der Alte war so greisenhaft, so häßlich und mißgestaltet, daß Sal allein bei seinem Anblick unbehaglich zumute war.

»Nun, äh, klar, Signor Gemelli, aber Besuche von Passagieren in unseren Kabinen sind verboten.« *Was für 'ne dämliche Ausrede!*

Giovanni Gemelli lächelte. »Ich glaube nicht, daß sie an alte

Männer am Stock gedacht haben, als sie dieses Verbot erlassen haben. Außerdem fällt mir das Treppensteigen verdammt schwer. Warum gehen wir nicht einfach hinein und unterhalten uns ein bißchen?«

Sal trat rasch von der Tür zurück. »Natürlich, Signor Gemelli!« Er sah sich in der winzigen Kabine um. »Geräumig ist sie leider nicht.«

Gemelli kam noch immer lächelnd herein. »Das macht nichts, ich brauche nicht viel Platz.« Er blieb stehen, weil er darauf wartete, daß Sal ihn bitten würde, sich zu setzen.

»Oh«, sagte Sal schließlich, als er die Situation erfaßte. »Ich habe hier drinnen leider keinen Stuhl.«

Giovanni nickte fragend zur Koje hinüber.

»Gewiß, Signor. Nehmen Sie doch bitte Platz.« Sal beeilte sich, den Koffer zuzuklappen und wegzuräumen.

Giovanni sank auf die Koje. Sal stellte den gepackten Koffer hoch und setzte sich darauf.

»Sie packen«, sagte Giovanni Gemelli einfach. »Der Kapitän hat Sie rausgeworfen.«

»Das haben Sie bereits gehört?« fragte Sal.

Giovanni öffnete die Hände und zuckte zugleich mit den Schultern, wie es nur Italiener tun. »Wenn man reich ist, tragen einem die Leute ständig Neuigkeiten zu. Manche will man hören, auf den Rest könnte man verzichten.« Er streckte Sal seine verkrüppelte Kralle hin. »Wir sind einander nicht vorgestellt worden. Ich bin Giovanni Gemelli. Und Sie sind Marco ...?«

»Toledano. Marco Toledano.« Die Hand des Alten war knochig und kalt wie eine abgehackte Hühnerkralle aus Manauso's Hühnerladen in Sals Jugend.

Gemelli legte die Hände auf seinem Stock zusammen. »Sie kommen aus Amerika?«

»Kanada.«

Das gleiche. »*Italiano*?«

»*Sí, mio bisnonno è nato a Palérmo.*«

»*Ah.*« Giovanni zog die Augenbrauen hoch. »Parla italiano?«

Sal schüttelte den Kopf. »Nicht wirklich. Bloß genug, um ein Essen zu bestellen.«

»Oder ein Mädchen zu verführen?« sagte Giovanni, und Sal fragte sich: *Scheiße, was soll das alles?*

Im nächsten Augenblick lächelte Giovanni jedoch; offenbar war die Bemerkung nicht böse gemeint gewesen. »Mr. Toledano«, fuhr er fort, »ich bin hergekommen, um Ihnen zu danken.«

»Ich… Wofür danken, Signor Gemelli?«

Giovanni lächelte erneut und seufzte dann. Er sah sich in der Kabine um. »Sie haben nicht zufällig… ah, was ist das? Cognac?«

»Jack Daniel's.«

»Natürlich. Als Amerikaner trinken Sie…«

»Ich bin Kanadier.«

»Gewiß, gewiß. Haben Sie 'nen kleinen Schluck für 'nen alten Mann?«

Sal wischte bereits zwei staubige Gläser aus. Er schenkte sie voll, wobei die Flasche leer wurde, und gab eines davon dem kleinen Mann. Als Sal eben seinen Bourbon kippen wollte, schlug Giovanni vor: »Wir wollen einen Toast ausbringen.« Er hielt sein Glas ans Licht und sagte: »Auf Isabel!«

»Auf Isabel«, wiederholte Sal. *Scheiße, was will er von mir?*

Giovanni beobachtete Sal und fragte leise: »Sie ist sehr gut, stimmt's?«

Seit Wochen verspürte Sal den drängenden Wunsch, mit jemand über seine geheime Entdeckung zu reden. Warum nicht mit ihrem Vater?

»Sie hat das Potential, eine ganz Große zu werden. Eine … ganz … Große.«

Giovanni lächelte stolz, wie es einem Vater zustand. »Ich fand es auch sehr gut. Als sie gesungen hat, meine ich. Ich hab' eine Gänsehaut bekommen, aber ich hab' mir gesagt, daß ich als ihr Vater nicht… nicht…« Er suchte das passende Wort.

»Unparteiisch?« schlug Sal vor.

»Richtig! Ich meine, sie ist meine Tochter – wie kann ich da …«

»Unparteiisch urteilen?«

»Genau. Aber als alle aufgesprungen sind und ›Bravo! Bravo!‹ gerufen haben… Nun, wissen Sie…« Er tippte sich mit dem Zeigefinger an die Schläfe. »… da hab' ich's auch gewußt. Sie ist sehr gut.«

»Sie ist mehr als sehr gut. Sie ist beängstigend. Sie ist außergewöhnlich. Sie ist unglaub... Hören Sie, Mr. Gemelli, ich verdiene mein Geld seit dem vierzehnten Lebensjahr in Showbusineß. Ein Talent wie Isabel hab' ich noch nie gesehen. Niemals!«

»Warum, glauben Sie, Marco – ich darf Sie doch Marco nennen, ja? –, daß ihr Talent gerade *jetzt* zum Vorschein gekommen ist? Ich habe früher nie bemerkt, daß Isabel singen wollte. Sie ist nie zu mir gekommen und hat mich gebeten, Gesangsunterricht nehmen zu dürfen. Warum *gerade jetzt*?«

Sal, der unbequem auf seinem hochgestellten Koffer hockte, zuckte mit den Schultern. »Wer weiß?« Er überlegte kurz. »Nun, sie ist wohl gerade im richtigen Alter. Fast siebzehn, das kommt ungefähr hin. Manche Sängerinnen fangen früher an, aber ich glaube, daß Isabel jetzt angefangen hat, weil die Zeit dafür reif war.«

Gemelli runzelte die Stirn und musterte Sal prüfend. »Ist das Ihre ehrliche Meinung?«

Sal nickte. »Ja, Sir.«

Giovanni schüttelte grimmig den Kopf. »Nein, da irren Sie sich.«

Ein merkwürdiger Alter. Ein verdammt merkwürdiger Alter.

»Nein. Meine Tochter hat ihr Talent ausgerechnet jetzt entdeckt, weil sie *Sie* kennengelernt hat.« Er zeigte mit dem Finger auf Sal. »Deshalb bin ich hierhergekommen, um Ihnen zu danken.« Er hob sein Glas und trank Sal zu.

Aus dieser Begeisterung muß sich irgendwas machen lassen. Vielleicht kann er mich einem Nachtclubbesitzer vorstellen.

»Marco«, wiederholte Giovanni. Er beugte sich auf seinen Stock gestützt nach vorn. »Nach Isabels Auftritt habe ich Sie gesucht, aber Sie waren schon gegangen. Ich wollte Ihnen danken. Ich wollte Ihnen für das Lachen meiner Tochter danken. Ich wollte Ihnen für das Lächeln auf dem Gesicht meiner Tochter danken. Haben Sie dieses Lächeln gesehen, Marco?!«

Der Alte spinnt wie seine Tochter. »Äh... ja, natürlich, klar...«

»An dieses Lächeln werde ich mich mein Leben lang erinnern.« Giovannis Augen leuchteten, wenn er von Isabel sprach. »Ich kenne mein kleines Mädchen, ich liebe mein kleines Mädchen, und ich weiß, daß sie heut abend, als die Leute sie umringt haben, aus ganzer Seele glücklich gelächelt hat. Heut abend ist meine Isabel zum ersten Mal wirklich glücklich gewesen, wenn auch nur für kurze Zeit. Zum ersten Mal in ihrem Leben.« Er umfaßte seinen Stock und deutete auf Sal. »Und das nur Ihretwegen.«

Sal bemühte sich, so bescheiden wie möglich zu sprechen. »Mr. Gemelli, Sie überschätzen meinen Anteil daran.« *Das muß irgendwas wert sein. Daraus muß sich irgendwas machen lassen.* »Ich glaube eher, daß ...«

»Nein!« blaffte Giovanni, indem er Sals durchsichtige Ausflüchte mit einer Handbewegung wegwischte. »*Ihnen* ist zu verdanken, daß meine Tochter diese Freude gefunden hat.« Er war ein häßlicher, verkrüppelter alter Mann, aber Sal bemerkte jetzt zum ersten Mal Giovannis Willenskraft, seine Intelligenz und sein Durchsetzungsvermögen. *Der Kerl ist ein Multimillionär, Arschloch. Den darfst du nicht unterschätzen.*

Giovanni blickte zu Sal auf. »Meine Tochter hat ein sehr schweres Leben gehabt«, wiederholte er. »Können Sie sich vorstellen, Marco...« Er beugte sich leicht nach vorn, während er sprach. »...was es für ein kleines Kind bedeutet, keine Mutter zu haben? Welche Einsamkeit! Welcher Schmerz, welche Verlassenheit!« Er preßte seine verkrüppelte Hand an die Brust. »Und meine Isabel verliert ihre Mama am Tag ihrer Geburt!« Giovanni schwenkte den Jack Daniel's in seinem Glas. »Das ist meine Schuld«, sagte er leise seufzend. *Muß 'ne tolle Frau gewesen sein,* dachte Sal, *wenn alle jetzt noch um sie trauern.* »Dafür fühle ich mich verantwortlich – und wenn meine Isabel dann so von Herzen lächelt, ist das etwas ganz Besonderes für mich.«

Der kleine, verkrüppelte Mann lächelte mit grimmigem Stolz und schüttelte dabei den Kopf. »Wie ist's möglich, Marco, daß jemand wie ich in seinem Leben zwei solche Frauen hat?« Sal ließ Giovanni ausreden. Der Mann hatte offenbar etwas auf dem Herzen. »Meine Frau ist wie ... wie ... Sonnenschein über dem Meer gewesen, *capisci*? Und meine Tochter ist wie der gleiche Sonnenschein über dem gleichen Meer – aber manchmal ziehen Wolken auf und verdecken die Sonne, und das Meer wird dunkel und stürmisch. So ist meine Tochter...«

Sal begriff, daß der Alte sich bemühte, ihm irgend etwas zu erklären. »Morgen scheint die Sonne wieder, und das Meer ist warm, aber heute … heute …« Giovanni schüttelte den Kopf. »Sie wissen, was ich meine? Und ich bin kein guter Vater, Marco. Ich liebe meine Tochter zu sehr. An allem schreibe ich mir die Schuld zu. Ich kann nicht streng zu ihr sein.«

Er warf in sanfter Verzweiflung die Hände hoch. »Was für ein Vater ist das, der sich von seiner Tochter auf der Nase rumtanzen läßt? Der sie nicht bestraft, wenn sie als Siebenjährige auf der Geburtstagsparty einer Freundin alle Geschenke zertrümmert, weil sie darauf neidisch ist? Oder wenn sie mit dreizehn von der Polizei geschnappt wird, weil sie in die Favela gegangen ist und *Maconha* gekauft hat? Oder wenn sie als Fünfzehnjährige erwischt wird, wie sie's auf dem Rücksitz eines Autos mit dem Gärtner treibt?« Giovanni schüttelte wieder den Kopf. »Oder wenn sie aus der Schule wegläuft und zuletzt einen angolanischen Diplomaten niederschießt?«

Diesen Teil hat sie mir verschwiegen.

»Was für ein Vater ist das? Ich liebe sie einfach zu sehr, *capisci*? Ich mache mir selbst Vorwürfe. Als Vater habe ich versagt.« Er knetete vorsichtig seine arthritischen Hände.

Die beiden Männer saßen sich einen Augenblick schweigend in der schwach beleuchteten Kabine gegenüber; dann sprach der Alte weiter.

»Meine Tochter hat viel Traurigkeit in sich. Viel zuviel. Manchmal sperrt sie sich in ihr Zimmer ein und weint stundenlang. Man kann sie im ganzen Haus hören. Die Ärzte sagen, daß sie manisch-depressiv ist – aber das heißt nur, daß sie hier drinnen zu traurig ist.« Er berührte seine Brust. »Zuviel Trauer, zuviel Zorn, Marco.«

Giovanni betrachtete seinen Drink und nahm einen winzigen Schluck davon.

»Wer wäre nicht traurig und zornig, wenn er seine Mutter auf diese Weise verloren hätte? Niemals seine Mama gekannt zu haben …« Er wandte sich an Sal. »Sehen Sie, Marco, als ich heute abend erlebt habe, wie meine Isabel gelächelt hat, als die Leute ihr zugejubelt haben, als sie vor Glück gestrahlt hat, wie ich's bei ihr noch nie erlebt hatte, da hab' ich zu Ihnen kommen und *grazie* sagen müssen, Signor Toledano: *Grazie* für alles, was Sie meinem kleinen Mädchen geschenkt haben. Und auch mir.«

Okay, okay. Ich bin ein Wohltäter an der Menschheit. Was krieg' ich dafür?

»Marco«, begann Giovanni, »ich möchte, daß Sie Isabels Lehrer bleiben. Bilden Sie sie weiter zur Sängerin aus. Im Augenblick haben Sie keinen Job. Kapitän McLeish hat Sie entlassen, stimmt's? Deshalb möchte ich Sie engagieren, okay?«

Klingt verdammt gut! Dort bist du sicher und kannst weiter mit Isabel arbeiten. »Nun, ich weiß nicht recht, Signor Gemelli. Ich könnte mir 'ne Menge anderer Engagements aussuchen, wissen Sie. Ich kriege Angebote aus aller Welt. Ich hab' gerade hier gesessen und mir überlegt, welches für meine Karriere am besten wäre.«

»Ja, ja!« Giovanni nickte. »Ich weiß, daß Sie sehr gut, sehr populär sind, daß viele Leute Sie als Pianisten hören wollen, aber Sie müssen verstehen, es geht um meine Tochter. Das ist sehr *importante* für mich. Ich bezahle Sie sehr gut.«

Schön gesagt. Sal lächelte Giovanni an. »Ich bin sicher, daß wir uns irgendwie einigen können.«

»Ja – und Sie bekommen außer Ihrem Gehalt auch eine Firmenwohnung in Rio und einen Firmenwagen als Bonus.«

Sals Grinsen wurde breiter.

»*Bene.*« Giovanni richtete seinen verkrüppelten Körper so weit wie möglich auf. »Wir sind uns also einig?« Er streckte seine Kralle aus, und Sal schüttelte sie, um ihre Abmachung zu bekräftigen.

»Erzählen Sie mir mehr, Marco. Ich finde alles so aufregend! Wie werden Sie's machen? Ich denke, sie ist sehr gut, meine Isabel, nicht? *Una artista.* Womit fangen Sie an? Muß sie Tonleitern üben wie für die Oper? Do-re-mi-fa-sol? Üben, üben, üben – das ist *primo,* nicht?«

Sal kratzte sich nachdenklich Dago Reds Narbe unter seinem Bart. »Ganz so wird's nicht laufen, Signor Gemelli«, begann er zögernd.

»Schallplatten, Signore Gemelli. CDs, Kassetten, Rundfunk und Fernsehen. Darauf kommt's an. *Das* ist das Musikgeschäft! Wissen Sie, was ich am liebsten täte?« Seine Augen blitzten vor Begeisterung. »Ich möchte mit Isabel in einem erstklassig eingerichteten Studio arbeiten, ein paar Demos – Musterbänder – von ihr aufnehmen und damit zu den großen internationalen Plattenfirmen gehen. Vielleicht mit vier Songs, alles Originale. Wahrscheinlich drei Tanznummern und eine Ballade, je nachdem, was den besten Mix ergibt, und danach versuchen, sie in einer der großen Musikstädte an den Mann zu bringen...«

»Ja«, stimmte Giovanni zu, um mitzureden, etwas beizutragen. »New York, Hollywood, ja.«

Nein, noch nicht. In die Staaten kann ich vorläufig nicht zurück. »Tatsächlich, Sir, hab' ich mehr an London gedacht.«

»Ah, dort haben Sie natürlich Geschäftsfreunde?«

»Natürlich, aber mir geht's eher darum, daß der englische Markt neuen Talenten gegenüber aufgeschlossener ist. Dagegen ist Amerika eine harte Nuß.« *Und eine gefährliche.*

»Ich verstehe, ich verstehe.« Giovanni faltete seine verkrüppelten Hände. »Aber sagen Sie mir, Marco, ich weiß, daß meine Isabel sehr gut ist – für eine Anfängerin sehr gut –, aber kann sie das wirklich schon? Kann sie schon Plattenaufnahmen machen?«

Sal starrte ihn sekundenlang an, während er seine Antwort formulierte. »Ich habe da so eine Theorie, Sir«, sagte er dann. »Bestimmte Rockmusiker – nicht viele, ganz wenige, vielleicht nur einer pro Generation – können gar nicht früh genug ins Studio geholt werden.« Er beugte sich auf dem Koffer nach vorn, um seinen Worten Nachdruck zu verleihen. »Elvis, Jackie Wilson, Otis Redding, die Beatles – sie alle sind aus dem Drugstore an der Ecke in die Top Ten aufgestiegen. Weil sie was Besonderes waren. Sie sind nur ins Studio geholt werden.«

Der kleine Mann betrachtete Sal noch etwas länger, bevor er sagte: »Marco, eine Sache gibt's da noch, über die wir sprechen müssen.«

Scheiße, was hat er jetzt wieder? Er wird mich auffordern, die Finger von seiner Tochter zu lassen.

»Ich muß Sie etwas fragen.«

»Gewiß, Signor Gemelli.«

Giovanni zögerte einen Augenblick und spielte mit seinem Krückstock.

»Es geht um eine etwas heikle Frage.«

Los, raus mit der Sprache! Spann mich nicht auf die Folter! »Bitte, Signor Gemelli. Sie können mich alles fragen.«

Giovannis Augen waren dunkel und schmerzerfüllt – ein ans Kreuz geschlagener Renaissance-Christus. »Marco, sagen Sie mir ehrlich: Sterben Sie tatsächlich an AIDS?«

Sal starrte ihn zunächst verständnislos an. Dann begriff er, warf den Kopf zurück und lachte schallend.

BUCH V

Rio de Janeiro – November

Rio war ein Bordell. Ein langgestrecktes, sanft geschwungenes, tropisches Strandbordell unter freiem Himmel. Sogar der Ozean, dessen Wellen sich an dem schmalen Sandstreifen der Copacabana Beach brachen, roch wie heißer, frischer Samen, der die dunklen Schenkel einer schwitzenden Hure hinabläuft. Und wie in allen Bordellen der Welt lag hier nicht nur sexueller Hunger und das Versprechen seiner Erfüllung in der Luft, sondern auch eine Atmosphäre allgegenwärtiger Gefahr: hinter jeder Ecke, hinter jeder Tür, mochte Gewalt oder Leidenschaft lauern. Zerlumpte Horden magerer, dunkelhäutiger Jungen streiften übers schmutzige Schwarzweißpflaster der Avenida Atlantica und starrten gierig auf die Armbanduhren und Kameras der Touristen, die zu den Stränden unterwegs waren. Und nachts durchfuhren die Taxifahrer lieber rote Ampeln, als einen Stopp an der falschen Kreuzung zu riskieren und ausgeraubt zu werden.

Vom Fenster seines firmeneigenen Apartments im sechsten Stock mit Blick auf die Copacabana konnte Sal beobachten, wie die Nutten sich hinter Autos und in Hauseingängen versteckten, wenn die lächerlich wirkenden, kleinen gelben Streifenwagen – fast immer mit eingeschaltetem Blaulicht – die Straße entlangrollten. Sal hatte früh erkannt, daß die Mädchen sich nicht versteckten, um einer Festnahme zu entgehen, sondern damit die Polizisten ihnen kein Geld und keinen Sex abpressen konnten. Das war typisch Rio. Die Gettos breiteten sich über die Hügel aus; der Mittelstand lebte in Wohnungen mit mäßigem Komfort, als wolle niemand riskieren, die Massen der hoffnungslos Armen gegen sich aufzubringen.

In den heißen, schwülen Nächten schlenderte Sal auf dem breiten, schwarz-weiß gepflasterten Gehsteig die Copacabana entlang, und die Nutten waren so frech und so zahlreich wie Kellerasseln.

Blonde Nutten, schwarze Nutten und andere in allen vorstellbaren Abstufungen zwischen diesen Extremen. Sie legten ihm die Hand in den Schritt, während sie ihre Dienste anboten. Sie setzten sich uneingeladen neben ihn, wenn er in einem Straßenrestaurant zu Abend aß, und schlugen ihm die verschiedensten Kombinationen und Spielarten vor, mit Frauen jeden Alters und jeglicher Perversion. Sal scherzte mit ihnen, aber die Mädchen waren so hartnäckig und verzweifelt, daß er ihnen manchmal Geld geben mußte, damit sie ihn in Ruhe ließen. So erging es ihm auch mit den zerlumpten braunen Kindern, die in den Straßenkneipen entlang der Avenida mit bedrohlicher Ärmlichkeit warme Nüsse in kleinen Tüten an Touristen verkauften.

Alles war sehr preiswert. Der Cruzado glich winzigem Monopoly-Geld, so schwach war er im Vergleich zum Dollar. Beim Bezahlen einer Mahlzeit, eines mit einem Tukan bestickten T-Shirts oder einer Taxifahrt rechnete Sal sich manchmal den Preis in Dollar aus und gab dann aus Verlegenheit ein hohes Trinkgeld. Die Inflationsrate betrug etwa 40 Prozent im Monat – 1300 Prozent im Jahr. Das Land schien am Rande der Anarchie, am Abgrund der Revolution zu existieren. Trotzdem wurde auf den Straßen viel gelacht, und die Cariocas, die in ihren knappen String-Minibikinis zum Strand stolzierten, waren die sinnlichsten Frauen, die Sal je gesehen hatte. Ihre nackten braunen Pobacken glänzten, und ihre braunen Brüste hüpften, und sie trugen ihre Sexualität so zwanglos zur Schau wie eine Prostituierte mit gespreizten Beinen.

Rio war ein Bordell.

Die Aufnahmen machten sie in einem überraschend modernen 32-Spur-Studio in einem Bürohochhaus über dem Flamengo unterhalb des Zuckerhuts. Ausgestattet war es mit einem Roland-R-8-Drumcomputer, einem AKAI-S-1000-16-Bit-Sampler, einem Emulator 3 mit Festplatte und einem Yamaha-Konzertflügel. Alle Synthesizer ließen sich von einem zentralen Keybord aus bedienen. Sal legte die Elemente selbst fest: Schlagzeug-Pattern, synthetischer Baß und Lagen um Lagen synthetischer Trompeten, rhythmischer Gitarrenbegleitung und einzelner hoher Geigentöne als Füller – alles von Sal am zentralen Keyboard gesteuert.

Sal nahm die Instrumentalparts von vier Songs auf: seine Ballade »I Can't Get My Fill« und drei Tanznummern, die er an Bord der *Antonea* angefangen und hier im Studio fertig geschrieben hatte. Durch Isabels Stimme verwandelte sich der austauschbare Disco-Background in brandheiße, sinnliche Partyhits, die vor sexueller Spannung und primitiver Energie knisterten.

Genau wie Sal erwartet, wie er erhofft hatte, blühte Izzy im Studio richtig auf. Hier gehörte sie hin; hier lag ihre Bestimmung. Und jetzt war die richtige Zeit, ihre Stimme aufzunehmen. In einem Jahr, vielleicht sogar schon in ein paar Monaten, würde sie eine andere Sängerin sein – sicherer und erfahrener, aber doch anders. Dies war der magische Zeitpunkt. Sie war unverbraucht und eifrig und glühte vor unverbildetem Talent. Sal ging die Songs mit ihr durch, saß danach mit dem brasilianischen Toningenieur im Kontrollraum, hörte ihre flüssige, modern abgewandelte Billie-Holiday-Stimme und war ganz weg.

»*Quem é ela?*« fragte Paulo, der junge Toningenieur. »Wer ist sie? Irgendwoher kommt sie mir bekannt vor. Was für eine Stimme!«

»Isabel Gemelli«, antwortete Sal. »Giovanni Gemellis Tochter.«

»Stimmt!« rief der Toningenieur verblüfft aus. »Die kleine Gemelli! É incrivel!«

Von starkem brasilianischen Kaffee und billigem peruanischen Kokain aufgeputscht, arbeiteten sie in vierzehnstündigen Marathonsessions fast drei Wochen lang, ohne sich einen freien Tag zu gönnen. Statt zu ermüden, klang Isabels Stimme von Tag zu Tag stärker und besser, als sei sie jahrelang eingesperrt gewesen und habe nur auf ihre Befreiung gewartet. Und Sal tat alles, um sie zu ermutigen. Er saß im Kontrollraum, beobachtete durch die große Glastrennwand, wie sie ihren Kopfhörer leicht mit beiden Händen festhielt und in das riesige Studiomikrofon mit Schaumstoffschutz sang.

Gefiel ihm eine Phrasierung nicht, sang sie eine Textzeile anders, als Sal D'Amore sie gesungen hätte, hielt er das Band an, ging in den Aufnahmeraum und krächzte ihr die Phrasierung vor, während sie mit großen dunklen Augen aufmerksam und lernbegierig zuhörte. So war ihre Interpretation seiner Songs nach der zweiten oder dritten Aufnahme eine Mischung aus Billie Holiday, Sal D'Amore und vielen Tausenden anderer Einflüsse – Chaka, Aretha, Ella, Stevie –, die sie im Laufe ihres Lebens in sich aufgenommen und verarbeitet hatte. Und all diese Persönlichkeiten, all diese Töne, all diese Stimmen flossen wie ein himmlischer Chor zusammen und vereinten sich zu dieser herrlichen, seelenvollen, einfach unglaublichen Stimme. Zu diesem *neuen Sound,* der Isabel und nur ihr gehörte.

Bevor sie nach drei anstrengenden Aufnahmewochen mit dem Abmischen – dem Angleichen aller Tonspuren – begannen, machten sie einen Tag frei. An diesem Samstag kam es zum ersten Streit zwischen Sal und Isabel. Sie saßen in Ipemana am Strand unter dem Sonnenschirm eines mit Kokosnüssen geschmückten Erfrischungsstands und tranken Coke. Am Strand hinter ihnen drängten sich Wassernixen, Sonnenanbeter und Spanner. Zwischen Sand und Wasser spielten dunkelhäutige junge Männer lärmend ohne Ende Fußball.

»Nein!« sagte sie wütend entschlossen. »Nein!«

Von See her wehte eine heiße Brise, die ihre langen braunen Haare bewegte. Ihr Körper, von einem Minibikini kaum verhüllt, war goldbraun und geschmeidig, aber noch mädchenhaft und mit einem gesunden Anflug von Babyspeck.

»Hey, was soll der Scheiß, Izzy? Den Namen Gemelli kennt die ganze Welt. Die ganze gottverdammte Welt! Warum willst du ihn nicht benutzen?«

»Nein! Wenn ich meinen Namen nehme, sagen alle sofort, ich wäre nicht gut genug, um es selbst hinzukriegen. Dann sagen die Leute, mein Vater würde mir Plattenerfolge kaufen.«

Sal beugte sich zu ihr hinüber, wodurch er aus der Sonne kam.

»Izzy, jetzt hör mir mal zu. Glaubst du, es wär' 'ne Kleinigkeit, 'nen Plattenvertrag zu kriegen? Glaubst du, daß die einfach so auf dem Gehsteig verteilt werden? Glaubst du, daß ein einziges gutes Demo und dein großes Talent schon 'ne Erfolgsgarantie im Musikgeschäft sind?«

Isabel sah zur Seite und weigerte sich, seine Fragen zu beantworten.

»Glaub mir, die Wirklichkeit sieht anders aus. Da gibt's Hunderte von Sachen zu berücksichtigen. Das Timing ist wichtig. Beziehungen. Genau zum richtigen Zeitpunkt dem richtigen Mann den richtigen Song vorspielen. Glück mußt du haben. Das Ganze ist ein gottverdammtes Roulette. Und du mußt auch den kleinsten Vorteil nutzen. Als Alleinerbin des Gründers von Gemelli de Janeiro bist du publicityträchtig. Du bist interessant. Du bist heiß. Du bist sexy. Du bist...«

»Nein, Marco!« unterbrach sie ihn wütend und riß sich die Sonnenbrille herunter. »Ich will Isabel heißen. *Isabel*, einfach so. Bloß *ein* Name – wie Madonna, wie Tiffany.« Sie fuhr sich mit einer Hand durch ihr langes Haar. »Isabel. *Isabel*. Was paßt dir daran nicht?«

Großer Gott, dachte Sal aufgebracht, *ihr erstes Demo ist noch nicht fertig, und schon hat sie Starallüren.*

»Hör zu, Izzy, Einzelnamen als Künstlernamen sind längst wieder out. Das ist uralter Scheiß.« Er betrachtete sie einen Augenblick. »Wie hat deine Mutter geheißen, bevor sie geheiratet hat?«

Sie legte eine Hand an die Stirn und starrte ihn mit zusammengekniffenen Augen an. »Meine Mutter? Meine Mutter hat Mendes geheißen.«

Sal dachte kurz darüber nach. »Nein, damit ist nichts anzufangen. Die ganze Welt kennt bloß einen Brasilianer – Sergio Mendes. Wir wollen nicht, daß die Leute dich für 'ne aufgepeppte Version von *Brazil'66* halten.«

Isabel hatte eine auf dem Tisch liegende Illustrierte aufgeschlagen und blätterte die Hochglanzseiten durch.

»Die ganze Welt weiß, wer Pelé ist«, sagte sie geistesabwesend.

Sal schlürfte sein lauwarmes Coke. »Wer ist Pelé?«

Sie legte wieder eine Hand über die Augen und lachte dann amüsiert. »Ah, ihr Amerikaner glaubt immer, Amerika sei die Welt!«

»Kanada. Ich bin Kanadier.«

Sie zuckte mit den Schultern. »Amerikaner, Kanadier, ihr denkt alle gleich. Hier, sieh dir das an, Marco.« Sie schob die Illustrierte über den Tisch. »Lies diese Anzeige.«

Sal starrte die im gleißenden Sonnenlicht liegende Seite mit zusammengekniffenen Augen an. »Worum geht's denn?« INTERNA-

TIONAL MUSIC FESTIVAL, verkündete die Anzeige. 25.–30. JANUAR. PALAIS DES FESTIVALS, CANNES.

»Lies weiter«, drängte Isabel.

»Der Treffpunkt für Produzenten, Texter, Künstler und Musikmanager aus aller Welt! Repräsentanten aus 86 Staaten! Jedes Jahr Großabschlüsse!« *Hey, Augenblick!* »Live-Auftritte bekannter Künstler! Symposien und Workshops!« *Den Scheiß können sie sich sparen.* »Jährlicher Fernsehwettbewerb für junge Talente!« *Sehr interessant.* Darunter waren ein Dutzend Wettbewerbssieger aufgeführt, die es in der Musikbranche zu Ruhm und Reichtum gebracht hatten. *Eindrucksvoll,* dachte Sal, der mehrere Namen wiedererkannte. Sehr *große* Namen.

»Wo liegt dieses Kan-nes?« fragte er Isabel.

»Oh, Marco!« sagte sie vorwurfsvoll. »Das heißt *Kann.* Hast du noch nie von *Kann* gehört?«

»Doch, doch.« Er sah sie an. »Es liegt in... in...«

»An der Riviera – in Südfrankreich.«

Sehr gut. Alles außerhalb der Staaten ist sehr gut. Er las wieder das Datum. 25.–30. JANUAR.

»Glaubst du, bis dahin können wir soweit sein?« fragte sie, als könne sie seine Gedanken lesen.

Sal nickte lächelnd. »Sieht so aus, als *müßten* wir's bis dahin schaffen.«

Isabel war aufgeregt, aber zugleich ein bißchen ängstlich. »Bin ich gut genug, Marco? Werden sie mich mögen?«

Sal lehnte sich auf seinem klapprigen Metallstuhl zurück. »Sie werden dich lieben. Sie werden dir aus der Hand fressen und dich...«

In diesem Augenblick krachte ein Fußball dröhnend auf ihren Tisch und räumte ihre Flaschen und Gläser ab. Sal verlor das Gleichgewicht, und sein leichter Metallstuhl begann nach hinten zu kippen. Er ruderte verzweifelt mit den Armen, um sich aufrecht zu halten, aber der Stuhl brach unter ihm zusammen, und er landete mit leisem Plumpsen im Sand auf dem Rücken.

»Oh, Marco!« Isabel kreischte vor Lachen. »Alles in Ordnung?«

Er rappelte sich so würdevoll wie möglich auf und klopfte den Sand von seinen Schwimmshorts.

»Marco«, rief sie aus, »du hättest dich sehen sollen! Du hast so *komisch* ausgesehen.«

Sal starrte sie aufgebracht an und murmelte: »Hahaha...«, als ein braungebrannter, athletischer junger Mann vom Strand herangetrabt kam.

»Bitte entschuldigen Sie, aber unser Ball ist... Isabel! *Oi gatinha, tudo bem?* Ich hab' gar nicht gewußt, daß du wieder da bist.«

Isabel wirkte plötzlich erwachsener. »Claudio!« Sie beugte sich über den Tisch, und sie küßten sich zur Begrüßung auf beide Wangen. »Die Schweizer Schulen sind mir zu... zu... *schweizerisch* gewesen, deshalb bin ich ausgebrochen.« Sie kicherte. »Ich bin schon seit fast vier Wochen wieder da.«

»Warum hast du dich nicht mal im Jazzmania oder in der Disco Voador sehen lassen?« Der junge Mann hatte blaugrüne Augen, und auf der Haut unter seinem Brusthaar glänzte ein Schweißfilm.

»Oh, weißt du nicht, daß ich ein Album aufnehme? Ich bin die ganze Zeit im Studio gewesen.«

»Ein Plattenalbum? Ich wußte gar nicht, daß du singen kannst!«

Isabel schenkte ihm ein kokettes Schulmädchenlächeln. »Anscheinend weißt du doch nicht alles, wie, Claudio?«

Sal hob den schwarz-weißen Ball aus dem Sand auf und warf ihn dem jungen Mann über den Tisch zu. Claudio fing ihn lässig auf und sah Sal dabei zum ersten Mal direkt an.

»Claudio, das ist mein Produzent, Marco Toledano.« Der junge Mann streckte ihm die Hand hin, und Sal schüttelte sie. »Claudio ist ein alter Freund«, erklärte Isabel ihm dabei.

»Wie geht's?« fragte Sal.

»*Bem*«, antwortete Claudio, bevor er seine Aufmerksamkeit wieder auf Isabel konzentrierte. Er kniete sich neben ihren Stuhl, ließ eine Hand leicht auf ihrer Schulter ruhen und begann, in sanftem, weichem Tonfall auf portugiesisch auf sie einzureden. Isabel neigte den Kopf zu ihm hin, hob ihre Hand und ließ ihre Fingerspitzen über seinen Handrücken gleiten.

Sal starrte die beiden an, bis es ihm selbst auffiel. Er versuchte, seinen zusammengebrochenen Stuhl im Sand aufzustellen, aber die dünnen Stangen waren durch seinen Sturz irreparabel verbogen. Als er wieder zu Isabel hinübersah, hatte der junge Mann, der noch immer auf sie einredete, seine Hand unters Oberteil ihres Minibikinis geschoben und massierte sanft ihre Brust dicht oberhalb der Spitze. Isabels große dunkle Brillengläser verbargen ihren Gesichtausdruck, so daß Sal nicht beurteilen konnte, ob ihr das gefiel.

Der junge Mann richtete sich schließlich auf und lächelte Isabel an. »Ich ruf' dich an.« Ohne Sal eines weiteren Blicks zu würdigen, nahm er den Ball unter den Arm und trabte zu seinen Mitspielern zurück, die am Rande der Brandung warteten. Schon nach wenigen Schritten kickte er den Ball aus der Hand aufs Spielfeld, wo er jubelnd begrüßt wurde.

Sal holte sich vom nächsten Tisch einen freien Stuhl und ließ sich verärgert hineinfallen.

»Läßt du dich immer von Männern in der Öffentlichkeit begrapschen?«

Isabel schob langsam ihre Ray-Ban-Sonnenbrille bis übers Haar hoch. Ihre Miene verriet amüsierte Überraschung. »Marco, du bist eifersüchtig.«

»Nein, das bin ich nicht!« widersprach Sal resolut. »Ich finde nur, daß du das nicht tun solltest.«

Ihre Miene verfinsterte sich ein wenig. »Mein Vater macht mir keine Vorschriften, wie ich mich benehmen soll. Mit welchem Recht willst du mir welche machen?«

Sals Hände wanderten nervös über den Tisch, stellten umgefallene Flaschen und Gläser auf und wischten Eiswürfel in den Sand. »Ich … äh … weil's einfach nicht gut aussieht.« Er deutete besorgt auf Isabel. »Im Showbusineß stehst du immer im Blickpunkt der Öffentlichkeit. Du mußt damit rechnen, daß du *ständig* beobachtet wirst.«

»Marco, ich bin an diesem Strand *aufgewachsen*.«

Sal schüttelte den Kopf. »Das spielt keine Rolle. Wer war der Kerl überhaupt?«

»Bloß ein alter Freund.« Sie lächelte kokett. »Und ein alter Liebhaber.«

»Mein Gott, dieser Kerl ist grade fünfundzwanzig! Und du bist *sechzehn*! Wann hast du Zeit gehabt, dir ehemalige Liebhaber zuzulegen?«

Isabel nahm die Sonnenbrille von ihrem Haar und legte sie auf den Tisch.

»Marco, bitte mach mir keine Vorschriften, was ich ...«

»Du hast gesagt, du würdest auf mich hören! Weißt du nicht mehr, was du auf dem Schiff gesagt hast? Du hast gesagt, du würdest alles tun, was ich dir rate.«

Sie betrachtete ihn. Ein Teenager mit der Gelassenheit einer reifen Frau. »Auf beruflichem Gebiet, Marco. Nicht im Privatleben.«

Sals Hände spielten nervös mit seiner Zigarettenpackung. »Genau das meine ich doch, Izzy. In dieser Branche gibt's kein Privatleben, verstehst du? Sobald du in den Ruf gerätst, du seist zu *haben*, will jeder ein Stück davon. Dann machen sie 'ne Hure aus dir.« *Ein Beispiel dafür: Sal D'Amore. Alias Marco Toledano.*

»Ich glaube, du machst dir zuviel Sorgen.« Isabel lächelte, dann grinste sie verschlagen. »Und ich glaube, du bist eifersüchtig.«

Sal beschäftigte seine Hände, indem er sich eine Zigarette anzündete. »Ich mache mir bloß Sorgen.« Er sah sie an. »Ich meine, wir sind Geschäftspartner, stimmt's? Ich muß auf meine Investition aufpassen, stimmt's?«

Isabel betrachtete ihn eine Zeitlang, bevor sie ihre Sonnenbrille wieder aufsetzte und sich mit geschmeidigen Bewegungen erhob. »Komm! Ich will dir was zeigen.«

Isabel fuhr ein rotes Ford Escort XR 3 Kabriolett – anscheinend das Lieblingsfahrzeug der verwöhnten Töchter reicher Cariocas –, und sie fuhr selbst nach hiesigen Begriffen schnell. Sie rasten am Strand von Leblon entlang, folgten der in die Felsen gehauenen Küstenstraße nach São Conrado mit seinen an Miami erinnernden großen Strandhotels und fuhren dann landeinwärts und bergauf zu einem Ort, der in keinem Stadtplan von Rio de Janeiro eingezeichnet war.

»Das ist Rocinha«, sagte Isabel und nickte zu dem einen ganzen Hügel bedeckenden Getto hinauf, dem sie sich rasch näherten. »Der größte Slum der Welt. Angeblich leben hier eine Million Menschen. Meine Mutter stammte von hier.« Sie schaltete herunter und überholte mit aufheulendem Motor einen Lastwagen mit alten Möbeln, der sich die steile, kurvenreiche Avenida Niemeyer hinaufquälte.

Der Fahrer hupte, und die hinten auf der Ladefläche hockenden schmutzigen Arbeiter riefen begeistert: »Isabel! Isabel!«

Sie winkte ihnen zu und hupte ebenfalls zur Antwort. Danach sah sie breit lächelnd zu Sal hinüber. »In Rocinha bin ich berühmt – eigentlich in ganz Rio, aber in Rocinha besonders«, rief sie, um das Motorengeräusch zu übertönen. »Und du machst mich auf der ganzen Welt berühmt!«

»Willst du das?« fragte er ebenso laut.

»Ja! Ja!«

Oben auf dem Hügel stellte Isabel ihren XR 3 auf der zweispurigen Straße am Rande der weitläufigen *Favela* ab. Sah man nach unten in die schmalen Straßen – eigentlich nur Gassen – des Slums glaubte man in einen Ameisenhaufen zu blicken. Oder in eine Kolonie von Höhlenbewohnern aus einem anderen Jahrtausend. Auf den weißen Trampelpfaden wimmelte es von mürrisch dreinblickenden Männern, halbnackten Kindern in allen Farben und wachsamen, nach Beute suchenden kleinen Hunden. Sal drehte sich um, sah die Straße hinunter, über die sie heraufgekommen waren, und betrachtete nachdenklich die großen Strandhotels in São Conrado.

»Diese Aussicht ist 'ne Million Dollar wert, was?« Isabel lachte halblaut. »Und wer hat sie? Die Ärmsten der Armen!«

Sal zuckte mit den Schultern.

»Siehst du die beiden dort vorn?« Isabel deutete auf einen Streifenwagen, der etwa hundert Meter vor ihnen parkte. Die braununiformierten Polizisten sprachen mit zwei Mädchen von zehn oder zwölf Jahren. »Nach Rocinha trauen sie sich nicht rein«, erklärte Isabel. »Dort würden sie mit Steinen beworfen. Oder sogar erschossen.« Sie blieb neben Sal stehen. »Vor zehn Jahren haben die Leute hier keinen Strom, kein Wasser, keine Kanalisation gehabt. Stadtverwaltung und Regierung haben nichts für sie getan. Aber die hiesige Mafia hat ihnen das alles verschafft, und jetzt beschützen die *Favelados* die Gangster. Die Mafia verkauft *Maconha*, Kokain, Waffen – und die ganze *Favela* hält der Polizei gegenüber dicht.«

Auch nicht anders als in New Orleans im Ninth Ward, dachte Sal. »Sind wir deswegen hier? Um Gras zu kaufen?«

Isabel lächelte geheimnisvoll. »Vielleicht, Marco. Vielleicht.«

Dann kam eine ganze Horde von Kindern die staubige graue

Straße zu ihnen heraufgerannt. »Isabel! Isabel!« kreischten sie, und aus allen schmutzigen Gesichtern sprach die Liebe zu ihr.

»Ah, meine armen Kleinen!« antwortete Isabel lachend. »Was wollt ihr diesmal – Geld oder Schokolade?«

»Schokolade!« bettelten die Kleinsten. »Geld!« riefen andere, und einige der Mutigsten verlangten: »Beides! Beides!«

Isabel spielte die Empörte. »Wer hat da ›beides‹ gesagt?« blaffte sie. »Wer hat beides gesagt?« Die Horde begann zu kichern, und eines der hübscheren kleinen Mädchen antwortete: »Miguel! Miguel hat beides verlangt!«

»Und wer ist Miguel?« fragte Isabel mit in die Hüften gestemmten Armen.

Die Kinder starrten sich wortlos an. *Keiner will ihn verpetzen,* sagte Sal sich. *Spitzel machen's hier wahrscheinlich nicht lange.*

Dann trat ein großer, schmutziger Junge in einem zerrissenen Prince-T-Shirt vor. Er hielt den Blick gesenkt, aber um seine Lippen spielte ein selbstbewußtes kleines Lächeln. *Das Ganze ist ein Spiel, das alle kennen.*

»Bist du Miguel?« fragte Isabel.

Der Junge nickte.

»Hör zu, Miguel, du wirst eines Tages reich sein, weil du den Mut hast, mehr zu verlangen, als sie dir geben wollen.« Sie drehte sich nach ihrem Kabrio um, griff unter den Beifahrersitz und zog eine große Papiertüte heraus. »Beides!« rief sie, indem sie die Tüte hochhielt. »Geld *und* Schokolade!« Und die Mädchen und Jungen kreischten vor Freude.

Nachdem Isabel die Cruzadostücke und die Schokolade verteilt und alle Kinder zur Bewachung ihres Wagens angestellt hatte, schlenderten sie über staubige Gassen ins Herz der *Favela* hinunter. »Hast du verstanden, was wir geredet haben?« erkundigte sich Isabel.

»Ich habe verstanden, daß sie dich lieben.«

Und während sie weiter ins Zentrum des Slums hinabstiegen, wurde Isabel unterwegs überall mit freundlichem Respekt begrüßt. *»Boa tarde, Isabel.« »Como vai?« »Que bom ver vocé!«* Einige der alten Frauen humpelten heran, um Isabel zu berühren, während Mütter ihr ihre Säuglinge zeigen wollten.

»Sie lieben dich alle«, stellte Sal fest.

Isabel trug ein weites, viel zu großes T-Shirt über ihrem Bikini und dazu offene Sandalen. »Wegen meiner Mutter« erklärte sie Sal. »Sie ist hier zu einer Legende geworden, weil sie's geschafft hat, rauszukommen, einen reichen Mann zu heiraten – selbst wenn sie danach nur noch elf Monate zu leben hatte. Darum halten diese Leute mich für glücklich. Sie glauben, daß ich Ihnen Glück bringe.«

Ich glaube, daß du mir *Glück bringen wirst.*

»Sieh sie dir an«, forderte sie Sal auf, und im Weitergehen sah er, daß Rocinha keine trostlose Gemeinschaft von Sozialhilfeempfängern war. Statt dessen herrschte überall reger Betrieb. Polsterer arbeiteten unter freiem Himmel, winzige Lebensmittelgeschäfte verkauften alles von Kaugummi bis Dosenbier, in den Autowerkstätten herrschte Hochbetrieb, und winzige mechanische Werkstätten setzten alles instand, was die reicheren Cariocas wegwarfen. »Sie sind die besten Menschen der Welt«, sagte Isabel. »Und keiner von ihnen kommt jemals hier raus.«

»Keiner?«

»Keiner.« Isabel blieb auf der Straße stehen und lächelte wieder ihr geheimnisvolles Lächeln. »Bis auf meine *Mamãe* – meine Mutter.«

Sie kamen zu einem leuchtendblau gestrichenen, ziemlich verfallenen Haus am Rande eines steilen Hangs, unter dem eine als Müllgrube benutzte Schlucht lag. Isabel ballte eine Hand zur Faust und hämmerte gegen die Haustür mit dem abblätternden blauen Lack.

»Wach auf, du altes Schwein!« rief sie auf portugiesisch. »Ich weiß, daß du dort drinnen bist – besoffen und häßlich! Los, mach schon auf!«

Sie mußte mehrere Minuten lang gegen die Tür hämmern, bevor die Haustür einen Spalt weit geöffnet wurde. Dahinter erschien eine verwahrloste, unförmig dicke Alte, die mit zusammengekniffenen Augen ins grelle Sonnenlicht blinzelte.

»Isabel, *minha neta*? Bist du's?« Das Gesicht der Alten war blaß und aufgedunsen, und sie stank nach Schweiß und Fusel. »Bist du's, meine geliebte Enkelin?«

»Ich bin's, du altes Schwein.« Isabel trat einen Schritt zur Seite und schob Sal vor sich hin. »Sieh dir an, wen ich mitgebracht hab', du alte Nutte. Das ist mein Produzent und Liedtexter. Er macht mich zu 'ner großen Sängerin, und überall auf der Welt werden die Leute meine Platten kaufen.«

Die Alte trat auf die gleißend helle Straße hinaus und sah im hellen Sonnenschein noch schlimmer aus. Sie war so dick, daß sie sich durch die Tür quetschen mußte, und ihr riesiger, ausgebeulter Hauskittel war fleckig und schmutzig.

»Ah, meine geliebte Enkelin!« jammerte die Alte. »Ich hab' gewußt, du würdest deine arme Großmutter nicht vergessen.« Sie watschelte näher an Isabel heran. »Was hast du mir mitgebracht?«

Isabel griff in die Papiertüte und holte ein mit Gummibändern zusammengehaltenes Bündel Cruzados heraus. »Dein Blutgeld, du alte Hexe. Das Geld, das du dafür kriegst, daß du mich dem Krüppel verkauft hast.« Sie warf Maria Mendes das Geld zu, aber die Alte war zu langsam und zu blind, um es kommen zu sehen, daher prallte es von ihrem Gesicht ab und fiel in den Staub.

»Oh«, sagte Maria Mendes und begann, ihren riesigen Kittel abzutasten, als hoffe sie, das Geld sei irgendwie daran hängengeblieben.

»Hey, du alte Nutte, was hältst du von dem hier?« wollte Isabel wissen. »Von diesem Kerl? Was meinst du, hat er 'nen hübschen *Pinto?*«

»Oh«, wiederholte die Alte, als sie die Cruzados auf der Straße liegen sah. Sie warf Isabel einen bittenden Blick zu. *»Por favor, minha neta.* Heb mir das Geld auf.«

»Zum Teufel mit dir, fette Kuh! Heb's selbst auf!«

Die Alte starrte das Bündel Geldscheine an, deutete darauf und begann zu flennen. Tränen liefen ihr über die aufgeschwemmten Wangen. *»Por favor! Por favor!«* wimmerte sie wie ein Kind.

Sal hatte von dem portugiesischen Wortwechsel nicht alles mitbekommen, aber er begriff, daß Isabel die Alte quälte. Er bückte sich und hob das Geld auf. Während er Maria Mendes die Scheine in die Hand drückte, warf er Isabel einen vorwurfsvollen Blick zu. Sie erwiderte ihn trotzig.

»Obrigado, obrigado!« ächzte Maria Mendes, indem sie seine Hand umklammerte und an ihre schmutzige Brust drückte. *»Muito obrigado!«*

Isabel schüttelte angewidert den Kopf, wandte sich ab und ging davon. Sal gelang es nicht gleich, seine Hand aus der fettigen Umklammerung der dicken Alten zu befreien. »*Muito obrigado! Muito obrigado!*«

Sie saßen in dem geparkten Kabrio am Rande der *Favela*. Etwa fünfzig Meter von ihnen entfernt spielten zerlumpte Jungen Fußball.

»Meine Mutter hat sie gehaßt, deshalb *hasse* ich sie auch.«

Isabel zog einen trotzigen Schmollmund und starrte angestrengt geradeaus. Während sie sonst immer sehr erwachsen wirkte, sah sie jetzt wie *sechzehn* aus.

»Izzy, sie ist bloß 'ne arme, dicke alte Frau.«

Als Isabel herumfuhr, war ihr Gesicht zu einer haßerfüllten Grimasse verzerrt. »Sie hat meine Mutter wie 'ne Sklavin verkauft, sie hat sie wie 'ne Hure verkauft!«

Sal hob abwehrend die Hände. »Hör zu, vielleicht bin ich nicht ganz im Bilde. Aber der Käufer war doch wohl dein Vater?«

Isabel drehte den Zündschlüssel nach rechts und ließ den Motor aufheulen. »Ich will nicht mehr darüber reden.« Sie legte den Rückwärtsgang ein, trat das Gaspedal durch, wendete mit quietschenden Reifen und ließ den XR 3 die Straße entlang davonschießen.

»Okay!« Sal mußte schreien, um die Fahrtgeräusche zu übertönen. »Das ist mir nur recht. Können wir nicht irgendwo was essen? Ich bin halb verhungert.«

Ihr Gesicht begann von innen heraus zu leuchten, als habe jemand einen Schalter betätigt, und sie lächelte strahlend. »Oh, Marco, heut ist Samstag! Und samstags gibt's *Feijoada*!«

»Was zum Teufel ist *Feijoada*?«

»Unser brasilianisches Nationalgericht. Und ich weiß, wo wir die beste *Feijoada* in ganz Rio bekommen.«

Gleich auf der anderen Seite des Bergs, nur wenige Autominuten von Rocinha entfernt, lag der hügelige, baumbestandene Vorort Gavea, die feinste Adresse der Stadt. Dort stand die Villa Gemelli, die zur Straße hin durch eine mit Bougainvilleen bewachsene Mauer und mehrere hohe Palmen abgeschirmt wurde. Als sie die sanft geschwungene Einfahrt hinaufrollten, beeindruckte Sal weniger die *Größe* als die *Ruhe* des Anwesens. Und er konnte sich vorstellen, wie reich man sein mußte, um sich solche Zurückgezogenheit kaufen zu können.

Diese Villa liegt ganz in der Nähe des Slums, in dem Isabels Mutter gewohnt hat. Kein Wunder, daß der Alte sie entdeckt hat. Er ist eines Tages in seiner Limousine spazierengefahren und hat sie gesehen, 'nen Steifen gekriegt und sie unbedingt haben müssen. Falls sie nur 'n bißchen wie Izzy ausgesehen hat, Mann, ist das verständlich. Und ich gehe jede Wette ein, daß sie schwer zu bändigen war. Genau wie ihre Tochter…

Sal war einer Frau – einer *Frau*? – wie Isabel noch nie begegnet. Er hatte viele gekannt, die im Kopf nicht ganz richtig gewesen, die zickig oder bloß dumm und sexy gewesen waren, aber eine wie Isabel war ihm nie untergekommen. An Bord der *Antonea* hatte er geglaubt, sie durchschaut zu haben. Er hatte sich eingebildet, nur auf bestimmte Knöpfe drücken zu müssen, um die gewünschten Ergebnisse zu erzielen. Er hatte geglaubt, er beherrsche sie. Aber Sal D'Amore hatte in seinem Leben noch keine Frau beherrscht. Sal D'Amore hatte sich nur ständig von Weibern reinlegen lassen – und das spürten Frauen meistens schon nach wenigen Minuten.

»Das ist Zumira«, sagte Isabel lächelnd, indem sie ihren Arm um eine riesige ebenholzschwarze Negerin legte. »Sie ist meine Amme gewesen. Sie ist wie eine Mutter zu mir gewesen.«

Sie führte ihn durch eine riesige, hohe Eingangshalle und in ein noch größeres Wohnzimmer. Der heiße Spätnachmittag hinter den Lamellen der Terrassentüren ging in eine warme Abenddämmerung über, und Izzy schaltete einige Lampen ein. Sie bot Sal mit einer Handbewegung das lange weiße Ledersofa an. In Luxusvillen dieser Art war Sal erst zwei- oder dreimal im Leben gewesen – stets als bezahlter Pianist, niemals als Gast.

»Wir essen in ein paar Minuten«, sagte Isabel und trat hinter die komplett ausgestattete Hausbar. »Ich mixe dir einen Drink.« Sie machte eine kurze Pause. »Was darf's sein, Mac?« fragte sie dann in breitestem Amerikanisch.

»Hey, das hast du gut drauf!« lobte Sal sie, als er sich in die weichen Polster sinken ließ. »Das liegt an deinem absoluten Gehör, Izzy. Gibt's Jack Daniel's?«

Sie bückte sich, um die Etiketten der Flaschen in den unteren Reihen lesen zu können. »Mein Vater ist Giovanni Gemelli. Er hat alles. Ah!«

Sie brachte ihm den Drink und nahm mit angezogenen Beinen auf dem Sofa neben ihm Platz. Unter ihrem übergroßen T-Shirt zeichnete sich ihr Körper als dunkler, sehniger Schatten ab.

»Wo ist Signor Gemelli?« fragte Sal, nachdem er einen Schluck gekostet hatte.

Isabel, die sich ein Glas Rotwein eingeschenkt hatte, nahm einen kleinen Schluck und fuhr sich mit der Zungenspitze über ihre vollen Lippen. »Mein Vater ist auf Geschäftsreise in São Paulo.« Sie lächelte Sal zu. »Und da heute Samstag ist, sind alle Dienstboten bis auf Zumira aus dem Haus, und sie fahre ich nach dem Abendessen nach Rocinha, wo sie mit ihrem Mann lebt.« Sie kuschelte sich katzengleich in die weichen Polster und beobachtete ihn. »Na, Marco, hast du Angst, du könntest deine Unschuld verlieren?«

Sal zog die Augenbrauen hoch. *Sechzehn? Dieses Flittchen soll erst sechzehn sein?* »Meine Unschuld, was?« Er erwiderte ihr Lächeln. »Die muß ich irgendwo versteckt haben, aber ich hab' vergessen, wo.«

»Du hast also keine Angst davor, mit mir allein zu sein?«

Sal nahm einen kleinen Schluck J. D. »Auf dieser Welt hab' ich vor vielen Dingen Angst. Aber das Alleinsein mit einem Mädchen gehört nicht dazu.« *So ist's richtig, weiter so! Augenblick – willst du das wirklich? Ist sie wirklich, was du willst?*

Isabel betrachtete ihn lange. Dann hob sie ihr Weinglas. »Auf uns, Marco. Auf uns!«

Sal nickte. »Darauf trinke ich gern.«

Die *Feijoada* bestand aus einer großen Schüssel weichgekochter schwarzer Bohnen mit Pökelfleischstücken, schmackhaften kleinen Wurstringen und ganzen Schweinekoteletts. Das Gericht wurde auf weißem Reis serviert, dazu gab es *Espinafre* – Spinat – in einer kleineren Schüssel, und das Ganze war mit *Farinha de Manioca,* dem berühmten Maniokmehl, gewürzt.

»Dieses Zeug ist ein Hammer!« stöhnte Sal, als er sich die dritte Portion auflud.

»Marco, so hab' ich dich noch nie essen gesehen!«

Sie saßen allein am unteren Ende des langen Tisches in dem schmalen, langgestreckten Eßzimmer. Isabel hatte die Kerzen in den Silberleuchtern angezündet. Aus dem CD-Player kam leise Billie Holidays Stimme. »God Bless the Child.«

»Du mußt sehr, sehr hungrig sein«, meinte sie und betonte jedes Wort verführerisch.

»Das liegt an diesem Essen«, murmelte Sal mit dem Mund voll Wurst und Brot. »Dieses Zeug... du brauchst bloß ein paar andere Gewürze zu nehmen – und schon schmeckt das Zeug wie rote Bohnen mit Reis in Noo Awlins. Dort gibt's Leute, die die Bohnen nach dem Kochen für 'n paar Tage in den Kühlschrank stellen, damit sie dick werden wie die hier.«

Isabel hatte ihr Essen längst beendet. Sie saß da, trank ab und zu einem kleinen Schluck Wein und sah ihm zu.

»Marco, wenn man dich so erzählen hört, scheinst du New Orleans gut zu kennen. Hast du mal dort gewohnt?«

Sal blickte von seinem Teller auf. »Yeah, ich hab' dort 'n paar Auftritte gehabt.«

Isabel stützte ihre Ellbogen auf die lange polierte Tischplatte. »Das muß eine wundervolle Stadt sein. All die Musik, das Nachtleben, die schönen schwarzen Menschen.«

Sal lächelte. »Yeah, genau dasselbe sagen die Leute in Noo Awlins von Rio. Die Welt ist klein, was?«

In diesem Augenblick steckte die Köchin den Kopf ins Speisezimmer und sagte etwas, das Sal nicht verstand. Isabel antwortete und schob dann ihren Stuhl zurück. »Ich bringe Zumira jetzt heim. Ihr Mann ist *doente* – krank.« Sie stand auf. »Wenn du aufgegessen hast...« – sie grinste ihn an – »*falls* du mal zu essen aufhörst, kannst du dich im Haus umsehen oder duschen oder tun, was dir Spaß macht.« Schon auf dem Weg zur Tür, fügte sie noch hinzu: »Meinetwegen kannst du auch ein Nickerchen machen. Alle offenen Schlafzimmer sind okay, okay?«

»Okay, Izzy«, antwortete Sal mit vollem Mund. »Danke.«

Sekunden später fiel die Haustür ins Schloß, und dann erklang das vertraute Röhren ihres XR 3, während die Scheinwerferstrahlen übers Haus glitten. Sal saß bei flackerndem Kerzenschein an dem langen Tisch, hatte Pavarotti aufgelegt und aß seine *Feijoada* auf.

Er wischte seinen Teller mit dem letzten Stück Brot sauber, beugte sich über die Schüssel und inspizierte den Rest *Feijoada. Verdammt, ich muß aufhören, bevor ich platze!* Sal rülpste laut, griff sich Isabels Glas und trank ihren Wein aus. *Was für ein Mahl!*

An der Hausbar schenkte er sich einen weiteren J. D. ein. Auf der kleinen Theke stand eine klimatisierte Zigarrenbox, die er vorsichtig öffnete. *Havannas – was sonst?* Er nahm sich eine Zigarre, die er mit einem Tischfeuerzeug anzündete.

Dann machte er einen Rundgang durchs Haus, paffte die Zigarre und trank zwischendurch einen kleinen Schluck Jack Daniel's. *Verdammt luxuriöser Schuppen. Ich würde mich durchaus überreden lassen, hier glücklich zu sein.*

Sal ging durchs ganze Haus und inspizierte sämtliche Räume, deren Türen nicht abgesperrt waren. *Jesus, die Bude ist das reinste Museum! Wenn man sich vorstellt, daß hier Leute wohnen, daß hier* Izzy *wohnt…*

Die Tür eines Raums, der Signore Gemellis Büro sein mußte, stand einen Spalt weit offen. Sal warf einen Blick hinein, stieß die Tür auf und trat über die Schwelle. Viel Leder und Mahagoni, Bücher und Erinnerungsstücke, ein riesiger Stehglobus. Sal blieb in der Mitte des Raums stehen, drehte sich auf seinen Sandalen einmal im Kreis und nahm die Atmosphäre in sich auf. *Mann, daß hier kein zweitklassiges Arschloch arbeitet, merkt man. Dies ist das Büro eines wichtigen Mannes, soviel steht fest.*

An einer Wand hing ein großes impressionistisches Gemälde, das einen roten Papagei auf einem Krückstock zeigte. Sal, dem es bekannt vorkam, starrte es eine ganze Minute lang an, bevor ihm klar wurde, daß dies das Warenzeichen der Firma Gemelli de Janeiro war. Er hatte es sein Leben lang auf feinen Lederwaren gesehen. Vielleicht würde er die sich jetzt bald leisten können.

Sal fand ein dunkles, leeres Schlafzimmer mit eigenem Badezimmer, streifte seine Schwimmshorts ab und duschte. Unter dem heißen Wasser stehend fragte er sich: *Was zum Teufel tue ich hier? Was habe ich mit diesem Mädchen vor?* Was es auch war – er war bereit dazu. Er wollte es.

Nachdem er sich mit einem großen flauschigen Badetuch abgetrocknet hatte, wickelte er sich hinein und streckte sich auf dem französischen Bett aus. *Ein paradiesisches Leben. Den ganzen Tag geile Musik im Studio machen und dann in ein Haus wie dieses hier heimkommen.* Zu einem Mädchen wie Izzy? Sal wälzte sich gähnend auf die Seite. Sein Glas und der Aschenbecher mit der ausgegangenen Zigarre standen auf dem Nachttisch, auf dem auch seine Uhr lag. Die Leuchtziffern der billigen Casio, die er sich in Montreal gekauft hatte, zeigten Zeit und Datum an: 8.37. SAT. NOV 26. Er schloß die Augen und schlief sofort ein.

Sal schrak hoch und setzte sich auf die Bettkante. Er hatte von seiner Mutter geträumt. Von ihrer Beerdigung. Er war sechzehn und stand ganz hinten in Lamana, Pana, Fallo's Funeral Home, wo seine Mutter aufgebahrt lag. Einige ihrer Okie-Verwandten waren zur Beerdigung hergekommen, hockten jetzt in einer kleinen Gruppe seitlich an der Wand beisammen und sahen provinziell und protestantisch aus. Eine aus dieser Gruppe, eine seiner Cousinen, sie mochte achtzehn oder neunzehn sein, starrte ihn unaufhörlich an. Die Totenwache dauerte, wie in New Orleans üblich, die ganze Nacht, und gegen 2.30 Uhr, als alle anderen auf ihren Stühlen eingeschlafen waren, führte sie ihn nach unten in den Ausstellungsraum mit den verschiedenen Sargmodellen. An das Modell »Himmlische Eiche« gelehnt, knutschten sie sich ab, bis er's nicht länger aushalten konnte, ihren Rock hochschob, seinen Schwanz rausholte und sie aufspießte, ein paarmal in sie hineinstieß, sofort ejakulierte und dabei dachte: *Verzeih mir, Ma.*

Und dann schrak er in Schweiß gebadet hoch und saß in ein Badetuch gewickelt auf der Bettkante und sah die sanften Bewegungen der Schatten vom Palmwedeln an der Wand. Er warf einen Blick auf seine Armbanduhr: 11.43. *Wo bleibt Izzy? Wo ist Isabel?* Er stand auf und ging zur Tür. Als er in den leeren Korridor hinaussah, hörte er irgendwo eine Dusche rauschen.

»Izzy?« Keine Antwort. Er versuchte es etwas lauter. »Isabel?« *Wahrscheinlich hört sie nichts.* Er ging ins Zimmer zurück, setzte sich wieder auf die Bettkante und griff nach der Zigarre. Auf der Suche nach einem Zündholz zog er die Schublade des Nachttischs auf, aber sie war leer. Dabei fiel sein Blick wieder auf die Armbanduhr: 11.44. SAT. NOV. 26.

Was ist mit dieser Zeit, diesem Datum? Kurz vor Mitternacht am Samstagabend. Am 26. November. Am letzten Samstag des Monats ... Ich hab's! Am letzten Samstag jedes Monats wartet Santo Pecoraro daheim in New Orleans in der Sazarac Bar im ehemaligen Hotel Roosevelt, das jetzt Fairmont heißt. Er wartet auf meinen Anruf, falls ich was brauche...

Glaubst du etwa, daß er noch immer wartet? Auch nach über zehn Monaten noch? Todsicher! Wenn Santo es dir versprochen hat, wartet er auch in hundert Jahren noch da! Nun, wie die Sache zu laufen scheint, brauch' ich im Augenblick bestimmt nichts, aber es wär' doch toll, mit Santo zu reden und ihm zu erzählen, daß du im gottverdammten Rio de Janeiro in Giovanni Gemellis Villa sitzt – und daß Gemellis Tochter nebenan unter der Dusche steht. Da wird den guten alten Santo fast der Schlag treffen! Wie spät ist's jetzt in New Orleans? Zwei Stunden früher? Drei?

Sal blickte zur Tür hinüber und rief: »Hey, Izzy, ich telefonier' mal, okay?« *Damit hast du um Erlaubnis gefragt.* Als sie nicht antwortete, griff er nach dem Telefonhörer.

Das Ganze dauerte ungefähr fünf Minuten. Zuerst mußte er sich mit einer Telefonistin verbinden lassen, die Englisch sprach, danach brauchte er die Vermittlung für Auslandsgespräche, und zuletzt mußte die Auskunft in New Orleans nach der Teilnehmernummer gefragt werden. Schließlich stellte die brasilianische Telefonistin die Verbindung her und ließ es sechs- oder siebenmal klingeln. Sal wollte schon auflegen, als am anderen Ende abgenommen wurde und er die vertrauten Geräusche einer Bar mit Hochbetrieb am Samstagabend hörte.

»Sazarac«, meldete sich eine weit entfernte Stimme mit unverkennbar heimatlichem Akzent. Sal fühlte plötzlich Heimweh in sich aufsteigen. *Yeah, schon gut. Sieh dich mal um, Arschloch.*

»Yeah, hallo?« fragte die Stimme – jetzt schon wesentlich unfreundlicher.

»Yeah, ist Santo Pecoraro da?«

»Weiß ich nicht. Ich seh' mal nach.« Dann wurde der Hörer scheppernd zur Seite gelegt. *Glaubst du wirklich, daß er da ist?*

Jemand nahm den Hörer auf, und er hörte Santo zögernd fragen: »Wer … wer ist da?«

»Wie geht's immer, Mann?«

Verunsichertes Schweigen am anderen Ende. »Ich erkenne Ihre Stimme nicht.«

»Das kommt daher, daß Dago Red 'ne Klaviersaite genommen und …«

»Augenblick!« unterbrach Santo ihn. Dann hörte Sal ihn zum Barkeeper sagen: »Phil, kann ich vom Büro aus telefonieren?« Und ihn forderte Santo auf: »Warte, bis ich am anderen Apparat bin.« Es klickte in der Leitung, als der zweite Hörer abgehoben wurde, und Santo sagte: »Wart noch, bis er auflegt.« Eine halbe Minute lang waren noch gedämpfte Stimmen, die Jukebox und Gelächter zu hören; dann legte Phil endlich auf, und Santo sagte sofort: »Sal. Sal.«

»Rat mal, wo ich bin.«

»Sal, Jesus, Mann …«

»Komm schon, rat mal, wo ich bin!«

Santo schwieg einen Augenblick. »Sally, ich bin nicht in Stimmung für …«

»Hey, Mann, ich bin in Rio de Janeiro, kannst du dir das vorstellen?«

»Sal …«

»Rat mal, in wessen Haus ich bin.«

»*Hör auf damit, Mann!*« brüllte Santo in den Hörer. »Scheiße, was ist denn los mit dir?«

Sal war betroffen. »Hey, Santo …«

»Hör zu, du ermordest Red La Rocca – und dann rufst du 'n halbes Jahr später an und spielst Quiz mit mir?«

»Hey, der Scheißkerl hat 'nen Herzanfall gekriegt, als er *mich* ermorden wollte! Ich hab' ihn überhaupt nicht angerührt!«

»Das interessiert keinen. Dago ist tot – und dich machen sie dafür verantwortlich.«

»Scheiße, was hätt' ich tun sollen? Mich von dem Schwanzlutscher erwürgen lassen?«

Santo gab keine Antwort. Sal hörte ihn am anderen Ende in den Hörer schnaufen. In New Orleans.

»Vergessen wir die Venezias«, schlug Sal vor. »Wie geht's Cathy? Und den Jungen?«

Danach entstand eine lange Pause, bevor Santo fragte: »Du weißt nichts, stimmt's?«

Sal fühlte, wie sich seine Nackenhaare sträubten.

»Was soll ich wissen, Santo? Ich bin seit fast einem Jahr auf der Flucht.«

Santos Stimme klang dumpf und weit entfernt – wie die dieses Mannes, der in einem Mausoleum flüstert. »Jesus, Sally…«

»Scheiße, red schon, Santo!« blaffte Sal. *Aber ich will's nicht wissen.*

»Es ist wegen deinem Alten, Sally – wegen Joe.«

Joe the Hack, Joe the Hack. Either drunk… »Was ist mit ihm, Santo? Ist er krank? Ist er im Krankenhaus?«

»Joe ist tot, Sal«, stieß Santo hastig hervor.

»Mein Gott! Mein Gott!« flüsterte Sal in den Hörer. »Der arme alte Kerl.« Er machte eine Pause. Als Santo jedoch nicht weitersprach, erkundigte Sal sich: »Woran ist er gestorben – an Leberversagen? Ich hab' ihm oft gesagt, daß sein billiger Fusel…«

»Sie haben ihn umgelegt, Sal.«

Die alte Angst stieg aus der Nacht auf und verschlang Sal mit Haut und Haar. Die alte Angst, die er in den letzten Monaten fast ganz verdrängt hatte, packte Sals Rückgrat und riß ihm mit eisigen Krallen das Fleisch auf. Die Hand, die den Hörer hielt, begann zu zittern. *O Gott. O Gott.*

»Sie haben gedacht, er wüßte, wo du steckst. Als du abgehauen bist, haben sie geglaubt, er wüßte, wo du steckst. Und nachdem du Dago Red umgelegt hattest…«

»Ich hab' ihn nicht umgebracht!« kreischte Sal in den Hörer.

»…haben sie ihn in die Mangel genommen. Mein Gott, Sal, ich dachte, du hättest's vielleicht erfahren. Die Sache stand überall in den Zeitungen.«

O Jesus! O Jesus!

»Was stand in den Zeitungen?« *Bitte, sag's mir nicht.*

»Hör zu, Sal«, begann Santo mit vor innerer Bewegung zitternder Stimme, »sie haben geglaubt, er wüßte, wo du steckst. Darum haben sie versucht, es aus ihm rauszukriegen.«

O lieber Jesus, lieber Jesus, Sohn Gottes. Der du bist im Himmel.

Santo schluckte jetzt. Heulte wie ein Baby. Brachte die Worte kaum heraus. »Sie haben ihn gefoltert, Sal. O Gott, sie haben ihn mit 'nem ... mit 'nem ... 'nem Schweißbrenner ...«

Sals ganzer Körper begann heftig zu zittern. Sein rechtes Bein schlug unkontrolliert gegen das Bettgestell. Er mußte den Telefonhörer mit beiden Händen festhalten. Er konnte sich alles genau vorstellen. Er konnte sehen, wie es passierte. Er versuchte, die Augen davor zu schließen, aber er sah alles deutlich vor sich.

Der arme kleine Joe D'Amore, nackt mit Handschellen an einen Stuhl gefesselt, in so panischer Angst, daß er sich bereits vollgemacht hatte, mit hervorquellenden Augen und steifen Lippen Schmerzenslaute lallend – *Joe the Hack, Joe the Hack* –, von Nicky Venezia und Junior Venezia, vielleicht auch von Little Johnny umgeben, die alle grinsend um ihn herumstanden und jeden Augenblick genossen.

»Ich dachte, du hättest es vielleicht irgendwo in der Zeitung gelesen«, sagte Santo schluchzend. »Ich dachte, du hättest dir irgendwo die *Picayune* gekauft ...«

Er hörte die Schmerzensschreie seines Vaters. Er hörte ihn um sein Leben betteln. Er roch die Exkremente und verbranntes, rauchendes Fleisch. *O Jesus, Jesus, Jesus ...* Die Angst saß ihm jetzt wieder im Nacken und würde ihn sein Leben lang nicht mehr verlassen. Er hatte sie vergessen; er hatte sein Leben für selbstverständlich gehalten und einfach genossen; jetzt wußte er, daß er das nie wieder können würde.

Sal weinte jetzt. Seine Tränen fielen wie Schuldbekenntnisse. »Er – Joe hat nie gewußt, wo ich bin.«

»Ich glaub' nicht, das hätte 'ne Rolle gespielt, Mann. Sobald du Dago umgebracht hattest ...«

»Ich hab' ihn nicht umgebracht!« kreischte Sal. *»Ich hab' ihn nicht umgebracht. Ich hab' ...«*

»Hör zu, Sal«, unterbrach Santo ihn. »Du bleibst um Himmels willen, wo du jetzt bist, verstanden? Du kannst niemals wieder zurückkommen. Und ruf mich nicht wieder an, okay? Ich kann hier nicht mehr jeden Samstagabend auf deinen Anruf warten. Ich wünsch' dir alles Gute – aber ich muß an Cathy und die Jungs denken, verstehst du?«

»Santo…«

»Paß auf, ich hab' dich gewarnt, daß diese Kerle Bestien sind, stimmt's? Ich hab' dich davor gewarnt, dich mit ihnen anzulegen, stimmt's?«

»Santo…«

»Leb wohl, Sal«, sagte Santo und legte auf. Sal hockte in der warmen Nacht zitternd auf der Bettkante. Er starrte den Hörer an, bis das Ding zu summen begann und ihn zusammenfahren ließ. *O lieber Jesus. O lieber Jesus.* Dann kam das Schluchzen: Tief aus seinem Inneren erhoben sich Klagelaute wie die Hilferufe eines Ertrinkenden. *O Joe. O Daddy, bitte vergib mir. Bitte vergib mir. O lieber Jesus.* Vor seinem inneren Auge erschien eine Jugenderinnerung: Joe, wie er auf den Fair Grounds grinsend eine Fünfdollarwette kassierte und dabei, vor Freude kichernd, den Kopf schüttelte. »Solche Überraschungen mag ich am liebsten, Sally. Die sind besser als 'ne scharfe Frau.« Dann verschwand das Bild und wurde durch ein anderes ersetzt: Joe kreischte mit weit aufgerissenem Mund, während Nicky Venezia schwitzend die Flamme des Schweißbrenners regulierte. *O Jesus. O Jesus. Bitte vergib mir. Vater, vergib mir.*

Sal krallte seine Hände ins Bettlaken, während ihm Tränen übers Gesicht strömten und auf seine nackte Brust tropften. Krämpfe ließen seinen Körper erzittern. Seine Zähne klapperten, und seine Beine zuckten unkontrolliert. *Bitte vergib mir. Bitte vergib mir.*

»Marco? Marco? Wo bist du?« Isabel kam aus dem hellen Flur ins Zimmer. Sie trug einen langen weißen Bademantel und frottierte sich mit einem Handtuch das Haar. »Ah, da bist du also… *meu Deus,* Marco, was hast du?«

Sal starrte sie wie aus unendlich weiter Ferne an. Er versuchte zu sprechen, aber zwischen seinen klappernden Zähnen kam nur ein heiseres Stöhnen hervor.

Isabel war mit wenigen Schritten bei ihm. »Bist du krank, Marco?« Sie strich sein Haar zurück und legte ihm eine Hand auf die Stirn, um festzustellen, ob er Fieber hatte. »Was ist passiert?«

Er versuchte zu antworten und hielt dann wortlos den Telefonhörer hoch.

»Hast du mit jemand gesprochen?« fragte Isabel. »Hast du eine schlechte Nachricht erhalten?«

Sal, der weiter schluchzte und krampfhaft zitterte, zwang sich, flüsternd zu antworten: »Mein … mein Vater …«

»Ja?« fragte sie und nahm ihm den Hörer aus der bebenden Hand. »Ja?«

Er starrte sie flehentlich an. *Bitte hilf mir. Bitte hilf mir.* »… er ist tot.«

Isabel setzte sich neben ihn aufs Bett und legte ihm den Arm um die Schultern. »Marco, das tut mir leid. Wirklich leid.« Sie begann sanft seinen Nacken zu massieren. »Mußt du nach Hause?« fragte sie.

Sal schüttelte den Kopf. *Niemals. Niemals.* »Es ist schon lange her«, stöhnte er. »Ich hab's eben erst erfahren.« Dann begann er, noch heftiger zu weinen. Zwischen Schluchzern rang er nach Atem wie ein verängstigtes Kleinkind.

Isabel war zutiefst verunsichert. Ihre eigenen Anfälle bodenloser Trauer kannte sie, aber sie wußte nicht, wie sie mit dem Schmerz eines anderen umgehen sollte. »Bitte nicht mehr weinen«, bettelte sie halblaut. »Bitte, Marco, das tut mir so weh!«

»Tut mir leid«, ächzte Sal. »Das wollte ich nicht.« *Bitte vergib mir. Bitte vergib mir.*

»Nicht mehr traurig sein, Marco«, sagte Isabel leise und drängte sich an ihn. Sie umschlang seinen Hals mit beiden Armen und legte ihr Gesicht an seines. »Bitte nicht weinen«, flüsterte sie. Dann leckte sie eine Träne ab, die über seine Wange floß. Sal stöhnte. Ihr feuchtes Haar glitt über seine Schultern, und ihr Duft war süß und erotisch. Sie schlürfte die Tränen, die an seinem bärtigen Kinn hingen, und strich mit den Lippen über seine Kehle und die Narbe um seinen Hals. Er spürte, wie er hart wurde, obwohl er noch zitterte.

Sie drückte ihn sanft nach hinten aufs Bett. Das Laken unter seiner nackten Haut fühlte sich kühl und trocken an, und er sah im Dämmerlicht der Flurbeleuchtung zu ihr auf.

»Nicht traurig sein, Marco«, flüsterte sie und ließ ihre Fingernägel sanft über seine Brust und seinen Bauch gleiten. Sal keuchte, als das Badetuch auseinanderschlug. Die warme Nachtluft umgab sein hartes Glied wie die Lippen einer Göttin. »Nicht mehr traurig sein, *meu amor*«, wisperte sie, während ihre Fingerspitzen ihn sanft berührten.

Isabel stand auf und trat vom Bett zurück. Sie lächelte ihn aus dem Halbdunkel an und löste den Gürtel ihres Bademantels. Sal konnte ihre dunkle Haut zwischen dem weißen Stoff sehen. Mit einer einzigen Schulterbewegung befreite sie ihren Körper von dem Bademantel. Ihre Haut schien im Halbdunkel zu leuchten. Sie hatte breite Schultern, kleine, hohe Brüste – wie ihre Mutter, obwohl das keiner von ihnen wußte –, und einen glatten, festen Bauch. Fast noch der Körper eines Kindes – aber Sal begehrte sie mehr, als er jemals eine Frau begehrt hatte.

»Isabel«, keuchte er. »Isabel.«

Sie schob sich über ihn, saß auf ihm wie in einem Sattel. Ihre noch feuchten Haare kitzelten ihn kalt an den Schultern, und ihre aufgerichteten Brustspitzen pflügten durch sein Brusthaar.

»Isabel...«, flüsterte er.

»Pssst«, zischte sie ebenso leise, und er spürte, wie seine Schwanzspitze in sie hineinglitt wie ein Messer in einen Honigtopf. Sie war heiß und eng, und er roch ihre beginnende Erregung. Ihre Schamlippen umklammerten seine Eichel wie ein zärtlicher Schraubstock; dann gab sie seinen Schwanz wieder frei und ließ ihn herausrutschen.

»O Jesus!« keuchte Sal. »O Jesus!« Und dann gab es außer ihnen keinen Menschen mehr auf der Welt. Keinen Santo Pecoraro. Keinen Nicky Venezia. Keinen Joe D'Amore, der mit eingeschlagenen Zähnen schrie. Keinen Johnny Venezia. Keine anderen Menschen und kein Morgen. Nur ihn und sie und die Tropennacht.

Isabel bewegte sich erneut, und Sal glitt wieder in sie hinein. Während sie sich mit ausgestreckten Armen abstützte und ihn anlächelte, umklammerte sie seine Eichel und wollte sie eben abermals freigeben, als Sal laut »nein!« sagte, ihre schmalen Hüften umfaßte, sie nach unten schob und dabei tief in sie hineinstieß. Sie kreischte vor Freude und warf sich über ihn, und er umklammerte sie und wälzte sie auf den Rücken. Jetzt war er über ihr und stieß in sie hinein, daß ihre Bäuche in schweißnassem Rhythmus aufeinanderklatschten. »Ich liebe dich!« rief er. »Ich liebe dich!« Und dann zerkratzte sie ihm den Rücken vom Haaransatz bis hinab zur Taille, während sie wie wahnsinnig schrie, als sie kam.

Cannes – Januar

Sämtliche Ansichtskarten am Souvenirstand des Hotels zeigten die Stadt in üppigem Grün mit Horden junger Europäer am warmen Sandstrand und einem leuchtendblauen Mittelmeer im Hintergrund. Im Augenblick jedoch herrschte jenseits der beschlagenen Fensterscheiben strenger Winter. Auf anderen Karten produzierten sich junge Filmsternchen barbusig im hellen Sonnenschein der Côte d'Azur, wohingegen es jetzt täglich Schneegestöber gab und die Strände trübselig und verlassen waren – ohne Stühle und Tische vor den großen Hotels im Zuckerbäckerstil an der Croisette, der breiten Küstenstraße. Die Laubbäume waren kahl und schwarz; die Palmen ließen im Kälteschock ihre Wedel hängen. Nur wenige Straßen vom Strand entfernt war Cannes ein graues, unattraktives Provinznest; am Strand war es ein zugesperrter Badeort, der auf die Sommersonne wartete.

Sal saß in einem kleinen Café gegenüber dem Palais des Festivals, aß ein Croissant und trank dazu eine Tasse starken französischen Kaffee. Seit über einer Stunde beobachtete er den stetig anschwellenden Menschenstrom, der sich aus den engen Gassen drängte, die Croisette überquerte und durch die hohen Glastüren ins Palais ergoß, in dem heute das einwöchige International Music Symposium begann. Trotzdem saß er noch immer da und rührte langsam seinen Kaffee um.

Worauf wartest du noch? fragte er sich. *Jetzt ist die beste Zeit. Morgenstund' hat Gold im Mund. Wer zögert, ist verloren.* Ohne aufzuhören, seinen *Café au lait* umzurühren, lächelte er grimmig vor sich hin. *Wovor hast du Angst? Schließlich warten dort drüben nicht die Venezias auf dich. Bloß 'ne Menge Leute aus der Musikbranche, die zu 'ner gottverdammten* Tagung *zusammenkommen. Wie Ärzte oder Rechtsanwälte.*

Sal zündete sich noch eine Gauloise an und beobachtete einen Riesen mit leuchtend orangerotem Haar, der an der Fußgängerampel wartete. Es hatte zu nieseln begonnen. *Schließlich hast du dein ganzes verdammtes Leben lang mit solchen Leuten zu tun gehabt. Jesus, zwanzig Jahre! Yeah, und mit wieviel Erfolg? Wo sind die*

Millionen von Teenies, die allein bei der Erwähnung deines Namens feuchte Höschen kriegen?

Zwei zaundürre englische Rocker – fast noch Teenager – in sorgfältig zerfledderten Jeans betraten das Café und setzten sich an den Nebentisch. *Yeah, aber diesmal hab' ich was zu verkaufen. Diesmal hab' ich was ganz Besonderes! Gut, worauf wartest du dann noch, Jack? Weihnachten?* Sal warf einige Francs auf den Tisch und stand auf. Als er seinen neuen schwarzen Kaschmirmantel anzog, sah er sich im Spiegel hinter der Bar.

Verdammt, dachte er bewundernd, *du siehst echt klasse aus.* Isabel hatte ihn völlig neu eingekleidet; der modische dunkle Zweireiher, den er jetzt trug, war nur einer von einem halben Dutzend Anzügen, die sie ihm hatte schneidern lassen. Dazu passend ein dunkelblaues Seidenhemd mit zugeknöpftem Kragen, aber ohne Krawatte – der typische Rockproduzent. Sein dichtes Haar war zu einem Pferdeschwanz zusammengefaßt, und wenn er den Kopf etwas zur Seite drehte, konnte er den von seinem linken Ohrläppchen herabbaumelnden Halbmond aus Silberfiligran sehen. *Ein Festival der Freaks.* Sal lächelte sein Spiegelbild an und wünschte sich, der Regen würde aufhören, damit er seine Sonnenbrille tragen könnte.

Doch draußen regnete es noch immer, und der Wind war schneidend kalt. Sal überquerte die verkehrsreiche Straße so rasch wie möglich und hatte dabei das Gefühl, die kleinen Autos machten Jagd auf ihn. Der Uniformierte am Eingang kontrollierte seinen laminierten Messeausweis und gab ihm durch Zeichen zu verstehen, daß er ihn am Mantelrevers befestigen solle.

Im Inneren des Palais war Sals erster Gedanke: *Ich wollte, ich hätte das Alleinverkaufsrecht für schwarze Lederjacken in dieser Bruchbude.* Hier wimmelte es von Tausenden von Rockern. Aufgeblasenheit war überall mit Händen zu greifen. Das Verhältnis von Männern zu Frauen betrug ungefähr eine Million zu eins, und alle gaben sich jünger, als sie wirklich waren.

Junge Französinnen in roten Blazern – vom Palais offenbar wegen ihrer mehrsprachigen Schönheit ausgesucht – dirigierten die Horden junger Männer eine breite Treppe hinunter, und Sal ließ sich im Strom mittreiben. Das knapp einen halben Hektar große

Hauptgeschoß war ein Labyrinth aus engen, von Ständen gesäumten Gängen, die von einem Mittelkorridor ausgingen. Jeder Stand war mit einem farbigen Schild – Blau für Plattenfirmen, Gelb für Rundfunkketten – gekennzeichnet, auf dem Name und Herkunftsland des Unternehmens standen. Als erstes sah Sal ein Schild von Hugo Records – Ungarn. *Ungarn?*

Er arbeitete sich mit den Ellbogen aus dem Rudel und blieb an eine Preßspanwand gelehnt stehen. Der Raum war überwältigend. Er roch nach neuen Teppichböden, nassem Leder und frischer Farbe und war ein Tollhaus aus Musik und sämtlichen Weltsprachen. Eine Kombination aus Karneval und arabischem Basar. Sal sah Punker mit Sicherheitsnadeln in den Backen und finstere Reggae-Rasta-Men. Puertoricaner aus New York in engsitzenden Anzügen und finnische Hard-Rocker. Mit Goldkettchen behängte Rapper aus Harlem und aggressive Worldbeaters aus Zaire mit sanften Stimmen.

Genau gegenüber von Sal war eine Videowand mit etwa fünfzig Monitoren aufgebaut, und auf jedem lief ein Videoclip eines anderen schwedischen Plattenstars, der seine neuesten Single röhrte – auf schwedisch. Sal hatte nicht mal gewußt, daß es *fünfzig* schwedische Plattenstars gab. Und alle schienen untereinander beliebig austauschbar zu sein: lauter blondgefärbte Abba-Verschnitte.

Gleich daneben hatten Holländer einen Heavy-Metal-Stand aufgebaut. Aus firmeneigenen Lautsprechern plärrten schrille Gitarrenriffs, und die Standdekoration bestand hauptsächlich aus einem Frank Frazetta nachempfundenen lächerlichen Poster, das eine unmöglich vollbusige Schönheit zeigte. Das Girl war mit Stacheldraht gefesselt, der in ihre Haut stach. Dicke dunkelrote Blutstropfen liefen ihr über die fetten weißen Titten. Zwei Japaner mittleren Alters in konservativen Geschäftsanzügen standen vor dem Poster und begutachteten es eingehend, als beurteilten sie seine Werbewirksamkeit.

Jesus Christus! Das Palais war ein Zoo. Ein Zirkus mit tausend Manegen. Ein der Musik gewidmetes Tollhaus. Sal war noch keine zehn Minuten hier – und bereits entmutigt, überwältigt. *Scheiße, was tust du hier? Du bist Pianist, kein Geschäftsmann. Wie kommst du darauf, du könntest irgend jemand irgendwas verkaufen?*

»Suchen Sie neue Acts?« hörte Sal jemand mit flachem Bostoner Akzent – wie die Kennedys – fragen. Er drehte sich um und sah einen hageren, pickeligen Jüngling in grüner Lederhose, der mit der übergewichtigen jungen Frau hinter der Theke des nächsten Standes sprach.

»Was 'n für Acts?« erkundigte sich die Übergewichtige. Sie sprach mit starkem Akzent, und ein Blick aufs Standschild bestätigte, daß sie Französin war.

»Thrash Metal«, antwortete der lederbehoste Jüngling eilfertig.

Die Übergewichtige schüttelte den Kopf. »Uns interessiert nur Dancefloor.«

Der Jüngling war verschwunden, bevor sie den Satz zu Ende gebracht hatte. Sie machte damit weiter, womit sie anscheinend zuvor beschäftigt gewesen war – sie feilte ihre Nägel. Sal starrte sie eine volle Minute lang an, ohne auf die Vorbeigehenden zu achten, die ihn anrempelten. Dann zog er seinen Bauch ein und ging die drei Meter bis zu ihrer Theke.

»Ich hab' 'nen großartigen neuen Tanzakt«, hörte Sal sich sagen. Seine Worte ließen sie kalt, aber als sie aufblickte und ihn begutachtete, lächelte sie strahlend.

»Uns interessieren nur ...«

»Ich hab' 'nen großartigen neuen Act. Sängerin. Die wird Ihnen gefallen!«

Ihr Lächeln blieb freundlich, aber fragend. »Dancefloor?« vergewisserte sie sich.

»Klar, auch 'n paar geile Tanztracks.« Sal hielt ihr seine mitgebrachte Kassette hin. Anstatt danach zu greifen, schlug sie den vor ihr liegenden Terminkalender auf

»Wann möchten Sie 'nen Termin?«

Sal lächelte und bemühte sich, nicht allzu dumm auszusehen. »Wann?«

Die Übergewichtige warf einen Blick in ihren Terminkalender. »Übermorgen. Elf Uhr dreißig?«

Ihr dünnes Haar war in der Mitte gescheitelt, so daß Sal die weiße Kopfhaut durchschimmern sehen konnte. »Äh... wie wär's mit gleich jetzt?«

Sie hob ruckartig den Kopf. »Gleich *jetzt*?«

Er bedachte sie mit seinem charmantesten Lächeln.

Sie erwiderte sein Lächeln und stand auf. »Okay, ich sehe mal nach, was sich tun läßt.« Damit machte sie auf dem Absatz kehrt und ging die wenigen Schritte zu der provisorischen Tür des aus Preßspanplatten zusammengehauenen Kabuffs. Ihr Hintern war drei Pariser Fuß breit. Bevor sie die Klinke herunterdrückte, drehte sie sich um und warf Sal einen schmachtenden Blick zu. »In welchem Hotel wohnen Sie?«

»Im Martinez.«

»Ah, im Mar-tin-*nesss.*« Sie sprach den Namen sehr französisch aus. »Dann sehen wir uns dort in der Bar. Dort trifft man sich nach dem Abendessen.« Nach einem weiteren prüfenden Blick öffnete sie die Sperrholztür und verschwand nach nebenan. Sal verbrachte die nächsten Sekunden damit, die zahlreichen CD-Cover zu betrachten, die an den Preßspanwänden befestigt waren.

Dann ging die Tür auf, und die Sekretärin oder Empfangsdame – oder was immer sie war – kam wieder zum Vorschein. Sie nickte Sal mit wissendem Lächeln zu. »Monsieur Lacombe läßt bitten.« Sie trat zur Seite, um ihn einzulassen. »Ich heiße Clarisse«, flüsterte sie, als er an ihr vorbeiging.

Sal betrat ein winziges, vielleicht zweieinhalb mal zweieinhalb Meter großes Kabuff ohne Decke, dessen weiße Wände mit Hochglanzfotos von Rockstars und einigen weiteren Plattenhüllen geschmückt waren. Die Einrichtung bestand aus drei unbequem aussehenden Plastikstühlen, einem niedrigen Tischchen und einer japanischen Stereoanlage an der Rückwand des kleinen Raums. Monsieur Lacombe war ein ungepflegt wirkender Franzose mittleren Alters, der seine Krawatte gelockert und die Ärmel seines weißen Hemds hochgekrempelt hatte.

Als Sal hereinkam, saß Lacombe auf einem der unbequem aussehenden Stühle, rauchte eine Zigarette und las die amerikanische Zeitschrift *Billboard.* Er blickte Sal ausdruckslos an und streckte ihm eine Hand hin. Sal ergriff sie, um sie zu schütteln, fühlte die Finger schlaff bleiben und merkte nun, daß der Franzose ihn aufgefordert hatte, ihm die Kassette zu geben. Er fischte sie rasch aus seiner Manteltasche und gab sie Monsieur Lacombe. *Wart nur, bis du die hörst, du französisches Froschgesicht! Wart nur, bis du die hörst!*

Lacombe legte die Kassette ein und drückte auf den Knopf PLAY. »Haben Sie Fotos von der Künstlerin?« Er sprach genau wie der Schauspieler in der Perrier-Werbung.

Scheiße! dachte Sal. *Der Kerl ist scharf auf Fotos. Aber er soll Isabel bloß mal hören! Er soll sich Isabel anhören.* »Äh, nein, leider nicht. Aber sie ist eine wirkliche Schönheit.«

Aus Lacombes Blick sprach mitleidige Verachtung. »Ja, das ist sie bestimmt.«

Im nächsten Augenblick wurde die gedämpfte Kakophonie aller im Palais eingeschalteten Stereoanlagen durch die sanft rhythmischen Klänge der Einleitung zu »I Cant't Get My Fill«, des ersten Songs auf der Kassette, übertönt. *Hör dir das an, du französischer Frosch!* Lacombe warf Sal einen fragenden Blick zu. Dann kam Isabels warme, herrliche, einmalige Stimme aus den Lautsprechern. *Hör dir das an! Na, was hältst du von dieser…*

Lacombe streckte die Hand aus und würgte Isabel mit einem kurzen Druck auf die Taste PAUSE ab.

»Hey!« rief Sal.

»Ich will nur Dancefloor. Haben Sie Dancefloor?« Der Blick des Franzosen war beinahe feindselig.

»Yeah, klar. Weiter hinten.«

Lacombe schaltete auf schnellen Vorlauf um. Sal hörte das leise Surren des Laufwerks.

»Sie haben sich den ersten Song nicht richtig angehört«, sagte Sal in einem Tonfall, den er für aggressiv geschäftsmäßig hielt. »Ich vertrete eine einmalige und…«

»Diese Firma«, unterbrach Lacombe ihn unfreundlich, »ist nur auf Dancefloor ausgerichtet. Clubmusik. New Beat. Bum-bum-bum-bum.« Er schlug mit der Faust leicht auf seine übereinandergeschlagenen Beine. »Nichts anderes.«

Yeah, Disco. Du meinst Disco, aber du würdest dieses Wort nie in den Mund nehmen.

Der Franzose tippte eine andere Taste an. Das Surren des Laufwerks verstummte, und im nächsten Augenblick war Isabel mitten im zweiten Song der Kassette zu hören. Mit einer weiteren Ballade. Lacombe drückte sofort die Taste EJECT. Die Kassette wurde wie ein Stück verbrannter Toast ausgeworfen.

»Ich nehme nur Dancefloor«, wiederholte Lacombe und hielt Sal die abgelehnte Kassette hin.

»Augenblick!« protestierte Sal. »Weiter hinten kommen vier schnellere Stücke.«

Der Franzose starrte ihn ausdruckslos an. »Schon möglich. Aber ich habe keine Zeit, sie zu suchen. Besten Dank.« Er fuchtelte mit der Kassette hin und her. Sal griff benommen danach.

»Sie machen einen...« Er schluckte trocken. Seine Kehle war plötzlich wie ausgedörrt. Das kleine Kabuff war auf einmal sehr eng und sehr heiß. »Sie ist ein unglaubliches Talent.«

Lacombe hatte seine Nase bereits wieder ins *Billboard* gesteckt. »Dancefloor. Nur Dancefloor.« Ohne den Kopf zu heben, begann er, sich eine weitere Zigarette anzuzünden.

Sal wandte sich ab und öffnete die Tür. Alles war so winzig, daß er draußen war, bevor er's recht merkte. Die Fette am Stand sah mit hoffnungsvoller Miene von ihren Fingernägeln auf, aber als sie Sals Gesichtsausdruck sah, wußte sie Bescheid. Da sie nicht der Typ war, der vorschnell aufgab, strahlte sie ihn trotzdem an. »Wir sehen uns also heute abend in der Bar im Martinez.« Mar-tin-*nesss.* »Okay?«

Sal sah sie benommen und verständnislos an. Er bedachte sie mit einem schwachen, gezwungenen Lächeln und stolperte davon. Nur einen Schritt vom Stand entfernt wurde er wieder vom Strom der Rockmusiker in schwarzem Leder mitgerissen. Er hörte zwei Mitglieder einer dänischen Metal-Band, die hitzig in ihrer unverständlichen Muttersprache diskutierten. Aus einem Stand, der Castros Kuba repräsentierte, drangen heiße Salsaklänge, und einer gegenüber verkaufte obskure, bisher nicht freigegebene Aufnahmen Charlie Parkers. Dieser Stand war mit lebensgroßen Vergrößerungen von Bird dekoriert. Bird in Paris. Bird in der Fifty-second Street. Bird und Dizzy. Bird, Bird, Bird.

Sal wechselte in einen anderen Gang über, in dem es plötzlich nur noch Videos gab. Madonna. Springsteen, Michael Jackson – all die großen amerikanischen Acts. An einem der Stände lief ein Videoclip mit einer Oben-ohne-Band aus Norwegen. Blaßrosa Brustwarzen, die von leuchtendgrünen Gitarren flachgedrückt wurden. Im nächsten Gang wurden ausschließlich CDs vertrieben. CDs bis zum Erbrechen. CDs aus allen Ländern der Erde. Überall drängten sich Agenten, Künstler und Texter. Promoter, Manager und Produzenten. Ehemalige, Möchtegerne und Hoffnungsvolle. Betrüger, Hochstapler und Dealer. Führungskräfte der amerikanischen Unterhaltungsindustrie, die selbst im Januar die Gelegenheit zu einer Rivierareise auf Firmenkosten genutzt hatten, und englische Schreiner, die über den Ärmelkanal gekommen waren, um die Stände aufzubauen, und nun durch die Gänge streiften, um Frauen anzumachen, Sänger aus Stockholm, San Juan und Sacramento, die hier entdeckt zu werden hofften, und ausgelaugte New Yorker Juden, vermutlich aus dem Brill Building in Manhattan, auf der Suche nach unentdeckten Talenten wie Carole King oder Neil Sedaka.

Diese Tausende und Abertausende von Menschen aus Dutzenden und Aberdutzenden von Ländern schienen sich alle zu kennen und zu wissen, was sie hier taten.

Bis auf Sal.

Sal brauchte fast eine Stunde, bis er den Mut fand, sich um den nächsten Termin zu bemühen. Ein freundlicher kleiner Mann aus Brüssel erklärte ihm, es tue ihm sehr leid, sehr leid – aber Isabel sei zu »amerikanisch« für den europäischen Markt. Dann kam ein blasser junger Deutscher, kaum volljährig, der bereits eine eigene Plattenfirma hatte, aber nur Heavy Metal suchte. Ein weiterer Franzose in einem schwarzen While-Snake-T-Shirt gab selbstgefällig das Insiderwissen preis, Sängerinnen seien passé, völlig out, und fragte, ob Sal hübsche amerikanische Jungen zu verkaufen habe. Am liebsten Schwarze.

Danach folgten: Eine kompetente, attraktive Lesbierin aus München, die Sal aufgebracht anstarrte, als ärgere sie sich über sein blendendes Aussehen, und die nur Homos und Lesben verpflichtete. Ein fetter kleiner Liechtensteiner mit Mundgeruch, der damit prahlte, er besitze die größte und beste Plattenfirma seines Landes – tatsächlich, so brachte Sal in Erfahrung, gehörte ihm die *einzige* Plattenfirma Lichtensteins, und als Hit galt dort jede Platte, von der über hundert Stück verkauft wurden.

Ab dann schienen all die Gesichter und Ablehnungen sich zu vermischen und zu verschwimmen – wie die Fassaden der Hunderte von Ständen, wie der Lärm der unzähligen miteinander konkurrierenden Stereoanlagen. Sal irrte durch die überfüllten Gänge, stieß mit Leuten zusammen, bat zögernd um Termine und wurde in einem Dutzend verschiedener Sprachen abgewiesen.

Er stolperte stundenlang wie betrunken umher, grinste gequält und fummelte seine Kassette für Männer heraus, in deren Macht es stand, kurz reinzuhören, ihn falsch anzulächeln und dann die Kassette abzulehnen. Das Ganze war eine einzige Demütigung. *Wie können sie so blind – oder zumindest taub sein? Haben sie keine Ohren? Können sie nicht hören, verdammt noch mal?*

Im Erdgeschoß des Palais gab es mehrere Bars und Sandwichtheken. Das zentrale Schnellrestaurant, das sich im Sommer beim Filmfestival unter freiem Himmel befand, war jetzt mit Plexiglas überdacht, das eine Art verwaschenes graues Licht hereinließ. Sal saß an einem der Tische und hatte ein Bier und ein unberührtes *Sandwich jambon* vor sich. Ein Blick in die Runde zeigte ihm, daß er als einziger »Festivalteilnehmer« allein saß. Überall um ihn herum fanden hektische, produktive Arbeitsessen statt.

Jesus! Wozu bin ich überhaupt hergekommen, verdammt noch mal? Jeder andere im Restaurant – im ganzen Palais! – schien eine Aufgabe, einen Plan und massenhaft Freunde zu haben. *Was zum Teufel hab' ich hier zu suchen?* Er griff nach seinem Bier und kostete einen Schluck. *Warm! Warm und abgestanden! Sechzig Francs für 'ne Flasche warmes, abgestandenes Bier. Zehn Dollar!* Und er merkte, daß er Kopfschmerzen bekam. Er spürte einen stechenden Schmerz in den Schläfen. *Jesus!* Er ließ den Kopf nach vorn sinken, schloß die Augen und drückte mit den Fingerspitzen gegen seine Stirn, als könne er die Schmerzen damit zurückdrängen.

Sal wußte nicht, wie lange er so über seinem Tisch gelehnt hatte. Vielleicht mehrere Minuten, denn er war geistig abgedriftet und schrak erst auf, als ihn eine amerikanische Stimme mit Malibu-Akzent fragte: »Hey, Mann, das Festival hat dich wohl geschafft?« Sal hob langsam den Kopf und blickte ins Gesicht eines prototypischen südkalifornischen Surfers. Langes goldblondes Lockenhaar, perfekte weiße Zähne, modisch ausgefranste Jeans und ein blaues Corona-T-Shirt. Der Kerl war eine lebende Reklame für Sonnenschein und Surfboards, die durch Zufall an diesem unwirtlichen französischen Strand geschwemmt worden waren. »Siehst voll *erledigt* aus, Mann, verstehst du? *Fix und fertig.*«

Der Kerl war so fröhlich und offen, daß Sal sein Lächeln erwidern mußte. »Ich hab' 'nen scheußlichen Tag hinter mir. Ich komme mir vor, als wär' ich mit Mike Tyson im Ring gewesen.«

Der Surfer schüttelte den Kopf, wobei seine goldenen Locken wie Wellen wogten. Wie eine Brandung. »Das Festival kann *brutal* sein, Mann. *Echt brutal!* Vor allem beim ersten Mal.« Er streckte seine Rechte aus, an der er wie Keith Richards einen großen silbernen Totenkopfring trug. »Ich bin Eric, Mann.«

Sal schüttelte ihm die Hand. »Marco Toledano.«

Eric der Surfer hatte bereits an seinem Tisch Platz genommen und begann jetzt, die mitgebrachte kleine Pizza zu essen. »Das ist dein erstes Festival, Mann, hab' ich recht?«

Sal nickte grimmig. »Mein erstes und letztes.«

Eric sprach mit vollem Mund und spülte seine Pizza mit einer Flasche Heineken hinunter. »Ich bin zum siebten Mal hier, deshalb kenn' ich mich aus.«

»Zum *siebten* Mal?«

Eric lächelte das wissende Lächeln eines Veteranen. »Yeah, aber man gewohnt sich dran, Bruder. Man gewöhnt sich dran.« Er faltete einen Pizzakeil wie einen Papierflieger zusammen und ließ ihn in seinen Mund zischen. »Sobald man die Grundregeln begriffen hat.«

Er wartete auf eine Frage, und Sal tat ihm den Gefallen.

»Yeah? Welche Grundregeln?«

Eric wischte sich mit seiner Papierserviette den Mund ab und nahm einen Schluck Bier. »Als erstes mußt du begreifen, Mann, daß dieses Festival für Amerikaner nicht funktioniert.«

»Ich bin Kanadier«, sagte Sal rasch.

Eric hob abwehrend die Hände, als wolle er fragen: *Wo ist da der Unterschied?* »Siehst du, die Europäer *betteln* die Amerikaner das ganze Jahr lang an, zu dieser Party zu kommen – und wenn's dann soweit ist, kriegen sie bloß die *falschen* Amerikaner.«

Sal legte den Kopf schief und starrte den Surfer an. »Wie meinst du das?«

»Die einzigen Amerikaner, die hier sind, haben – wie du – irgendwas zu verkaufen. Und die Europäer sind nicht hier, um zu kaufen, sondern sie wollen eigene Produkte losschlagen.« Eric zuckte mit den Schultern. »Klares Problem, was, Mann?«

»Klar«, bestätigte Sal automatisch.

»Das heißt nicht, daß die Führungsspitzen der großen fünf amerikanischen Plattenfirmen nicht hier sind. Aber sie sind in ihren Hotelzimmern, Mann, und koksen und lassen sich von französischen Tausenddollarnutten einen blasen. Sie kommen her, um zu *feiern.*« Er schob sich das letzte Pizzastück zwischen die Zähne. »Die kaufen keine einzige Platte, Mann, und weißt du, warum nicht?«

»Warum nicht?«

»Wie lange ist's schon her, daß ein Teeny in Cincinnati in ihren Plattenladen gegangen ist und 'ne Scheibe mit 'ner polnischen Rockband verlangt hat?«

Natürlich. Natürlich.

»Klar, alle paar Jahre hat irgendeine schwedische Gruppe 'nen großen Hit in den Staaten – zum Beispiel Roxette –, aber im allgemeinen steht der amerikanische Käufer nicht auf europäische Sachen. Logo, was, Mann?«

»Ich verstehe, was du meinst.«

»Die wenigen Amerikaner, die rüberkommen«, fuhr Eric fort, »sind einsame Wölfe wie du. Leute, die nur hier sind, weil sie – nichts für ungut, Mann – in den Staaten keinen Deal machen konnten.«

Fast erraten. Fast erraten.

»Und das ist den Europäern natürlich klar, Mann. Sie erleben's alle Jahr wieder.« Er bohrte sich mit der Ecke eines Streichholzbriefchens zwischen den Zähnen. »Im Prinzip haben wir's also mit Leuten zu tun, die Leute, die *ihnen* Scheiße verkaufen wollen, Scheiße verkaufen wollen. Daher Regel eins. Deshalb funktioniert dieses Festival für Amerikaner nicht.« Er zuckte mit den Schultern. »Soll ich weitermachen?«

Sal erwiderte das Schulterzucken. »Warum nicht?«

»Klar doch.« Er hielt zwei Finger hoch. »Regel zwei. Hier geben die Brits den Ton an.« Sal hatte es an keinem einzigen englischen Stand versucht. Dort hatte überall zuviel hektische Betriebsamkeit geherrscht.

»Tatsächlich?«

Eric nickte und seine gebleichten goldenen Locken schimmerten. »Hundertpro. Sie sind hier die einzigen, die sich keinerlei Sorgen zu machen brauchen. *Jeder* kauft ihr Produkt – Amerikaner und Europäer. Seit den Beatles beherrschen sie die Musikszene. Und seit Jahren kommen die meisten innovativen Acts aus England.«

»Das stimmt.«

»U2. Sting. UB 40. Chrissie Hynde.« Eric wickelte einen Kaugummi aus und steckte ihn in den Mund. Damit sah er erst recht wie ein junger amerikanischer Schnösel aus. »Aus dem Grunde sind die Brits hier die arrogantesten Affen. Denen ist's völlig *egal*, was du machst, Mann, weil alles, was *sie* machen, nächstes Jahr bei dir aus dem Radio kommt, egal, wo du lebst. Mit denen zu reden, ist echt heavy.« Er machte eine Blase. »Das ist Regel zwei.« Die Blase platzte. »Für 'nen Kerl wie dich müßte Regel drei sein, es mit den Deutschen zu versuchen.«

Sal schüttelte irritiert den Kopf. »Ich bin bei vier deutschen ...«

»Unbedingt die *Boches*, Mann«, dozierte Eric, »weil sie alles Amerikanische geil finden, weil sie selbst viele englische Titel rausbringen und weil ihr Markt groß genug ist, um davon leben zu können – und doch nicht so groß, daß man nicht reinkommen könnte.« Er starrte Sal an. »Laß mal hören, was du hast.«

»Was?« Seine Stimme hatte Sal förmlich hypnotisiert.

»Das Tape, Mann. Laß mich dein Tape hören.«

»Oh.« Sal wühlte in seiner Manteltasche und brachte die an diesem Vormittag bereits siebzehnmal abgelehnte Kassette zum Vorschein. Auf eine Ablehnung mehr oder weniger kam es nicht an.

Erich steckte die Kassette in seinen Walkman und schob den schmalen Kopfhörer über seine blonden Locken. Diese winzigen Kassettenrecorder waren ebenso Bestandteil der Festivaluniform wie Ohrringe, schwarze Lederjacken und T-Shirts von Konzerttourneen. Sal schien der einzige Besucher ohne Walkman zu sein. Eric, der jetzt nichts mehr hörte, lächelte ihm wie aus weiter Ferne zu, und Sal konnte am Gesichtsausdruck des Surfers ablesen, wann die Musik anfing. Während Eric sich in den Sounds verlor, wirkte sein Blick verschwommen nach innen gekehrt.

»Hey, Marco, Mann, dieses Zeug ist ultracool!« befand Eric schließlich.

Sal sah den Blonden an, der sich mit beiden Zeigefingern den Kopfhörer in die Ohren drückte und ihn dabei breit angrinste.

»Echt geil, Bruder.« Weil er den Kopfhörer noch trug, sprach er sehr laut. »Irgendwie singt sie wie …«

Sal nickte. »Yeah, ich weiß.«

»Ist auch was Schnelleres dabei?«

»Weiter hinten.«

Eric schaltete den schnellen Vorlauf seines Walkmans ein. Nachdem er eine Zeitlang zugehört hatte, nahm er den Kopfhörer ab und hängte ihn sich um den Hals. Er betrachtete Sal mit neuem Respekt.

»Ich muß sagen, Bruder, ich bin beeindruckt.«

Sal zuckte mit den Schultern.

»Und was verkaufst du, Mann? Die Songs, die Rechte, die Sängerin?« Aus dem Surfer war plötzlich ein Geschäftsmann geworden.

»Die Sängerin. Aber die Songs sind noch unveröffentlicht. Darüber können wir reden.«

»Mein Boß muß die Rechte haben. Er ist echt *verrückt* nach solchem Zeug.«

Sal zuckte nochmals mit den Schultern. Er spürte jetzt eine leichte Erregung, aber er wollte sich nichts anmerken lassen.

Eric ließ die Kassette weiterlaufen und setzte den Kopfhörer wieder auf. Nachdem er eine Minute lang konzentriert zugehört hatte, hielt er den Kopfhörer von seinen Ohren weg. Sal hörte Isabels dünne Stimme wie die eines Geists in der Flasche. »Erzähl mir bloß nicht, Mann, daß diese Mieze vierzig ist und zweihundert Pfund wiegt!«

Sal lächelte. »Das erzähl' ich dir nicht.«

Eric nickte und setzte den Kopfhörer wieder auf. Er hörte weitere zwanzig Minuten lang ohne Unterbrechung zu, bis die Kassette zu Ende war, und hängte sich dann seinen Kopfhörer um den Hals.

»Wie viele Songs, neun?«

Sal nickte. »Ein ganzes Album.«

Eric wickelte einen weiteren Kaugummi aus, aber er kam Sal jetzt nicht mehr wie ein Schnösel vor.

»Mein Boß ist echt heavy, Marco.« Er biß den Kaugummi in kleinen Stücken ab, anstatt ihn ganz in den Mund zu schieben. »Unabhängiges Label mit weltweitem Vertrieb. Erfolgreich. Internationale Hits. Gesicherte Finanzierung.« Die beiden Kaugummis beulten seine Backe aus. »Marco, ich glaube, es wird ihm gefallen, was du da hast.«

Okay, nichts wie los! »Wo ist er? Können wir gleich zu ihm gehen?«

Eric schüttelte den Kopf. »Er kommt nie selbst ins Palais. Das ist was für Verlierer. Kann ich die Kassette nicht einfach behalten und ihm vorspielen?«

Sal zögerte. »Das ist meine einzige.«

Eric zog die Augenbrauen hoch und lachte. »Deine einzige? Mann, solche Dinger bringt man *en gros* mit!« Er nahm die Kassette aus seinem Walkman und gab sie Sal zurück.

»Yeah, das weiß ich inzwischen.«

»Hör zu, kennst du das Hotel Martinez?« Sal hörte wieder Martin-*nesss.*

»In dem wohne ich.«

»Dort treffen wir uns heute abend an der Bar.« Eric schob seinen Stuhl zurück und stand auf.

Sal blickte zu ihm auf. »Scheint *der* Treffpunkt zu sein.«

»Irgendwann landet jeder dort, Mann. Nur dort gibt's echt Action. Schau mal gegen zwei Uhr rein.«

In diesem Augenblick erklang dumpfes Donnergrollen; dann prasselte Regen aufs Plexiglasdach über ihnen. »Nur noch eine Frage«, sagte Sal, während sie beide zu den über sie hinwegströmenden Wasserfluten aufsahen. »Wie kommt ein südkalifornischer Hippie dazu, für 'ne deutsche Plattenfirma zu arbeiten?«

Eric grinste auf ihn herab. »Falsch geraten, Mann. Ich bin nicht mal aus Stockholm *rausgekommen,* bevor ich siebzehn gewesen bin.«

»Stockholm?« wiederholte Sal verwirrt. »Stockholm? In *Schweden*?«

Erik nickte strahlend. Sals Reaktion machte ihm erkennbar Spaß.

Sal schüttelte verwundert den Kopf. »Aber wie hast du ...«

»Ich hab' in Paris drei Jahre mit 'ner Studentin aus Redondo Beach zusammengelebt. Sie hat Französisch studiert und *keine* Lust gehabt, Schwedisch zu lernen.« Er ließ zufrieden eine Kaugummiblase platzen. »Aber wer will das schon? Deshalb sprechen wir alle Englisch, Mann. Oder Amerikanisch, wie man mir vorgehalten hat.« Er riß seine Jacke – natürlich schwarzes Leder – von der Stuhllehne und ging davon. »Bis später, Mann! Schau mal rein.«

Es goß noch immer, als Sal unter dem Vordach des Hotels Mar-tin-*esss* sein Taxi bezahlte und ausstieg. Jenseits der Croisette brandete eine graue See an den Strand. Der frühe Nachmittag war kalt und dunkel wie eine Regennacht. Sal durchquerte die Hotelhalle, in der sich Festivalteilnehmer drängten, und fuhr in den fünften Stock hinauf.

Er hatte das Zimmer kaum betreten, als sie aus ihrem Bett sprang. Sie *explodierte* aus dem Bett.

»Marco!« rief sie, während sie sich an ihn drängte. Ihre Zunge öffnete seine Lippen und drang tief in seinen Mund. Ihre Hände rissen ihm die Jacke herunter und machten sich dann an seinen Hemdknöpfen zu schaffen.

Endlich gelang es ihm, den Kopf etwas zur Seite zu drehen. »Baby, ich...«, begann er zu sagen, während ihre Hände gierig unter sein Hemd und über seine Brust fuhren.

»Du warst zu lange weg!« beklagte sich sich, während sie ihn rückwärts in einen Sessel stieß. Sie zog den Reißverschluß seiner Hose auf und suchte *ihn*. »Du hast mir den ganzen Tag gefehlt!« Sie fand ihn und umfaßte ihn sanft.

»Izzy, willst du nicht hören, was ich erlebt habe?« fragte Sal – und mußte dann selbst über seine Frage lachen. Sie kniete bereits vor ihm. Sie holte seinen rasch steif werdenden Schwanz aus der Hose, öffnete den Mund und verschlang ihn. Sie trug eine der gewagten Kreationen à la Madonna, die sie vergangene Woche auf den Champs Elysées gekauft hatten: eine busenfreie weiße Spitzencorsage mit Strapsen und weißen Spitzenstrümpfen. Während Sal in den Sessel zurückgelehnt lag und Isabel ihn kniend mit dem Mund bearbeitete, hob er den Kopf und konnte nun in der Spiegeltür des Kleiderschranks die straffen, sonnengebräunten Halbkugeln ihrer schlanken Hinterbacken, das dunkle Tal zwischen ihnen und darunter den Ansatz ihres kurzgeschnittenen Schamhaars sehen.

Dann gab sie ihn frei, stand auf, zog ihn an beiden Händen hoch und führte ihn rückwärtsgehend zum Bett. »*Me fode*, Marco«, flüsterte sie auf portugiesisch, während sie sich zurücksinken ließ. »Fick mich. Fick mich. *Me fode.*«

Um 2.00 Uhr tummelten sich in der Bar des Hotels Martinez, die für etwa fünfzig Gäste gedacht war, mehr als fünfhundert Leute. Sie drängten sich in den Durchgängen, schwappten in die Hotelhalle hinaus, hockten auf der Marmortreppe und diskutierten auf den Toiletten. In den Pflanzenkübeln, an den Wänden und überall auf der Empfangstheke lagen zusammengeknüllte leere Plastikbecher. In der Bar standen die Gäste in vier Reihen vor der Theke, und mit Hundertfrancscheinen wedelnde Männer versuchten, cool zu wirken, während sie sich verzweifelt bemühten, einen der Barkeeper auf sich aufmerksam zu machen, damit sie Wucherpreise für schlechtes französisches Bier zahlen durften, das lauwarm und ungekühlt in Plastikträgern auf dem Fußboden stand.

Dieses Gedränge erinnerte Sal, der am Eingang stehend über die Schulter einer schwarzen Lederjacke in die Bar blickte, unwillkürlich an den Mardi Gras in New Orleans. Und wie auf einer von Menschen überquellenden Straße im Karneval lag ein kaum wahrnehmbarer, aber stets präsenter Hauch von Gefahr in der rauchgeschwängerten Luft: ein Unterton von Anarchie. Sal zwängte sich mit Hilfe seiner Ellenbogen an den am Eingang Stehenden vorbei und begann einen regelrechten Hindernislauf über die Tanzfläche, auf der sich an diesem Abend die Schwätzer drängten, keine Tänzer. Der Geräuschpegel in der Bar lag gerade noch ein bis zwei Dezibel unterhalb der Schmerzgrenze, und die rauchige Luft war zum Schneiden dick.

Sal wand sich lächelnd und Entschuldigungen murmelnd durch das Gewühl aus modisch gekleideten Leibern, brauchte eine Minute, um drei Meter zurückzulegen, und hörte in dieser Zeit Unterhaltungen in einem halben Dutzend Sprachen. Und alle Gesichter, in die er blickte, schien er bereits vormittags gesehen zu haben. Als ob das ganze Festival, alle siebentausend Teilnehmer, geschlossen in die Bar des Hotels Martinez übergesiedelt wäre. Einfach unglaublich!

Er blieb mitten im Gedränge stehen und fragte sich: *Wohin willst du? In dem Gewühl findest du diesen Eric ohnehin nicht. Das ist aussichtslos.* Sal stellte sich auf die Zehenspitzen, verdrehte den Hals und suchte das Meer aus dunkelgekleideten Leuten ab. Wieder einmal schien jeder zu wissen, was er tat – nur Sal nicht. *Ich brauch' 'nen Drink. Ich geh' jetzt an die Bar und hol' mir 'nen Drink. Ins Zimmer kann ich noch nicht wieder zurück. Isabel würd' weiterficken wollen – und ich kann nicht mehr.*

Als er eben versuchte, zwischen zwei ihm zugekehrten Rücken hindurchzuschlüpfen, teilte sich die Menge für einen Augenblick, und er sah Clarisse, die dicke französische Empfangsdame, die ihm von einem Tisch an der Wand aus warm lächelnd zuwinkte. *Nein, vielen Dank.* Außerdem war sie bereits von einem guten halben Dutzend sichtlich scharfer Rockmusiker umringt. Wenn sie hier drinnen, wo auf jedes übergewichtige weibliche Wesen fünfzig geile Festivalteilnehmer kamen, keinen Erfolg hatte ... nun, dann war ihr ohnehin nicht zu helfen.

Sal gab vor, Clarisse nicht gesehen zu haben, und versuchte, sich zwischen den beiden Rücken hindurchzuquetschen. *Scheiße, was tust du hier? Was hast du in dieser Bar zu suchen? Und diesen Eric findest du nie wieder. Niemals!* Als wären seine Gedanken gelesen worden, faßte ihn jemand am Arm, und als Sal sich umdrehte, stand der blondgelockte Surfer hinter ihm. Aber diesmal lächelte Eric nicht.

»Hey, Mann, hierher!« Eric zog ihn durch die Menge, die sich von selbst vor ihm zu teilen schien. *Warum kann ich das nicht auch?* fragte Sal sich. Schon nach wenigen Schritten machte Eric kehrt und brachte sein Gesicht dicht an Sals heran. Sein Atem roch nach Bier, Kaugummi und Marihuana.

»Ich muß mit dir reden, Mann!« schrie er, um den allgemeinen Lärm zu übertönen.

Sal sah sich um. »Sind wir hier ungestört genug?«

Aber Eric war jetzt nicht nach Scherzen zumute. »Ich muß dir was von meinem Boß erzählen, Mann. Er ist nicht gerade der freundlichste Typ.« Er starrte Sal vielsagend an. »Viele Leute können Karl nicht leiden, Marco – aber der Kerl hat Erfolg. Er *bringt 's!*«

Sal dachte an die Redensart alter Musiker aus der Bourbon Street: *Zum Teufel mit den netten Kerlen – schickt mir 'nen Arsch, der spielen kann.*

»Nur das zählt, Mann!« brüllte Sal zurück.

»Deshalb bin ich auch bei ihm, Bruder. Ich halt' ihn für absolut Spitze. Er hatte schon manche Höhen und Tiefen erlebt. Im Augenblick ist er meistens unten.« Eric setzte sich wieder in Bewegung und rief Sal noch zu: »Marco, du mußt Vertrauen zu mir haben! Der Karl kann liefern, was du brauchst, dafür garantier' ich.«

»Was auch immer!« antwortete Sal ebenso laut.

Eric bugsierte ihn durch die Menge zu einem runden Cocktailtisch in der hintersten Ecke. An dem Tisch, auf dem sich Plastikbecher und leere Bierflaschen türmten, saßen eine Frau und drei Männer. Die Frau war ein Clarisse-Abklatsch: noch eine reizlose Dicke, die hinter den Kulissen der Rockszene agierte. Sie starrte Sal begehrlich an, aber er übersah sie geflissentlich. Zwei der Männer waren männliche Gegenstücke zu der Frau: blasse, spießige Nordeuropäer mit teigigen Gesichtern. Der dritte Mann war um so sehenswerter, und Sal wußte sofort, daß dies Erics Mann sein mußte.

Er lehnte mit leicht schwul wirkender europäischer Lässigkeit auf seinem Stuhl, hatte die Beine übereinandergeschlagen und hielt eine Zigarette zwischen den Fingern. Der Kerl schien seine Umgebung kaum wahrzunehmen. Sein Blick glitt über Eric hinweg und ruhte danach kurz auf Sal. Er hatte die hellblauesten und gelangweiltesten Augen, die Sal je gesehen hatte. Sie blieben nur einen Herzschlag lang auf Sal gerichtet, bevor sie kalt und unpersönlich wie die einer Schlange weiterglitten.

Er war ziemlich groß – größer als Sal – und ein sehr germanischer Typ mit leicht gewelltem weißblonden Haar, das er straff zurückgekämmt und zu einem kleinen Pferdeschwanz zusammengefaßt trug. Sein hageres, bartloses Gesicht mußte auf jede Frau attraktiv wirken. Nach den Maßstäben der Rockszene war seine Kleidung geradezu perfekt leger und teuer: ein bis oben hin zugeknöpftes graues Seidenhemd, eine lässige schwarze Leinenhose und eine auf alt getrimmte Bomberjacke, die Sal auf eineinhalb Riesen schätzte – in amerikanischer Währung. Der Kerl war eindrucksvoll, aber Sal fand, er sehe wie ein reicher Zuhälter aus, und begann, eine gewisse Abneigung gegen ihn zu empfinden.

Eric drängte sich an den Menschen vorbei um den Tisch herum, beugte sich zu dem Mann hinunter und sprach ihn an. Die Augen seines Mannes glitten reptilartig zu Sal zurück. Diesmal starrte er Sal bewußt an, inspizierte ihn von Kopf bis Fuß wie ein Schwuler, der einen Macho begutachtet, aber sein Blick blieb kalt und ausdruckslos. Sal fühlte sich unbehaglich.

»Marco«, sagte Eric, »das ist Karl Diederich.«

Karl musterte Sal nochmals einige Sekunden lang, bevor er sich an den Mann rechts neben sich wandte und etwas auf deutsch sagte. Er sprach mit leiser, nöliger Stimme. Mit einer *Kapo*-Stimme. Der Typ antwortete etwas und stand dann langsam auf. Das Mädchen und der andere Kerl folgten seinem Beispiel. Nach kurzer Verabschiedung tauchten sie im Gedränge unter. Karl betrachtete Sal erneut und zeigte dann mit seiner Zigarette auf einen der freien Stühle.

»Möchten Sie einen Whiskey?« fragte er. Irgendwie sprach er mit deutschem und englischem Akzent zugleich. Sal vermutete, daß er zweisprachig aufgewachsen war. Er war ungefähr so alt wie Sal.

Sal antwortete erst, nachdem er Platz genommen hatte. »Ja, bitte.«

Ohne zu dem jungen Mann hinüberzusehen, sagte Karl: »Bitte drei Whiskey, Eric.«

Eric machte auf dem Absatz kehrt und wühlte sich durch die Menge in Richtung Bar.

Karl drückte seine Zigarette aus und schüttelte sich sofort eine neue aus der Packung, die zwischen Plastikbechern und zerknüllten Zigaretten auf dem Tisch lag. Er ließ die unangezündete Marlboro schlaff zwischen seinen langen Fingern hängen.

»Eric ist ganz begeistert von dem, was Sie ihm heute vorgespielt haben. Und Eric ist nicht leicht zu begeistern.« Dieser Akzent war wirklich merkwürdig – als versuche ein deutscher Schauspieler sich an Shakespeare.

Sal fischte hastig – *zu hastig!* – die Kassette aus seiner Tasche und hielt sie Karl über die Bierflaschen hin. Karl schenkte ihm ein kleines Lächeln, ein herablassendes Patrizierlächeln, und *akzeptierte* dann gnädigerweise die Kassette aus Sals Hand. Er schob einige Plastikbecher beiseite und legte die Kassette vorsichtig neben seine Zigarettenpackung. Dann schien er sie zu vergessen und griff statt dessen nach einem Zündholzbriefchen mit dem Namen des Hotels.

»Sie sind…?« Er klappte das Zündholzbriefchen auf und brach ein Streichholz heraus.

»Marco. Marco Toledano.«

»Amerikaner?«

»Kanadier.«

Er riß das Zündholz an und hielt es mit langen, aristokratischen Fingern an die Marlboro. Sal hätte am liebsten auch geraucht, aber er fühlte sich zu unbehaglich, um wie ein Trüffelschwein in seinen Taschen nach Zigaretten zu wühlen.

»Eine Sängerin, habe ich gehört.«

Sal nickte. »Ein Mädchen.«

Karl atmete den Rauch in einer langen, eleganten Federwolke aus. *Natürlich.*

»Und in welcher Beziehung stehen Sie zu dem Produkt? Sie sind der Manager?«

Sal vermutete, daß Karl ihn in Zukunft nach seiner Antwort einschätzen würde, und überlegte deshalb, was er sagte.

»Gewissermaßen. Ich habe die Songs geschrieben und produziert.«

»Ah«, sagte Karl nachdenklich, als sei er eben erleuchtet worden. »Das ist sehr gut.« Aber es klang nicht überzeugend. Von der zwischen seinen Fingern baumelnden Marlboro stieg ein dünner Rauchfaden auf.

»Die Vereinigten Staaten haben zweihundertfünfzig Millionen Einwohner«, begann Karl Diederich, und Sal fragte sich, worauf er hinauswollte. »Westeuropa hat weit über dreihundert Millionen Einwohner.« Er paffte mit aristokratischer Nachlässigkeit seine Zigarette. »Aber ich kann auf dem europäischen Markt mehrere Spitzentitel haben und in den Staaten trotzdem als unbedeutend gelten. Halten Sie das für fair, Mr. Toledano?«

Sal wußte nicht, was er dazu sagen sollte, deshalb sagte er: »Äh.«

»Ich kann Millionen und Abermillionen von Platten verkaufen, aber solange ich sie nicht in den Staaten, an die amerikanische Industrie verkaufe, könnte ich ebensogut nur eine verkauft haben.« Er starrte Sal an, als erwarte er eine Erklärung von ihm. »Ihr Amerikaner seid so provinziell.«

»Ich bin Kanadier.«

Diederich schlug seine Beine andersherum übereinander. »Ist Ihre Sängerin Amerikanerin?«

»Sie ist Brasilianerin ...«

»Oh?« Ein mehrdeutiger Laut.

»... aber ihr Sound ist sehr amerikanisch.«

»Ah.«

Scheiße, was heißt »Ah«?

Sal zögerte sekundenlang, bevor er seinen geheimen Trumpf ausspielte. »Sie ist die Tochter von Giovanni Gemelli de Janeiro.«

Karl machte ein nachdenkliches Gesicht. »Ah, der Schuhkönig! Aber dann hat sie doch schon mehr Geld, als sie ausgeben kann. Wozu will sie in diesem schmutzigen Geschäft anfangen?«

»Was hat Geld damit zu tun?« fragte Sal aufrichtig.

Diederich lächelte schief. »Da haben Sie sehr recht, Marco. Das ist etwas, das ihr Vater ihr nicht kaufen kann, denn sonst würden alle Platten der Welt von den Geliebten reicher Männer besungen.«

Dann kam Eric mit drei hohen Gläsern zurück, in denen zwei Fingerbreit einer gelben Flüssigkeit ohne Eis schwappten. Er verteilte die Drinks, setzte sich auf einen der freien Stühle und warf Sal einen Blick zu, als wolle er fragen: *Na, wie läuft's, Mann?*

Sal versuchte seinen Drink. Scotch. *Natürlich.* Er zog die Augenbrauen hoch.

»Wollen Sie sich die Kassette nicht mal anhören?«

Karl lächelte herablassend. »Das werd' ich schon noch machen, Marco.« Er spielte mit seinem Glas. »Ihre Sängerin ist also Gemelli de Janeiros Tochter?«

Eric war verblüfft. »Stimmt das, Mann? Phantastisch!«

»Aber sie will ihren Namen nicht benützen, um ... um ...« Sal hob die Hände, »... um Karriere zu machen.«

»Ah, sie hat Ambitionen«, sagte Karl in einem Ton, als habe er noch nie etwas Dümmeres gehört. »Und wie alt ist diese eigenwillige Person?«

»Fast siebzehn.«

Für Eric war das der zweite Schock binnen einer halben Minute. »Mit der Stimme? Unfaßbar!«

In diesem Augenblick legte sich eine schlanke braune Frauenhand mit lackierten Fingernägeln auf Karl Diederichs Schulter, und als Sal aufsah, hatte er eine der schönsten Frauen vor sich, die er je gesehen hatte. Sie war groß, schlank und elegant, hatte auffällig hohe Backenknochen und dunkle sudanesische Haut und mußte irgendwo zwischen dreißig und fünfzig sein. Ihr dreieckiges Katzengesicht war fein modelliert, und sie hielt sich mit der selbstverständlichen Grazie eines Mannequins. Unter einem knöchellangen Nerz trug sie ein hautenges Silberlamékleid, dessen tiefer Ausschnitt ihren üppigen braunen Busen wunderbar zur Geltung brachte.

Sie blickte auf Karl herab, der nach ihrer Hand auf seiner Schulter gegriffen hatte, und fragte in akzentfreiem Deutsch: »Wie lange bleibst du noch?«

»Nicht lange«, antwortete Karl. »Du kannst oben auf mich warten.«

»In Ordnung.« Ihr Blick wanderte zu Eric hinüber und ruhte dann auf Sal. Einen Herzschlag lang konnte sie das in ihren Augen aufflammende Interesse nicht verbergen; danach sah sie rasch wieder Karl an, dem dieses Aufflackern nicht entgangen war. »Laß mich nicht warten«, sagte sie, wandte sich ab, ohne Sal eines weiteren Blickes zu würdigen.

Sal beobachtete, wie sie elegant durch die Menge schritt. Seine Wirkung auf sie überraschte ihn nicht. Solche weiblichen Reaktionen hatte er schon als Teenager erlebt. Sie war vielleicht eine schöne Frau – aber er hatte genügend Schönheiten gekannt, um zu wissen, daß Aussehen allein nicht viel bedeutete. Schöne Frauen konnten ebenso gemein, unzuverlässig oder im Bett langweilig sein wie häßliche. Okay, immerhin wußte er jetzt, daß Diederich kein Schwuler war. In dieser Beziehung brauchte er sich also keine Sorgen zu machen. Andererseits konnte man bei diesen unsteten Europäern nie wissen …

Als er wieder zu Diederich hinübersah, starrte der ihn bedeutungsvoll an.

Sal hatte das Gefühl, etwas sagen zu müssen, deshalb murmelte er: »Eine sehr schöne Frau.«

Wieder dieses herablassende Lächeln. »Ja, exquisit.« Karl trank langsam einen kleinen Schluck Whiskey. »Wissen Sie, ich habe mir schon oft überlegt, weshalb Männer soviel Zeit und Energie damit vergeuden, Frauen zu beeindrucken...« Er starrte Sal an. »...obwohl doch alles so sinnlos ist.«

»Wie meinen Sie das?« fragte Sal nach kurzer Pause.

»Nun, beispielsweise gibt es Männer, die sich um jede Frau bemühen und sie verführen müssen, um wieder ein *Herz zu erobern...«* Diesen Ausdruck hatte Sal seit Jahrzehnten nicht mehr gehört. »...und wenn sie dann mit ihr ins Bett gehen, rackern sie sich ab, um der Beste zu sein, sie am längsten zu bumsen, ihr den besten Fick ihres Lebens zu verpassen.« Er trank einen kleinen Schluck. »Vielleicht *ist* er der Beste – aber was hat er davon? Wer erfährt's? Wen kümmert's? Oh, die Frau weiß es natürlich und erzählt es vielleicht ihren besten Freundinnen, aber wie könnte sich das aufs zukünftige Leben des Liebhabers auswirken? Sie wissen, was ich meine?«

Sal dachte daran, wie er erst vor kurzem auf Isabels befriedigt lächelndes, schweißnasses Gesicht herabgesehen hatte.

»Nein.«

»Weil die wichtigsten Leute dieser Welt«, fuhr er fort, »die *mächtigen* Leute alle Männer sind. Gut, es gibt ein paar Ausnahmen. Aber im Prinzip sind die Mächtigen dieser Erde Männer – und was kümmert's die, ob Sie der beste Liebhaber aller Zeiten sind? Wüßten sie's, hätten sie sogar Grund, Sie zu fürchten, und müßten Sie deshalb vernichten. Das alles beweist nur, wie völlig wertlos es ist, ein toller Liebhaber zu sein.«

Sal wußte nicht, was er sagen sollte, ob er sich überhaupt dazu äußern sollte. Er hatte das Gefühl, Karl wolle ihm zwischen den Zeilen etwas mitteilen – aber was? Er sah rasch zu Eric hinüber, der seinen Blick so gelassen erwiderte, als wolle er sagen: *Ich hab' dich vor ihm gewarnt, Mann.*

»Jetzt möchte ich Ihr Tape hören. Geben Sie mir bitte Ihren Walkman.«

Schon bevor er ausgesprochen hatte, hielt Sal ihm bereits seinen jüngst erstandenen Walkman hin. Karl schob sich den Kopfhörer übers Haar, zündete sich eine Zigarette an, trank einen kleinen Schluck Whiskey und schaltete endlich das Gerät ein. Während er sich die Musik anhörte, blickte er auf den übervollen Cocktailtisch.

»Na, Mann«, fragte Eric, um ihm den kritischen Augenblick zu erleichtern, »wo steckt die geheimnisvolle Sängerin? Wann kriegen wir sie zu sehen?«

»Sie ist oben in ihrem Zimmer. Falls Karl das Produkt interessiert, können wir nachher rauffahren, um sie kennenzulernen. Falls er Interesse hat ...«

Sal blickte rasch zu Diederich hinüber und stellte fest, daß er ihn unter dem Kopfhörer hervor anstarrte. Karl nickte ihm kaum merklich zu und sah wieder weg.

Und wie gut sie ist, Kraut! Sals Zuversicht kehrte allmählich zurück. *Karl der Kraut. Der saure Kraut.*

Karl tippte den Rand seines Glases an, und Eric sprang sofort auf und machte sich wieder auf den Weg zur Bar. Sal sah unauffällig auf seine Armbanduhr. Fast drei Uhr. In der letzten halben Stunde hatte der Andrang spürbar nachgelassen. Am Nebentisch hatte sich inzwischen ein rotbackiges Zwillingspärchen aus dem Mittleren Westen niedergelassen, das sich von irgendeinem Arschloch dazu hatte überreden lassen, durchsichtige Blusen und Stretchhosen aus Silberlamé zu tragen. Die Umrisse ihrer rosa Brustspitzen schimmerten in der schummerigen Barbeleuchtung. Am Tisch hinter ihnen saßen amerikanische Neger in Anzügen und Cowboyhüten. Sie beobachteten alles genau und starrten finster zurück, wenn sie sich selbst beobachtet glaubten.

Karl brauchte über eine Stunde, um sich alle Songs gründlich anzuhören. Er spulte die Kassette mehrmals zurück, weil ihn einzelne Nummern besonders zu interessieren schienen. Ab und zu gestattete er sich ein kaum wahrnehmbares Lächeln, und einmal ertappte Sal ihn dabei, daß er im Takt nickte. Nachdem er sich auch den neunten Song angehört hatte, nahm er den Kopfhörer ab. Er nahm einen Schluck von dem zweiten Whiskey, den Eric ihnen geholt hatte. Danach zündete er sich umständlich langsam die nächste Marlboro an.

Mach schon, Arschloch. Mach schon!

»Höchst ungewöhnlich«, sagte Karl zuletzt. »Ihre Stimme. Natürlich ist da eine bemerkenswerte Ähnlichkeit mit Billie Holiday.« Er stieß eine elegante Rauchfahne aus. »Selbstverständlich kann man das nicht ignorieren.« *Selbstverständlich nicht.* »Beim ersten Anhören ist mir das als Nachteil erschienen, aber ...« Ein dünnes, unaufrichtiges Lächeln. »...wenn man länger zuhört, merkt man, daß sie keine Imitation ist.« *Genau, Sherlock.* »Der Einfluß ist unverkennbar, aber sie ... wie heißt die Sängerin, haben Sie gesagt?«

»Ich habe noch gar nichts gesagt.« Sal fühlte sich von Minute zu Minute besser. »Isabel.«

»Ah, Isabel.« Während Karl die Silben ihres Namens auf der Zunge zergehen ließ, tat er wieder so, als sei er erleuchtet worden. »Nun, obwohl Isabels Sound gewisse Anleihen bei anderen Künstlerinnen nicht verleugnen kann, ist ihr gesamter musikalischer Ansatz recht originell.« *Du sagst es, Mutterficker!* Diederich lächelte wieder – aber sein Grinsen war eher eine schmerzliche Grimasse als ein Zeichen guter Laune. »Ich kann mich nicht erinnern, Billie jemals so im Einklang mit sich selbst singen gehört zu haben wie Isabel. Ganz interessant.«

Ein rascher Blick Sals galt Eric, der übers ganze Gesicht grinste. Anscheinend sah er etwas in Karls Verhalten, das nur er deuten konnte.

»Die Songs«, fuhr Karl fort, »sind im allgemeinen durchaus brauchbar.« *Scheiße, was soll das wieder heißen?* »Einer oder zwei haben eindeutig Hitpotential.« *Okay, okay.* »Nur sind sie völlig falsch produziert.«

Er hockte da und starrte Sal mit diesem beschissenen arischen Ernst an, die fast einer Herausforderung gleichkam.

»Ach, wirklich?« fragte Sal gereizt. »Was ist denn falsch daran?«

Karl schnippte die Asche seiner Zigarette ab. »Die Balladen sind nicht so schlecht. Aber die rhythmischen Sachen...« Er schüttelte den Kopf. »Sie haben diese wundervolle Stimme mit Discoscheiß aus dem Synthesizer zugedeckt. Sie haben einen Diamanten in Klopapier gewickelt, verstehen Sie? Sie haben eine Königin wie ein Flittchen aufgedonnert.«

Sobald Sal diese Worte hörte, wußte er, der Mann hatte recht. Eine erschütternde Erkenntnis.

»Wir müssen die Begleitung aufs Grundsätzliche, aufs absolut Notwendige reduzieren. Das geht, weil Ihre Songs wirklich ganz gut sind. Dann kommt Isabels Stimme erst richtig zur Geltung.«

Sal war sprachlos. *Der Kerl hat recht. Scheiße, der Kerl hat recht!*

Er versuchte zu sprechen. »Äh ... Sie meinen ... äh, ungefähr wie Terence Trent D'Arbys Platten oder so ähnlich?«

Karl überlegte kurz. »Ja – aber nicht ganz. Für Isabel höre ich einen noch sparsameren Mix. Noch persönlicher ... Noch ...« Er rieb die Fingerspitzen aneinander. »... noch *greifbarer.*«

Sal hatte keine Ahnung, wovon Karl redete, aber er wußte, der Kerl kannte sich damit aus. »Ich denke ... vielleicht, na ja, vielleicht haben Sie nicht ganz unrecht.«

Karl lehnte sich zurück und betrachtete Sal mit selbstgefälliger Überlegenheit. *Der Arschficker weiß, wovon er redet. Ich hasse ihn, aber der Arschficker weiß, wovon er redet.* Karl hob sein Whiskeyglas und leerte es mit angeborener Eleganz.

»Nun«, sagte er dann, »werden wir jetzt Ihre Isabel Gemelli kennenlernen?«

Zermatt – September

»Marco, schau her!« Isabel stand mit gespreizten Beinen über dem Mini-Rhein und visierte die winzige Zugbrücke an, die über den Wassergraben in die mittelalterliche Burg führte. »Schau her!« rief sie zu ihm hinauf.

»Wie findest du, daß es vorangeht, Marco?« fragte Giovanni, während ein Ober in weißer Jacke dampfende Milch in ihre hohen, übergroßen Tassen goß.

»Marco, schau her!« Sie holte mit ihrem Schläger aus, und vom Hang unterhalb der Terrasse kam ein unverkennbares *Plonk!* durch die klare Gebirgsluft, bevor der Golfball über die Zugbrücke ratterte und in der Puppenburg verschwand. Im nächsten Augenblick warf Izzy in theatralischem Triumph die Arme hoch.

»Ich hab's geschafft! Er ist drin!«

Sal mußte lachen. Dann rief er: »Wie soll ich wissen, ob du eingelocht hast? Von hier aus ist das Loch nicht zu sehen.«

Giovanni versuchte, seinen Schokoladenriegel auszuwickeln, aber die dünne Goldfolie war für seine verkrümmten, unbeholfenen Finger zu fein.

»Du glaubst mir nicht? Du vertraust mir nicht?«

»Komm, Gio.« Sal nahm ihm die Schokolade aus der Hand und streifte rasch die Folie ab. Während er den Riegel in die dampfende Milch fallen ließ, rief er zu Isabel hinunter: »Ich sage bloß, daß ich das Loch von hier aus nicht sehen kann!«

Isabel wandte sich an Eric, der an einer chinesischen Pagode lehnte und seinen Schläger kreisen ließ wie Fred Astaire seinen Stock.

»Sag's ihm, Eric!« verlangte sie schmollend.

Eric legte schützend eine Hand über die Augen und blickte gegen die Sonne zu Sal hoch, der auf der Hotelterrasse saß. »Sie sagt die Wahrheit, Bruder!«

»Wie findest du, daß es vorangeht?«

Giovanni hatte sie zu einem einwöchigen Kurzurlaub in die Schweiz eingeladen. Sie hatten sieben Wochen lang im Studio gearbeitet – manchmal zehn, elf Tage ohne Pause –, und dann war Giovanni aus Sehnsucht nach seiner Tochter mit dem Flugzeug aus Rio nach München gekommen. Karl hatte widerstrebend eine Pause genehmigt, und der kleine, alte Krüppel hatte darauf bestanden, alle zu dieser Reise einzuladen.

»Du meinst im Studio, Gio?« Sal zuckte mit den Schultern, während er den in Terrassen angelegten Minigolfplatz betrachtete. So sah dieses ganze Nest aus. Kuckucksuhrkitsch. Als ob man in einem Souvenirshop lebte. Bis auf den kleinen Friedhof in der Ortsmitte, auf dem die abgestürzten jungen Bergsteiger beerdigt wurden. »Schwer zu sagen, Gio.« Er beobachtete, wie Eric und Isabel zu einer sich langsam drehenden holländischen Windmühle schlenderten. Dann erwiderte er den Blick des Alten. »Ich stecke zu tief drin, um die Sache neutral betrachten zu können, aber ich finde, es läuft verdammt gut.«

Der alte Zwerg strahlte vor Freude. Sein Lächeln war geradezu verklärt. »Ich hab's gewußt! Als ich meine Isabel gesehen habe, hat sie glücklich und selbstbewußt wie noch nie in ihrem Leben ausgesehen. Sie ist also gut, was, Marco?«

Sal nickte nachdrücklich. »Sie ist unglaublich, Gio. Ein Naturtalent. Und ein völlig natürliches Talent. Sie ist echt unglaublich!«

Giovanni strahlte.

Sal trank einen Schluck heiße Schokolade und verbrannte sich daran die Zunge. Karl erschien in der riesigen Glasdoppeltür, die von der Terrasse in die Hotelhalle führte. Begleitet wurde er von der großen, ungebeugten, weißhaarigen alten Schweizerin, der dieses Hotel gehörte. Die beiden unterhielten sich auf deutsch, und Sal fragte sich, worüber sie wohl sprachen. *Wahrscheinlich über das Konto, auf das Hitlers Rente überwiesen werden soll.*

»Karl ist sehr gut, Gio«, sagte Sal. Die kühle Herbstluft schien seine Stimme noch rauher zu machen.

»Ohhh?« fragte der kleine Krüppel mit hochgezogenen Augenbrauen, als fürchte er, etwas nicht mitbekommen zu haben.

»Er ist der beste Produzent, mit dem ich je zusammengearbeitet habe. Ich wollte, er hätte auch mich damals produziert.«

Wahrscheinlich hätte er mich gar nicht haben wollen. Ich bin nie so gut gewesen, wie Izzy jetzt schon ist. Niemals.

Giovanni war verwirrt. »Das versteh' ich nicht, Marco. Wie hätte er dich produzieren sollen?«

Sal zuckte lächelnd mit den Schultern. »Macht nichts, Gio. Schon gut.«

Dann brachte der Ober ein Tablett mit Butter, Marmelade und Hörnchen. Übertrieben schwungvoll stellte er es auf die gestärkte weiße Leinendecke und verschwand. Karl und die Alte lachten über irgend etwas und gingen in die Hotelhalle zurück.

»Dieses Hotel ist nicht dagewesen«, sagte Gio, während er ein trockenes Hörnchen kaute.

»Was?«

»Dieses Hotel ist nicht dagewesen.« Eine Bewegung seines verkrümmten Arms umfaßte die malerischen Gasthöfe ringsum. »Das alles ist nicht dagewesen.« Er wandte sich an Sal. »Als mein Vater hier mit uns Urlaub gemacht hat. Ich bin damals sieben oder acht Jahre gewesen. Das war, bevor ich mich verletzt habe.«

»Vor deinem Unfall?«

»*Sí.*« Giovanni kostete von seiner Schokolade. »Damals war Zermatt noch ein winziges Dorf, in dem's nur ein, zwei Hotels gab. Sonst nichts.«

»Sonst nichts? Der Berg ist noch nicht dagewesen, Gio?«

Giovanni sah zu ihm hinüber und grinste breit. Er genoß es,

wenn Marco ihn neckte. Er war sein Leben lang nie geneckt worden – vielleicht wegen seiner Behinderung – und merkte nun, wieviel Spaß ihm das machte.

»Doch, Signor Toledano, der Berg ist dagewesen. Aber er ist noch klein gewesen.« Seine Hand deutete eine sehr geringe Höhe an. »Nur ein Babyberg.«

Sie lachten miteinander. Sal blies in seine heiße Schokolade und nahm vorsichtig einen weiteren Schluck. Solange die Sonne schien, war es ein herrlicher Tag, aber wenn die Wolken, die es am Matterhorn immer gab, sich zusammenballten, wurde es sofort kalt und grau.

Sal nahm noch einen kleinen Schluck und beobachtete Giovanni, der sich in Kindheitserinnerungen verlor.

»Ich weiß noch«, sagte Giovanni, indem er über die Dächer und schmalen Gassen hinwegblickte, »wie ich überall rumgelaufen bin. Es war kurz vor Weihnachten, und ich erinnere mich an die Pferdeschlitten. Wir sind ihnen nachgerannt und haben uns am Schlitten festgehalten und durchs ganze Dorf ziehen lassen.« Er sah wieder zu Sal hinüber. »Ich bin immer der Schnellste gewesen.« Er schüttelte den Kopf, als zweifle er an Gottes fragwürdigem Sinn für Humor. »Schwer zu glauben, was?«

Sal schwieg, weil er nicht wußte, was er sagen sollte.

Giovanni wandte sich wieder den Dächern und den Bergen dahinter zu. »Ich habe die Männer mit Skiern vom Berg kommen gesehen, und sie waren so groß und stark, daß ich meinem Papa erklärt habe, ich würde eines Tages auch Skifahrer werden.« Giovannis Blick ging ins Leere. »Mein Papa hat bloß gelacht. Damals war er noch ein großer Mann, mein Papa, aber später hat ihm der Krieg den Rest gegeben. Er ist immer mein bester Freund gewesen.« Der behinderte Alte trank einen Schluck Schokolade und blickte dann scharf zu Sal auf. »Isabel sagt, daß du letztes Jahr deinen Papa verloren hast.«

Joe the Hack. Joe the Hack. Vergib mir, Vater, denn ich habe gesündigt.

»Yeah, das stimmt.«

»Das tut mir leid. Mein herzliches ...«

»Was habt ihr beiden alten Männer zu kakeln?« Isabel hing

plötzlich am Terrassengeländer. Sie war außer Atem, und die frische Bergluft verlieh ihrer hellbraunen Haut einen rosigen Schimmer. »Dabei solltet ihr mir zusehen!« Sie roch nach Wolle und Herbst und Cidre – eine berauschende Mischung.

»Brauchst du für alles ein Publikum?« fragte Sal foppend.

Isabel sah rasch zu ihrem Vater hinüber – weniger schüchtern als verschlagen – und antwortete halblaut: »Nein, nicht für alles.« Dann beugte sie sich übers Geländer, zog Sal zu sich heran und küßte ihn. Er spürte, wie ihre Lippen seine Zungenspitze umfaßten, sie einsaugten und einige Herzschläge lang erstaunlich kräftig daran zogen. Als das Ziehen gerade schmerzhaft zu werden begann, ließ sie seine Zunge los und lachte in seinen Mund. Er fühlte, daß sich sein Penis regte wie ein schlafender Hund, der Blut wittert.

»Isabella!« sagte Giovanni tadelnd, aber das brachte sie noch mehr zum Lachen.

»Aufgepaßt!« sagte sie, während sie das Geländer losließ und den halben Meter auf den Rasen des Minigolfplatzes hinabsprang, der in Terrassen bis ins Dorf hinunterführte. »Jetzt schaut ihr *mir* zu! Ihr laßt mich nicht aus den Augen!«

»Worauf du dich verlassen kannst!« rief Sal ihr nach, und sie lachte erneut, während sie den Hang hinablief.

»Genauso hat ihre Mama auch gelacht«, flüsterte Giovanni. Er bekreuzigte sich aus Respekt vor der Toten. »Genauso.«

Isabel trabte zu der maurischen Festung hinunter, wo Eric gerade versuchte, seinen Ball zwischen zwei hüfthohen grauen Minaretten hindurchzuspielen. Sie drehte sich um und winkte. »Gut *aufpassen!*« Ihre Stimme klang wie ferne Musik.

»Sie ist in vieler Beziehung ganz ihre Mama«, fuhr Giovanni fort. Er sah zu Sal hinüber und betrachtete ihn dann genauer. »Du liebst sie, Marco? Ihr beiden seid verliebt? Euch verbindet Liebe? *Amore?*«

Sal D'Amore. Er war verlegen. Isabel und er hatten ihre Gefühle vor anderen nie verborgen, aber sie hatten auch nie darüber gesprochen.

»Giovanni, ich bin zu alt, um ...«

»Als ich ihre Mama geheiratet habe, war ich dreiundfünfzig«, erinnerte Giovanni sich. »Und sie achtzehn.«

Gut gemacht, Gio! dachte Sal anerkennend.

Giovanni holte eine Zigarre aus der Jackentasche und begann geistesabwesend das umständliche Ritual, das dem Rauchen vorausging. »Marco, ich muß mit dir reden.«

Ach Scheiße, will er dich jetzt von Mann zu Mann fragen, welche Absichten du mit seiner Tochter hast?

Giovanni legte die Havanna auf die Tischdecke und holte das kleine goldene Taschenmesser hervor, welches er in der Westentasche trug. »Hast du gewußt, Marco, daß Isabels Mama ... daß ich nur elf Monate mit ihr gehabt habe?« Seine verkrümmten, arthritischen Finger bemühten sich vergeblich, das winzige Messer zu öffnen. Sal beugte sich über den Tisch, nahm Gio das Messer aus den Händen und holte die winzige Klinge mühelos mit dem Daumennagel heraus.

»Weniger als ein Jahr«, wiederholte Giovanni. »Es war *so*...« Er versuchte, mit den Fingern zu schnalzen, aber seine verkrümmten Gliedmaßen brachten keinen Ton hervor. »Aber es war mein ganzes Leben, *capisci*?«

Sal schnitt die Havanna an. »Ich glaube schon, Gio.«

Giovanni lächelte und beugte seinen kleinen, deformierten Körper über den Tisch. »Eine einzigartige Frau! *Mamma mia.*« Seine Augen leuchteten in dieser Erinnerung. »Stell dir vor, ich weiß noch jedes einzelne Mal, wie wir uns geliebt haben. Jedes einzelne Mal! Ah, du lächelst, Marco, aber das ist wahr.« Sal gab ihm die Zigarre zurück. Giovanni hielt sie lose in seiner Kralle, während er weitersprach. »Isabel hat die Schönheit ihrer Mutter, sie hat das Lachen ihrer Mutter, sie hat das Feuer ihrer Mutter...«

Sal riß ein Zündholz an und hielt es dem Alten hin. Giovanni steckte das Ende seiner Zigarre in die Flamme und zog nachdenklich daran. Als die Havanna schließlich brannte, sprach er weiter.

»Aber Isabel hat etwas, das ihre Mama nie gehabt hat.« Er starrte Sal durch Rauchschwaden hinweg an. »Sie hat ... sie hat ...« Giovanni suchte nach dem passenden Wort. »Sie hat...« In diesem Augenblick verschwand die Sonne hinter einer Wolke, und ein dunkler Schatten legte sich über ihren Tisch, als habe Gott einen Vorhang zugezogen. Auf der Hotelterrasse war es plötzlich düster und kalt.

»Genau das! Siehst du?« rief Giovanni aus. »Bei ihr ist's genauso!«

Sal starrte verständnislos über den Tisch.

»Genau so!« Der kleine Krüppel zeigte auf den Himmel. »Mal ist sie fröhlich und glücklich – und im nächsten Augenblick ist sie traurig und zornig. *Capisci?* Als kleines Mädchen hat sie brav mit ihren Puppen gespielt, und in der nächsten Minute hat sie einer den Kopf abgerissen und dann wieder geweint und geweint, als hätte es ihr das Herz gebrochen.« Giovanni starrte Sal einen Augenblick leicht außer Atem an und klemmte sich dann die Zigarre in den Mundwinkel.

Sal wandte sich ab und sah übers Terrassengeländer. Karl hatte sich auf dem jetzt im Schatten liegenden Minigolfplatz zu Isabel und Eric gesellt, und sie erzählte ihm lachend und wild gestikulierend eine lustige Geschichte.

»Gio, was willst du mir sagen?«

Der kleine behinderte Millionär beobachtete seine dort unten lachende Tochter.

»Ich will dir sagen, daß meine Isabel ein gutes Mädchen ist, aber manchmal Dinge tut, die… die andere Leute verletzen.«

Sal nickte, ohne den kleinen Mann anzusehen.

»Ich will dir sagen, daß Liebe die größte Freude der Welt ist.« Giovanni seufzte schwer. »Aber gleichzeitig ist sie der tiefste Schmerz.«

In diesem Augenblick kam die Sonne wieder heraus. Isabels fröhliche Stimme drang bis zu ihnen herauf, als sie zur Pointe ihrer Geschichte kam und sich dabei vor Lachen bog.

Los Angeles – Februar

In L. A. hatte es seit einer Woche immer wieder geregnet, und der Himmel über dem Los Angeles Basin hatte das verwaschene Blau einer alten Jeans angenommen hatte, als die 747 bei Century City in die Kurve ging und über einer Anordnung von Westside Freeways, die an ein Steinzeitkunstwerk erinnerten, zum Landeanflug ansetzte.

»Wir befinden uns im Anflug auf LAX«, kam die kratzige Stimme des Flugkapitäns aus den kleinen Deckenlautsprechern. »Am Boden beträgt die Temperatur achtzehn Grad bei starker Bewölkung, und mit fünfzigprozentiger Wahrscheinlichkeit ist Regen zu erwarten.« Ein Klicken, als der Sprechknopf seines Mikrofons losgelassen und erneut gedrückt wurde. »Im Namen der ganzen Besatzung von Flug 365 London–Los Angeles möchte ich einer unserer Passagierinnen dafür danken, daß sie sich die Zeit genommen hat, geduldig auf alle unsere Wünsche einzugehen. Danke, Isabel, für die vielen Fotos und Autogramme! Wir alle lieben Sie!«

Hinten in der Economy-Klasse brach spontan Jubel und Beifall aus – vor allem bei den Teens –, und selbst in der Ersten Klasse sprangen die drei kleinen flachsblonden Schwestern in der Sitzreihe unmittelbar vor ihnen auf und klatschten wie wild. Isabel legte einen Zeigefinger an die Lippen und machte ein strenges Gesicht, aber das bewirkte nur, daß die Mädchen einen Kicheranfall bekamen. »Pssst!« sagte Isabel scherzhaft, und die kleinen Mädchen duckten sich quietschend hinter ihre Sitzlehnen. Nicht viel anders hatten sie sich während des größten Teils des vierzehnstündigen Flugs aufgeführt.

Sal hatte den Eindruck, inzwischen *alles* über die drei kleinen Mädchen zu wissen. Sie hießen Jennifer, Jessica und April und waren elf, neun und acht Jahre alt. Sie hatten einen Monat bei ihren Großeltern im englischen Leicester verbracht und befanden sich mit ihren Eltern auf der Rückreise nach Garden Grove, Kalifornien. Früher war Madonna ihre Lieblingssängerin gewesen, aber seit »Coming On Strong«, Isabels dritter Single, der aus ihrem sensationell erfoglreichen Debütalbum *Tropic of Capricorn* gleich auf Platz eins der Charts gelandet war, war ihre – großes Ehrenwort! – wirklich *aller*liebste Rocksängerin Isabel, die dann in diesem großen alten Flugzeug unglaublicherweise in der Sitzreihe hinter ihnen aufgetaucht war.

Sal, der neben Isabel saß, beugte sich nach vorn und fragte das Trio: »Sagt mal, Mädchen, welchen Song aus *Tropic of Capricorn* mögt ihr am *aller*liebsten?«

Die Kids antworteten wie aus der Pistole geschossen.

»›I Can't Get My Fill!‹«

»›Coming On Strong!‹«

»Nein, ›Just Between Us‹!«

Sal lehnte sich, breit und zufriedend grinsend, in seinen bequemen Sessel zurück. Isabel blickte ihn von der Seite an und stieß ihm dann ihren Ellbogen in die Rippen.

»Mußt du dir von diesen Teenies Komplimente abholen, Marco? Schließlich sind *alle* Songs von dir.«

Das stimmte. Sal hatte sämtliche Nummern eines der meistverkauften Erstlingsalben aller Zeiten geschrieben. *Scheiße, wenn die Umsätze so bleiben, eines der meistverkauften Alben überhaupt.* Ihre LP war zuerst auf den deutschen Markt gekommen, und die erste Single hatte binnen drei Wochen Platz eins der Hitparade erobert. Danach hatte Karl ein weltweites Vertriebsabkommen mit Grammophone/Pacific geschlossen, und als nächste Bastion war England gefallen. Ein halbes Jahr später war *Tropic of Capricorn* noch erfolgreicher in den USA gestartet, und jetzt flogen sie alle nach L. A. – Isabels erste Amerikareise als Star –, um ihre amerikanische Debüttour vorzubereiten und vor allem, um übermorgen abend an der Verleihung der Grammy Awards teilzunehmen. Isabel und *Tropic of Capricorn* waren in sieben Kategorien nominiert.

Und Sal war in einer vorgeschlagen. Sein »The Touch of a Stranger« gehörte zu den fünf Nominierungen für den Song des Jahres. Sal war ein bißchen enttäuscht darüber, daß Marco Toledano und nicht Sal D'Amore ausgezeichnet werden würde, falls sein Song einen Grammy gewann. *Aber vielleicht ist's besser so,* dachte Sal, während er sich die Narbe unter seinem Bart rieb. Seit seiner Flucht aus New Orleans waren drei Jahre vergangen – drei Jahre voller Veränderungen und Erfolge –, aber für manche Leute waren drei Jahre eben keine allzulange Zeit.

»Sieh dir das an, Mann!« hörte er Eric hinter sich sagen. Sal warf einen Blick aus dem Fenster auf die himmelwärts ragende Skyline der City.

»L. A. – genau wie ich's mir vorgestellt hab'.« Eric imitierte Stevie Wonder perfekt. »Wolkenkratzer und alles.«

Karl, der neben Eric saß, beugte sich über die Sitze und wandte sich an Isabel. »Wenn wir von Bord gehen, warten drei Limousinen auf uns. Ich habe veranlaßt, daß für deinen Vater ein Rollstuhl bereitsteht.« Giovanni Gemelli begleitete sie auf dieser Reise. Falls Isabel einen Preis gewann, sollte ihr Vater diesen Augenblick miterleben dürfen. Den Rollstuhl brauchte er, seit sich sein Gesundheitszustand arg verschlechtert hatte. »Bis zu den Autos sind's nur ein paar Meter, aber ich finde, daß er's im Rollstuhl bequemer hat.«

Isabel schenkte ihm ein warmes Lächeln. »Danke, Karl. Das ist sehr nett von dir.«

Das passiert in letzter Zeit häufig, dachte Sal. *Er ignoriert mich, redet nur mit ihr, und sie dankt ihm herzlich.*

Ihre Reisegruppe bestand aus zehn Personen, darunter Giovanni, Karls Sekretärin, zwei Fotografen – einer für Standfotos, einer für Videoaufnahmen –, die Isabel auf Schritt und Tritt begleiten sollten, um Material für Werbespots und Videoclips zu bekommen, und zwei junge englische Punker, die als Mädchen für alles und Isabels Leibwächter engagiert waren. Eigentlich hätten sie zu elft sein sollen, und das elfte Ticket war auch schon gekauft gewesen, aber Karls sudanesische Frau Saba – die dunkle Schönheit, die Sal in Cannes bewundert hatte – war in letzter Minute zurückgelassen worden. Eine Erklärung dafür hatte es nicht gegeben.

»Der gewünschte Eindruck«, dozierte Karl halblaut, »ist der eines gestreßten, von Bewunderern umlagerten Stars, der sich nach einigen Augenblicken der Ruhe sehnt.«

»Soll ich die Fans ignorieren?« fragte Isabel.

Karl schüttelte den Kopf und dozierte gleichbleibend ruhig weiter. »Nein, die darfst du nie ignorieren. Sobald die Wagen vorgefahren sind, gehen wir als erste von Bord, so daß du nur ein paar Schritte zu gehen hast. Du blickst auf, du siehst sie, du bist überrascht, du freust dich, du lächelst, und du winkst. Aber du bist ein großer Star, der um die halbe Welt geflogen und sehr müde ist. Du brauchst Ruhe.«

Isabel nickte ernsthaft. »Ja.« *Für jemand, der nicht ins Showbusineß wollte, ist sie phantastisch schnell ein Profi geworden,* dachte Sal.

Karl sah auf seine Rolex. »Ich finde, du solltest schnell auf die Toilette gehen und dein Make-up auffrischen.«

Sie löste sofort den Sitzgurt, stand auf und machte sich auf den Weg. Die Stewardeß wollte sie auf das Leuchtschild *Bitte anschnal-*

len aufmerksam machen, erkannte jedoch die überweltliche Bedeutung eines Rockstars und hielt klugerweise den Mund.

Jesus, dachte Sal, während er beobachtete, wie L. A. größer wurde, *wenn man Izzy und Karl so reden hört, könnte man glauben, sie wären dabei, ein gottverdammtes Drehbuch zu schreiben. Heutzutage ist die Musik fast nebensächlich. Eine Zugabe.*

Im Obergeschoß des LAX Bradley Terminals kreischten und winkten fünfzehnhundert Fans, zu denen sich noch einige hundert Journalisten gesellten. Isabel gehörte zu den wenigen Rockstars, die kulturell ambitionierte Popkritiker ebenso wie Kids im Vorschulalter für sich begeistern konnten. Ihre Fans liefen die gläserne Trennwand entlang und hämmerten gegen die Scheiben, während Isabel in einem Augenblick genialer Improvisation den Rollstuhl ihres Vaters eigenhändig übers Rollfeld zu den gemieteten weißen Limousinen schob.

Die kleinen Möchtegern-Isabels drückten ihre Nasen an den Scheiben platt und kreischten in unkontrollierbarer Aufregung. Sie trugen – fast ohne Ausnahme – rosa Petticoats über schwarzen Strumpfhosen, hochglänzende DocMartens und schwarze T-Shirts mit der Werbung eines französischen Kondomherstellers. Dieses Outfit war international große Mode, seit Isabel darin einen Videoclip in der Pariser Metro aufgenommen hatte. Und fast jedes der kreischenden kleinen Mädchen hatte eine nicht recht zu ihm passende Gardenie im Haar stecken: Isabels Markenzeichen, das sie auf Karls Anweisung der toten Billie Holiday geklaut hatte.

Beim Aussteigen war die Luft kühl und feucht, aber im Vergleich zum Londoner Wetter, aus dem sie kamen, wirkte sie frühlingshaft. Die beiden Punker hoben Giovanni in eine der Limousinen und gingen dann mit Eric zurück, um das Gepäck zu holen. Isabel, deren Augen hinter supercoolen Ray-Bans versteckt waren, stand mit einer Hand an der Wagentür, ließ sich von der feuchten Brise das Haar zerzausen und blickte sanft lächelnd zu den kreischenden Kids hinter den Glaswänden hinauf.

Seht sie euch an! dachte Sal. *Scheiße, seht sie euch bloß an! Sie ist wunderbar. Sie sieht aus wie ... wie ... genau wie 'n Star.*

Isabel wollte bei ihrem Vater einsteigen, aber Karl, der unmittelbar hinter ihr stand, sagte rasch: »Noch nicht. Zeig dich ein bißchen länger.« Sie drehte sich etwas zur Seite, damit die Fans sie im Profil bewundern konnten. Sal beobachtete, wie die Fernsehkameras jede ihrer Bewegungen verfolgten.

»Mir ist kalt«, sagte Isabel schließlich in einem Ton, der keinen Widerspruch duldete.

»Ja, natürlich«, antwortete Karl und half ihr beim Einsteigen. Dann blickte er über sein auf dem Rollfeld verstreutes Gefolge, fand alles zu seiner Zufriedenheit und stieg hinter Isabel ein. Sal wollte ihm gerade folgen, als Karl seine Hand ausstreckte, um die Wagentür zu schließen.

»Hey«, rief Sal lachend, während er ins Wageninnere blickte, »ihr hättet mich beinahe vergessen!«

Karl sah zu ihm auf, ohne die Hand vom Türgriff zu nehmen. »Wir haben noch zwei Wagen. Warum fährst du nicht mit Eric?«

Sal lächelte nervös und verwirrt. »Äh ... ich möchte aber mit Izzy fahren, Karl.«

Karl starrte ihn ausdruckslos an. Sein eisiger Blick wirkte beinahe *herausfordernd,* fand Sal. *Was geht hier vor? Was geht hier vor?*

»Komm, Marco«, hörte er Isabel sagen. »Setz dich drüben hin, Karl, damit Marco neben mir sitzen kann.«

Karl zögerte noch. Dann stemmte er sich wortlos aus den weißen Lederpolstern neben Isabel hoch und ließ sich auf den Platz neben Giovanni fallen, auf dem er gegen die Fahrtrichtung saß. Sal stieg ein, und irgend jemand schloß die Tür hinter ihm.

Alle saßen verlegen schweigend da, ohne irgend jemand anzusehen. *Scheiße, was geht hier vor?* Der einzige freundliche Blick, dem Sal begegnete, kam von der Fahrerin, die ihn im Rückspiegel anlächelte.

Isabel schob ihren Arm unter Sals und streichelte anzüglich seinen Bizeps. »Vielleicht haben wir Zeit, nach Malibu rauszufahren, Marco. Ich hab' soviel über Malibu gehört.« Die Fahrerin mit der schwarzen Chauffeursmütze registrierte Isabels Liebkosungen mit wissendem Glimmen in den Augen. Sie konnte sie jetzt einordnen: Karl war der Premierminister, und Sal war der Prinzgemahl. Ihr Blick im Rückspiegel wurde heißer und gieriger. Er war der Starficker, und als solcher war er selbst äußerst begehrenswert.

»Ich glaube nicht, daß wir Zeit für irgendwelche Ausflüge haben werden«, knurrte Karl gereizt. »Wir haben einen randvollen Terminkalender. Interviews mit MTV. *Rolling Stone. Interview. People.*«

»Ah, entschuldigen Sie«, warf die Fahrerin ein. »Ich dachte, die würden Sie interessieren.« Sie reichte einen Stapel druckfrisch riechender Exemplare des Magazins *Time* nach hinten. »Heute morgen erschienen.«

Das rot unterlegte Titelbild zeigte eine Fotomontage mit Isabel, die lächelnd auf einem wasserballgroßen Globus tanzte. *Isabel,* lautete der Titel, *Mega-Star des New World Beat.* Und der Untertitel: *Die Rockszene wird international.*

»Das ist das Interview, das wir letzten Monat gegeben haben!« rief Isabel, während sie das Magazin suchend durchblätterte.

Sal schlug den Artikel auf und überflog ihn mit einer Mischung aus Hochgefühl und ängstlicher Erwartung. »Isabel«, hieß es in der Story, »der internationalste aller Stars. Eine brasilianische Künstlerin mit einer amerikanischen Stimme, einem deutschen Produzenten, einem kanadischen Komponisten und einer Welt, die ihr zu Füßen liegt.« Sal blätterte um. Auf der nächsten Seite war ein Kasten für Giovanni Gemelli, den berühmten Vater des Stars, reserviert – und dort sah Sal auch ein Foto mit der Unterschrift *Marco Toledano, Isabels persönlicher Songwriter.* Seine Brust schwoll vor Stolz, während sein Herz vor Angst zu jagen begann.

Er begutachtete den sorgfältig gestutzten Vollbart, das zu einem langen Pferdeschwanz zusammengefaßte, dichte schwarze Haar, die geheimnisvollen dunklen Augen. Er suchte in Marco Toledanos Gesicht nach Spuren von Salvatore D'Amore. Er fragte sich: *Erkenne ich diesen Mann? Könnte ihn ein anderer erkennen? Vielleicht die Venezias?*

Als die *Time*-Crew in London angerückt war, um Isabel und ihre »Musikmaschine«, wie sie ihn scherzhaft nannten, zu interviewen, hatte Sal sich eigentlich nicht fotografieren lassen wollen. Über zwei Jahre lang hatte er's irgendwie immer geschafft, sich zu verdrücken, wenn Medienleute mit ihren Kameras aufkreuzten. Er hatte sich geweigert – was Karl und Isabel nie verstanden hatten –, Interviews vor laufender Kamera zu geben, und von Anfang an behauptet, zu alt zu sein, um Isabel am Klavier begleiten zu können.

Seitdem Isabels Stern in ganz Westeuropa aufgegangen war, hatte Sal es verstanden, allen Fotografen und Kameramännern aus dem Weg zu gehen, aber in bezug auf *Time* hatte Karl nicht mit sich reden lassen. Dieses Magazin sei zu groß, um ignoriert zu werden, hatte er Sal nachdrücklich erklärt. Karl hatte nun endlich auch in den Staaten Erfolg – und war entschlossen, das Beste daraus zu machen.

Also hatte Sal in seinem Hotelzimmer eine Stunde vor dem Spiegel verbracht und jeden nur möglichen Gesichtsausdruck durchprobiert, um sich irgendwie in sich selbst zu verstecken, war dann endlich hinuntergegangen und hatte sich interviewen lassen. Der Fotograf hatte mindestens drei Filme verknipst, und Sal hatte bald erkannt, daß er niemals imstande sein würde, das unbestechliche Objektiv der Kamera zu täuschen. Deshalb hatte er sich einen Spaß daraus gemacht, der Reporterin, einer niedlichen Brünetten mit sehenswerten Titten, seine angebliche Lebensgeschichte von der Geburt in Toronto bis zum Schulabschluß an der Central High-School in Edmonton, Alberta, zu erzählen. *Wer interessiert sich schon für den Songwriter?*

»Sieh nur, Papa«, sagte Isabel, »hier steht eine kleine Geschichte über dich.«

Giovanni lächelte, aber Sal brauchte den Alten nur anzusehen, um zu wissen, daß er sich nicht wohl fühlte.

»Das freut mich, Isabel. Karl...« Er berührte das Knie des Deutschen leicht mit einem verkrümmten Finger. »Glauben Sie, daß wir mal zu meiner Filiale in Beverly Hills rausfahren können? Meine Manager haben es immer gern, wenn ich vorbeischaue, und ich möchte Isabel mitnehmen.«

Karl sah von seinem Magazin auf und schüttelte den Kopf. »Das wird sich leider nicht machen lassen, Mr. Gemelli. Isabel wird in den nächsten Tagen mit Interviews *überhäuft* werden. Und dazu kommen die Proben für die Verleihung der Grammy Awards.«

»Für diese Shows wird *geprobt*?« scherzte Sal, was ihm einen finsteren Blick Karls einbrachte. »Gio, wenn du deine Filiale besuchen willst, fahre ich dich hin. Vielleicht kann Eric...«

»Dich werden die Reporter auch interviewen wollen«, blaffte Karl in seiner kalten preußischen Art. Sal hatte Karl Diederich langsam satt, auch wenn er sich noch so gut im Rock-Biz auskannte. Schließlich gab es noch andere Manager und Produzenten. Isabel war für eine weitere LP vertraglich an Karls Firma gebunden, aber danach würde Sal ihr eindringlich raten, ihren Vertrag nicht mehr zu verlängern.

»Ich gebe keine weiteren Interviews«, knurrte Sal zurück. »Das war mein letztes Wort. *Finito.*«

Karl starrte ihn aufgebracht an. »Du gibst so viele, wie ich für richtig halte.«

Sal lächelte ungerührt freundlich. »Fick dich doch selbst, Himmler!«

Diederich zuckte zusammen, als sei er geohrfeigt worden. Obwohl seine Mutter eine Engländerin gewesen war, reagierte er sehr empfindlich auf antideutsche Bemerkungen. »Ich verbitte mir solche ...«

»Bitte, bitte.« Isabel beugte sich zwischen sie und faßte beide an der Hand. »Nicht streiten. Nicht streiten. Dies ist unser erster Tag in Amerika!« Sie lächelte sie nacheinander strahlend an. »Laßt uns glücklich sein!«

Sal und Karl funkelten sich quer durchs Innere der Luxuslimousine an.

Das Beverly Hills Hotel ist eine kitschige Monstrosität aus den dreißiger Jahren, die in Kotzrosa und japanischem Gärtnergrün am Fuß der Hügel und Canyons liegt, wo die »Macher« mit drei Millionen Dollar Jahreseinkommen ihre Villen haben. Obwohl das Hotel im klassischen kalifornisch-spanischen Stil errichtet sein soll, wirkt es eher wie ein gepflegtes Seniorenheim in Miami Beach. Und weil es so alt ist, sind alle Räumlichkeiten – Hotelhalle, Bankettsäle, Gästezimmer – klein und beengt und etwas heruntergekommen. Trotzdem genießt der alte Kasten noch einen gewissen Ruf, und ihre Polo Lounge gilt weiterhin als »heißer« Tip für ein Arbeitsessen mit einem Filmboß.

Sal trat aus seinem in Hellblau und Rosa gehaltenen »Bungalow« auf die kleine, überdachte Terrasse. Er trug nur den weichen burgunderroten Bademantel, den Izzy bei Harrod's gekauft und ihm zum Geburtstag geschenkt hatte. Okay, eigentlich nicht zu *seinem*

Geburtstag, sondern zu Marco Toledanos. Aber wie er die Arbeitsmethoden von Lieferanten falscher Papiere kannte, war Marco vermutlich schon bald nach seiner Geburt gestorben.

Der südkalifornische Himmel war zwar klar und blau, aber dieses dunkle Blaugrau bedeutete, daß es jederzeit Niederschläge geben konnte. In den vierundzwanzig Stunden seit ihrer Ankunft hatte es noch nicht geregnet, aber die Wetterfrösche im Fernsehen behaupteten zwischen schwachen Witzen, das sei nur eine Frage der Zeit.

Sal machte kehrt und ging in den Bungalow zurück. Die besseren Zimmer im Beverly Hills Hotel waren gar keine Zimmer, sondern an palmbestandenen Wegen mit Blumenrabatten liegende kleine Villen mit Kochnischen, Terrassen und Vierundzwanzigstunden-Zimmerservice. Vom abgegessenen Frühstückswagen des Room-Service nahm Sal sich ein Stück guten alten amerikanischen Toasts, kalt, geschmacklos und von zerlaufener Butter fettig, und knabberte daran, während er sich eine Tasse dünnen Kaffee einschenkte. *Tut gut, wieder daheim zu sein,* dachte er, ohne auf die dümmliche Quizshow im Fernsehen zu achten. Na ja, fast daheim. Auf der Karte standen weder Grütze noch Beignets, er mußte Tabasco-Sauce zu seinen Eiern extra bestellen, und in Beverly Hills gab es bei weitem nicht so viele Schwarze, daß er sich heimisch hätte fühlen können. Aber wer hier Englisch sprach, war zu verstehen – und wer keines sprach, vermittelte Sal nicht den Eindruck, aus einem Gefühl moralischer Überlegenheit bewußt darauf zu verzichten. Nach zweieinhalb Jahren war Sal wieder in den guten alten U. S. of A. und fühlte sich verdammt wohl!

Er ließ sich in das überbreite Luxusbett zurückfallen und griff nach einem Teil der auf der Bettdecke verstreuten *L. A. Times.* Izzy hatte die Zeitung gelesen, bevor sie mit Karl zu einem anstrengenden Tag voller Interviews aufgebrochen war. Die erste Seite des Veranstaltungsteils stand ganz im Zeichen der morgigen Verleihung der Grammy Awards.

Isabel schien in sämtlichen Kategorien nominiert zu sein: beste Sängerin, beste R-&-B-Sängerin, Album des Jahres, Song des Jahres, beste neue Künstlerin … Ihr Album *Tropic of Capricorn* war sogar für das beste Cover nominiert. Die *Time*-Kritiker stimmten darin überein, daß Isabel vermutlich alles einsacken würde, und schienen sogar damit einverstanden zu sein. Isabels Mythos hatte wirklich die ganze Welt hypnotisiert.

Letzte Nacht hatten Sal und Isabel in diesem Bett darüber gestritten, wer den Grammy Award entgegennehmen würde, falls »The Touch of a Stranger« als bester Song ausgezeichnet werden sollte. Der Komponist hatte das Recht, auf die Bühne zu tapsen und sich im Rampenlicht und unter den Blicken von fünfzig Millionen Augenpaaren zu sonnen, aber Sal bestand darauf, in diesem Fall müsse Isabel den Preis für ihn entgegennehmen.

»Das ist lächerlich, Marco«, hatte sie aufgebracht protestiert. »Das ist richtig dumm!«

»Nein, das ist's nicht, Baby. Daß Preise stellvertretend entgegengenommen werden, kommt häufig vor.«

»Aber du sitzt doch den ganzen Abend lang neben mir! Alle werden wissen, daß du da bist!«

»Yeah, ich weiß, aber wenn du *alle* Preise gewinnen wirst, wie manche Kritiker behaupten, und dann wär's schön, wenn du jedesmal rausgehen würdest, verstehst du? Außerdem wollen alle doch nur *dich* sehen.«

Daraufhin hatte Isabel sich im Bett umgedreht und ihn mit zusammengekniffenen Augen gemustert. »Warum hast du Angst davor, dich fotografieren zu lassen?«

»Hey, Augenblick...«

»Ich glaube, du hast irgendwo 'ne Frau und fünf *Bébés*, von denen ich nichts erfahren soll.«

»Izzy...«

»Vielleicht sogar mehrere Frauen...«

Als Sal damals in Kanada eine andere Identität angenommen hatte, war er zu dem Schluß gekommen, daß dieses neue Leben nur Bestand haben konnte, wenn er sein Geheimnis und die Umstände seiner Flucht niemals jemandem anvertraute. Und nachdem er Isabel begegnet und sich in sie verliebt hatte, war ihm klargeworden, daß er sich seines jämmerlichen früheren Lebens zu sehr schämte, um ihr jemals die Wahrheit zu sagen. Sie achtete ihn – und viel Achtung hatte er nie genossen. Er würde ihr nie etwas erzählen, das ihre Achtung vor ihm zerstören konnte. Außerdem liebte er Isabel und wollte sie beschützen. Was sie nicht wußte, konnte ihr nicht schaden.

Nachdem er lange unter einer heißen, kräftigen amerikanischen Dusche gestanden hatte, zog Sal eine Bundfaltenhose, seinen schwarzen Kaschmirpullover und eine locker sitzende, zweireihige Tweedjacke aus der King's Row an. Er verließ den Bungalow und ging auf dem leicht gewundenen Fußweg zum eigentlichen Hotel hinauf.

Er bestellte sich einen Drink in der Polo Lounge Bar, weil er hoffte, ein paar Stars zu sehen, aber dort hingen nur billige Agenten und teure Nutten herum. Sal ließ zehn Dollar als Trinkgeld liegen und schlenderte zum Swimmingpool hinunter. Obwohl die Sonne von aufziehenden Wolken halb verdeckt war, herrschte am Pool Hochbetrieb. Die rosa Cabañas waren voller dicker Männer, die in weiße Telefone sprachen, während ihre gekauften Weiber sich in Liegestühlen räkelten. Kellner hasteten mit Gläsern und Champagnerkübeln hin und her, und jetzt bekam Sal endlich auch ein berühmtes Gesicht zu sehen.

Das Gesicht gehörte dem schwulen Engländer, dessen Stimme Sal damals in Waukegan, Illinois, aus der Jukebox gehört und bewundert hatte: Er saß am Rand des Pools und plätscherte gelangweilt mit den Füßen im geheizten Wasser, während sein Gefolge aus überschlanken jungen Männern sich um ihn tummelte. In drei Kategorien war er Isabels Konkurrent: Song, Platte und Album des Jahres. Sal starrte den Engländer an und dachte: *So gut wie du hätte ich nie singen können. Dafür hätte meine Stimme nicht gereicht. Aber jetzt habe ich eine bessere. Die beste der Welt! Ich habe Isabels Stimme.*

Sal befand sich auf dem Rückweg vom Swimmingpool und spazierte die leicht gewundene Einfahrt hinauf, als er hinter sich Reifen quietschen hörte. Instinktiv machte er einen Sprung zur Seite, drehte sich um – und sah Eric am Steuer eines fabrikneuen Jeep Wrangler sitzen.

»Hey, Mann, wie find'st du den?« rief Eric, während er in dem offenen Jeep aufstand und sich über die Windschutzscheibe lehnte. Er trug Ray-Bans, ein großgeblümtes Hawaii-Hemd und knielange Surfershorts. Irgendwie, in irgendeiner Dimension war Eric heimgekehrt. »Na, wie gefällt er dir? Klasse, was?«

Sal mußte lachen. »Wo hast du den Buggy her?«

»Gekauft, Bruder. *Cash* auf den Tisch des Händlers.«

Sal schüttelte den Kopf. »Jesus, Eric, der hat doch mindestens ...«

»Siebzehntausend US-Dollar. *Cash* auf den Tisch des Händlers. Der Kerl hat mich bestimmt für 'nen Dealer oder so was gehalten.« Eric strahlte. »Dafür hab' ich lange gespart.«

»Kann ich mir vorstellen.«

»Steig ein, Mann. Hier gibt's 'nen Ort, den ich unbedingt sehen muß.«

Sal kletterte in den Wagen und ließ sich auf den harten Schalensitz fallen. »Wo willst du hin? Malibu? Venice Beach?«

Eric legte den Gang ein und fuhr ruckartig an. »Nee, Mann, dort hab' ich mich schon vormittags umgesehen. Zu cool, zu cool.« Am Ende der Hotelzufahrt stand eine Ampel auf Rot, vor der Eric den Motor aufheulen ließ. »Wir fahren in die andere Richtung.«

»Welche andere Richtung?«

»In die Wüste, Mann.« Der Schwede sah grinsend zu Sal hinüber. »Marco, alter Junge, wir fahren nach *Las Vegas*!«

»Augenblick mal!« rief Sal ehrlich bestürzt aus. »Ich mag nicht spielen. Ich mag nicht ...«

Die Ampel schaltete auf Grün, und Eric raste mit quietschenden Reifen auf den Sunset Boulevard hinaus.

Sal war noch nie in der Wüste gewesen. Sie gefiel ihm nicht. Sie unterschied sich mehr von Louisiana als jeder andere Ort, an dem er jemals gewesen war – und er hatte in diesen letzten Jahren einiges von der Welt gesehen. Paris war ihm wie ein einziges großes French Quarter vorgekommen; Italien war wie ein Sonntagsdinner bei seiner Tante Lillian; London erinnerte ihn stets an den ersten Herbsttag – aber diese Wüste erschien ihm wie die Rückseite des Mondes.

»Wie lange brauchen wir bis Las Vegas?« Sal mußte schreien, um sich in dem offenen Jeep verständlich zu machen.

»Weiß ich nicht, Mann! Fünfundvierzig Minuten! Vielleicht 'ne Stunde!«

»Eric! Wir fahren schon zwei Stunden!«

Der schwedische Verrückte grinste. »Dann sind wir wohl zu langsam, Mann!« rief er und trat aufs Gaspedal.

Sie brauchten fast vier Stunden bis zu der Neonlichtshow namens Las Vegas, Nevada. Die Stadt glich einem Unabhängigkeitstag im LSD-Rausch. Sie war wie ein brennender Weihnachtsbaum vor dem Hintergrund eines Sonnenuntergangs in der Wüste. Sie war so absolut und vulgär amerikanisch wie eine Neujahrsparade, Stripper-Telegramme oder Serienmörder.

»Sieh dir das bloß *an*, Mann!« sagte Eric bewundernd, als sie durch die Casinos schlenderten. Die großen Spielsalons glitzerten wie ein Karussell und summten von den Geräuschen, mit denen Geld verwettet wurde. Männer redeten beschwörend auf kleine rote Würfel ein, gelangweilte Blackjack-Dealer mischten Kartenspiele, Spielautomaten wurden masturbiert, Rouletteräder drehten sich surrend, und Glücksräder entschieden klickernd-klackernd über Gewinn oder Verlust.

Den Schweden faszinierte die bunte Vielfalt der Besucher: japanische Touristen und mexikanische Landarbeiter, grimmige amerikanische Chinesen und lachende Schwarze, Araber in Tausenddollaranzügen und kleine alte Damen im Polyesterkostüm. Sal hatte nur Augen für die harten Jungs, die Gangster. »Hey, sieh dir *den* an!« Eric stieß Sal an und nickte zu einem waschechten Cowboy in abgewetzten Jeans, Lederweste und Stetson mit Schweißflecken hinüber, der an einem Blackjacktisch stand, an dem mit offenen Karten gespielt wurde. Seinen Arm hatte er um eine aufgedonnerte, verlebte Blondine gelegt – nichts als blasse Haut und große Titten. Der Cowboy spielte drei Partien gleichzeitig und setzte jeweils vier 25-Dollar-Chips.

»Scheiße, Mann!« flüsterte Eric. »Der Cowboy setzt …«

»Dreihundert Dollar pro Blatt.«

»Echt geil!« Aus einer Tasche seiner limonengrünen Shorts fischte der Schwede ein dickes Bündel Geldscheine. »Das ist der Rest von meinem Jeepgeld.« Er zählte es rasch. »Tausendvierhundert Dollar.« Er starrte Sal an. »Was hältst du davon, Bruder?«

»Wovon?«

»Soll ich alles setzen? Auf ein Blatt, mein' ich.«

Sal lächelte über das, was er antworten würde. »Nur wenn du dir leisten kannst, das Geld zu verlieren, Mann.«

Eric schüttelte scheinbar angewidert den Kopf. »Du hast keinen Tropfen Spielerblut in den Adern, Mann!«

»Früher hab' ich auch gespielt, Mann, aber mein Spieltrieb ist abgewürgt worden.«

Eric trat an den Tisch und knallte seinen Einsatz auf eine freie Stelle, als der Dealer gerade neu geben wollte. Der Dealer fächerte die Scheine mit langen, gelenkigen Fingern auseinander. »Geld spielt vierzehnhundert!« meldete er seinem Chef fast ohne Lippenbewegung. Der Kontrolleur kam herüber, warf einen Blick auf den Einsatz, musterte Sal und Eric kurz und nickte dann. Der Dealer gab. Der Cowboy bekam eine Zwei und eine Drei, eine Acht und eine Zehn, einen König und ein As – Blackjack. Eric hatte zwei Asse. Vor dem Dealer lagen zwei Damen.

»Was zum Teufel soll ich mit diesem Scheiß anfangen?« erkundigte Eric sich bei Sal, der dicht hinter ihm stand.

Sal zuckte mit den Schultern. »Da gibt's bloß eine Möglichkeit.«

Eric wartete auf den Rest des Ratschlags, der aber nicht kam. »Okay. Großartig. Willst du mir verraten, wie diese Möglichkeit aussieht, Bruder?«

»Du mußt sie splitten.«

»Splitten?«

Sal zog seine Brieftasche und nahm vierzehn neue Hunderter heraus: einen Teil des Vorschusses, den er sich von Karls Road Manager hatte geben lassen. Er legte die knisternden Scheine auf den roten Filz und schob eines der Asse neben das Geld.

»Hey, Mann, spielen wir jetzt gemeinsam?« fragte Eric begeistert.

Sal schüttelte den Kopf. »Ich hab' dir doch gesagt, daß ich nicht spiele. Das hier ist ein Darlehen. Einem Kerl, der so in Geld schwimmt, daß er Autos bar bezahlt, kann ich diese lächerlichen vierzehnhundert unbesorgt leihen, oder?«

Während Eric scheinbar verständnislos den Kopf schüttelte, bekam der Cowboy eine Fünf, eine Sechs und eine Neun, womit sein erstes Blatt erledigt war. »Scheiiiiße«, lautete sein Kommentar.

Beim zweiten Blatt stand er bei 18, mußte aber weiterspielen, weil der Dealer 20 hatte. Das waren die Freuden und Leiden von Blackjack mit offenen Karten. Diesmal bekam er einen großen schwarzen Kreuzkönig und sah aufgebracht zu Sal und Eric hinüber, als seien sie an seinem Pech schuld.

Eric deutete aufs erste As und bekam eine Drei. Nach einem raschen Blick zu Sal hinüber tippte er nochmals mit dem Zeigefinger auf den Filz. Wieder eine Drei. Also Sieben oder 17. Erics Zeigefinger berührte erneut den Filz, und der Dealer gab ihm ein weiteres As.

»Verdammt noch mal!« sagte Eric halblaut.

»Jetzt mußt du alles riskieren«, stellte Sal fest. »Sonst hat er gewonnen.«

Eric nickte, hob langsam den Zeigefinger und tippte damit auf den Spieltisch. Der Dealer flippte ihm die Karo drei hin, und Eric flüsterte: »Wahnsinn!« Der Dealer zählte mechanisch 1400 Dollar in zehn grünen Hundertdollarchips und 16 braunen Fünfundzwanzigdollarchips ab. Dann konzentrierte er sich aufs letzte Blatt, das zweite gesplittete As.

»Spiel du«, forderte Eric Sal auf. »Das ist dein Geld.«

»Nein, ich hab's dir geliehen. Es gehört dir.«

»Spiel trotzdem für mich, Mann.«

Sal tippte mit dem Zeigefinger neben das As, und der Dealer schnippte ihm die Kreuzzehn hin. Einfach so.

Als sie den Blackjacktisch um 2800 Dollar reicher verließen, lachte Eric schallend und legte Sal seinen Arm um die Schultern. »Ich hab' ne Minute lang ganz nett Herzklopfen gehabt, Mann. Und du?«

Sal überlegte kurz und sah seinem Freund dann ins Gesicht. »Nein. Keine Sekunde lang.«

Eric schüttelte stirnrunzelnd den Kopf. »Du bist ein hoffnungsloser Fall, Bruder. Du hast einfach kein Spielerblut in dir.«

Sie probierten sämtliche Spiele aus, die das Casino anbot – oder vielmehr probierte Eric sie durch, während Sal hauptsächlich im Hintergrund blieb, ihn gelassen beobachtete und über seine leidenschaftslose Zuschauerrolle staunte. Sein Puls jagte nicht, sein Herz hämmerte nicht. Kurz: Im Grunde genommen war es ihm gleichgültig, ob er gewann oder verlor. Sal D'Amore dagegen hätte sich sehr viel daraus gemacht. Sal D'Amore hätte auf jede neue Karte, auf jedes Würfeln himmelhoch jauchzend oder zu Tode betrübt reagiert.

Aber das war Sal D'Amore gewesen. Dieser Mann war im Lagerraum über The Tall Cold One gestorben und als Marco Toledano wiedergeboren worden – als der unglaublich erfolgreiche kanadische Songwriter, der morgen abend vermutlich einen Grammy Award bekommen würde. Marco Toledano war es ganz gleichgültig, welche Karte er bekam oder was er würfelte. Marco Toledano, dessen Songs weltweit gespielt wurden, würde dieses Jahr mindestens eine Million Dollar verdienen. Marco Toledano schlief jede Nacht neben Isabel Gemelli, der beliebtesten Sängerin der Welt und der besten Frau im Bett. Und der einzigen, die er je geliebt hatte.

Eric machte beim Würfeln Kasse, gewann am Roulettetisch noch mehr, verlor bei Baccarat und Glücksrad, spielte danach wieder Blackjack und gewann erneut. Um Mitternacht war Eric von all den Gratisdrinks stinkbesoffen und hatte über zweiundzwanzigtausend Dollar gewonnen. Sal sorgte dafür, daß er seine Chips an einer der Kassen einlöste.

»Hey, Mann«, lallte Eric. »Das is' nich' soviel Geld, wie deine Alte inner Minute verdient – aber für einen Abend schon ganz ordentlich.«

Sal bugsierte seinen Freund zu einem der mit bunten Glühbirnen umrahmten Ausgänge. »Bloß raus hier, Mann! Wir müssen sehen, daß wir zurückkommen. Isabel fragt sich bestimmt schon, wo ich geblieben bin. Und dieses Nazischwein Karl hat uns wahrscheinlich die Gestapo auf den Hals gehetzt.«

Auf halber Strecke durch die Wüste nach L. A. zurück setzte der seit langem angekündigte Regen ein. Erst klatschten nur einige dicke Tropfen an die Windschutzscheibe; als Sal dann am Rand der I-15 hielt und mit Verdeck und Seitenteilen des Jeeps kämpfte, wurde ein richtiger Platzregen daraus. Er bekam das Verdeck gerade noch zu, saß dann mit einer Zigarette hinter dem Steuer und beobachtete, wie der sintflutartige Regen die ausgedörrte Wüste unter Wasser setzte. Es goß in Strömen, wie Sal es seit jener Regennacht in New Orleans vor drei Jahren nicht mehr erlebt hatte. Jener Nacht, in der er geflüchtet war.

Da er den jungfräulichen Aschenbecher des Jeeps nicht als erster entweihen wollte, öffnete Sal einen der Druckknöpfe der Seitenverkleidung und warf seine Kippe ins Freie. In dieser einen Sekunde wurde sein Hosenbein klatschnaß, so stark regnete es. Dann zuckte ein Blitzstrahl über den Himmel und erhellte die Wüste für einen Augenblick. Gleich darauf erschütterte ein Donnerschlag den Wrangler.

»Scheiße, bloß weg hier!« murmelte Sal vor sich hin und fuhr wieder auf die Interstate hinaus. Eric, der sich im Fußraum vor dem Beifahrersitz zusammengerollt hatte, bewegte sich kurz und grunzte.

Der Regen ließ nicht nach, je näher sie L. A. kamen, sondern wurde im Gegenteil stärker. Sal konnte ihm nicht davonfahren. Die Sichtverhältnisse verschlechterten sich so sehr, daß er sein Tempo auf fünfundzwanzig Stundenmeilen verringern mußte, um nicht von der Fahrbahn geschwemmt zu werden. Während er allein durch die Regennacht fuhr, erinnerte er sich an einen regnerischen Tag in München, kurz nachdem ihre erste Single »I Can't Get My Fill« herausgekommen war. Isabel und er hatten in der Leopoldstraße bei Rot an einer Ampel gestanden, und der Scheibenwischer ihres Mercedes hatte mit der Regelmäßigkeit eines Uhrenpendels die Regentropfen von der Scheibe gewischt. Isabel hatte im Autoradio ungeduldig einen Sender nach dem anderen ausprobiert, wie sie's immer tat.

»Um Himmels willen, Iz, laß doch mal einen eingestellt!« hatte er sich beschwert. »Ich kann diese Scheißrumsucherei nicht vertragen.«

Daraufhin hatte sie sich nach links gedreht und ihn spielerisch in die Rippen geboxt. »Ah, du bist zu alt für mich, Marco«, hatte sie ihn geneckt.

Der Song im Radio – irgendwas von Sting – verklang, und die Einleitung des nächsten Titels begann. *Was ist das?* hatte Sal sich gefragt. *Es klingt so vertraut. Wer ist das? Wie heißt dieser Song?* Und dann hatte er's plötzlich gewußt und zu Isabel hinübergesehen, die es gleichzeitig gemerkt hatte. Und in diesem Augenblick kam ihre

Stimme mit »I Can't Get My Fill« aus den Lautsprechern des Mercedes. Das war das erste Mal, daß sie ihren Song im Radio hörten, und Isabel schrie auf und schlang Sal weinend ihre Arm um den Hals.

Und dann hielt gleich neben ihnen ein mit jungen Deutschen besetzter Golf mit riesigen Lautsprechern, aus denen »I Can't Get My Fill« dröhnte. Die Kids hörten den gleichen Sender und trommelten lachend den Takt mit. Izzy kreischte wieder, und Sal öffnete sein Fenster und steckte den Kopf in den Nieselregen hinaus und rief: *»Hey, that's us! That's us!«* Und einer der jungen Leute stellte das Radio leiser und fragte zurück: *»Bus? Bus to where?«* Und Izzy und Sal bekamen einen Lachanfall, und dann sprang die Ampel auf Grün um, und die Fahrer hinter ihnen begannen zu hupen, und die beiden lachten noch lauter.

Draußen goß es weiter in Strömen, als Sal Eric durch die Halle im Beverly Hills Hotel und den langen, mit Blättermotiven geschmückten Korridor hinunter in sein Zimmer schleppte. Er ließ Eric aufs Bett fallen, schlug seinen Kragen hoch, lief wieder in den Regen hinaus und suchte den »Bungalow«, den Izzy und er bewohnten. Die beschissenen Apartments sahen von außen alle gleich aus, und alle waren so hinter Bäumen und Sträuchern versteckt, daß er völlig durchnäßt war, bis er den richtigen gefunden hatte. Er stürmte hinein, und Isabel fuhr im Dunkel im Bett hoch und hielt die Bettdecke vor ihren nackten Busen.

»Wer ist da? Wer ist da?«

»Ich bin's, Baby«, sagte Sal, indem er eine Nachttischlampe anknipste und sich seine triefnassen Sachen vom Leib riß. »Wer hätt's sonst sein sollen?«

Izzy blinzelte ihn einen Augenblick lang an; dann kehrte sie ihm den Rücken zu und vergrub ihren Kopf in den Kissen.

Vor Kälte zitternd und zähneklappernd, frottierte Sal sich im Bad trocken, machte das Licht aus und kroch unter die Decke. Er drängte sich an Izzy und schlang die Arme um sie.

»Hey«, flüsterte er, »du hast auf meiner Bettseite geschlafen und sie für mich angewärmt. Danke, Baby.«

Isabel schien sekundenlang den Atem anzuhalten, bevor sie fragte: »Was hast du gesagt, Marco?«

Sal vergrub seine Nase in ihren kitzelnden Nackenhaaren. Von ihrem zarten Duft konnte er nie genug bekommen. »Ich hab' mich dafür bedankt, daß du meine Bettseite angewärmt hast«, murmelte er, schon halb im Schlaf. »Willst du mich nicht fragen, wo ich gewesen bin?«

»Morgen früh, Marco«, hörte er sie noch undeutlich sagen, dann war er weg.

Der Morgen kam sehr früh. Heute war Grammy Day, und Karl ließ vom Zimmerservice ein riesiges Frühstück bringen, bei dem sie zu fünft – Karl, Isabel, Sal, Eric und Giovanni – am Tisch saßen, während Karl ihnen einen Vortrag darüber hielt, wie sie sich bei diesem großen Anlaß zu verhalten hatten. Sal war ziemlich unausgeschlafen und starrte immer wieder überrascht Eric an, der für seinen Geschmack viel zu rege und munter war. Den Mund voll Rührei, erkundigte Eric sich schließlich aufgeräumt: »Was fehlt dir, Mann? Du siehst ganz erschossen aus.«

»Yeah«, knurrte Sal, »du wärst auch erschossen, wenn du die ganze Scheißnacht durch den Regen hättest fahren müssen, während dir ein Stinkbesoffener die Ohren vollschnarcht!«

Karl sah von seinen endlosen Notizen auf, um den Regen zu begutachten, der weiter auf die Terrasse des Bungalows plätscherte. »Bedauerlich, dieser Regen. Darunter werden die Aktivitäten vor der Preisvergabe leiden.« Er sah sich am Frühstückstisch um. »Ich dachte, in Südkalifornien regnet's nie?«

Sal und Eric wechselten einen Blick. Ihre Augen begannen zu leuchten, und sie sangen gemeinsam los: »*But, man, let me warn ya … It pours, man, it poooooouuurrrsss!*«

»Mein Gott«, sagte Karl mit einem Blick zu Isabel hinüber und schüttelte den Kopf.

Heute war Grammy Day; Isabel war für insgesamt sechs Preise nominiert, und die *L. A. Times* hatte Sal als *Favoriten* in seiner Kategorie bezeichnet. Sal hatte keine Lust, sich von diesem humorlosen Nazi den Tag verderben zu lassen.

»Okay, Großkotz«, stachelte er Eric an. »Ich wette 'nen Hunderter, daß du die Überleitung nicht weißt!« Das war keine richtige *Wette*. Eric kannte diesen ganzen Scheiß auswendig.

Eric sah zur Zimmerdecke auf, schluckte einen großen Bissen hinunter und sang triumphierend weiter: »*I'm out of work, I'm out of bread, I'm outta self-respect, I'm underfed...*«

»Scheiße!« fluchte Karl und warf seine Serviette auf den Tisch.

Dann hoben Sal und Eric ihre Köpfe und jaulten gemeinsam: *I wanna go hoooommmmmmmme!*«

»Marco!« fauchte Isabel. »Wir besprechen hier sehr wichtige Dinge.« Ihre dunklen Augen blitzten. »Schließlich geht's um meine *Karriere*!«

Sal konnte sich nicht daran erinnern, schon einmal so von Izzy angefahren worden zu sein. »Hey, nicht gleich aufregen, Baby. Bloß weil Colonel Klink dort drüben...« Er nickte zu Karl hinüber. »... zu verkniffen ist, um sich mal zu amüsieren...«

»Jetzt reicht's aber!« blaffte Karl im Befehlston.

»Marco, bitte«, sagte Isabel vorwurfsvoll.

Im nächsten Augenblick schwiegen alle verblüfft, als der sonst stille Giovanni plötzlich schallend laut zu lachen begann. Er hatte versucht, sein Lachen mit seinen verkrümmten Fäusten zurückzuhalten, aber jetzt konnte er's nicht länger unterdrücken. Alle sahen zu, wie er sich mit einer Hand den Bauch hielt und mit der anderen auf den Tisch hämmerte. Und alle starrten einander an und versuchten zu erraten, was so witzig gewesen war. Endlich beruhigte Giovanni sich wieder, und Sal, der Isabels schwerkranken Vater liebgewonnen hatte, fragte: »Was ist denn so lustig, Gio?«

Der Alte grinste breit, warf seinen Kopf in den Nacken und versuchte Sal und Eric nachzuahmen, indem er jaulte: »*I wanna go hoooommmme!*« Das kam so unerwartet und war so verrückt für ihn, daß die vier anderen nur in sein Lachen einstimmen konnten. Die vorher aufgekommene Mißstimmung verflog schlagartig.

Giovanni schlug mit einer flachen Hand auf den Tisch. »*I wanna go hooommmmmmmeeee!*«

Nach dem Frühstück ließ Karl ihre Limousinen unter dem Vordach des Hoteleingangs vorfahren. Im Music Center in der Innenstadt sollte eine letzte Generalprobe für die Grammy-Verleihung stattfinden, und Karl wollte, daß sie alle daran teilnahmen. Die beiden englischen Punker erschienen mit übergroßen schwarzen Schirmen an der Bungalowtür, um sie abzuholen.

Isabel schlüpfte mit Karl unter den ersten Schirm, drängte sich im Gehen an ihn und kicherte vor Aufregung über den bevorstehenden Tag. Karl machte ihr ein Kompliment über ihr neues Outfit aus der Melrose Avenue, und sie schien vor Stolz über sein Lob zu glühen. Sal starrte die beiden an und wußte nicht recht, was er tun sollte. Er wollte gerade etwas sagen, als Eric ihm seinen Arm um die Schultern legte und ihn unter den Schirm des zweiten Punkers zog.

»Hey, Mann, heut ist der Tag, an dem du unsterblich wirst. Wie kommt man sich da vor?«

Sal starrte ins offene, lächelnde Gesicht seines Freundes und fühlte sein Unbehagen schwinden. Er warf einen Blick in den Bungalow zurück, wo der kleine, verkrüppelte Giovanni noch immer kichernd in seinem Rollstuhl saß und ihm aufmunternd zuwinkte. Plötzlich erschien ihm der Tag viel heller.

»Na ja, man kommt sich...«, begann Sal. Dann lächelte er. »Scheiße, ich fühl' mich echt großartig! Was soll ich sonst sagen?«

»Riesig, Bruder.« Der Schwede drückte Sal freundschaftlich an sich und nickte dann dem englischen Punker zu. Sie verließen den schützenden Bungaloweingang und folgten ihnen auf dem gewundenen Fußweg. Regentropfen spiegelten einen nassen Trommelwirbel auf dem straffgespannten Stoff des Regenschirms. Die Steinplatten waren naß, und während Sal darauf achtete, wohin er trat, sah er Wassertropfen von seinen Schuhkappen spritzten. Als er wieder den Kopf hob, fielen ihm drei Männer in Regenmänteln auf, die ihnen entgegenkamen, zum Schutz vor dem Regen hatten sie die Kragen hochgeschlagen, die Schultern hochgezogen und die Köpfe gesenkt. Hinter sich hörte er Isabels Lachen – freie, sinnliche, einladend perlende Laute – und war einen Augenblick so verwirrt, daß er nicht wußte, wo er war.

Die drei im Regen herankommenden Männer hatten irgend etwas an sich – etwas unbestimmbar, aber unverkennbar Vertrautes. Sie kamen rasch näher, und die Regentropfen perlten von den Schultern ihrer teuren Mäntel ab. Keine kalifornischen Regenmäntel, die nur modisches Beiwerk waren, das ein- bis zweimal im Jahr getragen wurde. Nein, dies waren dunkle, nüchterne, für naßkaltes Wetter geeignete Kleidungsstücke. Wie … wie … die Gangster daheim in New Orleans sie bevorzugten.

In diesem Augenblick befanden die drei Männer sich schon fast auf gleicher Höhe mit ihnen. Der englische Punker, der ihren Schirm trug, wich etwas zur Seite aus, so daß Eric auf den Rasen treten mußte. Seine Nike Airs versanken im klatschnassen Gras, und Eric sagte: »Scheiße!« Die drei Männer gingen schnell im Gleichschritt und mit gesenkten Köpfen vorüber, aber der Mann links innen, der Sal am bekanntesten vorkam, hob den Kopf und grinste ihn bösartig an. »Wie geht's immer, Sally?« fragte er – und war auch schon vorbei.

Sal macht noch einige Schritte, bevor er zu erkennen wagte: *Nicky. Das war Nicky Venezia.* Dann blieb er stehen und sah sich um. Eric und der englische Punker, der den Schirm hielt, gingen weiter, so daß Sal plötzlich im prasselnden Regen stand. Er beobachtete, wie die drei Männer sich Karl und Isabel näherten. Die beiden lachten noch immer. Der zweite englische Punker, der ihren Schirm trug, warf Sal einen fragenden Blick zu, und Sal beobachtete die Rücken der drei auf die andere Gruppe zuhastenden Männer in ihren dunklen Mänteln. Dann trat Nicky Venezia vor Isabel hin und kippte ihr mit einer lässigen Bewegung, als lüfte er den Hut, aus einer Phiole eine Flüssigkeit ins Gesicht. Isabel schlug mit einem gellenden Aufschrei ihre Hände vor die Augen. *Säure! Er hat ihr Säure ins Gesicht geschüttet!*

Der Punker ließ seinen Schirm fallen und wollte sich auf Nicky stürzen, aber einer der beiden anderen – *Junior!* – traf seinen Unterkiefer mit einer krachenden Geraden, die den Jungen zusammenklappen ließ. Karl stand vor Angst und Verwirrung wie gelähmt da. Dann kreischte Isabel erneut: ein herzzerreißender Schmerzensschrei. Sal schüttelte seine Erstarrung ab und rannte auf die Venezias zu. Jimmy Van, der dritte Mann, drehte sich nach Sal um und ließ ihn die MP sehen, die er unter seinem Regenmantel trug. Sal sah das Magazin und die auf ihn gerichtete Mündung und kam rutschend zum Stehen. *Jetzt ist's aus. Ende der Vorstellung!*

Dann wandten die drei – Jimmy Van und die beiden Venezias – sich ab, rannten davon, daß ihnen die Regenmäntel um die Beine flatterten und verschwanden zwischen Palmen und Tausend-Dollar-pro-Nacht-Bungalows. Isabel kreischte erneut. Sie kniete nach vorn gebeugt im nassen Gras. Sal packte sie unter den Armen und versuchte, sie auf die Füße zu stellen. Sie hob den Kopf, und Sal sah rotes Blut aus ihren verätzten Augen schießen. Er sah, wie ihr schönes Gesicht sich von Säure zerfressen auflöste. Und er sah, wie ihre makellose Haut Blasen warf wie brodelnde Suppe.

Oh, Baby, was hab' ich dir angetan! Was hab' ich dir angetan! Was hab' ich dir angetan!

Die beiden Kriminalbeamten vom Beverly Hills Police Department waren aalglatt, höflich, zuvorkommend, im Umgang mit berühmten und mächtigen Menschen offenbar erfahren. Der weiße Cop war älter, etwas stämmiger. Er spulte seine Fragen in einem Streng-nach-Vorschrift-Tonfall ab. Nicht gelangweilt, aber auch keineswegs aufgeregt. Nach allem, was dieser Mann in der Vergangenheit gesehen hatte, gab es nichts mehr, was ihn schockieren konnte.

»Drei Männer in schweren Wintermänteln.« Er schrieb alles nieder. »Zwei davon dunkle, schwarzhaarige, südländische Typen.« Er blickte auf. »Könnten sie vielleicht Brasilianer gewesen sein?«

Karl hatte es übernommen, bei diesem »Interview«, wie die Cops es nannten, für alle zu sprechen. »Nein, das glaub' ich nicht«, antwortete er. »Ich glaube, daß sie Amerikaner waren.« Der Schock hatte seinen Akzent deutlich verstärkt.

Hier hakte der gutaussehende Chicano-Cop ein. Er war noch sehr jung, er wußte, wer das Opfer war, und er war *sehr* beeindruckt. »Wie kommen Sie darauf?«

Karl zuckte mit den Schultern. »Europäer erkennen Amerikaner immer.«

Dann sah der weiße Cop zu Sal hinüber und warf einen kurzen Blick in sein Notizbuch. »Sind Sie derselben Meinung, Mr. Toledano?«

Sal hockte in einem der Sessel des Bungalows, hatte seine Ellbogen auf die Knie gestützt und hielt das Gesicht in den Händen vergraben. Der Kriminalbeamte mußte seine Frage wiederholen. »Stimmen Sie dem zu, Mr. Toledano?«

Sal merkte langsam, daß er gemeint war, und hob den Kopf. Sein

Blick glitt benommen durch den Raum, von einem Gesicht zum anderen. »Hä?«

Mit der Geduld unterbesoldeter Beamter wiederholte der weiße Cop: »Mr. Diederich glaubt, daß die Täter Amerikaner gewesen sind. Was halten Sie davon?«

Nicky Venezia ein Amerikaner? In solchen Kategorien denken die Jungs aus dem Ninth Ward nicht. »Ich ... ich weiß es nicht.«

»Aber einer von ihnen hat Sie doch im Vorbeigehen angesprochen«, sagte der Chicano-Cop leicht drängend. »Hat seine Stimme ... *ausländisch* geklungen?«

Sal schüttelte den Kopf. »Ich hab' nicht ... Zu mir hat keiner was gesagt.«

Eric saß auf einem Hocker an der Bar des Hotelbungalows. »Aber sicher, Marco. Er hat was zu dir gesagt, Mann, als er vorbeigegangen ist.«

Sal wich seinem Blick aus. »Ich hab' nichts gehört.«

»Ich verstehe, Mr. Toledano«, sagte der Chicano-Cop in einem Tonfall, der erkennen ließ, daß er nichts verstand. »Aber warum sind Sie stehengeblieben und haben sich dann umgedreht und die drei Männer beobachtet?«

Sal blinzelte ihn an und versuchte zu begreifen, was hier vor sich ging. Und er versuchte, jegliche Fallstricke zu meiden. Eines der vier Telefone des Bungalows klingelte. »Entschuldigen Sie«, sagte Sal zu dem mexikanisch-amerikanischen Kriminalbeamten, »würden Sie die Frage bitte wiederholen?«

Sals Blick folgte Karl, der den Raum durchquerte und den Hörer abnahm. Nachdem Karl kurz zugehört hatte, hielt er dem weißen Kriminalbeamten den Hörer hin.

»Mr. Christiansted«, sagte der Chicano-Cop und meinte damit Eric, »hat ausgesagt, Sie hätten sich umgedreht und die drei Täter beobachtet, nachdem sie an Ihnen vorbeigegangen waren. Warum haben Sie das getan?«

Der stämmige weiße Kriminalbeamte wuchtete sich aus seinem Sessel und watschelte zu Karl und dem Telefon hinüber.

Die Tür zum Schlafzimmer des Bungalows ging auf, und Isabel, das Haar unter einem zu einem Turban gebundenen Handtuch versteckt, erschien in einem Seidenkimono. Sie füllte den Bungalow mit dem zarten Duft frisch geduschter Weiblichkeit, und der junge mexikanische Kriminalbeamte verlor sofort alles vorgetäuschte Interesse an Sal. Seine schwarzen Augen verschlangen Isabel, während sie vor dem großen Spiegel über dem offenen Kamin stand, den Kopf in den Nacken legte und sich die Tropfen, die der Hotelarzt ihr dagelassen hatte, in die Augen träufelte.

»Tabasco«, sagte der dicke weiße Cop mit schlecht verhehltem Triumph, während er den Hörer auflegte.

Der andere Cop riß seine Augen widerstrebend von Isabels zurückgebogenem Hals los. »Du meinst *Salsa?*«

Der weiße Cop schüttelte den Kopf und watschelte zu seinem weißen Rohrsessel zurück. »Nö, *Tabasco.* Du weißt schon, diese scharfe rote Sauce aus Louisiana. Meine Frau nimmt sie immer, wenn sie Cajun-Spezialitäten kocht.« Er sah zu den anderen hinüber. »Das Labor sagt, daß es McIlhenny's Tabasco mit viel gemahlenem Pfeffer gewesen ist. Brennt wie der Teufel, ist aber im Grunde genommen harmlos.«

Isabel wandte sich vom Spiegel ab. »Wie der Teufel hat's allerdings gebrannt.« Sie blinzelte mehrmals, und die Tropfen ließen ihre rotgeränderten Augen glänzen.

Der junge mexikanische Cop war ihr jetzt rettungslos verfallen. Es war ihm eilig, sich bei ihr einzuschmeicheln. »Miss Gemelli«, sagte er, während er dichter an sie herantrat, »ich glaube, daß wir diesen Vorfall ernst nehmen sollten. Diese Männer sind eindeutig keine Jugendlichen gewesen, die jemand einen Streich spielen wollten. Ich glaube, wir müssen diesen Anschlag als Warnung sehen – vielleicht als Auftakt zu einem Erpressungsversuch.« Als niemand ihm widersprach, fuhr er fort: »Ich würde Sie gern Tag und Nacht von einigen meiner Leute bewachen lassen. Ich möchte …«

Karl trat zwischen Izzy und den jungen Kriminalbeamten, um seinen Übereifer zu bremsen. »Das wäre keine gute Idee«, widersprach er. »Wir sind eben erst hier angekommen und wollen keine negative Publicity.« Er bedachte den Cop mit einem gönnerhaften Davon-verstehen-Sie-nichts-Lächeln. »Solche Dinge werden oft ganz übermäßig aufgeblasen. Außerdem habe ich bereits einen privaten Sicherheitsdienst angefordert. Die Leute müssen jeden Augenblick kommen.« Wieder dieses Grinsen.

Der mexikanische Cop betrachtete Karl mit der moralischen Überheblichkeit, die nur einem Polizeibeamten zusteht. »Bei diesem Anschlag ist einer der Täter mit einer Maschinenpistole bewaffnet gewesen, Mr. Diederich. Das darf man nicht auf die leichte Schulter nehmen.«

Aber Karl ließ sich nicht einschüchtern. Schon gar nicht von einem kleinen Polizeibeamten. »Nicht alle von uns haben die Waffe gesehen. Vielleicht war es nur eine Attrappe.« Er zündete sich eine Zigarette an. »Wie gesagt, ich habe den besten Sicherheitsdienst von Los Angeles engagiert.«

Der Kriminalbeamte erwiderte seinen Blick mit kaum verhohlener Überheblichkeit. Dann klingelte das Telefon erneut. Der Chicano-Cop drehte sich ruckartig danach um. Karl wollte den Hörer abheben, aber der junge Cop hob abwehrend die Hand und ging rasch selbst hin. Mit melodramatischem Selbstbewußtsein fragte er: »Ja, Sie wünschen?«

Karl, der im Tagesdurchschnitt sechs Stunden telefonierte und das Telefon als eine Verlängerung seines Arms und ein Instrument seiner Virtuosität betrachtete, verdrehte angewidert die Augen.

Der junge Cop hörte kurz zu, legte dann den Hörer auf die polierte Tischplatte und nickte Sal zu. »Für Sie – ein alter Freund.«

Für mich! Ein alter Freund will mich sprechen!

»Ich telefoniere im Schlafzimmer«, sagte Sal rasch und war schon zur Verbindungstür unterwegs.

»Reden Sie lieber nicht zu lange.« Der junge Cop zog noch immer eine Show für Isabel ab. »Unter Umständen versuchen die Erpresser, hierher durchzukommen.«

Sal schloß die Schlafzimmertür und sah das niedliche rosa Telefon auf dem Nachttisch stehen. Die Vorhänge waren aufgezogen, und der noch immer starke Regen lief in Bächen über die makellos sauberen Fensterscheiben. *Genau wie an meinem letzten Tag in New Orleans.*

Er hockte sich auf die Satintagesdecke und starrte das Telefon an. *Ein alter Freund will mich sprechen.* Dann griff er nach dem Hörer und hielt ihn an sein Ohr, während nebenan jemand – der Chicano-Cop? – auflegte. Aber am anderen Ende herrschte nur Stille. *Totenstille.*

Sal bedeckte die Sprechmuschel mit einer Hand und räusperte sich. Dann nahm er die Hand weg und sagte: »Hallo?«

Aus dem Hörer drang ein langsames, kaltes, bösartiges Lachen, das Sals letzte Zweifel beseitigte.

»Nicky?«

Das Lachen verstummte, so daß wieder Totenstille herrschte. Nicky amüsierte sich offenbar. »Deine Stimme klingt irgendwie komisch, Sally. Ich frage mich, was wohl mit ihr passiert ist.«

Sals Rechte, die den Hörer hielt, begann zu zittern, und er hielt sie mit der linken Hand fest.

»Hast du vielleicht ... äh ... mit 'nem Stück Klaviersaitendraht zu tun gehabt?«

Sal konnte nicht sprechen. Er hatte das Gefühl, seine Hoden verflüssigten sich wie Eiswürfel auf einer heißen Herdplatte.

»Sag endlich was, D'Amore, du gottverdammter Scheißkerl!«

Sal zwang sich zum Sprechen. »Red ... er hat versucht, mich umzubringen.«

Nicky lachte noch mal. Ein Lachen, wie man es auf dem Weg zu den Gaskammern von den Wachposten hätte hören können. »Du hättest ihn machen lassen sollen. Deinem Alten wär' das bestimmt lieber gewesen.«

Joe the Hack, Joe the Hack – badly beaten and burned all black. O mein Gott! O mein Gott!

»Nicky«, hörte Sal sich sagen, »ich hab' Geld. Ich kann Little Johnny alles zurückzahlen. Auch die Zinsen.«

»Ohne Scheiß?« fragte Nickys Stimme sarkastisch. »Und wo hast du's her, von der kleinen Halbniggerschlampe, die du vögelst?«

»Laß sie da raus. Ich will nicht, daß sie ...«

»Hey, Arschloch!« Nickys Stimme verlor jeglichen *Anschein* von Freundlichkeit. »Sag mir *nie* wieder, was ich *tun* soll, verstanden? Sonst reiß ich dir dein Scheißherz raus.«

Sal saß da, preßte den Hörer an sein Ohr und hörte Nicky Venezia am anderen Ende schwer atmen. *Ich bin so gut wie tot. Wenn er mich erwischt, bringt er mich um.*

Schließlich zwang Sal sich dazu, etwas zu sagen. »Er hat versucht, mich umzubringen, Nicky, und dabei 'nen Herzschlag oder so was gekriegt. Ich hab' ihn gar nicht angerührt!«

Nicky schwieg weiter, aber Sal wußte, daß er noch da war. »Ich kann nichts dafür, daß Red 'nen Herzschlag gekriegt hat und…«

»Kennst du das Hollywood Reservoir?« unterbrach Nicky ihn eisig.

»Was?« Sal war verwirrt, aus dem Gleichgewicht gebracht. »Hollywood Reservoir? Nein, nie davon gehört.«

»Sieh zu, daß du's findest«, sagte Nicky. »Und bring das Geld mit. Heut abend um acht.« Er lachte abermals bösartig. »Du weißt, was dem Mädchen passiert, falls du abzuhauen versuchst – das wollte ich immer mal zu jemand sagen.« Wieder das Lachen. »Glaubst du, daß ich hier in Hollywood vielleicht für den Film entdeckt werde?« Damit legte er auf.

»Nicky! *Nicky*!« Sal starrte den verstummten Hörer sekundenlang an, bevor er ihn behutsam auflegte.

An den großen Fenstern lief Regen herunter, als habe jemand einen Wasserschlauch auf sie gerichtet. Sal stand langsam auf und ging ins Wohnzimmer des Bungalows zurück.

Isabel hatte sich umgezogen und machte sich bereit, mit Karl aufzubrechen. Die Kriminalbeamten aus Beverly Hills waren verschwunden, und an ihre Stelle waren drei schwarze Riesen in nüchternen grauen Anzügen getreten. Ihre Dobermannaugen fixierten Sal, der sie fast knurren hörte, bis Karl sie zurückpfiff.

»Wir fahren ins Music Center«, sagte Karl, während er Isabel in den Mantel half. »Ich habe dort angerufen. Sie proben noch immer.« Er musterte Sal prüfend. »Vielleicht wär's keine schlechte Idee, wenn du dir's Gesicht waschen würdest, bevor wir fahren.«

»Hör zu, Karl«, sagte Sal, während er sich in einen Sessel fallen ließ, »mir ist wirklich nicht danach. Erst klatschnaß werden, dann die Aufregung und alles andere.« Er ließ seinen Kopf in die Hände sinken. »Ich geh' lieber noch mal ins Bett, glaub' ich und ruh' mich ein bißchen aus, damit ich heut abend fit bin.«

»Nein!« blaffte Karl, und die schwarzen Leibwächter funkelten Sal an, als habe er eben eine Waffe sehen lassen. »Du *mußt* mit zur Probe kommen! Alles muß perfekt klappen!«

Sal sah bittend zu ihm auf. »Laß mich mal durchatmen, Karl. Ihr braucht mich nicht. Eric kann für mich einspringen.« Er deutete mit dem Kopf auf den Schweden.

»Nein! Kommt nicht in Frage!« Dann legte Isabel dem Deutschen eine Hand auf den Arm, und die beiden wechselten einen Blick. *Was war das? Was hat* das *zu bedeuten?*

»Gut, meinetwegen«, sagte Karl schließlich. »Solltest du dich wieder besser fühlen, kommst du hoffentlich nach.«

»Wird gemacht.« Sal beobachtete, wie sie nacheinander den Bungalow verließen: ein Leibwächter, Karl, wieder ein Leibwächter, Isabel, der dritte Leibwächter und zuletzt Eric, der sich an der Tür nach ihm umdrehte.

»Marco. Alles okay, Mann?«

»Mir fehlt nichts, Eric. Sag mal, wo ist Giovanni geblieben?« Der kleine Alte war in seinem Rollstuhl hier gewesen, bevor Sal ins Schlafzimmer gegangen war, um Nickys Anruf entgegenzunehmen.

»Der andere Punker, der ohne gebrochenen Kiefer, hat ihn in seinen Bungalow rübergefahren. Er wollte ein bißchen Ruhe haben.« Eric war sichtlich um seinen kanadischen Freund besorgt. »Du willst echt nicht mitkommen?«

»Echt nicht. Ich leg' mich lieber ein bißchen hin.« Aber er machte keine Anstalten, ins Schlafzimmer zu gehen.

Eric studierte Sals Gesichtsausdruck noch einige Sekunden von der Tür aus. »Verrückt, was da heut morgen passiert ist, was?«

Sal nickte zustimmend. »Total verrückt!«

Eric wartete einen Augenblick, bevor er weitersprach. »Du hast echt nicht gehört, daß der eine Scheißer im Vorbeigehen was zu dir gesagt hat?«

Sal bemühte sich, harmlos aufrichtig zu wirken. »Bestimmt nicht, Mann. Hast du es verstanden?«

»Nee. Aber der Kerl hat *irgendwas* gesagt.«

»Verrückt, Mann«, stimmte Sal zu. »Echt verrückt!«

Das schien den Schweden zufriedenzustellen. Er wandte sich ab und starrte in den Regen hinaus. »Sieh dir das an! Und *dafür* sind wir extra aus London hergekommen?« Eric drehte sich grinsend nach Sal um. »*It never rains in Southern California*... Bis später, Mann.« Er ging hinaus und schloß die Tür hinter sich.

Sal zwang sich dazu, drei Minuten zu warten. Danach rannte er im Platzregen über den aufgeweichten Rasen zum Bungalow Nummer 16 – dem mit dem europäischen Salon – hinüber. Als sein Klopfen ohne Antwort blieb, versuchte er's mit dem Türknopf und stellte fest, daß die Tür sich öffnen ließ.

Giovanni saß in seinem Rollstuhl vor einer lindgrünen, mit weißen Kranichen gemusterten Tapete. Seine Ärzte hatten ihm das Rauchen verboten, aber jetzt lag eine brennende Havanna im Aschenbecher und füllte den Raum mit ihrem zarten Duft. Giovanni hatte ein Paar Schuhe auf den Knien und rieb sie mit einem weichen Lappen. Für ihren Vater sei die Beschäftigung mit Leder eine Art Therapie, hatte Isabel einmal gesagt. Einmal Schuster, immer Schuster.

Sal stand tropfnaß und schweratmend an der Tür. »Gio, ich muß mit dir...«

»Komm rein, Marco. Und mach die Tür zu.« Der kleine Alte gestikulierte mit dem glänzend polierten Kalbsslederslipper von Gemelli de Janeiro in der Hand.

Sal ließ sich in einen Sessel fallen, in dessen Polstern sich die weißen Kraniche auf grünem Grund zur Tapete passend wiederholten.

»Giovanni«, begann er stockend, »ich... ich hab' ein Problem.«

Der Alte hielt den Slipper ans Licht und drehte ihn hin und her. Neben dem dünnen, geschmeidigen Leder wirkten seine arthritischen Hände um so verkrüppelter.

»Wieviel wollen sie?« fragte er schließlich.

Sal starrte ihn an. »Wie... wie...«

»Es ist die Camorra, stimmt's?« Er sprach von der neapolitanischen Unterwelt.

»Die *wer*?«

Giovanni polierte das Schuhleder mit raschen, leichten Bürstenstrichen. »Die Mafia«, sagte er leise. »Die Sizilianer. Du hast Schwierigkeiten mit den *Siciliani*. Wieviel wollen sie?«

»Woher... woher weißt du das?«

Giovanni spielte geistesabwesend mit der Bürste. »Marco, ich bin *körperlich* behindert, nicht geistig.« Er tippte sich mit der Schuhbürste an die Schläfe. »Denkst du, ich hab' meine Firma mit Stroh im Kopf aufgebaut? Ich hab' gemerkt, daß du nicht die Wahrheit gesagt hast, als die *Policia* nach diesen Männern gefragt hat.«

Sals Hand umklammerte die Armlehne des Rollstuhls. »Giovanni, weißt du, daß ich deine Tochter liebe?«

Der Alte nickte langsam. »Ja, das weiß ich.«

»Und daß ich nie wollte, daß ihr was zustößt?«

Giovanni begann, den zweiten Slipper zu polieren. »Isabel darf nie was zustoßen. Niemals.«

»Diese Männer sind gefährlich, Gio. Sie sind Killer. Sie finden nichts dabei, Menschen umzubringen. Es macht ihnen sogar Spaß.«

Giovanni hörte zu bürsten auf und warf Sal einen prüfenden Blick zu. »Marco, woher kennst du solche Leute?«

Sal lehnte sich müde in seinen Sessel zurück. »Das ist 'ne lange Geschichte, Gio. Ich bin mit ihnen aufgewachsen.«

Der Alte musterte ihn erneut. »Nicht in Kanada, stimmt's? Kanada hab' ich nie geglaubt.«

Sal schüttelte den Kopf. »Nein, in Noo Awlins.«

Giovanni bürstete halbherzig weiter. »In New Orleans hab' ich 'ne Filiale.« Eine geistesabwesende Randbemerkung. »Und du schuldest diesen Kerlen Geld?«

»Ja. Ich hab' Wettschulden.«

»Wieviel?«

Sal holte tief Luft, bevor er antwortete: »Mit Zinsen ungefähr 'ne halbe Million. Dollar.« Er beobachtete Giovannis Reaktion, aber der Alte war keineswegs schockiert. »Ich trete dir natürlich alle Einnahmen aus meinen Songs ab«, bot Sal ihm hastig an, aber Giovanni winkte mit dem Schuh in seiner Hand ab.

»Wann brauchst du das Geld?«

»Heut abend, Giovanni. Vor Geschäftsschluß.« Er sah rasch auf seine Uhr. »Oder ist's schon zu spät?«

»Keine Sorge, das Geld kriegst du. Das Geld hab' ich. Aber mich interessiert was anderes: Du gibst ihnen das Geld – und lassen sie dich dann in Ruhe?«

Sal starrte den kleinen Krüppel mit neuem Respekt an. »Das glaub' ich nicht, Giovanni«, antwortete er kaum hörbar. »Wahrscheinlich bringen sie mich um.«

»Ist schon Blut geflossen?«

»Ja.« Sal fuhr sich mit seinen Fingern durchs nasse Haar. »Sie haben meinen Vater ermordet.«

»Ahhhhh!« sagte Giovanni nickend, als sei damit alles sonnenklar. »Und du hast jemand aus ihrer *Famiglia* umgelegt?«

Sal nickte langsam. »Yeah, so könnte man es sagen.«

Giovanni fuhr langsam und nachdenklich mit der Hand über das auf Hochglanz polierte Leder. »Wann gibst du den *Siciliani* das Geld?«

»Heut abend.«

»Was ist, wenn du nicht kommst? Wenn du verschwindest?«

Sal schüttelte den Kopf. »Ausgeschlossen! Sie würden sich an Isabel rächen.«

Der Alte schwieg einige Minuten lang nachdenklich. »Marco, ich stehe in deiner Schuld«, sagte er dann. »Seitdem wir uns auf dem Schiff begegnet sind, hat das Leben meiner Tochter eine gute Wendung genommen. Sie ist glücklich; sie lächelt oft; sie ist ein großer Star geworden. Keine nächtlichen Tränen mehr; kein Gerede von Selbstmord mehr. Und niemand weiß besser als ich, daß sie das alles dir verdankt.« Giovanni stellte das Paar Slipper behutsam auf den Couchtisch zwischen ihnen. »Marco«, fuhr er fort, »ich bin ein alter, schwerkranker Krüppel, aber ich bin auch sehr reich. Ich habe in aller Welt Freunde. Laß mich ein paar Telefongespräche führen. Nur zwei oder drei, dann haben wir unsere eigenen *Siciliuni*. Gefährlichere Leute als diese Schweinehunde. Sie schaffen uns diese Bestien vom Hals.«

Hört euch diesen alten Löwen an! dachte Sal. *Er hat mehr Mumm in den Knochen als wir alle zusammen!*

»Das wäre keine gute Idee, Gio. Diese Männer gehören einer großen Familie an. Ihr *Capo* ist sehr einflußreich, sehr mächtig. Er würde viele weitere Männer schicken. Und dann hätten sie es auf dich, Isabel, Karl, uns alle abgesehen.«

Giovanni starrte Sal sehr lange an. *Er weiß, daß er einen Toten betrachtet.* Zuletzt fragte er: »Es gibt also wirklich keinen anderen Weg?«

Sal nickte langsam. »Keine«, bestätigte er. *Ich bin ein Blutopfer. Ein Sühneopfer.*

Giovanni lenkte seinen Rollstuhl um den Couchtisch herum zu dem kleinen Schreibtisch hinüber, auf dem eine Aktenmappe Marke Gemelli de Janeiro aus weichem Leder lag. Der Alte steckte seine

Hand unter einige Papiere und zog eine Pistole in einem eleganten handgenähten Halfter heraus. Er legte sich die Waffe auf die Knie, kam mit dem Rollstuhl zu Sal, nahm die Pistole in eine Hand und fuhr mit den verkrüppelten Fingern der anderen über das exquisit verarbeitete Leder.

»Dieses Halfter hab' ich vor vielen Jahren selbst genäht.« Seine verkrüppelte Hand umklammerte den Pistolengriff, zog die Waffe halb heraus und schob sie wieder hinein. »Siehst du, wie's paßt? Wie ein Handschuh. Wie ein Handschuh von Gemelli de Janeiro.« Trotz des Ernstes der Situation mußte er unwillkürlich lächeln. »Diese Waffe habe ich im Krieg gekauft. Von einem deutschen Major in Napoli«, sagte er, während er die blauschwarze Luger hochhielt. »Ein sehr netter Mann. Er hatte eine Geliebte, die ständig Geschenke wollte. Deshalb mußte er Sachen verkaufen.« Er hielt Sal die Luger hin. »Marco, ich möchte, daß du sie nimmst.«

Sal starrte die Pistole an. »Ich hab' schon eine Waffe.« Dago Reds Walther, die tief unter Isabels Kostümen vergraben war.

Der Alte hielt ihm die Luger erneut hin. »Gut, dann hast du jetzt *zwei*.«

Sal nahm die Pistole. »Gio, wie hast du die bloß durch die Sicherheitskontrollen der Flughäfen gekriegt?«

Giovanni zuckte mit den Schultern. »Ich bin alt. Ich bin ein Krüppel. Die Leute wissen, wer ich bin, und wollen mich nicht belästigen.«

Sal zog die Pistole aus dem weichen Lederhalfter. Mit ihren Bolzen und Schrauben und Jugendstilwinkeln sah die Luger wirklich wie eine Nazi-Killermaschine aus. Als er den mattglänzenden Lauf berührte, wurden seine Finger leicht fettig.

»Ich hab' sie regelmäßig gereinigt und geölt. All die Jahre hab' ich sie immer gereinigt und geölt.«

Sal hob die Luger und zielte auf einen imaginären Punkt an der gegenüberliegenden Wand des Bungalows. *Nicky Venezias Herz.* »Hast du jemals damit geschossen, Gio?«

Giovanni schüttelte den Kopf. »Ich? Nein, niemals.«

Als Sal die Arretierung löst, glitt das Magazin mit den mattglänzenden Messingpatronen aus dem Pistolengriff in seine Hand. »Ist das etwa die Originalmunition?«

»*Sí.*«

»Gio, diese Patronen sind fünfzig Jahre alt! Glaubst du, daß sie noch funktionieren?«

Der Alte zuckte mit den Schultern. »Warum nicht?«

Sal betrachtete die Luger noch einige Sekunden lang. Dann steckte er sie ins Halfter zurück, das lose von seiner Hand herabhing.

»Danke, Gio.«

Sie saßen eine Zeitlang schweigend da. Der Regen prasselte weiter gegen die Fenster des Bungalows.

»Ich telefoniere gleich. Das Geld ist in ein paar Stunden hier.«

»Danke, Gio.«

»Du brauchst es natürlich in bar.«

»Natürlich.«

»Ich kümmere mich darum.«

Sie saßen lange da und starrten schweigend auf den zartgrünen Teppichboden. Sal war sich darüber im klaren, daß dies ein Abschied war. Der Alte nahm Abschied von ihm. Dies war eine Totenwache.

»Gio, ich möchte nicht, daß Isabel von dieser Sache erfährt. Dies ist ihr großer Tag, und nichts soll... soll... Sie soll sich keine Sorgen machen.«

Der verkrümmte kleine Mann nickte. »Keine Angst, von mir erfährt sie nichts.«

»Was auch heut nacht passiert: alles, was wir besprochen haben, muß zwischen uns bleiben.«

Giovanni nickte erneut. »Selbstverständlich.«

»Ich will nicht, daß sie in irgendeiner Beziehung in diese Scheiße reingezogen wird.«

»Ja.«

»Gio«, begann Sal stockend, »was auch heut nacht passiert... ich meine, falls ich nicht zurückkomme...« Er begann leise zu schluchzen. »Ich möchte... ich möchte, daß du Izzy... ich möchte, daß du ihr sagst, wie sehr ich sie liebe.«

Giovanni wich seinem Blick aus, weil auch er zu weinen begonnen hatte. »Ich werd's ihr sagen, Marco.«

Ich heiße Sal.

»Ich liebe sie sehr, Gio.«

Der Alte nickte, während Tränen über seine eingesunkenen Wangen flossen.

»Ich hätte nie geglaubt, daß ich eine Frau so lieben könnte, aber so ist's nun einmal. Ich liebe sie ... ich liebe sie mehr als mein Leben«, stieß Sal hervor.

Er weinte jetzt hemmungslos, und der Alte streckte die Hand aus und berührte seinen Arm. Sal griff nach seiner verkrümmten, blaugeäderten Hand und hielt sie umklammert. *Eine Hand, die aus dem Grab nach dir greift.*

»Du bist so *coraggioso*, Marco«, schluchzte der Alte. »So mutig!«

Sal hob langsam den Kopf. Sein tränennasses Gesicht trug einen verzweifelten Ausdruck. »Ich heiße Sal«, antwortete er. »Und ich bin ein Feigling.«

Isabel trat als erste Sängerin auf, und als sie angekündigt wurde, begannen alle Kids auf dem oberen Balkon – den billigsten Plätzen – zu kreischen, zu pfeifen und ihren Namen zu skandieren. Bei den Grammy Awards spielen in manchen Jahren einzelne Künstler eine bemerkenswert dominierende Rolle – Michael Jackson 1983, Christopher Cross 1980, Stevie Wonder 1973, 1974 und 1976 –, und dies war offenbar Isabels Jahr. Als sie »The Touch of a Stranger«, Sals für den Song des Jahres nominierten Titel, zu singen begann, hatte sie bereits zwei Kategorien gewonnen: beste Sängerin und beste R-&-B-Sängerin.

Als sie selbstbewußt in die Bühnenmitte stolzierte und zu singen begann – diese Stimme, dieses Gesicht, diese Ausstrahlung! –, war es, als ginge ein Stromstoß durch die Künstler, Produzenten und Plattenfabrikanten in den 12 000-Dollar-Logen unmittelbar vor der Bühne. Dies war Isabels erster Liveauftritt in Amerika, so daß die meisten Macher der Unterhaltungsindustrie sie zum ersten Mal zu sehen bekamen – und sie waren ebenso begeistert wie die kreischenden Kids auf dem Balkon.

Das Publikum war buchstäblich Wachs in Isabels Händen. Die Fernsehkameras, die jede ihrer Bewegungen verfolgten, übertrugen 50 Millionen Zuschauern in aller Welt das Bild einer jungen, schönen, unglaublich begabten Sängerin in der ersten Blüte. Künstler, die bei dieser Gelegenheit ähnlich eindrucksvoll aufgetreten waren, ließen sich an den Fingern einer Hand abzählen. Die Kids liebten sie, und die Kritiker überhäuften sie mit Superlativen. Sie war ein weltweites *Phänomen*, und als die Band mitten im Song mit einem fetzigen Break loslegte, zu dem Isabel und ihre beiden Backgroundsänger wie auf ihrem Video einige von Paula Abdul abgeschaute Inner-City-Tanzschritte machten, flippte das Publikum im Shrine-Civic-Auditorium aus. Von den Geldsäcken im Parkett bis zu den kreischenden Kids auf dem Balkon sprang alles johlend auf.

Der Jubel hallte in Sals Ohren nach, als er durchs ansteigende Parkett nach hinten hastete und dann die breite Treppe zur Eingangshalle hinunterlief. Einer der Wachmänner nickte ihm zu und riß die Tür auf. Sal trat in die Nacht hinaus.

Unglaublicherweise regnete es noch immer: ein stetiges, prasselndes Gießen. Obwohl es erst kurz nach sechs Uhr abends war, herrschte bei dem winterlichen Wetter bereits stockfinstere Dunkelheit. Die Tribünen auf der anderen Straßenseite, auf denen sich in anderen Jahren kreischende Fans drängten, um einen Blick auf ihre Lieblinge zu erhaschen, waren diesmal fast leer, abgesehen von einer Handvoll Unentwegter, die sich unter Schirmen und Plastikplanen zusammendrängten. Auf beiden Straßenseiten parkten zwei Reihen von Luxuslimousinen.

Sal trabte zum Fahrerzelt, wo die Chauffeure vor Regen geschützt Kaffee tranken und die Preisverleihung auf Monitoren mitverfolgten. Dort fand er ihre blonde Fahrerin, die sich umdrehte, als er ihren Arm berührte. Sobald sie Sal erkannte, lag in ihrem überraschten Lächeln eine deutliche Einladung. *Was immer Sie wünschen,* sagte es ohne Worte. *Ihr Wunsch ist mir Befehl.*

Sal erwiderte das Lächeln, wobei er ihr tief in die Augen sah. »Tut mir schrecklich leid«, entschuldigte er sich halblaut, »aber ich habe Ihren Namen vergessen.«

»Diana«, antwortete sie ebenso leise, während sie sich in Richtung Ausgang bewegten, um aus dem Gedränge herauszukommen. Das Lächeln ihrer glänzend pfirsichrot lackierten Lippen wurde noch breiter. »*Ihren* Namen brauchen Sie mir nicht zu sagen. Sie sind Marco Toledano.«

Knapp daneben! »Hören Sie, Diana, ich möchte Sie um einen Gefallen bitten.«

Sie trat dicht an ihn heran und legte ihre blasse, schlanke Hand auf sein Smokingrevers – nur wenige Zentimeter von der Ausbuchtung entfernt, die von Giovannis deutscher Luger in ihrem Schulterhalfer herrührte. »Jederzeit, Mr. Toledano«, versprach Diana ihm. »Jederzeit.«

»Marco«, sagte Sal. »Bitte nennen Sie mich Marco. Tut mir leid, aber ich habe etwas in der Limousine vergessen«, fuhr er dann scheinbar verlegen fort. »Könnten Sie mir die Schüssel geben und mir sagen, wo sie geparkt ist?«

Ihre Fingerspitzen glitten über das Satinrevers. »*Sie* verpassen die Show. Was Sie aus dem Wagen brauchen, muß *äußerst* wichtig sein.« *Komm, wir hauen ab!* baten ihre blauen Augen. *Komm, wir verschwinden ins Auto und machen's dort. Während sie ihre ganzen Preise einheimst. Das wäre perfekt! Laß mich die Lippen küssen, die die berühmteste Frau der Welt küssen. Los, wir verschwinden ins Auto, und ich lutsche den Schwanz, der den größten Star der Welt fickt.*

Da ihre Finger der Ausbuchtung seines Smokings immer näher kamen, griff Sal nach ihrer Hand und hob sie an seine Lippen. »Wir bleiben mindestens noch ein paar Wochen in L. A. Warten wir lieber einen Tag ab, an dem wir mehr Zeit haben. Und einen passenderen Ort als den Rücksitz einer Limousine.«

Sie bedachte ihn mit einem lüsternen kleinen Grinsen, das ihrem zarten Porzellangesicht erstaunlich gut stand. »Einen *besseren* Ort als den Rücksitz einer Limousine gibt's nicht!«

Sal rang sich ein leises Lachen ab, und Diana streckte ihren Zeigefinger mit einem daran baumelnden Schlüsselring aus und ließ ihn in seine offene Handfläche fallen. Dann brachte sie sein Gesicht dichter an seines heran und streifte seinen Mund mit ihren glänzenden Lippen. Sie roch nach Make-up und starkem Kaffee. »Die erste gestreckte Limousine in der Reihe gleich um die Ecke. Und ich soll wirklich nicht mitkommen?« Sie schmollte ausgesprochen niedlich.

Nein, ich wollte, die gottverdammte siebte Kavallerie käme mit!

»Danke, allein geht's schneller.« Sal hielt die Schlüssel hoch. »Bin gleich wieder da.«

Aus den nebeneinander aufgereihten Fernsehern kam ein blechernes Dröhnen. Isabel hatte einen weiteren Grammy gewonnen. Die blonde Fahrerin war einen Augenblick abgelenkt, und er nützte diese Gelegenheit, um rasch in den Regen hinauszutreten. Er schlug den Smokingkragen hoch und hielt sich seine Jacke vor der Brust zu.

Mit seinen glatten Lacklederschuhen rutschte er über den Gehsteig wie ein betrunkener Teenager, aber er fand die weiße Limousine auf Anhieb, sperrte die Tür auf und setzte sich ans Steuer. Sal war bereits durchnäßt, klapperte vor Kälte mit den Zähnen und fühlte sich elend – und dabei hatte diese Höllennacht erst begonnen. Er ließ den Motor an und fuhr zusammen, als der Fernseher im Fond hinter ihm brüllend laut loslegte.

»... mit ihrem Sieg als beste Rocksängerin hat Isabel beinahe alle für Künstlerinnen ausgesetzten Preise gewonnen. Auch in der nächsten Kategorie ist sie ...«

Sie gewann alles, wie er immer geglaubt hatte. Wie er immer geträumt hatte.

Er lehnte sich in die weichen Lederpolster zurück, machte es sich so bequem, wie das mit einem Schulterhalfter und einer zweiten Pistole im Hosenbund möglich war, lenkte den Wagen vom Randstein weg und war endlich unterwegs. *Wohin? Wohin bin ich unterwegs? Gott weiß, wohin.*

Der Gedanke, diese Limousine zu klauen, war ein Einfall in letzter Minute gewesen. Er hätte mit einem Taxi zum Lake Hollywood hinauffahren können, aber das hätte verdächtig ausgesehen. Zu Friedhöfen und Talsperren fährt man nicht mit einem Taxi hinaus. Natürlich hätte Sal auch einen Wagen mieten können, aber dazu hatte die Zeit nicht gereicht. Und er fand, daß Leute, die dabei waren, ihr Leben vorzeitig beenden zu lassen, kein Recht hatten, sich mit Autoverleihern abzugeben.

Siehst du, sagte er sich, *jetzt haben sie dich schon soweit. Du fühlst dich schon wie auf der Flucht.* Nein, wer dumm genug war, um in einer Regennacht zu dem Ort zu fahren, an dem er ermordet werden würde, sollte einen Wagen stehlen *müssen.*

»Rapmusik aus den Gettos in New York und Los Angeles«, verkündete der Ansager mit überlauter Stimme, »hat sich zu einer angesehenen und wertvollen Musikform entwickelt, die jetzt in aller Welt bekannt und beliebt ist!«

So weitgereist wie ich, dachte Sal, während er sich durch den bei Regen noch schlimmeren Stoßverkehr von L. A. quälte. *Ich hab' diese ganze beschissene Welt gesehen.* Die Verleihung der Grammy Awards begann so früh, damit die Shows an der Ostküste live zur besten Sendezeit ausgestrahlt werden konnten. *Jahrzehntelang bin ich nie aus New Orleans rausgekommen – und jetzt hab' ich ganz Europa und Nord- und Südamerika bereist. Ich bin überall gewesen. Was hat Sonny Scalise früher immer gesagt? Neapel sehen und sterben. Sonnys Familie stammt aus Neapel. Wie Giovanni.*

»*I'am a killer, I'm a gangsta, I'm a dope bad mutha...*«, prahlte der Rapper in seinem manischen, bösartigen Testosteron-Singsang. »*I got my weapons, my colors, my home boy bruthas!*«

Inmitten des Verkehrs auf dem Hollywood Freeway glich die gestreckte Limousine einem riesigen weißen Wal, der von einer Schule kleiner grauer Thunfische umgeben war. Obwohl Sal sich die Fahrtroute von einem der mexikanischen Platzanweiser hatte beschreiben lassen, hatte er sich schon nach wenigen Minuten hoffnungslos verfahren. Ein Blick in die Runde zeigte ihm, daß Südkalifornier bei Regen ängstliche Fahrer waren: Die Autos krochen im Schneckentempo über den glänzenden Asphalt.

»*I don't need readin', I don't need writin'. To live in my world you need a heart for fightin'!*«

Sal D'Amore saß in der langen weißen Limousine, die zwischen regennassen Autos gestrandet war, starrte in die nasse Welt jenseits der Scheibenwischer hinaus und dachte: *Ich bin praktisch schon tot.* Er zündete sich eine Zigarette an – Diana hielt stets mehrere frische Packungen verschiedener Marken vorrätig – und blies den Rauch gegen die anlaufende Windschutzscheibe. *Heute abend geht alles zu Ende. An diesem Abend, der der glücklichste meines Lebens hätte sein sollen. Gott hat einen verdammt merkwürdigen Sinn für Humor. O Herr, warum mußt du mir das antun? Du hast alles verlockend vor mir ausgebreitet; du hast mir erlaubt, von Glück, Ruhm und Erfolg zu kosten...*

All die wundervollen Erlebnisse, die wärmenden Erinnerungen würden nun von Nicky Venezia und seinen Komplizen in ein kaltes

Grab befördert werden. Daheim in New Orleans hatte Sal einen alten, leicht verrückten Mulatten gekannt, der sich am Klavier betrank, dann die blassen Yankeetouristen anstarrte und ihnen zukrächzte: »Und fliegt der Adler noch so hoch – 'n Fenster bricht man mit 'nem Hammer.« Sal hatte nie recht begriffen, was der alte Booker damit sagen wollte, aber jetzt wußte er's, jetzt verstand er es. Vor Leuten wie Nicky Venezia war man nirgends sicher. Gegen Mörder gab es keinen Schutz – auch für Prominente nicht. Sie konnten einen immer erreichen. Lee Harvey Oswald hatte es gewußt. Auch Sirhan Sirhan und James Earl Ray hatten es gewußt. Es gibt keinen Himmel; es gibt nur die Hölle.

»*To live in my world... You can't be 'fraid to die! To live in my world... You gotta commit homicide! To live in my world... You can't be 'fraid to die! To live in my world... You gotta be cold as ice!*«

Unglaublicherweise blieben Sal und die große weiße Limousine fast zwei Stunden lang verschollen. In dem Automeer, das Los Angeles ist, trieben sie so ziellos dahin wie eine Rettungsinsel auf dem Nordatlantik. Während der kleine Fernseher hinter ihm jeden neuen Preis, mit dem Isabel ausgezeichnet wurde, mit wachsender Unvermeidbarkeit registrierte – »Und die beste neue Künstlerin des Jahres ist... *Isabel*!« –, war Sal anfangs beinahe hysterisch, riß das Lenkrad herum und versuchte, das weiße Monstrum wie einen Sportwagen durchs Gewühl zu steuern, was wütende Hupkonzerte auslöste.

Er hatte das Reservoir *vor* den Venezias erreichen wollen. Er hatte die örtlichen Gegebenheiten auskundschaften wollen. Er hatte sehen wollen, wo sie versuchen würden, ihn zu stellen, wo sie ihn wahrscheinlich umbringen würden. Als der unerwartet dichte Verkehr ihn daran hinderte, schrie Sal in der Limousine, trommelte mit den Fäusten auf die Ablage und rüttelte am Lenkrad. Und dann war ihm die ganze Sache plötzlich egal. Er wurde innerlich eiskalt. Wie ein toter Mann – der er allerdings bereits war.

Der Regen lief in Strömen über die Windschutzscheibe des großen Cadillac, die Scheibenwischer bewegten sich gleichförmig wie ein Sechzigtausenddollarmetronom, und in Salvatore Christopher D'Amore, alias Marco Toledano, ging eine wundersame Veränderung vor. Irgendwo in seinem Inneren schien ein Damm zu brechen, und eine eisige Flut strömte wie ein rasch wandernder Gletscher, wie ein tiefgekühlter Lavastrom durch seinen Körper. Er *akzeptierte* seinen Tod. Er hieß ihn wie einen grausigen Freund willkommen. Er überließ sich ihm – und wurde dafür mit Gelassenheit, mit innerer Ruhe, mit Gefühllosigkeit belohnt.

Sal lenkte den Wagen durch das Straßenlabyrinth von Hollywood Hills: über enge, regennasse Straßen, die von Häusern im spanischen Kolonialstil und postmodernen kastenförmigen Villen gesäumt waren und Namen wie Glen Holly und Glen Tower, San Marco Drive und Canyon Lake Drive trugen. Mulholland. Von Zeit zu Zeit zuckten Blitze über den schwarzen Himmel und erhellten die dicht bebauten Hügel. Dann leuchtete der riesige weiße Schriftzug HOLLYWOOD wie eine Neonreklame auf, und Sal sah dunkle Regenwolken wie den Zorn Gottes über dem Los Angeles Basin hängen.

Sal fuhr ziellos die Hügel hinauf und hinunter weiter und geriet dabei immer wieder in Sackgassen, die nicht als solche gekennzeichnet waren. Dann mußte er mit der großen weißen Limousine durch enge Kurven zurückstoßen und versuchen, auf die Durchgangsstraße zurückzufinden. Manchmal wurde der Regen heftiger und trommelte wie Hagelschlag aufs Autodach, um dann eine Minute später ebenso plötzlich nachzulassen, so daß die Wischerblätter trocken über die Windschutzscheibe kratzten. Sal kam gerade zu der Überzeugung, es *gebe* gar kein Hollywood Reservoir, als ihm klar wurde, daß er seit mindestens zehn Minuten um den Trinkwasserspeicher herumfuhr.

Sal bremste scharf und brachte die Limousine schleudernd zum Stand. Ein zerbeultes Straßenschild unter einer Straßenlampe bestätigte ihm, daß er sich auf dem Lake Hollywood Drive befand. Ein zweieinhalb Meter hoher Maschendrahtzaun schien den Wasserspeicher zur Straße hin abzugrenzen, und als jetzt wieder ein Blitz über den Himmel zuckte, war zwischen regentriefenden Kiefern, mit denen das steil abfallende Seeufer bewachsen war, tief unten der dunkle Wasserspiegel zu erkennen.

Sal blieb schweigend sitzen und starrte auf den See hinunter. *Das ist er,* sagte er sich. *Hier wirst du sterben. Ob sie deine Leiche in den See werfen?* Dabei fiel ihm ein alter Film mit James Cagney ein, in dem davon die Rede gewesen war, einem Kerl Betonschuhe anzumessen. *So ist's recht!* ermahnte er sich. *Bewahr dir deinen Sinn für Humor. In der Hölle wirst du ihn dringend brauchen...* Sal nahm den rechten Fuß von der Bremse und gab etwas Gas. Dreißig Meter weiter war ein rostiges Blechschild mit Draht am Maschendrahtzaun befestigt:

HOLLYWOOD RESERVOIR
TRINKWASSERSPEICHER DER STADT LOS ANGELES
UNTER VERWALTUNG DER STADTWERKE

Als Sal einen Schalter an der Fahrertür betätigte, glitt sein Fenster nach unten. Sofort drang Regen ein und klatschte ihm ins Gesicht, als habe er's auf ihn *abgesehen.* Sal hielt schützend eine Hand über die Augen und beugte sich hinaus. Trotz des prasselnden Regens konnte er das Rauschen von Wasser hören, das einem unsichtbaren Ziel zustrebte. Der mexikanische Platzanweiser hatte von einem alten Damm irgendwo hier oben gesprochen – »Dort laufen die Jogger, wissen Sie?« –, und von dort mußte das Rauschen kommen.

Während Sal die Limousine die kurvenreiche, verlassene Straße hinabrollen ließ, sah er immer wieder durch den Maschendrahtzaun und erhaschte flüchtige Blicke auf den Wasserspiegel des Reservoirs. Er bog in eine Zufahrt ein, die zu der asphaltierten Betriebsstraße um den See führen mußte, und sein Magen verkrampfte sich, als er sah, daß das mit einem Vorhängeschloß gesicherte Tor aufgebrochen worden war. Ein Torflügel, an dem die geborstene Kette herunterhing, stand offen, während der andere von Wind und Regen hin und her getrieben wurde.

Ich kann nicht glauben, daß das wahr sein soll. Natürlich hatte er gewußt, daß sie hier auf ihn warten würden – *Scheiße, ich bin selbst hergekommen!* –, aber das aufgebrochene Tor und das im Regen auf dem schwarzen Asphalt liegende Vorhängeschloß ließen die bevorstehende Gewalt plötzlich sehr nahe und sehr real erscheinen. *Das hier ist nicht bloß 'ne Generalprobe, Mann.* Er starrte den Torflügel an, der im Wind einen Meter vor und zurück, vor und zurück schwang. Als stelle sie Kultur über Kommerz, ehrte die Akademie im Fernsehen einen vor kurzem gestorbenen spanischen Komponisten – eine traurig-ernste Etüde, die aus dem offenen Fahrerfenster drang und im strömenden Regen über den mit Kiefern und niedrigem Gehölz bewachsenen Hügeln klagend verhallte.

Ich kann nicht glauben, daß das wahr sein soll. Sal ließ den Cadillac weiterkriechen, bis seine Stoßstange den beweglichen Torflügel leicht anstieß. Die Torhälfte sprang auf und blieb im Unkraut am Rande der Fahrbahn stecken. Sal lenkte die große Limousine durchs Tor und folgte den engen Serpentinen hinunter zum Reservoir. Links wurde die schmale Straße von einem weiteren Maschendrahtzaun begleitet, hinter dem das kiefernbestandene Ufer des Lake Hollywood lag. Auf der anderen Seite leuchteten hoch über der Straße die Lichter der Luxusvillen auf den Hügeln. Sal ließ den Cadillac langsam etwa hundert Meter weiterrollen, bis im Scheinwerferlicht ein weiteres aufgebrochenes Tor – diesmal im linken Maschendrahtzaun – sichtbar wurde, das mit einem Stein so festgehalten wurde, daß es die Betriebsstraße blockierte.

Ich kann nicht glauben, daß das wahr sein soll. Sal hielt an und stieg aus. Sein Smoking war augenblicklich vom Regen durchnäßt. Er ging ans offene Tor und starrte in Richtung See hinunter. Eine kaum erkennbare, unter Kiefernnadeln fast verschwindende Fahrspur schlängelte sich in die Dunkelheit unter den Bäumen. *Scheiße, hier soll ich also sterben. Im Wald bei Hänsel und Gretel, dem großen bösen Wolf und all den anderen beschissenen Märchengestalten.* Das Rauschen des Wassers war lauter zu hören, seitdem er ausgestiegen war.

Was tue ich jetzt? Zu Fuß runtergehen oder mit dem Wagen fahren? Muß ich überhaupt dort runter? Warum kann ich nicht einfach wenden und mit diesem weißen Wal nach Vancouver rauffahren? Warum nicht? Wegen Isabel, Arschloch. Diesmal kannst du nicht wieder weglaufen. Nicky wäre verdammt sauer, wenn du ausreißt, und würde sich an Izzy rächen. Komisch, bei jeder anderen Frau in meinem Leben hätt' ich's darauf ankommen lassen. Woher Nicky wohl gewußt hat, daß es bei Izzy anders ist?

Der Cellist beendete seine Etüde und erntete den tosenden Applaus des wenig sachverständigen Publikums.

Sal mußte mit der Limousine mehrmals vor- und zurückstoßen, bevor sie durch das enge Tor paßte. Trotzdem blieb beim Durchfahren der rechte Außenspiegel hängen und riß ab.

Die Fahrt hangabwärts glich der Einfahrt in einen Tunnel. Das Scheinwerferlicht bildete einen unnatürlich hellen Pfad durch den strömenden Regen. Einzelne tief herabhängende Äste streiften die Flanken des Cadillac oder glitten dumpf polternd übers Wagendach. Die mit Kiefernnadeln übersäte Seezufahrt war lange nicht mehr instand gesetzt worden, so daß Sal auf dem schlammigen Untergrund alle Mühe hatte, mit der Limousine nicht gegen einen Baum zu rutschen.

Sal folgte die Zufahrt bis zum Seeufer hinunter, bog dort rechts ab und holperte noch einige hundert Meter weiter. Das Wasserrauschen, das zunächst ohrenbetäubend laut gewesen war, wurde schwächer, sobald er sich vom Damm entfernte. Er kroch im Schneckentempo weiter, bis er über sich zwischen den Bäumen ein Licht aufblitzen sah. Dort oben war irgend jemand. Er bremste sofort, kam zum Stehen und schaltete die Scheinwerfer aus.

Als Sal den Motor der Limousine abstellte, war die Nacht um ihn herum plötzlich von anderen Geräuschen erfüllt. Hinter ihm rauschte Wasser, Regen prasselte aufs Autodach, und der weiße Ledersitz knarrte, wenn er sich bewegte. Da die Scheibenwischer nicht mehr arbeiteten, wurde die Windschutzscheibe rasch undurchsichtig, und Sal öffnete die Fahrertür und stieg aus. Im nächsten Augenblick spürte er, daß kalter Schlamm in seine Lacklederschuhe quoll. Regenwasser kroch unter seinen Kragen und lief ihm über den Rücken. Sal entfernte sich einige quatschende Schritte weit von der Limousine und blinzelte in die Richtung, in der er eine Bewegung gesehen zu haben glaubte. Ohne das Licht der Scheinwerfer hatte der Park des Reservoirs sich in eine andere Welt verwandelt: dunkel, dicht und urtümlich. Jedenfalls kein Ort, den man zehn Minuten vom Hollywood Boulevard entfernt vermutet hätte.

Am anderen Seeufer zuckte ein weiterer Blitzstrahl herab, und Sal, der schützend eine Hand über die Augen hielt, konnte oben zwischen den Bäumen deutlich eine Bewegung erkennen.

»Suchst du was, Sal?« fragte eine Stimme hinter ihm, und Sal warf sich herum. Dann hörte er ein Klicken, dachte eine Mikrosekunde lang: *Jetzt erschießen sie dich!* und wurde dann vom grellen Licht einer starken Stabtaschenlampe geblendet.

»Nicky?« fragte Sal mit zitternder Stimme, indem er durch seine ausgestreckten Finger ins Licht blinzelte. »Nicky?«

Der Unsichtbare lachte spöttisch. »Wen hast du erwartet, Arschloch? Dago Red?«

»Könntest du... könntest du das Licht ausmachen?«

Endlose Sekunden lang war nur das Rauschen des Wassers zu hören. Und dann sagte Nickys Stimme: »Weg vom Wagen!«

Sal blickte auf seine von Nickys Taschenlampe beleuchteten schlammverschmierten Lacklederschuhe herab und stolperte einige Schritte von der Limousine weg. Dann blinzelte er wieder in den grellen Lichtschein, hinter dem sich Nicky verbarg.

»Ich kann nichts sehen.« *So weiß ich nicht, wann du mich erschießt.*

Die Antwort bestand aus einem humorlosen Lachen, das Sal einen kalten Schauder über den Rücken jagte. Dann wurde der Lichtstrahl der Taschenlampe etwas geneigt, und Sal blinzelte dankbar in die wohltuende Dunkelheit. Schon wenige Sekunden später konnte er mit Mühe die schemenhaften Umrisse von Nickys hämisch grinsendem Gesicht ausmachen. Als er dann nach links blickte, wo er zuvor eine Bewegung wahrgenommen hatte, stand dort Junior Venezia in der Dunkelheit. Bewaffnet war Junior mit einem »Straßenkehrer«, einer Schrotflinte mit Patronenmagazin, mit der er aus der Hüfte auf Sal zielte.

O Jesus. O Jesus Christus.

Dann zwang Sal sich dazu, sein rasendes Herzklopfen zu ignorieren und zu denken, zu denken, *zu denken! Augenblick, Augenblick! Wo ist der dritte Mann? Wo ist Jimmy Van? Die Party kann erst beginnen, wenn alle da sind.*

»Hast du das Geld dabei? Wo hast du's?« fragte Nicky ganz ruhig, als handele es sich um irgendeinen Drogendeal.

Sal schaffte es irgendwie, seine Stimme nicht zittern zu lassen. »Es liegt im Kofferraum.«

Über dem hellen Lichtschein der Taschenlampe war schemenhaft Nickys Grinsen zu erkennen. »Es liegt im Kofferraum«, wiederholte er spöttisch. »Klar, wo denn sonst? Junior?«

»Yeah, Nicky?«

»Hol das Geld aus dem Kofferraum.«

»Yeah, Nicky.«

Junior legte sich die Schrotflinte nach Jägerart über die Schulter und schlurfte dann wie ein dressierter Gorilla hangaufwärts zum Wagen, wobei sein überlanger Regenmantel durchs hohe, starre Gras schleifte. Sal, der weiter Nicky beobachtete, sah Regentropfen wie Diamanten glitzern, während sie durch den Lichtstrahl der Stabtaschenlampe fielen.

»Wie habt ihr mich aufgespürt?« fragte er Nicky.

Nicky antwortete nicht gleich. Das gehörte zu seinen Vorrechten als Killer. »Hör zu, Arschloch, wenn du dich vor jemand verstecken willst, treib dich nicht mit dem berühmtesten Weibsbild der Welt rum, verstanden?«

»Dann ... dann ist's also das Foto im Magazin *Time* gewesen?«

Nicky lachte wieder. Kein freundlicher Laut. »Was hast du vor? Willst du die *Time* auf Schadenersatz verklagen, nachdem ich dich umgelegt hab'?«

Darauf wußte Sal keine Antwort.

»Ich will dir was verraten, du blöder kleiner Scheißmusiker«, fuhr Nicky belehrend fort. »Wir haben schon seit 'nem Vierteljahr gewußt, wo du steckst, und bloß darauf gewartet, daß du in die Staaten zurückkommst.«

Jesus.

»Die Fotografen haben Bilder von deiner Süßen in sämtlichen amerikanischen Magazinen untergebracht – *Time, People, Newsweek, Rolling Stone* –, und auf allen bist du verdammtes Arschloch zu sehen gewesen: Mr. Großkotz, immer an der Seite dieser kleinen Schlampe – wie ihr aus Restaurants kommt, auf große Parties geht oder London, Paris und andere beschissene Städte besichtigt.« Nickys Tonfall klang fast ein wenig neidisch. Der Brotneid eines Zuhälters. »Hast du etwa geglaubt, du könntest uns mit deinem Scheißbart täuschen?«

»Hey!« rief Junior, der jetzt bei offener Fahrertür in der Limousine saß. »Ich find' keinen Knopf für den Kofferraum!«

»Wie geht der Kofferraum auf?« wollte Nicky von Sal wissen.

»Nur mit dem Schlüssel.«

»Und wo ist der?«

»Der steckt im Zündschloß.«

»Sieh im ...«, begann Nicky zu rufen, aber dann übertönte ihn der plärrende Fernseher des Cadillacs.

»... und damit zurück zum Gastgeber des heutigen Abends – Mr. Billy Crystal!«

»Hey«, wunderte Junior sich laut, »hier gibt's 'nen eigenen Schalter bloß für 'n Fernseher!«

»Scheiße, ist ja toll!« brüllte Nicky zurück. »Schalt das Ding wieder ab!«

Nicky und Sal starrten sich über den Lichtstrahl der Stabtaschenlampe hinweg an. Der Regen wurde wieder stärker. Die glitzernden Tropfen fielen dichter.

»Unsere nächste Kategorie ist die *Schallplatte* des Jahres, eine Auszeichnung für die beste Single, die in den vergangenen zwölf Monaten ...«

»Ich find' den Scheißschalter nicht mehr!« beschwerte Junior sich.

»Laß den Mist, Junior! Zieh endlich den verdammten Schlüssel ab und hol das verdammte Geld!«

Sal sah sich rasch um. Junior stemmte seinen kurzen, dicken Körper aus dem Wagen und schlurfte die endlose Länge der gestreckten Limousine entlang zu ihrem Heck. Die Schrotflinte trug er jetzt mit der Mündung nach unten in der Armbeuge. *Safety first.*

»Nicky«, begann Sal, »ich hab' Dago nicht umgebracht.« Er schüttelte wie ein theaterspielendes Kind mit übertriebener Ehrlichkeit den Kopf. »Ich schwör's dir, Mann, ich hab' ihn nicht mal angerührt!«

Nicky äußerte sich nicht dazu. Kaltes Regenwasser tropfte von Sals Nasenspitze.

»Nicky, Mann«, sagte Sal flehend, »er hat versucht, mich zu *erdrosseln,* Mann! Scheiße, was hätt' ich tun sollen – einfach dastehen und es mir gefallen lassen?«

Junior hatte endlich den Kofferraum aufbekommen. »Hey, wo ist das Geld?« rief er, vor dem beleuchteten Kofferraum stehend. »In dem Aktenkoffer?«

Scheiße, wo denn sonst? Wo denn sonst? kreischte eine Stimme in Sals Kopf. *Im Aktenkoffer Marke Gemelli de Janeiro.*

»Nicky, um Himmels willen, Mann, ich hab' Dago nicht mal angerührt! Ich bin ein gottverdammter *Pianist*, Mann. Scheiße, er hat 'nen Herzanfall oder irgendwas gehabt. Das mußt du mir glauben, Mann!«

»... und die Single des Jahres ist ...«

»Yeah«, rief Junior, »das Geld ist drin!«

»Zähl's!« befahl Nicky ihm.

»Scheiße, muß das sein?« beschwerte Junior sich. »Merkst du nicht, wie's *regnet*, Nick?«

»Zähl's, verdammt noch mal!«

»... *›The Touch of a Stranger‹!* Isabel hat einen weiteren Grammy gewonnen!«

Wo ist Jimmy Van? Scheiße, wo steckt der Kerl?

»Nicky, bitte, du mußt verstehen, daß ich ...«

»Red la Rocca«, begann Nicky Venezia mit kalter Wut in der Stimme, »hat fünf Jahre für Little Johnny abgesessen. Das beweist, was für 'n Kerl er war. Fünf Jahre in Angola, ohne jemals was dafür zu verlangen. Er wird nach fünf Jahren entlassen, kommt bei uns zum Abendessen vorbei und erwähnt die fünf Jahre nie wieder. Niemals! Das zeigt, aus welchem Holz er geschnitzt war, kapiert?«

Sie wollen meine Leiche ins Reservoir werfen, erkannte Sal plötzlich. *Deswegen sind wir hier. Sie werden mich erschießen und meine Leiche im See versenken. Wie kann man bloß so blöd sein? Wie kann man so verdammt blöd sein?*

»Red La Rocca hat mir mein erstes Fahrrad geschenkt, von ihm hab' ich den ersten Joint gekriegt, er hat mir den ersten Fick meines Lebens spendiert.« Nickys Zorn war fast mit Händen zu greifen. »Red La Rocca war der größte Draufgänger, den ich je gekannt hab'. Und du, du kleiner Scheißmusiker, du hast ihn umgebracht!«

Jesus Christus, auf dem Seeboden wird's kalt sein. Fische werden an meinen Augen knabbern. Schlangen werden mir in den Arsch kriechen.

»Ich hab's nicht getan, Nicky! Ich schwör's dir beim Grab meiner Mutter!«

»Ich möchte nochmals allen danken«, hallte Isabels reizvoll mädchenhafte Stimme über den See, »aber *especial* meinem Produzenten Karl Diederich. Danke, Karl! Danke!« Danach ertönte donnernder Applaus, der aus den winzigen Lautsprechern des Fernsehgeräts blechern klang.

»Nicky, hör mir doch endlich zu, Mann!«

»Weißt du, was ich am liebsten hören würd', du Drecksack?« Nicky redete sich in Mordwut hinein. »Ich möcht' dich so schreien hören, wie dein Alter geschrien hat...«

Joe the Hack. Joe the Hack...

»...wie dein Alter geschrien hat, als wir sein Arschloch mit dem Schweißbrenner behandelt haben!«

O Jesus. O Jesus. Sal konnte die Szene deutlich vor Augen sehen. Sein Vater nackt auf dem schmutzigen Betonboden ausgestreckt, das Gesicht nach unten, Junior stand auf seinen Schultern, Jimmy Van hielt ihn an den Beinen gepackt, Nicky zog die schlaffen Gesäßbacken des alten Mannes auseinander, so daß die zarte braune Rosette sichtbar wurde, und Little Johnny trat mit dem fauchenden Schweißbrenner in der Hand näher.

»Der alte Säufer hat wie 'n Mädchen geschrien!« Sal konnte das Gebrüll hören; er hörte den alten Joe wie ein Tier in der Falle brüllen; er roch buchstäblich den Gestank von Exkrementen, die wie Blut über den Betonboden liefen. »Aber der blöde alte Scheißer hat uns trotzdem nicht verraten, wo du gesteckt hast!«

»Er hat's überhaupt nicht gewußt«, hörte Sal eine Stimme sagen, die er erst mit Verzögerung als seine erkannte.

»Yeah, das hab' ich mir gedacht.«

»Scheiße!« fluchte Junior, über den Kofferraum der Limousine gebeugt. »Ich hab' mich verzählt, Nicky!«

»Er hat's überhaupt nicht gewußt«, wiederholte Sal.

»Nicht schade drum«, meinte Nicky lakonisch.

»Hey, Nicky!« blaffte Junior. »Es regnet verdammt *stark*, Mann! Muß ich noch mal von vorn anfangen?«

»Weißt du, was ich auch hören möchte?« fragte Nicky weiter. »Ich möchte deine kleine Nutte mit meinem Schwanz in ihrem Arsch singen hören.«

»Nicky! Was ist damit, Mann?«

Er will sich auf jeden Fall an Izzy rächen. Das Geld bedeutet ihm gar nichts.

»Nicky!«

»Oder vielleicht singt sie besser, wenn ich 'nen Schweißbrenner nehm' – wie bei deinem Alten. Vielleicht will sie ...«

Scheißkerl! Scheißkerl! Scheiß ...

Sal riß die Walther aus seinem Hosenbund, zielte auf eine Stelle über dem Lichtstrahl, wo er Nickys Herz vermutete, und drückte ab. Aus Nickys Gesichsausdruck sprach eher komische Überraschung als Angst, als er auf dem glitschigen Boden den Halt verlor und mit beiden Armen zu rudern begann. Die Stabtaschenlampe fiel zur Seite, so daß Sal endlich wieder im Dunklen stand. Er drehte sich nach Junior um, der gerade nach seinem Straßenkehrer griff, den er in den Kofferraum gelegt hatte. Sal schoß auf die dunkle Silhouette vor der mattschimmernden Limousine und hörte die Kugel dumpf in die Glasfaserkarosserie einschlagen. Sein nächster Schuß ließ eine der Heckleuchten zersplittern; dann war Junior hinter dem weißen Cadillac verschwunden. Sal wollte die Pistole wieder auf Nicky richten, doch Nicky war nicht mehr da. Dann hämmerte irgendwo über und hinter ihm eine Maschinenpistole los, und Sal spürte Dreckspritzer gegen seine Hosenbeine klatschen.

Jimmy Van! Jimmy Van und seine Maschinenpistole! Sal warf sich zu Boden und kroch durch Schlamm und über Kiefernnadeln davon. Hartes kalifornisches Gras zerkratzte ihm das Gesicht, während er auf die Sicherheit bietenden Kiefern zurobbte.

»Legt ihn um!« kreischte Nicky irgendwo vom Seeufer her. *»Legt ihn um!«*

Um schneller voranzukommen, bewegte Sal sich jetzt auf allen vieren weiter auf die Deckung der Bäume zu.

»Legt den Scheißkerl um!«

Als Jimmys Maschinenpistole wieder loshämmerte, konnte Sal ihre Garbe in einem verschlammten Wasserlauf drei Körperlängen vor sich einschlagen sehen. Er versuchte, sich noch flacher zu machen, und bedeckte seinen Kopf schützend mit den Armen.

Ich will nicht sterben Ich will nicht sterben Ich will nicht sterben!

Die Geschoßgarbe zog einen Meter von seinem Kopf entfernt vorbei, und ein hochgeschleuderter feuchter Erdklumpen traf sein Gesicht wie ein warnender Kuß.

»Wo steckt er?« brüllte Nicky in die Nacht.

Nein, nein, nein, nein ...

Dann verstummte das Hämmern. Sal sprang sofort auf und hastete weiter auf die Kiefern zu. Seine ruinierten Lacklederschuhe rutschten im Morast aus, und seine Smokinghose klebte naß an seinen Oberschenkeln, aber er kämpfte sich verbissen weiter auf den noch immer fünfundzwanzig, zwanzig, fünfzehn Meter entfernten Waldrand zu.

»*Dort drüben!*« hörte er Jimmy Van irgendwo über sich rufen.

»Wo?« fragte Nickys Stimme laut.

»Dort *drüben*!«

Zwölf Meter, zehn Meter...

Dann tastete der Lichtfinger von Nickys Stabtaschenlampe die dunklen Bäume rechts neben Sal ab.

Sechs, fünf, vier...

Der Lichtstrahl glitt über Sal hinweg und suchte links von ihm weiter.

Drei, zweieinhalb, zwei...

Der Dolch aus Licht zuckte zurück und bohrte sich zwischen Sals Schulterblätter.

»*Da ist er!* Junior! *Junior!*«

Dann hörte Sal eine Art Überschallknall. Der Baumstamm vor ihm schien zu explodieren und wies plötzlich eine tiefe, zersplitterte Wunde auf.

Neiiiiiiiiin!

Im nächsten Augenblick verschwand Sal zwischen den Bäumen, und der Lichtstrahl zuckte auf der Suche nach ihm wild über die regennassen Kiefern.

»*Junior!*«

Sal keuchte in verzweifelter Hast den morastigen Hang hinauf und versuchte die tief herabhängenden Äste, die ihm ins Gesicht peitschten, mit beiden Händen abzuwehren. Dann krachten rasch hintereinander drei Schüsse aus der Schrotflinte, und Sal bildete sich ein, den Luftzug vorbeifliegender Kugeln und Holzsplitter zu fühlen. Er platschte durch eine große Pfütze, warf sich auf ein Polster aus schwammig-feuchten Kiefernnadeln, vergrub den Kopf wie ein Kaninchen und schrie lautlos, während endloses Sperrfeuer durch die Bäume über ihm fetzte.

Dann war die Nacht wieder still.

»Hab' ich ihn erwischt?«

Sal erstarrte und verfolgte, wie der Lichtkreis über das morastige Erdreich glitt. Dann machte er halt, kehrte um und kam auf ihn zu. Sal wühlte sich in die Kiefernnadeln wie ein Tier, das Schutz vor einem Räuber sucht, und der Lichtstrahl glitt über seinen Rücken hinweg, ohne ihn zu entdecken, und im Regen weiter. *Ich bin unsichtbar.*

»Hab' ich ihn …«

»Jag noch 'n Magazin hinter ihm her!« Nickis Stimme hallte vom Seeufer herauf. Sal stemmte sich geräuschlos vom Waldboden hoch und hastete geduckt von den Stimmen fort und von Baum zu Baum weiter. Als der Hang flacher wurde, zuckte wieder ein Blitz herab, in dessen Licht Sal keine zwanzig Meter vor sich den Maschendrahtzaun sah. Dann krachte ein weiterer Schrotschuß, und Sal sprang in Deckung.

»Hab' ich ihn erwischt?«

Juniors vom Regen gedämpfte Stimme klang jetzt, als käme sie aus weiter Ferne. Sal fühlte die rauhe Kiefernrinde durch seinen durchnäßten Smoking hindurch an seinem Rücken. Er spürte jeden Herzschlag in den Ohren. Jeder Puls war ein Paukenschlag – *bumm! bumm! bumm!*

»Scheiße, wo …?«

»Jimmy! Jimmy!«

Sal starrte zu dem Maschendrahtzaun hinauf. *Wie hoch ist er – zweieinhalb, drei Meter?* Er mußte die restliche Strecke hangaufwärts überwinden, den Zaun erklettern und drüben hinunterspringen. Er mußte …

»Jimmy!«

Wie als Antwort hörte Sal jemand keine zehn Meter von ihm entfernt einen leisen Fluch ausstoßen und sah dann Jimmy Van, der mit schußbereiter Maschinenpistole im Anschlag von Baum zu Baum schlich. Jimmy kam geradewegs auf ihn zu – aber er starrte hügelabwärts und suchte den Hang nach Sal ab. Oder nach seiner Leiche.

»Jimmy!« rief Nicky unten vom See herauf.

»Hab' ich ihn erwischt?« brüllte Junior.

Jimmy Van gab keine Antwort. Er kam näher und näher, ohne

den Hang unter ihm aus den Augen zu lassen. *Er weiß nicht, daß ich hier bin. Er weiß nicht, daß ich...*

»Jimmy!«

Jimmy Van nahm die MAC-10 etwas höher und packte den Pistolengriff fester. Er war nur noch ein Dutzend Schritte von Sal entfernt, setzte lautlos einen Fuß vor den anderen und näherte sich langsam und unaufhaltsam. Sal hatte den Rücken an den dünnen Baumstamm gedrückt und sah zu dem Maschendrahtzaun über sich auf. *Zu spät! Jetzt ist's zu spät!* Er starrte wieder zu Jimmy Van hinüber, und die hagere Gestalt im Regenmantel trat einen weiteren Schritt näher.

Jimmy Van war keine drei Meter mehr entfernt, so daß Sal schon die Regentropfen auf seiner hohen Stirn glitzern sah. Der Kragen seines zugeknöpften Regenmantels war hochgeschlagen, und sein Blick war scharf und wachsam, während er das Gelände unter sich von links nach rechts und wieder zurück absuchte.

Adrenalin kreischte in Sals Blut wie eine Polizeisirene. Er starrte auf seine Hände herab. In der Linken hatte er einen Klumpen mit Erde vermischter Kiefernnadeln, um die seine Finger sich verkrampft hatten, als er sich in Deckung geworfen hatte. Und in der Rechten hielt er unglaublicherweise Dago Reds Walther P-88. Sal hob langsam die 9-mm-Pistole, bis sie auf Jimmy Vans Gesicht zeigte.

Jimmy Van trat noch einen Schritt näher – er war jetzt so dicht, daß Sal ihn atmen hören konnte –, aber dann warnte den Gangster irgendein Instinkt: Er drehte den Kopf zur Seite und starrte genau in die nur noch eine Handbreit von ihm entfernte Mündung der Walther. Dann blickte er langsam höher, um Sals Blick zu begegnen, und Sal, der das Entsetzen in seinen Augen las, fühlte sich schuldig, weil er Jimmy Van als einzigen von allen immer gemocht hatte. Dann drückte Sal ab, und Jimmy Vans Stirn sackte in sich zusammen, während sein Hinterkopf wie ein billiger Reifen bei hundertzehn auf heißem Asphalt platzte. Eben noch war er ein Mensch gewesen; im nächsten Augenblick war er ein lebloser Fleischklumpen in einer Pfütze aus Blut, Schlamm und Gehirn.

»Scheiße, was war das?« brüllte Junior.

»Jimmy! Jimmy!«

Sal schob die Pistole in die Jackentasche seines Smokings, während er die letzten Meter zum Maschendrahtzaun hinaufstolperte, daran hochsprang, daß es schepperte, und sich an dem Gitter festklammerte. Während er am Zaun hing, keuchend den nassen Maschendraht vor sich hatte und mit seinen schlammigen Lackle-derschuhen nach einem Halt tastete, hallten die Schritte der den Hügel heraufstürmenden Venezias durch den Kiefernwald.

»Jimmy! Jimmy!«

Sal streckte einen Arm ganz aus und angelte in verzweifelter Hast nach dem Rohr, das den oberen Abschluß des Maschendrahtzauns bildete. Mit einem Grunzen bekam er es schließlich zu fassen, zog sich hoch, bis er einen Ellbogen darüberhieven konnte, und blieb dann keuchend hängen. Im nächsten Augenblick zuckte ein Blitz vom Himmel und tauchte Sal in bläulichweißes Licht.

»Nicky! Dort oben im Zaun!«

Dann war Sal plötzlich im Lichtkreis von Nickys starker Taschenlampe gefangen. Während er mit beiden Füßen gegen die Drahtmaschen strampelte, zog er sich mit aller Kraft an dem Rohr hoch. Als er merkte, daß er's nicht schaffen würde, ließ er sich fallen. In dieser Sekunde fiel ein Schuß aus Juniors Schrotflinte, und der Zaun wurde von einem Hagel aus Bleikugeln getroffen, die nach allen Richtungen davonsurrten. Sal war bereits wieder auf den Beinen und hastete den Zaun entlang davon, als hinter ihm ein weiterer Schuß krachte, der Betonsplitter von einem der Zaunpfosten spritzen ließ. *Nickys Fünfundvierziger! Nickys Fünfundvierziger!*

»Du bist tot. Arschficker!« kreischte Nicky wie ein Wahnsinniger. *»Du bist scheißtot! Du bist TOOOOOOOOOOOOT!«*

Sal rannte in einem Haken vom Zaun weg den Hang hinunter. Hinter ihm schlug eine ganze Salve laut krachender Schüsse ein, als Nicky das Magazin seiner Colt Automatic auf ihn leer schoß.

»Ich blas' dir dein beschissenes...«

»Jesus!« brüllte Junior Venezia wie ein verwundeter Stier. *»Jesus! Sieh dir bloß an, wie er Jimmy Van zugerichtet hat!«*

Danach herrschte nur noch kaltes Schweigen, das Sal durch die stürmische Nacht verfolgte und in gewisser Weise schlimmer als die gebrüllten Drohungen war. *Ich hab' Jimmy Van nicht erschießen wollen! Ich hab's nicht tun wollen!* Sal rannte im Zickzack weiter durch den Wald, bis er fast den See erreicht hatte, und folgte dann der Biegung des Reservoirs und versuchte, möglichst viel Abstand zwischen sich und die Venezias zu bringen.

Als der nächste Blitz über den Nachthimmel zuckte und das Reservoir in wäßrigen Lichtschein tauchte, fuhr Sal hastig herum und entdeckte Nicky und Junior keine hundert Meter hinter sich am Seeufer. *Laßt mich in Ruhe! Laßt mich in Ruhe!* Dann verblaßte der Lichtschein, und als die Nacht wieder herabsank, schlug Sal in der Dunkelheit erneut einen Haken, ließ den See hinter sich und arbeitete sich stolpernd, kletternd, kriechend und fallend den nassen, schlammigen Steilhang hinauf. *Ich mache einen Bogen um sie! Ich umgehe sie und finde ihren Wagen! Scheiße, wo haben sie ihren Wagen geparkt?*

Sal konnte seinen Atem in den Ohren donnern hören, aber es klang fremdartig wie eine hechelnde Bestie, die ihm auf den Fersen war. Oberhalb dieses Uferstücks gab es mehr Buschwerk – stachelige Ranken und Sträucher, an denen Sal sich die Haut aufriß, während er durch sie hindurchbrach. Der Regen wurde immer stärker, und schlammiges Wasser rauschte in knöcheltiefen Sturzbächen hangabwärts in Richtung See. Eine derartige Sintflut hatte er seit seinem letzten Abend in New Orleans nicht mehr erlebt.

Scheiße! fluchte er, als er in dem weichen, glitschigen Schlamm ausrutschte und schwer auf ein Knie fiel. *Verdammte Scheiße!* Er rappelte sich so schnell wie möglich wieder auf, aber als beim nächsten Schritt Schmerzen wie von einer Million Nadeln in seinem Bein nach oben schossen, wußte er, daß er sich verletzt hatte. *Nein! Nein! Nein!* Er humpelte durch den Wald weiter, stolperte von einem Baum zum nächsten, zog sich an Ästen vorwärts und zog das verletzte Bein nach. Dann wollte er nach einem Ast greifen, unterschätzte die Entfernung und krachte zu Boden. Er kroch noch zehn Meter durch Schlamm und Wasser, wälzte sich dann auf den Rücken und starrte in die Kiefernäste über sich.

Unterdessen regnete es, wie es nur konnte: eisige Wassermassen, die auf ihn herabprasselten und seine Haut brennen ließen. Der Regen fiel so dicht, daß Sal das Reservoir nicht mehr sehen konnte – und plötzlich die Orientierung verloren hatte. Er wußte nicht mehr, wo sich die Ausfahrt befand. Er rappelte sich wieder auf, wobei stechende Schmerzen durch sein Bein schossen, blieb schwankend stehen und hielt sich an einem Baum fest. Er verrenkte sich den Hals und suchte irgendeinen Hinweis darauf, wohin er sich wenden sollte, doch in diesem Gewitter konnte er nur graue, verschwommene Umrisse ausmachen.

»Sallllyyyy…«

Nickys Stimme drang durch die Sintflut, gefährlich nahe – *viel zu beschissen nahe!* Sal verrenkte sich wieder den Hals, suchte verzweifelt seine Umgebung ab und sah doch nichts als Wände aus Wasser. Er zog die Walther aus der Tasche und hielt sie schußbereit.

»Du bist tot; Sallyyy. Du bist tot, Arschficker!«

Wo steckst du? Scheiße, wo steckst du? Mit der linken Hand hob Sal einen abgestorbenen Ast aus dem Schlamm auf, benützte ihn als Krückstock und humpelte so rasch wie möglich weiter.

»Sallllyyyyy…«

Und dann drangen andere Laute durch die Nacht.

»Küchenpapier Double Strength – wenn's *richtigen* Schmutz zu beseitigen gibt.«

Der Fernseher in der Limousine! Der Ton klang leise und weit entfernt, aber damit hatte Sal wieder eine Richtung, in die er so schnell wie möglich humpelte.

»… aus dem Shrine Auditorium… Herzen von Los Angeles gelegen… Verleihung der Grammy Awards!« verkündete der Ansager, und seine Stimme hallte über den Lake Hollywood hinweg.

»Wo steckst du, Arschficker?«

»… gleich nach der Werbung…«

Irgendwo auf dem dunklen Hügelrücken über ihm krabbelte jemand durch die Bäume. *Junior! Ich muß zum Wagen! Scheiße, ich muß hier…*

»… mein Schuppen-Shampoo macht mein Haar weich und füllig…«

»Sallllyyyy!«

Über den Hügeln zuckte ein Blitz von Wolke zu Wolke, und in seinem bläulichweißen Licht erkannte Sal die geisterhaft leuchtende weiße Limousine, die noch dort stand, wo er sie geparkt hatte: auf einer kleinen Anhöhe über dem Seeufer.

»… neue, verbesserte Geheimformel…«

Sal gebrauchte den Ast als Krücke und stürzte mit wilden, unbeholfenen Sprüngen auf die weiße Limousine zu. Der Regen prasselte wie aus einem Feuerwehrschlauch herunter und rauschte in schlammig-trüben Fluten den steilen Hang hinunter.

»Und wenn ich *dich* umgelegt hab', *Arschficker...*«

»... erleben Sie das sensationelle neue Fahrgefühl eines Sechzehnventilers Turbo mit...«

»... bring' ich *sie* um!«

»*Nein!*« kreischte Sal. Er warf sich in vollem Lauf herum und horchte in die Richtung, aus der Nickys Stimme an sein Ohr drang.

»... elf Komma drei Liter im Stadtverkehr, neun Komma sieben auf der Landstraße...«

»Yeah, ich steck' deiner kleinen Hure meine Kanone in den...«

Sal schoß mit der Walther – Dago Reds Waffe – in die Richtung, aus der Nickys körperlose Stimme kam.

»... japanische Technik, amerikanische Power...«

»Ich werd' meinen *Spaß* dabei haben, diese kleine Schlampe zu erledigen!«

»*Nein!*« Sal drückte noch mal ab. Die 9-mm-Pistole knallte wie eine Zirkuspeitsche.

Nicky lachte irgendwo in Nacht und Regen.

Sal schoß wieder. Und wieder. Und wieder.

Und dann hatte er das Gefühl, jemand habe ihn in die Rippen geboxt – nur war der Schlag viel härter gewesen –, und Sal dachte: *Er hat mich getroffen!*, während er sich überschlagend durchs Unterholz den regennassen Hang hinunterrollte.

»... begrüßen Sie wieder zur... der National Academy of Recording Arts and Sciences...«

»*Junior! Ich hab' ihn erwischt! Ich hab' ihn erwischt!*« hörte Sal Nicky brüllen. Er lag mit dem Kopf in einer kalten Pfütze und hörte das Regenwasser in seinem Ohr gurgeln. Sal streckte den linken Arm aus, bekam einen tief herabhängenden Ast zu fassen und zog sich daran hoch. Dicht vor den Bäumen, die ihm noch Deckung boten, schimmerte die Limousine bläßlich weiß durch den Regen.

»Und nun zur Preisverleihung für den Song des Jahres...«

Sal zwang sich dazu weiterzuhumpeln. Bei jedem Heben des linken Beins durchzuckte der von den Rippen ausgehende Schmerz seinen Körper. Bei jedem Aufsetzen des linken Fußes pochte das Knie, und die Beine wollten unter ihm nachgeben. Er torkelte unter den Bäumen hervor ins Freie. Der See umschloß die kleine Landzunge, auf der die Limousine stand. Das Tosen der rauschenden Wassermassen war ohrenbetäubend laut und nahe.

»... nominiert sind dieses Jahr ...«

Die hinteren Autotüren standen offen, und der Regen ruinierte die teure Lederausstattung. Der Fernseher im Fahrgastabteil leuchtete in grellen, flackernden Farben. Der Fernsehton wurde lauter, je näher Sal herankam.

Sal erreichte den Cadillac und riß die Fahrertür auf. Er ließ sich hinters Lenkrad sinken und tastete mit der rechten Hand nach dem Zündschloß.

Der Zündschlüssel steckte nicht!

Wo ist er? Wo ist er?

Die nasale Stimme des englischen Rockstars kreischte aus dem auf Brüllautstärke aufgedrehten Fernseher. »... und ›The Touch of a Stranger‹ aus dem Grammophone-Pacific-Album *Tropic of Capricorn* ...«

Junior hat die Schlüssel abgezogen! Junior hat den Schlüssel gebraucht, um den Kofferraum zu öffnen! schrie es in Sals Kopf, während er in verzweifelter Hast zwischen den Polstern und unter dem Sitz suchte. *Nein, sie müssen hier sein! Sie müssen irgendwo hier sein!*

»... gesungen von Isabel ...« Entzückensschreie von den Kids auf den billigen Plätzen. »... und geschrieben von ...«

Wo sind die Scheißschlüssel?

»... Marco Toledano ...«

Das bin ich, registrierte irgendein Teil von Sals Unterbewußtsein. *Das bin ich. Wo sind die Schlüssel?*

Er riß das Handschuhfach auf und wühlte verzweifelt unter den Karten, Stadtplänen und Fahrzeugpapieren, bis seine Finger etwas Kleines, Metallisches berührten. Er zog es heraus und hielt einen Ring mit zwei silberglänzenden Schlüsseln in der Hand.

Lieber Gott, laß das die Reserveschlüssel sein! Laß sie passen!

Seine linke Körperhälfte war jetzt eiskalt und taub. Schock. Regen prasselte auf die Windschutzscheibe und durch die offenen

Türen ins Wageninnere, und Sal versuchte mit zitternden Fingern, den größeren der beiden Schlüssel ins Zündschloß zu stecken. Endlich glitt er hinein, der Motor sprang beim ersten Versuch an, die Scheibenwischer begannen über die Windschutzscheibe zu wischen, und im Scheinwerferlicht war Junior Venezia zu sehen, der – stämmig, klatschnaß und affenartig – nur wenige Meter vor der langen weißen Motorhaube des Cadillacs stand.

Junior hob seine Schrotflinte und zielte auf Sal, der mit einem Aufschrei das Gaspedal durchtrat, doch die Scheißkiste bewegte sich nicht von der Stelle, und im nächsten Augenblick erschien mitten in der Windschutzscheibe plötzlich ein großes Loch, während das restliche Glas milchigweiß zersprang, ohne jedoch herauszufallen. Der weiße Ledersitz rechts neben Sal schien zu explodieren, und der Knall von Juniors Schrotflinte war ohrenbetäubend laut. Sal schrie nochmals auf und versuchte, das Gaspedal durchs Bodenblech zu treten, bis ihm einfiel, daß er den Wählhebel des Automatikgetriebes in Stellung D bringen mußte. Die Limousine schoß vorwärts – *Ich sehe nichts!* –, und Sal spürte einen häßlichen Schlag, unmittelbar bevor Juniors Körper über die Motorhaube und durch die zersplitterte Windschutzscheibe ins Wageninnere geschleudert wurde.

Sal ließ das Steuer los und riß die Arme hoch, um sein Gesicht zu schützen, und die Limousine schleuderte im Schlamm, streifte einen Baum, rasierte zwei kleinere glatt ab und geriet dann mit beiden linken Rädern über den befestigten Rand der Landzunge. Der Cadillac blieb dort einen Augenblick wie ein verendendes milchweißes Mastodon hängen; dann überschlug er sich die Böschung hinunter einmal, zweimal, dreimal und blieb mit der blutverschmierten Motorhaube im Wasser auf seinem eingedrückten Dach am Seeufer liegen.

»Und der Song des Jahres ist…«, näselte der englische Schwule. »Hmmm, *wie* kriegt man diese Umschläge auf?« Lacher aus dem Publikum. »Ah, da haben wir's! Der Song des Jahres ist… ›The Touch of a Stranger‹!« Das Publikum raste, und der Engländer mußte seinen Namen brüllen: »Von Marco Toledano!«, und dann stimmte die Band im Orchestergraben seine Melodie an.

Ich hab' gewonnen, dachte Sal und zog sich unter Junior Venezia hervor, der mit vollem Gewicht auf seinen Beinen lag. Der Tote und er waren im hinteren Wagenteil gelandet. In der auf dem Dach liegenden Limousine roch es nach Whiskey und Champagner aus zersplitterten Flaschen, die aus der eingebauten Bar gefallen waren. Der auf dem Kopf stehende Fernseher war nur eine Handbreit von Sals Gesicht entfernt, die Lautsprecher dröhnten in seinen Ohren, und Isabel in der modisch-lässigen Jacke, die Sal ihr erst letzte Woche in der King's Road aussuchen geholfen hatte, kam leichten Schritts die glitzernde Bühnentreppe herauf, und die Massen begrüßten sie jubelnd, und Isabel winkte ihren Fans lächelnd zu, und der Applaus war in der auf dem Dach liegenden Limousine ohrenbetäubend laut.

»Isa*bel!* Isa*bel!* Isa*bel*!« kamen die Sprechchöre, und der Ansager staunte mit gespielter Intimität flüsternd: »Nun, damit ist der Triumph vollkommen. Isabel hat heute abend die Musikwelt erobert!«

»Isa*bel*! Isa*bel*!«

»...ein phantastischer Erfolg für eine achtzehnjährige Künstlerin, die...«

»Isa*bel*! Isa*bel*!«

»*Junior!*« kreischte Nicky irgendwo ganz in der Nähe. »*Junior!*«

»Isa*bel*! Isa*bel*!«

Eine der Autotüren war bei dem dreifachen Überschlag abgerissen worden, und draußen verwandelte der herabprasselnde Regen den Uferstreifen in schlammigen Morast. Sal schob sich über zersplitterte Flaschen auf die verzogene Türöffnung zu.

»*Junior!*«

Sal beobachtete, wie ein Paar Füße aus einiger Entfernung rasch durch den Regen näher kam. Mit Troddeln verzierte Slipper von Gemelli de Janeiro. Nur das Beste für Nicky Venezia.

»*Junior!*«

»Isa*bel!* Isa*bel!* Isa*bel*!«

Auf dem kleinen Bildschirm war sie strahlend, atemberaubend schön. In ihre schwarze Lockenpracht waren Strähnchen in Pink und Silber eingezogen, die ihre dunklen Augen funkeln und ihren glatten braunen Teint leuchten ließen.

»Isa*bel!* Isa*bel*!« skandierten die Kids.

Sie stand hinter dem Rednerpult, lächelte ihnen zu und akzeptierte huldvoll ihre Bewunderung. Als sie dann die Hände hob, herrschte augenblicklich Stille. Isabel, Herrscherin im Reich der Musik.

Die schlammverkrusteten Schuhe waren jetzt viel näher. Sal zog sich keuchend durch Blut und Glas und Schnaps in Richtung Türöffnung.

»Marco kann heute abend nicht hier sein...« Isabel sprach mit reizendem Akzent, von dem nichts zu hören war, wenn sie sang.

Nicky kniete nieder, um den umgestürzten Cadillac zu inspizieren, und sein Blick traf Sals.

»... aber wenn er hier wäre, würde er allen danken wollen, die...« Ihre Stimme gellte in seinen Ohren.

Nickys Pistole war auf ihn gerichtet. Sal starrte in die Mündung, aus der sein Tod kommen würde, und fragte sich, ob er die Kugel noch sehen würde.

»... und er würde diese Gelegenheit nutzen, um...«

Dann kreischte Nicky Venezia: »*Verrecken sollst du, Arschficker!*«, und Sal traf ihn mit Giovannis deutscher Luger. Zum zweiten Mal in dieser Nacht ließ Nickys Gesichtsausdruck sprachlose Überraschung erkennen; dann griff er sich an die Brust und kippte seitlich in den Schlamm. Trotzdem blieb sein Blick starr auf Sal gerichtet, und er begann nochmals, seine Pistole zu heben.

»*Laß mich in Ruhe!*« brüllte Sal, aber Nicky lächelte nur kalt und hob seine 45er zitternd mit beiden Händen.

»*Arschloch!*« jammerte Sal, während er Nicky eine Kugel nach der anderen in Gesicht und Oberkörper jagte. Er schoß wieder und wieder, bis das gesamte Magazin leer war. Jetzt stank es in dem Autowrack nach Whiskey und Angstschweiß und Kordit. Und nach dem Schlachthofgeruch von frisch vergossenem Blut.

Ich lebe. Das war eine unglaubliche Vorstellung, und es dauerte einige Zeit, bis das Bewußtsein der Realität sein adrenalingespeistes Entsetzen verdrängte. *Ich lebe. Ich lebe, und sie sind tot. Alle drei.* Seine Hand, in der er die Luger hielt, begann heftig zu zittern. *Ich lebe, und Nicky Venezia ist tot. Ich hab' ihn erschossen.*

Dann rutschte das Autowrack leise knirschend etwas tiefer ins Wasser, und Sal hatte es plötzlich sehr eilig rauszukommen, weg von dem Blut und dem Gestank und Junior Venezias Leiche. Er zwängte sich durch die deformierte Tür, machte einen Bogen um Nickys durchlöcherten Leichnam und kroch auf allen vieren davon. Als er weit genug von den Toten entfernt war, versuchte er aufzustehen, aber seine Beine wollten ihn nicht tragen, was nicht an den Schmerzen wegen seiner Verletzungen lag.

Sal zitterte noch immer am ganzen Leib vor Entsetzen. Er sackte im Schlamm sitzend an einem Baumstamm zusammen und begann zu weinen. Regen prasselte auf ihn herab, und er schluchzte und schluchzte. Dann sah er zu den Gewitterwolken auf und kreischte. *»Ich hab' sie erledigt, Papa! Ich hab' die Schweine für dich erledigt! Hoffentlich braten sie jetzt in der Hölle, die Drecksäue!* Er vergrub seinen Kopf in den Armen und heulte mit aufgerissenem Mund, Tränen und Regentropfen auf dem Gesicht und hochgezogenen, zitternden Schultern wie ein verängstigtes Kind.

Es dauerte lange, bis Sal endlich wieder wie ein Mensch zu denken begann, statt wie ein ums Überleben kämpfendes Tier, und der erste Gedanke, den er in seiner Benommenheit faßte, war: *Diese Sache ist noch nicht zu Ende. Ich muß schleunigst verschwinden. Möglichst weit weg von Isabel. Das hier wird Little Johnny nicht gefallen.*

Sal rappelte sich auf und stolperte zu der Limousine zurück. Sie hatte ihn hierher zum Lake Hollywood gebracht, und in seiner augenblicklichen Benommenheit bildete er sich ein, sie werde ihn auch wieder fortbringen. Aber der Cadillac hatte Totalschaden und rutschte Zentimeter für Zentimeter in den See ab. Sal starrte das Autowrack und Nickys Leiche noch einige Zeit an; dann wandte er sich ab und nahm mit schmerzverzerrtem Gesicht humpelnd den Weg zur Straße hinauf in Angriff.

Er war erst wenige Meter weit gekommen, als er auf Nickys Taschenlampe stieß, die halb im Schlamm steckte und ihre nähere Umgebung schräg anstrahlte. Am äußersten Rand des ovalen Lichtkreises fiel ihm etwas auf. Als Sal den Gegenstand mit dem Fuß anstieß, erwies er sich als schlammbedeckter Aktenkoffer. *Giovannis Aktenkoffer! Giovannis Geld!*

Sal sank stöhnend auf die Knie und machte sich daran, die ringsum verstreuten regennassen Bündel aus Hundertdollarnoten einzusammeln. Nachdem er alle, die zu finden waren, in den durchweichten Aktenkoffer gestopft hatte, gelang es ihm, den Koffer zu schließen, ihn sich unter den rechten Arm zu klemmen und wieder auf die Beine zu kommen. Sein Knie pochte, und der Rippenstreifschuß hatte die ganze linke Körperhälfte kurzgeschlossen, so daß er sein verletztes Bein oft *nachziehen* mußte, aber die Schmerzen waren gut, sie bewiesen, *daß er lebte, Mann, während Nicky Venezia nie wieder was spüren würde.*

Sal brauchte fast eine Stunde, um die Straße zu erreichen. Der Regen war stärker als je zuvor: Er bombardierte Sals Gesicht mit eisigen kleinen Wasserkugeln und überschwemmte die Straßen mit rauschenden Sturzbächen, die kein Rinnstein mehr fassen konnte. Die Sintflut kam so konzentriert, daß Sal das Gefühl hatte, er kämpfe sich durch Nebel oder fliege durch eine Wolkenbank – derart eingeschränkt waren die Sichtverhältnisse.

Sein durchnäßter Smoking bot ihm wenig Schutz, genausogut hätte Sal nackt sein können. Das Smokinghemd klebte durchsichtig an seinem Oberkörper und war links von seinem Blut verschmiert. Hätte jemand Sal dahintorkeln gesehen – hinkend, blutend, durchnäßt, offenbar unter Schock stehend, eine gespenstische Erscheinung –, hätte er sofort 911 gewählt, aber in dieser Nacht war auf den Wohnstraßen von Hollywood Hills niemand unterwegs, der ihn hätte sehen können. Das Gewitter hatte alle in die Häuser getrieben, in denen sie vor dieser Sintflut sicher waren, und Sal mußte zusehen, wie er aus eigener Kraft weiterkam.

Nach einiger Zeit bewirkten Schock und Blutverlust, daß er kaum noch vernünftig denken konnte: Er war – mental und geographisch – desorientiert und irrte atemlos und völlig benommen durch den Regen weiter. Manchmal glaubte Sal, wieder in New Orleans zu sein und von Nicky gejagt zu werden. Dann erinnerte er sich daran, daß Nicky tot war ... ebenso wie Junior und Jimmy Van, wie Dago Red und Joe the Hack. Etwas später dachte er an Isabel und sah sie, wie er sie gestern gesehen hatte, als er geglaubt hatte, Nicky habe ihr Säure ins Gesicht geschüttet. Zuletzt begann Sal wieder zu schluchzen, ohne zu wissen, warum, und taumelte wie betrunken durch den Regen weiter.

Instinktiv folgte Sal den bergabführenden Straßen, so daß er nach endlos langer Zeit die letzten Hügel über Hollywood erreichte.

Dort schoß erdbraunes Regenwasser bedrohlich rauschend durch die Rinnsteine und riß mit rachsüchtiger Gewalt Kinderspielzeug und Mülltonnen mit sich zu Tal. Los Angeles liegt am Nordrand einer Küstenwüste, die bis hinunter nach Südkalifornien reicht, und wie in allen Trockengebieten überlasten schwere Gewitter in kürzester Zeit die Kanalisation, überfluten Straßen, erodieren Hügel, schwemmen Häuser weg, verwandeln Bäche in Flüsse und lassen Flüsse über ihre betonbewehrten Ufer treten.

Die brodelnd vorbeischießenden Wassermassen reichten Sal bis an die Knie. Er hielt Giovannis Aktenkoffer fest umklammert und platschte durch die schmerzhaft kalte Flut. Einmal verloren seine wackligen Beine den Halt in der reißenden Strömung, und er wurde, schreiend und um sich schlagend, davongeschwemmt, bis er sich an einem geparkten Auto festhalten und hochziehen konnte. Danach arbeitete er sich von Wagen zu Wagen, von Laternenmast zu Laternenmast vorwärts, indem er mit einer Hand Giovannis Aktenkoffer an sich preßte und mit der anderen nach dem nächsten Halt griff.

Dann watete er um eine Straßenecke und sah sich mit einer Höllenszene konfrontiert. Die in einem der Canyons zusammenströmenden Wassermassen hatten eine regelrechte Flutwelle gebildet, welche zwei Dutzend Autos mitgerissen und an der ersten freien Kreuzung achtlos durcheinandergeworfen hatte. Und dann war der unterspülte Berghang abgerutscht, so daß mindestens zehn Häuser, von denen keines unter drei Millionen Dollar gekostet hatte, von einer Geröll- und Schlammlawine mitgerissen und teilweise begraben worden waren.

Sal stand in hüfthohem Wasser und beobachtete, wie Feuerwehrleute und Polizisten, die jeweils zu Hunderten zusammengeströmt zu sein schienen, im sintflutartigen Regen durcheinanderliefen, -brüllten und -fluchten, während sie in Schlamm und Geröll nach Überlebenden suchten. Dutzende von liegengebliebenen Streifenwagen, die bis über ihre Radkästen in den schlammigen Fluten standen, erhellten mit ihren Blinkleuchten die gespenstige Szenerie. Trupps von Straßenbauarbeitern in fluoreszierenden orangeroten Helmen und Westen schleppten auf ihren Schultern Sandsäcke durchs hüfthohe Wasser, um am Fuß des Hügels hastig einen Damm gegen weitere Unterspülungen zu errichten.

Krankenwagen, Feuerwehrautos, schluchzende Angehörige, die nach ihren Vermißten riefen, und Bergungshelfer, die sich Anweisungen zubrüllten, während sie bei stärkstem Regen fieberhaft in den reißenden Fluten arbeiteten – das alles war eine passende Fortsetzung des Alptraums, den Sal in dieser Nacht erlebte. Diese Nacht würde niemals enden. Das wußte Sal inzwischen. Diese Nacht würde bis an sein Lebensende dauern.

Er stolperte an den Cops und Rettern vorbei, ohne aufzufallen – nur ein weiterer Anwohner, der auf der Heimfahrt steckengeblieben war – und fand sich einige Blocks weiter auf dem nur knöcheltief unter Wasser stehenden Sunset Boulevard wieder, an dem sein Hotel stand. *Wohin?* fragte Sal sich, während er im Regen die Augen zusammenkniff. *In welcher Richtung liegt das Beverly Hills? Und wie spät ist's?* Es konnte Mitternacht oder vier Uhr morgens sein – Sal hatte nicht die geringste Ahnung.

In seiner Benommenheit fürchtete Sal einen Augenblick lang eine Falle. *Die Venezias warten auf dich, und alle anderen haben die Straße geräumt!* High Noon im mitternächtlichen Regen. Aber dann fiel ihm ein, daß er die Venezias – oder zumindest einige von ihnen – umgelegt hatte; er entschied sich für die von den Hügeln wegführende Richtung und torkelte auf dem Gehsteig weiter. Sein Knie schmerzte, seine linke Körperhälfte war gefühllos, und sein Verstand setzte zwischendurch immer wieder kurz aus, während er an den Hot-dog-Ständen mit herabgelassenen Rolläden, den mit Scherengittern gesicherten Leihhäusern und den Tag und Nacht geöffneten Sexshops vorbeihinkte, die zusammen die schäbige Realität des Hollywoodmythos bilden.

Der Regen hatte nicht im geringsten nachgelassen. Er fiel nun schon seit vierundzwanzig Stunden mit unverminderter Intensität, und die Einwohner von Los Angeles hatten sich der Übermacht des Unwetters ergeben. Sie hatten ihr Alltagsleben ausgesetzt und sich in ihren Häusern verkrochen, um auf das Abflauen des Unwetters zu warten.

Sal setzte schwankend einen Fuß vor den anderen und bewegte sich langsam, schmerzhaft und unaufhaltsam vorwärts. Seine Kleidungsstücke waren so naß und schwer, daß sie als eiskalte Kompresse an seinem Leib klebten, welchen alle paar Meter Fieberschauer schüttelten. Sein Bewußtsein setzte zwischendurch immer wieder aus, was er erst bemerkte, wenn er einen halben Block weiter westlich wieder zu sich kam. Einmal schreckten ihn lautes Hupen und ein Schwall Spritzwasser auf: Er war mitten auf den Sunset Boulevard hinausgewankt und hatte den einzigen vorbeifahrenden Wagen zu einem Ausweichmanöver gezwungen.

Wo der Strip einen Bogen nach Westen beschrieb, veränderte er sich allmählich vom Häßlichen zum lediglich Teuren. Hier gab es riesige Schallplattenläden, elegante Boutiquen und schicke Trattorias, die jedoch alle wegen des Wetters *cerrado* – geschlossen – waren. Sal torkelte weiter, nahm seine Umgebung kaum noch wahr und versuchte nur, auf den Beinen und in Bewegung zu bleiben. Er war das Opfer einer Gesichtsfeldverengung: Seine Welt war auf einen kleinen nassen Punkt einige Schritte vor ihm reduziert, auf den er mit letzter Kraft zuwankte.

Der Sunset Boulevard beschrieb einen weiteren Bogen, und nun war er in Beverly Hills. Hier standen einige der teuersten Häuser der Welt. Diese Villen, deren einzige Gemeinsamkeit der amerikanische Palaststil war, waren die marktschreierischen Tempel kapitalistischen Erfolgs. Ab einer bestimmten Uhrzeit war es in Beverly Hills verboten, in Wohnvierteln zu parken oder die Gehsteige zu benützen, aber in dieser Regennacht hielt Sal niemand auf, als er an üppiggrünen Rasenflächen, schmiedeeisernen Parktoren, mit Petrodollars gekauften Taras und mit Yen bezahlten englischen Herrenhäusern vorbeiwankte. Bis er irgendwann über die Granitkante einer vollgelaufenen Blumenrabatte stolperte, den Kopf hob und eine geschmackvolle grüne Neonschrift durch die Regenschleier leuchten sah: BEVERLY HILLS HOTEL.

Ich hab's geschafft, begriff Sals Verstand langsam. *Wider Erwarten geschafft. Hätt' nie gedacht, daß ich das Hotel wiedersehen würde. Hätt' nie gedacht, daß ich Izzy wiedersehen würde.*

»Izzy«, flüsterte er wie ein magisches Mantra, während er sich die lange Zufahrt hinaufquälte. »Izzy.« Dann überlegte er sich: *Auf keinen Fall in die Hotelhalle. So darf mich niemand sehen. Fragen.* Sal kletterte schwankend über das Geländer hinter der niedrigen Hecke und stand auf dem Weg, der zu den Bungalows führte.

Hier hat Nicky ihr das Zeug in die Augen gekippt, dachte er, als er an der Stelle vorbeikam. *Okay,* das *tut der Scheißkerl nie wieder.* Er schleppte sich über die nassen Steinplatten weiter. *Welcher Bungalow ist unserer?* Sal blieb stehen, wischte sich mit den Fingern das Wasser aus den Augen und versuchte, durch die Regenwand zu sehen. *Welcher? Der dort? Nein, der gehört Karl. Oder hat Karl den dort drüben?* Dann hörte er Isabels Stimme. Er verstand nicht, was sie sagte, und wußte nicht, wo sie war, weil der Regen alle Geräusche dämpfte, aber ihre Stimme hätte er überall wiedererkannt.

»Isabel«, rief Sal halblaut, während er sich suchend umdrehte. »Isabel.«

Er hörte sie wieder. Diesmal schien sie aufzuschreien, und er spürte, wie seine nassen Nackenhaare sich zu sträuben versuchten. *Aber ich hab' sie alle umgebracht. Ich habe sie alle umgebracht.*

Dann fragte jemand hinter ihm: »Marco?« Sal fuhr mit der deutschen Luger in der Hand herum. Er konnte sich nicht daran erinnern, die Pistole wieder ins Halfter geschoben zu haben, aber dort hatte sie gesteckt.

»Marco?« fragte Giovanni aus seinem Rollstuhl heraus, mit dem er unbemerkt herangerollt war. Jemand hatte einen großen Schirm am Metallrahmen des Rollstuhls befestigt, und der Regen trommelte auf den straffgespannten Stoff. »Marco?«

»Gio...«

»Ah, Marco!« rief der kleine alte Mann und breitete seine Arme aus. »Ich hab' geglaubt, sie haben dich umgebracht! Ich hab' geglaubt, du bist tot!«

Sal beugte sich über ihn, und Giovanni legte ihm die verkrümmten Hände auf seine zitternden Schultern. »Ich hab' auf dich gewartet! Ich hab' die ganze Nacht auf dich gewartet!« Seine klugen Augen, in denen Tränen glitzerten, suchten Sals nasses Gesicht ab. »Ich hab' geglaubt, sie haben dich erledigt, Marco!« Dann kniff er die Augen zusammen. »Kommen sie etwa hierher?«

Sal schüttelte den Kopf. »Ich hab' sie erledigt, Gio. Sie können ihr nichts tun.« Er legte dem Alten seinen ramponierten Aktenkoffer auf den Schoß. »Ich hab' dir... ich hab' dir dein Geld wieder mitgebracht.« Durch das Rauschen des Regens hindurch hörte er wieder Izzys Stimme und sah sich rasch um. »Wo ist sie?« Er starrte Giovanni an. »Ich muß fort, Gio«, sagte er traurig. »Ich muß untertauchen und darf nie wieder zurückkommen. In meiner Nähe ist sie in Gefahr.«

Giovannis verkrümmte Klaue krallte sich in Sals durchnäßten Smoking. »Dann geh, Marco! *Sofort!*«

Sal nickte benommen. »Ja. Aber ich muß mich von ihr verabschieden. Ich muß ihr erklären, warum ich verschwinde.«

»Geh sofort! Ich erzähle ihr alles ...«

Dann war ein weiterer halblauter Schrei zu hören, der Sals Ohren sehr vertraut klang. Er ließ Giovanni stehen und hinkte in die Richtung, aus der die Stimme gekommen war.

»Marco, du bist verletzt!« rief Giovanni mit Verzweiflung in der Stimme. »Du mußt sofort zum Arzt! *Geh sofort, Marco!*«

Sal registrierte kaum, was der Alte ihm hinterherrief. *Isabel. Jesus, ich hab' geglaubt, ich würde sie nie wiedersehen, und jetzt muß ich sie für immer verlassen.* Sal hörte sie wieder mit gedämpfter, unverständlicher Stimme nach ihm rufen und hastete auf sie zu. *Isabel, ich liebe dich, Baby, und lasse niemals zu, daß jemand dir was tut.*

»Marco!« rief der kleine Giovanni hinter ihm her. »Geh sofort, Marco! *Bitte!*«

Das wird das Schwierigste, was ich jemals getan habe. Ich muß für immer von ihr fort. Ausgerechnet jetzt, wo wir alles erreicht haben, wovon wir geträumt hatten. Ausgerechnet jetzt, wo wir ...

Dann war erneut ein leiser Schrei zu hören – diesmal sehr nahe. *Ich bin ganz durcheinander. Ich dachte, dies sei Karls Bungalow. Ich dachte ...*

Ein weiterer Aufschrei, der Sal besorgt machte. *Was hast du, Baby?* Anstatt nach vorn zum Eingang des Bungalows zu gehen, stapfte er durch ein schlammiges Blumenbeet und stand dann auf der kleinen Terrasse vor der Glasschiebetür. Als er sie zu öffnen versuchte, glitt sie auf geölten Rollen lautlos zur Seite. *Sie hätte diese Tür absperren sollen. Das muß ich ihr noch sagen.* Er schob die leichten Vorhänge beiseite und betrat den Bungalow. *Augenblick!* Er war völlig desorientiert. *Ich bin so durcheinander, daß ich gedacht hab', unser Schlafzimmer sei dort drüben. Wo ist sie?*

Dann hörte Sal ihre Stimme ganz nahe. Er sah sich in dem dunklen Raum um, der von einer flackernden Kerze nur ungenügend erhellte wurde, sah das französische Bett, um das herum acht Grammy Awards wie Ikonen ausgelegt waren – und sah Isabel, die nackt und von einem dünnen Schweißfilm bedeckt über Karl hockte und sich auf seinem großen, erigierten arischen Glied auf und ab bewegte. Sal beobachtete sie einige Augenblicke lang und dachte daran, wie oft sie sich vor dem Spiegel geliebt hatten, weil er es liebte, sie ficken zu sehen.

Und er dachte: *Wie kann etwas, das ich so schön gefunden habe, mir jetzt so häßlich vorkommen? Wie kann etwas, das mir gehört hat, so plötzlich einem anderen gehören? Wie kann ... wie kann ...?*

Sal trat näher ans Bett heran. Das warme, flackernde Kerzenlicht ließ ihre Leiber plastisch dreidimensional wirken – wie eine pornographische Holographie. Karl, der auf dem feuchten Laken auf dem Rücken lag, gebrauchte seine blassen preußischen Hände, um Isabels üppige Hüften zu lenken, wobei er auf deutsch Obszönitäten grunzte. Ihre Reaktion bestand aus keuchend hervorgestoßenen portugiesischen Satzfetzen, und die unpersönliche, masturbatorische Stimmung dieser gegenseitigen Anfeuerungen machte alles irgendwie noch erotischer und gleichzeitig schrecklicher.

»*Sim, sim!*« rief sie aus. »*Dá pra mim!*« *Gib's mir!*

»*Hure! Hure!*« grunzte Karl. Sal stand im Halbschatten neben dem Bett, sah zu, wie die beiden fickten, spürte die von ihren Körpern abgestrahlte Hitze, hörte ihre ekstatischen Schreie und *roch* ihre Drüsensekrete –Schweiß und Samen und Isabels Säfte –, bis eine Stimme in seinem Inneren sagte: *Genug! Ich halt's nicht mehr aus. Nicht heute, nicht morgen, nicht in Zukunft.*

Sal hob seine Luger und zielte damit auf Karls Stirn, die keinen Meter von ihm entfernt war. Karl riß seine vor Gier zusammengekniffenen Augen entsetzt auf, als die Waffe langsam aus dem Halbdunkel in den Kerzenschein kam. Er rief etwas Unverständliches auf deutsch und warf Izzy von sich herunter. Sal trat rasch ans Bett und rammte ihm die Pistolenmündung an die Schläfe. Der nackte Deutsche erstarrte.

»Nicht schießen!« rief er auf deutsch, aber Sal verstand ihn trotzdem.

»Steh auf, du Arschficker!« knurrte Sal halblaut. »Los, steh auf!«

Karl rappelte sich langsam von dem feuchten, verknitterten Laken auf und blieb auf der Matratze stehen. Sal zielte weiter mit der Luger auf seinen Kopf, während er mit der linken Hand die Nachttischlampe anknipste. Der Deutsche blinzelte ängstlich ins grelle Lampenlicht. Sein Schwanz, der noch von Isabels Nässe glänzte, stand unsicher auf Halbmast, weil er nicht wußte, warum das Spiel abgebrochen worden war. Isabel, die zusammengezuckt war, als das Licht aufgeflammt war, drückte sich mit dem Rücken an die Wand. Ein seltsames Lächeln umspielte ihre Lippen.

»Das gefällt dir wohl, was?« schrie Sal sie an. »Für dich ist alles ein Riesenspaß, wie?«

Sie gab keine Antwort, aber ihre glitzernden Augen blieben starr auf ihn gerichtet.

»Wie lange dauert dieses Scheißspiel schon?« krächzte Sal mit erstickter Stimme. »Wie lange?«

Sie gab keine Antwort, aber Sal merkte, wie sehr sie diesen Auftritt genoß. In der Nacht ihres Triumphs in flagranti ertappt, vielleicht sogar ermordet zu werden ... Isabel lebte ihr Leben in extremster Form und kostete jede Sensation, die es ihr bot, bis zur Neige aus.

»Möchtest du ihn vielleicht sterben sehen?« Er setzte die Mündung seiner Pistole auf Karls Herz. »Würde dir das gefallen?«

»*Bitte*«, flüsterte Diederich, auf dem Bett stehend. »*Bi-bitte.*«

»Ich hab' heut nacht schon drei andere Kerle umgebracht. Das wird von Mal zu Mal leichter.« Sal starrte den Deutschen an. »Einer mehr oder weniger spielt keine Rolle.«

»*Bitte, bitte* ...« Karl schluchzte jetzt.

»Glaubst du, daß sie dir 'ne Träne nachweint?« fragte Sal ihn. »Sieh sie dir bloß an! Sie kann's kaum erwarten, daß ich dich Scheißkerl abknalle!«

»Bi-bitte, Marco, ich ...« Karl verstummte abrupt, als er merkte, daß aus seinem jetzt schlaffen Glied ein dünner Harnstrahl auf die Matratze floß. Er begann heftig zu zittern.

»*Du Miststück!*« brüllte Sal Isabel an. »Ich hab' dich geliebt! Verdammt noch mal, ich hab' dich *geliebt*!«

Isabel starrte ihn wie gebannt an. Rücken und Handflächen blieben an die Wand gepreßt, ihr Leib war noch immer schweißnaß, und ihre Nasenflügel bebten bei jedem Atemzug.

»Ich hab' dich geliebt!« Sal war eine Höllengestalt. Sein schlammiger, klatschnasser Smoking klebte an ihm, seine verfilzten Haare hingen ihm ins Gesicht, in seinem Bart klebten Erdklumpen, und sein ehemals weißes Hemd war blutverschmiert. Seine Wut erfüllte das Hotelzimmer wie ein stechend scharf riechendes Gas. »Deinetwegen hab' ich heut nacht drei Männer umgebracht, du verfluchte Schlampe! Drei Männer, damit sie dir nichts tun können!«

Sie schwieg weiter.

»Beinahe hätten sie mich umgelegt!« brüllte Sal. »Und das nicht nur einmal! Ich komme zurück, um dir zu sagen, daß ich fort muß – und finde dich mit diesem Scheißkerl im Bett!«

In seiner panischen Angst stöhnte Karl laut. Sal fuhr wütend herum. *»Halt's Maul, du Arschficker!«* Er wandte sich wieder an Isabel. »Was hat er denn, das so verdammt gut ist? Dagegen läßt sich was machen!« Sal nahm die Luger von der Brust des Deutschen und rammte sie gegen seine Hoden. Diederich stieß einen Schrei aus und mußte sich am Kopfende des Betts festhalten, weil seine Knie nachzugeben drohten. »Was hindert mich daran, ihm den Schwanz abzuschießen? Willst du ihn als Abschiedsgeschenk haben? Du kannst ihn in Spiritus neben dein Bett stellen und ihn dir reinstecken, wann du Lust hast. Na, wie würd' dir das gefallen, Schlampe?«

Isabel gab keine Antwort, aber sie fuhr sich mit der Zungenspitze erregt über die Lippen, ohne Sals Blick auszuweichen.

»Mar-Marco, bitte, *bitte ...*«, jammerte Karl kläglich.

»Ich hab' gesagt, du sollst's Maul halten!« brüllte Sal ihn an. Er zielte auf Karls linke Kniescheibe und drückte ab. Das Klicken der leergeschossenen Pistole erschreckte ihn fast ebenso wie Diederich, der die Augen verdrehte und bewußtlos zusammensackte. *Sie ist leer,* dachte Sal, während er Diederich anstarrte. Er hatte ganz vergessen, daß er die Luger auf Nicky Venezia leergeschossen hatte. Er wandte sich wieder Isabel zu, die ihren Kopf in den Nacken geworfen hatte und ihn mit glitzernden, zu schmalen Schlitzen zusammengekniffenen Augen anstarrte.

Sieh sie dir bloß an! Gott, sie ist wirklich die schönste Frau der Welt. Diesen Blick kenn' ich. Sie will gefickt werden. Sie will, daß ich sie an die Wand lehne und es ihr besorge. Das Ganze macht sie auch noch geil. Ich soll Karl als Vorspiel ermorden und sie dann auf seiner Leiche ficken. Sie ist verrückt! Völlig übergeschnappt! Aber das ist trotzdem keine Entschuldigung.

»Warum hast du mir das angetan?« flüsterte Sal, neben dem Bewußtlosen stehend. »Warum? *Ich liebe dich!*«

Sie schwieg noch immer, aber in ihrer Miene zeichneten sich Lust und Angst, Verachtung und Erregung ab.

»*Antworte!*« schrie Sal sie an. Er war mit zwei, drei raschen Schritten bei ihr und knallte den Pistolengriff knapp über ihrem Kopf gegen die Wand. Der Schlag hinterließ eine Kerbe im Prägemuster der Tapete. Isabel, die nur leicht zusammengezuckt war, funkelte ihn trotzig an. »*Du sollst antworten, verdammt!*« brüllte Sal und hämmerte mit dem Pistolengriff gegen die Gipsplattenwand über ihrem Kopf, bis ein Loch entstanden und Isabels zerzaustes Haar weiß eingestäubt war. »*Willst du, daß ich dich umbringe?*« kreischte er, während ihm Tränen übers Gesicht liefen. »*Willst du das?*«

Isabel schwieg und starrte ihn herausfordernd an. Um ihre leicht geöffneten Lippen spielte ein fast verächtliches Lächeln, das Sal die Beherrschung verlieren ließ. Er schlug ihr mit der linken Hand ins Gesicht. Ihr Blick ließ endlich Angst erkennen, aber sie bemühte sich sehr, sie zu verbergen. Als Sal nochmals zuschlug, bekam sie seine Hand mit den Zähnen zu fassen und biß kräftig hinein. Er schrie auf und stieß sie mit all seiner Wut von sich weg. Ihr Körper knallte gegen die Wand, und ihr Kopf schlug wie der einer Gliederpuppe an die Tapete. Während Isabel zu Boden glitt, versuchte sie noch, sich an seinen nassen Sachen festzuklammern.

Sal stürzte sich sofort mit jagendem Puls und jäh erwachter Blutgier auf sie. Er stemmte seine linke Hand gegen ihre Brust, drückte sie gewaltsam zu Boden und hob die Luger hoch über den Kopf, um sie auf ihren Schädel – *durch* ihren Schädel – zu hämmern, als Isabel entsetzt aufschrie: »Nein, Marco! *Nicht! Nicht!*«

Ihre Stimme traf *ihn* wie ein Schlag ins Gesicht – dies waren die ersten Worte, die sie gesagt hatte, seit er den Raum betreten hatte –, und Sal wich vor ihr, vor *sich selbst* zurück, als ihm klar wurde, was er hatte tun wollen. Die Luger schwebte wie die Axt eines Scharfrichters in der Luft, und Isabels Gesicht war zu einer Maske des Schreckens erstarrt, den sie sich endlich doch zu empfinden gestattet hatte. Dieser Augenblick, in dem die Zeit stillzustehen schien, prägte sich ihren Seelen unauslöschlich, unaussprechlich, unveränderlich ein, und dann verschwand Sals Zorn wie das Blut eines Selbstmörders im Badewannenabfluß und wich einer tiefen, alles verzehrenden Trauer.

Sal ließ die Pistole sinken und nahm seine Hand von Isabels Brust. Sie kroch unter ihm hervor und blieb, an die Wand gelehnt, hocken. Sie schluchzte jetzt wie ein Kind – *untröstlich* –, während sie die Knie bis an ihre Brust hochzog und mit beiden Armen umschlang. Jetzt sah sie nicht mehr wie ein internationaler Musikstar, sondern wie ein völlig verwirrtes kleines Mädchen aus, das heulend auf dem Teppich saß.

Sal beobachtete sie lange so. Sie schien nicht einmal wahrzunehmen, daß er noch da war – so tief waren ihr Kummer und ihre Trauer. Dann erhob Sal sich steif vom Fußboden – seit seine Wut verflogen war, waren die Schmerzen zurückgekehrt – und hinkte langsam quer durch den Raum. Er hatte nur einen flüchtigen Blick für Karl übrig, der, von den obszön ausgebreiteten Grammys umgeben, auf dem Bett hockte. *Einer davon gehört mir.* Dann hatte er die Glasschiebetür erreicht. Er blieb stehen, ohne sich umzusehen, und hoffte eine Sekunde lang, daß sie seinen Namen rufen würde – *Marco! Marco!* –, aber sie schwieg, und er schob den dünnen Vorhang beiseite und trat in den Regen hinaus.

Dort wartete Giovanni, dessen Rollstuhl in dem aufgeweichten Blumenbeet steckengeblieben war. Er hockte unter dem großen Schirm mit Blütenmuster und weinte hemmungslos.

»Marco«, schluchzte er. »Marco, das tut mir so leid!« Ein verkrüppelter alter Mann, der im Regen weinte. »Das tut mir so leid!«

Sal starrte auf den Alten hinab und sagte: »Ich möchte dir für alles danken, was du …«

»*Nein!*« unterbrach Giovanni ihn. »*Ich* möchte *dir* danken.« Die verkrüppelten Hände umklammerten das chromblitzende Gestell seines Rollstuhls, während er schluchzte. »Es tut mir alles so leid.«

Sal hielt ihm die Luger hin. *Die Tatwaffe.*

»Nein!« wehrte Giovanni ab. »Du mußt sie behalten. Und *das* hier.« Er hielt Sal mit bebenden Händen und zitternden Armen den schlammigen Aktenkoffer hin. »Nimm ihn, du wirst das Geld brauchen.«

Sal starrte den Aktenkoffer benommen an.

»Nimm ihn!«

Sal nahm ihn dem Alten mit seiner freien Hand ab. »Ich muß jetzt fort, Gio.«

»Ich weiß. Ich weiß.« Es war seltsam, den alten Millionär so weinen zu sehen. Das machte Sals Trauer noch schmerzlicher.

»Ich kann niemals zurückkommen.«

Giovanni nickte trübselig. Tränenbäche liefen über seine zerknitterte, pergamentartige Gesichtshaut. *»Buena fortuna.«* Eine verkrümmte Hand berührte Sals Arm. »Nimm das Geld. Lauf weit weg, Marco.« Seine Finger glitten über den nassen Smokingärmel. »Ich werd' dich nie vergessen. Niemals!«

Sal wollte irgend etwas, etwas Abschließendes sagen, aber er brachte nur heraus: »Ich hab' sie geliebt.«

Giovanni nickte erneut. »Ich weiß. Ich weiß.«

Die beiden Männer starrten sich noch einen Augenblick an, dann wandte Sal sich wortlos ab und ging in Richtung Ausfahrt davon. Die Nacht war noch immer kalt und einsam; der prasselnde Regen umgab die Straßenlampen mit verschwommenen Lichthöfen. Dann hörte Sal hinter sich bremsende Reifen quietschen und wußte, daß das die Polizei war. Er drehte sich mit der leergeschossenen Waffe in der Hand um und hoffte, daß ein Schuß aus einem Polizeirevolver seinem Leben ein Ende bereiten würde.

»Hey, Mann, wo hast du gesteckt, verdammt noch mal? Jetzt hast du die ganze...« Eric, der am Steuer seines Jeeps saß, starrte Sal unter dem kleinen Notverdeck hervor an. Er verstummte rasch, als er die Szene vor sich aufnahm; Sals durchgeblutetes Hemd, die Luger in seiner Hand, den Blick in seinen Augen. »Scheiße, Mann. Was ist passiert?«

Sal torkelte auf den roten Jeep zu und lehnte sich an den Kotflügel. »Eric, du mußt mir helfen, ja?«

»Klar, Bruder. Jederzeit.« Eric stellte den Wählhebel bereits auf P und öffnete seine Tür, um auszusteigen.

»Was kann ich für dich tun, Mann?« fragte er, als er neben Sal unter einer Palme stand, die ihnen etwas Regenschutz bot.

Sal nickte zu dem Jeep hinüber. »Ich brauch' deinen Wagen. Ich muß verschwinden.«

Eric starrte ihn an. »Hey, Mann, willst du mir nicht erzählen, was passiert ist?«

»Kann ich nicht«, sagte Sal, indem er den Aktenkoffer auf die rote Motorhaube legte und mühsam öffnete. Er griff hinein, nahm eine Handvoll Hunderterbündel heraus, drückte Eric die nassen, schmutzigen Scheine in die Hand und sagte: »Das müßte reichen. Sonst gehst du zu Giovanni.« Sal trat schwankend an die offene Autotür und begann einzusteigen. Dann drehte er sich noch einmal nach Eric um. »Okay?«

Eric blickte auf die Geldscheine in seiner Hand hinunter, begutachtete den schlammigen Aktenkoffer, den Sal trug, und starrte zuletzt wieder seinen Freund an. »Hey, was geht hier ab, Mann?«

»Hab' keine Zeit für Erklärungen. Du wirst es in der Zeitung lesen.« Sal kletterte in den Wrangler und warf den Aktenkoffer auf den Beifahrersitz. Diese Anstrengung und der nächtliche Blutverlust ließen die Welt vor seinen Augen verschwimmen. Er umklammerte das Lenkrad und ließ seine Stirn auf die Fingerknöchel sinken.

Eric trat an den Wagen und berührte Sal an der Schulter. Als er sie zurückzog, hatte er Blut an den Fingern. »Jesus, Bruder, du brauchst 'nen Arzt!«

Sal schüttelte seine Benommenheit ab, hob den Kopf und sah Eric an. Das lange blonde Haar des Schweden war mit einem schwarzen Seidenband zusammengefaßt, das zu seinem Frack paßte. Dazu trug er handgefertigte rote Basketballschuhe, die Sal ein schwaches Lächeln abnötigten.

»Du wirst mir fehlen, Mann«, begann er zu sagen. »Du bist ... na ja, ich meine ...« Sal starrte Eric an. »Danke, daß du mein Freund bist.«

Erics tiefe Besorgnis zeigte sich auf seinem jungenhaften Gesicht. »Laß mich 'nen Arzt holen. Laß mich ...«

Sal trat das Gaspedal durch und fuhr schleudernd an. »*Rock 'n' Roll!*« rief er Eric noch zu und beobachtete dann, wie sein Freund im Rückspiegel kleiner und kleiner wurde, bis er von der Hotelzufahrt auf den Sunset Strip abbog.

Wie Sal am Tag zuvor gehört hatte, dauerte die Fahrt von L. A. zum Grenzübergang Tijuana etwa vier Stunden. In dieser stürmischen Regennacht brauchte er jedoch eher sechs. Unterwegs verlor er zweimal das Bewußtsein und kam erst wieder zu sich, als der Jeep über den grasbewachsenen Rand der Interstate holperte. Dann lenkte er den Wagen fluchend wieder auf die Fahrbahn zurück. Als er endlich die Grenze erreichte, ließ der unaufhörlich starke Regen zähneknirschend zu, daß sich von den Hügeln im Osten her ein grauer, trüber Tag erhob.

Sein Jeep war das einzige Fahrzeug auf beiden Seiten der Grenze, und als Sal an den Posten im Wachhäuschen heranfuhr, winkte ihn der mexikanische Grenzer, ein verschlafen aussehender Mann in einem grauen Regenmantel, gelangweilt gähnend durch.

Eine Viertelstunde später bog er von der Straße zur ersten offenen Tankstelle ab, die er finden konnte. Hier gab es kein gläsernes Kassenhäuschen für den Tankwart, keine chromblitzenden Zapfsäulen. Nur zwei rostige Handpumpen vor einer unbeschreiblich verwahrlosten Hütte. Der Regen hatte endlich etwas nachgelassen, aber als Sal aussteigen wollte, um Benzin zu pumpen, fehlte ihm einfach die Kraft. Deshalb hupte er mehrmals, bis ein etwa zwölfjähriger Junge mit einer Hasenscharte und einem blinden Auge neben dem Fenster seines Jeeps auftauchte.

Sal angelte einen durchnäßten Hunderter aus seinem Aktenkoffer und streckte ihn durchs Fenster ins Freie. »Benzin«, sagte er mit einer Stimme, die in seinen eigenen Ohren dünn und schwach klang. *Das Röcheln eines Sterbenden,* dachte Sal benommen, während sein Bewußtsein wie eine Glühbirne mit Wackelkontakt flackerte.

Der hasenschartige Junge starrte ihn mit seinem einen Auge wortlos an, bis Sal sich vor Schmerz ächzend aus dem Wagen beugte und ihm den Geldschein in die Brusttasche seines zerrissenen Hemdes steckte.

»Benzin«, verlangte Sal. »*Gasolino.*« Diese beiden Wörter schienen den letzten Rest seiner Kraft aufgezehrt zu haben, und er spürte, daß er wie ein Taucher unter die Oberfläche der Realität glitt. Als sich seine Augen wieder öffneten, hatte er keine Ahnung, wie lange er ohnmächtig gewesen war, aber er konnte sich deutlich erinnern, das typische Geräusch einer Zapfpistole im Einfüllstutzen gehört zu haben, und als er den Motor anließ, sprang die Tankanzeige auf *voll*. Er fuhr quer über das unbefestigte, ölfleckige Tankstellengelände, und als er die Straße erreichte, begannen die Scheibenwischer auf der trocken werdenden Windschutzscheibe zu quietschen. Der Regen hatte endlich aufgehört.

In der folgenden Stunde stand Sals Schicksal auf Messers Schneide. Er war sich bewußt, daß er nicht mehr viel weiter fahren konnte, daß er sich irgendwo verkriechen und seine Wunden lecken mußte, bevor er von der Straße abkam und in den Pazifik stürzte, aber er hatte auch das instinktive Bedürfnis, *wegzulaufen* und auch hier in Mexiko möglichst viele Kilometer zwischen sich und die Ereignisse der letzten Nacht zu bringen. Deshalb hielt er das Lenkrad fest umklammert, unterdrückte die wiederkehrenden Schwindelanfälle, die ihn alles verschwommen oder doppelt sehen ließen, und konzentrierte sich ganz darauf, noch ein paar Kilometer zu fahren, bevor er endgültig das Bewußtsein verlor.

Es gelang ihm, die ausgedehnte Dritte-Welt-Stadt Tijuana zu durchqueren, er passierte Rosarita Beach mit dem Riesenhotel und befand sich dann auf einer hellen, sauberen Mautstraße, die ihm um diese Tageszeit allein gehörte. Die Einwohner der Dörfer entlang einer parallel verlaufenden unbefestigten Straße – eigentlich nur Ansammlungen von Hütten um eine Bar oder *Bodega* herum – waren gerade aufgewacht und traten in die Morgensonne hinaus. Der Sturm hatte viele Dächer beschädigt, und einige kleine braune Menschen waren schon dabei, sie zu reparieren.

An jeder Mautstelle, bei der Sal halten mußte, drückte er dem schläfrigen Kassierer einfach einen Hunderter in die Hand und fuhr weiter. Er wußte natürlich, daß dies keine gute Methode war, nicht aufzufallen, aber er hatte keine Pesos, und außerdem war es kräftezehrend genug, *bloß den Kopf hochzuhalten – von der Suche nach Kleingeld ganz zu schweigen!*

Er zwang sich dazu, bei Bewußtsein zu bleiben, während er durch Puerto Nuevo – Hummer-Menü *$ 6.95!* – und La Fonda – DIE SCHÖNSTE AUSSICHT DER KÜSTE! – fuhr, aber dann bekam er Anfälle von Schüttelfrost und hatte starke Schmerzen, die seinen Blick trübten und nicht mehr nachließen.

Die Straße, die man aus steil zum Pazifik abfallenden Klippen herausgesprengt hatte, war kurvenreich und gefährlich. Sal zitterte und schwitzte und blinzelte krampfhaft, während er das Lenkrad mit beiden Händen umklammerte und versuchte, sich auf den verschwimmenden weißen Mittelstrich zu konzentrieren, der vor seinen Augen auf und ab tanzte. Er sah einen Wegweiser, auf dem ENSENADA 27 km zu stehen schien, was er nicht mit Sicherheit richtig gelesen hatte. Es konnte auch 2 oder 270 Kilometer heißen. Dann wurden seine zitternden Hände am Lederlenkrad des Jeeps gefühllos. Er spürte sie nicht mehr, konnte sie kaum noch sehen. Als seine linke Körperhälfte klebrig-feucht wurde, wußte Sal, daß er wieder blutete.

Zuletzt konnte er nicht mehr und ergab sich einfach seiner Benommenheit, dem Schock und den Schmerzen. Und seiner durch Schlafmangel und die sinnenbetäubenden Schrecken der letzten 24 Stunden ausgelösten völligen Erschöpfung. *Liege ich im Koma? Oder im Sterben?* Seine eigenen Gedanken waren das letzte, dessen Sal sich bewußt war, bis er einige Zeit später – *Nach einer Minute? Nach einer Stunde? Nach einer Ewigkeit?* – eine leichte Berührung im Gesicht fühlte. Er öffnete die Augen und hatte einen Engel vor sich. Einen kleinen, braunen, rotznäsigen Engel.

»*¿Que pasa, señor?*« fragte der Engel und zog das Näschen geräuschvoll hoch. »*¿Está okay?*«

Sal starrte den Engel einen Augenblick verständnislos an, drehte dann den Kopf zur Seite und blickte in die Gegenrichtung. Durch die staubige Windschutzscheibe des Jeeps sah er drei kleine Jungen von zehn, elf Jahren, die ein kastanienbraunes Pferd ohne Sattel über eine noch feuchte, unbefestigte rote Straße führten. Locker gesäumt wurde diese Straße von kleinen Häusern – eigentlich nur Hütten –, die weiß, rosa oder pastellblau gestrichen waren. Als die drei lachenden Jungen den Braunen – einen lebhaften Wallach mit prächtigem Schweif – am Jeep vorbeitänzeln ließen, fühlte Sal sich vollends in eine irreale Traumwelt versetzt.

»*¿Está okay?*« wollte der kleine Engel wissen. Sal drehte seinen Kopf wieder zu ihm herum. »*¿Señor?*«

Das Gesicht des Engels begann zu verblassen, und Sal schloß die Augen. Als er sie wieder öffnete, lag er auf dem Rücken und starrte in eine gleißend helle Lichtquelle. Sal kniff die Augen zusammen, drehte den Kopf zur Seite und sah eine von Rissen durchzogene, abblätternde Zimmerdecke. Er hob eine Hand, um seine Augen vor dem Licht zu schützen. Als sie sich an die Helligkeit gewöhnt hatten, zeigten sie ihm einen weißgestrichenen kleinen Raum mit Wänden aus Hohlblocksteinen, Metallschränke mit ärztlichen Instrumenten und Möbelstücke, die mit weißen Tüchern abgedeckt waren. An einer Wand hing ein grell bonbonfarbenes Christusbild, daneben ein gerahmtes Foto, das ein angekohltes Stück Gewebe mit hebräischer Schrift zeigte.

Sal bedeckte seine Augen mit einer Hand und verlor erneut das Bewußtsein.

Als er wieder aufwachte, nahm er als erstes – noch mit geschlossenen Augen – ein im Raum nebenan eingeschaltetes Radio wahr. Es empfing laut und klar einen Sender aus L. A.

»… und das kleine Mädchen wird seit nunmehr dreizehn Tagen vermißt. Ein weiterer Fall, der die hiesige Polizei beschäftigt, ist der bizarre Dreifachmord am Hollywood Reservoir. Nach dem großen Unwetter wurden dort am Mittwoch morgen zwei Leichen gefunden; am nächsten Tag wurde die gestohlene Limousine mit einer dritten Leiche aus dem Stausee geborgen. Seit zwei Tagen suchen Polizeitaucher den See nach weiteren Opfern ab, aber ihre Suche wird durch die Wassertiefe behindert, die an manchen Stellen über vierzig Meter beträgt. Dazu haben wir heute morgen einen LAPD-Sprecher interviewt.«

Dann die vertrauliche, einschmeichelnde Stimme des Rundfunkreporters: »Glauben Sie, daß im Zusammenhang mit diesen Ermittlungen noch weitere Leichen auftauchen könnten?«

Und die Antwort des medienerprobten Cops: »Das läßt sich zum gegenwärtigen Zeitpunkt nicht mit Sicherheit beurteilen. Solange unsere Ermittlungen nicht abgeschlossen sind, wären solche Schlußfolgerungen reine Spekulation.«

»Ist es richtig, Lieutenant, daß die Opfer keine Papiere bei sich gehabt, daß ihre Kleidungsstücke nicht den geringsten Hinweis auf ihre Herkunft geliefert haben?«

»Äh … zum gegenwärtigen Zeitpunkt ist die Identität der drei Ermordeten noch nicht ermittelt. Weitere Aufschlüsse erhoffen wir uns von der gerichtsmedizinischen Untersuchung.«

Sal spürte das Gewicht einer Hand auf seiner Schulter und hörte eine Männerstimme fragen: »Na, sind wir wieder wach?«

»Können Sie Berichte bestätigen, Lieutenant, wonach die gestohlene Limousine von dem Rockstar Isabel gemietet wurde?«

Sal öffnete langsam die Augen. Diesmal sah er kein grelles Licht und keinen kleinen braunen Engel. Nur einen blassen, großen Mann mit Adlernase. Aus seiner Perspektive konnte Sal schwarze Haarbüschel in seinen Nasenlöchern sehen.

»Dazu vorläufig kein Kommentar«, antwortete der Cop. Bei offenen Augen waren die Stimmen im Radio nebenan viel undeutlicher und schlechter zu verstehen.

»Was ist mit den Gerüchten, denen zufolge die Limousine zuletzt von Isabels Freund, ihrem Texter Marco Toledano, gefahren wurde?«

»Kein Kommentar.«

»Ah!« sagte der große Mann. »Wir *sind* also wach. Wie fühlen Sie sich? Beschissen, nehme ich an.«

»Können Sie bestätigen, daß Toledano seit Dienstag abend, als die Grammy Awards verliehen worden sind, nicht mehr gesehen worden ist?«

»Äh ... ja. Wir würden Mr. Toledano sehr gern einige Fragen stellen, aber offenbar ist er verschwunden.«

»Möchten Sie etwas essen?« fragte der große Mann. Er trug eine weiße Jacke zu ausgebleichten Jeans und *Huaraches*. Seine silbergraue Mähne war ziemlich lang.

»Lieutenant, glauben Sie, daß Marco Toledanos Leiche noch im Lake Hollywood liegt?«

»Das läßt sich zum gegenwärtigen Zeitpunkt nicht mit Sicherheit ...«

»Alicia!« rief der große Mann. »Bring 'ne Schüssel *Albóndigas!*« Er wandte sich wieder an Sal. »Sie macht die besten *Albóndigas* in Baja California. Davon werden Sie in 'ner Woche gesund.«

Nebenan stellte jemand einen anderen Sender ein, der einen lebhaften mexikanischen *Corrido* brachte. Der große Mann kehrte Sal den Rücken zu und begann, ärztliche Instrumente in einen primitiven Sterilisationsapparat zu legen.

Sal wollte sich auf den Ellbogen aufrichten, aber vor Anstrengung wurde ihm schwindlig. »Wo ... wo bin ich?«

Der Arzt sah sich kurz nach ihm um, ohne seine Arbeit zu unterbrechen. »Klingt Ihre Stimme immer so?« Als Sal keine Antwort gab, fuhr der große Mann fort: »Sie sind in der *Clinica para los Niños de Ensenada* – in der Kinderklinik Ensenada.«

»Sind... sind Sie Arzt?« Sal versuchte, sich im Bett aufzusetzen.

Der große Mann, der Gummihandschuhe trug, legte ihm eine Hand auf die Schulter. »Ich glaube nicht, Sie sollten noch nicht...« Als er jedoch sah, daß Sal unbedingt sitzen wollte, war er ihm behilflich, die Beine über den Rand der harten Matratze zu heben, bis Sal unsicher auf der Bettkante hockte.

»Na«, sagte der große Mann, »ist das etwa *besser?*«

Sal hielt sich mühsam auf der Bettkante und wartete darauf, daß die Sterne verschwanden.

»Okay«, fuhr der große Mann fort, »ich bin der Arzt. Der *einzige* Arzt. Und falls Sie jetzt denken: ›Komisch, er sieht gar nicht wie 'n Mexikaner aus‹, will ich's Ihnen erklären.« Er zog die gelben Gummihandschuhe aus, griff nach einer Dose Tecate und nahm einen kräftigen Schluck Bier. »Ich bin Sheldon Silverman aus Brooklyn und Beverly Hills.« Er lächelte. »Ich hab' Medizin studiert und mich als Internist niedergelassen. Eines Tages vor ungefähr zehn Jahren sitze ich im Hillcrest Country Club, spiele Karten und höre zu, wie meine Freunde, lauter Rodeo Drive Marcus Welbys, über hohe Steuern jammern, mit ihren Landsitzen in der Wüste prahlen und mit ihren *Schicksen* angeben. Und plötzlich kommt's mir.« Er starrte Sal an. »Plötzlich kommt's mir, daß mein Leben Scheiße ist.«

Eine Fünfzehnjährige mit einer Beinschiene brachte eine Schüssel dampfender Suppe mit Fleischklößchen und einen Stapel Tortillas herein. Sobald Sal das Essen roch, merkte er, wie ausgehungert er war.

»Plötzlich kommt's mir, daß mein Leben Scheiße ist«, wiederholte Silverman, während Sal mit einem großen, verbeulten Löffel *Albóndigas* in sich hineinschaufelte. »Ich sitze also im Hillcrest Country Club, hab' ein Full House in der Hand, *weiß* genau, daß Irving Radner blufft – und plötzlich kommt's mir. Mein Leben ist sinnlose Scheiße! Also...« Er zuckte mit den Schultern. »Also hab' ich alles verkauft. Das Boot, das Haus, die Eigentumswohnung in Waikiki, den Mercedes. Nun, meine beiden Töchter waren verheiratet, und meine Frau war längst mit ihrem Golflehrer durchgebrannt – was hätte mich also daran hindern sollen?«

Silverman nahm noch einen Schluck Tecate.

»Also hab' ich den ganzen Kram verkauft, bin hierhergekommen und hab' diese Klinik eröffnet.« Er grinste boshaft. »Mal sehen, ob ich's nicht schaffe, mein restliches Vermögen durchzubringen.« Er stellte die rote Büchse ab. »In Beverly Hills hab' ich reichen Dreizehnjährigen Antibabypillen verschrieben. Hier behandle ich Unterernährung, Cholera, Kinderlähmung, Emphyseme, Ruhr, *Lepra*... und was diese Leute sonst noch alles haben. Sie sind zu arm, um sich Sorgen um ihre Gesundheit zu machen. Und das bloß 'ne Autostunde von der amerikanischen Grenze entfernt!«

Sal schluckte ein scharf gewürztes Fleischklößchen mit einem Bissen Tortilla hinunter und sah zu dem Arzt auf. »Sie reden zuviel.«

Sheldon Silverman war keineswegs beleidigt. »Das müssen Sie mir nachsehen. Ich hab' hier unten nicht oft Gelegenheit, Englisch zu reden. Zu uns verirren sich selten Amerikaner.«

Kanadier, wollte Sal sagen, aber dann verzichtete er doch darauf.

»Wie bin ich hergekommen?« fragte er.

»Sie sind bei uns reingefahren. Mit dem Jeep. Anscheinend im Schrittempo, denn außer 'ner Beule in der Stoßstange gab's keinen Schaden. Ein paar Kinder haben Sie Mittwoch morgen gefunden.

Der kleine, braune, rotznäsige Engel.

»Sie sind angeschossen worden«, stellte Silverman sachlich fest. »Und Sie haben verdammt viel Glück gehabt. Eine Kugel hat ein großes Blutgefäß um Millimeter verfehlt. Trotzdem haben Sie eineinhalb Liter Blut gebraucht. Außerdem haben wir Ihr Knie vereisen müssen. Es ist groß wie 'ne Grapefruit gewesen.«

Sal ließ den Löffel sinken und starrte Silverman an. »Welcher Tag ist heute? Wie lange bin ich hier?«

Der Arzt lächelte merkwürdig. »Heute ist Samstag. Sie haben ungefähr zweiundsiebzig Stunden geschlafen.«

Sal stellte langsam die Schüssel weg und sah sich ungläubig um. »Jesus!« sagte er schließlich. »Ich muß sofort weiter!« Er rutschte von der Bettkante.

»Lassen Sie das lieber«, mahnte Silverman, indem er rasch an seine Seite trat. Als Sals Füße den von Rissen durchzogenen gefliesten Boden berührten, holte er keuchend Luft und drückte seinen linken Arm gegen den Körper.

»Sie haben ein Dutzend Stiche, *Amigo*«, sagte der Arzt, indem er Sal half, auf den Beinen zu bleiben. »Was Sie tun, ist ein bißchen voreilig.« Sal klammerte sich an das eiserne Bettgestell, bis die Schmerzen und das Schwindelgefühl abgeklungen waren; dann öffnete er wieder die Augen und starrte Silverman an.

»Ich kann nicht bleiben«, stellte er nüchtern fest. Nach einem langen Augenblick nickte Silverman leicht, trat etwas zur Seite und ließ Sal allein stehen. Sal versuchte tastend einen Schritt, behielt das Gleichgewicht, machte den zweiten, verzog schmerzhaft das Gesicht, richtete sich auf und blickte zum ersten Mal an sich herab. Er war nackt.

»Ihren Affenanzug haben wir wegwerfen müssen«, sagte Silverman. »Der war völlig ruiniert. Aber in Ihrer Größe müßte sich hier was finden lassen.« Er wandte sich an das Mädchen mit der Beinschiene und sprach in melodischem mexikanischen Spanisch mit ihr. Die Kleine humpelte hinaus.

Sal stand mit weichen Knien neben dem Bett.

»Ich rate Ihnen weiterhin, noch ein bis zwei Wochen im Bett zu bleiben. Schußwunden sind keine Kleinigkeit.«

Sal schüttelte lediglich den Kopf und hielt sich am Bettgestell fest. Eine Minute später kam Alicia mit weichen alten Jeans, einem sauber duftenden T-Shirt und einem Paar Sandalen mit Gummisohlen aus alten Autoreifen zurück. Silverman und sie halfen Sal beim Anziehen. Als Sal angezogen war, ruhte er sich eine Weile auf dem Bett aus, bis die Welt endlich aufhörte, sich um ihn zu drehen. Silverman schüttelte mißbilligend den Kopf. Nachdem Alicia den Raum verlassen hatte, wandte der Arzt sich ab, öffnete einen Schrank und holte Giovannis verzogenen, wasserfleckigen Aktenkoffer heraus. Er legte ihn neben Sal aufs Bett. Oben auf dem Aktenkoffer lag die deutsche Luger.

»Das sind Ihre Sachen, glaub' ich«, sagte Silverman. »Sie haben auf dem Beifahrersitz des Jeeps gelegen.«

Sal starrte den Aktenkoffer einen Augenblick lang an, bevor er fragte: »Haben Sie hineingesehen?«

Silverman zog seine weißen Augenbrauen hoch. »Wozu? Er hat schließlich nicht geblutet.«

Sal gestattete sich ein schwaches Lächeln. Dann griff er nach der Pistole und steckte sie sich unter sein T-Shirt in den Hosenbund. Als nächstes ließ er die Schlösser des Aktenkoffers aufschnappen und stemmte den verzogenen Deckel hoch. Das Geld schien unangetastet zu sein. Er blickte Silverman an, aber der große Mann ließ sich weder Überraschung noch Neugier noch Erstaunen anmerken. Sal nahm ein halbes Dutzend der mit Banderolen versehenen Geldscheinbündel heraus und legte sie nebeneinander auf das weiße Bettlaken.

»Mein Dank fürs Zusammenflicken«, sagte er dabei.

Die Augenbrauen wurden hochgezogen. Das war alles.

Der Arzt starrte das Geld eine Weile an, legte seinen Kopf in den Nacken, trank sein Tecate aus, betrachtete erneut das Geld und sah schließlich wieder zu Sal hinüber.

»Die Kinder könnten's brauchen.«

»Richtig! Nehmen Sie's, Mann.«

Silverman nickte. »Einverstanden.«

Draußen war es hell und sonnig, und ein Hauch von Winter lag in der staubigen Luft. Während Sal sich von dem großen Arzt in Erics Jeep helfen ließ, sah er sich um und erinnerte sich daran, daß er in Mexiko war. Als er endlich am Steuer saß, holte er mehrmals tief Luft.

»Falls Ihnen wieder schwindlig wird, halten Sie am Straßenrand und warten, bis der Anfall vorbei ist«, riet Silverman ihm. »Aber wenn Sie bis heute abend nicht wieder im Bett sind...« Er brachte den Satz nicht zu Ende, sondern hielt Sal die an seinem Zeigefinger baumelnden Jeepschlüssel hin.

»Viel Glück, *Amigo.*«

EPILOG

Cabo San Lucas – August

Als die beiden Männer die Morgenmaschine der Mexicana aus Mexico City verließen, hatten sie das Gefühl, gegen eine glutheiße Hitzemauer zu rennen. Obwohl beide in den Staubwüsten im Norden Chihuahuas aufgewachsen waren, hatten sie die letzten Jahre fast ausschließlich im gemäßigten Klima des Bundesbezirks auf dem Zentralplateau verbracht. Ihre Körper waren nicht auf die Backofenhitze eingestellt, die im Hochsommer an der Südspitze der Baja herrscht.

»*¡Cinga!*« sagte einer der Männer, als sie die lange Fluggasttreppe hinunterstiegen. »Ich hasse dieses Scheißkaff. Man schwitzt sich halb tot, die Weiber baden nicht, und wohin man schaut, wimmelt's von gottverdammten *Yanqui*-Touristen.«

Dieser Mann hieß Magallanes. Er trug eine Sommerhose, ein leichtes Sportsakko, darunter ein weißes Hemd mit offenem Kragen. Mit hellem Teint, sorgfältig gestutztem Schnurrbart und europäischen Gesichtszügen gehörte Magallanes zu den *anderen* Mexikanern. Er sah nicht wie ein Mestize aus, sondern eher wie ein Spanier oder Grieche. Tatsächlich war sein Vater ein syrischer Einwanderer gewesen. Seine Mutter hingegen war eine Nutte in Juárez gewesen, so daß er den Syrer nie gekannt hatte.

»Richtig, das hätte ich beinahe vergessen!« sagte Magallanes zu seinem Begleiter. »Du magst *Gringos.* Schließlich bist du selbst einer.«

Der zweite Mann war fast so groß wie Magallanes und etwa im gleichen Alter – Mitte Dreißig –, aber dieser Mann, der Zuniga hieß, war ein reinrassiger Indianer mit bronzefarbenem Teint, Adlernase und dichtem schwarzen Haar. Auch er war betont unauffällig angezogen, denn die Effektivität dieser beiden Männer beruhte zum Teil auch darauf, wie gut sie es verstanden, *nicht* aufzufallen.

Inzwischen hatten sie das Rollfeld betreten, dessen Hitze durch ihre Schuhsohlen drang.

»Laß den Scheiß!« verlangte Zuniga, während er die im Empfangsgebäude wartende Menge mit seinen schwarzen Indianeraugen absuchte. Beide Männer sprachen nur Spanisch.

Magallanes grinste. »Aber es stimmt doch, oder?«

Der Indianer suchte weiter die Gesichter der Menge ab. Zuniga war auf einem Tomatenfeld in Südtexas geboren worden, auf dem seine Eltern als *Braceros* – Wanderarbeiter von jenseits der Grenze – gearbeitet hatten, und obwohl er damit theoretisch die US-Staatsbürgerschaft beanspruchen konnte, hatte er sich nie die Mühe gemacht, dies zu tun. Aber Magallanes, der alles, was mit *Gringos* zusammenhing, leidenschaftlich haßte, hatte irgendwo davon erfahren und stichelte ihn seither damit.

»Sieh dir bloß all die *Yanquis* an!« spottete Magallanes. Er deutete mit dem Kopf auf ein dickes Paar mittleren Alters – sonnenverbrannte Haut, mehrere Kameras, mit Blumenmustern bedruckte Kleidung. »Willst du nicht rübergehen, die beiden umarmen und *¡hola!* sagen? Mal sehen, ob sie ihren Landsmann freundlich begrüßen …«

Zuniga hatte ihren Kontaktmann gesichtet, der sich durchs Gewühl herandrängte. »Weißt du«, sagte der Indianer leise, »du bist wie ein Junge, der einen Hund ärgert, bis er von ihm gebissen wird.«

Magallanes lächelte kalt. »Ich verstehe mich auf dem Umgang mit Hunden, *Amigo.*«

Zuniga und Magallanes hatten schon früher zusammengearbeitet; sie respektierten einander als Profis, aber sie konnten sich nicht leiden, jedoch arbeiteten sie beide für einen mächtigen Mann in Mexico City, der keine Privatfehden unter seinen Angestellten duldete. Trotzdem hoffte jeder insgeheim auf den Auftrag, den anderen zu liquidieren.

Jetzt stand ihr Mann vor ihnen: ein großer, pockennarbiger Mexikaner mit graumeliertem Schnurrbart. Er kleidete sich westlich – Krokolederstiefel, enge Hose mit leicht ausgestellten Beinen, weißes Polohemd, Goldkettchen –, und da er ein eitler Mann war, der allmählich fett wurde, schien alles, was er trug, zwei Größen zu klein zu sein. Sein Wanst hing über dic große Silberschnalle, die er jetzt *unter* seinem Schmerbauch schließen mußte, und das Hemd drohte aufzuplatzen.

»Ja?« sagte der Dicke, und die beiden anderen nickten nur. Der Dicke betrachtete ihre Reisetaschen. »Ist das euer ganzes Gepäck?« fragte er und bewies damit, daß sie's mit einem Amateur zu tun hatten.

»Wir sind nicht hier, um Urlaub zu machen«, sagte Magallanes ausdruckslos, aber der Dicke war nicht mal clever genug, um seinen herablassenden Tonfall wahrzunehmen.

»Mein Wagen steht draußen.«

Der Wagen war ein dunkelbrauner Cadillac Seville, der am Taxistand in der zweiten Reihe parkte. Die Taxifahrer gafften, während der Dicke seinen Gästen stolz die Türen öffnete. Als Zuniga und Magallanes hinten einstiegen, wechselten sie einen finsteren Blick. Das gefiel ihnen ganz und gar nicht. Das war keineswegs unauffällig.

Vorn auf dem Beifahrersitz saß eine Frau. Eine Mexikanerin mit goldblond gefärbtem Haar. Sie drehte sich nach ihnen um, aber die beiden starrten sie so unfreundlich an, daß sie sofort wieder nach vorn sah.

Der Dicke zwängte sich schnaubend hinters Lenkrad, drehte sich mühsam halb nach hinten um und streckte den beiden seine Rechte hin.

»Ich bin Adolfo Romo«, sagte er wichtigtuerisch, aber sie wußten bereits, wer er war: Der hiesige *Jefe* ihrer Organisation, der dafür sorgte, daß das Rädchen, das Cabo San Lucas darstellte, sich drehte und Gewinne abwarf. Er war ein Hehler, Betrüger, Dealer, Zuhälter und Mörder, aber das war natürlich nicht der Grund dafür, daß Zuniga und Magallanes ihn nicht leiden konnten. Sie konnten Romo nicht leiden, weil er ein Arschloch war, denn Arschlöcher stellten in ihrer Branche eine tödliche Gefahr dar.

Sie starrten auf seine große, fleischige dargebotene Hand mit Brillantringen und manikürten Fingernägeln herab, ohne Anstalten zu machen, sie zu ergreifen. Sekunden später zog Romo sie wieder zurück, drehte sich nach vorn und ließ den Motor an.

»Ich weiß nicht, warum er euch überhaupt geschickt hat«, sagte Romo, während er mit dem Seville auf die Küstenstraße hinausfuhr.

Die Klimaanlage arbeitete mit Höchstleistung; die Straße führte eine völlig baumlose Küste entlang. »Ich hab' ihm gesagt, er soll die Sache mir überlassen.«

Vom Rücksitz aus konnten die beiden Männer Fett und Schweiß auf Romos mit Pomade in Form gebrachter Entenfrisur sehen. Sie konnten die Pomade *riechen.*

»Ich meine, das hier ist *meine* Stadt. Er hätte die Sache mir überlassen sollen.«

Die beiden Männer aus Mexico City wechselten erneut einen Blick, ohne sich dazu zu äußern.

Während Romo weiterfuhr, bemühte er sich mehrmals, ihrem Blick im Rückspiegel zu begegnen. »Ich meine, dieser kleine *Maricón*«, lachte er, »dieser kleine *Maricón borracho*...« Er schüttelte den Kopf. »Der Boß hätte ihn durch mich erledigen lassen sollen. Daß er euch zwei geschickt hat, ist echt überflüssig!«

Zuniga, der Indianer, lehnte sich weiter in die Polster zurück. »Darüber reden wir im Hotel.«

Romos Blick im Rückspiegel war fragend; dann grinste der Dicke verständnisvoll, streckte den rechten Arm aus und zog die Blondine näher zu sich heran. »Ah, Marta... Hey, sie ist mein Schatten. Ich vertrau' ihr hundertprozentig.« Die Frau lächelte nervös, als seine Hand grob ihren Nacken massierte. »Dem kleinen *Gringo* könnt' ich mit zwei Fingern das Genick brechen!«

Magallanes starrte mürrisch aus dem Autofenster, und Zuniga wiederholte nur: »Im Hotel.«

Das Hotel war eine pastellfarbene, mit Pflanzen vollgestellte Pyramide mit einer riesigen Halle, die vier Geschosse hoch aufragte. Alle Zimmer lagen an den um die Halle laufenden Balkonen. Der Architekt – ein Deutscher – hatte versucht, den Glanz der präkolumbianischen Vergangenheit Mexikos wiederauferstehen zu lassen, aber er hatte nur eine personalintensive, praktisch unbrauchbare Bleibe zustande gebracht.

Zuniga und Magallanes wäre ein kleineres Hotel lieber gewesen, aber auf gewisse Weise entsprach der kalte, anonyme Gigantismus dieses Bauwerks genau ihren Bedürfnissen. An der Rezeption machte Romo zuviel Wind um seine »Gäste«, aber sie hatten die riesige Hotelhalle durchquert und ihre Suite erreicht, bevor er allzu großen Schaden anrichten konnte. Romo griff sofort zum Telefonhörer und bestellte beim Zimmerservice einen Wagen mit Kaffee, Brandy, Sandwiches, Rum, Coke und Eis.

Marta zündete sich einen Joint an und trat auf den Balkon mit Meeresblick hinaus. Wie Romo wollte sie sich nicht eingestehen, daß sie Gewichtsprobleme hatte. Sie trug eine weißglänzende Lurexhose, die ihren breiten Arsch prall umspannte. Nach einiger Zeit kam sie wieder ins Zimmer geschlendert, ließ sich auf ein Sofa fallen und begann in einem Magazin zu blättern.

Zuniga und Magallanes saßen mit Romo am Eßtisch.

»Braucht ihr Waffen?« fragte Romo gerade. »Ich nehme an, daß ihr ...«

»Augenblick!« unterbrach Magallanes ihn. Damit mußte endlich Schluß sein. Er wandte sich an die Blondine und sagte: »Wir brauchen Zigaretten.«

Marta starrte ihn einen Augenblick verständnislos an, bevor sie hilfesuchend zu Romo hinübersah. Sie war nicht sonderlich intelligent, aber sie erfaßte, daß dies eine Beleidigung ihres Mannes war. Magallanes hätte sie nicht so herumkommandieren dürfen.

Romo bemühte sich, Magallanes mit Blicken zu durchbohren, aber Zuniga und er blieben gänzlich unbeeindruckt. Sie hatten versucht, mit diesem *Pendejo* auszukommen, aber der Kerl war ein Dummkopf, und sie hatten es satt, sich mit ihm abzugeben. Sie waren im Auftrag des Mannes, der ihr gemeinsamer Arbeitgeber war, nach Cabo San Lucas gekommen, und es gab bestimmte professionelle Verfahren, die eingehalten werden mußten.

»Hol uns Zigaretten«, wies Romo die Blondine schließlich an, und sie senkte den Blick und stand auf. Magallanes hielt ihr eine Handvoll Tausendpesosscheine hin.

»Du brauchst dich nicht zu beeilen«, sagte er. »Wir haben einiges zu besprechen.«

Die drei Männer beobachteten, wie ihr glänzender Hintern durch die Zimmertür verschwand. Zuniga, der Indianer, zog ein Foto aus der Innentasche seines Sakkos und legte es Romo hin.

»Ist er das?«

Der *Jefe* griff mit dicken braunen Fingern nach dem Bild, hielt es mit ausgestrecktem Arm von sich weg und kniff dabei die Augen zusammen. Er war auch zu eitel, um eine Lesebrille aufzusetzen.

»Schon möglich«, grunzte Romo nach einiger Zeit und legte das – aus einem Hochglanzmagazin ausgeschnittene – Bild wieder hin. »Schon möglich, aber schwer zu sagen.« Er sah den Indianer an. »Falls er's ist, hat er sich den Bart abgenommen.«

Zuniga hatte noch etwas anderes. Einen amerikanischen Führerschein aus Louisiana. Er legte ihn neben das ausgeschnittene Bild. »So hat er ausgesehen, bevor er sich den Bart hat stehen lassen.«

Adolfo Romo studierte die Plastikkarte mit dem Lichtbild sorgfältig. »Ja, das ist er. *Este es el hombre.*«

Magallanes beugte sich über den Tisch. »Ganz sicher? Dem Mann in der Stadt wär's verdammt peinlich, wenn wir den Falschen umlegen würden.«

Der *Jefe* nickte langsam, während er nochmals den Führerschein begutachtete. »Das ist der Kerl! Todsicher!« Er las mit mühevoller Konzentration den Namen auf dem Führerschein. »Sal-va-to-re Da-mo-re.«

»Wie nennt er sich jetzt?« wollte Zuniga wissen.

Romo grinste. »Er behauptet, Eric Christiansted zu heißen – aber er sieht nicht wie 'n Eric Christiansted aus.« Der *Jefe* tippte mit dem Zeigefinger auf das Lichtbild. »Eher wie 'n Sal-va-to-re Da-mo-re.«

»Hat er Papiere auf den Namen Christiansted?«

»Papiere, die meine eigenen Leute gefälscht und ihm verkauft haben.«

»Wo wohnt er?« Magallanes war aufgestanden und ging nervös in der Suite auf und ab. Jeder bevorstehende Job machte ihn kribbelig.

Adolfo Romos Blick folgte ihm. »Er lebt in 'ner Hütte am Strand mit 'ner Nutte zusammen, die früher für mich gearbeitet hat. Aber sie war 'ne schlechte Nutte, hat immer gleich losgeheult, wenn Kunden mal ein bißchen grob wurden. Ich hab' sie weggeschickt. Jetzt arbeitet sie manchmal als Zimmermädchen in großen Hotels. Zum Beispiel hier.« Er deutete auf den Fußboden.

»Wann ist er nach Cabo gekommen?« erkundigte Zuniga sich.

»Im März, glaub' ich. Jedenfalls ist er mir da zum ersten Mal aufgefallen. Ich hab' 'nen roten Jeep bei den Hütten an der Playa Perro gesehen und...« Romo zuckte mit den Schultern. »Für 'nen *Gringo,* der mit 'ner Exnutte am Strand haust und 'nen brandneuen roten Jeep fährt, muß man sich doch interessieren, stimmt's? Und als vor 'ner Woche der Mann angerufen und gefragt hat: ›Hast du 'nen Kerl gesehen, auf den diese Beschreibung paßt?‹... nun, da hab' ich natürlich an den hier gedacht.«

»Wie hat er die gefälschten Papiere bezahlt?« fragte Zuniga, um ganz sicherzugehen.

Romo lächelte, aber seine gierigen Augen glitzerten. »Mit zwanzig Hundertdollarscheinen. Da hab' ich mir wieder überlegt: ›Hey, den mußt du im Auge behalten!‹ Und als vor 'ner Woche der Mann angerufen und gesagt hat...«

»Lebt er mit der Nutte allein?« Magallanes hatte ein Bier aus der Minibar geöffnet und hielt sich die mit Wasserperlen bedeckte Flasche an die Schläfe, während er Romo weiter ausfragte.

»Die Nutte hat zwei kleine Mädchen. Beide sind blond. Ich glaub', daß sie vielleicht 'ne Schwäche für *Gringos* hat.«

Magallanes lächelte zum ersten Mal. »Hay!« Er nickte Zuniga, dem Indianer, zu. »Dann müßte sie dich mögen!«

Zuniga starrte ihn angewidert an, bevor er sich wieder auf Romo konzentrierte.

»Hat er keine Waffe gekauft, als er diese Papiere bestellt hat?«

Der *Jefe* schüttelte den Kopf.

»Was macht er so im allgemeinen?« Zuniga wickelte einen Schokoriegel aus. »Hat er feste Gewohnheiten?«

Romo zuckte mit den Schultern. »Er trinkt. Er trinkt, er kokst, er sitzt am Strand und sieht den Wellen zu. Er ist ein Hippie, ein Faulenzer. Manchmal fährt er mit seinem Jeep los, sucht sich 'nen einsamen Strand, zieht sich nackt aus und läuft im Sand.«

Zuniga und Magallanes wechselten einen raschen Blick.

»Du meinst...« Zuniga biß ein Stück Schokolade ab. »Wie 'n *Lunático*, meinst du?«

»Nein, was die *Gringos* immer machen – wie sagt man gleich wieder? – er *joggt*. Mit dem Unterschied, daß er's gern nackt tut.«

»Wann macht er das? Um welche Tageszeit?«

Romo breitete seine Hände über der Tischplatte aus. »Fast immer spät am Nachmittag. Er scheint 'ne Vorliebe für Sonnenuntergänge am Meer zu haben.«

»Was tut er sonst noch?« erkundigte Zuniga sich bei Romo.

»Manchmal kommt er ins Hotel – in dieses Hotel...« Sein Zeigefinger deutete wieder auf den Fußboden. »...setzt sich in die Bar, trinkt, bis er *borracho* ist, und spielt dann Klavier.«

»Er spielt Klavier?« fragte Magallanes. Er nahm einen großen Schluck Bohemia und starrte durch die Glasschiebetür zum Balkon und über den Strand aufs Meer hinaus.

»Ja.« Romo nickte feierlich. »Er spielt ziemlich gut. Ich hör' ihm gern zu.«

Magallanes lachte kurz und verächtlich, bevor er sich umdrehte und den dicken *Jefe* herablassend angrinste.

»Wann kommt er meistens?« fragte Zuniga weiter. »Wie oft? An welchen Tagen?«

Romo zuckte mit den massigen Schultern. Dabei platzte ihm ein Knopf ab, und das obszöne Oval des auseinanderklaffenden Hemdes ließ seine schwarzbehaarte Schwarte sehen. »Er hat keine bestimmten Tage. Er kommt bloß gelegentlich. Aber immer spät, nach Mitternacht. Er kommt rein, er trinkt, und wenn Hector, der eigentliche Pianist, 'ne Pause macht, setzt der *Gringo* sich ans Klavier.«

Zuniga lehnte sich auf seinem Stuhl zurück und wechselte einen Blick mit Magallanes. Romo beobachtete die beiden unbehaglich. »Ist das euer Mann?« erkundigte er sich zuletzt.

Zuniga knüllte die Verpackung seines Schokoriegels zusammen und legte sie in den Aschenbecher. »Möglich.«

Romo grinste so breit, daß hinter seinen dicken Lippen etliche Goldzähne sichtbar wurden. »Der Mann in der Stadt wird damit zufrieden sein, daß ich so... so gut *auf dem laufenden bin.*«

Die beiden anderen übergingen sein Eigenlob.

»Wir brauchen einen Wagen, der...«, begann Zuniga, aber Romo unterbrach ihn.

»Ihr könnt meinen Cadillac haben. Das ist der beste Wagen der Stadt.«

Magallanes lachte spöttisch. »Und der auffälligste, Arschloch!«

Der *Jefe* wirkte gekränkt, und Zuniga fuhr rasch fort: »Wir brauchen einen unauffälligen Wagen. Weder neu noch alt. Eben ein *Mittelding* aus allem – *¿comprende?*«

»Wie steht's mit Waffen? Ich kann euch...«

Zuniga griff über den Tisch und berührte die mit Brillantringen geschmückte Hand des Dicken. »Hör mal gut zu, Adolfo Romo«, sagte er leise und eindringlich. »Mein Geschäftspartner und ich mögen keine Fragen – *¿comprende?* Sollten wir was brauchen, sagen wir's. Verlangen wir was, hast du's so schnell wie möglich ranzuschaffen. Solltest du dabei versagen, müßten wir's dem Mann in der Stadt natürlich melden. Verstehst du, was ich meine, Adolfo Romo?«

Romo nickte hastig.

»Schön«, fuhr Zuniga gelassen fort, als rede er mit einem Kind, »du stellst keine weiteren Fragen, hältst deinem Weibsbild gegenüber den Mund und besorgst uns einen unauffälligen Wagen, der bis heute abend auf dem Hotelparkplatz stehen muß. Mehr brauchen wir vorläufig nicht. Und jetzt möchten mein Geschäftspartner und ich allein sein, okay?«

Romo nickte benommen und blieb noch einen Augenblick sitzen, bis ihm klar wurde, was zuletzt gesagt worden war. Dann wuchtete er sich hoch.

»Äh …«, stotterte er, weil er's nicht gewöhnt war, herumkommandiert zu werden.

»Äh …« Romo starrte benommen von einem zum anderen. »Der Wagen steht in spätestens einer Stunde auf dem Parkplatz bereit.« Er wandte sich ab, durchquerte mit raschen Schritten den Raum und verschwand nach draußen.

»Was für ein Arschloch!« sagte Magallanes. »Kaum zu glauben, daß der Mann ihn hier zum *Jefe* ernannt hat.«

»Er wird's nicht lange machen«, sagte Zuniga. »Beim nächsten Besuch in Cabo ist er nicht mehr da.«

Magallanes trat an den Tisch und drehte die Fotos mit einem Finger so um, daß er sie betrachten konnte. »Sehr gefährlich sieht er nicht aus. Der macht uns bestimmt keine Schwierigkeiten.«

Zuniga schüttelte nachdenklich den Kopf. »Ich weiß nicht. Der Mann hat gesagt, die *Dagos* hätten erzählt, daß der Kerl schon vier Männer umgelegt hat, die ihn liquidieren sollten. Vier *gute* Männer.«

»Scheiße!« sagte Magallanes verächtlich. »Vier *Amerikaner.* Die sind alle faul und verweichlicht.« Er bedachte Zuniga mit einem kalten Lächeln. »*Gringos* sind leicht umzulegen.«

Sie saßen an der Bar und waren bei der dritten Runde Tequila, den sie mit *Cerveza* hinunterspülten, als ihr Mann die Hotelhalle betrat. Als Magallanes ihn erkannte, lutschte er eben an einer Limonenscheibe; er nahm sie aus dem Mund und sagte: »Da ist er.«

Der kleine, bartlose, schwarzhaarige Mann durchquerte die luxuriöse, schummerig beleuchtete Hotelhalle und setzte sich an ein rundes Tischchen gleich neben der Pianobar. Bekleidet war er mit einem blauen *Guayabera*-Hemd, abgeschnittenen Jeans und *Huaraches,* mexikanischen Sandalen.

»Sieh ihn dir an«, fuhr Magallanes so leise fort, daß nur Zuniga ihn verstehen konnte. »Ein Nichts. Ein Hippie. Dieses Schwein Romo hat recht gehabt – er hätte ihn wirklich allein erledigen können.«

Zuniga betrachtete das von der Kerze auf seinem Tisch erhellte Gesicht des Mannes und gab keine Antwort. Wie er aus Erfahrung wußte, waren kleine Männer die gefährlichsten. Und Leichtsinnige lebten nicht so lange wie Vorsichtige. Zuniga hatte etwas gegen Überraschungen.

Eine Bedienung brachte dem Mann eine halbvolle Flasche José Cuervo, zeigte ihm die Markierung am Etikett und ließ die Flasche auf seinem Tisch stehen.

»Sieh dir bloß diesen Hippie an, *Gringo*«, fuhr Magallanes fort. »Er hat seine eigene Flasche – wie 'n richtiger *Patrón.* Anscheinend säuft er ganz schön.«

Ihr Mann goß sich einen kräftigen Schluck von der klaren, goldgelben Flüssigkeit ein, legte seinen Kopf in den Nacken und kippte den Tequila in einem Zug.

Nachdem der kleine *Gringo* sich nachgeschenkt hatte, lehnte er sich auf der kleinen Sitzbank zurück und nickte im Takt der Melodie, die der Barpianist Hector spielte.

Zuniga studierte den Mann, und je länger er ihn studierte, desto überzeugter war er, daß Magallanes recht hatte: Dieser Kerl war ein Dummkopf, ein nachlässiger, unvorsichtiger Dummkopf. Wer lästig genug war, um jemanden zu veranlassen, zwei kompetente Killer auf ihn anzusetzen, sollte wenigstens vorsichtig genug sein, um seine Umgebung zu inspizieren, wenn er sich in der Öffentlichkeit zeigte, aber dieser hier kümmerte sich überhaupt nicht um die anderen Gäste. Der Indianer schüttelte unwillkürlich den Kopf. Er haßte Nachlässigkeit, wo immer sie ihm begegnete. Selbst wenn sie seinen Absichten entgegenkam.

»Angeblich soll's auch um Geld gehen«, sagte Magallanes, nachdem der Barkeeper ihnen eine weitere Runde serviert hatte. »Hat der Mann in der Stadt was von Geld gesagt?«

Natürlich hatte ihr Boß davon gesprochen, aber Zuniga hatte nicht die Absicht, Magallanes davon zu erzählen. Der Indianer war der festen Überzeugung, Wissen sei Macht – und wer sie ausüben wollte, mußte schweigen.

»Was für Geld?«

Magallanes nahm einen Schluck Tequila, lutschte an seiner Limonenscheibe und trank einen Schluck Bier nach. »Der Mann in der Stadt hat nichts Bestimmtes gesagt. Er hatte gerüchteweise gehört, der Kerl hier sei mit 'nem Haufen Geld aus Los Angeles verschwunden.«

»Mit wieviel Geld?«

»'n paar Millionen Dollar, hat der Mann in der Stadt gesagt.« Magallanes zündete sich mit Hotelstreichhölzern eine Zigarette an. »Aber wenn ich mir diesen versoffenen Hippie ansehe, kann ich's kaum glauben.«

Der Indianer starrte durch die Hotelhalle zu dem kleinen Mann hinüber, der sich rasch und still betrank. »Was kann ein betrunkener Pianist angestellt haben, um wichtige Leute so gegen sich aufzubringen, daß sie ihn beseitigen lassen wollen?« meinte Zuniga schließlich.

Magallanes holte mit einer Ecke des Zündholzbriefchens eine Limonenfaser aus seinen Zähnen. »*¿Quién sabes?* Vielleicht hat er die falsche Frau gefickt. Vielleicht hat er wichtige Leute beleidigt. Vielleicht hat er das Geld geklaut, das er angeblich mitgebracht hat. Aber das spielt keine Rolle – er hat vier Männer umgelegt, die offenbar viele Freunde gehabt haben.« Magallanes schnalzte mit der Zunge und berührte leicht den Arm des Indianers. »Kannst du dir vorstellen, *Gringo,* wie der Mann in der Stadt sich an 'nem Kerl rächen würde, der vier seiner Leute umgelegt hat?« Magallanes schüttelte grinsend den Kopf. »Ay-yi-yi… Der hier ist so gut wie tot, *Gringo,* das kannst du mir glauben!«

Sal hockte da, betrank sich mit José Cuervo und versuchte, Hector Barrientos' Klavierspiel zu ertragen. Neunzig Prozent seines Lebens verbrachte er jetzt in einem Alkohol- oder Drogenrausch, den nur wenige Außenreize durchbrechen konnten – aber das schreckliche Klavierspiel dieses Idioten gehörte dazu. *Er spielt wie 'n Schwuler,* dachte Sal. *Lauter Rokokoarpeggios und Showeffekte à la Liberace. Saft- und kraftlos wie 'n Eunuch.* Sein Spiel war das musikalische Gegenstück zum Plüschsofa einer alten Jungfer oder einem rosa Zwergpudel an einer straßbesetzten Leine. Sal verzog das Gesicht und kippte noch einen Cuervo Gold. *Macht diese Tunte denn niemals Pause?*

In den fünf Monaten seines Aufenthalts in Cabo war Sals Universum auf einige wenige Notwendigkeiten geschrumpft: Er mußte seinen Alkohol haben; er mußte seine Drogen haben; und er mußte alle paar Tage herkommen, um ein bißchen Klavier zu spielen. »*That's the story of*«, dachte er verbittert, während er sich den nächsten Tequila einschenkte, »*that's the glory of love.*« Er hielt das Schnapsglas unter seine Nase, sog das klare Aroma der destillierten Algavenmaische ein und erinnerte sich an den süßen Meeresduft von Isabels sorgsam getrimmter Pussy. »*Misty watercolored mem'ries…*« Sal setzte sein Glas an und kippte den Tequila mit schneller, roboterhafter Bewegung. Der Schnaps brannte, ohne zu wärmen. »*There's no one in the place except you and me…*«

Hector schloß seine letzte Scheußlichkeit mit einem bombastisch arpeggierten Akkord ab, stand dann auf und verbeugte sich übertrieben förmlich. Schwacher, höflicher Beifall, der sofort wieder erstarb. Hector holte das Mikrofon etwas näher zu sich heran und kündigte auf englisch an: »Ladies and Gentlemen, heute abend haben wir etwas Besonders für Sie. *Damas y caballeros – Señor Eric!*«

Durch seinen Kokain- und Tequilarausch hörte Sal einen Namen, an den er sich vage erinnerte, und noch schwächeren Beifall. Dann erschien Hector neben ihm und deutete mit ausgestreckter Hand auf die Pianobar. Sal kam mühsam auf die Beine und schwankte die wenigen Schritte zum Klavierhocker hinüber.

»Danke. Danke«, murmelte Sal krächzend ins Mikrofon, während er sich unbeholfen ans Klavier setzte. Seine Finger fanden die

Klaviatur und irrten über die Tasten, bis sie wie ins Nest heimkehrende Vögel ihre vertrauten Plätze wiedergefunden hatten. Und als er dann ein paar Bluesakkorde aus der Bourbon Street anschlug, verstummten die Gäste sofort. *Erwischt!* flüsterte eine benommene Stimme in seinem Inneren, und ihm war einen Augenblick lang fast leicht ums Herz. Er kniff die Augen zusammen und sah sich in der schummerig beleuchteten Bar um. Da hier kein Spotlight den Pianisten anstrahlte, konnte Sal fast alle Gäste erkennen. An vier Tischen saßen jüngere Paare – vermutlich in den Flitterwochen. Dann ein Tisch mit sechs Personen: drei grauhaarige alte Ehepaare. Drüben an der Wand ein älterer Einzelgänger. Und zwei Kerle, die an der Bar saßen und tranken.

Dann begann er die Musik zu hören, die er spielte, und verlor jegliches Interesse an seinem Publikum. Er legte den Kopf schief und ließ ihn fast bis auf die Schulter sinken, während er sich in eine wehmütige Blues-Ballade versenkte. Sie war kein Lied an sich, kein erkennbarer Song, der bei den Zuhörern bittersüße Erinnerungen weckte, sondern eher ein Gemisch aus vielen unterschiedlichen Kompositionen – er verwendete die Akkorde von »Willow Weep for Me«, machte Anleihen bei »I Got It Bad« und ließ eine für Stevie Wonder charakteristische Bridge wiederauferstehen. Kurz gesagt: Sal spielte keine *Songs*, er machte Musik. Neue, unverbrauchte, nie zuvor gehörte Musik. Kompositionen zum Mitnehmen.

Und die Musik löste in seinem Inneren tiefe, überwältigende Trauer aus, eine so einsame und profunde Melancholie, daß Sal den Kummer in den Armen und Beinen fühlte. Traurigkeit durchglühte seinen Körper, als sei er high von Acid oder Magic. Sie glich einem warmen Strom, der seinen Verstand, seinen Unterleib, sein Herz, sein ganzes Wesen durchfloß. Das war Isabel, und er wußte es. Das Bewußtsein, sie verloren zu haben, ergriff ihn jedesmal, wenn er hier spielte. Es war der Grund dafür, *daß* er herkam.

Sal spielte über zehn Minuten lang einen nicht enden wollenden Strom von Traurigkeit, und die Gäste waren entweder angewidert oder hypnotisiert. Zwei der jungen Paare zahlten – sie gaben schließlich nicht 200 Dollar pro Nacht aus, um sich *deprimieren* zu lassen, verdammt noch mal! –, aber die älteren Gäste hörten wie gebannt zu. Sie lebten schon länger und wußten, daß es zuletzt keine guten oder schlechten Erinnerungen gibt, sondern einfach nur *Erinnerungen.* Sie lehnten sich zurück und hörten zu, wie Sal mit seinem Schmerz kommunizierte – wie in einer Live-Show sitzende Voyeure, die mit ausdruckslosen Gesichtern einen Geschlechtsakt beobachten. Dann brachte Sal, der mit gesenktem Kopf und geschlossenen Augen spielte, die Ballade zu einer Art Ende, und das Publikum klatschte respektvoll, aber nicht herzlich. *Mit seinem Psychoanalytiker freundet man sich nicht an.* Als die letzten Vibrationen des Schlußakkords verhallten, fühlte Sal die Trauer in seinem Inneren zurückweichen wie Wogen bei einsetzender Ebbe.

»Ausgezeichnet, ganz ausgezeichnet«, hörte er eine tiefe Männerstimme in seiner Nähe sagen. »Dieser New-Orleans-Stil gefällt mir.«

Sal öffnete langsam die Augen, obwohl ihn nicht sonderlich interessierte, wer dort stand.

Ein großer, stämmiger Mann mit silbergrauem Haar und einer Hakennase. Der Einzelgänger, der drüben an der Wand gesessen hatte. Über Bermudashorts trug er ein ausgebleichtes blaues T-Shirt mit der Aufschrift LAPD ANNUAL 4TH OF JULY PICNIC 1983. Der Kerl war Ende Fünfzig, der Kerl war ein Amerikaner, der Kerl war betrunken.

»Trinken Sie einen mit?« fragte der Kerl.

Sal musterte ihn und dachte dabei: *Mal was Neues! Er lädt mich zu 'nem Drink ein, bevor er mich umlegt. Diesmal haben sie 'nen Säufer geschickt.*

»Warum nicht?« antwortete Sal. »Komm' grad nicht an meine Flasche.« Seine klaviersüchtigen Hände verselbständigten sich und begannen eine Serie sanfter Akkorde anzuschlagen.

Der stämmige Amerikaner hob einen Finger, um die Bedienung auf sich aufmerksam zu machen. Er gehörte zu den funktionierenden Alkoholikern, die von anderen Trinkern sofort erkannt werden. Sal hatte ihn auf den ersten Blick richtig eingeschätzt.

»Ich heiße«, sagte der große Amerikaner, während er sich wieder nach ihm umdrehte, »Jack. Jack Gold.« Er streckte Sal seine Pranke übers Klavier entgegen – er saß auf dem vordersten Barhocker –, und Sal schüttelte sie mit seiner Linken, weil seine Rechte nicht zu spielen aufhören wollte. »Ich bin früher 'ne Art Jazzfan gewesen«, fuhr Gold fort, indem er eine Zigarre aus der Brusttasche seines T-Shirts zog. »Als ich noch in L. A. gewohnt hab'. Und wie Sie spielen, gefällt mir wirklich. Außerdem ist das Klavier mein Lieblingsinstrument.« Er hielt eine dicke Barkerze ans Ende seiner Zigarre und begann zu paffen. Seine beleuchteten Augen suchten Sals Blick. »Bloß nicht so, wie Hector drauf spielt.«

Sal mußte unwillkürlich grinsen. *Der coolste Mörder, den ich kenne.*

»Schon mal solchen Schund gehört?« fragte Gold. »Ich muß dabei immer an Waldnymphen denken, die auf kleine Pilze aus Kristall pissen.«

Gold paffte seine Zigarre. Seine Gesichtshaut war von roten Äderchen durchzogen wie von Whiskeybächen. »Aber wie Sie spielen, gefällt mir wirklich. Was war das eben?«

Sal zuckte mit den Schultern. »Nichts. Was mir gerade so eingefallen ist.«

»Ah, darum hab' ich's nicht erkannt. Ich hab 'n ziemlich gutes Gedächtnis für alte Jazznummern.« Die Bedienung kam, und der große Amerikaner fragte Sal: »Tequila? 'nen doppelten Tequila für den Künstler und noch 'nen J. B. für mich.«

Sal hatte bereits den Kopf gesenkt, begann wieder zu spielen und beschwor süße Traurigkeit herauf.

»Sie könnten mir 'nen Gefallen tun«, hörte Sal den großen Amerikaner sagen. Er hob den Kopf und öffnete die Augen. Gold grinste, als glaube er, sich dadurch bei ihm einschmeicheln zu können. »Hören Sie, ich weiß, daß ihr Jazzer Musikwünsche aus dem Publikum haßt, aber es gibt 'nen alten Song, der mir verdammt viel bedeutet. Ich hab' mich gefragt, ob Sie ihn zufällig kennen.«

In seiner Benommenheit wünschte Sal sich eigentlich nur, in Ruhe gelassen zu werden und sich weiter seinem Selbstmitleid ergeben zu können, aber er fühlte eine gewisse Verbundenheit mit Gold, und wenn es nur die Kameradschaft zwischen zwei Säufern war.

Dann kam die Bedienung mit den Drinks. Beide Männer setzten ihre Doppelten an und kippten mit einem raschen Schluck die Hälfte.

»Eine alte Ballade von Mint Julip Jackson«, sagte Gold schließlich, als kehre er aus weiter Ferne zurück. »›Blue Angel‹.«

»Die Nummer kenn' ich«, sagte Sal, während seine Hände automatisch die Melodie zu spielen begannen.

»Yeah, das ist sie.« Jack Gold lächelte selig, als er die ersten vertrauten Akkorde hörte. »Das ist sie!«

»Stammt ›Blue Angel‹ nicht eigentlich von Red Greenberg?« fragte Sal, während er spielte.

»Red hat das Stück geschrieben, als er Pianist bei Julip gewesen ist – und Lip hat damit Erfolg gehabt.« Gold starrte Sal forschend an. »Mögen Sie Red?«

»Allerdings! Einer meiner liebsten Bebop-Pianisten. Wahrscheinlich der beste weiße.«

»Yeah, da bin ich ganz Ihrer Meinung. Red und ich sind alte Freunde, wissen Sie.« Gold versuchte nicht einmal, seinen Stolz zu verbergen.

»Tatsächlich?« *Ich bin früher auch mal jemand gewesen. Das ist noch gar nicht lange her.*

»Red und ich, wir sind in der Fairfax Avenue miteinander aufgewachsen. In L. A.«

»Echt? Was macht Red heutzutage?«

»Er hat jetzt 'nen Schnellimbiß am Santa Monica Pier. Er ist nicht mehr im Musikgeschäft.«

Ich auch nicht.

Dann begann Sal, die sanfte, wehmütige Melodie von »Blue Angel« zu variieren, und Gold und er drifteten in ihre eigenen Welten davon, hingen ihren eigenen Erinnerungen an eine verlorene Geliebte nach. Sal spielte den Song zweimal durch und schloß mit einem schmucklos schlichten Finale, als küsse man eine Frau zum Abschied, wende sich dann rasch ab und gehe davon.

»Wirklich schön«, sagte Gold. »Sie spielen wirklich schön.«

Sal nahm seine Hände von den Tasten, als wolle er die Stille betonen. Dann griff er nach dem Tequila und kippte den Rest.

»Großartiges Stück«, krächzte er zuletzt. Er drehte seinen Kopf zur Seite und sah Gold zum ersten Mal richtig an. »Leben Sie hier unten… 'tschuldigung, wie heißen Sie noch?«

»Jack. Yeah, ich hab' 'ne kleine Eigentumswohnung drüben in San José del Cabo. Schon seit 'n paar Jahren. Früher war ich Cop und hab' viel getrunken. Jetzt trink' ich bloß noch viel.«

Sal lachte kurz und verbittert. »Hört sich an wie bei mir.« *Ich war was, und jetzt trinke ich.*

Gold zündete sich seine Zigarre wieder an. »Yeah, heutzutage hab' ich bloß noch zwei Beschäftigungen: Saufen und Fischen.« Er hielt das Ende seiner Zigarre zwischen den Zähnen festgeklemmt. »Manchmal spar' ich mir das Fischen und fang' gleich mit dem Saufen an.« Gold machte der Bedienung ein Zeichen, noch eine Runde zu bringen. »Das gleiche?« fragte er Sal.

»Yeah, aber diesmal zahl' ich.« Sal griff in eine Tasche seiner abgeschnittenen Jeans und zog ein Bündel Hundertdollarscheine heraus. Er blätterte den obersten ab und legte ihn aufs Klavier.

»Donnerwetter!« Gold spielte den Verblüfften. »Ein Musiker, der 'ne Runde schmeißt? Was haben Sie gemacht – 'ne reiche Musikfreundin geheiratet?«

Sal grinste. »Nee, ich bin bloß auf der Flucht vor der Ungerechtigkeit.«

Gold starrte ihn mit zusammengekniffenen Augen durch bläulichen Zigarrenrauch an. »Schon möglich – oder Sie sind ein reicher Kokaindealer.«

»Seh' ich wie 'n Kokaindealer aus?« fragte Sal, während er sich eine Zigarette anzündete.

»Keine Ahnung. Wie sieht ein Kokaindealer aus? Falls Sie einer sind, sehen Sie wie einer aus.«

Sal schüttelte den Kopf. »Zu hoch für mich, Mann. Zu philosophisch.«

Die Bedienung brachte die neue Runde, und sie tranken.

»Leben Sie auch hier?« fragte Gold.

Sal stellte langsam sein Glas ab. »Ich dachte, Sie hätten *im Ruhestand* gesagt?«

»Nee, ich hab' *früher* gesagt.« Gold inspizierte Sal über seine qualmende Zigarre hinweg, die er zwischen den Zähnen bewegte. »Ich will Sie mal was fragen, mein Junge. Diese beiden Kerle drüben an der Bar...« Er sah sich um. »Jetzt sind sie weg!« Gold wandte sich wieder an Sal. »Sind Ihnen die beiden aufgefallen?«

Sal starrte ins Halbdunkel am Ende der Bar. »Nein, eigentlich nicht.«

»Yeah, aber *Sie* ihnen! Die beiden haben Sie gar nicht mehr aus den Augen gelassen, Mann. Als hätten sie 'n spezielles Interesse an Ihnen.«

Sal schwieg zunächst; dann sah er Gold fragend an. »Wirklich?«

»Hören Sie, ich bin fünfunddreißig Jahre lang Cop gewesen. Ich merke, wenn jemand beobachtet wird. Aber die beiden waren jedenfalls keine Cops.«

Sal dachte darüber nach und lächelte dann. »Bestimmt bloß zwei Fans. Wissen Sie, die reisen mir durch die ganze Welt nach.«

Gold zuckte mit den Schultern. »Schon möglich. Schon möglich.«

»Oder vielleicht waren es Schwule.«

Gold überlegte kurz. »Nee«, sagte er, »dann hätten sie sich mehr für Hector interessiert.«

Die beiden Männer lachten. In diesem Augenblick kam Hector von seiner Pause zurück.

»*Gracias, Señor Eric*«, lispelte er unaufrichtig ins Mikrofon und rutschte hinters Klavier, noch bevor Sal seinen Platz räumen konnte.

»Wissen Sie was?« fuhr Gold halblaut fort, als Sal neben ihm stand. »Ich hau' schnellstens ab – und dafür gibt's zwei Gründe. Erstens, mein Junge, sind Sie ein guter Pianist und ein anständiger Saufkumpan, aber ich hab' das schlimme Gefühl, daß Ihnen bald was zustoßen wird, und will nicht in der Nähe sein, wenn die Scheiße in den Ventilator gerät.« Gold beugte sich zu Sal hinüber und flüsterte ihm ins Ohr: »Zweitens fangen meine Zähne zu faulen an, wenn ich diesem Schwanzlutscher ...« Er nickte zu Hector hinüber. »... länger zuhöre.« Er streckte seine Hand aus. »Bis dann, mein Junge. Und nehmen Sie sich in acht!«

Sal schüttelte ihm die Hand; dann machte Gold auf dem Absatz kehrt und marschierte durch die Hotelhalle davon. Der betrunkene große Amerikaner schaffte es beinahe bis zum Ausgang, bevor Hectors Hände den Tasten eine blumenreiche Kaskade absteigender Arpeggios entlockten. Wie Nymphen, die auf Kristallpilze pissen.

Sal wachte heftig schluchzend auf. Er setzte sich auf seiner Matratze auf, die auf Yanis Betonfußboden lag, wischte sich das Gesicht mit bloßen Händen ab, und rang schniefend nach Atem. Dann merkte er, weshalb er weinte und fühlte einen lähmenden eisigen Schauer über seinen Rücken laufen. Yanis Radio hing an einem Kabel, das illegal das städtische Stromnetz anzapfte und fast alle aus Hohlblocksteinen erbauten Hütten an der Playa Perro mit Strom versorgte. Es spielte »The Touch of a Stranger«. Normalerweise hörte Yani immer nur mexikanische Musik, aber heute hatte sie – vermutlich um ihm damit eine Freude zu machen – den Sender in Durango eingestellt, der häufig Songs aus den amerikanischen Top 40 brachte.

Während er zuhörte, wie Isabel seinen Song sang, sah er sich mit tränenblinden Augen in der fast leeren Hütte um und staunte wieder einmal über die absolute Absurdität seines Lebens. Draußen jenseits der offenen Haustür keifte eine Frau wie ein Fischweib auf spanisch mit ihrem Mann, und hier in seiner Einzelzelle sang die berühmteste Rocksängerin der Welt – das Mädchen, das Sal über zwei Jahre lang jede Nacht gefickt hatte – seinen Text und seine Musik – den größten internationalen Hit der letzten zwei Jahre.

Sal bewegte sich kaum, bis die letzten Takte des langgezogenen Finales verklungen waren, und tat dann, was er jeden Morgen als erstes tat: Er streckte die Hand aus und schenkte sich drei Fingerbreit Tequila aus der neben ihm auf dem Fußboden stehenden Flasche ein. Er kippte den Schnaps und blieb mit hochgezogenen Knien auf seiner Matratze hocken. Er trug lediglich die abgeschnittenen Jeans,und sein Oberkörper war bereits mit einem dünnen Schweißfilm überzogen. Am frühen Nachmittag – Sal gewöhnte sich bewußt an, von Tag zu Tag länger zu schlafen – herrschte in der etwa sechs mal sechs Meter großen Hütte aus Hohlblocksteinen eine Temperatur von 35° C. Draußen in der Sonne war es mindestens zehn Grad heißer.

Hier unten in Baja California war die Hitze ganz anders. Daheim in Louisiana brachte die drückend schwüle Hitze einen dazu, Kaltes zu trinken, sich Luft zuzufächeln und von nackten Frauen mit milchkaffeebrauner Haut zu träumen. Dort glättete die Hitze die Haut, ließ einen alles gelassen angehen und schenkte dem Land natürliche Fruchtbarkeit. Das trockene Fegefeuer der Wüstenhitze hier unten war geradezu mörderisch. Es dörrte die Haut aus, briet das Gehirn und machte einen mit roher Gewalt gefügig. Es zwang einen dazu, bewegungslos im nächsten Schatten zu kauern. Es wollte einen töten.

Yani kam aus der Sonne herein. Sie trug eine Kanne Kaffee, den sie über der kleinen Feuergrube im Freien gekocht hatte. Sal erschien es immer ein bißchen komisch, daß in Yanis Haus der Kühlschrank drinnen und der Herd draußen war.

»Du aufwachen«, sagte sie, während sie eine Tasse Kaffee eingoß und ihm hinhielt. Als Sal nicht danach griff, stellte sie die Tasse neben ihn auf die Matratze. »*Son los* zwei Uhr.« Das stellte sie ohne den geringsten Tadel rein zu seiner Information fest, obwohl sie sich wünschte, dieser Mann trinke und schlafe weniger. Für sie war er noch immer »*dieser* Mann«, nicht »*mein* Mann«. Er war viel zu abweisend, als daß sie Besitzgefühle für ihn hätte entwickeln können.

»Stell 'nen anderen Sender ein«, murmelte er, während er sein Tequilaglas auf den hochgezogenen Knien balancierte.

»*¿Como?*« fragte sie.

»*El estación. Yo quiero musica mejicana.* Der mexikanische Scheiß ist mir lieber.« Sal sprach ungefähr so viel Spanisch wie sie Englisch, aber irgendwie schafften sie es doch, sich zu verständigen.

Yani drehte an einem Knopf des angestoßenen alten Radios, und die schleifende, nicht ganz tonreine Musik einer mexikanischen Blaskapelle füllte den Raum. Sie wünschte sich, sie hätte ein neues Radio, vielleicht einen Sony mit eingebautem Kassettenrecorder. Sie wußte, daß er Geld hatte; er hatte immer Geld für sein *Coca* und seinen Tequila, aber Yani hatte zuviel Angst, ihn um Geld zu bitten. Nicht für ein Radio. Nicht für Kleidungsstücke für ihre fast nackten kleinen Mädchen. Nicht für einen Fernseher, ein größeres Haus oder auch nur Lebensmittel. Alle paar Wochen ging sie zu ihm und sagte: »Nix Essen mehr«, und er gab ihr einen der fleckigen Hundertdollarscheine, die er unter seiner Matratze neben der deutschen *Pistola* aufbewahrte, die er überallhin mitnahm.

Yani hielt ihm stets das Wechselgeld hin, und manchmal stopfte er es geistesabwesend in eine Hosentasche, aber manchmal schien er das Wechselgeld gar nicht zu bemerken – und dann behielt sie es für sich. Auf diese Weise hatte sie schon fast fünfzig Dollar gespart, die in einer alten Kaffeedose über dem Ausguß steckten, aber sie fürchtete immer, dieser Mann könnte sich eines Tages an das

Wechselgeld vom Einkaufen erinnern und all sein Geld zurückverlangen.

Sie war eine scheue, schüchterne junge Frau, die sich vor Männern fürchtete und wegen dieser schrecklichen Angst nicht imstande gewesen war, sich ihren Lebensunterhalt als Nutte zu verdienen – sonst die letzte Chance für mittellose Mädchen in aller Welt. Die einzigen Männer, die Spaß an ihr hatten, waren brutale Kerle und Sadisten, die sie schlugen und an den Haaren rissen, was ihre Angst noch steigerte. Sie hatte auch Angst vor diesem Mann – diesem seltsamen Amerikaner –, aber das lag allein an ihr. Er schlug sie nicht, er schrie sie nicht einmal an.

Andererseits bewahrte er die deutsche *Pistola* stets unter seiner Matratze auf.

»Ich bringe *Comida* – Essen«, sagte Yani, bevor sie wieder in die Hitze hinausging.

Sal blickte ihr nach, ohne ihr Verschwinden bewußt wahrzunehmen. Er war in Gedanken noch bei Isabel und »The Touch of a Stranger«. Er erinnerte sich an die Nacht in München, in der sie in einem großen Tonstudio Isabels Part aufgenommen hatten. Es war eine kalte Schneenacht gewesen, das wußte er noch, aber er konnte sich nicht an den Monat erinnern. Wahrscheinlich Dezember oder Januar. Sie versuchten stundenlang, die ideale Aufnahme hinzukriegen, aber Izzy verpatzte immer wieder irgendeine Kleinigkeit, und Karl bestand auf einer weiteren Aufnahme. Zuletzt spulte der Deutsche den ganzen Song zurück, und sie nahmen ihren Part Satz für Satz, dann Wort für Wort auf. Diese penible Arbeit war so mühevoll, daß Izzy, als Karl schließlich sagte: »Okay, hören wir's uns mal an«, ihren Kopfhörer abriß, in den Aufnahmeraum zu Karl stürmte und ihn auf portugiesisch beschimpfte. Dann fing sie zu weinen an, schnappte sich ihren Mantel – den langen blauen mit der Kapuze, er sah ihn noch vor sich – und lief auf die abenddunkle Straße hinaus.

Sal rannte ihr hinterher und holte sie ein und hielt sie fest umarmt, während sie schluchzte und schluchzte und der Schnee sie mit weichen Flocken zudeckte. Nach sehr langer Zeit – Izzy heulte einfach gern – beruhigte sie sich, und sie gingen Hand in Hand zurück, und Karl lächelte ihnen hinter der großen Glasscheibe zu, und als sie die Kabine betraten, dröhnte gerade die fertige Aufnahme aus den riesigen Wandlautsprechern. Und während sie sich das Playback anhörten, erkannte Sal, daß sie etwas Perfektes hörten, und dies war der erste Augenblick, von dem er wußte, daß sie's schaffen, daß sie ein Star werden würde.

»Frühstück«, sagte Yani leise, indem sie ihm einen Teller mit Tortillas, Rührei und Bohnen hinhielt. »Frühstück.«

Sal blickte sie lange an, ohne sie richtig zu sehen, aber dann wurde ihr Bild scharf wie ein Foto im Fixierbad. »Was?« murmelte er.

Sie stellte ihm den Teller auf den Schoß. »*Desayuno.* Frühstück. Iß. *Komm.*«

Sal starrte das gelbe Ei und die dampfenden Bohnen an und spürte, wie seine Magennerven sich verkrampften.

»Ich hab' keinen Hunger«, sagte er und wollte den Teller wegstellen, aber sie legte ihre Hand auf seine und wiederholte: »Iß. *Iß.*«

Er versuchte, das Essen anzusehen, ohne sich übergeben zu müssen, aber das war unmöglich, deshalb starrte er ins Freie und schaufelte sich blindlings etwas Rührei in den Mund und kaute. So schmeckte es nicht einmal schlecht, und er riß ein Stück Tortilla ab und stopfte es hinterher. Es war angenehm, etwas Festes zu kauen, und Sal fühlte sich sekundenlang einigermaßen wohl, bis sein Magen rebellierte und er sich beinahe übergeben mußte und einen scheußlichen Geschmack im Mund hatte. Sal hockte erschlagen da, den Mund voll Essen, mit dem er nichts anzufangen wußte, und spuckte es zuletzt auf den Teller zurück, stellte ihn auf den Fußboden und gab ihm einen kräftigen Stoß. Der Teller rutschte einen guten Meter weit weg. Jetzt brauchte Sal das Essen wenigstens nicht mehr anzusehen.

Sal wollte nach dem Tequila greifen, aber seine Hand verirrte sich unterwegs und landete auf einem Stanniolpäckchen. Er legte es sich in den Schoß, faltete behutsam die Ränder auseinander und hatte jetzt ein langgestrecktes Häufchen Kokain vor sich – den Rest der Viertelunze, die er letzte Woche bei einem hiesigen Dealer gekauft hatte. Er schob die Spitze der abgebrochenen Taschenmesserklinge hinein, die er als Kokslöffel benützte, und hob sie an seine Nase. Dann kam die andere Seite dran. *Schon besser.* Das Kokain betäubte das Brennen in seiner Kehle, und sein Magen beruhigte sich sofort.

Viel besser. Um ganz sicherzugehen, schnupfte Sal rasch zwei weitere Prisen. *Sehr viel besser.*

Yani bügelte einen der weißen Kittel, die sie tragen mußte, wenn sie als Zimmermädchen im Hotel arbeitete. Sie hatte ihr Bügelbrett neben der Haustür aufgestellt, und die Schnur des Bügeleisens führte zur Decke hinauf, von der das Kabel herabhing, das die öffentliche Stromversorgung anzapfte. Er rauchte seine Zigarette und sah ihr bei der Arbeit zu. Die schlaffen Muskeln ihrer dünnen Arme zitterten, während sie das Bügeleisen mit ihrem ganzen Gewicht belastete und über den gestärkten Stoff schob. Yani war eine farblose, formlose junge Frau, die mit 21 Jahren schon zwei Töchter von vier und fünf Jahren hatte und auf sämtlichen Gebieten, auf denen sie sich jemals versucht hatte – auch als Nutte – erfolglos geblieben war.

Sal wußte, daß es nur eine Frage der Zeit war, bis sie im Hotel Scheiß machen und auch dort rausfliegen würde. Er nahm eine weitere Prise Koks aus dem Stanniolpäckchen, zog erneut an seiner Zigarette und sah ihr beim Bügeln zu. Sie wäre gern seine Frau gewesen, das wußte er, aber er hatte sie noch nicht einmal gefickt. Hatte keine Lust dazu. Ihm gefiel es einfach, hier an der Playa Perro zu leben – weit weg von all den amerikanischen Urlaubern, weit weg von den *Federales,* weit weg von der Angst. Ihm gefiel es, sie für die alltäglichen Kleinigkeiten sorgen zu lassen, um die er sich nicht selbst kümmern mochte. Und ihm gefiel es, ihren schlanken, knabenhaften Körper in den Armen zu halten, wenn er schlief; ihr gleichmäßiges Atmen beruhigte ihn.

Sal hatte drei Wochen gebraucht, um fahrend und genesend, fahrend und genesend die gesamten 1300 Kilometer des Baja California Highway zurückzulegen. Irgendwie war er zuletzt hier in Playa Perro gelandet: betrunken und kurz davor, am Steuer von Erics rotem Jeep einzuschlafen. Eine junge Frau – Yani – war aus einer der aus Hohlblocksteinen gebauten elenden Hütten – dieser – getreten, und Sal hatte ihr etwas Geld in die Hand gedrückt und einen Schlafplatz verlangt. Yani hatte ihn in ihr Bett mitgenommen, und er hatte es nicht mehr verlassen.

Er nahm noch eine Prise Schnee und kippte einen weiteren Tequila. Danach fühlte er sich schon viel besser. Bald würde er bedröhnt genug sein, um aufstehen zu können. Er leerte das Schnapsglas und merkte plötzlich, daß er dringend mußte. Die mexikanische Version eines Urlaubssouvenirs. Er stemmte sich hoch, schlüpfte in seine *Huaraches* und wollte ins grelle Sonnenlicht hinaustreten. Dann blieb er stehen, ging zurück und griff unter die Matratze.

Erst als die Luger fest im Hosenbund seiner abgeschnittenen Jeans steckte und unter einem übergroßen T-Shirt mit der Aufschrift CABO und der Darstellung eines an der Leine zappelnden Thunfischs verborgen war, trat er in die Sonnenglut hinaus.

Die Hitze traf ihn wie ein Schlag. Dies war wahrhaftig ein Vorhof zur Hölle. Sal hielt rasch eine Hand über die Augen und blinzelte in die gleißende Helligkeit hinaus. Die Playa Perro lag wie ausgestorben vor ihm: eine scheinbar menschenleere Ansammlung von sechzehn Würfeln aus Hohlblocksteinen, die ohne erkennbaren Plan entlang des zweispurigen Highway 1 errichtet worden waren.

Sal hastete um die Ecke der Hütte. Auf der anderen Seite der Gasse kauerten drei junge *Vatos* mit Strohhüten nach Indianerart im schmalen Schatten eines Dachüberhangs und tranken Bier. Sie redeten und scherzten und lachten miteinander. *Unglaublich, diese Leute! Was haben die bloß immer zu lachen?* Sal verschwand rasch in dem kleinen Schuppen, der eine der beiden in Playa Perro funktionierenden Toiletten beherbergte. Während er die verzogene alte Tür hinter sich schloß, hörte er die *Vatos* wieder laut lachen. *Die Scheißkerle lachen über mich!* Aber dafür hatte er jetzt keine Zeit.

Er öffnete den Reißverschluß seiner Shorts, zog sie herunter und setzte sich auf die Klobrille – alles mit einer einzigen fließenden Bewegung. Sein Darm verkrampfte und entleerte sich in einer Explosion wäßriger Exkremente, und Sal fühlte sich augenblicklich erleichtert. Er seufzte, und das folgende Atemholen ließ ihn den Gestank in dieser Gemeinschaftstoilette allzu deutlich wahrnehmen.

Sal wischte sich mit einem Stück der zu diesem Zweck bereitliegenden mexikanischen Zeitung ab, zog seine Shorts wieder hoch und wollte eben ins Freie treten, als eine Woge Brechreiz in ihm aufstieg. Er würgte und spuckte dann die ganze Klobrille voll. Er starrte auf das nach Alkohol riechende Erbrochene, fuhr sich mit dem Handrücken über den Mund und riß die klemmende Tür auf. Die drei *Vatos* hockten noch immer im Schatten und beobachteten ihn. Sal berührte den Griff der Luger, um sein Selbstvertrauen zu stärken, und verschwand um die Ecke der Hütte.

Yani stand noch immer schwitzend am Bügelbrett. Sal hatte sich wieder auf der Matratze niedergelassen und sich einen weiteren Drink eingeschenkt, bevor er unter dem Tisch in einer Ecke der Hütte die beiden kleinen Mädchen bemerkte, die ihn anstarrten. Sie waren zwei halbnackte braune Kinder, beide mit einem atypisch blonden Wuschelkopf, und Sal wußte ziemlich sicher, daß sie noch nicht dagewesen waren, als er aufs Klo gegangen war. Das machten sie häufig: Sie tauchten von Zeit zu Zeit wie aus dem Nichts auf, und Sal hatte keine Ahnung, wohin sie verschwanden, wenn sie nicht da waren, oder warum sie plötzlich zurückkamen.

Und wenn sie da waren, gafften sie ihn ständig aus runden braunen Augen an, als fragten sie sich, was zum Teufel *er* hier zu suchen habe.

Er kippte seinen Drink, stand auf und murmelte: »Ich geh' mal eben zum Laufen.«

Den Strand hatte Sal etwa einen Monat nach seiner Ankunft in Cabo San Lucas entdeckt. Er war vom Kap aus ungefähr eine Viertelstunde weit nach Norden gefahren und hatte die Straße verlassen, weil er mal pissen mußte. An einer Stelle führten schwach erkennbare alte Fahrspuren durch die Dünen zum Meer, und Sal war ihnen mit seinem Allradantrieb mühelos gefolgt. Am Fuß sanft gerundeter Hügel lag, etwa einen Kilometer von der Straße entfernt, ein schmaler weißer Sandstrand – unberührt und völlig außer Sichtweite der Straße –, der etwa eine halbe Meile weit geradeaus verlief – Sal war ihn mit dem Jeep abgefahren –, bevor er hinter einer Landzunge verschwand und dahinter noch eine Viertelmeile weiterführte.

Durch stetiges Training hatte Sal es soweit gebracht, daß er den Strand dreimal ganz ablaufen konnte – jeweils hier beginnend, um die Landzunge herum, bis zum Strandende und wieder zurück –, was einer Strecke von ungefähr viereinhalb Meilen entsprach. Er wußte noch immer nicht, warum er damit angefangen hatte. Er hatte sein Leben lang keinen Sport getrieben und war jetzt erst recht auf keinem Fitneß- oder Gesundheitstrip, aber als er an jenem ersten Tag barfuß am Strand herumgelaufen war, hatte er plötzlich zu traben begonnen. Es war angenehm gewesen, die heiße Sonne auf den Schultern und heißen Sand unter den Fußsohlen zu spüren.

Natürlich hatte er's am ersten Tag nicht mal bis zur Landzunge geschafft, bevor er keuchend in der Brandung zusammengeklappt war. Der nächste Tag war nicht besser gewesen. Aber am dritten Tag war er bis zur Landzunge getorkelt, obwohl die noch nicht ganz verheilte Schußwunde wie Feuer brannte. Auch heute ließ Sal den Jeep wie immer in dem Einschnitt zwischen beiden Dünen stehen und ging zum Strand hinunter, wo die Brandung über den nassen, etwas dunkleren Sand schäumte. Er streifte die *Huaraches* ab und genoß die überraschend kühlen Wellen an den Knöcheln. Einige Meilen weiter draußen ragten Felsenriffe aus dem Meer, die ein Treffpunkt für Seelöwen waren, deren Bellen der Wind manchmal bis an die Küste trug. Er ging zum Jeep zurück und stellte seine Sandalen auf die vordere Stoßstange. Dann nahm er die Luger aus dem Hosenbund, legte sie auf den Schalensitz, zog sich das Thunfisch-T-Shirt aus und bedeckte die Waffe damit. Zuletzt öffnete er den Reißverschluß seiner abgeschnittenen Jeans und ließ sie in den Sand gleiten.

Die heiße Luft schien sein Glied zu kühlen, und er spürte, wie seine Hoden sich ein wenig regten. Sal wußte auch nicht, *warum* er gern splitternackt am Strand lief; er wußte nur, daß ihm das Spaß machte. Manchmal schlugen seine Hoden bei einer falschen Bewegung an den Oberschenkel, so daß er für Augenblicke einen dumpfen, ziehenden Schmerz verspürte, aber irgendwie genoß er auch das. Wenigstens fühlte er dabei *etwas* – etwas Reales, etwas Unmittelbares, etwas ganz anderes als die Traurigkeit, die ihn von innen zerfraß.

Sal starrte den schmalen weißen Sandstreifen mit zusammengekniffenen Augen entlang, setzte sich dann in Bewegung und trabte auf dem harten Sand los. Auf halber Strecke zur Landzunge rannte er bereits in vollem Tempo. Schweiß brannte in seinen Augen und wurde bei jedem stampfenden Schritt in großen Tropfen von seiner Nasenspitze geschleudert. Sein eigenes schweres Atmen dröhnte fremd und überlaut in seinen Ohren, als höre er die Atemzüge eines ihn dichtauf verfolgenden Riesen.

Die heiße Sonne umhüllte seinen nackten Körper mit Wärme, als sei er von Fruchtwasser umgeben, und nun wußte Sal wieder, warum er gern nackt am Strand rannte. Es fiel ihm wieder ein, wenn er rannte. Er hoffte, die Sonne werde den Schmerz wegbrennen, ihn vorn und hinten ansengen, wie die Mexikaner grüne Pfefferschoten über einem offenen Feuer anrösteten. Er wollte ausgenommen und rauchgeschwärzt sein; er wollte eine leere Hülse sein, die nichts mehr enthielt.

»Du Miiiiiststüüüüüück!« schrie er, während er auf nackten Füßen um die felsige Landzunge stampfte. *»Ich hab' dich geliiiiiebt!«*

»Was schreit er?« fragte Magallanes und wischte sich mit dem Handrücken den Schweiß von der Stirn.

»¿Quién sabe?« antwortete Zuniga. Er hielt die MAC-10 der Länge nach gegen seinen Oberschenkel gedrückt, für den Fall, daß jemand zufällig zwischen den Dünen auftauchte.

Magallanes bedachte den Indianer mit einem breiten sarkastischen Grinsen. »Was, du sprichst kein Englisch, *Gringo*?«

Zuniga überhörte die Stichelei. Er begutachtete die niedrigen Dünen ringsum und suchte nach einer geeigneten Stelle. »Wir hätten ein Gewehr mit Zielfernrohr mitbringen sollen«, murmelte er.

Die beiden knieten etwa hundert Meter hinter dem Jeep im Dünengras.

»So ist's besser«, sagte Magallanes. »Ich seh' gern ihren Blick, wenn sie merken, was gespielt wird.« Er kicherte leise. »Paß auf!« zischte er. »Da kommt er zurück!«

Der kleine, nackte Mann wurde hinter der felsigen Landzunge sichtbar, und seine stampfenden Füße warfen feuchte Sandklumpen auf, während er den Strand entlangtrabte. Er kam zum Jeep zurück, umrundete ihn, ohne stehenzubleiben, lief dann den Strand entlang zurück und kreischte dabei: *»Du Miiiiiststüüüüüück!«*

Magallanes schüttelte lachend den Kopf. »Ay-yi-yi... Ein verrückter Kerl, dieser Hurensohn! Sieh dir bloß an, wie er nackt rumrennt und Leute anbrüllt, die gar nicht da sind. Er ist *loco*!«

Der nackte Läufer verschwand hinter einer Düne, aber sie konnten ihn noch immer schreien hören.

Zuniga stand auf und entsicherte seine Maschinenpistole. »Komm, wir durchsuchen den Wagen.« Er trabte bereits auf den roten Jeep zu. Magallanes beeilte sich, ihn einzuholen.

»Hör zu, *Gringo*...«

Sie waren am Jeep.

»Hör zu, *Gringo*.« Magallanes sprach hastig. »Wir sollten ihn nicht umlegen, bevor wir ihn nach dem Geld gefragt haben.«

Zuniga hob das T-Shirt hoch und entdeckte darunter die Luger. Die beiden Männer wechselten einen Blick unter Profis.

»Vielleicht doch nicht so *loco*«, meinte der Indianer, während er nach der Waffe griff und sie in seinen Gürtel steckte. Danach durchsuchte er rasch den Jeep: unter den Sitzen, hinter den Sitzen, das Handschuhfach, die Türtaschen.

»Wir legen ihn nicht um, bevor er uns verraten hat, wo das Geld ist, *correcto*?« drängte Magallanes.

»Schnell! Er kommt!« Die beiden hasteten hinter die nächste Düne.

»Wir erschießen ihn *danach*!« krächzte Magallanes dem Indianer ins Ohr. Dann zogen sie die Köpfe ein und beobachteten, wie der kleine Amerikaner im nassen Sand an der Brandung entlang auf sie zugestampft kam. Als er noch etwa hundert Meter von seinem Jeep entfernt war, kläffte plötzlich etwas hinter den beiden auf der Lauer liegenden Männern los.

»*¡Qué pasa!*« Magallanes warf sich herum. Auf dem Kamm der nächsten Düne stand ein knochendürrer, alter Hund, mager und räudig, wie es nur ein mexikanischer Straßenköter sein konnte, der sie nicht aus den Augen ließ, während er alle Welt laut kläffend vor ihnen warnte.

»*¡Pinchi perro!* Scheißköter!« fluchte Magallanes, aber der Hund bellte nur um so lauter.

Der Läufer hatte haltgemacht. Er war noch etwa 75 Meter von seinem Jeep entfernt. Nach kurzem Zögern bewegte er sich unbewußt rückwärts.

Zuniga stand auf, riß die MAC-10 hoch und jagte dem Läufer einen Feuerstoß hinterher.

»Noch nicht erschießen!« brüllte Magallanes, zielte jedoch ebenfalls und schoß.

»Das ist unser *Job*!« schrie der Indianer zurück. Dann hastete er über die Düne und schoß auf den kleinen Amerikaner, der jetzt Hals über Kopf den Strand entlang wegrannte. Zuniga und Magallanes standen auf dem Dünenkamm und schossen ihre Magazine auf die Haken schlagende Gestalt leer. Aber sie war bereits außer Schußweite.

»Gottverdammter *Yanqui*!« fluchte Magallanes. Während er in einer Sandwolke die Düne hinunterrutschte, riß er das leere Magazin aus seiner Maschinenpistole und schob ein volles hinein. »Verdammter Scheißkerl!««

Zuniga, der fünf, sechs Meter Vorsprung hatte, stapfte gebückt durch den trockenen, feinen Sand, bis er den Brandungsstreifen erreichte, wo der Boden feucht und weniger nachgiebig war. Dort streifte er seine Schuhe ab und rannte hinter dem flüchtenden Amerikaner her.

»Leg ihn um!« brüllte Magallanes jetzt hinter ihm her, ohne noch an das Geld zu denken. Schließlich hatten sie einen Auftrag zu erledigen. *»Laß dich nicht abhängen!«*

Der Amerikaner war müde. Der Indianer holte auf. Der nackte Amerikaner sah sich nur einmal um; dann bog er rechtwinklig ab und watete in die Brandung hinaus.

»Gringo!« kreischte Magallanes irgendwo hinter ihnen, und Zuniga wußte nicht, wer damit gemeint war.

Als der Amerikaner bis zu den Hüften im Wasser war – was in den Gewässern vor Cabo nicht lange dauert –, warf er sich kopfüber hinein und tauchte. Das letzte, was seine Verfolger von ihm sahen, war sein weißer Arsch, der für einen Augenblick in der Sonne leuchtete, bevor er unter den Wellen verschwand.

»Uh!« grunzte der Indianer wie ein Boxer, der einen Körperhaken wegstecken muß. Dann riß er seine Maschinenpistole hoch und beharkte damit die Stelle, wo der Amerikaner verschwunden war. Er lief in die schäumende Brandung hinaus und schoß ein ganzes Magazin mit einem einzigen vier Sekunden langen Feuerstoß leer.

»Gottverdammter *Scheißgringo*!« Magallanes kam herangeplatscht und schoß einzelne kleine Feuerstöße ins Wasser. *»Scheißgringo!«*

Zuniga hatte nachgeladen und leerte auch das nächste Magazin mit einem einzigen Feuerstoß. Er lud nochmals nach und wiederholte diesen Vorgang. Dann noch dreimal, bis er alle Magazine verschossen hatte.

»Verdammter *Yanqui*-Hundesohn!« Magallanes brüllte noch immer. »*Er ist weg! Er ist uns abgehauen!*«

Zuniga ließ langsam seine MAC-10 sinken und starrte übers weite, schäumend heranbrandende Meer hinaus. So etwas war ihm noch nie passiert. Er schätzte es, wenn andere auf seine Zuverlässigkeit bauten, und so hätte die Sache *nicht* ablaufen dürfen.

»Nein, ist er nicht.«

»*Was sagst du?*« kreischte Magallanes. »*Scheiße, wo ist er dann? Siehst du irgendwo 'ne Leiche schwimmen?*« Er trat nach den Wellen, die seine Füße umschäumten. »*Wo?*«

Zuniga starrte weiter über die Wogen hinaus.

»*¡Jesus Christo!*« schrie Magallanes und platschte durch die Brandung. »*Scheiße, was sollen wir bloß dem Mann in der Stadt erzählen?*«

Zuniga blickte noch immer aufs Meer hinaus. »Wir sagen ihm die Wahrheit.« Er drehte sich nach Magallanes um. »Wir sagen, daß wir den Auftrag ausgeführt haben.«

Magallanes trat ganz dicht vor den Indianer hin. »Haben wir das?«

»Kein Mensch kann unser Dauerfeuer überlebt haben.«

»Wirklich nicht? Woher willst du das wissen?«

»Überzeug dich selbst!« Zuniga deutete aufs Meer hinaus. »Siehst du ihn? Was soll er jetzt tun – nach China schwimmen? Siehst du's ihn auch nur versuchen? Nein! Und weißt du, warum nicht? Weil er mit 'nem Arsch voll Blei auf dem gottverdammten Meeresboden liegt!«

Magallanes schwieg. Er blickte über die Wogen und sah dann wieder den Indianer an.

»Dem Mann in der Stadt sagen wir, daß wir ihn umgelegt und die Leiche ins Meer geworfen haben«, fuhr Zuniga fort, »weil das die Wahrheit ist, weil's so gewesen ist.« Er starrte Magallanes an. »Und wir sind die beiden einzigen Augenzeugen.«

Magallanes blickte zur Seite und schüttelte wie bedauernd den Kopf. »Verdammter *Scheißgringo*«, murmelte er halblaut.

Zuniga wandte sich ab und watete zum Strand zurück. Sobald er Magallanes im Rücken hatte, nahm er seine leergeschossene MAC-10 in die linke Armbeuge und zog mit der rechten Hand die deutsche Luger aus dem Gürtel. Er drehte den Kopf halb nach hinten und rief: »Wir sagen, daß er tot auf dem Meeresgrund liegt!«

Er fragte sich, ob die Pistole ihrem Gewicht nach geladen war. *Warum denn nicht? Wozu sollte der Amerikaner eine ungeladene Waffe mit sich rumschleppen?* »Wir sagen, daß er sich verdammt gut gewehrt hat, bis wir ihn schließlich doch erledigt haben.« Er hielt die Luger an seine Brust gedrückt und entsicherte sie. »Aber erst, nachdem er einen von uns beiden erschossen hatte.«

»Was?« fragte Magallanes hinter ihm laut, als Zuniga sich in der Brandung umdrehte, mit der Luger zielte und abdrückte. Die linke Hälfte von Magallanes' Hals explodierte in einem schwarz-roten Blutschwall, und er sank auf die Knie, als habe jemand ihm die Unterschenkel abgehackt. Zuniga schoß erneut, und Magallanes' Schädeldach verschwand. Er war bereits tot, als er nach vorn ins Wasser klatschte, das sich um ihn herum sofort mit roten Blutschlieren verfärbte.

Zuniga ging langsam zu dem Toten zurück.

»*Pinchi cabrón*«, sagte er halblaut. »Jetzt bist *du* der Beschissene, du Scheißkerl!« Das war die richtige Methode, einen Mann umzulegen. So wurde's gemacht! Ihr Versagen bei dem Amerikaner hatte Zuniga in Rage gebracht, aber jetzt fühlte er sich viel besser. »Du hast dich mit dem Falschen angelegt, Dreckskerl«, murmelte er. Dann spuckte er auf den Toten. »Wart nur, bis ich allen erzähl', wie der kleine amerikanische *Maricón* dich abgeknallt hat!«

Erst nach Sonnenuntergang begann Yani, sich Sorgen zu machen. Wenn dieser Mann mit dem knallroten Jeep wegfuhr, kam er immer zurück, bevor die Sonne unterging. Er schaffte es immer, vor Einbruch der Dunkelheit zurückzukommen – nur heute nicht. Vielleicht war er mit dem knallroten Jeep verunglückt. Vielleicht hatte er zuviel getrunken und war am Steuer bewußtlos geworden. Womöglich hatten ihn die Leute erwischt, wegen denen er die *Pistola* mit sich rumschleppte.

In ihren Träumen hatte sie sich ausgemalt, wie dieser Mann sie und ihre Mädchen nach Norden in die *Estados Unidos* brachte. Aus Wunschvorstellungen waren in letzter Zeit Bittgebete an die Muttergottes geworden. Yani trug ihren Rosenkranz in einer Tasche ihrer formlosen Kittelschürze, betete ihn herunter, wann immer sie konnte, und stellte sich dabei vor, wie dieser Mann sie und die Mädchen in seinem knallroten Jeep über die Grenze brachte, indem er sie der Border Patrol gegenüber als seine amerikanische Familie ausgab. Er brauchte sie nur über die Grenze zu bringen; danach würde sie für alles weitere sorgen.

Yanis ältere Schwester Rosa – ihre einzige sonstige Verwandte auf der Welt – arbeitete als Zimmermädchen in einem großen Hotel in Denver, und Rosa hatte ihr geschrieben, wie herrlich es dort war. Wenn dieser Mann sie nur über die Grenze brachte und sie bis dahin genug von seinem Geld in der alten Medaglia-d'Oro-Kaffeebüchse sparen konnte, könnte sie sich und den Mädchen vielleicht Busfahrkarten nach Denver kaufen und dann bei Rosa leben und in dem großen Hotel arbeiten. Aber nichts davon war möglich, wenn dieser Mann nicht zurückkam. Sie war allmählich zu der Überzeugung gelangt, Gott habe ihr diesen Amerikaner geschickt. Seitdem er bei ihnen lebte, war alles besser geworden. Sie hatten immer zu essen, und die Mädchen gediehen sichtlich. Sie hatten sogar ein paar neue Sachen bekommen. Solange er bei ihnen war, konnten sie hoffen. Kam er jedoch nicht zurück, mußten sie ihre Hoffnungen begraben.

Warum hat er soviel trinken müssen, heilige Maria? Hättest du mir nicht einen schicken können, der weniger trinkt und kein Cocaina *schnupft.* Sie ließ den Teller mit seinem Abendessen stehen, bis die *Frijoles* zu einem harten, teerartigen Klumpen geworden waren, den sie den Hühnern als Futter vorwerfen mußte.

Sieh nur, er hat sein Cocaina *dagelassen! Ohne sein* Coca *würde er uns nicht verlassen. Dazu ist's viel zu teuer.*

Sie war auf der Suche nach etwas, das ihr Herz erleichtern konnte. Das ihr Hoffnung geben konnte.

Nachdem sie ihre Mädchen auf der schmalen kleinen Halbmatratze unter dem Tisch zur Ruhe gebettet hatte, ging sie zum Highway hinauf, stand dort im Dunkeln und beobachtete die vorbeirasenden Wagen. Es war noch immer sehr heiß, innerlich jedoch war ihr eisigkalt. Sie fühlte sich wie erstarrt.

Yani hatte sich hinter der offenen Tür ihres Hauses an die Wand gesetzt und war eingenickt, als Autoscheinwerfer über sie hinwegglitten und Reifen im Geröll der unbefestigten Straße knirschten. Sie war sofort hellwach und sprang hastig auf. *Er kommt zurück! Er kommt zurück!* Dann hörte sie, wie eine Autotür zugeknallt wurde, und wußte, daß das nicht der knallrote Jeep war. In ihrer Verwirrung zögerte sie eine Sekunde lang; dann schloß sie hastig die klapprige alte Haustür, sperrte sie ab und schob den Riegel vor. Sie legte ihr Ohr ans Holz und horchte. Draußen war kein Laut zu hören, aber sie fühlte sich jäh von namenloser Angst erfaßt. *Heilige Muttergottes. Heilige Muttergottes. Beschütze uns um deines Sohnes willen!*

Sie wich von der Haustür zurück und ging weiter und weiter rückwärts über den Betonboden, bis sie plötzlich die gegenüberliegende Wand im Rücken hatte. Dort blieb sie stehen und starrte die alte, ungestrichene Tür an. Ihr Herz schlug wie rasend gegen ihre Rippen. *Heilige Muttergottes.* Sie sah zu den Mädchen hinüber, die auf ihrer Kindermatratze unter dem Küchentisch schliefen; dann starrte sie wieder die Haustür an, die in der nächsten Sekunde gewaltsam aufgesprengt nach innen flog und gegen die Wand knallte.

Heilige Maria, Muttergottes… Heilige Maria, Muttergottes.

Zuniga kam mit wenigen raschen Schritten über den Betonboden und packte sie mit einer Hand an der Kehle. »*Silencio, puta – ¿comprende?*« knurrte er, und Yani war zu verängstigt, um auch nur zu nicken.

»Wo ist das Geld?«

Heilige Maria, Muttergottes… Heilige Maria…

»Wo ist das Scheißgeld?« brüllte er sie an.

¡No sabe, señor! ¡No sabe!«

Sein breites Indianergesicht verdunkelte sich vor Zorn.

»Wo… ist… das… Geld?« Er stieß jedes Wort einzeln hervor, während er seinen Würgegriff um ihren Hals verstärkte. *¿Donde está el dinero?*«

»*Por favor, señor*«, wimmerte sie. »Bitte…«

»Du denkst wohl, du könntest mich verarschen?« fragte er grob. Er hob die andere Hand und setzte Yani die Mündung der deutschen Luger an die Schläfe.

Der Anblick der Waffe des Amerikaners versetzte sie in noch größere Panik.

Wir sind verloren, dachte sie. *Ave Maria, ave Maria…*

»Wo ist das Geld? Wo hat er's versteckt?« fragte der Indianer und rammte die Mündung der Luger fester gegen ihre Schläfe. »Red schon, *Puta,* sonst blas' ich dir's Gehirn aus dem Schädel!«

»*Por favor, señor*«, keuchte Yani unter Tränen, »ich hab' kein Geld.«

»Verfluchte Schlampe! Sag mir, wo der *Gringo* sein Scheißgeld versteckt hat, sonst knall' ich dich auf der Stelle ab, das schwör' ich dir!«

Dann machte Yani einen Fehler: Sie sah mit besorgtem Mutterblick rasch zu ihren Mädchen hinüber. Zuniga wurde darauf aufmerksam und folgte ihrem Blick. Er sah die beiden kleinen Mädchen, die mit entsetzt aufgerissenen Augen und sprachlos vor Angst unter dem Küchentisch hockten, und ließ Yani sofort los.

»So, jetzt wirst du gleich reden, Schlampe«, knurrte der Indianer, durchquerte den Raum und knallte die Haustür zu. Dann drehte er sich um und starrte die kleinen Mädchen an.

»*Nein!*« kreischte sie und wollte sich zwischen ihn und ihre Mädchen werfen.

»Keine Bewegung!« blaffte er und hob die Pistole, so daß Yani genau in die schwarze kleine Mündung starrte.

»*Por favor, señor!*« bettelte sie aus der Mitte des Raums. »Bitte! Bitte!« Tränen liefen ihr übers Gesicht. »Ich flehe Sie an!«

Zuniga trat rasch an den Tisch, griff darunter und tastete nach den beiden, ohne dabei Yani aus den Augen zu lassen. Die kleinen Mädchen begannen zu schreien, als seine Hand sie berührte. Er grapschte nach ihnen, und seine klobigen braunen Finger schlossen sich um eines der mageren Beine der Älteren. Daraufhin schrie sie noch lauter.

»O Gott, nein!« schluchzte Yani mit wie zum Gebet gefalteten Händen. »*Bitte, tun Sie meinen Babys nichts!*«

»*Los, red schon!*« brüllte er, während er das heulende kleine Mädchen unter dem Tisch hervorzerrte. Die Vierjährige kauerte noch unter dem Tisch und wimmerte vor sich hin.

»*Bitte, bitte…*«, schluchzte Yani. Dann vergaß sie die Schußwaffe und stürzte sich auf den Indianer. Als sie nahe genug war, holte er einfach mit dem rechten Fuß aus und trat sie in die Magengrube. Yani torkelte mit einem Aufschrei rückwärts, brach zusammen und ging zu Boden.

»*Red schon!*« verlangte er, während er die kreischende Fünfjährige an den Knöcheln hochhob, so daß ihr blondes Haar den Fußboden streifte. »*Red endlich, sonst schlag' ich ihr den Schädel ein!*«

Trotz der Schmerzen kroch Yani über den Betonboden, um zu versuchen, ihre Kleine zu retten.

»*Bitte! Bitte!*« schluchzte sie, während sie auf allen vieren vorwärts kroch. »*Ich weiß nichts von irgendwelchem Geld! ¡Yo no sé nadddaaaaaaa!*«

»*Du lügst, verdammtes Weibsstück!*« Er fing an, das kleine Mädchen hin und her zu schwingen – wie ein Kraftsportler, der sich aufwärmt. »*Ich warn' dich, Schlampe, ich zertrümmer' ihr den Schädel an dieser Wand!*«

»*Nooooooooo!*«

»*Ich will wissen, wo der* Gringo *das Geld versteckt hat!*«

»*Davon weiß ich nichts!*«

»*Raus mit der Sprache!*«

»*Ich weiß nichts! Ich schwör' bei der Jungfrau Maria, ich weiß nichts!*«

»*Du lügst!*« Der Indianer schwang die Kleine, die Consuela hieß, in weitem Bogen zurück, um ihren Schädel wie eine Eierschale an der Wand zu zerschmettern.

»*Aufhören! Ich geb' Ihnen das Geld!*« kreischte Yani verzweifelt. »*Ich geb' Ihnen das Geeeeeeld!*«

Zuniga ließ ab und lächelte grimmig. »Du verlogene kleine Schlampe. Ich hab' *gewußt*, daß du lügst.« Er ließ die brüllende Kleine fast behutsam zu Boden gleiten, und Consuela flüchtete sich sofort wieder zu ihrer Schwester unter den Tisch. Beide Mädchen schluchzten hemmungslos. Zuniga baute sich vor Yani auf, die, heulend und die Hände vors Gesicht geschlagen, auf dem Beton kniete, und rammte ihr die Pistolenmündung gegen die Schulter. »Wo ist das Geld?«

Yani sah kurz zu ihm auf, kam dann mühsam auf die Beine und stand schwankend vor ihm.

»Das Geld, Hure!«

Sie nickte wortlos, wandte sich ab und ging mit schleppenden Schritten zu dem Vorratsregal über dem Ausguß. Die Mädchen kauerten noch immer unter dem Tisch. Yani streckte sich nach dem obersten Regalbrett und nahm die hellrote Meda-glia-d'Oro-Büchse herunter. Sie öffnete sie, drehte sich um und drückte Zuniga eine Faustvoll Pesos und Dollarscheine in die freie linke Hand.

»Scheiße, was soll das?« fragte der Indianer.

»Das ... das ist mein ganzes Geld.«

Zuniga starrte auf die zerknitterten Scheine hinab; dann warf er sie verächtlich zu Boden, holte kurz aus und schlug Yani mit dem Handrücken ins Gesicht.

»Du blöde Schlampe!« brüllte er sie an, während sie seine Beine umklammerte und den Kopf wie zum Gebet gesenkt hielt.

»Bitte! Bitte!« schluchzte sie den Boden an.

Er beugte sich nach vorn und drückte ihr die Pistolenmündung in den Nacken.

»Wenn die Kugel dich hier trifft«, sagte Zuniga ganz ruhig, während er sie die Luger am Rückgrat spüren ließ, »bist du für immer gelähmt, selbst wenn du am Leben bleiben solltest. *¿Comprende?*«

»Ja!« rief sie. »Ja, ich verstehe!«

»Willst du, daß ich abdrücke?«

»*Noooooo!*« kreischte sie den Betonboden an. »*Noooooooooo!*«

»*Dann sag mir, wo das Scheißgeld versteckt ist.*«

Yani sah mit tränenüberströmtem Gesicht zu ihm auf. »Ich schwör' bei der Jungfrau Maria, ich schwör' beim Leben meiner Kinder – ich weiß nichts von irgendwelchem Geld!« Dann ließ sie den Kopf sinken und klammerte sich an Zunigas Waden. »Ich weiß nichts von irgendwelchem Geld!«

Der Indianer starrte lange wütend auf sie hinab. Die beiden Mädchen unter dem Tisch schluchzten hysterisch. Ein dicker schwarzer Käfer summte um die von der Decke herabhängende nackte Glühbirne.

Dann nahm Zuniga die Pistole von ihrem Nacken.

»Das Geld hat's nie gegeben, stimmt's?« sagte er schließlich. »Der *Gringo* hat nie welches gehabt.«

Yani hob langsam, ganz langsam den Kopf. »Ich schwör'... ich schwör' beim Jesuskind, ich weiß nichts.«

Seine kalten dunklen Augen durchbohrten sie wie Dolche. »Und du hättest's gewußt, wenn er welches gehabt hätte, nicht wahr?«

»Ich schwör' bei Gott, ich weiß nichts von irgendwelchem Geld. Ich schwör' bei Gott und allen Engeln, ich ...«

Dann sah sie, wie sein Blick sich veränderte und über ihren hingestreckten Körper glitt. Yani wußte, daß er daran dachte, sie zu vergewaltigen. Ihre erste Sorge galt ihren kleinen Mädchen.

»Ich schwör'... ich schwör'...«, stammelte sie, als er sich über sie beugte und sie grob an ihren kurzen, fettigen Haaren packte. Im nächsten Augenblick rieß er sie daran hoch. Yani schrie auf, und die Mädchen unter dem Tisch heulten noch lauter. Er stieß Yani rückwärts gegen den Geschirrschrank neben der Spüle, daß es schepperte.

»Bitte«, flehte sie. »Bitte ...«

Er schob ihren formlosen Hintern auf die Ablagefläche des kleinen Schranks.

»Bitte, nicht weh tun!« bat sie. »Ich weiß von keinem ...«

Seine Pranke faßte in den Halsausschnitt ihrer Kittelschürze und fetzte sie mit einem Ruck von oben bis unten auf. Sie versuchte, ihre kleinen, schlaffen Brüste zu bedecken, aber er riß ihr das leichte Kleidungsstück von den Schultern und drängte Yani mit dem Rücken gegen die Gläser mit *Jalapeños* und die Dosen mit *Mole*-Sauce. Dann – noch immer nur mit einer Hand, weil er in der anderen die Luger hielt – machte er sich daran, seinen Gürtel zu öffnen.

Sie wandte sich an ihre Töchter und kreischte: »*Raus mit euch! Raus mit euch!*«

»Halt's Maul«, knurrte Zuniga, während seine Hose auf den Betonboden rutschte.

»*Lauft zu Señora Mendoza! Die hat Bonbons für euch!*« Aber die kleinen Mädchen blieben, die Augen vor Angst weit aufgerissen, wie gelähmt hocken.

»Maul halten, hab' ich gesagt!« knurrte der Indianer warnend, während er ihre Beine auseinanderdrückte und sein Glied in ihrem üppigen schwarzen Haarbusch in Stellung brachte.

»Nicht hersehen!« rief Yani ihren schreckensstarren Mädchen zu. *»Nicht her…«*

Dann drang er gewaltsam in sie ein, und der heiße Schmerz durchzuckte sie, und sie fing an, unkontrolliert zu weinen.

»Nicht hersehen«, brachte sie noch heraus, als er roh zuzustoßen begann. Aber schon wenige Augenblicke später drehte er fast höflich das Gesicht zur Seite und kam mit einem Grunzen. So schnell war alles vorüber.

Sie glitt weinend zu Boden und rollte sich wie ein kleines Kind zusammen. Ihr weicher, formloser Körper zitterte, während sie schluchzte.

Der Indianer zog seine Hose hoch und blickte auf sie hinunter. »Wenn du jemand sagst, daß ich hier gewesen bin…« Er stieß sie mit der Spitze eines Slippers von Gemelli de Janeiro an. »…komm' ich zurück. *¿Comprende?*«

Sie brachte vor Schluchzen kein Wort heraus. Sie umfaßte ihren Oberkörper mit ihren dünnen Armen und schloß fest die Augen. Als sie sie schließlich wieder öffnete, war er verschwunden. Sie lag auf dem kühlen Betonboden und sah sich verwundert um. Sie konnte kaum glauben, daß er verschwunden war und sie am Leben gelassen hatte. Dann fand ihr angstvoller Blick ihre Töchter, die noch immer heulend unter dem Tisch hockten.

»Maria… Consuela…«, gurrte sie beschwichtigend, indem sie auf sie zukroch. »Jetzt ist alles wieder gut, *mis hijas.* Alles ist wieder gut.« Sie krabbelte unter den Tisch und drückte die Mädchen an ihren nackten Leib. »Nicht weinen, meine Babys, nicht weinen.« Zuerst machte diese Berührung mit ihrem Leib sie noch verwirrter, und sie plärrten erst richtig los. Yani hielt die beiden an sich gedrückt, und nach einiger Zeit klammerten sie sich mit ihren dünnen Ärmchen an ihre Mutter und schluchzten in sie hinein.

»Bitte vergebt mir. Bitte vergebt mir. Bitte vergebt mir«, flüsterte sie immer wieder. *»Favor de perdonarme. Favor de perdonarme.«* Wie ein endlos wiederholtes Gebet. So hockte sie über eine Stunde lang unter dem Tisch an die Wand gelehnt, hielt die weinenden Mädchen an ihren nackten Leib gepreßt, fühlte seinen Samen langsam aus ihrem Körper fließen und leierte ihr Mantra herunter: *Bitte vergib mir. Bitte vergib mir. Heilige Muttergottes,* *vergib mir«*, bis das Schluchzen ihrer Mädchen zuletzt nur noch ein Schniefen war. »*Favor de perdonarme. Favor de perdonarme.*«

Aber die beiden wollten nicht einschlafen, bis Yani ihnen Orangen-Fanta zu trinken gab, das sie mit etwas von dem Tequila des toten Amerikaners versetzt hatte. Als die Mädchen dann gleichmäßig atmend auf der Matratze mitten im Raum lagen, zog Yani ein Hemd und eine Jeans des toten Amerikaners an, machte das Licht aus und trat ins Freie.

Die Nacht war heiß und roch salzig nach Meer, und aus der fast einen Kilometer entfernten Bar drangen leise Mariachiklänge an ihr Ohr. Sie hielt sich im Schatten der Hauswand, schlich barfuß um die Ecke, ging dann in die Hocke und tastete das Fundament ab, bis ihre Finger das Brett berührten, das den Kriechkeller unter dem Haus absperrte. Tatsächlich war der lange, schmale Tunnel dadurch entstanden, daß der Sandboden unter der Fundamentplatte sich gesenkt hatte. Der tote Amerikaner hatte ihn gleich am ersten Abend nach seiner Ankunft entdeckt. *Bitte vergib mir. Bitte vergib mir. Bitte vergib mir.*

Mit einem Messer hebelte Yani das lose, mit Sand getarnte Brett so leise wie möglich heraus und schob es zur Seite. Dann legte sie sich flach auf den kühlen Erdboden und zwängte Kopf und Schultern durch die Öffnung. Es roch nach Moder und Ungeziefer, aber sie zog und schob sich mit eingekrallten Fingern und Zehenspitzen weiter vor, bis ihr ganzer Körper sich unter der Fundamentplatte befand. *Favor de perdonarme. Favor de pardonarme.* Dann holte sie eine Kerze aus ihrer Hemdtasche und zündete sie mit einem Streichholz an, das sie mit zitternden Fingern an den Docht hielt.

Im schwachen Lichtschein der Kerze sah Yani etwa zwei Meter vor sich am Ende des Hohlraums eine Reihe winziger rosa Augen, und als die Kerzenflamme dann heller wurde, konnte sie sechs oder sieben Ratten erkennen, die sie ängstlich anstarrten. *Bitte vergib mir. Bitte vergib mir.* Dann nahm Yani aus dem Augenwinkel heraus etwas dicht neben sich wahr und drehte langsam den Kopf zur Seite. Gleich neben ihrer Schulter lag, halb im Sand vergraben, ein völlig verzogener, von den Ratten angenagter Aktenkoffer. Yani wußte augenblicklich, daß dies der Gegenstand war, den sie gesucht hatte.
Nach ihrer Rückkehr ins Haus, beim Schein einer einzigen Kerze,

kniete sich Yani auf den Fußboden und stellte den deformierten Aktenkoffer vor sich hin. An einigen Stellen wellten sich abgenagte Lederstreifen von dem angefaulten Gepäckstück.

Heilige Jungfrau, bitte vergib mir.

Yani ließ ihre Fingerspitzen über den ramponierten Aktenkoffer gleiten.

Heilige Jungfrau, ich hab's für sie getan, das weißt du. Bitte vergib mir, bitte vergib mir, bitte vergib mir.

Sie erhoffte sich nur so viel Geld, daß sie die Playa Perro verlassen und zur Grenze nach Norden fahren konnten. Wenn der Koffer bloß einen oder zwei der Hundertdollarscheine des toten Amerikaners enthielte! Oder drei oder vier. Oder neun oder zehn.

Bitte vergib mir, Himmelskönigin, wenn ich so geldgierig zu sein scheine. Aber ich muß dafür sorgen, daß meine Kleinen hier rauskommen. Bitte vergib mir.

Mit zwei oder drei Hundertern konnte sie drei Fahrkarten für den Morgenbus nach Tijuana kaufen – die 24stündige Fahrt kostete 60 000 Pesos pro Person – und hatte trotzdem noch genügend Geld für Proviant und ein paar neue Sachen. Vielleicht konnte sie sogar einen »Kojoten« anheuern, damit er sie über die Grenze schmuggelte.

Bitte vergib mir.

Sie öffnete die rostigen Schnappverschlüsse – einer davon war verbogen und ließ sich nur mit viel Kraft öffnen –, kniete im Kerzenschein auf dem Boden und flehte zu ihrer Schutzpatronin.

Hör nicht auf meine Geldgier, Heilige Jungfrau, wir brauchen nur genug, um bis zur Grenze zu kommen. Wir haben noch das Geld, das der Böse verschmäht hat, und wären dir dankbar für einen Hunderter. Nur einen einzigen.

Sie bekreuzigte sich.

Oder zwei. Zwei wäre höchst großzügig, Heilige Jungfrau, Unsere Liebe Frau von Guadalupe. Ich bitte dich nicht nur für mich.

Dann holte sie unbewußt tief Luft, hielt kurz den Atem an und klappte den Deckel auf.

Yani starrte auf die von Banderolen zusammengehaltenen Banknotenbündel hinunter und empfand sekundenlang nur tiefe Enttäuschung. Sie hatte so darum gebetet, der Koffer möge einige wenige Geldscheine enthalten, daß sie erst nach einer Weile begriff, daß er *voll* Geld war. Er enthielt viele, *viele* Hunderter. Sie starrte die durcheinanderliegenden Packen aus Hundertdollarscheinen zunächst verständnislos an, aber dann kam ganz langsam die Erkenntnis, was sie vor sich hatte, wie ein kalter Schauer über sie, und Yani fürchtete sich mehr als jemals zuvor in dieser Nacht.

Sie befand sich in der Gegenwart Gottes, das stand fest. Das wußte sie, denn sie hatte ein Wunder erlebt. Sie, Yanira Reyes de Guiterrez, war Zeugin eines Wunders geworden. Der Aktenkoffer hatte ursprünglich nur einige wenige Scheine enthalten, das wußte sie so sicher. Aber in dem Augenblick, in dem sie den Deckel aufgeklappt hatte, waren sie in Hunderte, sogar *Tausende* von Geldscheinen verwandelt worden – genau wie *el Salvador* damals die Fünftausend mit zwei Körben Fisch und fünf Brotlaiben gespeist hatte.

»*Madre de Dios*«, flüsterte Yani im Kerzenschein. »Heilige Maria, ich danke dir!«

Und dann, als sie ihre eigene Stimme hörte, traf sie die ganze Bedeutung des Wunders, dessen sie teilhaftig geworden war, wie ein Keulenschlag. Ihre Hände begannen zu zittern, und ihre Haut fühlte sich eiskalt an. *Heilige Jungfrau, du hast uns die Welt geschenkt. Du hast uns befreit.* »Ich danke dir«, stieß Yani schweratmend hervor. »Ich danke dir so sehr!«

Im Kerzenschein auf dem Fußboden kniend, versuchte sie, das Geld zu zählen, aber ihr Puls dröhnte so laut in ihren Ohren, daß sie sich immer wieder verzählte. Dann wurde ihr klar, daß jeder einzelne dieser von Banderolen zusammengehaltenen Packen hundert Hundertdollarscheine – zehntausend Dollar – enthielt, so daß sie nur die Bündel zu zählen brauchte. Aber auch dabei verzählte sie sich wieder und wieder.

Gracias, Madre de Dios. Gracias, gracias, gracias.

Zuletzt gab sie einfach auf, allerdings nicht ohne begriffen zu haben, daß der demolierte Aktenkoffer Hunderttausende von Dollar enthielt.

Gebenedeit bist du unter den Weibern, und gebenedeit ist die Frucht deines Leibes, Jesus.

Dies war ein Wunder – das stand für Yani außer Zweifel –, aber alles, was ihm vorausgegangen war, blieb ihr ein Rätsel. Sie wußte, daß die Jungfrau Maria sich bei Gott für sie verwendet hatte, damit er die wenigen Hunderter des toten Amerikaners in Tausende von Scheinen verwandelte. Auf die Idee, dieser Reichtum könnte die ganze Zeit unter ihrer Hütte gelegen haben, kam sie gar nicht, denn hätte der tote Amerikaner wirklich soviel Geld gehabt, hätte er nicht an der Playa Perro gehaust. Das hätte kein Mensch getan.

Nein, was Yani verwirrte, war der böse Mann, der sie und ihre Mädchen gepeinigt und sie dann vergewaltigt hatte. Aber je länger sie über ihn nachdachte, desto klarer erkannte sie, daß er gar kein Mann, sondern *el Diablo* gewesen war, der wie so oft Menschengestalt angenommen hatte, und daß er gekommen war, um ihr das reiche Geschenk der Himmelskönigin zu rauben. Irgendwie hatte sie gegen die Mächte der Hölle gekämpft, irgendwie hatte sie mit Hilfe der Jungfrau Maria gesiegt. Und die Muttergottes hatte sie dafür belohnt.

Gebenedeit ist die Frucht deines Leibes, Jesus.

Dann ging sie in der Dunkelheit ans Meer hinunter, um den Samen des Teufels aus ihrer Scheide zu spülen.

Der Tag war noch trüb und grau, als sie den gelben Scheinwerfer des Morgenbusses nach Norden auf dem Highway 1 herankommen sah.

»*Niñas, niñas*«, sagte sie halblaut, während sie ihre auf dem großen Pappkoffer schlafenden Mädchen sanft wachrüttelte. »Ihr müßt aufwachen!«

Die Geldpäckchen hatte sie in ein Tuch gewickelt, das sie unter einer grobgewebten *Serape* vor den Bauch gebunden trug, so daß man sie hoffentlich für eine schwangere Landarbeiterin halten würde.

Bei dem gähnenden Busfahrer kaufte sie drei einfache Fahrkarten nach La Paz und bezahlte sie mit einem der Zwanziger aus der Medaglia-d'Oro-Büchse. In der größeren Stadt – weit weg von hier – würde sie's riskieren, mit einem der wunderbaren Hunderter Fahrkarten für die gesamte Strecke bis nach Tijuana zu kaufen. Vorher nicht.

Im Bus saß lediglich ein weiterer Fahrgast, ein zusammengesunken schnarchender alter Mann, deshalb konnten die Mädchen sich links und rechts auf den beiden niedrigen, schmalen, in Längsrichtung verlaufenden Sitzbänken ausstrecken.

Sie faltete die Hände über dem Bündel vor ihrem Leib und lehnte sich mit dem Rücken gegen die Wand des holpernden Busses.

Gebenedeit bist du unter den Weibern, und gebenedeit ist die Frucht deines Leibes, Jesus. Ich danke dir, Himmelskönigin, ich danke dir, ich danke dir, ich danke dir.

Mit einem verstohlenen Blick in die Runde bekreuzigte sie sich und faltete dann wieder die Hände über dem Bauch.

Der Steward in weißer Jacke stieg die Wendeltreppe mit Stufen aus polierter Eiche in den Salon der Jacht hinunter und ging über den Orientteppich, um zu dem Ledersofa zu gelangen, vor dem drei Personen sich um eine vierte bemühten, die auf dem Sofa lag. Der Steward, ein kleiner, dunkler Filipino, hielt dem auf dem Sofa Liegenden einen Becher voll dampfender Fleischbrühe hin. Die große weiße Frau warf dem Steward einen finsteren Blick zu und nahm ihm den Becher aus der Hand.

»Bei Manny sind Sie bestens aufgehoben«, sagte Harry Chang zu dem Mann auf dem Sofa, der Sal war. Harry Chang war im Kapiolani Catholic Medical Center in Honolulu zur Welt gekommen, und wenn er sprach, glaubte man eine *Spur* Pidgin heraushören zu können. »Manny ist Sanitäter bei den Contras gewesen«, bot Harry Chang als eine Art Rechtfertigung an. »Er verarztet uns alle, wenn wir krank sind oder mal 'ne Schramme abgekriegt haben.«

Manny war ein untersetzter, schweigsamer Nicaraguaner, dem es gar nicht paßte, vor Beginn seiner Wache geweckt worden zu sein. Er runzelte mißbilligend die Stirn, während er die blutenden Schürfwunden an Sals Knien und Schienbeinen säuberte und verband, die Hände hatte er ihm bereits verbunden. Als sie ihn nackt aus dem Meer gezogen hatten, waren seine Hände und Arme von den messerscharfen, mit Seehundscheiße überzogenen Felsen blutig aufgerissen. Jetzt war er noch immer nackt, aber in eine dicke Satinsteppdecke gehüllt. Sal hatte nie geahnt, wie kalt ein tropisches Meer nachts werden konnte – vor allem, wenn man sich zehn bis zwölf Stunden lang halb untergetaucht an scharfkantige Felsen geklammert hatte.

»Hier, Schätzchen«, sagte die weiße Frau sanft, während sie den Becher mit Fleischbrühe zwischen Sals verbundene Finger schob. »Die tut Ihnen bestimmt gut.« Sie war eine große, langbeinige Mittvierzigerin mit unnatürlich goldblondem Haar und wirklich schönem Busen, den ihr Bikini kaum verhüllte. Dazu trug sie ein um ihre Hüften geschlungenes Badetuch. Als sie jetzt die Hand wegnahm, glitten ihre grellroten Fingernägel ganz leicht über seinen Unterarm.

»Suppe! Der Junge braucht was anderes!« widersprach Harry Chang, indem er sich aus seinem Ledersessel hochstemmte und quer durch den Salon zur Bar ging. »Jesus, er hat 'ne ganze Nacht draußen im Meer zugebracht und sich an 'nen verdammten Felsen geklammert.« Harry Chang schüttelte den Kopf, während er drei Fingerbreit Courvoisier in einen übergroßen Cognacschwenker goß. Harry Chang war ein kleiner, stämmiger Sechziger mit graumelierten Schläfen und einem protzigen Goldkreuz auf der Brust. Er trug nur deswegen einen Bademantel, weil ein Besatzungsmitglied Sal eine halbe Stunde nach Tagesanbruch aus dem Meer gefischt hatte.

»Hier«, sagte er, nahm Sal den noch unberührten Becher aus den Fingern und gab ihm den Cognacschwenker. »Oder wollen Sie lieber 'nen steifen Grog?«

Sal schüttelte den Kopf und nahm einen großen Schluck aus dem Glas. Er behielt den Cognac auf der Zunge, damit er den öligen, beißenden Gestank von nasser Seehundscheiße wegbrannte, welche die winzige Felseninsel drei Kilometer vor der Küste bedeckt hatte. Aber als er den Courvoisier geschluckt hatte, konnte er die Seehundscheiße noch immer riechen, wie er auch das vielstimmige Bellen der Seehunde noch immer laut in den Ohren hatte.

»Dazu braucht's Mumm«, wiederholte Harry Chang. »Ein kleiner Mann mit großem Kämpferherz.« Unausgesprochen blieb dabei, daß dies genau die Vorstellung war, die Chang von sich selbst hatte. »Ihre Einmannjolle ist also leckgegangen und abgesoffen, bevor Sie Ihre Schwimmweste anlegen konnten?«

Sal trank noch einen Schluck Cognac und nickte wortlos.

»Das muß einer dieser billigen neuen Glasfaserkähne gewesen sein.« Chang verzog das Gesicht, während er weitersprach. »Der amerikanische Bootsbau ist den Bach runtergegangen wie alles Übrige auch. Wir haben das ganze Unternehmen schon vor Jahren nach Singapur verlegt.« Er betrachtete Sal über seine Brille hinweg. »Schon mal von unseren Produkten gehört? Chang PCs, Chang Hi-Fi-Anlagen, Chang...«

»Mein Gott, Harry!« protestierte die große Blondine. »Laß den armen Kerl doch erst mal verschnaufen, ja?«

Harry Chang lächelte. »Das ist meine Frau Janis mit ihrer Judy-Holliday-Imitation. Bevor wir geheiratet haben, war sie im Showbiz tätig.« Sal wollte sie nicht mal ansehen, aber er spürte ihren bohrenden Blick.

»Yeah?« fragte er und blickte schließlich doch zu ihr auf.

Sie lächelte ihn strahlend an.

»Sie war Showgirl – Sängerin und Tänzerin«, erzählte Harry Chang stolz. »Und noch dazu 'ne verdammt gute!«

»Mein Gott, Harry«, sagte Janis zu ihrem Mann, während sie weiter Sal anstarrte. »Der arme Kerl ist halb ertrunken, und du erzählst ihm diese alten Geschichten.«

»Unsinn, dem geht's gut, stimmt's, mein Junge?« Ohne eine Antwort abzuwarten, trat Chang wieder an die Bar und kam mit der Cognacflasche zurück. »Zähe kleine Burschen wie wir sind schwer unterzukriegen, was, mein Junge?« Er schenkte Sal reichlich nach. »Wie heißen Sie, mein Junge?«

Sal sah zu ihm auf und zog sich die Satinsteppdecke enger um die Schultern. »Charlie. Charlie Parker.«

»Also, Charlie...« Harry Chang schlug sich fröhlich auf die Knie, während er sich in einen Sessel fallen ließ. »Ich weiß echt nicht, was zum Teufel ich mit Ihnen anfangen soll. Sehen Sie, wir sind gewissermaßen mitten auf 'ner einjährigen Kreuzfahrt. Wir haben in Seattle angefangen – dort hab' ich früher mein Unternehmen gehabt –, sind die Westküste runtergefahren...«

»Mein Gott, Harry!« meckerte Janis.

»Hey«, antwortete er gutmütig. »Ich will nur, daß Charlie versteht, wie die Lage aussieht.« Er wandte sich wieder an Sal. »Wir sind bis Acapulco runtergefahren und dann zum Thunfischangeln wieder nach Cabo raufgekommen. Jetzt laufen wir Hawaii an, und anschließend geht's durch den Südpazifik weiter nach Singapur... Hab' ich Ihnen schon erzählt, daß ich mein ganzes Unternehmen dorthin verlegt hab'?«

»Ja, das hast du«, stellte Janis eisig fest.

»Mir geht's um folgendes, Charlie«, fuhr Harry Chang fort. »Ich könnte die Küstenwache verständigen, damit Sie abgeholt werden, oder selbst zurücklaufen, um Sie in Cabo abzusetzen. Das wäre verdammt lästig und würde unseren Zeitplan durcheinanderbringen, aber wenn es Ihnen lieber wäre...«

»Eigentlich, Mr. Chang...«

»Harry.«

»Eigentlich, Harry, bin ich 'ne Art Weltenbummler. Mein ganzer Besitz – und das war nicht allzuviel – ist mit dem Boot untergegangen. Wenn Sie also nichts dagegen haben...«

Chang beobachtete ihn und wartete ab.

»...würd' ich gern nach Hawaii mitfahren.«

Harry Chang lehnte sich in den Sessel zurück und musterte Sal mit seinen chinesischen Augen.

»Falls Sie Platz haben«, fügte Sal hastig hinzu.

Jetzt beugte Harry Chang sich nach vorn und stützte seine Ellbogen auf die Knie. »In Mexiko wartet niemand auf Sie?«

»Nein, Sir.«

»Keine Angehörigen daheim in den Staaten?«

Sal schüttelte übertrieben traurig den Kopf. »Alle längst tot, Harry.«

Chang betrachtete Sal noch einen Augenblick, bevor er sich erneut auf die Knie schlug. »Okay, Charlie, mein Junge, aber die *Jade Queen* nimmt keinen umsonst mit, und auch Sie müssen Ihren Teil leisten. Was können Sie denn?«

Manny legte den letzten Beinverband an, und Sal fuhr bei einem scharfen kleinen Schmerz zusammen. »Na ja, ich kann ein bißchen kochen.«

Harry Chang schüttelte den Kopf. »Nein, ich hab' Taiwanesen in der Kombüse, und die würden niemanden akzeptieren. Nun, offensichtlich sind Sie ein Seemann.«

Sal grinste kriecherisch. »Offensichtlich kein sehr guter.«

Harry starrte ihn an, warf dann seinen Kopf in den Nacken und lachte schallend. »Ja, das stimmt! Ja, das stimmt!«

Sal wartete einen Herzschlag lang, bevor er seinen Trumpf ausspielte. »Nun, tatsächlich, Sir, was ich wirklich bin... ich bin Pianist.«

»Sie sind Pianist?« fragte die Blondine und trat automatisch einen Schritt näher.

Ohne sie direkt anzusehen – *Ja nichts überstürzen!* –, antwortete Sal: »Seit frühester Jugend. Ich hab' bloß Urlaub gemacht, um ein bißchen durch die Welt zu stromern.« Er lächelte zu Harry hinüber. »Wahrscheinlich wird's allmählich Zeit, daß ich wieder anfange zu klimpern.«

»Harry, bin ich 'ne Hellseherin oder was?« fragte Janis ihren Mann, bevor sie sich an Sal wandte. »Sie werden's nicht glauben, Charlie, aber vor dieser Kreuzfahrt bin ich hingegangen, hab' meine ganzen alten Noten ausgegraben – ich hab' 'ne Menge spezielles Material, wissen Sie, viele persönliche Arrangements – und alles mitgenommen.« Sie lächelte die beiden triumphierend an. »Ich hab' einfach so 'n Gefühl gehabt. Bin ich 'ne Hellseherin oder was?«

»Aber wir... wir haben kein Klavier an Bord«, wandte Harry ein.

»Das können wir in Honolulu kaufen. Eines dieser kleinen elektrischen Dinger.« Janis lächelte Sal an. »Ich möcht' wetten, daß Sie große Klasse sind.«

Sal erwiderte ihren Blick noch immer nicht.

»Nun, weißt du«, sagte Harry Chang, dem jede Idee gefiel, die seiner angebetenen Janis Freude machte, »es *wäre* herrlich, dich wieder auftreten zu sehen. Sie ist äußerst begabt«, erklärte er Sal. »Hätte ein Star werden können, wenn sie mich nicht geheiratet hätte.«

»Klar doch!« stimmte Janis spöttisch zu, aber ihre Augen leuchteten vor Stolz. »Jedenfalls hab' ich viel rhythmisches *Feeling*. Das hat mir der Bandleader im Sands ausdrücklich bestätigt.«

Manny, der nun die Schürfwunden an Sals Beinen verbunden hatte, sammelte seine Utensilien ein und stand auf.

»Okay, Charlie«, fuhr Harry Chang fort, »am besten bereden wir das, nachdem Sie ein paar Tage ausgeschlafen haben. Ich glaube, wir vergessen alle, was Sie Schreckliches durchgemacht haben.« Er legte dem Nicaraguaner seine Hand auf den Arm. »Manny, sieh doch mal noch, ob du 'ne Koje für...«

Janis räusperte sich, und Sal wußte, ohne aufzustehen, daß sie Harry bedeutungsvoll anstarrte. Und er wußte, daß er in diesem Augenblick vom Besatzungsmitglied zum Passagier befördert wurde.

»Sie hat mich eineinhalb Millionen gekostet«, stellte Harry Chang fest, während er Sal den langen, holzgetäfelten Korridor zwischen den Kabinen entlangführte. »Die beste Investition meines Lebens.« Manny, der Nicaraguaner, hatte sich Sals Arm um den Nacken geschlungen und stützte ihn, während Sal weiterhumpelte. »Dreiundvierzig Komma zwo Meter, dreieinhalbtausend Seemeilen Aktionsradius. Acht Mann Besatzung, weitere zwölf Kabinenplätze.«

Chang blieb vor einer Tür aus polierter Eiche stehen. »In Zukunft gibt's an Bord sogar 'ne *Show*!« Harry kicherte vergnügt, während er die Tür öffnete. »So, die gehört Ihnen. Unsere geräumigste Kabine neben der, die Janis und ich haben. Die *Queen* bleibt leer, bis wir in Hawaii anlegen – aber dann ist die Hölle los!« berichtete er vergnügt. »In Honolulu haben wir massenhaft Freunde.«

Der Nicaraguaner half Sal durch die Tür und bis zum Bett, auf dessen Rand er ihn plumpsen ließ. Sal hockte schwach und benommen da.

»Hören Sie, Charlie.« Harry Chang legte ihm eine Hand auf die Schulter. »Schlafen Sie sich erst mal richtig aus, mein Junge. Das bringt Sie schnell wieder auf die Beine!«

Dann waren Harry Chang und der Nicaraguaner verschwunden, und Sal hockte noch eine Weile auf dem Bett und sah sich in seiner Luxuskabine um. *Eine verrückte Scheißwelt. Eine gottverdammte verrückte Scheißwelt.* Er stemmte sich von der Bettkante hoch und trat ans Kabinenfenster, das kein Bullauge, sondern ein großes quadratisches *Fenster* mit einem Schnappverschluß und Metallschienen war.

Sal blickte über den ruhigen Pazifik hinaus und erinnerte sich daran, wie er verzweifelt kämpfend unter Wasser von der Küste weggeschwommen war, während um ihn herum Kugeln eingeschlagen waren und wie kleine Torpedos Blasenbahnen hinterlassen hatten. Er glaubte, wieder das Salzwasser zu schmecken, das er geschluckt hatte, wenn er, nach Luft ringend, kurz an die Oberfläche gekommen war. Er erinnerte sich an die aufgestörten und verärgerten Seelöwen, die ihn unaufhörlich angebellt hatten, an die Wellen, die über die glitschige, nach Ammoniak stinkende Seelöwenscheiße hinweggeflutet waren, und an die scharfkantigen Felsen, die seine Knie und Beine zerschnitten hatten, während er sich an der winzigen Felseninsel festgeklammert hatte.

Sal blickte an sich herab und sah, daß seine verbundenen Hände, die den Rand der Steppdecke festhielten, leicht zitterten.

Er dachte an die lange dunkle Nacht, in der er sich an die Felsen geklammert hatte. Der Seegang war höher geworden; die Wellen hatten nach ihm gegriffen und versucht, ihn loszureißen. Während die Seelöwen ihn unglaublicherweise noch immer anbellten, rutschten seine kältestarren, blutigen Hände ab, und er hatte aufgeschrien, als er aufs Meer hinausgetrieben wurde. Nach einem Kampf mit dem Meer, der Stunden gedauert zu haben schien, hatte er zuletzt am Ende seiner Kräfte aufgeben wollen, als der weiße Rumpf der *Jade Queen* im Morgengrauen über ihm aufgetaucht war. Er hatte beim Anblick der Jacht geschrien und wieder geschrien, und dann hatte der junge chinesische Rudergänger ihm einen Rettungsring zugeworfen.

Sal wandte sich vom Fenster ab, hinkte zum Bett zurück und ließ sich erneut vorsichtig auf dem Matratzenrand nieder. Er sehnte sich nach einem Drink und einer Zigarette, aber sein Verstand funktionierte noch nicht wieder gut genug, um die notwendigen Schritte zu ihrer Beschaffung einzuleiten.

Der Chink hat recht gehabt. Harry Chang hatte ihn als zähen kleinen Kerl bezeichnet, und Sal glaubte das allmählich von sich selbst. Er *war* nicht leicht umzubringen, das wußte er jetzt. Tatsächlich war er verdammt *schwer* umzubringen.

»If you see me comin', better step aside. A lotta men didn't and a lotta men died.«

Er wollte leben, auch das wußte er jetzt. Die Sucht, ein Star zu werden, hatte er wie ein Fieber ausgeschwitzt. Sein musikalisches Ego, seine Jagd nach Reichtum, Ruhm, Anerkennung – das alles erschien ihm jetzt kindisch, ein Kindheitstraum wie jener, als Baseball-Werfer bei den Yankees zu spielen. Und wie … *wie jener, ein Leben lang nur eine Frau zu lieben.* Er hatte das alles ausprobiert, und es hatte sich als falsch erwiesen, als kurze Leidenschaft für eine Ersatzreligion. Tief im Innern war nur der feste Wille geblieben, zu leben, zu existieren, zu *überleben.*

Sal ließ sich langsam und vorsichtig aufs Bett zurücksinken und hüllte seinen noch immer nackten Körper in die Satinsteppdecke.

An die unter der Hütte der Mexikanerin in Playa Perro vergrabene halbe Million Dollar hatte er noch keinen einzigen Gedanken verschwendet, aber seine Hand sehnte sich nach dem kalten Stahl von Giovannis deutscher Luger. Ohne sie fühlte er sich nackt und ungeschützt. Ein halber Mensch. Er wollte das Gewicht der von einem Ölfilm überzogenen Pistole in seiner Faust spüren. Er wollte eine *Waffe.*

Er schloß mit einem Seufzer die Augen, und der Morgen war grau hinter seinen Lidern. Dann hörte er, wie die Kabinentür geöffnet und leise geschlossen wurde, und brauchte nicht einmal die Augen aufzumachen, um zu wissen, wer das war.